Best Time

白 马 时 光

禘呒阁

上

著　迦楼罗北斗
JIALOULUO
BEIDOU

百花洲文艺出版社
BAIHUAZHOU LITERATURE AND ART PRESS

图书在版编目（CIP）数据

谛听阁 / 迦楼罗北斗著. — 南昌：百花洲文艺出
版社，2017.7
ISBN 978-7-5500-2208-9

Ⅰ.①谛… Ⅱ.①迦… Ⅲ.①长篇小说—中国—当代
Ⅳ.① I247.5

中国版本图书馆 CIP 数据核字（2017）第 091116 号

出 版 者　百花洲文艺出版社
社　　　址　江西省南昌市红谷滩世贸路898号博能中心A座20楼　　　邮编：330038
电　　　话　0791-86895108（发行热线）0791-86894790（编辑热线）
网　　　址　http://www.bhzwy.com
E-mail　　bhzwy0791@163.com

书　　名　谛听阁
作　　者　迦楼罗北斗
出 版 人　姚雪雪
出 品 人　李国靖
特约监制　何亚娟　燕　兮
责任编辑　胡志敏
特约策划　大　俊
特约编辑　静静张
封面设计　46 设计
封面绘图　sin
封面题字　桥半舫
版式设计　王雨晨
经　　销　全国新华书店
印　　刷　三河市华业印务有限公司
开　　本　1/16　680mm×970mm
印　　张　37
字　　数　640 千字
版　　次　2017 年 7 月第 1 版
印　　次　2017 年 7 月第 1 次印刷
书　　号　ISBN 978-7-5500-2208-9
定　　价　59.80 元（全二册）

赣版权登字：05-2017-144

目录

第一章

咫尺泽

"扑拉……"

"刺溜……"

"吧嗒吧嗒……"

明胤睁开眼睛，几乎是本能地爬了起来。他那种睡眼迷蒙的步态，如果有第二个人看到，只怕都会觉得他是在梦游。

在被月光笼罩的窗边，是一缸养得十分茂盛的荷花。那修长的花梗在月色中更加摇曳出几分说不出的风致。

"刺"的一声，一股水流从宽阔的荷叶下面喷了出来，正中明胤的脸。

明胤猛然被浇了个满头满脸，彻底清醒过来："你干什么？！"

一片荷叶抖了抖，然后，一点点地歪向了一边，最后，是一条小小的长虫露出了圆溜溜的脑瓜。大眼睛直愣愣地望着明胤，尾巴还在身后吧嗒吧嗒地扑腾着。

"你……到底干啥呢？"明胤喃喃着，一把抹掉还满脸滴答的水珠子。

回答他的，是长虫迫不及待地从荷花缸里跃了出来，攀上了他的肩头。那骤然迫近的冰凉感觉，让明胤禁不住又抖了抖。侧身看去，长虫那覆盖全身的细密鳞片看得更加清楚了。每一片都流光溢彩，在月色下流转交织着难以捉摸的光华。

那种最初的冰凉感觉迅速褪去，取而代之的是一种带着撒娇气息的磨蹭。

"又不是猫……这种蹭蹭蹭的动作，你从哪里学来的啊……"睡意又慢慢弥漫上来，明胤软着舌头轻声抱怨。可是，他的指尖却已经回应般地缓缓拂过它的脊梁，从脑门，一直慢慢地滑到尾梢。这种带着浓厚爱抚意味的抚摸，让长虫更加高兴了，发出细细的"啾啾"声。

明胤戳戳它的脑门："大半夜的，你还不睡？"

它缩了缩身体，又缩了缩，直到把自己缩成了密密匝匝的一小圈。

"冷？"明胤挠头。

它点点头。然后就往明胤单薄的夏衣袖子里钻。

大热天的，冷什么？你不要太没出息好不好？你一个长鳞片的冷血畜生竟然还怕什么冷！

明胤内心的吐槽随着睡意的再次浓厚终于停止。而长虫则是无声无息地从他的夏衣里钻出来，安安稳稳地，盘在了他的枕边。

明胤在梦中，梦到了非常美的荷花……

盛夏的阳光，几乎是迫不及待地破窗而入。明胤看了看枕边的一摊水渍，明白那条长虫已经回到了自己的荷花缸里。明胤一边揉着乱发，一边发誓，今天晚上无论它再怎么闹腾，也不管它了！

早晨的阳光均匀地洒在荒凉的庭院里，仿佛是直接将野外的风景切了一块在院中一般，庭院里最生机勃勃的，是夏季的瑾花，除此之外就是叫不出名字来的各种野草了。

走过那几乎要被野草湮灭了的小径，明胤出门了，他要去谛听阁帮工。嚼着两块干饼子，明胤急匆匆地奔了出去。在他身后，悬挂着明府牌匾的大宅门在越来越明亮的阳光中却无奈地透出了一份藏不住的寥落凋零。

旁边卖烧饼的老汉望着明胤远去的背影，再看看这破落的门庭，几不可闻地叹了口气。如果是十年前，有人告诉他正谏大夫明崇俨的宅邸会破败至此，他是无论如何也不肯相信的。谁知道……转眼间明崇俨身亡，明氏一族虽然受到了皇家的照拂和安抚，却仿佛是沾染了某种难以名状的晦气般，不可逆转地凋零下去。

人们纷纷传言：是明崇俨逆天而行，将子孙的运数全部拿来驭鬼邀宠，所以才导致家族败落……

传言是否真实已经无可考证，人们只知道，曾经客似云来的明家大宅，如今只剩下一个人，明崇俨的独子——明胤。

明胤正急匆匆地往帮工的古董店谛听阁赶。要知道，那个黑心老板陈游介可是个一等一的奸商，每次哪怕只迟了半炷香，他都会撩起袖子噼里啪啦地拨拉算盘，给他扣工钱。

明胤跑得上气不接下气的，终于一头冲进了店里。

陈游介难得没有奚落他是野猴子下山，只指了指屋角的水盆："洗洗去去暑气吧。"

"很热吗？"明胤没什么感觉，虽然这一路跑过来实在辛苦，可也只是觉得口渴，流汗什么的还真没有。

陈游介的折扇正一下下徐徐地扇着风，不知道是不是错觉，明胤觉得他的视线，在一瞬间变得有一种陌生的尖锐。可是再看去的时候，他又回到了那种熟悉的口气，冷冷道："不热？那正好，去把后堂柜子里的丝绢都搁在廊下透透气，生了虫就不好了。"

"我刚跑过来，连口气都没喘匀呢。"明胤严肃地指控。今年十三岁的明胤，说起来也不算是小孩子了，可身高始终不算挺拔，此时他这个严肃指控的动作，衬上他尚未发育的身高，再加上一头乱发，真的是毫无威慑力。

陈游介"啪"的一声，一扇子就已经敲中了少年的脑门，不待少年"嗷"地叫出声，就慢条斯理地道："今儿客人送过来的青梅酒，我正在井里冰着，原本打算送你一坛子去去暑气的……"

明胤立刻幡然醒悟："我这就去晾丝绢！青梅酒……别忘了我那一坛！"

明胤的身影瞬间就消失在了后堂的回廊间，陈游介的脸色仿佛骤然被那炙热的阳光打上了一层浓重的阴影，面色再也看不分明了……

不觉得热……是吗？

夏天的阳光对大多数人来说，是炙热的。可是对于长虫来说，是抚慰得刚刚好的温暖。

不知不觉地，长虫从破败的回廊上，滑入了蔓草丛生的院子里。原本错落有致精心布局的庭院，现在早已经彻底被野草占领，再也看不出当初曾有过的风致。

长虫眯着眼睛，在一片早已经被太阳烘烤得倒伏的枯草上懒洋洋地打着盹。

等到一觉醒来，就能看到明胤的笑脸了吧？

阳光，真的是太舒服了……

舒服……

怎么回事？是乌云遮蔽了太阳吗？即使闭着眼睛，它也能感觉到，阳光似乎被什么东西挡住了。

夏天，除了炙热的太阳，还有不期而至的暴雨。长虫没精打采地抬起头，撑开双眼。

出现在它眼前的，是一片浓黑的阴影。那是什么？乌云吗？长虫将头摇了摇，想让自己再多几分清醒。

可是，那片阴影没有给它更多的时间。

尖锐的疼痛，立刻就从脖颈处传来！

转瞬，长虫震惊地发现，它竟然已经……腾空而起！它的身体被一双利爪紧紧地钳制着，擒离了地面！

十余年来在这个宅子里安稳度日的岁月，让它从来不知道这个世界上还有所谓天敌的存在！血，在它的脖颈上迅速地涌动漫延，透过被血丝模糊了的双眼，它看到的，是一只振翅高飞的猛禽！

不好！危险！

长虫迟钝的头脑中，终于响起了危机的警报。可是，从未经历过弱肉强食考验的长虫，却是僵直了身体，不知道如何是好！

"长……长虫！"明胤的声音，从远处传来。

明胤！明胤回来了！

明胤在视线中，竟然变得这么小？！

我已经离开那个熟悉的庭院……这么远了吗？不好！我要跟明胤分开了！

不！！！

长虫开始拼命地挣扎！

它拼尽了全身的力量，只想从这利爪下找出一线生机！

可是，这猛禽显然比它想象得更加强大！猛禽没有料到自己会遭到如此持久而强硬的反抗，被它耗去大半力量，飞行的高度，越来越低……

突然，一个石块飞过了长虫身畔，是明胤，他在用石头投掷猛禽！

猛禽吃了一惊，急忙振翅高飞。它修长有力的双翼伸展开来，一下就又飞腾上了半空！明胤的石头，转眼就再也投不中它了！

我要被带走了！怎么办！

长虫从来没有如此焦急！而它对上的，是明胤同样焦急的双眸！

只见明胤突然转身冲入了屋内，当他再次出现的时候，手里握着的，是弓箭。

官宦子弟都习得六艺，"射"作为其中之一，明胤也曾练习。可是，那些都随着明家的败落早已经成了过去。明胤早就不记得自己有多久没有再摸过弓箭了。可是，他不能就这样眼睁睁地看着长虫成为蛇雕的美餐！

可是，那只蛇雕是如此凶猛，圆睁的怒目中散发着骇人的威仪。

自从小时候被乌鸦追着啄了半条街后，明胤对这种牙尖嘴利的扁毛畜生就有一种本能的畏惧。刚看到长虫被蛇雕擒住的时候，他几乎有一瞬间的腿软。

可是……他不能放弃！

因为，那是长虫！

明胤的手指在颤抖着，他不知道，手中早已经箭羽脱落的箭是否还能发挥同样的功效，他甚至不知道自己还能不能拉动这张弓。他只知道，只要有一线希望，他都要试一试！

在他回屋去拿弓箭的这一会儿，那抓住了长虫的猛禽已经越飞越高。而在炙热的阳光中，那个黑色的身影骤然变得带着一点恍惚的模糊。

弓弦，在一点点地嵌入皮肉间，有割裂的感觉从指尖迅猛噬来。十指连心，接下来的每一分动作都是如此艰难。可是，他依然没有停止拉动弓弦的动作。湿润的指尖，到底是汗还是血，他并不去想。他只想做，现在、此刻，自己认为唯一正确的事情！

因为，那个正处在危险中的，是长虫！

他的朋友，他的家人，他仅剩的……全部。

"锵"的一声，箭离弦而去！

天和地在那一瞬间迅速地逆转着，长虫感觉到身体在急速地坠落。

当它睁开双眼的时候，看到的是明胤用沾满了血迹的双手捧住它的笑脸。

那一刻，长虫突然如此肯定地确认，自己，是如此重要，如此被珍惜。它从来没有如此地感觉到幸福，所有那些在寥落的庭院里等待、在冰凉的水缸里期盼、在看不到尽头的时光里寂寞的日子，仿佛都在这一刻被满满地回报。它能听到，明胤心里的肯定：你，最重要。

长安，是一个永远在孕育传说的城市，即使在天子脚下，那些幻象的层云依然悠然地聚拢又蔓生出难以捉摸的虚幻中的景象。

这一天的午后，在一场急雨过后，悬挂在天空中的，竟然是两道彩虹！

霓虹同现，祥瑞！

很快这一盛景就被报到了皇宫，更有善于逢迎的官员鼓吹着：这霓虹同现，正是天子圣明才会降下的祥瑞啊……

不过，这些对明胤来说，只不过是带着来之不易的青梅酒，在回家的路上被骤雨阻绝了片刻而已。那个黑心老板，拿青梅酒做饵，足足让他忙活了快十天，这才大发慈悲地送了他一小坛。所以，当雨后的阳光洒落下来的时候，抱着青梅酒回家的他，心情是前所未有地好。

他才刚一进门，长虫就蹿了出来。瞪大了金色的大眼睛，味溜一声就满足地盘上了那个酒坛子，里头散发出来的芬芳的酒香，早就让它垂涎欲滴。

它大着胆子，用脑门蹭了蹭明胤：酒！我想喝！

完整地接收到了长虫视线里的期待，明胤转了转眼珠，猛摇头："你知道这坛酒怎么来的吗？我给那个黑心奸商晾了整整十天的丝绢！一下说要通风一下说要透气一下说要翻过来一下说别把汗渍弄上去了……就这么折磨了我十天，才给这么一小坛！你倒好，就这么空口白牙地来找我要？"

长虫听了这话，顿时蔫巴了，松开身体软趴趴地就往荷花缸里扎。

"不过呢……也不是没得商量的……"明胤憋住笑，一本正经。

长虫急忙抬头，眼睛里立刻亮晶晶的。

"把你的鳞片给我一片熬汤喝吧？你不知道，我有多久没见半点荤腥了……"明胤笑眯眯地盯着长虫，俨然已经将它看成了一碗鲜香四溢的蛇羹。

那长虫却一点儿也没有觉悟，摆摆脑袋，看看那一坛子青梅酒，再低头看看自己的身体，鳞片多得很嘛！立刻脖子一伸，朝着尾巴处的一片鳞片就咬了过去。

"别！"明胤急忙拦住它，再也憋不住的笑意却彻底洒了出来。

长虫愣愣地仰头看着他。

明胤却一把将它抓到了手心里："你这个傻瓜！为了一坛子酒就舍得拔鳞片……真是个馋嘴笨蛋！"明胤的手掌在长虫圆溜溜的脑门上揉过去。明胤的手掌上，有着因劳作而磨出的浅浅的茧子，长虫却觉得，这双手，是这么的温暖。

这天晚上，喷着酒气的明胤和长虫一起横在了床上。在星月的辉光中，隐隐有流光在长虫的鳞片上幽幽地划过……

早晨，明胤出门去谛听阁的时候，长虫还没有醒。

这一天的太阳特别辣，似乎全长安的人都被这烈日赶回了屋子里，街市上行人寥寥。难得地，老板大发慈悲，没有再生出些五花八门的事情给他做，而是挥了挥扇子就放他提早回家了。

当明胤难得有一天不是筋疲力尽地回到家，正想跟长虫好好说点闲话的时候，却发现长虫竟然……还在睡觉?

不对,长虫这不是在睡觉的样子!它不是那种舒适地盘曲着的姿态,而是几乎直挺挺地僵在廊下的草丛里!炙热的阳光,早就将它身上的水分给吞噬得所剩无几……

"笨蛋,你怎么了?!"明胤急忙冲入草丛间,从看到长虫僵硬的身姿开始,他的手脚也控制不住地僵硬。他几乎是跌入了草丛。压抑着几乎要冲出胸膛的心跳,他小心翼翼地捧起了长虫。

此时,锋利的杂草在他的腿上割出了一条细细的血痕,一颗血珠正在迅速地汇集、漫延……可是,他完全没有在意!因为,长虫没有死!它没有被晒死!

长虫艰难地撑开眼皮,它金色的眸子里一直荡漾的水光,仿佛都干涩了一般,没一会儿就又合上了眼皮。

"笨……笨蛋!你是不是睡迷糊了跌下床又滚到廊下的草丛里来了?!你怎么这么傻?早知道你会被晒成长虫干,我还不如把你炖了汤呢!"明胤一刻不停地说着,直到把长虫放入一个注了半盆清水的浅盆子里。看着它僵直的身躯渐渐地恢复了灵活,这才长长地松了一口气。

舔了舔干涩的嘴唇,明胤不想让自己这么清晰地感觉到,长虫对他来说,有多么重要。

它早已经不是父亲留给自己的神奇礼物这么简单。

在这个除了自己没有任何人的宅子里,是长虫让他感觉到,这里还是个"家",还有个"人",在等着他的归来。

长虫觉得头很疼。

那种疼痛是它从来没有体会过的,仿佛有什么东西在脑子里想要冲出来一般。它就是这样被生生地疼醒,从床上跌下来,然后翻滚着扎入了草丛间,被炙热的太阳生生灼烤了一整天。

可是……即使是这样的疼痛中,它依然感觉到了来自那个人的温暖。它觉得,似乎头顶,也没那么疼了……因为,他在用那么担心的眼神,注视着它。

长虫放心地闭上了双眼。

入夜,明胤迷迷糊糊地睡着。原本硬邦邦的木床不知道怎么的,突然渐渐有了一种摇曳的柔软。明胤想起了似乎在很久很久以前,妈妈的摇篮就是这样的,温暖地摇晃着，把他带入最甜美的梦乡。

可是，窗外似乎有什么东西在轰鸣着……不只是轰鸣，还有各种混乱嘈杂的声音……不都半夜了吗？怎么……

"轰隆隆！"惊雷的巨响声彻底将明胤的美梦打碎。他几乎是一骨碌地跌下了床。

睡前本就只是简单虚掩的门户此时早已经豁然洞开，属于夏天暴雨的狂风正席卷而入。金色的闪电如同一柄利剑，朝大地直劈下来，似乎要把这片大地，砸出一道属于光的裂痕。

明胤自从失去亲人后，早就已经习惯了独自生活，可是眼前这雪亮的电光，让他感觉到了一种深深的恐惧。

他只觉得脚下的大地，都在这犀利的光华中，颤抖、畏缩……

不，这不是错觉，大地，真的在……震动！

在闪电的余光中，明胤已经隐约能看到远处房屋在倾颓……还有人在哭叫……

地震！

明胤怔了三秒后，急忙抬腿就跑。他冲回了屋子，冲到了那个注入了清水的盆边。长虫！就算要逃，他也要带上它！

一个接一个的闪电将原本幽暗的屋子映照得雪亮。可是，长虫不见踪影！

该死的！

明胤忍不住低声叫骂。那家伙又一骨碌钻到哪里去了？

头顶上，这栋年久失修的宅子似乎也在闪电和惊雷的震撼中摇晃着，明胤已经听到横梁发出的咯吱声……可是，无论他如何寻找，都看不到长虫的身影。

有个声音在低声叫嚷：它早就爬到角落里躲起来了！你还是赶紧逃吧，用不着管它！

可是，另外一个更清晰的声音却在陈述：长虫是个最呆的性子，那个整天趴在荷花缸里等着他回家的长虫，是绝对不会乱跑的！

听着窗外震耳欲聋的雷雨声，明胤弯下腰，细细寻找每一个角落。

突然，脚尖仿佛感觉到了一种别样的冰凉，明胤一低头——长虫！

雪亮的闪电中，它似乎比明胤记忆中的要大，就连那圆溜溜的脑瓜上，似乎都有什么东西在凸起着。可是，明胤顾不上这些，他将它往衣襟里一塞，就拔腿跑到了屋外的长街上。

街上到处都是叫嚷着，却又不知道该往哪个方向跑的人们。

天在下雨、霹雷、闪电，大地在摇晃、震撼，而平时总是庄严得纹丝不动的长安城，却是如此地慌乱而狼狈。仿佛是突然在这暴雨和地震中清醒过来，即使是空前盛世，即使是万国来朝，长安，终究不过是一座人间的都城，一旦命运降下翻云覆雨之手，它的脆弱一样无法掩饰。

冲到了街上，却不知道该往何处去，明胤有几分茫然。一盏灯笼在不远处幽幽地亮起，那明明昏黄暗淡的光芒，却在一波波雪亮的闪电中如此清晰！有人执着一把油纸伞，就那么简简单单地立在街角。那肆虐而来的狂风，仿佛在掠过他身边的时候都禁不住缓了一缓。所以，他的伞没有被掀翻，他手里的灯笼依然明亮，他的身姿依然挺拔。所有那些奔走呼号的人们，在他面前都映衬得如此张皇而无助。而他却只是这样，静静地注视着，生灵涂炭，悲欢离乱。隔着这漫天的雨雾，明胤却是头一次如此惊喜地喊出了他的名字——陈老板！谛听阁的老板，陈游介。

不待对方回答，明胤就已经急忙走了过去。

此时的陈游介却没了白天那些犀利讥诮的言辞，相反，懵懂的目光中带了几分茫然。刚一靠近他，明胤就闻到了一股扑面而来的酒香。

"怎么我刚去春风楼喝了几杯，就晕成这样？看什么都是摇摇晃晃的……"陈游介的口齿都有几分不清了，他揉一揉额角，似乎这才发现了明胤的存在，"你……怎么在这里？"

"我送老板回去。"明胤心中一喜。陈游介的谛听阁固若金汤，用来避难可是再好不过了。听老板说，为了保护他那精心收集的古董，谛听阁可是请的大师级的匠作修造。用陈游介自己的话说就是：就算长安城的城楼塌了我的谛听阁也绝不会有半点问题！正好，趁着送他回家的机会，就在谛听阁里睡个囫囵觉，明天他要问起来就说是送喝醉了酒的他回来才住下的，就算他再刻薄也不好说啥。打定了主意的明胤脚步更加轻快了，完全没有注意到此时的长虫，正小心翼翼地从他的衣襟间探出头来，好奇地望着这从未见识过的长安异景。

它的世界，一直就只有那个小小的庭院、小小的荷花缸，而今天，暴雨和地震中的长安，却以一种特别的方式，向它骤然敞开了大门。

走入谛听阁，服侍着陈游介睡下后，明胤也利索地给自己找了个角落躺下了。

虽然，外面的世界正在翻天覆地，可是，似乎那些声音在他进入了谛听阁后，都渐渐远去了。

也许，是我太累了……就听不清那些了吧……明胤打了个哈欠，终于沉沉地睡去。

在角落里，瑞兽香炉里，正悠然地散发出清澈的芬芳，似乎带着某种，水的气息。

长虫觉得这种气息让它很不舒服，它觉得针扎般的痛楚正在每一片鳞片下喷涌而出，它想要冲入雨中，让自己凉下来。

可是，它的身躯刚接触到地面，就看到了一双脚。它抬起头，是主人的……老板。它还记得刚才明胤是怎么喊他的。主人说过，不能被其他人看到，得立刻躲起来。长虫急忙悄无声息地朝胡床下爬去。可是，它的动作被彻底拦截了，它还没明白是怎么回事，就已经被一只手牢牢地钳制住。它竭力挣扎，却半点也动弹不得。它张开嘴想呼救，却只是徒劳地发出了一些微不可闻的嘶嘶声。

"怎么回事？你……"面前的男人皱起了眉头。那不是醉酒后酩酊的目光，而是犹如窗外隐约的闪电般犀利的目光，他久久地注视着它，目光中，却翻腾着一种让长虫不明白的东西。

放开我！放开我！长虫竭力想逃，它感觉到了一种名为危险的气息。

"你即将生角化形，又灵智早开，怎么可能……还不会说话？"男人的声音带着一股冰冷的审视，长虫感觉自己的每一片鳞片、每一块骨头都在他的目光中无所遁形，"原以为你是被京城的浊气所扰才一直无法化形，今天看来……却完全不是这么回事……你到底怎么了？"

长虫觉得自己能听懂他说的每个字，可是这些字凑在一起的意思，它是怎么也想不明白，它只是一面不断挣扎，一面用力地摇头。

"若是你……"男人的笑容在闪电的华光中骤然如同耀眼的罂粟花在绽放，"我……"

长虫只觉得身体一僵，还没回过神来，就已经被硬邦邦地丢到了地板上。

此时，长安夏季最长的这个黑夜，还在继续。

在那个几乎让人觉得永远都不会结束的长夜后，阳光依然一如既往地洒在了长安的大街小巷上。只不过，比起周围多少有几分倾颓败落之相的街市，谛听阁的大门依然是岿然不动。明胤醒来的时候，看到周围那哀鸿一片的景象，不禁庆幸昨夜自己能在这八风不动的谛听阁安然逃过一劫。

谛听阁的大门刚一打开，就有人招呼道："小哥，开门做生意吗？"

明胤愣住，昨夜长安遭此大劫，虽然并未伤筋动骨，可是怎么说街市上也要萧条好几天，怎么竟然一开门，就有生意来了？虽然心里在犯嘀咕，可明胤还是麻利地堆起了笑脸，朝来人点头哈腰："打开门就是做生意的，客官您请进……"

当他的目光正式落在面前这个人身上的时候，却禁不住微微地瑟缩了一下。

因为面前的男人穿着的，是道士的衣装。那一身素净的衣袍，纤尘不染，衬着身后破败倾颓的街市，骤然有了一种别样的感觉。

"玉虚子，你不在你的长生观里祈福，怎么会跑到我这个小地方来了？"不用回头，明胤就已经能闻到那即使过了一晚都没能彻底消散掉的酒气，那股讥诮疲惫的口气，不是陈游介还能是谁？

明胤一面把客人往谛听阁里让，一面扯扯陈游介的袖子，示意他赶紧去洗个脸再出来见人。

陈游介却是浑不在意地打着哈欠，摆摆手："他不是什么客人，你也不用招呼他了，去后堂帮我把水烧好，我一会儿要沐浴。"

明胤看看那个洁净得纤尘不染的……"玉虚子"？好像刚才陈游介是这样叫他的，既然知道名字，就算是熟人，应该不用太在意礼数吧？

在说服了自己后，明胤脚不沾地地奔向了后堂。在这半年来，他已经足够了解他这位任性老板的脾气，他说要早上起来立刻烧水沐浴，那就是一定要，任你说破嘴皮子也是无济于事的。一想到他那些层出不穷的恶质惩罚，明胤就觉得脊背一寒，他可再也不要把那些陈年旧账翻出来全部对一遍了！收拾起纷乱的心思，明胤麻利地打水去了。

待他一走远，谛听阁大堂里的气氛骤然一变。

"你在干什么？昨晚长安异动，乃是有天龙即将幻形化生之故！"玉虚子对陈游介的怠慢视而不见，只将质问脱口而出。

陈游介挠挠头，又挖了挖耳朵："师兄，你的火气越发的大了。天龙要幻形化生，这也是寻常事情啊，与我何干？"

玉虚子一口气差点没噎住："你说什么？！全京城龙气最混乱的地方，就在这谛听阁里。你真以为我们长生观的人都是呆子吗？"

"那又如何？那条龙要在这里徘徊，又岂是我能控制的？"陈游介露出一副不耐烦的表情。

"唰"的一声，那刚才还背在玉虚子身后的长剑已经出鞘。而玉虚子本人，则更像是一柄已经出鞘的利剑，目光冷肃地盯住了陈游介："若你妄想豢养魔龙，颠覆世间，我绝不会袖手！"

在剑锋的笼罩中，陈游介的身躯，渐渐地越来越挺直。如果此时明胤在这里，只怕要惊讶于他那个总是懒洋洋的店主竟然也有如此站如青松的时刻。

"哼？豢养魔龙？如果我真的要这样做，你觉得凭你，真的能阻止我？"说话间，陈游介的指尖，已经轻轻地拈住了玉虚子的剑锋。

陈游介的手指修长，在初升的晨曦中，如同剔透的美玉一般。玉虚子却发现，这仿佛拈花般轻盈的手势间，自己的长剑竟然无法移动分毫！

玉虚子是长生观里最杰出的术者。但是，这个最杰出仅限于"除了陈游介以外"，直到现在，长生观里新入道的小道士们私底下最津津乐道的，还是那个早已经消失在了人们视野中的天才术者——陈游介。

本以为，下山三年他耽溺红尘，修行已经早就懈怠了，而自己却是每日勤学苦练，就算当初与他尚有距离，现在也该……可是，那完全无法移动分毫的剑锋却在如此昭然地向他宣示——天才与普通人的区别！

玉虚子的脸涨红了，他从腰间又拔出了一柄匕首，朝着陈游介的要害处疾刺而去！

我是为了除魔卫道，这，绝不是偷袭！

陈游介的身体如同幻影般骤然闪开，可这突如其来的一刀，却依然刺中了一个东西。是那把伞，昨天晚上，在哀鸿遍野的长安雨夜中，陈游介所执的那把伞。玉虚子的利刃刚刚刺穿伞面，就看到腾腾的黑雾从那伞骨间奔涌而出！

"老板，水开了——"明胤的声音，硬生生地断裂。

那些黑雾朝着他的身躯猛扑了过去！黑雾如同有形之物一般，将明胤的身体瞬间包裹得严严实实，接着，就朝着口鼻间一涌而入！这整个过程在瞬息间发生，叫人根本就回不过神来！

　　明胤像一棵被砍倒的树木那样，硬邦邦地倒了下去！

　　陈游介伸手扶住了他。

　　"昨晚天地异动，有鬼魅作乱，我上街去摄住一些恶鬼，并封在这伞中，原本想今天就净化封印……未承想……"即便是此时变故横生，陈游介的陈述依然条理分明。

　　玉虚子看了看被自己刺穿的伞面，又看了看已经不省人事的明胤，饶是他自负正义，也禁不住有几分慌乱。

　　"他现在正被鬼魅入侵！"

　　"没错。"陈游介的目光，如同有实质的飞刀一般，从玉虚子先是涨红继而又透出几分苍白的面色上刮过，接着，只见他手指翻飞间，已经有数张符纸从他掌心间飞出，牢牢地印在了明胤全身。

　　"这样不行……

　　"若不立刻被除鬼魅，一旦拖延……他就算捡回一条命，以后也会变成个痴儿……"玉虚子的语速在控制不住地加快。

　　"我知道！"陈游介仿佛是在看傻子一样地盯着他，"可是……他是明崇俨的儿子！"

　　明氏一族，天生就有吸引鬼魅的体质，一旦被沾染，就极难被除。因为他们的身体对于鬼魅来说，是最好的藏身之所。

　　玉虚子在愣了一愣后，沉重地开口："那……怎么办？符纸只能暂时控制住鬼魅在他身体里的蔓延……若是时间太长的话……"

　　若是时间太长的话，一切还是不可挽回。这些话，玉虚子没有说出来，屋子里的气氛却已经沉重得一触即发！

　　突然，玉虚子的面色一沉，朝着明胤的前胸就探出手去。他的这个动作，被陈游介不动声色地拦截："你还要做什么？"

　　玉虚子的气势，经过刚才的变故终于又回归了些许，他低声说："你看。"

　　虽然是被鬼魅侵袭，又被符纸强行镇压，可是明胤的面色，却是始终红润，甚至连呼吸声，都不曾变得混浊。仿佛在他的身体里有着一股属于自己的力量，正在与鬼魅抗衡着。

　　陈游介迷惑了。

　　没等他迷惑多久，明胤的前襟里就有什么东西正在蜿蜒滑动着，然后探出了头。

是长虫！

此时的长虫很不舒服，它觉得自己的头顶仿佛要爆裂开一般。它想要一头扎入冰凉的水中，让自己能恢复一点点的清醒。可是，它能感觉到明胤的身体正在发生一些什么，那是一种它不明白的奇怪的变化。它只知道如果此时自己不离开明胤，他看起来，似乎就要……舒服那么一点点。

所以，即使是额头已经痛得要裂开一般，它还是坚持着守在他身边，就好像明胤一直为它做的那样。

可是，在一次控制不住的疼痛中，它的身躯露出了明胤的衣襟，它知道，自己被发现了！那个昨夜用冰冷的声音对它说话的男人和另外一个带着长剑的男人，他们都让它害怕。可是……想要躲起来，已经来不及了。它满溢着痛楚的身躯，早就已经没有了平时的灵活。

如果，被他们强行从明胤身边带走的话……长虫昂起头，无奈又无助地望着面前的两个人。它是胆小的，从来不敢在生人面前露面的，可是此时，明胤的生命比它的更加重要……它只想让他们明白，自己很弱很弱，真的，一点都不会伤害到任何人，就让它继续留在明胤身边吧。

"这？！"玉虚子茫然。

陈游介用目光阻止了他的话语："它在帮助明胤阻绝鬼魅的入侵，可是……它的力量不足。"

陈游介的话音未落，长虫只觉得自己的额头更痛了，它晃了晃身躯，差点又僵过去。

陈游介紧紧地盯着它的动作，他伸臂过来，轻轻地，触到它的额头。那种清凉的触感，让长虫在那一瞬间找回了一点点清明，它竭力张了张眼睛，却看到自己细弱的身躯，映照在陈游介那深潭般的双眸中，如此晦暗难明。

"你竟然……在压制自己化形幻生成龙的进程？"陈游介说着自己也不敢相信的话。

比起他，玉虚子则是脸色大变："这就是那条引发长安地震的龙？怎么可能？这种货色说它是蛇精都是抬举它……"

"你可以用符咒再感应一下，它是正宗的天龙，能行云布雨泽被四海……"陈游介似乎已经不想再继续这个话题，他拧着眉毛，话锋一转，"问题是，你怎么会压抑自己的力量？！"

长虫摇摇头，它不明白他在说什么。它没有想压抑自己的力量，它只想跟明胤在一起，长长久久地就这样在一起。

"它……不会说话？"玉虚子迟疑着。

"怎么可能不会说话？它能听懂人言，灵智早开，只是它压抑自己的力量，从不说话而已！"陈游介几乎已经有点失去他平时从容不迫的风度，有点气急了。他简直想不通，世界上怎么会有这么笨的龙？明明可以飞腾在九天之上，竟然愿意活得比最不入流的蛇精还不如？

"好，我现在告诉你，你的主人明胤他现在被邪鬼入侵，如果你变成天龙，就可以立刻救他！"陈游介盯住长虫小小的身躯，一字一句。

"变……"长虫自己都没想到这第一个音节，竟然是这么轻易地就发出来了。它是会说话的，可是，它不需要说话，因为明胤也不需要它回答，明胤总是会自顾自乐呵呵地把每天发生的事情讲给它听，然后就满意地摸摸它的头。对长虫来说，它只需要做个倾听者就好了。

可是……现在不可以了，明胤……明胤有危险！

"变成真正的……龙？"长虫结结巴巴的，把这句话说完。

陈游介点了点头："昨晚的地震和雷雨，想来就是你无意识中将化形幻生的力量释放在大地之中的结果……"

"可是，要怎么做才能化形呢？"

陈游介摇了摇头："这是龙的本能，你不应该问别人。"

"可是……我不知道该怎么做。"长虫扭头看了一眼明胤，此时，明胤的脸色已经逐渐变得灰暗，甚至喉间都开始发出晦暗不明的呻吟……

"我该……怎么做？"长虫使劲地摇着头，它是龙？它真的是龙吗？它不知道，心里仿佛有无数乱麻在纠结着，可是它怎么也找不到一个方向。

玉虚子沉吟："它昨晚已经释放过一次化形幻生的力量，现在只怕……无法再度积蓄起足够化形的力量……"

陈游介转头看了看面色愈来愈危险的明胤，再审视着木讷的长虫，嘴角却慢慢显出一抹幽暗的笑意："如果……做不到的话，你们之间的牵绊，也就不值得我再浪费时间了……"

玉虚子脊背一凛："你不救他们？"

陈游介修长的凤目悄然流转："我尽了我的力，接下来的，就要看他们自己了……"

玉虚子沉声："你分明未尽全力。"

陈游介抬手，一枚原本藏于袖中的香丸被掷入了瑞兽香炉中，不多时，袅袅的香烟就蒸腾而上……混合着烟雾的，是陈游介淡然缥缈的话语："我有说过我要尽全力吗？"

长虫的听觉，远比人类要敏锐得多。它霎时就明白了一切，这个男人，这个明胤一直念个没完的黑心老板，真的……不打算救明胤了！它谁也无法依靠了，必须靠自己的力量，才能救明胤！

可是，长虫真的不知道该怎么做！

从蛋里破壳而出的时候开始，它就一直被明胤照顾着。它从来没有想过，遇到事情该怎么做，它突然发现，自己是如此地懵懂无知，甚至在明胤遭遇如此危机的时候，什么也……做不了！

一种从未察觉的、自我厌恶的感觉，从长虫的心底迅速地升腾了上来！

那种没能及时成长起来的懊恼、不甘、气愤、焦虑，都在心里如同火山喷发般奔涌而出！

可是……怎么办？我真的不知道该怎么做！

明胤的身躯，仿佛被什么东西猛烈地撞击了一般，反射般地震起！长虫急忙回头！

"噗"的一声，一片模糊的血雾，霎时就笼罩了它全部的视线。

鲜血，流过长虫的身体，长虫只觉得全部的意识都在远离，它……只剩下了一个念头——明胤在吐血，明胤很危险！

"浴血成龙，它也许会变成魔龙！"玉虚子急了。

陈游介轻哼一声，"就让我们来赌一把吧。"

玉虚子一怔，转头看过去，陈游介的目光，坚定又空茫。不知道他相信的，究竟是什么？

长虫只觉得自己的整个世界都被血笼罩着。血让它有一种从未有过的激动。那血腥的气息中，好像有某种让它难以抗拒的诱惑气息。

突然，长虫的耳边，仿佛传来了一种从未听过的、巨大的水波声，视线在骤然模糊后，又恢复了清晰。只是眼前的世界突然……变成了一片一望无际的蓝色！这个……是池塘？是湖泊？还是……海？它曾经听明胤说过，世界上最大的水泊，就是海！那里，是水族的家园！

以往，它从来没有在意过这段话。可是这一刻，它却感觉到了，它在呼唤着它！它想要冲入这片蓝色之中，尽情地舒展自己的身躯，穿云入海！

长虫的身躯，从明胤的衣襟上，慢慢地浮了起来，金色的流光，在它的鳞片上悄然流转，头顶上，那属于龙的角，正在一点点地支起！流光在阳光的映照下，变得越来越绚丽缤纷，越来越蓬勃飞扬！

玉虚子简直不敢相信自己看到的这一切！

那本该再积蓄数年天地精华才能完成的长角腾爪扬鳞的过程，竟然在这短短一炷香的时间内就完成了！出现在他面前的那条龙，是如此英姿勃发，真正属于天龙的傲然姿态！再没有人会将它当作蛇精或者长虫了，它就是传说中的瑞兽——天龙！

此时，宽敞的谛听阁骤然显得如此逼仄窄小，天龙庞大绚丽的身躯在这低矮的屋檐下，几乎无法舒展。

"我……该怎么做？"长虫发出带着一丝忐忑的声音。

"我会用符咒引导你的力量，当明胤体内的那些黑气全部被逼出体外的时候，就没事了。"陈游介的声音淡然无波。

只听他一声敕令，那些原本静止的符咒立刻就在明胤身体上腾空而起，带着一抹华光流转飞舞。长虫先是一愣，继而口吐一道金光追随着符咒的方向疾驰而去。

明胤原本横躺在地上的身躯渐渐悬浮起来，而他的全身渐渐都被这飞舞的符咒和流转的光华包裹着，那股黑气在一点点地从明胤的身体里被除。开始还只是淡淡的一团，渐渐地，在符咒和龙气的双重逼迫下，渐渐变得浓黑，还散发出一股让人禁不住掩鼻的恶臭！

"孽龙……恨你……"那团黑雾眼见不能占据明胤的身躯，拼尽最后的力量犹自发出不甘的呻吟。

"呃？"长虫怔住。

"若不是你……肆意放纵龙气……我等怎么会……无辜枉……啊啊啊！"黑雾的妄言被一道闪着金光的符咒彻底截断，只见陈游介长袖舒展间，似乎有道金光一闪而过，转瞬那黑雾就已经彻底没了踪迹。

明胤的身躯，渐渐地又重新落回了地上，可是他没有立刻醒来。不过，平稳的呼吸和恢复了红润的面颊已经让长虫放心，他已经安然无恙了。

"让他休息一会儿吧，最多半个时辰，他自然会醒来。"陈游介浑不在意地坐下来，抚着桌上的茶杯，展眉一笑，"还好，茶还没凉。"

长虫转头看看他，突然低下头，用它大大的金色眼睛盯着陈游介："那个……刚才他们说的……原来是我害了明胤对不对？

"是我不想变成真正的龙，把体内的龙气肆意释放才使那个……那个怪物出现的……对不对？"

"对！没错。"陈游介的口气，几乎是格外轻快。

"那……我……"长虫有点茫然，有点不知所措，它觉得有哪里不对，可是又不知道该如何理清思路。对于它来说，这短短不到一个时辰的时间里，已经发生了太多的事情。明胤被鬼魅入侵，自己却变成了龙形，而那入侵了明胤的鬼魅之所以会形成，却是跟自己脱不了干系……

"没什么我不我的……"陈游介犀利的目光从茶杯后不紧不慢地射过来，"如果再来一次，你还是会做这样的选择吗？"

长虫低下头。其实它一直是知道的，知道自己其实会说话，知道头顶的疼痛到底意味着什么，知道那些在鳞片下涌动的力量，到底是什么……

知道每年到了夏天，这个水脉最为充沛涌动的季节里，翻腾在自己的血液和本能里的东西，是什么。

长虫无声地点了点头。

"既然真的没有第二个选择了，你就好好坚定自己的心愿就好。其他的，不是你要特别去重视的东西。"陈游介的声音里有了一丝不易察觉的暖意。

长虫原本以为自己会受到一顿指责，可是听到这样一段话，它又有几分愣愣的。

"啊……龙？！"明胤哇哇大叫着，急忙连滚带爬地朝后堂钻。

陈游介足尖轻点就已经轻飘飘地飞掠到了他身后，扯住他的衣领："躲什么躲？你好好给我看清楚！"

明胤的腿都要软了，这种刚一睁开眼睛，就对上那么大一条龙，而且那条龙还目不转睛地盯着自己的感觉，实在是太不好了！

可是，那个万恶的老板，竟然还……不让他逃？！他只是在这里打工的，不是来这里卖命的啊！

稳住了哆哆嗦嗦的腿，心惊胆战地转过头去，明胤的黑眼睛终于再一次对上了龙巨大的金色瞳孔。

怎么回事？虽然刚醒过来的时候看到这么个庞然大物时吓得他一阵腿软当场溃逃，怎么越看……他就越觉得这条龙好像他家的……那个……长虫？

"你是……你是……"明胤迟疑着开口。

长虫的眼睛亮了，充满了期待！

"你是……长虫……它哥哥？！"明胤一拍巴掌，终于肯定地下了结论！

"吧嗒"一声，长虫的尾巴重重地耷拉了下来，陈游介已经憋笑憋得很辛苦了，竭力保持正色："错！"

"不对啊……"明胤挠挠头，终于跳了起来，"那就是长虫它爹！"

扑哧！陈游介的茶水彻底喷了出来，把明胤浇了个劈头盖脸。

长虫则是彻底全身都没了力气，趴在了地上。刚才那矫健飞腾的天龙之姿，现在是早已经灰飞烟灭，连个渣渣都不剩了。

只有玉虚子还保持了最后的镇定，他正色道："你没看出来吗？它……就是长虫啊！"

与此同时，长虫也用力地点着头，摇头晃脑地表示同意。

"啊啊啊啊啊？！你说它是……长虫？！"明胤叫得比刚才突然看到龙的时候更大声十倍。

"怎么可能？！你们别骗我了！我家长虫才没这么大、这么长！它小小的，可乖可听话了！"明胤一说到"我家长虫"，眉眼间就有抑制不住的温柔笑意，那个小家伙，对他来说，早已经不是一只宠物那么简单。它听他说话，它陪他看星星，它跟他分享生命里所有的悲哀和寂寞，它，就是他重要的家人……

可是，他不明白，那个他熟悉得几乎能一笔笔描摹出来的长虫，怎么会突然变成他完全不认识的模样？

"你不是长虫，他们骗我玩的，对吧？"明胤决定直接问这条陌生的龙。虽然是初次见面，可是它身上洋溢着一种让他觉得熟悉和亲近的气息，最初的惊惶过后，他发现自己竟然这么快就不再害怕它了。

"我……是长虫。"长虫盘曲起巨大的身躯，竭力把自己压缩得更小一些。它已经习惯了用仰视的角度去注视明胤，现在，它突然要低下头才能看清他，真的……很不习惯。

"别……别开玩笑了！"明胤结结巴巴地反驳着。可是越到后面，他的声音越小，因为……他其实记得的，记得父亲当初交给自己的长虫，就是一条龙。父亲说它会变得非常强大，变得可以纵横在九天之上。

可是后来父亲亡故，家族败落，所有的繁华都在一夜之间散去，留下来的到底是龙，还是长虫，都不再重要了。重要的是，在那个荒无人烟的宅院里，有个生物，愿意陪伴着他。

"你……真的是……长虫？"明胤想要摸摸它的头，却发现这个已经做过了千万遍的动作此时是这么艰难。虽然，他已经踮起了脚尖，虽然，长虫已经竭力地低下头来，却还是无法触摸到彼此。

它，不再是属于他的长虫了。它是真正的龙，它要回到属于它的天空和海洋去。

当初，不就是因为害怕认真地给它取了名字，才会寂寞得无法忍受分离的痛苦，所以才一直刻意马马虎虎地叫它长虫的吗？

因为一旦为它命名，它就会永远地在心灵的最深处，烙下烙印。

明胤把手缩了回去，脸上挂着笑意："长虫啊，你是来告别的吗？没关系，去吧去吧。"说着，他已经摆了摆手。就好像他在谛听阁做过千百遍的那样，摆着公式化的笑容，送客。

长虫愣住了，它没想要走的。它想跟他说的不是这些。

可是，还没等到它开口，玉虚子已经先开了口："你愿意放它走？"

明胤咧嘴笑着，毫不迟疑地点点头，还不忘碎碎念："这种大家伙我可吃不消，它不走，还不知道什么时候就给我把房子掀翻了呢。"

玉虚子没料到他如此通情达理，立刻道："没错，昨天晚上的地震和雷雨就是长虫肆意散发龙气招来的祸事！"

明胤惊得后退了一步，头摇得更加急促了："那就更不能留着它了啊！我可不想什么时候就被它不明不白地害死了！"

"很好！"玉虚子嘴角眉梢都是笑意，"那我就将它带回长生观，那里人迹罕至又在海边，还有众多修道的前辈们，定然可以将它好好管束，印证天道。"

"去吧去吧……"明胤说着，似乎早已经将这件事丢到了一边，摸了摸陈游介的茶杯，嘀咕道，"茶都凉了，我去后厨给您烧水去……"说着，他连多看一眼长虫都没有，就已经朝着后堂的阴影间蹩了进去。

"明……明胤！"长虫的声音，那么陌生又熟悉的声音，从身后追了过来。明胤曾无数次幻想过，如果长虫能说话，那么它的声音，该是什么样的呢？现在，他听到了，这是好像水那么柔和又清润的声音，甚至，还带着点少年特有的软糯。明胤的脚步，跟跄了一下，他咬了咬唇，依然没有回头，只硬邦邦地丢过来两个字："你走！"

"我……不走！"长虫一头冲了过来，那通向后堂的门，顿时就被它撞破了一个大窟窿。它却浑然不觉，它修长的身躯，拦在了明胤的身前，阻住了他的道路。

不！

长虫金色的瞳孔里，燃烧着的，就是这个字！

明胤觉得，自己的眼泪就要流下来了，要是哭出来的话……他真的会忍不住，就这样开口留下它！

"啪"的一声，是陈游介不满地用扇子敲着桌子。

"明胤，你知道你父亲是怎么死的吗？"陈游介的声音，带着一丝丝的寒意，让这个原本正一点点炙热起来的夏日屋宇内，骤然凝聚起了滴水成冰的寒意。

"我不知道。"明胤生硬地回答。

"他逆天而行，驾驭百鬼，才会自损寿元。"陈游介凝视着紧逼过去的长虫和竭力控制自己的明胤，一字一句，气势迫人。

"不能看清楚自身力量的极限，非要去触碰不属于自己的领域。有些人，就是总喜欢做傻事，结果……只能是害了自己……"

父亲过世的时候，还很年轻，关于他的死因，是所有人都讳莫如深的话题，可是……眼前的这个人，却用如此冷漠的口气陈述着真相。

"你打算走上跟你父亲一样的道路吗？"陈游介薄薄的唇角边漾起一抹带着讥诮的冷笑。

"父亲是驾驭百鬼，可我，并不会去驱使长虫。"明胤咬了咬唇。

陈游介慢慢地靠近他的耳畔，低声细语："你怎么就不明白呢？龙是什么？龙是属于天空和海洋的神兽。你能给它什么？你家那个荷花缸吗？它本来早就可以化形成为天龙，就是被你束缚在那小小的水缸里，才无法成长的。你如果真的爱它，就应该为它的将来着想，让它得到真正的海洋。

"又或者，你就只是因为自己害怕寂寞，就要毁掉它作为龙的生命吗？如果它一直这样跟着你，也许会一辈子都无法变成真正的天龙，无法得道升天、得享永生。"

陈游介的声音，细如蚊吟，听在明胤的耳中，却是如同惊雷。

原来……长虫为了自己，其实早已经牺牲了这么多……我却还……

陈游介又将目光投向长虫，虽然是被仰视着，长虫却依然感觉到了一种扑面而来的威压气势。明明长虫没有看到他嘴唇的开合，他的声音却清清楚楚地传入了长虫的脑海。只听他轻松地道："又或者，你想留下来，再……害他一次？"陈游介的声音极其缓慢，仿佛是在慢慢地将那个"再"字，如同一颗橄榄一般细细地咀嚼着，将那些酸涩的气息缓缓地释放开来。

长虫紧绷的身躯不由自主地软下来，不再那么严阵以待地阻拦在明胤的身前。

"如果留下长虫，它将永远失去成为天龙的机会，那本来是它生而为龙的最大荣耀和本能……"明胤在想。

"如果留在明胤身边，也许，我会真的把明胤害死。刚才我就已经……害过他一次了。"长虫也在想。

"你……"

"我……"

明胤和长虫同时开口。那种相似的寂寞和不舍，在他们的眉宇间缭绕着，却怎么也无法说出剩下的话。

长虫扭过身躯，望着玉虚子："长生观在哪里？"

玉虚子大喜，原本他日夜兼程赶到长安就是因为感受到了长安异常的龙气变化。如今能顺利地将长虫带回去，可不是功劳一大件！立时他就拱手向陈游介作别。陈游介早就无意留他，挥一挥衣袖就开始要抓着明胤去修理那刚才被长虫撞坏了的门扉。

明胤草草地对着长虫挥了挥手，就转过身去。夏天的谛听阁为了阻绝外面的阳光直射，窗户上都挂上了精致的竹帘，反倒让屋内有几分阴暗。平时明胤总是抱怨老板这样太阴森森的，现在他却觉得，这种阴暗，真的是太好了。真的，因为他可以就这样哭泣着，却不用担心会被人看见！

"长虫，不要忘记我。"明胤在心里慢慢地说。眼泪滴下来，没有一点声音。

他把散落在地上的那些木头碎片一点点地扫起来，当他正准备捡起最后那一片的时候，有人抢先一步，将那最后一片……叼了起来。

"唔……"长虫嘴巴里叼着木片，却想对他说什么。可这嘴里有东西没法说话，它顿时急得支支吾吾的。明明是龙的样子了，怎么还是……这么傻乎乎的呢？！明胤想笑，可是又觉得心里在钝钝地痛。

"噗！"长虫终于把嘴里叼着的木片吐在了地上，大声、清晰地说："我，要一直一直，跟明胤在一起！"

"得不到真正大泽的滋养，你无法变成真正的龙。"陈游介在陈述事实。

"没有真正术者的引导，你也无法飞升，变成天龙。

"你这样会把自己身为龙的骄傲和荣耀都舍弃掉，就这样，变成一个什么也不是的东西。"

"那些……那些都不重要！"长虫昂起头，认真地宣言。

明胤的脊背，一点点地，在它的声音里僵硬。他不能回头，他只觉得，如果自己回头了，那么他会不顾一切地，把它留下来。

比明胤的声音更快响起来的，是有几分焦急的玉虚子："你不能再留在长安了，昨天晚上生灵涂炭的事情，不能再次发生了。一次还可以说是茫然无知，若是第二次，就有损你的福泽了。"玉虚子停了停，声音朝向明胤，"你也不希望它毁了自己的前程，又祸害了长安的百姓吧？"

"更何况……它长大了，你们总是要分离的。"玉虚子看到了，那汇集在明胤脚边，那湿润的一摊水痕。他的声音不由自主地放软。孩子总会长大，他们会渐渐明白，有些东西握不住就是握不住，留不下就是留不下。无论你如何去苦苦地哀求，与其让事情更加不可控制……还不如……

"不……我要留在明胤身边。"长虫固执得犹如一个三岁的孩子般，重复着这个句子。

明胤慢慢地摇了摇头。

"你要怎么留在我身边呢？"明胤问。

长虫愣住。它张了张嘴，想说回到那个宅子里，回到那个荷花缸里。可是，巨大的身躯早已经无言地告诉了它，那些，都已经是过去。

"能留在我身边的，是长虫。而你，你现在是……龙。"明胤咬着牙，慢慢地把最后那个字说出来。

"龙，有属于龙的天空和海洋，我，不能束缚你。我能给你的，只有那个小小的荷花缸，这个……不够。"说到最后，明胤昂着头，笑容一点点地蔓延上来，那笑容，犹如在冰寒的海面上执拗地升起的太阳，有那么明亮又稀薄的温暖。

"是……这样啊……"长虫仿佛终于明白了。

"所以，变成最漂亮的龙，飞吧。这个世界很大很大美好的，你很快就会发现的。"你很快就会发现天空是那么辽阔，海洋是那么澎湃，长安陋巷废宅里的小缸对你来说很快就会变成一个笑话。不光是那个破缸，还有我。龙的生命是那么悠长，人的生命在你的眼中只不过是短短的一个呼吸间就灰飞烟灭了。你都会忘记……忘记掉，那些寂寞得几乎凝滞不动的岁月里，彼此相依相偎的呼吸。忘记掉我叫你的声音，忘记掉，属于我们全部的记忆……

"我知道，该怎么做了。"长虫点一点头。

明胤始终，没有回头。

长虫突然长身而起，喉间爆发出巨大的龙吟！那一瞬间，谛听阁的屋顶都几乎要被那巨大的声波掀翻，长虫朝着玉虚子，猛扑过去！那眼眸中凝聚的气势，竟然是如同嗜血！

玉虚子心中大惊，急忙抽出长剑！

"锵！"这是分金错玉的一声锐响！

然后，就是血滴到地上的声音。那几乎没有间隔的、沉重的、血液坠地的吧嗒吧嗒声，让明胤再也无法保持镇定！

他回过头去，看到的是脖颈已经被玉虚子的长剑刺伤的长虫！

怎么可能？

龙全身的鳞片如同金石，怎么可能这么轻易就被一柄剑刺伤？

玉虚子也是张口结舌："它……把逆鳞扬起，将全身最弱的地方对着我的剑就抵过来了！我真没想伤它的……"

"你没想伤它，是它想自残。"陈游介缓缓地走过来，惋惜地摇摇头，"上好的龙血啊……"明胤一听他这时候还要财迷，顿时气得眼珠子都快瞪出来了。只见陈游介手指一挥，一道流光闪过后，刚才还血液奔涌的伤口已经开始愈合。

"不……我不要……"长虫急了。

"你干什么呢？"明胤终于忍不住质问。这个笨蛋到底在干啥啊？

"我……不要救，要是这样受伤的话，我不就可以……变回长虫的模样了吗？"

"那样，我就不用跟明胤分开了。我不要变成龙，我要变回去。"

"笨……"明胤只觉得那句话，噎在了喉间，再也说不出来。

"我有没有变小一点？"长虫满怀期待地看着明胤。

没有，即使要害处受到了如此重创，它依然是一条体型硕大的龙。

长虫很快就明白了明胤沉默的理由。而从一开始就一直叫嚷着要带走长虫的玉虚子，此时已经开始沉默。

"想要变成真正的天龙，你有很漫长的路要走，但是不想变成天龙呢，却很容易。"陈游介慢慢地坐了下来，他的瞳孔里，洋溢着某种难以描摹的诡异光华。

"什么办法？"长虫迫不及待地问。

"把尺木给我。"陈游介指了指长虫头顶的龙角。那就是尺木。

"不可以，失去了尺木，你就永远也无法变成遨游九天之上的天龙！"玉虚子急了，一头朝陈游介冲过来，"你怎么可以这样！虽然现在叫他们分开，是会很难过，可是，谁跟谁可以永远在一起？不如为了彼此的前程，早早分离才是正道！"

"正道？什么是正道？为什么对他们来说最好的决定，不能由他们自己来判断、来决定呢？"陈游介扬起修长的凤目，目光中，有毫不掩饰的讥诮。

"你……还是这么离经叛道！"玉虚子气得跺了跺脚。

"我把尺木给你。"长虫毫不迟疑。

明胤望着长虫："你知道你在做什么吗？你本来可以有那么大的天空，那么大的海洋……无限广阔的世界……你本来可以……"明胤想告诉它，它放弃的，是那么绚烂的一大片世界。可是，长虫的眼睛里，有丝毫不容错认的坚持。

"只要，我们能一直在一起，你的心，就是我最大的海洋。"长虫没有告诉明胤，从它睁开眼睛，看到的第一个东西，就是明胤的双眸。从那个时候开始，它就相信，它要的全部的世界，就在这里，也只在这里。

咫尺虽小，却是我希望的，全部的心灵之泽。

在那一天，长虫得到了属于自己的名字——小八。

小八与明胤一生的牵绊，由这里，开始。

第二章

魍魎宴

长安的夏日，弥漫着无处不在的暑气。即使谛听阁古董店的声名已经跟大唐的威仪一般赫赫远播，却依然躲不开这暑气的侵袭。

"明明都已经是夏末了，怎么还是这么热……"小伙计明胤无精打采地擦拭着堆叠的古董，止不住地嘀咕。外面的烈日太毒了，生生地把他逼得只能在屋子里团团转。这可把他给憋坏了。

小龙小八在角落里"吧嗒"地甩了一下尾巴表示同意，就又继续晒太阳了。为了能留在他的身边，小八自愿放弃了能成为天龙的机会。不过，也就没什么像样的法力，只能这样小小一条待着，猛一看总会让人误以为它不过是条漂亮的蛇。不过，对它来说，龙也罢，蛇也罢，都不重要。只要能待在主人身边，它就能吃能睡乐无边了。

"冬天你要冬眠，夏天你又晒太阳晒得迷迷糊糊的，你到底有什么用啊？"明胤戳戳小八的小脑门。小八被他戳得缩了缩脖子，波光粼粼的大眼睛里，却满是活泼泼的亲昵和欢喜。

"它的用处大着呢。你要是再心不在焉地把我的古董打碎，就可以彻底把它赔给我炖汤了。"随着"啪"的一声扇子被收起来的声音，即使在盛夏酷暑中，依然一丝不苟地身着浅碧色长衫的陈游介，从后堂转了出来。

"老板！"明胤赶紧打起精神。

"有生意吗？"

"这个……"明胤顿时就又泄了气，"已经足有快十天没……"

"这样啊……看来不想想办法是不行了啊。"陈游介皱眉。

"是啊是啊。"明胤急忙点头。

"所以，我们来吃火锅吧。"陈游介发号施令，"准备起来。"

因为生意萧条，所以要吃火锅？

明胤望天，还是别想为什么了。老板就是这种怪人。

只不过，这么大热的天气，还要吃看起来就热气腾腾的火锅，不是会更加热得难以忍受吗？

此时已经将生嫩的蔬菜扔下去涮的陈游介，悠然笑道："做别人都不做的事情，正是天才的特权。"

难道……那不是傻瓜的偏执吗？捧着一小簸箕上好雪炭，正小心翼翼地往里添加的明胤，按捺不住地腹诽。

"小八、明胤，你们也来吃吧。"陈游介显然心情很好。

此时，上好的香菇、豆腐，还有各色蔬菜都已经被烫得正好，散发出清郁的浓香。

明胤还是头一次吃火锅，对于这种在翻滚的热汤中取食的技巧还不熟悉。他最爱的香菇眼看就要全进了陈游介的口中。

明胤心中着急，却总是不得其法。

"最后……一块香菇了哦……"陈游介拖长了声音，筷子已经蓄势待发。

说时迟那时快，小八竟然一头冲进了汤锅里！

"啊！"

"唔！"

"丁零……"

"咣啷……啷……啷……啷……"

陈游介的嘴角，控制不住地抽动，他自负完美高傲的风度，此时正在不可逆转地崩裂。

谁能告诉他，那条傻不隆咚的龙，为什么能在用力过猛，掀翻了他整锅火锅后，顶着满身的菜叶子、豆腐块和调味香料，还能紧紧叼住嘴里那最后一块香菇，眼睛都笑弯了呢？

明胤耷拉着头，最后一块香菇，还是没抢到……

下一刻，他却看到小八伸长脖子，将嘴里那块香菇小心翼翼地放进明胤的碗里："给你吃。"

看着自己碗里那块还带着牙印和口水的香菇，再看看小八那骄傲挺直的胸膛，分明就是正散发着"表扬我！表扬我！"的气息。

明胤真的是哭笑不得。

"咳咳……"陈游介皱着眉头，盯着满地的狼藉。

明胤一惊，这种声调，正是陈游介最怒的时候即将爆发的前兆！

"我好像闻到了非常不错的香味哦……龙锅？真是个好点子！我可以进来吗？"

一个带着丝丝甜香的声音从谛听阁的大门外传来。

"把香菇吃掉，跟小八一起到后堂去。"陈游介的面色，在几个呼吸间竟然成功地调回了营业用微笑的完美神情。目睹这一变脸奇观的明胤呆呆地把香菇一吞，就拖着还满身菜叶油花的小八钻进了后堂。

这已经是谛听阁的惯例了。如果有特别的客人到来，陈游介会叫他们避入后堂，不待再度被唤，是不可以自己回去的。

陈游介衣袖翻转间，一道禁闭的符咒已经将前厅与后堂完美地隔绝开来，随后响起的，就是他那永远带着一丝慵懒气息的声音："请进。"

走进谛听阁大门的，是个打扮得花枝招展的小女孩，那股甜丝丝的香气正是从她手中那一大串糖葫芦上散发开来的。

"啊！好可惜！都泼了！"一看到大厅里那满地的狼藉，她的脸色顿时就变了。

陈游介淡然一笑："香菇豆腐加上素菜的锅子，也算不上什么好东西。"

"上好的灵菌、深渊的鱼白，还有各色的补气药材。哪一味不是千金难求？"小姑娘睁大了双眼，接着又狡黠地一笑，"你对那个凡人还真是好，只可惜，他没有这个福气。"

"是啊……让于姑娘你扫兴了。原本于姑娘你大驾光临，我正该好好招待一番，只可惜这里一片狼藉，我也就不方便多留了。"陈游介说着，已经摆出了送客的架势。

那个被叫作"于姑娘"的小姑娘灵活的目光在屋内一分不落地扫视过去，最后，她抬起头："可是，你可不可以告诉我，那条没有被你们吃完的龙，到哪里去了？"

"刚才你被汤水烫到的时候，不自觉地释放出龙气来保护自己了吧？"陈游介拿出了大家长的气势，沉声质问小八。

小八虽然是龙，但因为将尺木交给了陈游介，所以力量一直很弱，龙气也比较稀薄。加上它一直以蛇的姿态示人，那一身鳞片实在算不上皮糙肉厚。至于那看似普通的"火锅"，能炼化灵菌异草的，又岂会是平常器物？自然是沸腾起来威力惊人，倒叫小八猝不及防间运起龙气来，才护了自身的周全。

"嗯嗯。"小八见势不妙，本能地就想往明胤的袖子里缩缩。

"好吧，我现在就恭喜你，你可以去参加一年一度的奢香夜宴！"陈游介板着面孔宣布。

"呃？"小八愣。

"真的吗？听起来就是有好多好吃的东西的样子！小八能去的话，我应该也能去吧？"明胤激动了，连头顶的乱发都似乎在迸发出光芒。

相比明胤的激动，小八却保持了一点动物的直觉，低声道："为什么要请我去？"

陈游介显然十分满意它的提问，他弓下身子，直直盯住了小八，不紧不慢地道："因为，你将是奢香夜宴上重要的一味食材！"

"吧嗒！"小八直挺挺地倒下。

"食材？他们要拿小八去……"明胤张口结舌。

陈游介十分好心地接着说："煨汤、切片、涮锅……"

"绝不！我的小八，不给他们吃！"明胤说着，已经把小八塞到了衣襟里。

"奢香夜宴是一年一度妖怪聚集的大型宴会，只要被邀请了，就必须带着食材参加。"

"不能拒绝吗？"

陈游介摇了摇头："除非，你可以不畏百妖的诅咒。"

明胤沉默许久后，抬起头，目光中骤然闪过一丝希望："刚才你是说，必须带着食材参加，就是说，这个食材，不一定必须是小八，对吧？"

陈游介的目光深处，似乎流转过一抹异色，他点点头："确实不必一定是小八，可是，若要代替它，必须是珍贵的食材，否则是不会被承认的。"

且不说把龙当作食材是一种怎么样惊世骇俗的做法，要寻找到跟龙一样珍贵的……"食材"？那都得是什么啊？

明胤抬起头，继续追问："那么，夜宴在哪一天？"

"七月半，中元节。"

还有半个月的时间……

"我知道了！我一定会找到足以代替小八的食材的！"少年坚定的声音在大厅里回响。

紧接着响起的，是陈游介带着憧憬的声音："太好了！其实……我一直想去尝尝看，奢香夜宴到底是个什么滋味。可是从来都没有被邀请过呢……这下好了，我不用准备食材又可以去白吃，真的是太幸福了！"

这……

明胤默默地扭过头去。老板，我真想说，我不认识你。

珍贵的食材……到底什么还能算得上跟龙一样珍贵呢？

明胤躺在床上，翻来覆去地睡不着。平时那些成语俗话里，经常跟龙并列的，都是哪些啊？

龙凤呈祥……逮凤凰？他就没见过那东西的半根毛。

龙腾虎跃？上山打虎？说不定逮凤凰还容易点儿……

龙马精神？据说，马肉非常难吃……

啊啊啊！这可怎么办啊！明胤使劲挠头。

"唔……唔！"伴随着熟悉的哧溜声，小八滑上了床榻。只是，今天它的声音闷闷的，仿佛嗓子眼被什么东西堵住了。

明胤抬眸，看到的竟然是小八叼着一个毛茸茸的东西，正讨好地望着他。

老鼠？！明胤只觉得脊背一寒，赶紧点起蜡烛再仔细看去——小八嘴里叼着的那一团还在颤抖扑腾的小东西……看起来好像是只鸟？

小八低下头，把嘴里的这团东西小心翼翼地放到明胤的手心里。

在摇曳的烛火下，那东西试探着伸了伸翅膀，原本就流动着火焰般光泽的翅尖一抖动起来，越发是流光溢彩，黑葡萄般的眸子盯住明胤，歪着头仿佛是在判断着什么。

它在判断，明胤也在判断。

这是什么？

"啊啊啊！"被它尖尖的喙朝着手心一阵猛啄的明胤大叫起来。与此同时，响起的是小八藏不住的得意宣告："这就是我抓住的猎物！做食材的！"

明胤捂住不知道有没有被啄伤的手掌，看看面前得意扬扬的小八，再看看那只翅膀被咬伤了、气啾啾的小鸟儿，简直不知道该说什么好。

看看小鸟那褪了毛肯定不到三两的体重，再看看神采奕奕求表扬的小八，他还能说啥？他只能扯出笑脸，表示："小八你做得很好！真是给我排忧解难了！"

小八听到了自己希望的话，满意地趴了下来："有了食材，明胤你就能安心睡觉了。"

啊？小八这么辛苦地去抓鸟，原来，是为了他吗？

明胤扯出来的笑脸，不知不觉早已经变成了真实的笑脸。小八从来不会捕猎，连个老鼠都没逮住过。它到底是怎么把这种在天空中飞翔的鸟雀抓住的呢？仔细看看，它的鳞片上，好像有许多细细的抓痕，一定是在跟那只小鸟搏斗的时候……

明胤翻找出个铁笼，把那只小鸟塞了进去。然后，就躺在小八旁边进入了梦乡。跟小八希望的那样，明胤这一晚，睡得非常香。

"却火雀，其声清亮，置于火中，而火自散。"陈游介"啪"地收了扇子，"小八还真抓了个好东西。这个就可以作为替换的食材了。"

"呃？"明胤愣愣的，他原本只是带着小鸟过来想让陈游介给治治伤，谁知道竟然……还真是捡到宝了吗？

"唯一的问题……就是个头太小了点儿，都不够塞牙缝的。"陈游介敲敲笼子，"只怕你还得另外准备一样别的食材。"却火雀听说自己被当成了食材，顿时就扑过来要啄陈游介的手指，却被他手疾眼快地躲过，只得气呼呼地用一双黑眼睛直勾勾地盯紧了他。那火焰般的色泽，在它的怒目中，看起来更似要燃烧起来了一般，映照得那小小的铁笼都散发着一团红光。陈游介却是视若无睹，摸摸小八的头："你真的很会抓哦！是个好猎手！"

"别的食材？还要别的？"明胤没想到还得找别的食材，原本正雀跃的情绪顿时又蔫了。

"当然啊，要不你看这几两肉，到底够塞谁的牙缝？"

"说得也对……"

"我还可以去打猎！"小八钻过来，自告奋勇，"我是个好猎手哦。"

陈游介和明胤的头脑中，同时出现了小八拖着一串小鸟扑哧扑哧爬过来的诡异景象。

"我把你这个月的工钱提前结一结，你看能在市场上买点啥吧。"陈游介立刻决定。

将那串铜钱从左手倒到右手，明胤看着市场里那一只只活蹦乱跳的鸡鸭，哪只他也买不起。可是……奢香夜宴，百妖诅咒……小八，无论如何，他也要试试。等到收市的时候，也许……会有哪家降价吧？

可是，一直转到收市的时候，依然没有任何一家商户降价。

就这样放弃吗？

不可以。

小八都那么努力地抓了小鸟回去当食材，老板都难得大发慈悲提前结算了工钱，他怎么可以就这么放弃？

突然，他只觉得头顶一凉。

还没等他回过神来，暴雨就已经劈头浇了下来。

一时间，市场里的人们都匆忙躲避。那原本正被太阳晒得浑浑噩噩的商户，被雨水浇了半晌，这才回过神来。正当他急忙吆喝伙计搬鸡鸭笼子的当儿，却见一个矮小的身影早已经来来回回地搬起了笼子。

待到明胤跟那商户一起，把最大的那个鸡笼抬进屋里的时候，两人都已经是满身大汗。

那商户姓郑，心宽体胖，人称郑胖子。平时豪爽，就爱喝几盅酒，交点朋友。这时候看到明胤身材瘦削，却乐于助人，不觉心中顿时就添了几分好感。当下就拉住明胤道："小兄弟好仗义，留下来喝一盅？交了我郑胖子这个朋友，你定不吃亏的。"

明胤脸一红，声音也不由自主地越来越低："我是想买点便宜鸡鸭……可是，钱不够。"说着，他摊开掌心，露出那一小串铜钱。

一看他手里这点钱，郑胖子笑了半晌没停。

听着他的笑声，明胤的脸更红了，脑袋恨不得栽到地里去了。

"一定要鸡鸭吗？别的不行吗？"郑胖子总算是收住了笑声。

"别的？"明胤只知道自己这点钱买鸡鸭都不够，还能买别的？

"这个，你若是肯要，我就送你。"郑胖子将角落里的一个笼子踢了一脚，向明胤示意。

啊？！送？

明胤赶紧一头扑到了笼子前，笼子里的，是一只满身泥水、几乎看不出原本模样的……小猪？

明明刚才笼子被狠狠踹了一脚，此时那小猪却依然是一动不动地趴在笼里，没有半点动弹。

"前日几个猎户卖到我这里来，说是小山猪，可这几天下来它不吃不喝病恹恹的，也不知道是不是上了那几个小子的当。眼看这样下去，只怕熬不住几天就要病死。我郑胖子的店，可是从不卖病猪。与其等它病死了还得费神扔，不如给了你。你要是能把它调理活了，不就有肉吃了吗？就算没活下来，这东西你白得的，也不算我郑胖子坑你。如何？"郑胖子大大咧咧地把那笼子门一掀，一副"你看着办"的表情。

明胤的头脑，从郑胖子说出"我就送你"这几个字开始，就已经彻底地沉浸在了狂喜中。此时早已经顾不得其他，忙不迭地点头如啄米，也不管那小山猪满身的黑泥就一把抱了起来。只见那有气无力的小家伙此时倒微微地撑起了半寸眼皮，打量了他一眼。

它没死！太好了！

此时，屋外的骤雨初停。明胤兴高采烈地谢过郑胖子，就急忙抱着小山猪狂奔而去。

看着那个病恹恹趴在地上的小猪满身污糟，明胤小心翼翼地一点点扑水给它浆洗。没过多久，那原本灰黑难辨的小猪就一点点露出了粉白的原貌。似乎是感觉到了前所未有的舒服，小猪的耳朵扑扇了一下。这一下，正好把浇下来的水全招呼到了明胤的脸上。抹了一把脸上的水渍，明胤更加惊喜了，小山猪还活得好好的呢！它还会扑扇耳朵呢！

正当他准备再接再厉，给小山猪擦洗干净的时候，却见这小家伙哼哧哼哧地一点点往后挪，目光中也迸射出警惕的光芒。

怎么……它的动作……好像……

明胤生怕它又把自己扑得满身灰泥，急忙迈步过去，却没料到那小猪竟然后腿一蹬，朝着他的胸口就直冲过来！

他不是不能躲开，可是他知道，自己的身后是坚硬的石砌回廊！如果小猪一头撞上去的话……

重重的撞击感从胸口传来。明胤只觉得眼前的世界在一圈圈地旋转着，还冒着金星。而那只刚才还病恹恹的小猪，此时却气势汹汹地踩在自己的身上。

这下好了，受伤的不是它，而是自己了。

怎么胸口有种暖暖的湿润？是小猪的后蹄，正在一点点地渗出鲜血。一根断了半截的粗棘正扎在它的后蹄跟上。原来它受伤了，所以才会这么难受。明胤还记得自己小时候手指头上扎了根木刺，好不容易挑出来，还足足哭了一个时辰。看小猪这个样子，也不知道这根粗棘已经让它疼了多久了。

"我替你拔出来。"明胤低声呢喃着，伸出手去。

"啊！"明胤顿时疼得倒抽了一口气。小猪竟然狠狠地咬住了他的手掌！显然，它是把这个伸手的动作，当成了攻击。

幸亏小猪的牙齿并不锋利，可就这一口也够疼的啊。

明胤忍住疼痛，一点点地想把手往外抽，可是小猪怒目而视，就是一点儿也不松口。

明胤真的有点生气了，我可是好心给你洗澡还要给你拔刺你怎么就先是扑后是咬？正在不爽的时候，他看到了小猪那圆溜溜的尾巴不自觉地抖了抖。

原来，它只是在害怕。

明胤只觉得自己的心不知不觉地柔软下来。他伸出另一只手，缓缓地在小猪脊背上拂过，那触手而来的微微颤抖的感觉，让他更加确认了自己的推测。只是因为害怕，它才会这么拼命地要保护自己。

捏紧那根粗棘，明胤忍住手掌上的痛楚，一咬牙，终于将它拔了起来。

也许是拔出粗棘的时候，小猪也是痛得一震，明胤感觉到自己手掌上的疼痛更加深了。

可是，随着那根带着血丝的粗棘一点点地脱离小猪的皮肉，小猪牙齿间的咬合力道也变得越来越轻。最后，随着喉咙间一声"咕噜……"小猪竟然两眼一翻，晕了过去。

啊？！怎么会这样？明胤愣住，抱住小猪就拔足狂奔。

"老板！老板！昏过去了！"明胤冲进谛听阁的大门，一迭声地大叫。

"干什么呢？我一口茶都还没喝完你就在这里……"陈游介皱皱眉，"多好的茶沾了你们这么大的血腥味，也难以下咽了。"

"明胤，你受伤了！"小八咪溜一声蹿出来。今天它光顾着晒太阳，也没跟着明胤一起去买食材，谁知道就出了这样的事儿，它顿时着急得呆住了。

"老板……"

"好了啦，它只是疼晕过去了，一会儿就会醒过来。比起它，你自己的伤才得好好处理一下呢。"

"我自己的伤我自己清楚，没事儿的。你先救它。"明胤抱着那个小猪就是不松手。

"你确定真的要先救它？"陈游介的目光中，仿佛有某种锋利的东西正在迸射，

"它不过是用来代替小八的食材，只要活着就好。就算不救，它也不会立刻死，拖到夜宴之时是没有一点问题的。"

"可是……可是……"明胤知道自己的老板有一点可怕，不是因为他那天才术者的才能，而是他总是会出其不意地质问，一直问到他心灵那些最隐秘黑暗的角落里去。

"就算是这样，我也还是希望，在那个晚上还没有到来的时候，它能健康快乐地活着。"明胤咬了咬牙，"你说我虚伪，我也认了！"

陈游介的眼眸中，似乎迅速地掠过一丝笑意，然后他盖上茶杯："如你所愿。"

小猪的后蹄被仔细清理干净后，剔去了微腐的部分，上了药粉包扎起来。小猪虽然发出了轻微的咕噜声，却没有醒来。当最后的绷带包扎完毕的时候，明胤不由自主地松了一口气。

"我累了，药粉给你，你的伤口自己清理一下，上个药包扎起来吧。"陈游介把药瓶往明胤手里一扔，就伸着懒腰进了后堂。

于是，等到陈游介半晌之后回到前厅来的时候，看到的就是手掌上缠得乱七八糟的明胤，还有旁边明显是越帮越忙，还差点把自己裹成了布条棍儿的小八。

陈游介忍俊不禁，却见小猪动了动身躯，睁开了眼睛。

最开始，它的目光中依然饱蘸着愤怒和恐惧。可是，不一会儿，当它感觉到从后蹄传来的不再是刺痛的时候，原本示威的呜呜声渐渐地变成了惬意的尾音。然后它挺直的脊背渐渐地松懈下来，目光也越来越柔和。到最后，明胤看着扎进自己怀里沉睡的小猪，还真有几分目瞪口呆。而那个正睡得冒鼻涕泡儿的小家伙却朝他的怀里又拱了拱，找了个更舒服的姿势，继续呼呼。

"嗯……"明胤正不知道怎么向陈游介解释这一切的时候，却只听他轻声笑道："你和小猪的药粉合计一两银子，你是现在给，还是从你的工钱里扣？"

明胤黑线，老板果然……还是奸商。

小山猪的伤迅速愈合，一到了明胤家那跟荒郊野外毫无区别的庭院里，就更加精神起来。

没几天工夫，小山猪不是追着小八跑，就是对着笼子里的却火雀跳，精神得不得了。看着它们一个雀鸣一个猪叫闹腾了几天后，明胤试着打开铁笼。却没料到那只却火雀竟然一点儿也没有要逃的意思，整天跟小山猪一起扑腾欢闹，俨然是把这里当成了自己的家。明胤看得啧啧称奇。

"却火雀很有灵性,那是拿你当了主人。这样不是很好吗?"陈游介如是说。

明胤的日子,在这一天天雀叫猪啼中,过得前所未有的热闹欢腾。

"好了,明晚就是奢香之宴的正期。趁着天色还早,我去你家看看你那只小山猪去。"陈游介发了话,明胤急忙一溜烟地跑到了前面。

陈游介用扇子遮住阳光,注视着那在阳光中跳跃奔跑的年少身影,一瞬间,竟有几分恍惚。

等到明家宅院大门洞开,就只见一个圆咕隆咚的白色身影"呼"地冲了过来。陈游介伸臂一挑,那刚才还气势汹汹朝他冲过来的小家伙就已经四蹄离了地。

"小家伙,还真凶悍。"陈游介拎住它的后颈肉,细细审视。

只见这雪白粉嫩的小家伙全身上下浑圆肥厚,看着就特别喜庆。此时,它被陈游介拎住了后颈,颇有几分难受。

陈游介松手,就把小山猪抛进了草丛里。小山猪"嗷"地摔了个屁股蹲儿,却赶紧一骨碌地爬了起来,跟跄着步子急忙扎到了明胤的怀里,这才缩着脖子,放心地呜呜哼起来。那声调里,带着三分委屈七分亲昵。

"它这般亲昵你,却不知道你对它再好,也不过是要送它下锅去的。真不知道它在釜中泣的时候,会作何感想?"陈游介讥诮地一笑。

明胤只觉得他的视线中,似乎有一抹寒光掠过,再看看怀中正缩着脖子呜呜的小山猪,顿时啜嚅:"我……"

小山猪似乎是感觉到了他的情绪,伸出粉红的小舌头来舔了舔他的手心,"嘟……"地叫了一声。听到它这怪怪的叫声,陈游介不禁一愣,继而又露出一抹含义不明的笑容:"看来,今年的奢香夜宴,会非常有趣哦。"

"小八,你不能去,小心会被人下锅炖了。"明胤义正词严。

"我要去!我要去看热闹!"小八平时对明胤言听计从,可今天不知道怎么的,它就是一口咬定了非要去参加奢香夜宴。

"可是……"

"就带它去吧,丢下它一个,我也不放心。"陈游介悠悠然的声音从后堂传来。

明胤抬眼看去，正从后堂走出来的陈游介今天身着一袭雪色长衫，领口却做胡服样式绣着缠枝的西番莲花纹，袖口处也是收紧了的窄袖。看起来与平时的宽袍大袖截然不同，倒是格外利落。他手里正架着的那个装着却火雀的鸟笼子，又不觉给他添了几分悠游气质。

"老板，你今天真潇洒。"明胤由衷地赞美。

"你再多费口舌，我也不会帮你牵着猪的。"陈游介一语中的。

今天的小山猪被刷洗得干干净净，还用五色绳拴住了。只可惜平时野惯了的小山猪哪受得了这番拘束，扯着绳子左冲右突的，直叫好不容易洗澡了干净衣服的明胤生生又折腾出一身汗来。此时瞧着轻轻松松架着鸟笼的陈游介，不禁十分羡慕。

门外，打更的梆子声，已经敲了三更。陈游介一声令下："走吧。"

谛听阁的大门无声无息地被打开了，明胤还是头一次游历在这午夜的长街之上。要知道长安有宵禁的法令，入夜后若是再在街市上游荡，不由分说就能押了你去京兆尹的大牢里。

"没事儿吗？"明胤忍不住还是有一丝惴惴。

陈游介淡然望天："今晚的长安，没有宵禁。"

"呃？"明胤记得，长安不宵禁的日子，只有上元节和陛下的千秋节，可今天……

"今天晚上，没有人敢出来，所以，不需要宵禁。"陈游介的声音，细细地揉搓在夜风中，顿时荡漾开来一片说不出的凉意。

明胤只觉得鼻尖一凉，就连手里刚才还在左右挣扎的小山猪，也缩起了脖子，往他怀里蹿。抱起小山猪，那股冲鼻子的草木香气和一下就传递过来的温温的体温，总算让明胤又鼓起了勇气。

没走多久，他们就已经从商铺云集的西市延寿坊走到了住家聚集的永平坊。

面前的一切，顿时让明胤瞪大了双眸。

他看到了一张张的方桌整整齐齐首尾相连排列在一起，桌上无一不陈列着正在翻腾着热气的美食。原本狭长的街巷，此时却俨然变成了一个前不见头后不见尾的宴场。

"长街宴……"在热气蒸腾中，陈游介的声音不知不觉地也变得有几分模糊。

"怎么没人赴……"明胤口中那最后一个"宴"字生生地哽在了喉间。因为，在那翻腾的热气蒸腾过后，他突然发现，自己仿佛是从寂静的长街被猛然投入了欢腾的闹市！刚才还空无一人的长街宴的桌边，顿时已经坐满了各色人。一时间，吃喝笑骂声、觥筹交错声、妇人娇笑声、小儿嬉闹声如同潮水般，灌满了明胤的耳朵。他僵直了身体，一时间竟然不知道该如何是好。

"傻站在这里做什么？也不知道给人让个道吗？"一个娇俏的少女提着裙子，扭身从他身边穿过，还不忘瞪了他一眼。可她的视线一落到陈游介身上，却又瞬间多了几分娇羞。

"跟紧我，不要走丢了，否则走入这妖市的迷途里，就再也走不回来了。"陈游介轻摇着折扇，在汹涌的人潮间，依然镇定自若地架着鸟笼，俨然如闲庭信步。

"妖市吗？"明胤脊背一寒，顿时只觉得眼前灯红酒绿的景象都变作了青面獠牙的妖域景象。虽然在决定为了小八一定要参加奢香夜宴的时候他就已经下定了决心，绝不退缩，可是，当时的决心和现在直视百妖的感觉，还是截然不同。

"这些……全是妖怪？"明胤压低了声音。

"也不全是，在这个中元之夜，人妖混杂的夜晚，他们才可以在这烟火蒸腾中执手相看，把臂同游，拼却一夕之欢……"陈游介的声音低下去，仿佛浸透了不为人知的寂寥。

面前那永远顶着一团乱发的少年自顾自地点点头，笑容里有坚强和憧憬："爹娘他们，当初一定也是这么幸福的吧……一定是的。"

明胤说着，已经遥指前方："那里是什么，看起来好热闹！"

明胤，你身为术者和妖怪所生的孩子，到底要如何在这个人与妖混杂的长安自处？你究竟，会站在哪一边呢？

就让我看看，你能做到什么程度吧。

凝视着明胤的背影，陈游介玩味地一笑："长街宴不过是奢香夜宴里最次等妖怪的末席，前面才是真正的盛宴。"

长街尽头是一片开阔的广场，远远望去，人声鼎沸，异香扑鼻。可是，却与长街宴这边泾渭分明，分作了两边，走近了才发现，正是那个子小小的"于姑娘"守在路口，检查着想要进入广场的人们所带的食材。

一看到她的身影，明胤急忙回视了一眼陈游介。

陈游介施施然走到于姑娘面前，掀起遮盖鸟笼的围布将那色泽艳丽的却火雀赫然一亮。

"如此灵雀，岂不是比那长虫强多了？"

于姑娘的双眸果然被那红光夺目的却火雀映得顿时一亮，可转瞬她又刻意压冷了嗓子道："却火雀自然是不错，可这也太小了点。"

陈游介笑意不改，扇尖一指明胤手里正抱着的小山猪："再加这个。"

"这东西虽然寻常，可一股草木芬芳不带半点市井浊气倒也干净……"于姑娘故做咬牙为难状，"好吧好吧……这次就让你们过去吧。"

明胤霎时精神一松，一脚就冲进了广场里。

眼前的一切让明胤大惊失色。

开阔的广场中被架上了巍峨的巨釜，釜中烟尘奔涌异光流动，看不出到底是汤汁还是蒸汽在翻滚。而巨釜上正悬浮着的却是一方一丈见方的擂台。此时的擂台上，正有一只狼和一只犬在撕咬争斗。

那只犬虽然凶悍，到底不敌狼善战，一不留神就被狼狠狠咬住咽喉，仰头就摔了下去。

只见那犬在一片惊呼声里，跌落擂台下巨釜中。还未及发出第二声悲鸣，它就已经被翻滚的浊浪吞噬。

而那原本就已经异光夺目的汤水，此时更加光芒耀目不能直视。

"这……是什么？"明胤好一会儿才找回了自己的声音。

"奢香夜宴的妖汤……原来如此。"陈游介的声音中，竟然有了一丝藏不住的激动。

在他的身畔，只听一人欲哭无泪地低语："我的犬呀……本以为若是能胜一局，就可以换得半勺妖汤你我共享，谁知道……却害你成了这釜中之肉。"

"于姑娘不是说带着'食材'来吗？怎么又变成了'斗兽'？"明胤实在不解。

陈游介淡淡一笑："胜了就是座上宾，败了就是釜中肉。没看到大家带来的，都是活物吗？就是来这里一斗的。若是胜了，这釜中炼制了这么多妖兽灵物的妖汤就有资格分一杯羹，若是败了，自然就……"他指一指那欲哭无泪的男人，摊摊手，表示——如此而已。

顾不上叹息那男人的惨状，明胤急忙道："那，我们的却火雀也要一战？"

"是啊。"陈游介说着，手掌一翻，一个写着数字的竹排已经赫然出现在手心里，

"一会儿叫到我们的号码，却火雀就得出战了。"

仿佛是听懂了他的话，却火雀"啾"的一声扑棱着小翅膀，竟然很有几分跃跃欲试的派头。

看到却火雀如此激动，小山猪也抑制不住地"嘟"地叫了一嗓子。这些日子，它们朝夕相处，虽然一个天上飞一个地上跑，可是打打闹闹间也彼此熟悉了起来。

看着鸟叫猪鸣，再看看旁边那巨釜之上的战局，明胤的心中五味杂陈。

这时，一个鼻子特别长的人走过他的身旁。在他即将与明胤擦身而过的时候，突然顿足，盯着明胤的眼眸中顿时闪过贪婪的光芒："你……又来了？"

"我……是第一次来。"明胤猝不及防，不觉讪讪。

"我长鼻妖绝不会弄错的，能驱使魍魉的明家人的血脉！"他的声音，即使在这喧沸之中，依然如此响亮！

"很快，这里的人们就都会知道，继承了明崇俨血脉的人，再度出现了。"

隐秘的信息在急速地传递着，刚才还淡然交接的目光，此时已经骤然浸透了贪婪的欲望。

明胤看到，有些人将手摸向了腰间，有些人的手中已经有寒光在闪烁。

陈游介的目光骤然一沉，明胤小小的身躯一瞬间就已经被他遮掩在了身后。

突然，一阵银铃般的笑声从众人头顶掠过，那个娇小玲珑的于姑娘已经稳稳地落到了悬浮在巨釜上的擂台上。只见她眨了眨眼睛，笑靥如花："能驱使魍魉的明氏一族血脉，真的是这妖汤里百年难觅的上好食材，不知道是谁带来的如此上好货色？"

陈游介的扇子，徐徐地展开，却仿佛对刚才于姑娘的话充耳不闻："在下是谛听阁的陈游介。我和侍从是带着却火雀来一斗的，不知道于姑娘你说的食材是什么？"

听到谛听阁陈游介的声名，人群中已经有胆怯的偃旗息鼓，更多的却是目光中的攫取之色更盛！

于姑娘眼珠儿转了转，又道："若他是你带来的食材，看在你已经领了号牌的分儿上，自然是要依照我们奢香夜宴的规矩，上擂台来与对手一战。只要能赢，以我们于氏一族的声名作保，我们自然全须全尾地放他出去。"

"如果我说，他是侍从呢？"陈游介迅速接口。

"侍从啊……"于姑娘故作姿态地理了理发髻，"奢香夜宴实在是人多手杂，觊觎妖汤的人又实在太多，若是我们于氏一族有招呼不周，照顾不到，一时不察，让你这个'侍从'被妖怪吞食了，我也实在是抱歉得很啊……"说着，她摊一摊手环顾四周，"我的难处，想必大家都能理解吧？"

一时间，众人心中都是雪亮。

若是明胤不肯上擂台比斗，那么就任由他被百妖袭击，陈游介虽然是闻名遐迩的天才术者，只怕也吃不消如此阵仗。以一敌百，自然是百妖胜算大。

若是明胤上擂台比斗，那就更简单了。看他那手无缚鸡之力的模样，还不是跌入妖汤乖乖做了釜中肉？

陈游介并未立刻回答，只是不紧不慢地摇着折扇。深邃的目光中，晦暗不明。

"我们拿了号牌，如果对手弱的话……"如果对手弱的话，只要胜了这一局，他们就可以全身而退了。明胤低声。

"你想要一战？"陈游介沉声。

"嗯。我不想只会躲在你身后，我想要……守护明氏一族的名誉。"在妖汤的烟火中，少年的目光如此坚定。

陈游介的笑容，变得难以捉摸："有这样的想法，固然是不错。可是……你会战斗吗？"

"我……"明胤顿时语塞，半晌，他抬起头，"可是，我不想逃！"

回答他这一声誓言的，不是陈游介，而是于姑娘。她银铃般的笑声，此时却俨然是催命的丧钟一般重重地敲响在明胤的耳畔："很好，作为你的对手，我很欣慰！"

竟然是她？！

难道她也要自己上阵作战？

仿佛是看透了明胤目光中的疑惑，于姑娘伸臂在擂台上划出流动的法阵，只听一声悠长的呼啸声仿佛是从地狱的最深处传来，在场的众多妖鬼们顿时不觉都是心神一震。然后，只见一片暗紫色的雷光闪烁，一匹硕大无比的黑色凶兽的身影，正缓缓地从法阵中啸傲而出！已经有胆怯的妖鬼们唯恐被殃及，急忙奔逃。而于姑娘却依然轻盈地凌驾于半空之中，俯视着芸芸众生，俨然是成竹在胸。

而那巨大的凶兽却在一声声的呼啸中，现出了全部的身形。

三头雷狼！

人群中已经有人在惊呼。

陈游介的目光骤然一凝，正待开口，手中却骤然被明胤塞过来的一样东西占据。

"小八就给你照顾了。"

"小八可以保护你。"陈游介的语速从来没有这么快。

可那少年的决心下得更快："我就是想保护小八平安才愿意来赴宴的，怎么可以最后又把它推入险地？"

此时，擂台上已经蔓生出一道通路。

明胤头也不回地冲了上去。

看着那个决然的身影，陈游介将鸟笼打开："你自己选择吧。"他这话，是对却火雀说的。

却火雀如同一支离弦的箭一般急速地朝着擂台之上飞了过去。此时明胤已经登上擂台，刚刚蔓生出的道路也在迅速地消失。陈游介突然觉得身畔一阵疾风掠过，在一片惊呼声中，那急速飞蹿到正在消失的云道上的圆胖身影，竟然是……小山猪？！

通道已经消失了，如果不能取得胜利，明胤将无法活着从上面脱身。

"你可以飞上去帮助他。"陈游介对小八说。

小八的目光一寸也没有离开明胤的身影，陈游介却听到它仿佛用尽了全部力量吐出的句子："我，相信明胤。"

相信？

就让我来看看吧。

陈游介没有觉察到，自己轻摇折扇的手，早已经停了下来。

看着擂台上的双方已经站定，于姑娘放心地落在陈游介身畔，笑靥如花，志得意满："这么多好东西，都一锅炖了，真的是太对不起陈道长你了。"

"啪"地把手里的空鸟笼一丢，陈游介的笑容也是无可挑剔："请叫我陈老板。"

"呃？称呼有那么重要吗？"于姑娘眨眨眼睛。

"我只是想提醒你，我陈游介，从来不做亏本的买卖。"

于姑娘突然觉得，眼前这个人毫无瑕疵的笑容中骤然扑过来一种难以抵挡的寒气。她急忙转头，长喝一声："雷狼，给我上！"

刚才还在兀自嘶吼啸叫的三头雷狼得了命令，霎时就朝明胤直扑过来！

三头雷狼身形高大，明胤在它面前简直是小鼠对上了巨猫。不一会儿他被雷狼劈来的雷火逼得左冲右突险象环生。在围观的众多妖鬼的惊呼声中，陈游介的面色，却是越来越从容。

一开始就已经发现了吗？三头雷狼的弱点？

没错，三头雷狼身形硕大，可是这擂台不过一丈见方。若是雷狼动作太大，只怕一个不小心自己就会跌入擂台下的巨釜之中，那时候就不知道那于姑娘，还是不是笑得出来了。

这边陈游介正在冷笑，那厢明胤在擂台上，却是一次次的惊魂甫定。在上台前他就发现了，雷狼体形硕大而擂台较小，自己正好仗着身形较小的优势，躲闪腾挪跟雷狼拖延时间。他相信，只要能多拖延一阵他就能找到机会一击得手！

他还记得陈游介说过的，对付强敌，不可硬拼，只可智取！

正当他全力以赴对付雷狼的时候，却发现，却火雀竟然也没闲着。它如同一道红色的闪电，一次次地飞掠过三头雷狼的眼前，扰得它晕头转向，劈出的雷没有一个打准了方向。

明胤没想到却火雀竟然还有这份能耐，平时给它喂的水米还真的一点儿也没糟蹋啊。再一转头，又见那只小山猪正被雷狼劈出来的雷光炫得双眼乱冒蚊香圈圈，连逃都不知道抖着小短腿往哪儿逃。

无论如何，如果能胜利的话，起码就能保住却火雀和小山猪了。虽然是为了保住小八才出此下策找了它们来，可还是觉得对它们有一份挥之不去的亏欠。

可是现在，跟它们一起并肩作战的自己，终于可以直视它们清澈的目光。

一把抱起还在懵懵懂懂不知所措的小山猪，明胤闪过一道直劈下来的电光雷火，再次躲过了危机。只是，手里抱着小山猪，原本敏捷的动作，顿时就迟缓下来。即使却火雀竭力在扰乱三头雷狼的视线，明胤还是闻到了，自己的头发正在散发出的焦煳气息。

雷狼劈过来的雷火，越来越近，要躲开，变得越来越困难了！

"啾！"却火雀的声音，骤然变得凄厉。明胤心中一紧，只见却火雀最长的那根尾羽已经被雷劈掉了半截。

糟糕！陈游介的目光渐渐地凝重起来。

却火雀受伤，小山猪又拖累了速度。如果这个时候，明胤能丢下它们，独自战斗也许还有一线生机。可他若是非要不自量力，要护得这两个小东西周全，那可就……

把受伤的却火雀塞进衣襟，抱紧了怀里的小山猪，明胤只觉得自己的心跳，前所未有的急促。

而在他的面前，刚才早已经多次未能一击得中的雷狼，喉中正在翻滚着吼声一步步地朝他逼近。

怎么办？还有什么别的办法吗？

明胤急速地思考着，手里抱小山猪的动作，却是控制不住地越来越紧。突然，他觉得胸前有个什么东西硬邦邦的。他伸手一掏，竟然是平时没事玩的弹弓。距离这么近的话，说不定可以射中。如果射中的是三头雷狼的眼睛的话，哪怕只是这六个眼眸中的一个，也足以让它遭受重创！

可是……有没有弹丸？明胤的手，伸向平时放弹丸的荷包。那触手而来空荡荡的感觉，只让他心中不觉一沉！

是空的吗……不！最后，手指捻到了唯一一个弹丸！

必须，一击而中！

雷狼喉间的雷火积蓄的嘶吼霹雳声，已经越来越明显！

可是，不能着急。如果距离太远了的话，这一击，压根无法发挥威力！

距离越来越近了……

六步、五步、四步……

明胤一跃而起，对着雷狼的眼眸，"锵"的一声，一道光芒就已经激射而出！

"嗷！"雷狼的嚎叫声顿时响彻夜空，再也无法抑制怒气的雷狼朝着明胤小小的身躯，直扑了过去。

明胤急忙后退，却没想到后面已经无路可退！一脚踩空的他，只觉得视线霎时颠倒，巨釜中蒸腾而上的热流，瞬间将他的肌肤全部笼罩！

可是，比他的恐惧更快地响起的，却是重物跌入釜中的声音！在视线的余光中，他竟然看到，那刚才还不可一世的雷狼一下扑空，竟然比他还先跌入巨釜之中！

赢了！明胤的心头，顿时涌上挡不住的惊喜！

可下一秒钟，他就明白过来，胜利的果实，得活着才能享用。

妖汤翻滚的热浪已经近在咫尺！

明胤的双眼抑制不住地赶紧闭上，准备迎接那吞噬的热浪。

可是，那逼人的热浪竟然……好像就只是停在了脚下？自己的身体竟然……浮在了半空中？！

"唔……"一声极为辛苦的扑哧声从他的耳后传来,那后领被拎住的感觉,竟然是小八!它正竭尽全力地叼住明胤的衣领,朝着巨釜外飞去。

小八从来没有叼过这么重的东西!

它怎么可能?!

而且,不只是明胤,还有明胤怀里的小山猪和却火雀,它是怎么样才能承担起如此重压?!

小八飞得很慢,它能悬浮着不跌入巨釜中,已经是极限,可是那席卷而上的热浪,依然在毫不留情地夺去它微弱的力量!

"啾"的一声,却火雀从明胤的衣襟中飞出,只是它没有朝上飞,而是朝着妖汤掠去。虽然知道自己此时的每一个动作,都会牵扯掉小八的力量,可是明胤还是禁不住想要拦住它。

那些翻滚的热浪火焰,在遇到却火雀时,却自动退缩下去。在却火雀的翅膀抖动之处,那些肆虐的火焰都偃旗息鼓,霎时就矮了半截。对,陈游介说过,却火雀的能力就是能让火焰退散。明胤心中顿时一喜。

感觉到脚下火焰烟尘的力量一退,小八叼着他的衣领飞行的速度顿时就快了几分。眼看,就即将离开巨釜之上!

明胤的心,都要提到了嗓子眼!

突然,翻滚的火焰中,骤然蹿出半截身躯,扑扇着利爪就朝着明胤袭来!

是三头雷狼!想不到它跌入妖汤多时都还未曾完全被吞噬殆尽,竟然还有余力做这最后一击!

明胤只觉得衣领后的小八在竭尽全力地飞掠而去,可那流淌着火焰的利爪来势更急!明胤只觉得胸前一空,下一秒他就已经重重地跌在了地上!全身上下汹涌而来的痛楚感觉,都比不上劫后余生的欣喜来得如此真切。

一双手伸过来,将他拉了起来。陈游介那似笑非笑的唇角,一如既往的讥诮声音,这些平时早已经习惯了的情景,此时看在明胤眼中,却是分外亲切。短短一瞬间,明胤只觉得自己已经是再世为人。

"老板……"明胤有几分想哭,都不知道该说什么好。

陈游介却伸臂把明明已经累晕了,却还咬紧了牙关挂在他衣领后的小八小心翼翼地取了下来,面对明胤的感动神情,他却轻笑一声:"要是你再不能平安落地,小八就要提前变成没牙的老龙了。"

明胤扑哧一笑。

只听却火雀的叫声骤然凄厉!

明胤猛然想起:"小山猪!"刚才三头雷狼最后的一击,未曾打中他,却正好将他怀里的小山猪打落妖汤!

明胤急忙冲到巨釜边,只见小山猪在烟尘火焰间哀号,却火雀在它头顶飞舞,却是无计可施。

旁边原本三头雷狼被打落巨釜时就已经面色苍白的于姑娘,此时倒渐渐泛上些许诡异的红晕:"虽然不胜,可你们也别打算可以所有人都全身而退!"

听了她这话,明胤忍不住更加焦急。可是,他根本连靠近巨釜都无法做到,更别说去救小山猪了。看到他难过的神情,于姑娘更平添了几分得意。

"就算如此,先跌入妖汤的是你的三头雷狼,你还是败得彻彻底底、完完全全。"陈游介分外轻快的话语霎时让于姑娘的笑容僵在了脸上。

小山猪的悲鸣渐渐地低了下去,取而代之的,却是另一种声音。在妖汤混浊的火焰和混沌的烟尘间,一个身影正越来越大,越来越难以忽视。伴随着它低沉的呼啸声的,还有清晰的吞咽声。那些火焰,那些烟尘,那些翻滚的浊浪,都在一点点地散去……明胤睁大了双眼,只见此时在那巨釜中,有只巨大的妖兽,正在将妖汤一点点地吞噬殆尽!

所有的妖怪们都愣住了,虽然他们来参加奢香夜宴已经多年,却没有料到今夜会出现如此诡异的变故!

"咣当!"巨釜碎裂的声音震彻天宇。一个巨大的小山包一样的巨兽喷吐着浓重的吐息,从巨釜间迈步而出!

那浓重的吐息,跟刚才明艳的火焰和诡异的烟尘不同,它是彻底的暗沉的黑色!找不到一丝光亮!一股令人窒息的气味扑面而来!

啊……已经有妖怪倒下。

陈游介的手指立刻捂住了明胤的口鼻:"是百妖瘴气!"

"是……小山猪?"明胤不敢相信自己看到的一切。那个全身都染上了油腻腻的黑色污迹的巨兽,跟他熟悉的、那个会在他怀里蹭蹭的小山猪太不一样了。可是,那蒲扇般的大耳朵、那肥短的蹄子,如果不管这大得离谱的尺寸,眼前的巨兽,分明就是小山猪！

"太……太好了！百妖成汤，炼化瘴兽！我终于成功了！"于姑娘无视那一群群正在喷涌的瘴气中倒下的妖怪们，控制不住地拊掌欢呼！

"它已经不是你的小山猪了，瘴气会越来越浓，我们快走！"陈游介永远不紧不慢的声音中，竟然也隐隐有一丝焦虑。

"可是，就这样放任不管的话……"

瘴气在小山猪的喷吐中，弥漫得越来越快，刚才还歌舞升平灯火摇曳的奢香盛宴，瞬间就变成了乌烟瘴气的人间地狱！若不尽早脱身，只怕他们连来路都会找不到了。

可是，在那黑暗中，依然有一道红色的光芒在盘旋飞舞。

是却火雀！

"却火雀。它能退火焰，可是瘴气……它无能为力。"陈游介望着那黑暗中一抹不肯熄灭的红色流光，仿佛在喃喃。

"虽然看起来它们总是你追我逃鸟飞猪叫的，原来感情还真不错。这样都不肯放弃，想要唤回它的灵智吗？真是傻鸟。"陈游介拉着明胤，转身就要走，"别管它们了。"

手心里原本紧紧抓着的那只手，一下就空了。冲到那暗沉的瘴气间的少年在说："我要去唤回小山猪的灵智！刚才危急关头，它跟我并肩作战，这时候我怎么可以丢下它不管？"

少年的远去脚步声和天空中那红色流光间划过的鸟叫声，一下就被四散奔逃的脚步声淹没了。

陈游介仰头，缓缓地微笑："看来，这里的傻鸟，还不止一只。"

于姑娘正要伸臂激射出符咒，突然，手腕间传来一股剧痛。

她恼怒地抬头，看到的是陈游介淡然的面容。

"你干什么？你不是从不管这种事情的吗？"

"我不是在管事，我只是不想让你坏了我看戏的乐趣。如果让你用符咒控制住了那山猪化成的瘴兽，我的乐趣，岂不是要大打折扣了。"陈游介遥望着那未知的黑暗深处。

"你的乐趣也乐不了多久，你以为那个小鬼能撑多久？你觉得他能赢？"于姑娘咬牙切齿。

"不到最后，谁知道结果会是如何……"陈游介说着，手中的折扇轻轻一挥，那些原本裹挟而来的瘴气，霎时就退出了五尺开外。

于姑娘轻哼一声，"那就请你，慢慢……看。"

此时的小山猪，或者说瘴兽，已经迈着沉重的步伐，一步步地向前挺进。所到之处，妖怪们纷纷仓皇逃窜，甚至有个别体弱的早已经无声无息地倒下，消散在浓黑的瘴气之中。

明胤抵抗着那越来越浓重的瘴气，一步步靠近小山猪。还好，却火雀在发现了他的身影后，也靠近了他的身畔。虽然它不能驱散瘴气，可它带来的光明让明胤在这伸手不见五指的黑暗中，不至于迷失方向。

恢复灵智……恢复灵智，陈游介刚才好像这样说过。小山猪是喝了妖汤才变成这样的，如果能让它恢复灵智，那么它就能恢复原状了！

可是，到底应该怎么做呢？刚才冲过来的时候，应该问问老板的。不对，他也不知道，否则他就不会试图带着自己离开了。

恢复灵智……耳畔，传来了却火雀不安的啾啾声……

对了，他还记得，小时候自己发热，一晚上不退，父亲担心他热迷了神志，就一刻不停地呼唤着他的名字。父亲相信，名字就是唤回灵魂最好的引路灯，那两个字，能引导着迷途的灵魂，悠悠回转……

要喊小山猪的名字吗？可是……它叫什么？

明胤茫然了。

因为知道小山猪是用来代替小八的食材，所以他一直没有为它取名字。有了名字，分离的时候，只会更加不舍。可是现在……其实，别说名字，明胤连它到底是普通的猪还是野猪、山猪都没弄明白过。

地，仿佛都在震动着。

喷吐着瘴气的巨兽，已经如此迫近！

突然，有什么东西，从袖袋中滑了出来，跌落在地。是原本用来捆着小山猪的五色绳。

五色绳一落到地上，就瞬间化作了一张交织着五色流光的大网，将巨兽笼在了网中！

愤怒的巨兽在网中竭力挣扎着，显然这些绳索已经让它极为不适。随着它竭力的挣扎，刚才还迸发着五色流光的网，迅速地变得暗淡，并且，在一根根地崩断。这五色绳是陈游介准备的，老板这是在为他争取脱逃的时间……

快逃！有个声音在心底抑制不住地低吼。

头顶，那一直摇曳盘旋的红色光华，突然变得明灭闪烁，明胤急忙抬头，只见却火雀的翅膀已经越来越无力，光华越来越暗淡……

可是，即使这样，它也没有飞走。拥有翅膀，能绽放光芒的它，本可以最先逃走的，可是，它没有。那段在明家破旧庭院里相依相伴的日子，就足以它交付生命，不离不弃。

"嘟……吭……"化作了巨兽的小山猪，发出了熟悉的叫声。只是这叫声比起平时要沉闷了许多……

而此时，五色绳的最后一根绳索，正在崩断！

巨兽喷涌着浓厚的瘴气，呼啸而来！在那混浊的双眼中，再也看不到，昔日的清澈与剔透！明胤却觉得，自己看到了，一个仿佛年幼的自己一般的孩子，在黑暗中茫然无措。它不知道自己怎么会变成了这样子，它奋力地号叫撕扯，却依然看不到一丝光亮，它……忘记了，自己是谁！

妖汤迷惑了它的神志，它，找不到自己了！

这时候，只要呼唤，它的名字。它的……名字！

"醒一醒！当康！"明胤竭尽全力，大声地呼喊着！

"当康！"

仿佛是被这一声震慑住了一般，巨兽的身躯，骤然停滞。

"嘟……吭……"

"当……吭……"

它粗重的喉间试探着，一次次试图发出它听到的那些音节，一次次地，更加接近。

而随着它一次次的试探，明胤看到了，那从它鼻息处喷吐出来的瘴气，正在一点点地稀薄、消散。

"当康！"

"当……康！"

同样的两个音节，随着高低不同的嗓音，如此准确地，响彻天宇之上！

仿佛是最爽朗的东风，将所有的污浊与黑暗全部扫清了一般。那些刚才还笼罩了天地的浊气，此时如同斗败了的残军，偃旗息鼓，无处容身。

可是，比起那些，更让明胤难以置信的，是眼前小山猪的变化。它那庞大的身躯渐渐消散开去慢慢变小，随着它那一声震彻天宇的叫声，一对雪亮的长牙出现在了它的嘴边。衬着它此时已经恢复了洁白的身躯，它的全身上下都流动着一股清朗的草木甘香。

"原来是神兽当康，其形似猪而有长牙。这只本来没长牙的小当康，经历这一番历练，终于能变成真正的神兽。于姑娘，你只是想要瘴兽，老天爷却给了你一只神兽，真是可喜可贺。"

神兽当康，它的叫声就是如同呼唤自己的名字一般。当它叫起来的时候，就意味着天下太平，五谷丰登。那一声，足以涤荡妖孽瘴气。

于姑娘抖了抖苍白的嘴唇，犹有不甘。

陈游介却一指天边已经悄悄泛白的一线："今晚已经过去了，若想再理论，还是请于姑娘明年赶早吧。"

于姑娘跺了跺脚，终于化作一道黑影消失不见。

"这里不适合我生活，我要回到山林里去了。"小山猪，现在应该叫它神兽当康，认真地对明胤说。却火雀也扑扇着翅膀，啾啾地告别。

"都是因为我想救小八，结果却差点害了你们。"明胤有点不好意思。

当康摆摆头，那大大的耳朵扑扇扑扇的，它的声音好像吹过山林的风，那么爽朗豁达："我一直在山上修炼，可是一直没办法成长为真正的神兽。就算我生来就是当康，也要长出长牙，才能算是长成。经历了这一次，我才真的可以承担起自己的使命了。"

"所以那时候，你才自己冲上擂台？"

当康似乎还有几分孩子气的不好意思："我一直胆小、害怕，可是那时候我觉得，只有变得勇敢了，我才能真的长大。"

不胆怯、不退缩，才会真正成长，一直躲在强者身后的人，永远都只会是孩子。

望着当康腾云而去的身影还有它身畔一直飞舞的却火雀，明胤觉得这一晚，长大了的不只是当康，还有自己。

一转头，却发现陈游介正得意扬扬地捞起破碎的巨釜中最后剩下的东西。一道雪色的流光闪过，一颗白色的丹药已经落入了陈游介的掌心之中。

此时的他，比那喝了妖汤的小妖们还要眉开眼笑："百妖炼化，又得当康净化，这灵丹真的是千金难得的妙品啊。"

明胤只觉得，嘴角在控制不住地抽抽："其实，你什么都知道，就是为了这颗灵丹来的吧？"还弄得我差点送命，还有当康和却火雀也身陷险境……

陈游介一脸诚恳："怎么可能？刚才那些人要把你活吞了的时候，难道我没有护你周全吗？"

呃，说起来也没错，那时候陈游介确实是毫不迟疑地将自己回护在身后。可是……明胤还是觉得，似乎有哪里不对……

金色的阳光，披头盖脸地猛然泼打到了身上，明胤从来不记得什么时候的早晨，会这么瞬间降临。而且，看起来简直就不是清晨，俨然是日上三竿了！

再回头看过去，巨釜、擂台都在阳光中消失得无影无踪，更别说那些熙熙攘攘的众妖和昨晚曾经觥筹交错的长街夜宴了……七月半的长夜，在一瞬间，仿佛是一个轻薄的梦境般，在阳光中不动声色地粉碎，消失殆尽……

"累了一晚上，我们正好可以去抢到怀德坊东头的第一炉胡饼！那个喷香啊……"陈游介已经开始摩拳擦掌了。明胤一听，顿时也激动起来，大跨步就冲在了前面。那个胡饼的香味似乎已经萦绕在鼻端了呢。

看着一夜间似乎长高了不少的少年的背影，陈游介不动声色地将那一片已经凋零的叶片轻轻揉碎，"可惜我的变昼草①……就这么用掉了啊……

"刚才若不是我及时使用它，延长夜晚，那么当康根本就没有机会长牙化身。小孩子果然还是什么都不明白啊……"

---

① 变昼草，有点像芭蕉，可以长到几尺高，只有一根茎，叶子却有上千，把它立起来则周围百步以内黑得像夜晚。

第三章

天目変

夜晚的长安，仿佛变成了另外一个完全陌生的领域，到处都蔓延着让人捉摸不透的混沌气息。

"老板……你究竟在找什么？"明胤压低了声音，只觉得那刚吐出的字句，刹那间就已经被眼前密不透风的黑暗完全吞噬。

"每月大晦之日才开的夜市，总会有些特别的东西。想要捡漏淘到便宜宝贝，这可是最好的时候。"在明胤身前，是正镇定自若地执着一柄针刺无骨花灯的陈游介。此时，他锦衣夜行的姿态，如同一幅吴带当风的名画。

"那个……要说奇珍异宝，我们店里也不缺啊。"明胤可记得，谛听阁的收藏，简直就是一座宝山啊！

"好东西，我是永远不会嫌多的。"陈游介的折扇，在习习夜风中"啪"地展开，"永远要记得，我是——陈老板。"

谛听阁那位绝不吃亏，锱铢必较的，奸商老板是也。不过，身为谛听阁的小伙计，这话明胤只敢悄悄腹诽。万一被老板发现，谁知道他又会怎么变着花样整治自己。想起过去的惨痛经验，明胤十分明智地，闭嘴、迈腿。

突然，原本寥落的街道上，传来了婉转的丝竹管弦之声，随之而来的，还有清郁的幽香。

接着，出现在视线尽头的，竟然是——

一辆牛车？

长安的富人们出行往往使用马车，而只有真正从容不迫悠闲自得的贵族，才会使用牛车。那一份悠然闲适，是无论多么神骏的马匹也赶不上的迤逦风姿。

更不要说那扑面而来的袅袅幽香，是如何地沁人心脾了。只不过牛车低垂的帷幕，早已经将一切窥探的视线统统遮住，让人只能用想象去描摹这牛车中人高贵的风仪。

随着牛车在石板路上一点点辚辚地辗过，周围错落的行人都不由自主地贴近了墙根，给这高贵的行列让出了一条坦荡的通路。

就连原本正在交易的买卖双方，也不自觉地压低了声音。

明胤还从未见识过如此豪华的车驾，一时间竟愣怔得忘了迈步。

"扑哧"一声，在这静默的夜晚竟然清晰得惊人。更让人讶异的是，这笑出了声的人，竟然是谛听阁那个永远风度完美无缺的陈游介。

"是谁？！"车里传来的，竟然不是娇嫩的女声？

"在下陈游介，多有冒犯了。"陈游介将无骨花灯移到明胤手中，拱手作礼。

"哼……"车内的人看来依然是余怒未消。

"请小姐千万不要怪罪才好。"陈游介继续诚恳地致歉。

呃？这个声音，固然高亢，可怎么听都是个男人吧？一向精明的陈老板竟然也会错认？

"你……你……是不是吃定了我找不了你的麻烦？！"车内的人似乎已经在咬牙切齿。

"当然。这个长安夜市嘛，谁都来得，唯有……你不可以。"

"你说什么？！"

"如果让其他人知道，本朝最刚正不阿的府尹大人楼平澜的独子楼东来在夜市上游荡，那对楼大人的官声，可真是……大大不好啊。"陈游介说到最后几个字的时候，压低了声音，如同耳语，可又清清楚楚。

京兆府尹？！明胤心里一震。要说他们这些夜游者最怕的，可就是府尹！入夜宵禁后还在长街上游荡，那可是……

"我……我……我就是来了！怎么着！""唰"的一声，低垂的竹帘已经被毫不留情地掀起。帘后现出身形来的人，明胤尚未看清面目，就只觉得简直要被那绚烂的衣袍闪花了双眼。雕刻繁复花纹的玉带，织锦袍衫那松松垂下的前襟翻领处工整富丽的纹绣，还有……手指上璀璨生辉的各色戒指，每一样都是辉煌夺目。还没等明胤回过神来，这金碧辉煌的贵人竟然就已经"啪"的一声，从牛车上跳了下来，气势汹汹地朝陈游介直逼而来。

即使在幽暗的灯光中，这飞扬夺目的面容只一眼，就叫人自惭形秽。

"原来真是楼公子，上次的大食香料，承让了哦。"陈游介笑得坦然。

"我明明出价比你高，你却巧言令色迷惑那店主她卖给你了，叫我在朋友面前可是……"楼东来顿住，猫似的双眼瞪得更凶了，"总之，这次的夜市，我可不会再让你捷足先登。"

"巧言令色、捷足先登？"陈游介颔首，做欣慰状，"楼公子的学养真的是进步良多啊。上次我可记得，你连字都认不全呢。"

楼东来更怒了，可是显然在此口水战里不占优势，也不上他的牛车了，只气哼哼地转身自顾自就迈步向前。

虽然陈游介顺利地占了口舌上的便宜，可是，很快他就发现，跟那个任性的大少爷作对的后果就是，所有他看上的东西，都会被对方高价收走，他压根连出手的机会都没有。就这样，走了一大圈后，他竟然还是两手空空。倒是楼东来，几乎要把他随行的牛车填满了。

看来，今天晚上只能空手而归了。陈游介偃旗息鼓，正要转身。

突然，只听长哞一声，那牛车竟然直冲过来！通红的双眼，俨然是疯了！车夫早就跌下了车驾不见踪影。

陈游介急忙闪身。

楼东来却是猝不及防！仓促间，他竟然踩到了衣摆，硬生生就要被那疯牛撞上！

说时迟那时快，一团火光骤然跃到疯牛蹄前，原本径直冲过来的牛蹄不自觉地歪了几分，楼东来只觉被人狠狠一扯，紧接着他就一屁股跌坐在了滚滚尘埃之中。而那头气势汹汹的畜生堪堪擦过他的身畔，朝着长街的另一头扬蹄而去！

饶是楼东来自负胆大，此时也不由得有几分庆幸。要被这几百斤的犍牛踩中，就算不至于丢了小命，只怕也是要伤筋动骨。就更别说他身为纵横长安的天之骄子竟然连头牛都躲不过，该会是一件怎样让他抬不起头来的丑闻了。

楼东来定下神，只见眼前那正在燃烧的，是一个原本最精致的针刺无骨花灯。而正扶着他站起来的，却是刚才站在陈游介身边，他一眼也没有瞟过的那个消瘦少年。

"刚才，是你……救了我？"楼东来简直无法相信，刚才在疯牛冲过来的时候，就是这少年，用火光让疯牛闪避了寸许，又抓住那瞬息的时机救人。可他早已经撕裂的半幅衣袖，还有正从肩头一点点渗落的血迹，都在切切实实地告诉楼东来，没错，就是他。

注意到了他的视线，明胤急忙将胳膊藏到了身后："这个……没关系的。"

"谁说没关系的？我的无骨花灯啊……就这么烧没了。松三娘长安独一份的手艺啊！"陈游介望着早已经烧得几乎全成了灰烬的花灯哀叹。

"我赔给你！"楼东来说着就要掏钱，却发现两手空空。钱袋还在牛车上。

"如果你还想要回你的钱的话，我建议你赶紧去追上那辆发疯的牛车。"陈游介的话音未落，就听到了远处一阵瓷器破碎的声音。显然，是那牛车正在制造下一起事故中。

楼东来看了看明胤，又望了望远处，终于急忙跑了过去。

"疼吗？"陈游介审视着明胤被刮伤的胳膊。

"还好……"明胤自认是皮糙肉厚。

"好，既然有人送了礼物过来，我们怎么也得去看看清楚。"陈游介说着，已经跨步向前。

"你是说，刚才那头牛……？"

"当然，要不然你以为这种训练有素的牛会突然发疯吗？"陈游介冷冽一笑，幽深的眼眸中，没有一丝的怯意，只有夜之王者不容置疑的骄傲。

长街尽头，刚才还气度雍容的牛车，此时已经破败不堪。而楼东来却没有发火，而是轻言细语地在安抚着一个姑娘。看看那满地破碎的坛罐和花朵，原来那疯牛最后冲撞了的，竟然是一个在夜市上卖花的摊子。而那些破碎的陶瓦罐里原本盛着的就是各式的水生花卉。一眼望去，那色泽斑斓的水柳、鸢尾、竹芋……都已经被牛蹄践踏得稀烂，没了半分模样。

而那罪魁祸首的牛，此时正瘫软在地，口鼻中正涌出白沫。

"似乎是有什么人，用特制香料迷了这畜生的本性，可是此时气味太杂，我一时间也判断不出了……"陈游介沉吟，"算了，我们走吧。"说着，他已经转身，明胤也疾步跟上。

"这个，你叫什么名字？"楼东来竟然追了上来。

明胤几乎不敢相信，这个金碧辉煌的贵公子竟然是在跟自己说话。

"明胤。"

"我叫楼东来，这个……这个送给你。"楼东来说着，不由分说地将一个陶罐塞到了明胤的手里。然后，就急匆匆地转身。

陶罐里，正盛开着一株小小的白色莲花。而楼东来转身的手里，似乎也正捧着同样的一罐莲花。

陈游介沉声："你以后，还是多加小心为上。"

回答他的，是楼东来一声响亮的"哼"。

其实刚才，楼东来是有点不好意思吧？明胤想。

次日午夜。

陶罐里，原本白色的莲花不见了，取而代之的，是一只手。如果它不是如此突兀地单独存在于此，而是在一位少女的身上，那会是一只让人赞叹的纤纤玉手，或许文人墨客会为它写下浓丽婉转的诗篇。可是，这样一只玉手，却是插在陶罐之中。诡异的组合让人禁不住心悸。可它依然保持着如同花朵般的姿态，兀自伸展着，朝向天空的方向。

"这是什么？"明胤忍不住低声问，小八也歪着脖子，迷惑地左右看。

"这就是人家给你的报答。"陈游介冷哼一声。

"这……到底是什么？"虽然已经见识过奢香夜宴上妖怪横行的盛况，可是看到眼前这诡异的白色纤手，明胤还是觉得冷汗直冒。

"化白骨为花，在夜市上行骗，还真是不错的主意。只可惜昨晚我们光顾着注意那头疯牛了，却让人钻了空子。"

"幸亏我发现得早，要不然，这东西就在半夜扼你咽喉……取你生魂。"陈游介的话语声，突然越来越低，带着隐隐的威慑与恐吓。

"啊！"明胤叫了起来。

果然还是怕了。陈游介冷笑。

"如果是这样的话，楼公子不是……他该不会已经……我们赶快去通知他吧！"明胤说着，已经跳了起来。

"楼公子住哪儿呢？对了，府尹府邸就在旁边，我这就过去吧？"明胤喃喃自语着，完全没有意识到陈游介的脸色已经变了又变。

"你自己刚刚脱离危险，还管那个楼东来做什么？"

"这个……发现了危险，跟周围的人示警，难道不是理所当然吗？"明胤说着，已经一头冲了出去。

这么毫不迟疑地，就选择了帮助别人吗？明明那个人，昨天才刚刚认识，半点交情也谈不上……

"嘭"的一声过后，是两声错落的"哎哟"声，双双跌倒在地的，正是一头冲出去的明胤和一头冲进来的楼东来。只不过，在痛叫过后，明胤揉的是额头，楼东来揉的是肩膀。身高差异在这时候显现出来了。

"那个花！"

"那个花……"

又是同时响起的两声又同时停住。明胤怔住，原来楼东来也是发现了异状，所以才急匆匆跑过来向他示警的？

这边，也迅速明白过来了的楼东来，霎时间已经爆发出一阵爽朗的笑声。

待到那回荡在整个谛听阁的笑声结束的时候，楼东来已经拍着明胤的肩膀："不枉我这么辛苦跑过来向你告密，还好你没事。"

告密？把秘密告诉我的意思吗？那个不叫"告密"好不好？楼少爷，你的学问真的是……让人无语。可是，面对着如此热情的笑脸，如此爽朗的笑声，一切原本的生疏与隔阂瞬间不复存在。

"刚才这个花突然变成了手，掐住了我的咽喉，还好我身手敏捷才逃过一劫！"楼东来说着将一个封得密密实实的铁盒放在了桌上，"我也不知道怎么处理这东西才好，就索性拿过来了。"

"你是说，决定要向我这个'天才术士'求助了吗？"陈游介微笑。

"呃……"楼东来一滞，可是想到自己私游夜市，才招惹上了这种莫名其妙的麻烦，要是放不下身段向陈游介求助，真让自己那个最严苛的爹知道了，那可就……吃不了兜着走了。想到这里，楼东来咬了咬牙，瓮声瓮气地"嗯"了一声。

虽然这一声几乎低不可闻，却已经让与楼东来多次交锋的陈游介露出了胜利者的笑容。

"既然楼公子这么诚心诚意地求助，我自然是会全力以赴为你排忧解难。"陈游介笑得连眼角眉梢都是浓浓的得意。简而言之，终于打败了死小孩的感觉就是好啊！

死小孩楼东来当面吃瘪，只能选择性无视。

"如果你不怕，就看看吧。"陈游介发话。

楼东来当然不怕。纵横长安的天之骄子什么时候害怕过？

桌子上放着两个釉色暗沉的陶罐，一个陶罐里依然是一朵白色的莲花荡漾在清波之上，而另一个陶罐里，却是一只纤纤玉手。虽然只有这一截手臂，却依然娇嫩如生。从那整整齐齐被截断的切口处，并没有一滴鲜血渗出。

"这个怎么还是花的样子？"楼东来禁不住奇怪。

"我们店里这个，杀戮的法术正发动的时候，就被老板制住了，封住了它的变化。而你那个，一击不能得手后，它就又恢复了花朵的伪装，以期再次下手。"明胤不待陈游介示意，就将来龙去脉和盘托出。

"接下来呢？该怎么做？"楼东来的眼眸里，不光没有一丝恐惧，此时简直已经是在激动了。

"这个，要看你怎么选了。"陈游介的声音恰到好处地响起。

"因为，这个诡计原本的目标，就是要对付你啊。我和明胤，不过是遭了池鱼之殃。"陈游介把所有的情绪都静悄悄地隐藏在笑容背后，"要知道，令尊大人上任后，就一直力行要扫荡夜市，这是众所周知的事实……"

"所以她们要对我下手？"

"楼大人最疼爱的儿子，又性喜夜游，简直是再好不过的目标了，不是吗？"

楼东来的脸色变了又变，最后开口："你要我选什么？"

"当然是，选择现在处理掉这白骨花就完事，还是……追出幕后的真凶。"

"老板……"明胤禁不住瞪了一眼陈游介。明明就算没有楼东来，你也肯定要追查下去的，何必非要拖他下水？

你不觉得，拖他下水的话，我们可以赚点查案的费用？陈游介的目光在无声地回答他。

老板你……明胤无语。

"当然是追查真凶！我的牛车，我的性命……怎么可以就这样不声不响地过去？！"楼东来昂头。

明胤擦汗，为啥你非把牛车放在性命前面，那东西有那么重要吗？

"很好，那我就静待事情解决后，楼公子你送来的丰厚谢仪了。"陈游介的营业用笑容上阵。

"现在，先借此物一用。"陈游介说着，楼东来脖子上，那雕铸成飞鹰纹样的银牌已经落入了他的手中。

楼东来反对的意见还没来得及出口，就看到那个银牌在月光中散发出袅袅的烟雾，随着那烟雾越来越浓，在浓雾中依稀而现的身影，竟赫然是另一个楼东来！

没有人说话，仿佛是有人在黑暗中敲响了一个幽暗的鼓点，告诉人们，好戏开场了！

那个假的楼东来面色恹恹的，趴在桌边就做沉睡状没了动静。

随着陈游介的指尖轻动，原本束缚了那朵白骨花的禁制已经解开。

只见它如同属于一个最优雅的舞姬般，轻盈地舒展着纤细的指尖。如果不是眼前的这一幕太过于诡异，只怕明胤简直要掩不住喉间的赞叹。

随着这只手的动作，保持着花朵虚像的另一只手，也显出了原本的模样。两只手，仿佛是找到了另一半翅膀的蝴蝶般，合拢在一起，朝着沉睡中的"楼东来"急袭而去。

"咔嗒……"暗沉的，拧住脖子的声音。这两只手，竟然是……一双手。这一双手，将从楼东来身上正飘摇而出的一团明亮的光华，轻盈地捂住。那动作优美得，如同是一位垂髫少女正在捕捉着翩然飞舞的蝴蝶一般，小心翼翼中，又带着不自知的天真残忍。

然后，合拢的手掌如同闭拢的花苞一般，带着那美丽的战利品，朝着屋外飞掠而去。

长夜，开始了。

"你怎么也来了？"明胤急了。

"我怎么不能来？"楼东来反问。

明胤没有想到，跟着陈游介的脚步追寻而来的，除了自己，竟然还有这个一看就很麻烦的贵公子楼东来。

明胤耐着性子解释："这个……很危险的。"如果不是怀里有小八在，明胤也不知道自己是不是有勇气就这样孤身追踪过来。身为曾经的大唐知名术士明崇俨之子，他没有从过世的父亲那里继承到术法，却得到了小八作为相依相伴的伙伴。甚至，他都没有想到，彼此的牵绊能那么深，能让小八放弃了修炼和飞升，心甘情愿地舍弃了头上的龙角，以没角的小龙的姿态，留在了他的身边。

"我最不喜欢的，就是外行人跟着瞎掺和。"陈游介的声音远远传来。

"我把上次淘到的极品龙涎香分你一半。"楼东来显然迅速看清了形势。

"全部。"

"一半。"

"三分之二！"

"成交。"

陈游介指点着远处那一抹若隐若现的火焰消失的方向："那里有一股浓重的晦气，想必是有古怪，你真的要去？要知道，你要有什么三长两短，那龙涎香我可没处找人兑现去啊。"

"我会活着让你拿到龙涎香的！"若不是怕打草惊蛇，楼东来简直是要咆哮了。这个人，真是彻彻底底的奸商！

"很好，从现在开始，你，必须听我的。"陈游介的脸色和声音都是前所未有地沉重又不容置疑，楼东来竟然难得地没有反驳他，而是默默地点了点头。

白色的花朵，在夜风中蓬勃绽放。夜风徐徐吹过，有花瓣飘摇着落下，枝头的繁花，却依然灿烂。

楼东来不知道自己熟悉的曲江之畔，怎么会出现这么一片繁茂的花海。月色下的花朵分外娇艳，似乎流转着一抹挥之不去的润泽光华。

"这是琼花。"陈游介凝视着那如雪的花瓣，微微一笑。听到琼花，楼东来倒也罢了，明胤却是一阵激动，这就是前朝天子即使要开凿运河也要目睹的绝世名花？果然是玉质仙姿，美不胜收。

正激动间，一瓣落花朝他飘摇而去，他忍不住伸出手掌，想要接住这洁白的精灵。

"啪"的一声，他的手腕已经被陈游介敲了下去。

"长安不会有真正的琼花。你看到的这些，都是幻象。"

"呃？"

"如果琼花能在长安生根，隋炀帝又何必劳师动众？"陈游介的话音未落，就见明胤的脸色骤然变了，手指直直地指着他的身后。

在陈游介的身后，楼东来早已经将一枝琼花折在了手中，正饶有兴味地欣赏着。而那刚才还在月光下飘摇盛开的花朵，此时却正化作烟雾，缠绕在了楼东来的胳膊上！

陈游介疾呼："笨蛋！快丢下这花！"

"你说什么？！啊啊……怎么回事！"楼东来的身影，仿佛是被捕兽网拖住了一般，朝着琼花深处一头跌了过去。

明胤一把扯住他的衣襟，原指望自己能将这拖拽的势头稍缓，谁知道那股力量大得惊人，他只觉得整个身躯都仿佛在朝着泥沼间陷落一般，一瞬间，他就失去了知觉。

　　不知道过了多久，明胤睁开了双眼。眼前的一切，让他茫然。没有预想中的黑暗与深邃，目光所及之处全是白茫茫的一片，如同是白云和白雪凝聚而成的世界。

　　可是，明胤已经知道，无论是看不透的黑暗，还是无边无际的蒙白，都隐藏着未知的险境。

　　"这里……这里是哪里？"楼东来揉着胳膊，也撑了起来。

　　"幻境，我想，是比刚才琼花的幻境，更深一层的幻境。"

　　"刚才那个花，突然缠住了我的胳膊……"楼东来说着，一滴血，正从刚才被烟雾绳索牢牢捆缚的胳膊上，慢慢地滑落……滴下。

　　吧嗒。

　　一滴血，红色的血迹在这只有白色的空间里，显得如此激烈而突兀。

　　耳边，仿佛有隐隐的号角和歌吹在那一刹那震响。那一滴鲜血，仿佛是打开了所有门扉的钥匙，当楼东来和明胤再度抬起头来的时候，那个白茫茫的世界消失了，出现在他们眼前的，是一座宫殿，一座金碧辉煌的宫殿！

　　它的辉煌，不是因为那雕梁画栋翠幕金阁，而是……镜子，一面面的镜子。被精心磨制的铜镜，在无穷无尽地折射着瑰丽的光华。让人的眼睛如同陷入了一个循环往复的迷阵之中，找不到那唯一的真实所在。当你用目光注视镜子的时候，却只觉得那重重叠叠的镜子中早已经有一千双眼眸在注视着你。这种诡异的感觉，让人有一种无所遁形的恐惧。

　　"这……是什么？"楼东来的双眸禁不住眯了起来，眼前的一切，太华美绚烂，反而让人有一种本能的不真实感。

　　看了看前后左右层出不穷的镜子，明胤从来没有如此盼望过陈游介的出现。

　　"我也不知道，反正你的血滴下来后，这里就出现变故了。"明胤竭力压低声音，那每一面铜镜后面，似乎都摇曳着未知的恐惧。

　　"变故？不是挺好看的吗？比刚才白茫茫的一片有看头多了。"楼东来说着，已经伸手敲了敲其中的一面铜镜。明胤还没来得及阻止他，就已经听到铜镜发出了沉闷的"咣"的一声。

　　"这……不是虚假的幻境，而是真实？"明胤试探着摸了摸，的确，触手冰凉光润的质感肯定地回答了他。

　　"这么漂亮，就让我游览看看吧。我早就想见识一下皇宫了。"楼东来说着，兴冲冲地就往前走。

"那个……你就不害怕吗？"明胤的脑子简直是黑线一团了。为什么这个人，明明刚才还受了伤，这会儿又看到了那些诡异的异象，竟然还能如此兴高采烈地要游览？他当这里是什么？名胜古迹吗？！

楼东来愣了愣："有什么好怕的？"

"也许会有怪物冲出来啊！"明胤只觉得自己的耐心在被迅速消耗。

"怪物？不是还没有吗？"楼东来歪头。

"既然还没有，我们就赶快逃走啊！"明胤真的想掰开他的脑袋，看看他的头脑里是不是没有害怕这回事。

"既然还没有，我们正好可以好好欣赏一番美景嘛。"楼东来的双眼亮晶晶的。明胤抚额，彻底明白过来，这个不安分的府尹大人的独子，既然能无视父亲的警告游荡夜市，自然是个内心充满了冒险精神的角色。要他现在就悄悄逃走？除非把他一头敲昏了拖走。可是……看看他那比自己还要高半个头的身材，明胤只能无奈地放弃了这个计划，跟着那个兴高采烈的家伙，快步走了上去。

"哇！你看，就连天花板上都是镜子！如果有人在这里点起一根烛火，肯定会绽放出千万光芒！"楼东来睁大了双眸，惊喜地饱览这眼前的一切。

也不知道是不是被楼东来的粗神经感染，明胤也渐渐开始欣赏起面前这弥漫着诡异光华的一切。想起刚才楼东来说的皇宫，没错，这里的确很像皇宫。虽然明胤也从未踏足过那个天家之地，可是，眼前的奢靡繁华早已经无声地告诉了他一切。

"这个宫殿，也太大了点吧。"楼东来骤然停下了脚步。

"嗯。"明胤猛然醒悟，急忙看了看四周。没错，无论朝哪个方向看，他都只看到重重叠叠的镜子，看不到尽头。一般来说，无论宫殿有多大，殿宇有多深，总会有尽头。可是，眼前这个陈列满了镜子的殿宇，没有尽头！

"这么大……早知道……我……"一开始还兴冲冲的楼东来终于有了几分倦意。

"我就该带点吃的来。"

"你就不该来！"

同时响起的两声不同的话语，让他们顿时都愣了。

"在这种危险的地方你还能想到吃？！"明胤真的有一种由衷的无力感。他那么辛苦地救这个家伙是为啥啊！

"我不该来？！原来你也跟我爹一样，觉得我就是个只会惹是生非的败家子！"楼东来怒了。

"我不是这个意思，这里这么危险，我们应该尽快离开！"明胤急忙解释。

"哼，不想管我，你就自己走。"楼东来说着，一甩衣袖就已经疾步冲入了铜镜之间。

看了看四周那看不到尽头的铜镜，再看看即将消失在重叠的铜镜之间的楼东来，明胤咬了咬牙，朝着楼东来的方向追了过去。

楼东来的手腕，被明胤紧紧地拉住。

"我是不会逃跑的。"别扭的少年并不肯回头。

"就算不逃跑，也要先把伤口包扎起来啊。"明胤低头从衣襟上撕下布条，将那还在渗出鲜血的手腕一点点细致地包裹起来。

渐渐地，原本倔强僵硬的手腕，终于变得柔软。

"反正……也都看得差不多了，本少爷就跟你一起回去吧。"楼东来轻哼。

笑容霎时就跃上了明胤的面庞，他用力地点了点头："好。"

半个时辰后，明胤已经汗湿重衣。他发现了，这个殿阁里的镜子，竟然……在动！

那些镜子仿佛是长了眼睛一般，在静悄悄地滑动着。无论他们朝哪个方向前进，那些堆叠的铜镜总能逼得他们一次次地绕回原来的地方。

从他们踏足到这个交错着真实和虚幻的境地中开始，已经过去了半个多时辰，那黑暗中的黑手始终没有现身。只是将他们困在这循环往复的镜阵之中，慢慢地消耗着他们的体力，摧残着他们的精神，一点点地、不动声色地，将他们推入死地。

"如果……老板在这里的话……他一定马上就能找到这阵法的机关所在……"

"如果老板在……"

明胤禁不住心烦意乱地喃喃自语。

"闭嘴！"楼东来突然开口。

明胤顿时愣住。

"你看清楚一点，你心心念念的那个老板，他不在这里！你现在能依靠的人，只有你自己！"楼东来厉声道。

"可是，老板对付这样的事情，比较有经验。"骤然目睹这样的楼东来，明胤禁不住啜嚅着。

"那么，你告诉我，当拉车的牛发疯的时候，是谁想到先用花灯吓偏了牛蹄，又拖开我的？"

"我……"

"既然那时候你能有勇有谋地自己判断自己做决定，为什么现在你不可以了呢？！既然他不在这里，你要想的，就不是怎么去依靠他的力量，而是你自己应该怎么做！"楼东来说完，愤愤地转身用袖子扇着风，"真不知道你是聪明还是笨。"

望着他的背影，明胤只觉得刚才混乱的心情渐渐平复下来了。不要总是想着老板的帮助，最重要的，是自己现在能做什么？

"小八，飞上去看看，这个地方到底有多大。不要冒险，有危险就快回来。"明胤把怀里的小八放了出来。

"会飞的……灵蛇？"楼东来目送着小八的身影，迷惑地问。

"如果能活着出去，我会告诉你的。"明胤微笑。

小八并没有飞多高，在半空中就停住了。正在明胤觉得奇怪的时候，他发现小八并不是停住，而是被一道看不见的壁垒阻挡了。小八虽然试图用身躯去撞开壁垒，可是徒劳无功。

"不要撞伤了，你去看看这个迷宫有没有出路。"明胤急忙说。

小八一摆尾巴，就迅速地盘旋飞舞开来。让明胤震惊的一幕发生了，那原本在他和楼东来停下脚步后，就再没有发生过变化的迷阵，又迅速地变化了起来，速度比刚才他们走的时候加快了十倍！

也就是说，这个迷宫会根据闯阵者的行动，自动调整变幻的速度。他们走得慢，迷宫的变化就迟缓；小八飞得快，迷宫的变化就疾速。

没过一会儿，小八就眼睛里转着蚊香圈圈跌了下来。明胤眼疾手快地赶紧把它接住。

"一直在变……我都看不清楚了。"小八的声音也像喝醉了酒。

"这可怎么办？"楼东来皱了皱眉，显然这种无端端被束缚的感觉开始让他觉得不自在了。

明胤望了望头顶和四周，显然，那布下一切迷局的人，是想慢慢地将他们的体力耗尽，然后再取走他们的生魂，就跟之前白骨花的目标一样。既然……那时候陈老板能够用法术束缚住白骨花的变化，现在……我们应该也可以做点什么。

"铜镜虽然不是那么好破坏，可是……要是我们使劲的话，还是可以砸得乱七八糟的吧？"明胤喃喃自语。

"呃？"楼东来的双眸顿时就亮了。

不待明胤继续，楼东来已经开始滔滔不绝："哼，不是非得找那个黑心术士才能破迷阵的，想要破迷阵，拆了它就好了！你说得很对！"说着他已经一抬腿，朝着距离最近的那面铜镜，狠狠地踢了过去！

"啊……"那一声属于少女的痛呼声如此清晰地响起，久久回荡在空中。

楼东来的脸色，瞬间错愕！眼前的一切如此诡异，让他几乎连惊呼声都发不出来了。他曾经围猎过冬季草原上穷凶极恶的狼群，也曾经在星夜追着猎物万里疾驰，可是，谁能告诉他，为什么一面铜镜，竟然能发出少女的惨叫声？！

仿佛，楼东来的这一脚，打开了某个禁忌的开关。

那一面面的镜子中，竟然都出现了若隐若现的少女的形象！

那些虚幻的少女从铜镜中飞舞而出，在半空中聚拢、纠结。渐渐地，汇集成巨大的光的旋涡，就在那折射了无数光华的殿宇中，仿佛一张大口，即将把他们吞噬！

明胤从来没有觉得，光芒有一天也会如同黑暗一般，成为如此让他恐惧的东西。可是，一定有什么，一定有什么是自己现在可以做的！

在那光的洪流席卷中，明胤只觉得自己犹如一片树叶，被浪涛卷起，抛向了半空中，又重重地落下。跌在了铜镜密密匝匝的缝隙间的他突然发现，从他们踏入幻境开始，就一直变幻无尽的铜镜迷宫，此时竟然停止了变化！

操纵那些铜镜的灵体都脱离了铜镜，所以……这是逃跑的最佳良机！

"你快逃！"明胤的话语，不是商量，而是命令。

"我……"楼东来的反对声在那一刹那，就被灵体的旋涡席卷而来的声音，彻底吞没！

感受着脚下坚实的土地，还有夜风中习习的寒意，楼东来发现，自己竟然已经回到了现实中，回到了曲江之畔。

得救了！

刚才，刚才的自己真的是被灵体急袭而来的旋涡推开的吗？那最大的助力，不是来自那个不起眼、却目光坚定的少年吗？

楼东来，突然无法回答自己！

他总是任性妄为，从来不会去顾及他人的感受，他从来没觉得这样有什么不对。身为家中最受宠爱的独子，出身高贵的楼氏家族，他的人生，一直如此。可是，此时此刻，他真的不想承认，自己竟然……真的在……懊恼。

"楼东来？"那个平时最讨厌的声音响起的时候，楼东来从来没有如此惊喜！

他冲到了陈游介面前，扯着他的前襟："有什么法术赶紧使出来！明胤有危险！"

"我一直想打破结界进去救你们，可是结界的入口一直在变化。"陈游介的脸上，也是从未有过的沉郁与焦急。

"刚才，刚才很多灵体朝着我们冲过来。明胤他，把我推开了……怎么办！"楼东来从来没有如此痛恨自己的笨嘴拙舌，他真不知道陈游介听明白了没。

"他在结界里面，对吧？"陈游介面色沉重。

"嗯，你快救他。"

"本来，就算是我，也很难从外面打开这个结界，不过，还好有你。"陈游介说着，托起了楼东来受伤的胳膊。那里，还缠绕着明胤的一片衣襟。

"这个，应该能用。"陈游介解开那个衣襟打成的结，然后他的手指一抖，原本一片宽幅的衣襟，渐渐地越变越长，越变越细，最后变成了一根在夜空中焕发着淡淡荧光的纤细绳索。而绳索的另一头，慢慢地没入了看不见的黑暗虚空之中。

"明胤还活着……属于他的衣服上的萤火还亮着就是证据，那是生气的光华。这根绳索会引导我找到属于明胤的生气所在。我要追过去了，你留下来吧。明胤这么辛苦把你送出来，我不能让他的辛苦白费。"陈游介说着，已经纵身跃起。因为他已经看到，那绳索上属于生气的萤火，在变弱。

"让我也一起去，全部的龙涎香都给你！"楼东来的声音在身后响起。

"我说过，你活着才能兑现承诺。"陈游介头也不回。

"我……我要去救我的朋友！"楼东来的声音，哽了一下，却是如此坚定。

"碍事的小鬼，来吧！"

在那荧色绳索的引导下，楼东来仿佛是骤然从极高处跌入了深潭一般，全身的骨肉都被急剧地挤压过，他几乎喘不过气来了。当他终于回过神来的时候，发现自己正躺在冰凉的地面上。

"还是……来了吗？"在不远处的高台上，是一个宫髻高耸衣衫华丽的美人。她绰约的风姿，高贵又说不出地楚楚动人。

"能够制造出将我陈游介挡住的结界，阁下果然是非同一般的高人。"陈游介说着，目光却一丝也没有离开那正躺在她脚下、生死未卜的明胤。

楼东来想要冲上前去，却被陈游介用目光阻止了。

"看来，我这次还真的是惹上了个不好惹的角色啊，天才术士陈游介。"那美丽的女子幽幽地轻叹一声。她唇齿间吐出的话语，却是分外高傲："见了本宫，还不跪拜？！"

"本宫？"楼东来愣了，能如此自称的，可只有皇宫里的那些贵人们。转头看去，原本神色凝重的陈游介，却在唇边慢慢扬起一抹笑意，一振衣袖就已经躬身作礼："草民拜见娘娘。"

女子妙目流转："想不到，你也还算是有些见识，竟能看破本宫的身份。"此时，她投向陈游介的目光，更加意味深长。

"迷楼、镜殿，还有刚才的琼花幻境，如果我现在还想不出您的来历，就真的是枉读史书了。不是吗？前朝贵妃……李妃殿下。"

楼东来心念急转，前朝？也就是说，她是隋朝的妃子？隋灭已经有数十年之久，可是眼前的美人，俨然还是二八妙龄的少女。不对，她绝不会是普通人。

只是，楼东来此时没有心情也没有思绪去想这其中纷繁复杂的来龙去脉。因为明胤都躺在那里一动不动这么久了！怎么陈游介还在这里不紧不慢地跟这个女人闲扯？这都什么时候了，他还在这里忙着勾搭美女？！

"我管你什么李妃张飞，快把明胤交出来！"楼东来终于按捺不住，径直就要冲上前去。只是，他的脚还没迈出去三步，就觉得自己的身躯竟然不听使唤了，仿佛是被看不见的手钳制住了全部的动作！

"无礼的鼠辈，非得受些教训才能懂规矩。"李妃微微一笑。

陈游介的扇子一展，从那扑扇的微风中竟然有一团团的雪花席卷而出！待到风止之际，楼东来竟然看到，看似空荡荡的他们与李妃之间，竟然纵横交错着无数根丝线！而此时，这些丝线上都沾满了陈游介扇风鼓起的雪花。如果不是这些雪花让那些丝线显形，只怕他到现在也不明白到底自己是着了什么道儿。

怪不得从踏入这里开始，陈游介明明看到明胤就躺在那里，却一直没有动作，就是防着这些鬼蜮陷阱。

"被你发现了呢……还真是不可爱。"李妃掩着衣袖轻笑，那衣袖后的双眸却如同利箭般，激射出气势汹汹的怒火，"只可惜，我没工夫陪你们玩了！"

只见李妃振臂一挥："去！"

楼东来看到，那些从镜子中现形而出的少女灵体们又气势汹汹地裹挟在了一处，那汹涌流转的光的旋涡，正在朝着他们的方向急袭而来！

陈游介面色一凝，一把抓起楼东来就朝后疾退！而在同一瞬间，那些四散交错的丝缕骤然集结，转瞬就形成了一道牢固的壁垒，将他们彻彻底底地挡在了外面。

而那刚才还汹涌澎湃的灵体的旋涡，竟然也在一瞬间就消失殆尽！

"糟糕！刚才的那些灵体只是幻象！她其实只是要赶我们走！她到底要做什么……这么急不可耐。"陈游介喃喃自语。楼东来从来没有看到过如此紧张的陈游介。那个男人竟然……也会为别人着急？！

镜殿的怨气，那些少女的灵体……还有明胤……那个李妃到底要做什么呢？为什么，她会突然急不可耐？！

陈游介的头脑，在急速地思索。如果不能洞悉一切的缘由，贸然出手只会让事态更加复杂！

"怎么天还不亮！要是天亮了，这些妖物鬼怪总会无所遁形吧……都八月初三了，怎么天还亮得这么迟！"楼东来知道这个时候自己不该再啰唆让陈游介分神，可是他就是忍不住。

"你刚才说什么？！"楼东来的胳膊，突然被陈游介紧紧地握住。

"我说……天怎么还没亮……"

"后面！"

"都八月初三了……"

"对！今天就是……"陈游介的脸色，渐渐从焦急的沉郁中，升腾起了一种异样的犀利。

"原来如此！"

"现在，我就让你看看，长安最绚烂的……烟火！"陈游介的手指间，突然有好几簇小小的火苗在跳跃。他将折扇一挥，那些小火苗如同放出了笼子的小鸟一般，四散飞去。在那小火苗的后面，都拖曳出了长长的尾翼。如果是平时看到眼前的景色，楼东来会惊喜地鼓掌欢呼，可是此时此刻，他什么心思也没有了，他只担心一件事——明胤的安危！

几只小小的火苗都熄灭了，只有一只在黑暗中变得越来越大、越来越清晰，如同一只火之鸟正舒展开蓬勃的火之翼！

当那巨大无比的羽翼震动的时刻，楼东来听到了……震耳欲聋的巨响，同时看到了半空中散落的金色的飞末！仔细看过去，那些并不是飞末，而是……曾经操纵了镜殿里众多铜镜又将他们拒之门外的，缲丝的结界。此时，那曾经透明到看不见摸不着的结界，在陈游介的火鸟之翼下，正一点点地被燃烧殆尽。原本密不透风的结界，正在一点点地分崩离析，化作了无处可寻的齑粉。只有空气中，还隐隐回荡着那些属于硝石的气息。

火鸟之翼点燃了那些早就被陈游介无声无息沾染上硝石粉末的丝缕，然后，就是爆炸。这就是陈游介的做法，简单、直接、有效。

而曾经被隔绝的真实，也赫然出现在了眼前！

李妃端立在一个法阵的中央，而在她的脚边，明胤正静悄悄地躺着。虽然万分焦急，可楼东来还是从陈游介的面庞上断定，明胤还活着。

李妃的嘴角噙着笑意，仰望着那金色的飞末溅落，仿佛对此时的异状毫不在意。

"想不到你竟能打破我的缲丝结界。"

"不是打破，是毁掉。比起解开结界的枢纽，还是彻底烧了它来得痛快。"陈游介的脸上，不再有那些面具般彬彬有礼的笑容，而是洋溢着真正的怒火！

他的折扇已经再度展开，那些曾经被所有人忽略了的，轻飘飘的白色的雪花再度蓄势待发。只是现在大家都知道了，这些，正是硝石的粉末。也就是刚才在火鸟之翼下被刹那点燃，让缲丝结界瞬间崩溃的利器。虽然看似微小，却是绝不容忽略的存在。

"我已经说过了，我开始……不耐烦了。"陈游介身上的威压之势，已经越来越明晰。

李妃微微地摇着头，仿佛对他的威胁视若无睹："如果我是你，就不会这么不耐烦。因为……一切都，已经结束了。"

在此时，明胤的身躯，突然，动了动。

所有人的视线，瞬间集中在了明胤身上。

明胤一点点地撑了起来，他的眼眸似乎久久无法适应眼前的一切，步态和眼神都显得茫然。

"明胤，你没事吧？"楼东来的声音，有一丝发颤。涌上心头的狂喜，让他的喉间都仿佛被什么东西堵住一般。

明胤的视线，慢慢地转向他。那带着茫然的目光中，没有楼东来熟悉的温暖，只有陌生。

"朕……怎么会在这里？！"

朕？明胤在说什么？楼东来茫然了。

"臣妾李氏，恭迎陛下重新临世！"李妃的面庞如同月光般，绽放出欣喜的光华。她躬身，盈盈一拜。

陈游介的目光，骤然一沉。

明胤那熟悉的面庞上，纠结着的是绝不属于他的痛苦神情。陈游介熟悉的那个总是开朗微笑的少年，仿佛在一瞬间被彻底吞没了。现在在他面前的，只是一个有着相同容貌的陌生人。

"明胤"淡漠地扫过面前的众人，那种带着上位者惯常的淡然与无视的目光，如此冰凉又陌生。陈游介以为再不会为任何事情动摇的心绪，在那一瞬间，竟然被那无视的目光，狠狠地撕裂开一道尘封的伤口。

陈游介抬手，止住了楼东来想要冲到"明胤"身边的动作。

"明胤"的脸上，那没有一丝表情的神情，让楼东来突然不寒而栗。那是……犹如蛰伏的兽，正蓄势待发的神情！

楼东来突然不敢想象，下一秒会发生的，究竟是什么？！

"朕……好像做了一场噩梦，梦里，朕早就已经……被杀了。"说着，"明胤"抚上了脖颈，明明没有一丝伤痕的脖颈却让他露出了更加痛苦的神情。

推测，在眼前一点点地被证实。可是，陈游介的神情，越来越沉重。他宁愿自己是错的。

"不！不是梦，那时候王世充派人来鸩杀朕……那时候，那时候……朕是真的，死了。""明胤"的面色混合着难以掩饰的恐惧和失魂落魄。

李妃急忙劝慰："陛下，一切都过去了。"

"皇泰主杨侗，前朝亡国之君。十四岁的时候被权臣王世充推上皇位成为傀儡，不到一年后被王世充鸩杀。原来你处心积虑复活的，就是他。"陈游介面色凝重，声音却低不可闻。

这就是答案！让李妃急不可耐的原因就是，她必须在当年杨侗赴死之日，将他复活！因为，这是一年中的最好时机！而明胤，却是万中无一的适合承载灵体而不会产生任何排拒的，明氏一族的血脉！

李妃缓缓轻笑："当然。我原本只是想找个适合的少年的身躯。我开始选择的本来是那个莽撞小子楼东来，你们却把明氏一族最珍稀的人妖融合的血脉送到了我的手边。如此一来，我一点都不用担心，这个集结了百妖之力复活的陛下的灵魂，会与身躯无法融合了。真的是……感激不尽。"

推测完全被证实了，陈游介的心在一点点，没有尽头地下沉。

"明胤，不会回来了。现在，陛下将代替他活下去。"女子的眼眸中，泛起了憧憬的波澜。

"不！我要把明胤的神志唤回来！"陈游介说着，手中已经抖出了数张符咒。

让人诧异的是，李妃并没有阻止他，她的叹息声意味深长："想必你比我更加清楚，这种法术一旦完成，绝不可能逆转结局。只怕你的符咒，唤不回明胤的神志，只会伤了他的身体。"

陈游介的身形，顿时僵住。没错，李妃说的都是事实。

身为纵横长安的天才术者，陈游介从未像今天这样，无能为力！

突然，一种若远若近的声音，在耳畔传来。

一片碎片，掉了下来。接着，是又一片！

陈游介抬起头，他看到了，那经历了近百年都不曾朽烂的迷楼、镜殿，竟然……开始崩塌！

在不到一炷香的时间前，它还是那样地金碧辉煌、迂回曲折，可是在这瞬息之间……一切竟然就已经分崩离析。而在同一时间，崩溃的还不只是镜殿，还有那些原本寄身在铜镜里少女的灵魂。随着那些铜镜的碎裂，这些少女们也纷纷脱体而出。混乱的镜殿里，到处是纵横奔涌四散奔逃的灵体。

原本，李妃用缫丝控制着她们的行动，借用了灵体的力量来施展法术。可是，当那些缂丝被陈游介的硝石雪花付之一炬的时候，她就已经不再能控制她们。而此时，镜殿自身都即将崩溃，李妃又如何能力挽狂澜？！她不知道怎么会变成这样？！这一切，都已经远远超出了她的控制！

她的神识，顿时纷乱。这一刹那的迷乱，更是将眼前的局面崩毁得更加不可收拾！镜殿内部虽然已经崩溃，可是那些原本四散的少女灵体，渐渐地纠集起来，结成了巨大光流。此刻，仿佛是正在喷吐着巨大旋涡的白色巨蟒，朝着李妃的方向，急袭而去！

陈游介的唇边掠过一丝冷笑："看来，不用我们收拾她，她自己就要承受法术的逆流了！"没有足够实力的人，操纵妖灵，复活死灵，一旦自身的法力有失，就要承受这百灵噬身的逆流。

这些闭锁多年的灵魂，一旦控制她们的神识纷乱，就立刻自迷了心智，只知道放纵本能地胡乱攻击！陈游介冷笑，就让你自食恶果吧！

"不！"那属于少年的清澈嗓音是如此清晰，压倒了那一切喧嚣！

陈游介的身躯骤然一震，这声音，与他记忆中的明胤，是如此相似！

一条青色的龙，在那白色旋涡即将裹挟而来的时刻，盘旋在了女子与"明胤"身畔，用自己的血肉之躯，将那百千灵体的咬噬，统统挡下！

还来不及感叹这瞬息间发生的一切如此震撼，转眼，那条龙就已经"吧嗒"一声，跌在了地上，瞬间就又恢复了小小的原形。

"明胤"急忙把它捧在了怀里。怎么回事？现在操纵这个身体的……是明胤吗？

没错，能驱使小龙小八的人，只会是明胤！

陈游介激动地疾步冲上前去。

而发生在他眼前的一幕，却让他生生顿住了脚步。

"明胤"将刚才吓得跌坐在地的李妃，轻轻地搀扶了起来。那种苍茫中又带着忧伤的目光，绝不属于明胤！

怎么回事？！

一个大胆的猜测，如同夜空中闪过的电光般，瞬间照亮了陈游介的头脑。

明胤在抗争！他在用自己的全力夺回身体的归属！而那振聋发聩的一声"不"，正是他那瞬息间的胜利！虽然，这胜利的时间短促得可笑，但是，他依然，没有放弃。陈游介仿佛看到了，那个顶着乱发的小子，带着倔强的眼神，正紧紧地抿着唇。

连对这法术一无所知的你都没有放弃，我又怎么会被眼前的一切蒙蔽了双眼，裹足不前？！

没有任何一种法术，可以真的操纵人心！希望不死，人心不灭。

明胤，你告诉了我，比法术还要重要的东西。陈游介翻涌的心绪，一点点地清明，他知道，一切，尚未成定局！绝望之中，还有希望！

"妆成多自惜，梦好却成悲；不及杨花意，春来到处飞。"

"明胤"缓缓地念出了一首诗。

李妃的身形，骤然顿住。

"你……怎么会知道这首诗？"李妃震惊的目光中，竟然有了一丝惊喜的焦点。

"你不是李妃，朕的李妃，并不是你这般模样。"

"李妃"怔了怔，原本娇艳的面容上顿时有几分掩不住的尴尬。即便如此，她的风姿，依然是如此夺人心魄，让人不忍苛责。

"明胤"宁静如水的目光注视着她："我想起来了，你是……侯夫人。死后才艳冠天下的美人，侯夫人。祖父当年，也曾为你唏嘘感叹，叹息错过了你如此红颜。"他口中的祖父，正是隋炀帝杨广，那个早已经属于过去时代的名字。

而侯夫人的面色，却渐渐从震惊中苏醒，仿佛在那一瞬间，就已经找到了一切爱恨纠结的源头。

"我十五岁那年入宫，整整九年……从来没有见过陛下一面，我的青春，就这样在毫无指望的深深后宫中，被吞噬掉了……

"我只是不甘心，我不甘心就这么消失掉……"

谁也不知道，有多少妙龄的女子，在那迷楼之中，被时光静悄悄地磨灭了年少的容颜，在那没有尽头的时光里无望地等待着君王的一夕宠幸。而身处末世的她们，连那最后的微弱的希望，也被历史的潮汐彻底吞没，什么也没有留下……

没有人记得，她们，曾经是那么地美好。

所以才会在人世间徘徊不去，才会不顾一切地想要复活皇帝，寻回那过去时光里曾经的美好。

其实……她们只是，寂寞啊。

没有选择复活那位带给了她们无数哀伤和眼泪的隋炀帝，而是选择年少的皇泰主杨侗，不就是希望能够借着重生那个少年，也让自己的生命可以再一次沉浸在虚妄的青春中，让一切再度开始吗？如果，这次不再选择那个辜负了自己的无情帝王，一切，是不是会有一点不同？小小的微弱的希望，最后终于孕育成了巨大的波澜，在近百年之后，在唐的天空下，拍响了巨大的涛声，让天地间如此清晰地回响着，那绝望之中又挣扎着希望的不甘的祈祷……

侯夫人的肩膀，在颤抖着，而她原本清晰的容貌，竟然开始影影绰绰变得模糊起来。这是维持她形象的法力正在迅速消退的缘故。

"所以你就纠结迷楼里的万千怨女的灵体，让我复活？因为，你想回到属于你的时光里去？"此时，伸出手去，将带着泪珠的她轻轻搀扶起来的，是暂居在明胤身躯里的亡国之君。那已经走过了生与死的少年，眉宇间是坦荡荡的宁静。

"不要再留在这里了，这里已经不是属于我们的现世。"

侯夫人抬起头，注视着这个陌生又熟悉的面庞："为什么？"

"我读过你的诗，可惜，你却没听过我的绝命之祝祷。那时候我说：愿自今已往，不复生帝王家。"

"愿自今已往，不复生帝王家？"侯夫人没想到，那个少年天子，竟然根本就不愿再成为帝王！

"所以，我不需要复活，我只想走上属于我自己的全新的轮回之路。"少年说。

侯夫人颓然地低下头："你是说，我做的全部……都错了吗？"

少年摇了摇头，他的唇边是一抹释然的微笑："能让我目睹绝世美人的风采，这一场相遇，又怎么能说是错了。

"虽然只有这短短的一瞬间，但是，我会用我剩下的全部记忆，记住我曾与你，这位让无数人无限仰慕惆怅的美人相遇……"

少年天子的话语，如同扬州春天那映着暖阳的柔波，在那里，春光正好，青春年少……即使，只在刹那之间，起码那盛开的花朵，曾被欣赏；那倾世的容颜，曾有人怜惜。

少年天子的笑容，如此真实，在那一瞬间就填满了无穷无尽寂寞日子里全部的荒芜。侯夫人将自己的手，放进了他的手掌之间："虽然世人都叫我侯夫人，其实我的闺名本是叫：侯玉芝。"

她的笑容如此美丽，涤荡了积郁百年的寂寥。一阵风吹过，明胤的身躯渐渐地倾斜下去，而一抹明亮的萤火却从他的衣袖间冉冉飞舞而出。少年天子，走上了属于他的道路。此时，侯夫人已经消失了，她也化作了一道明亮的萤火。

两道明亮的萤火飞了起来，冉冉上升，最后，消失在了苍茫的夜空之中。

长夜，终于走到了尽头。

将镜殿里残余的灵体收服，完成法事将她们再次送入轮回，已经是数日之后。

终于从长久的沉睡中醒来的明胤睁开眼睛的时候，看到的是楼东来焦急的双眸。

"东子，我没事。"

"没事就好。"楼东来松了一口气，突然，他跳了起来，"你刚才叫我什么？东子？！给你个改正错误的机会，叫我楼大少爷！"

"明明就是东子。"明胤微笑。

镜殿已经化作了一片残垣。浅浅的晨曦正笼罩在上面。

镜殿之畔，陈游介的面色却没有一丝轻松。他有一种预感，一切，并没有结束。

第四章

羽音鸣

夜晚的谛听阁，映照在清浅的月色中，似乎是一只安然入睡的兽，带着纯然无害的平和从容。

齐风静悄悄地匐在屋檐的阴影边，等着这座大宅彻底陷入沉睡。

这里花木扶疏，曲径通幽，回廊假山，池塘繁花，俨然一座精致的宅邸。可是，在齐风的眼中，无论是回廊那隐含八卦的布局，还是飞檐下悬挂的惊鸟铃铛，无一不暗藏玄机。

不过，比起这些布局，谛听阁的神秘主人，才是最让人心惊胆战的存在。

之前有个自恃艺高胆大的同行，也曾夜闯谛听阁。可是最后，他竟然对自己曾夜探谛听阁的事情没有了半点记忆。

一想到这些，齐风的指尖，禁不住一紧。

可是，不能退！

齐风咬了咬牙，侧耳听着远处巷子里传来的打更的声音。时辰到了！这正是人睡得最沉，最容易得手的时候！

紧了紧遮面的布巾，齐风悄无声息地跃入了庭院之中。抬头望了望掩映在朦胧的薄云间越发难以捉摸的月色，他收敛了心神，朝着库房掠去。

库房的门紧闭着，门上挂着的鱼形锁在夜色中泛起圆润的光华。锁做成鱼形，正是取其不暝守夜之意。齐风伸手，将那冰凉的锁扣到手心里，当他正准备开锁的时候，那个鱼形锁竟然轻轻地滑开了。

怎么回事？齐风一愣。不过，既然锁开了，他自然不会再迟疑。轻轻将门推开一条缝隙，齐风就利落地侧身掠入。

眼睛迅速地适应了库房里更加幽深的黑暗。一眼望去，这里竟然丝毫没有预想中的珠玉灿然、满目辉煌。传说中，谛听阁可是长安秘藏珍宝最多的地方啊。怎么会……放眼望去，只有一只只的乌木箱子，重重叠叠地堆积在一起。

难道，宝物都在那些箱子里面？

齐风心念急转，立刻伸手要掀开箱子。可是，箱盖纹丝不动。

他明明已经用尽了全力，怎么会这样？

从潜入谛听阁，到刚才锁自动打开，一切都顺利得过分，原本还以为是老天垂怜格外眷顾，原来，困难是在这里等着他呢。齐风咬了咬牙，再多加一把力。可是，那箱子简直如同猛兽紧紧咬合的利齿般，严丝合缝。

冷汗，已经从脊背上悄无声息地渗出。

正当齐风准备竭尽全力，再度尝试的时候，窗外突然大放光明！

糟糕！有人来了！

顾不上多想，齐风急忙将身体隐入阴影中。

那耀目的灯火，终于渐渐暗淡。

齐风跃起，再度开始自己未竟的事业。

当他刚感觉到手底的盖子稍有松动的时候，那灯火，竟然再次出现！而且，比之前更为耀眼，若不是他躲闪得快，只怕他的身影立刻就要暴露在这灯火之中！

心跳控制不住地加速，齐风已经感觉有几分蹊跷。没错，看刚才那窗外灯火耀目的样子，绝不是寻常灯笼能有的光亮，只有那种九支大烛台才能如此夺目。可那种东西，寻常人只怕一个都拿不起来，更别提要举着它来回奔忙了。再则，就算有人臂力过人，能举着这重硕之物来去，走路的时候也难免要笨重一些，脚步声自然也会分外清晰。

可是，这灯火每次出现的前后，虽然是看着灯火由暗至明，又渐渐暗淡下去，而那本该出现的脚步声音，却是一点也没听见！齐风从未失手，靠的就是耳聪目明。怎么可能，有人靠得如此之近了，他还全无察觉？

一想到这里，齐风只觉得脊背上的汗，渗得更加多了。

这谛听阁，真的是有古怪！

回头瞟了一眼那依然敞开的门口，他知道，此时抽身，他依然是安全的。

可是……深入宝山，怎么可以就此空手而回？！

他咬了咬牙，深呼吸一口，再次朝箱盖发力！

出人意料，箱盖几乎是一瞬间就被掀开了。将那触手几乎毫无重量的盖子拢在手中，好像刚才的沉重不堪简直是个懵懂的笑话。

齐风急不可耐地探手入箱。最先触及手心里的，是一个长长的东西，触手冰凉，俨然玉质。齐风急忙将它握在了手心里，不知道怎么的，那刚才还寒得让他手心一颤的东西，这一瞬间却又骤然袭来一股热流！齐风惊呼一声，几乎脱手。

与此同时，刚才还轻若无物的盖子，骤然沉重！齐风再也无法撑住箱盖，只能急忙放手。他几乎已经能预想到，这箱盖落下时发出的沉重撞击声会导致怎样的后果！

齐风急忙将那东西往怀中一塞，转身飞掠而去。

谛听阁。

陈游介正斜倚在胡床上，听着那条透明的鱼儿在对他低声细语。若是细细看去，就会发现，这条鱼，与那鱼形锁上的鱼，别无二致。

"所以，你就这样大大方方地放他进去了？还奉送走了我的东西？"陈游介皱皱眉头，"游鳞，我可不记得当初我们的契约是这样的。"

那尾被叫作游鳞的透明红色鲤鱼吧嗒地舞动着尾鳍，转了个身："可是你也曾说过，如果机缘到了，就不要强留。"

"我……可……"陈游介揉揉额角，大半夜的突然被叫起来他就已经够不爽了，竟然除了要承受突如其来的财物损失，还得受这种小家伙的气……

好吧……机缘来了，是吗？

陈游介将目光投向那窗外清冷冰凉的月色，而他的眼眸，也是同样的淡漠。就让我看看这一场机缘，到底是个什么结果吧。

"骨笛，鹤骨笛。"古玩行里的老手肯定地说。

"啊？"齐风愣住。

老手铁口直断："这东西，不过是骨笛，实在不算什么值钱物件。要细说起来，只怕还有人嫌它晦气。别说卖钱，就算是送人，只怕也是没人要的。"

"难道……就只能自己吹吹了？"齐风的声音，已经掩饰不住地干涩。

那老手一笑，竟然又摇了摇头，轻轻巧巧吐出几个字："只怕，这都不行。"

"什么？！"说它不是值钱物件倒也罢了，怎么会……连寻常吹吹也不行了呢？

老手此时，已经是带着几分前辈对后生小辈的怜悯口气了，轻轻指点着那笛子上一个乐孔，道："你没发现吗？这个孔的位置不对，没法吹奏出正确的音节。"

齐风的脸色，彻底地垮下去。闹半天，他忙活了这么久，最后到手的东西，不光不是件宝物，甚至连件像样的东西也算不上，至多就算个……扔货？！

老手显然是早已经在这典当行的柜台后看尽了人生的起起落落，不动声色地扬手送客。齐风失魂落魄，深一脚浅一脚地向外走去。

怎么办？他现在急需用钱！那个该死的谛听阁老板，竟然把这种破烂货藏在那个什么宝库里，让他以为凡是宝库里的必然是价值连城的宝物。早知道，那时候我就多摸几把啊！齐风满心都是懊恼，彻底忽略了，那时候，自己压根就没有机会多取什么出来，甚至可以说，能全身而退都已经是万幸了。

齐风越想越着急，他这些日子以来精心筹谋此次行动，为的就是一举得手，摆脱眼前的困境。可是……

"齐家老大，你是不是来给药钱的啊？说起来，我可是卖足了你这个老邻居的面子，那些上好的老参可都是一个定银也没有要就这样赊给你的啊。我记得，你可说过，初七就一次给我结清的……"

齐风抬头，发现自己竟然不知不觉已经走到了家附近的药铺门口，那坐堂的老郎中显然是早就盯着他了，一溜烟地跑了出来，拦在了他的身前。

"这……"齐风张口结舌。原本，按照他的计划，从谛听阁顺出宝贝来，就立刻脱手换成现银，马上把这笔账给结了。可是……眼下要他拿什么来还账？

"这……今天时辰不是还早吗？回头，回头我一准给您送过来……"齐风说着，瞅准了个机会就朝老郎中身后一蹿，立时就一溜烟跑了个没影。

老郎中自然没能追上来，齐风自己，却也觉得肚子一阵阵地翻腾。这时候，他才想起来，从昨天晚上开始到现在，他已经快十个时辰水米未进了。虚汗全部涌了上来，齐风只觉得，眼前渐渐地……黑了下去。

预料中的，那跌落尘泥的粗砺触感却并没有直击而来，相反，他仿佛一下就跌入了一个温暖的所在……

齐风是被一阵浓郁的香气唤醒的。

这香气，不是花魁发丝间让人怦然心动的幽香，也不是天香倾国的牡丹花香，而是一大碗肉汤的浓香！

齐风几乎是扑到了那个汤碗里，大口大口地呼噜着，完全忘记了此时自己身处何地。

等到一碗汤已经彻底见了底，他这才发现，自己正在一处精致的屋子里，且不说陈设精致华美，只看那屋角熏炉中燃起的袅袅熏香就知道，必然是钟鸣鼎食的大户人家。

再低头看看自己，一身的素衣单衫本来就够落拓了，刚才喝汤的时候还溅了好几滴油渍在上面。这狼狈情形，真的是想遮也遮掩不过去。

"你醒了吗？"说话间，一个修长的身影，从门外走来。

要说风度翩翩的少爷公子，齐风见过的也不知道有多少。眼前的这个人，却是完全不同。其实，细看过去，他也只是身形修长，白衣无瑕，可是，最特别的，是他的声音，那声音中有一股云天中而来的高渺气息，让人觉得，无论他说什么，都犹如天界梵音般，叫人不知不觉就为之动容。

齐风急忙拱手做礼："让公子见笑了……"

齐风知道，想必是他将饿昏过去的自己救了回来。可是，一时间，他竟然不知道该如何感谢他。此时的他，都已经落魄至此，不过说些空话致谢。可是，这锦上添花容易，雪中送炭难。这一碗穷途末路时送上的肉汤，对齐风来说却已经是胜过万千金银，让他连感谢都不知道从何说起。

"举手之劳，何足挂齿。"白衣少年不在意地微微颔首，不待齐风开口，就又道，"我素来最爱音律，只是苦恨没有一个知音。父母长辈都说音律不过是雕虫小技，只有读书科举方是正道。我今日看到兄台昏迷之际，手中犹自紧握着一支笛子，就知道兄台必然是如我一般爱乐的知音，于是就贸然搭救，只盼能与兄台有知音之缘。"

"笛子？"齐风愣了愣，在昏迷的那一瞬间，他本能地想要抓住什么来稳住身形，那时候，笛子正好从袖中滑出，他不由自主地，紧握住了那手中仅剩的全部。

"不就是这个吗？"白衣少年指一指桌角边，正放置着的那支笛子。

齐风简直是要自嘲了。曾几何时，他也是个吹笛弄笙的纨绔少年，也曾有人赞他"一曲横吹动京城"。可是，从得到这支笛子开始，他就只是将它当作一个值钱的古物，竟然丝毫也未曾想过要吹奏一番。

想不到，短短几年艰苦生活的磨砺，就已经将他改变至此了吗？连看到从前心爱的乐器，都只会想到，它是不是镶金玉琢，是不是价值连城，而彻底忘记它原本的功用。

缓缓伸手，将那支笛子拿在手里，那曾经在长安花坊里肆意笙歌的寰薄少年，仿佛在这一瞬间，又回来了。齐风将笛子凑近了唇边，吹出了第一个音。

这是一曲《鹧鸪飞》，虽然只是一首简单的民间俚曲，但是轻柔婉转，正适合许久不曾吹奏的他试练。

白衣少年带着满满的笑意，注视着他的动作。仿佛他出手搭救他，为的就是此刻。

乐音舒缓又灵动，仿佛是一对对鹧鸪正在比翼飞翔，重重的枝蔓落落的繁花间，划过了它们一双双的羽翼。白衣少年的双眸一刻也没有离开齐风，那种纹丝不动的注视，甚至让齐风觉得，他是透过自己，看到了什么遥远又绮丽的景象。这是对演奏者最大的赞美！齐风控制着气息的变幻，一鼓作气，将乐曲吹至高潮！

突然，犹如玉瓶坠地般，音色轻灵华美的笛子，竟然出现了一个突兀的撕裂般的音节！

齐风的吹奏，戛然而止。

刚才还沉浸在美妙音乐中，此刻却不得不豁然中止。那一刻，齐风犹如被人从温泉中，扔进了寒冷的冰室。那么美好绚烂的开头，却……只能有如此不堪破落的结局。简直，就犹如一夕之间，被以谋逆之罪下狱的齐氏一门。原本以为花正香酒正浓，繁华富贵的日子还悠悠长长，却不知道，一声雷霆，齐家就已经灰飞烟灭……

齐风长叹一声，放下了笛子，带着一丝歉意望着面前的少年。那未染世事的剔透双眸，真的就如同当初的自己一般，只知道悠闲度日。

"你父母长辈要你用心向学，也是为了你的将来好。我……本想吹一曲来感谢你的救命之恩，只可惜……"齐风不再接着说下去。那支骨笛的一个乐孔的位置不正，竟然无法发出正确的音节，他也只能憾然放弃了。

说着，齐风已经拱手，作别。

"可否请兄台留步？"白衣少年在齐风即将与他擦身而过的瞬间，突然开口。

齐风停住，看着他。他剔透的双眸竟然隐隐现出一丝金色的光华，难道他有胡人的血统？齐风禁不住揣测。

"我初到长安，正缺一位西席，不知道兄台可愿意？"少年说着，已经恭恭敬敬地拱手做礼，"学生贺云浮，在这里见过先生了。"

"我？"齐风简直没有想到，自己竟然会有这样一番奇遇。他在说什么，他要雇他做先生？要知道，长安少年，只要家境富裕都会竭尽所能地为家中子弟请一位德高望重的大儒来做先生，这种职位，什么时候轮得到他这么一个曾经的纨绔子弟，现在的鸡鸣狗盗之辈？而且，就这样半路上救回来一个人，管了饭还不算，一下竟然就要登堂入室当起先生来，这也……太不合情理了吧？

"这种事情，贺公子你总得问过家中长辈，才好做主吧？"

"家中父母都在乡下老宅里，这京中事务，父母亲叫我自己全权处理，先生您大可以放心。"贺云浮的唇边浅浅地漾起一抹笑意，这笑容如同梨花开放一般，极清浅，却又犹如暗香袭来，竟然叫人难以拒绝。

见齐风没有再推拒，贺云浮早已经挥手叫下人端上一盘银两："这些就作为定银吧，请先生不要嫌弃弟子简慢就好。"

银子！齐风的心跳，在那一瞬间骤然加速。有了钱就可以把母亲的药钱结清，可以为妹妹置办嫁妆……家里的饭桌上已经不知道多久没有见过荤腥了……

可是……齐风又本能地觉得，似乎还是有什么地方不对。

只不过，那时候，他的思想已经全被母亲的药钱、妹妹的嫁妆，还有家里饭桌上久已经不见的肉食填满，再也想不出其他拒绝的理由……

仿佛是在一瞬间开启了某一扇不知名的大门一般，原本以为早已经陷入不可逆转的潦倒泥沼中的人生，开始骤然焕发出了前所未见的亮色。结清了药钱，再加上贺云浮不由分说请来的名医，母亲的病情开始一天天地好转。久不见油烟的灶间终于又开始弥漫起久违的肉香。原本面黄肌瘦的妹妹也开始一天天地面色红润，恢复了曾经的少女的活泼。

母亲的健康，妹妹的笑靥，这些在齐风的人生当中曾经司空见惯的东西，在失而复得之后，顿时显得如此难得。

而这一切的转变，都是因为一个人——贺云浮。

这个明明是偶然相遇的少年，却因为那支骨笛，就认定了齐风会是自己的知音。先是那救了命的一饭之恩，后来就是请他做自己的西席，接着就是请医送药，对齐家照顾周全。如此种种，怎能让齐风不感激在心？

齐风能做的，就是竭尽所能地，为贺云浮尽心尽力。

渐渐地，齐风在贺云浮府中，已经不再像是一个简单的西席，而更像是一位亦师亦友的存在。齐风带着贺云浮，看遍了长安的繁花，游遍了曲江的清波。那些曾经以为早已经过去的繁华旧梦，又一点点地被唤醒。他突然发现，即使是家族已经败落三年，在内心深处，他依然还眷恋着这种生活。

而把这一切重新带回他身边的，正是贺云浮。

那个总是闪烁着带着一丝金光的双眸的少年，总是那么认真地请教他，把他所有的话都认认真真地听进去。甚至，连齐风笑说你一直长不高，就是因为没有早起健身，这位从来都要睡到日上三竿的大少爷，竟然一大早就爬了起来，哈欠连天地在庭院里健身。这种被彻底信任的感觉，比起那些财物，更让齐风感动。

从前，齐府风光的时候，他是齐府的大少爷、外人眼中风光无限的二世祖。在家里，却是父亲眼中不折不扣的只知道拈花惹草吹笛弄弦的纨绔子。父亲从来就没有寄望于他能光耀门楣。父亲看着他的眼光，总是淡漠的无视。而家败之后，母亲和妹妹只是迫于女人不方便抛头露面的限制，才勉强地相信了他。可是齐风知道，那不是出于对他的信任，而是一种无奈的选择。

可是现在，情况不同了，贺云浮如此地信任着他，把所有的事情都交付于他。甚至，连府里每月收到的银钱也如数交由他管理。

贺云浮那金色的双眸中，仿佛真的是蕴含着阳光一般，他将目光投向齐风，齐风就能感觉到，那种被信任的温暖和力量。

贺云浮又在吹笛，吹他最喜欢的那首《云鹤追》。那一首高亢入云的古风笛曲，在他的指端和呼吸间破空而来。让齐风觉得仿佛听到了，白鹤在伸展开洁白的羽翼，那扑棱的羽声，扑面而来……

明明，这乐曲声如此高亢，吹笛的少年又是如此挺拔夺目，可是，齐风依然不知道自己是如何入睡的。

在睡梦中，他走在一片白茫茫的雪中。天地之间，仿佛什么也不曾剩下。只有无处不在的寒气，将他紧紧束缚。他发现自己感觉如此冰冷，是因为他正踏足在冬季的冰湖之上，恍惚间，他觉得自己似乎是个渔夫，天寒地冻的时节，依然要到冰湖上来凿洞捕鱼。

然后，他发现，在那枯黄的衰草败苇间，竟然有一抹红色？！

他顾不上脚底汹涌而上的寒意，朝着那点亮了他视线的红色奔了过去。

然后，他看到了，那一抹红色，竟然是一只丹顶鹤。那曾经展翅云端的仙家精灵，此时竟然奄奄一息地匍匐在衰草间，只有勉力睁开的双眸间，泄露出一线如同阳光般的金色，给这寒冷的大地，带来了一抹暖意。

这个眼眸……这个金色……

"就算我吹得不好，你也别这样堂而皇之地当面就睡着了吧？"贺云浮笑着，用笛子敲敲齐风的头。

贺云浮在人前是一派翩翩公子的派头，对着齐风却完全暴露出他少年活泼的本质。这拿着笛子当棍子敲人的动作，他做来是一丝也不觉得不妥，还大口大口地喝起了茶。那咕嘟咕嘟的声音，说是饮牛都有人信，完全失却了贵公子的修养。

"你这样子，若是被人看到，你贺公子的名声可就丢干净了哦。"齐风揉揉脑门上的包，还不忘教训他。

"那些做派是给外人看的，你我还讲究那么多做什么？我才懒得在你面前装风雅。再说……"贺云浮促狭地拖长了声音，"刚才是谁，更不风雅地听着我的《云鹤追》都能睡着了的啊？我可看得清楚，你睡着了还会流口水哦。"

啊？齐风愣住，赶紧擦嘴。低头却发现嘴边并无水痕，抬头就已经看到那个一开始还风度飘逸脱俗，唬人唬得一把罩的贺云浮，此时已经笑得要直不起腰来了。

顿时气不打一处来，憋了半天才叫道："明天送来的太湖鲥鱼，你还是别吃了！我去退掉好了！"说着，就已经朝门口而去。

一听到等了那么多天的美味要飞，贺云浮急忙跳了起来，追了过去，一路还不忘讨饶："别……我错了还不行吗？鲥鱼啊，我等了好多天的啊……"

齐风的唇角，控制不住地弯了起来。

贺云浮怎么总是会忘记，他自己才是这个宅子里说了算的那个呢？

真的是，孩子啊。

入夜，窗外的月色，一点点清浅地洒在屋内。自从他做了贺府的西席，家里的情景顿时好了许多，此时的他也能舒服地睡个安稳觉了。月色如水，他闭上了双眼。

蒙眬中，他仿佛又听到了那一曲高亢的《云鹤追》。

齐风又在做梦。

他梦到自己在打渔，而在他的身边飞舞着的，是那一抹让人心动的红色。那只丹顶鹤，恢复了健康，此时正在他的身边。不过，齐风在打渔，丹顶鹤也没闲着。齐风这边还无所得，那边丹顶鹤已经准确地叼起了一条鱼。那流转着金色光华的双眸里，竟然真真切切地有几分嘚瑟。

从来没想过自己的打渔技术竟然会被一只鹤瞧不起的齐风，再一次气鼓鼓地挥舞起了渔网。这次好像手底很沉！齐风大喜。

正当他满怀期望地拉起网的时候，却发现拉起来的不过是一截烂木头？！

接着，他就听到了丹顶鹤高亢清越的鸣叫声，都不用解释，肯定是那只扁毛家伙在嘲笑他！

齐风，是在梦中笑醒的。

为什么，会反复地梦到那只丹顶鹤？难道，真的是因为那一曲《云鹤追》？齐风迷惑了。

在回家的巷口，齐风遇到了老六。那是个獐头鼠目总是佝偻着身子的家伙。他总是灰扑扑地团在一个不起眼的角落里，然后，悄悄地掠取。老六，曾是齐风的同伙。没错，齐风觉得这个词，乃至这个词所定义的那一段人生都距离自己越来越远的时候，老六却出现了，用他依然佝偻的身躯和那身躯下浓重的阴影向齐风提示着，那段人生曾切切实实地存在于他的人生当中。

"齐公子，你这些日子发达了啊。我看过了，那贺府可是……"老六说着，咽了咽口水，嘴角早已经藏不住一丝垂涎。

"那里你不能动。"齐风沉声。

老六抹了抹嘴角，打了个哈哈："我知道行里的规矩，你的，我不跟你争。可是，你吃肉也得让旁人喝口汤不是？"

"我说了，贺府你……不能动！"说到最后三个字，齐风的气势已经隐隐威压。

老六抬起了头，那烟尘满面的脸庞上此时进射出来的，却是一丝威胁："你别以为你算个角色了，我老六出来混的时候，你还不知道在哪里玩泥巴呢。那时候穷得没办法，哭着喊着要跟六爷我学艺，这时候就翻脸不认人了？好……你等着瞧！"

齐风心中一寒，要知道，老六做这无本的买卖一辈子了，可不是寻常角色。但是，要他任由贺府财物受损，他也是断然做不到的。

而此时，老六那灰扑扑的身影，早已经不知消失在了何处。

齐风的心，按捺不住地，沉重起来。

就在齐风张罗着贺府上下严防死守半个月后，贺府依然出现了失盗。而且丢失的，是贺云浮最喜欢的那支从不离手的玉笛。

找遍了全府都没有踪迹的玉笛，却被发现，正在齐风准备给老母亲带回去的一盒点心里。

而当被发现的时候，齐风原本正提着这个食盒要往门外告辞而去。

顿时，刚才还吵吵嚷嚷的下人们，都哑了声音。可是，那射过来的各式各样的目光，却早已经道明了一切。

鸡鸣狗盗！忘恩负义！斯文败类！

齐风从未失手被擒，但是这不代表他在遭受这些视线谴责的时候，可以安之若素。他发现，那种挥之不去的心虚的感觉，其实，一直如影随形。他甚至无法挺起胸膛，大声地为自己辩解一声。因为，在不为人知的角落里，他早已经是个资深的偷儿。

"少爷，这种人还留着他做什么？送到官府去吧。"已经有人在说。

送官？不可以！不是为了牢房里那些皮肉之苦，而是……那一辈子要强高傲的母亲，该是怎么样地痛彻心扉！

"我……没……"

齐风刚开口，就已经有人低声道："其实齐家破落好几年了，他家当初是被抄家的，一点东西也没留下来，他就这么撑了这几年，只怕手脚早就不干净了……"

"没错没错……"

那些以为早已经尘封的往事，正一点点地翻卷而上，齐风仿佛看到，那三年前未曾将他吞噬的泥沼，此时再一次地显出了狰狞的面目。

在那些密密匝匝的闲言碎语间，齐风仿佛看到，自己正在一点点地沉入那黑暗的深渊。

真的，已经不能再维持下去了吗？那其实早已经破碎的、光鲜的虚像。

"啊！我竟然将这事情全忘光了！我吩咐厨房给你母亲准备点心的时候，看着那东西做得喷香酥脆，就忍不住自己拿起来尝了一块。那时候顺手将笛子放在食盒里，竟然没有觉察。现在一看到，我才想起来！糟糕糟糕，竟然是差点要错怪好人了！"贺云浮在众人的注视中疾步走了过来。只不过，虽然他如此大方地替齐风开解，却依然阻不了那些下人们疑惑的眼神。真的是这样吗？

贺云浮浑不在意地微微一笑，凑近了那个朱漆食盒。食盒里放着的那盘点心，还分毫未动。明明笛子已经找到，他还管这食盒干什么？在众人不解的目光中，贺云浮笑着点了点食盒里整整齐齐码着的那盘点心。不多不少，正是七块。

"没错，贺府的点心素来都是一盘八块待客的，这少了的那块，可不就是我吃掉了的吗？"贺云浮说着，还摇摇头，笑容中有几分少年的俏皮，"明明这东西平时堆起来我也不想多吃，怎么今天听说是送给别人吃的，就还愣是没忍住偷尝了这一块呢？还差点把笛子丢了，冤枉了个好人啊……"

贺云浮年纪轻轻，原本在下人面前就不喜欢做威严慑人的态度，此时他挠头苦笑的样子，让刚才贺府上下密布的乌云散开。毕竟，他还年少，小孩子一时不留神弄忘了东西也是常有的事儿。

一时间，没有人再追着齐风盘问，反而大家都埋怨起那个发现笛子不见了就满院子嚷嚷的小厮来了。一场风波，就此散去。

"这点心被我偷吃了一块，刚才推推搡搡的只怕东西也落了灰，我叫他们再做些给你带去吧。"贺云浮说着，拉齐风坐下了。

"我……我还是离开吧。"齐风沉默许久后，终于开口。

此时正是夕阳西下、彩霞满天的时刻，只是无论云霞多么灿烂，也不能掩饰夜晚即将来临的事实。就算这里能给他片刻的安宁，可是那个曾经为盗的阴影，却是怎么也……挥之不去。今天的事情，想必就是老六一个不动声色的报复。

而比这个报复更严重的是，贺云浮还能信任他吗？这一次他可以装作什么都没有发生，可是，真的可以吗？与其一直贪恋这份明亮，还不如尽快地回到属于自己的黑暗当中去。

"我相信你，一定是有人要暗害你。"贺云浮金色的眼眸中，迸射出不容置疑的光华。在逐渐暗淡下来的天光中，这一抹金色，依然璀璨夺目。让齐风相信，自己是真的可以被这样信任着。

"可是……也许我，不值得你这样一份信任。"齐风艰难地开口。

"不会的。"贺云浮摇摇头，那笑意一点点从金色的眼眸中扩散开来，他带着一点俏皮的尾音开口，"难道，你要证明我是错的吗？"

齐风猛然觉得，自己是如此真实地被那一团温暖的光辉包裹着。那种久违的、被如此信任的光华，是这么熨帖心灵。

下人们送来了重新做好的点心，齐风告辞而去。

在他的身后，那一曲熟悉的《云鹤追》又袅袅地响起。他突然明白了这一曲的意义。鹤，本来就是最高洁无垢的鸟儿，贺云浮是在用这一曲告诉他：我，真的相信你。

仿佛有什么东西，正在无声地打湿了眼眶……

一曲终了，贺云浮凝视着刚才齐风消失的方向，轻轻地叹了一口气。然后，他轻轻地，挥了挥衣袖。仿佛是一滴水就这样落入了平静的湖面般，透明的空气中，缓缓地荡漾起一圈圈看不清的涟漪，然后……然后……当所有的涟漪平静下来的时候，整个贺府，消失了。最后悬浮在贺云浮掌心里的，是一滴剔透的水滴。仿佛，是刚才齐风落下的泪滴。

贺云浮昂起头，慢慢地闭上了双眼，那最后的一抹足以代替阳光的金色，消失了……

此时，满天绚烂的云霞都已经散去，只剩下沉沉的黑夜在盘踞着。

这一天，街市上的人们议论的都是同一件事，为贺千秋节，当今圣上大赦天下并特开恩科。齐风向贺府走去，一路上盘旋在他脑海中的，却是母亲的叮咛。

"不要忘了我们齐家的名声……要重振家风啊……大赦天下又开恩科，正是个机会啊……"

那些东西，齐风不是没有想过，可是，要把那些已经丢了足足三年的学业在一夕之间捡起来，谈何容易？他甚至已经不确定，自己这双手，是否还能拿起笔，写出锦绣文章。更何况，他现在身为贺府西席，全家的生计全在于此，他怎么能那么轻易地为了自己那虚无缥缈的前程，让母亲和妹妹受苦节衣缩食供自己应考呢？

当他走进贺府书房的时候，正在书桌前奋笔疾书的贺云浮站了起来，金色的眼眸光华流转："我们一起去应考吧？"

"真的吗？"齐风激动地脱口而出。

贺云浮皱皱眉，有点苦恼地点头，可那唇角的笑意却真真切切地泄露出少年的促狭："总不能让家里的长辈，见天说我是个吃闲饭的纨绔啊！"

在齐风眼中，贺云浮琴棋书画无所不精，不光不是纨绔，简直是个饱读诗书的才子。此时看到他如此贬低自己，也禁不住喷笑出声，用扇子敲了敲他的头："你又胡说了。"

"怎么可以敲我的头？要是敲坏了，考不中可怎么办？"贺云浮夸张地嚷了起来。

齐风没奈何地摇头，心里却是止不住的欢喜。太好了，若是跟贺云浮一起应考的话，一切的难题就都可以迎刃而解了！

齐风又在做梦。

最近他总是会梦到那只仙鹤。在梦里，那顶着红色光华的丹顶鹤，总是跟着打渔的他日出而作日落而息，原本平淡的生活，因为那一抹红色变得如此鲜亮。他仿佛突然发现了生活的乐趣。不知道是不是错觉，自从有了它的陪伴，他每天打到的鱼都变多了。即使在十网九空的枯水季节里，他也能几乎不落空。原本清贫的日子，因为那只鹤的出现，渐渐变得富足。

齐风是带着满足的笑意睁开双眼的。梦中带来吉祥的丹顶鹤和身边总是给他带来好运的贺云浮，鹤……贺……仿佛都是某种说不出的缘分，将彼此契合在了一起。

齐风与贺云浮的考试十分顺利，频频过关斩将，不久就进入殿试。

母亲听说他有望得中，欢喜得连连烧香拜佛，只求齐家祖先保佑。

在这样的时刻，齐风想的，自然是如何潜心苦读，让自己能在朝堂之上一举高中。

可是，有些阴影，是躲也躲不开的。老六又不动声色地从巷子的拐角处慢慢地踱了出来。

一看到他那佝偻的身影，齐风就忍不住地有气。

“你还敢来？说，上次那支笛子，是不是你搞的鬼？”

老六抬起那总是耷拉着的眼皮，刚才还刻意低哑的声音此时却变得高了三分：“你果然是后生小辈，我要那支笛子为的什么？可不都是为了你那个朋友吗？”

“什么意思？”

“那支笛子你可曾细看过？”

“当然细看过。”那笛子乃是上好的玉质，触手生温，正是所谓翩翩君子温润如玉。齐风说起那支笛子，就不自觉地浮现出齐风执着笛子吹奏的情景。

“我看……你并不曾细看过。那支笛子，可不仅仅是玉质温润那么简单。你就没有看到，那支笛子的内部，刻了两个极小的篆字吗？”

极小的篆字？齐风想了想，那笛子内似乎确实刻了个什么字，但是他并未多想。

老六满意地注视着齐风陷入迷惑的脸庞，不紧不慢地道：“那两个字……正是——‘辅机’。”

“什么？！你是说，那是……”齐风差点失声叫出来，饶是他急忙噤声，也不免彻底泄露了内心的不安。

"本届的主考大人，正是许敬宗许大人，当年那个案子就是他办的。总有人说他办案不公，要提……翻案。如今你献上此物，不愁许大人不能再在皇后面前立一功。到那时候，你想要高中，不是手到擒来的事儿？"

"你别胡说了，一支笛子，哪能牵扯出这么多是非来？"

"在你这里，是不行，可在许大人那里……就不同了。就凭贺府这来历不明的偌大身家，许大人就能办他们一个乱党余孽的罪来。到时候，家产充公，可不正是大功一件？"老六那总是混浊的双眼里，此时已经迸射出贪婪的光芒。

"现在，你要做的事情只有一件，就是……把那笛子偷出来，去献给许大人。"

"我……贺府有恩于我，这种事情，我不能做。"齐风只觉得虚汗一层层地渗出来，他的头脑仿佛被某种看不见的热气笼罩着，怎么也恢复不了清醒，只能急促地摇着头。

"你怎么能这样说呢？凡事有大有小，你献上此笛，正是忠君爱国的表现！贺府的家产原本就来历不明，哪里就那么干净？难道，你要置忠君爱国不顾，只为那些微好处就丢了家国天下的大义？"老六不紧不慢地说着，还不忘长叹一声，"可怜你八十老母，还盼着能亲眼看到你重振齐家的声威呢。"

一瞬间，齐风想起来了，齐家破落的时候，那些平时趋之若鹜的亲戚朋友们避之不及的景象；那些平时谄媚逢迎的笑脸，一下就变成了冷漠的白眼。若不是家中老仆为他们挪出那破落的半拉小院子，只怕他和母亲连头顶的片瓦遮身都做不到。可今天，机会来了！只要他能献上那支笛子，就可以顺顺当当地平步青云！

因为谁都知道，辅机，正是曾经的凌烟阁第一名臣长孙无忌的字，而他因为反对今上改立武氏为后，才遭削爵流放自缢身亡。虽然此案已经过去经年，可是朝野一直没有平息的，是隐隐的为其平反之声。此时若是能献上这支笛子，再度罗织出他的罪名，相信是皇后最乐于看到的。

仿佛已经从他的面色间，窥伺到了他全部的心绪变化，老六满意地露出一个干瘪的笑容："路我已经给你指清楚了，你就自己看着办吧……"说着，老六如同来的时候那样，不动声色地再度消失在了巷角。

怯懦的食腐者，只敢在暗处推波助澜，若是事情能成，他自然会迫不及待地来分走那污秽的盛宴中属于自己的一杯羹；若是不成，他就依然躲在属于自己的黑暗中营营役役冷眼旁观。

可是……现在不是鄙视老六的时候，到底，要不要做？

齐风仿佛看到了自己向许敬宗敬献上那支笛子，然后领到属于自己的那一份奖赏。也许是几百两金银再加上一个无足轻重的官职。像他这样的罪臣之子，能如此翻身已经是最大的幸运了，其他的他也不敢奢求了。

可是，真的要去换吗？用贺府、用贺云浮去换那几百两金银，去换那个芝麻绿豆大的官职？

不！贺云浮给予他的，是最艰难时候的一碗饭，是千夫所指时最珍贵的信任，是……将他当作最重要的朋友的那一份信赖！他怎么可以，就为了这些，去背叛这样一份情义？！

齐风是迈着沉重的步伐，一步步走进家门的。

抬眼看到的，是母亲在艰难地浆洗着衣服，妹妹则在飞针走线地刺绣。母亲洗的衣服和妹妹做的刺绣，都不是家用的，而是为了挣钱，接的外头的活计。母亲的手指上都密密匝匝地缠着布条，而布条下面，是纵横交错的裂口，那是常年洗衣被水浸泡出的裂痕。而妹妹，她明亮的双眼早已经在没日没夜的刺绣中一点点地被摧残。

如果……那么母亲就可以不用这么辛苦，妹妹也……即使只是几百两金银，即使只是一个芝麻绿豆大的官职，也足以让这个前途暗淡的家庭，从此恢复生机！

齐风不知道，自己是如何入睡的。

在睡梦中，他再一次看到了，那飞扬的丹顶鹤。

而自己，正将它轻轻地拢在怀中。早已经熟悉了这种抚摸的丹顶鹤安然地接受着抚摸。渐渐地，那抚摸的手法越来越重，当丹顶鹤发现事情不对的时候，它已经……再也没有了反抗的力气！

血，染红了手指。为什么鹤血的气息会这么浓厚、这么鲜红？

不要想，不能多想！

杀了它！用它的腿骨来做笛子！

新上任的知府大人最喜欢笛子，尤其是鹤骨笛。只是全镇上下却没人能献上一支让知府大人满意的鹤骨笛。于是，有富户贴出告示，说只要有人能献上鹤骨笛，就赏银一百两！一百两！那样就可以买自己的船了！他的心里被这个念头牢牢地填满了。他知道，那云天之外的精灵没有人能捕捉到，除了他。

反正，鹤总是要死的，早一点，或者晚一点，其实没什么关系……

他用力地朝丹顶鹤最纤细的脖颈处，折下去！

那曾经流光溢彩的金色眼眸慢慢地闭上了……仿佛是天边那最美的霞光，被黑夜彻底吞噬掉一般，那么地……寂寞。

他忘不掉这个眼神，他的心在控制不住地颤抖着。

到最后，他制作笛子的最关键时刻，当他制作笛子上最后那个乐孔的时候，孔，打歪了。

鹤骨笛，没能完成！

那个最高的羽音，这支笛子无法发出来，它只会发出如同撕裂般的哭泣的声音……

怎么会这样？！

牺牲了那么多……可最后，手心里却依然，什么也抓不住……

齐风，是流着泪，醒来的。他手心里抓着的，正是那支曾经在梦里出现过的，破音的鹤骨笛。

这些……是你告诉我的吗？齐风喃喃自语。他的指尖，慢慢地抚摸过那冰凉的笛身，脑海里回想起的，却是丹顶鹤那带着生命的温度。那是珍贵的回忆……再也不容亵渎。

那种错误，他，再也不想犯第二次了。

因为，那样的信任，他绝不想背叛第二次了！

"就是这样，那支笛子，你赶紧处理掉吧。"齐风一鼓作气，将老六的那些计划和盘托出。看到面前的贺云浮依然是一副难以置信的表情，他急忙又道："只怕你府里的下人也有跟外人勾结的，你赶紧肃清一番，不可以给那些宵小之徒再留下机会。再不然，就避走他乡一段时间，总之，不能待在这里任人鱼肉啊！"

贺云浮静悄悄地看着他，那带着一抹金色的眼眸纹丝不动。如果说平时的他，眼眸中总仿佛摇曳着春天的波光，而此时的他，就仿佛是凝结了的冰湖，没有一丝齐风熟悉的那种温和。

"你要跟我说的，就是这些？"贺云浮的声音，突然变得非常轻、非常淡。齐风想起来，他们刚刚相遇的时候，贺云浮说话的声调就是这样的。

"想不到，你会这样做。你这样，要我怎么办呢？"贺云浮昂起头，盯着齐风。

齐风突然发现，那个他总觉得过于稚嫩的少年，其实已经很高大，甚至早已经不再是个孩子。因为，此时他的眼神，就犹如上位者，正在冷漠地注视着麾下的臣子，不带丝毫怜悯地冷眼相看。

"为什么不把这件事情捅出去？你不是很需要钱吗？捅给许敬宗，这样，他们肯定会给你一碗饭吃，给你个小官儿当当的啊。"贺云浮淡淡地笑着，只是，他的笑容如同浮在冰面上单薄的阳光，找不到一丝温度。

齐风不知道，为什么自己会听到这样的话。他只是控制不住地，上下审视着面前的少年。这，真的是他熟悉的那个一心一意地信任着他、依恋着他的贺云浮吗？

"怎么回事……你是吃坏了什么东西吗？还是受了风寒？"齐风伸臂，想要摸摸他的额头。迎接他的，是狠狠的一下重击！猝不及防的齐风，就这样一头栽倒在了地上，痛楚从腹间传来，让他的额头瞬间挂满了冷汗。可是，比起身体的重创，更加让他迷惑的，是贺云浮。

为什么？那个总是言笑晏晏的孩子，会这样对他？那总是伸出来握紧他双臂的手，怎么会突然变成了拳头？

"你为什么不出卖我呢？是因为觉得你向我示警，我能给你更大的好处？"贺云浮冷笑着质问。

"不！"齐风用力地摇着头，"我绝没有那样想过，我只是担心……我担心你的安危！"

"我的安危？比起我的安危，不是你母亲的健康、妹妹的婚事、你自己的前程，来得更要紧吗？我这么一个跟你非亲非故的人，你为什么要管我的死活？！"

"你……不是非亲非故，你是我的……知音！"齐风忍耐着身体巨大的疼痛，咬着牙说完了那最后两个字。

"知音？！"回答齐风的，是贺云浮讥诮的大笑声。

然后，缓缓响起的，是贺云浮平静的述说。

"你不觉得，我们当初的相遇，实在太过巧合了吗？

"因为，我的计划，就是用这三个月的时间，彻底得到你的信任，然后，再将你的人生，彻底地推入深渊！"

"你说……什么？我跟你……无冤无仇……"

"你相信吗？我就是当初被你杀死的那只鹤。你在那一夜夜的梦境中，应该早已经想起了当初的往事吧？"

齐风的身体，骤然僵硬。

"我所做的，跟当初你对我做的，完全一样。"

在雪中的援救。在陋巷中的一饭之恩。

在渔村里的朝夕相处。在贺府里的日日相对。

在寒冷日子里的彼此照应和信任。

在千夫所指时，贺云浮那笃定的信任与关心。

一直到……最后，齐风亲手扼杀了那全心信赖着他的鹤。

"你为什么不干脆地……杀了我？"齐风的声音在颤抖。那些原本属于前世的烟云，却如此执拗地，弥漫到了今生。可是为什么，他一点也不想替自己辩解？

"因为，我想你跟我一样，被完全信任的人，害死。"说到最后，贺云浮的金色双眸里，渗透出来的，是复仇的血丝。

"那……请你，动手吧。"齐风闭上了双眼。

长久的沉默，笼罩在彼此之间。

齐风等了很久很久，那预想中的重击却迟迟没有来临。当他终于睁开双眼的时候，看到的，是贺云浮的背影。他的声音，带着些低哑的粗砺，不复曾经的清润美好："只是，到了最后的最后……你为什么，要不顾自己的荣华富贵，来告诉我这些？！如果你再无耻一下，我就可以……我就可以毫不迟疑地将你斩杀！为什么……为什么？！"

齐风彻底怔住，他不知道该如何回答。

他只知道，那梦中曾有过的无边无际的懊悔，他，再也不想体会一次了。

"留下笛子，你滚吧。"这是贺云浮最后对齐风说的话。

齐风踉踉跄跄地站了起来。

他看不到贺云浮的表情。他却觉得，那正背对着他、站立得如此笔直的少年，是在哭泣。

天光，在一瞬间，就被黑夜完全地，吞噬掉了。

长安雾霾，遮天蔽日。

谛听阁里，陈游介看看杯中的酒，禁不住长叹一声，"这么黑，真是无趣啊。"

正在艰难地清点着货物的明胤以为自家老板终于感受到一丝丝自己的苦楚了，赶紧提要求："多点几盏灯吧？"

陈游介却好像彻底没听到他的要求一般，自顾自地嘀咕："怎么好像没有了太阳照着，这酒的味道都差了许多？"

明胤无奈地耷拉下了肩膀。就知道，指望他这个黑心老板体察民情，是愚蠢的。

突然，他想起来了："那个鹤骨笛已经不见好多天了，你都不找找吗？"

陈游介望望窗外那如同夜色般浓黑的天光，皱了皱眉："是啊，是得找找了。不过……也许是找不回来了……"

"找不回来了？"明胤可是记得，他这个老板，对自己一丝一毫的经济损失，都是锱铢必较的，怎么今天，竟然是这番口气？

"因为，它有它必须要做的事情了。"陈游介仰望着那混浊的天空，淡淡地一笑。

天空中重重的雾霾，在寻常人的眼中，只不过是暗沉的黑色浓云。而在真正的术者眼中，却是一团团正在纠集的恶灵。失去了太阳带来的纯阳正气的镇压，那些潜伏在京城地面上蠢蠢欲动的恶灵们，正在一群群地集结在一起，试图吞噬京城中那蓬勃的生气。他们，要将这繁华富丽的京城，变成一座死城！

贺云浮握着那支鹤骨笛，静悄悄地悬在七重浮屠之上。这里，是全京城雾霾最重的地方，而他，曾经的鹤精，现在的鹤骨笛之灵，要做的事情就是涤荡雾霾，驱散妖气！

笛，古人谓"荡涤之声"，故笛子原名为"涤"。它的能力，正是振聋发聩，涤荡妖气！

将骨笛送至唇边，缓缓地，那一曲《云鹤追》从他的唇边流淌开来！

这一曲，并非是普通的乐曲，而是可以镇妖邪、驱百鬼的无上妙音！

随着乐曲的逐渐变幻、升高，那些原本纹丝不透的浓云，仿佛被一只雪白的仙鹤撕开了一道裂口一般，渐渐地变得稀薄起来。

乐曲声在流转涤荡，而那些浓云聚集的速度，却更快！贺云浮好不容易才驱散开一片，可是，它们又迅速地翻滚聚集起来！

而且，不光是聚集，那最浓黑污浊的一片，已经开始渐渐聚集出了隐约的……

人形！

贺云浮心中更急，吹奏的速度越来越快。可是，那个人形依然在他的面前逐渐清晰。当那个形状最后凝聚起来的时候，贺云浮看到的，竟然是一个……巨大的娃娃。如果忽视他灰黑的面色的话，他甚至可以算得上是个非常可爱的、圆眼睛、双下巴、全身都圆滚滚的娃娃。只是，这个娃娃的目光中满是怒气。

"为什么……要杀了我……为什么……不要我？"

婴灵！这是婴灵！

每次战乱，最先被牺牲的，总是这些无辜的孩子！

巨大的婴灵在不断膨胀着身躯，遮蔽着原本透彻的天空。凝视着那越来越膨胀的身躯，贺云浮的神色，也越发沉重。那首《云鹤追》他已经将前半阕吹奏了数遍，可是，除了能让那婴灵膨胀的速度稍稍放缓外，看不到什么直接的作用。

如果……不是这几个月来疏于修炼，将力量耗费在了维持幻术来复仇的话，说不定……一个声音在细声低语。心绪，骤然一乱，手底的音节顿时乱了一拍。面前的婴灵，立刻觉察到了他的变化，再次地，更加睁大了双眼。

那笼罩着灰蒙蒙的雾气的双眸里，荡漾着水汽，婴灵虽然是恶灵，可是，此时他的面容，却是如此懵懂无辜。

维持着吹奏的节奏，贺云浮紧紧注视着婴灵下一步的举动。

只见他的嘴角慢慢地荡漾起一抹笑容，低低的笑声一点点溅落："真……好听……妈妈……哄宝宝睡觉……"那含混不清的声音中，那股久违的思念之情，不知不觉地，包围在贺云浮的身旁。

婴灵，其实只是在无意识地破坏，他其实并不知道，自己的所作所为，会造成多么大的伤害。

心中那些说不清楚的情绪，弥漫得更加分明了。

刚才还睁大了雾蒙蒙双眼的婴灵，此时却仿佛是孩童在依恋着母亲的双手一般，伸着胖乎乎的手指，一点点地朝贺云浮靠近。

那浓黑的雾霾凝聚成的浑圆的指尖，一点点、一寸寸地，距离贺云浮越来越近。

这是危险！

危险！

　　可是，明明心底的警铃声已经如此响亮，贺云浮却不想避开。因为，这是孩子在对母亲伸展出来的，信任的遮挽。他，不想让他落空。

　　突然，贺云浮手中的笛子，竟然脱手而出！

　　再定睛看去的时候，一只面目狰狞的恶鬼，正牢牢地抓住了那支笛子！

　　鹤骨笛是重要的法器，如果丢失，他将无法再……

　　贺云浮心中大震，急忙念出招来雷火的咒文。

　　可是，在这浓云遮天蔽日的时刻，那一抹稍纵即逝的雷火，能有多大作用？贺云浮真的没有自信！不过，那恶鬼偷袭得手后正得意，猝不及防间被雷火击中，手指一松，那支鹤骨笛已经"嗖"地朝地面坠去！

　　贺云浮急忙朝地面掠去，可是，那浓黑的巨大婴灵立时遮挡在了他的面前。

　　怎么办！失去了重要的法器，只怕……今天是凶多吉少！刚才自己为什么会一时心软，竟然任由他靠近？明明，信任根本就是……就是不应该存在的东西！

　　仿佛是为了回应他心底的这句咆哮，远远地，竟然在那看不清的浓云之下，传来了……《云鹤追》的乐曲声？怎么回事？！虽然是一样的乐曲，只是吹奏之人不再给乐曲中灌注涤荡恶灵的法力，这刚才还能退敌的一曲，此时却丝毫没有了威慑之力。

　　听着那首曲子，贺云浮急忙朝地面掠去。婴灵的阻挡让他左冲右突，而在这仿佛变得无限漫长的时间中，一个推测，慢慢地、清晰地浮现在他的脑海中。

　　不！不可能的！那个懦夫怎么可能在这样的时刻跑出来？只怕，他只会躲在被窝里瑟瑟发抖。

　　可是……知道这《云鹤追》上阕一曲的人，除了……他想不到其他人。

　　终于，脚底传来了清晰的触感。贺云浮落在了地面上，浓黑的雾霾，让他几乎连伸手的咫尺之间都无法看清。可是，那乐曲依然如此执拗地传来。只不过比起最开始时乐曲的流畅婉转，此时的乐音竟然已经开始断断续续……

　　糟糕！雾霾中有瘴气！

　　虽然由于他的压制，瘴气并未四散开来，可是，如果长久地置身在这浓稠的雾霾中，普通人很快就会……

　　贺云浮加快了脚底的步伐，朝着那声音传来的方向直冲了过去。

　　终于，那个身影一点点地现出了身形。

　　是齐风。

他的脸色已经变得灰暗，可是，他依然在执着地吹奏着那一曲《云鹤追》，明明由普通人吹奏绝不会产生什么效果的乐曲，却在他执着的努力下，依然将那浓黑逼退了数尺。

在觉察到贺云浮的出现时，齐风的脸上顿时现出了毫不掩饰的笑容。他停下了笛声："还好，你没有事。"

贺云浮觉得心里很不舒服，有一种说不出的情绪在迅速地膨胀着。他劈手就从齐风的手中夺走了那支笛子，恶狠狠地道："又到这里来给我添什么乱？！给我滚！"

"你是在用你的法力，涤荡京城的恶鬼吗？我也可以帮你的，你刚才也看到了，我的笛声也可以……"齐风的话语，戛然而止。贺云浮已经头也不回地朝雾霾中飞去。

"为什么你不吹奏《云鹤追》的下阕？如果上阕能涤荡百鬼，那么下阕一定……"齐风急忙追问。在他看到京城满天的雾霾的时候，就已经隐隐觉察到了这不是普通的天象。而那犹如迷宫里为了引导真相而留下的金色丝线般的笛声，却将他引到了这七层浮屠之下。

他将染血的手指，背在了身后，他不想告诉贺云浮，他是怎么样压抑着惊惧，从一只面目狰狞的恶鬼手中，夺回了这支笛子。因为他知道，这是属于贺云浮的重要的法器。

而此时，看起来他还是帮不上任何忙。他只能把盘旋在心底好久的疑问，和盘托出。

贺云浮曾说过，这首《云鹤追》有上下两阕，上阕温柔婉转，下阕慷慨激昂。可是，从刚才开始，贺云浮所吹奏的，一直是上阕，那应该更能驱除百鬼恶灵的下阕，却始终没有响起。

"这是因为……这支笛子，无法吹奏出下阕。"贺云浮的身影，终于停住，冰凉的声音，穿过雾霾传来。

"为什么？"

"你不是一开始就发现了吗？这支笛子，无法发出正确的音节，而那唯一错误的音节，就是代表着高亢激昂的'羽音'，没有'羽音'我无法吹奏出那《云鹤追》震慑百鬼、涤荡妖魔的下阕。"

"难道……"齐风喃喃自语。他想起来了，当年，带着抑制不住的惊惶的他，无法直视那曾经属于天空精灵的最后碎片，他，怎么也无法完成那最后一个乐孔。到最后，随意下手的结果，就是乐孔出错，他，彻底地毁掉了一切。丹顶鹤翩然的生命，和他自己平淡生活中全部的光彩……

仿佛已经从他的眼眸中，透视出了一切，贺云浮淡淡地点点头："就是这样。我生来就是残缺的，无法成为真正的法器。这一切，都是拜你所赐……"贺云浮的话语声越来越慢，因为他已经看到了那笛子上染满的血迹。他想起了那只恶鬼，他不愿意再思考下去，齐风是怎么将这支笛子，牢牢地握在手心里的。

"咕……咕……"一种带着黏腻味道的吞咽声，骤然从头顶传来。

贺云浮一怔，抬头看去的时候，他的眼眸骤然凝滞！那个刚才还睁大着懵懂双眼的婴灵，此时已经变了模样！它看起来长大了一些，面上的神情也幻化得更加分明。可是，最清晰的，是他嘴角垂下的涎水。他不再朝贺云浮伸出手指，而是驱赶着足下的层云，一点点地向前蔓延，而那越来越清晰的"咕……咕……"声，却是从它的腹中传出的……

在觉察到贺云浮的存在后，它张开大嘴，迟钝地朝他扑过来。在那洞开的喉间，闪烁的，是点点魂火！而那看似唇边涎水的东西，并不是水，而是浓重的晦气！

一滴，两滴……

被那黑色的涎水溅落到的地面，竟然迅速地变成了灰白的死地之色！至于那些植物，更是在瞬息之间就已经变作了焦黑的朽木……

原本懵懂的婴灵，现在正在迅速地黑化，变成饿鬼。

不能再迟疑了！

"云浮，这里很危险！"齐风看着那一滴滴黑色的黏液在漫延，他控制不住地向后急退。可是，贺云浮却依然挺立在那黑暗之中，义无反顾。

"这是我身为法器的意义，即使……我无法去剿灭恶灵，我也要战斗到最后一息。这就是我的使命。"贺云浮说着，不再回头。

使命。

齐风凝视着那个在浓黑的雾霾中分外单薄的背影，心中从来没有如此懊恼，自己不过是个普通人，在这样的时刻，竟然一点忙也帮不上！

贺云浮的笛声，再度响起。

《云鹤追》的乐曲缭绕在耳畔。明明是和缓的乐曲，齐风却在这乐曲中，听到了隐隐的金石之声。贺云浮此时正在以生死做搏，而他，怎么可以就此逃离？！

可是，与最开始不同，贺云浮吹奏了半天的《云鹤追》，那饿鬼的变幻却并没有因此中止，相反，它正以肉眼可见的速度，迅速地幻生。贺云浮觉得，自己似乎看到了他成长的历程。那原本面团般的身躯，在逐渐地变得修长，他……即将幻化成年的姿态！

"你的笛声，对我没用！"恶鬼发出刺耳的讥笑声。

贺云浮迎上他的目光，反击："真的吗？"

"当……"恶鬼的声音，突然被另一种声音打断。

齐风感觉到，自己的头顶，正在滴落雨滴！那原本厚重得如有实质的浓黑云雾，顿时在雨水的洗礼中，略略地减弱了原本的威势。恶鬼少年的面色，也变得前所未有的狰狞。

"想不到……刚才你是在招来雨水。只可惜，你真的以为这种凡间的雨水，能奈我何？！"

贺云浮冷冽一笑："若是雨水不行，那么……雷呢？"

说话间，那裹挟着闪电的雷声已经霍然砸下！

恶鬼少年一惊，急忙躲闪！

可是，这惊天的雷火……并没有落空。

齐风的全身，都被那金色的雷火彻底地笼罩着！怎么会这样？！

贺云浮见状大惊。他没有想要劈他的！他怎么会，正好站在那个最容易误中雷火的角度？！

所有的一切发生得太突然、太迅速，贺云浮来不及多想，因为他看到那个满身是火的人，正在朝着他跑了过来！

贺云浮只觉得自己的脚步如此沉重，竟然一步也迈不动。

齐风的脸，仿佛在微笑着，仿佛这一团火，已经清清楚楚地涤荡掉了他心里所有的遗憾和悔恨。他朝着贺云浮，伸出了他正在燃烧着的手指……

然后，他的指尖戳到了鹤骨笛的笛身上，贺云浮眼睁睁看着那曾经属于人类的手指，是怎样一寸寸地化作飞灰。他从来没有看到过如此景象。他猛然发现，他似乎从来就没有认识过齐风，因为现在的齐风，燃烧着火焰的齐风，是如此满足。

当他终于回过神来，明白此时此刻发生在自己面前的到底是什么的时候，齐风，已经倒了下去。

"《云鹤追》的下半阕，我……送给你了。"

他在说什么？！

贺云浮低下头，他看到的是前所未见的景象！在鹤骨笛的笛身上，一个全新的乐孔正在成形！那是齐风，燃烧了自己全部的生命，交换而来的乐孔。曾经错误的那个音节，终于被调回了正道。鹤骨笛终于可以再度吟唱出全新的、完美的乐章。

贺云浮伸出手去，却发现自己已经无法遮挽住任何东西。

在那天雷降下的一瞬间，齐风就已经做出了选择。

我要把所有的悔恨燃尽。我要把最初的美好，还给你。

贺云浮将鹤骨笛再一次地送到了唇边。

从未有过的笛声，如同狂龙在险滩中怒吼，如同传世的名剑，发出第一声的长啸！那浸透了齐风全部生命的乐曲，在疯狂地蔓延着！《云鹤追》的下半阕，没有悔恨，没有迷惘，只有我的信念！

这一天的长安，下了一场持续一整天的豪雨。有人听到了百鬼的恶号，有人却听到了绝美的乐章。

据说，那乐曲美好得让人，想要哭泣。

踏着未干的湿泥，陈游介捡起了地上的鹤骨笛。

齐风为了让鹤骨笛回归正音，不惜以身为烛，洞开新的乐孔。

而贺云浮，身为鹤骨笛的精灵，在用尽全部灵力涤荡了长安的妖气后，陷入了长久的沉睡。他必须经过一段时间的休养，重新吸收天地灵气，才能再度觉醒。

不过，等到他再度醒来的时候，他会发现另一个跟他伴生的灵体。他们，将会一直在一起。不过，这个消息，就等到那一天到来的时候，再告诉他吧。

陈游介缓缓地抬起头，在空气中，仿佛有仙鹤，在清亮地振动翅膀……飞翔。

第五章

幻
海
潮

　　已经不是第一次走在这幽深黑暗的长街上，可是今天，明胤的心情却是格外激动的。因为他即将去参加一年一度古玩行里最大的盛会——琳琅汇。拒绝了楼东来要他坐上那辆招摇到极点的牛车的邀请，明胤抱着个洒金的螺钿木匣大踏步地走在了前面，反倒把真正受邀的主角陈游介丢在了身后。

　　"不到午夜，琳琅汇是不会开始的，早去也不过是无聊。"陈游介不忘叮嘱了一句，"跑太快，小心砸了我的宝贝。"

　　"哦。"明胤缩了缩脖子，忙不迭地点头，眉眼间却是掩不住的激动。

　　"如果你跟我一起到场的话，那些商人再不开眼，也知道要早点开场的。哼，谁敢叫我等？"楼东来今天穿得比平时更加金碧辉煌，简直让人不能直视，说起话来也是越发嚣张。

　　"不用了……"明胤敏锐地感觉到了楼东来与陈老板之间暗战的气息。他可一点也不想变成那被无辜殃及的倒霉鬼。

　　在夜色中，一座大宅终于出现在了视线的尽头。迷蒙的夜雾中，那点点橘色的灯火在轻轻摇曳，仿佛是好客的主人在呼朋引伴。

　　等到走近了才发现，早有个身材矮小的青衣小奴在灯下候客。只见他目光敏锐地在陈游介拿出的请柬上一转，又瞟过明胤手里捧着的木盒，轻笑道："上好的龙涎香，就算是琳琅汇，也是不多见了。"

　　就这么一眼，他竟然就知道了盒子里装的是什么？明胤禁不住瞪大了双眼。

　　陈游介却是浑不在意地一点头，昂首阔步而入。

　　不多时，楼东来就已经追了过来。

　　"竟然拿我的龙涎香来淘换宝物？你还真是会空手套白狼。"说起来，这龙涎香正是在镜殿迷失的那一晚里，陈游介从他手里敲的竹杠。

　　陈游介微微一笑："陈某得楼公子如此夸奖，实在是愧不敢当。"

　　我那是在夸你吗？楼东来噎住。

　　明胤看着楼东来一副张口结舌的样子，忍不住开始思考，要不要告诉他，长安生活要则里无论如何都要添上的一条，"绝对不要跟陈游介比口舌之利"呢？

一直到坐上了被特别招待的雅座，楼东来都还没缓过神来。

明胤却与陈游介一起，在大厅角落里安然落座。放眼望去，这里的格局是上下两层。一楼正中央的台子上，正用金银堆积出了峰峦之势，在摇曳的烛火中，分外地宝光灿烂。明胤还从来没有见过这么多的金银，一时间都看直了眼睛。

陈游介却是不屑："每次都是如此，也不见什么新花样。若是琳琅汇上只能看到这些黄白俗物，下次便也不必来了。"

话音未落，那青衣奴才早急忙凑过来低声道："真正的好东西怎么可以就这样随意露了相？等一会儿自然会叫陈老板不虚此行。"

陈游介微一颔首，只将目光朝四周扫去。

这里地方宽敞，除了中间的高台被烛火照得通明外，其他地方都只映照着影影绰绰的烛火。除了那衣饰辉煌的楼东来，其他人竟然无一不是隐藏在幽暗的灯光之中或是帷幕之后，叫人看不分明。

只有一股分外浓郁的白茧香的气息，越来越清晰地缭绕其中，让人不觉醺然沉醉。

所有的客人都是被青衣奴才们一个个地引入座中，只有极低的寒暄声隐隐划过耳畔。

在那仿佛静止了的时光中，一声清越的笛声骤然响起；所有人的精神都为之一振。当笛声隐去时，今年的琳琅汇，已经正式开场！

然后，仿佛是被一阵香雾笼罩着，摇曳的灯火中，一个身着浅碧色衣裙的女子款步而出。她的身量并不特别高挑，她说话的声音也并不特别清越，甚至连她的妆饰都并没有珠环翠绕，可是，当她明亮的眼波在这琳琅汇的会场里扫过的时候，所有人都不由自主地被她吸引了目光。

即使珠宝再耀眼夺目，又怎么比得上少女温柔的眼波？能来参加琳琅汇的人，自然不是那些只知道逐利的市井之徒，已经有人轻叹不已，为之倾倒。

"小女子绿姬不才，能做今年琳琅汇的主持，自然是要先拿出一样宝物，请大家共同赏鉴。只请各位雅客，不要觉得小女子的东西粗陋，坏了各位的兴致才好。"绿姬回身，已经捧出一个精致的檀香木盒。

"光是那木盒已经价值不菲，却不知道，她要拿出来震场子的，会是何等宝贝？"陈游介饶有兴致。明胤也瞪大了双眼，唯恐错过了什么宝贝。

绿姬眉眼含笑，将那木盒缓缓打开。一件泛着灰白色泽的丝织物顿时出现在了众人面前。

众人都是见多识广的，顿时一阵不大不小的嘘声就流泻过了全场。

人人都知道，丝织物再怎么名贵，也经不起时间摧残。时间一久自然就泛黄断裂成了朽物。而这件丝织物，固然是被珍藏密敛，却是实在看不出有什么特别之处。甚至细说起来，还比不上当季新出的丝绣来得金碧辉煌明艳照人。

只不过，这绿姬既然是琳琅汇的主持人，众人也都是雅客，自不会大放厥词，只是都有几分不以为然。

绿姬显然已经觉察到了众人的轻慢，轻声笑道："此物名叫'罗縠'，乃是数百年前三国时候孙权的爱妃赵夫人所制。当时的人们称之为'丝绝'。"

听说是前朝古物，又有传世美人赵夫人的名声，终于有几位雅客来了兴致："如此，若说此物价值不菲，倒也是说得过去了。"

绿姬颔首微笑："不如我为各位轻舞一曲，大家就更知道此物的好处了。"

说话间，丝弦之声又起。绿姬已经将那灰白的丝织物从盒中掀起，翩然而舞！

仿佛是原本闭合的蚌，突然张开了紧闭的壳。在灯火的映照下，顿时流泻出一波波漫卷不止的华光。绿姬手中的罗縠仿佛是一片肆意舒展的广袖，倏忽间就已经舒展着，遮蔽了摇曳的灯火，隔断了此间与外界，所有人骤然被带入了一个完全被隔绝的空间中。可这个空间竟然是如此精致而细腻。头顶的一切依然是如此清晰，那一层如同薄雾般的丝缕，简直如烟如雾让人捉摸不透，可是，它又是如此真实地，凌驾于众人之上！

"这才是罗縠……真正的姿态。"绿姬微笑着，她的一舞什么时候结束的，没有人察觉。所有人都被眼前这一幕惊呆了。

因为，所有的人都已经彻彻底底地被那薄如蝉翼的丝绢所制造的梦幻般的空间所迷惑。时间仿佛在这片织物上凝滞了一般，没有任何一丝泛黄或者损毁，它依然是那江东宫阙中最美的雪色繁花。

只有陈游介的目光，渐渐地凝滞了起来，心里那根名为危机的丝线正在不动声色地紧绷。白茧香……罗縠……似乎有什么不对劲！

"把盒子打开。"陈游介低低的声音不容置疑地响起。

明胤没有去细问为什么明明拍卖还未开始，老板就会如此迫不及待地将宝物昭示天下。他只是手脚利索地，将原本紧闭的盒盖掀开。

空气，仿佛因为这个动作霎时就掀起了透明的波澜。明胤只觉得刚才如同丝茧般缠绕在身边密不透风的香气，骤然被这带着浓烈海水气息的香氛，撕开了一道豁口，让他觉得整个人都为之一轻。

当明胤大口大口地呼吸着似乎久违了的新鲜空气的时候，却骤然发现自己竟然正立在一片荒烟蔓草之间。刚才的歌舞升平、美人如玉，此时竟然早就没了踪迹！

怎么回事？明胤将探究的目光投向了陈游介。

对上的，却是陈游介若有所思的笑容："今年的琳琅汇，就让别人去凑热闹吧。"

"老板，你不是等了好多天的吗？"明胤再也忍不住了。

"错！"陈游介"啪"的一声将手中早已经不合时节的折扇收起，"我等的，不是琳琅汇，而是赚钱的机会。可是今天晚上……哼……我可没有兴趣奉陪。"

能让一心赚钱的老板就这样干脆利落地转身而去，这琳琅汇自然是有些古怪。可是，以前明胤和老板也不是没遭遇过古怪的事情啊，怎么这次老板竟然没有一点要管的意思？虽然见义勇为不是他的作风，可是趁火打劫还算是他的人生乐趣之一啊，怎么就这么掉头就走？

明胤暗自嘀咕了一路加一晚上。

等到第二天早上，只听得街头巷尾最新的传闻，是许多商户被发现在城郊荒野中酣睡，并且对前一晚发生的事情毫无印象的时候，明胤才正式确认，陈老板真的只是懒得麻烦。

"妖魅们假借琳琅汇设局，谋取宝物，摄取生气。我看那绿姬身上并没有嗜血的晦气，不过是让那些商户们昏睡一阵，虚弱几天罢了，也就及早抽身，由她去了。罗縠为罩，白茧香设局，想法倒也算是不俗了。"陈游介对于昨夜发生的一切，带着一种见怪不怪的淡然。

明胤却不打算保持沉默："既然你什么都知道，怎么不让我通知楼东来？害他也着了道儿。"

对上明胤明亮的眼眸，陈游介的瞳孔骤然一缩："决定带谁走出险境，是由我来决定的。你凭什么替我决定？你确定那样不会给我带来负担？你有什么资格说这些？！"

明胤顿时语塞。他只想到要去质问陈游介为什么没有去救楼东来，却没有想过自己根本就没有资格去问。

可是……可是陈游介就这样丢下楼东来不管，明胤无论如何还是无法轻易认同。虽然，他相信陈游介是在肯定楼东来绝不会有大碍的情况下如此选择的，可是，从京兆尹府邸传来的消息是，楼东来这几天一直卧床不起，精神委顿。

"觉得不甘心吗？"陈游介的声音在耳畔响起。

陈游介的双眸仿佛荡漾着莫名的蛊惑，他的声音也低缓深沉："觉得不甘心的话，就变强啊。如果你足够强大的话，就可以由你来决定，谁可以活着脱离险境。"

你终有一天会喜欢上强大、凌驾于众人之上的感觉。陈游介满意地凝视着少年那剔透的双眸里，一点点燃烧起来的欲望。

可是，下一秒，那双眸眨了眨后，竟然又化作了另一种的坚定。

"就算我不是足够强大，我还是会竭尽全力，做我认为正确的事情！下次，就算你不肯帮忙，我也会救我的朋友。"

陈游介哼一声："你能做什么？"

"现在，去看看他怎么样了。"明胤说着，转身就跑，还不忘丢下一句话给小龙小八："帮我拦住老板哦……"

望着哧溜一声拦在脚边的小龙小八，陈游介禁不住摇了摇头，伸手将小八绕在了手上："也罢，就让我看看，你究竟能做到什么程度吧。毕竟，最强大的，从来都不是法术，而是……"

明胤翻墙钻进了京兆尹的府邸。

在躲过了重重叠叠的侍女和小厮的视线后，他终于看到了楼东来。那个总是神采飞扬的贵公子此时的模样，却是彻底让他吃了一惊！

原本红润的肤色苍白如纸，唇色更是透出了异样的紫色，就连呼吸声都变得如此微弱。不是仅仅被吸取了一些生气吗？明胤还记得陈游介是如此笃定的，可是，眼前楼东来的模样，绝非那么简单！他看起来，简直就像，简直就像是……

"小公子所染疫症，老夫实在是无能为力……"远远的，是一个苍老的声音。

什么？疫症？！

明胤心中的震惊还没有平息，就听到了妇人的哭泣声："怎么办……么儿怎么会感染无名疫症？这可怎么好？全京城的名医都来看过了……怎么会这样……"

全京城的名医都无法治疗的疫症？！

楼东来性命堪忧？！

明胤不知道自己是如何走回谛听阁的。

他从来没有如此懊恼昨夜自己没有坚持要求陈游介带着楼东来一起离开。他更加懊恼的是，自己无能为力，竟然什么都不能做。

心乱如麻闷头向前的明胤，差点一头撞到人。

当他抬起头来的时候，原本正要脱口而出的抱歉的话，顿时噎在了喉间。

因为，那个差点被他撞到的女子，竟然是绿姬！

虽然此时的她早褪去了昨晚明丽的服饰，可是那窈窕的身姿，是绝不容错认的存在。她是妖魅！就是她令楼东来身染疫症！

在头脑梳理出正确的思路前，身体却已经先一步地采取了行动。明胤跟上了她的脚步。他这么一个衣着朴素的寻常少年，在熙熙攘攘的人群中想要不引起注意地跟上一个女子，并不困难。

就这样，明胤跟着她走过闹市，一直来到了曲江之畔。虽然已经是秋末，可是绚烂的秋叶和霜花在金色的阳光下依然分外明媚，反而绽放出与春季截然不同的大气之美。在灌木与繁花曲径中迂回数度后，绿姬最后走入了一处雕梁画栋的门楣。

曲江之畔有无数这种贵族高官们为了游乐建起的宅院，无一不是飞檐斗拱尽得其妙。

门虚掩着，门口也没有声威赫赫的守卫。几乎没费什么力气，明胤就找了个低矮的墙头，翻了进去。

里头的景象，却远远没有外面看起来那么繁华富丽。甚至在那一瞬间，让明胤想到了自己家那早已经被荒草和野花完全占据了的庭院，有一种掩不住的寥落气息。

可是，自己家的败落是因为父亲的突然辞世，而这里……难道正是因为宅邸的荒芜，才会变成了妖怪占据的所在？

明胤猫在金色的杂草间，禁不住思绪纷乱。

"你是来跟我捉迷藏的吗？"一个突兀的声音，近在咫尺地响起。

明胤吓得倒退了好几步，差点跌坐在地上。正当他的身体跟跄着难以保持平衡的时候，一只手伸了过来，牢牢地抓住了他。

那温暖的手心，让明胤在那一刹那，就禁不住瞪大了双眼！

那个拉住了他、阻止他跌倒的，是一个少年。他身上的衣服……怎么说呢，也许曾经是锦绣辉煌的吧，但是此时已经只剩下一点点单薄的陈年色泽。还有他的肤色，看起来就好像终年不见阳光一般，带着一种不健康的苍白。即便如此，他尖尖的下巴加上因为瘦而显得比一般人更加大了许多的双眸，使得他看起来，有一种仿若小鹿般懵懂的模样。

从手心里传来的，是那么清晰的温暖；映入眼帘的，是这么毫无心机的笑容，明胤真的一点也不愿意将他跟那个导致楼东来身染疫症的绿姬联系在一起。

"捉迷藏啊，好。"明胤迅速地回过神来。没错，用捉迷藏这个理由将这里探究一番，无疑是送上门来最好的理由。

"太好了！好久都没有人来陪我玩了。"瘦弱的少年兴高采烈，苍白的肤色都染上了兴奋的红晕，"我叫阿正，你呢？"

面对如此热情的招呼，明胤的心头，不由自主地划过了一丝歉疚："我叫明……小明。"

"小明啊，你说，我们谁来躲，谁来找呢？"阿正显然正沉浸在有人陪伴的兴奋中，一点没有觉察到明胤的突然出现有何不妥。

"当然是我先躲，你来找。这里是你家，我都不熟悉，不先试着躲躲，我连地方都找不到呢。等这次玩完了，我们就可以交换了。"明胤很有耐心。

阿正点点头，笑眯眯地就去角落里蹲下来数数去了。按照规则，他得数到一百，才能开始找。

一百……明胤决定要在这一百声里，找到绿姬藏药的地方。他相信，既然绿姬能下毒，就一定也有解药。既然他已经跟踪至此，就绝不能空手而返。因为，他不确定自己还能不能再次找到这掩映在曲江之畔的庭院，更不能确定楼东来还能不能坚持那么久！

从洒满了金色秋阳的庭院里跨入深邃的屋宇之内，明胤立刻就感到了一种弥漫而来的寒意。到处都是浅浅的灰尘和陈旧破败的器具。看起来，这里虽然不是终年空置，也并未经过精心的洒扫。

不过，想必当初这里也曾是金碧辉煌，因为，在经历了长久的灰尘淹没之后，这些器具依然流动着沉郁的暗光，足以昭示当初的胜景了。

比起凋敝，这里更强烈的感觉是……寂寞。

虽然，明家大宅也是如此的寥落，却比不上这里的寂寞，如同排山倒海一般，叫人无处躲避。

明胤迅速地奔跑着，推开一扇扇虚掩的门扉，他确信看到了绿姬走入这里的身影。既然人在这里，那么这些屋子中一定有一个属于她。他相信，那里就一定会有解救楼东来的线索！

远远地，数数的声音还在继续，数字已经到了五十几……时间不多了，他得赶快！

而比起数字的更迭，变幻更快的，则是天光在一点点地消失。

在这个没有燃起灯火的屋宇内，一旦天光暗淡，整个屋子看起来就更加像一个凝固了的墨盒，没有任何涟漪。

当明胤再度推开一扇门的时候，他才意识到，这里，已经是他曾经打开过的一扇门了。

他已经找遍了这里所有的房间，都没有看到绿姬的身影！

最后一抹金色，彻底消失了，明胤的眼前，一片黑暗。

不知道什么时候，那一直继续数着数字的声音也结束了。

“真是太不好玩了，你都没有躲起来。”

一个声音在身后响起。那比起记忆中更加多了几分尖锐的声音，让明胤感到了一股莫名的寒意。他缓缓地回过头去，看到了那个在黑暗中的纤瘦身影，那又黑又大的双眸，那么轻易地就穿透了黑暗，直视着他。

“被你找到了呢。好了，换我来找你吧。”明胤竭力地咧开嘴，笑得饱满。

“好。”阿正点点头。

明胤一溜烟地朝门外跑去，他几乎是一头冲到了刚才阿正站的那个角落，然后就开始数起了数。他的声音很大，早已经习惯了劳动的他，即使是在用力的时候，声音也没有什么大的起伏变化。此时的明胤，正在手脚麻利地爬上墙头，虽然，他嘴里的数数声，一刻也没有停下来。

“九十八……九十九……”

只要再一下就好，再一下，他就可以跳下墙头，那时候就……

月光似乎在一瞬间就升了起来，把什么东西的影子，投射过来，挡住了明胤的视线。

明胤抬起头，他看到阿正端端正正地立在墙头，依然带着那兴高采烈的笑容，可是，他的声音浸透了说不出的寒意："游戏还没有结束，你怎么可以走？"

他的手，朝明胤伸了过来。

此时，月色如水，将一切都映照得纤毫毕现。如果有人在这月光下睁大了双眼的话，就能看到一个少年连一点声音都没有发出，就从墙头上跌了下去。

陈游介的桌子上，放着一截发带。

这不是什么织锦绣造的发带，不过是最普通的粗布加上最粗陋的街头手工。可是，小八在看到这发带的第一秒，就迫不及待地扑了过去。

这是明胤的东西！

他的东西在这里，那他的人呢？

绿姬低下头，盈盈一拜，她的声音还是那么温柔婉转："小公子正在舍下游玩，只怕是乐不思蜀了。"

"你要我用什么换回他？"陈游介丢开了商人那温文浅笑的面具，直截了当。

绿姬转了转眼珠："蜃晶。"

蜃晶，是传说中蜃龙吐息的精华凝成。燃烧蜃晶可以在云雾蒸腾间制造海市蜃楼般的幻境。对于摄取生气的妖魅来说，确实是一件难得的利器。

"罗縠为帐，白茧为局都不能让你满足吗？"陈游介冷笑一声。

绿姬低眉浅笑："我认为，现在有资格谈条件的那个人，是我。"

"蜃晶可以给你，不过，那个楼家的野小子你也得放过。"陈游介沉声道。

绿姬故作惊讶："我以为陈老板是不会管他人死活的。"

"你以为我想管吗？废话少说！"陈游介憋着气呢。要不是明胤非要去管楼东来那个野小子的死活，他犯得着让出蜃晶吗？若是此时不把此事彻底解决，以明胤的性子，肯定回头又要去找死！还不如此时一并将后患打扫干净。

绿姬从指尖挑出一颗香丸，陈游介一面将其稳稳地抓在手心里，一面将袖中早已经青云出岫般滑出的一个小小的盒子，送入了绿姬手中。

低头轻嗅，确定了盒中之物后，绿姬满意地抬起头："明胤就在门口廊下。"

听了她这话，陈游介急不可耐地冲向门口，耳畔却传来绿姬佻巧的低笑："陈老板似乎比传闻中……要心软许多啊。"

回答她的，是陈游介掌间飞掠而过的一道雪光。

绿姬身上的披帛飘飘扬扬被这道雪光瞬间就割裂成了两段，却在还未落地前就已经在半空中骤然燃烧起来，最后只剩下几点无处追索的飞末。而绿姬，早已经无影无踪。

扶起门廊下沉睡的少年，凝视着那已经消失殆尽的飞末，陈游介的面庞一片阴沉。

"真不想承认，救了我的人竟然是你！"楼东来几乎是气急败坏地指挥着小厮们把那一堆谢仪重重叠叠地垒在了陈游介面前的桌子上。

陈游介成功地忽略了楼东来那压根就没有打算压低的嘀咕声："也不知道用的什么旁门左道的幺蛾子法术救了我，竟然还好意思一点不推辞地将我的谢礼全盘照单收下……就没有一点医者仁心吗？"

"医者仁心啊？抱歉，我不是医者，我是个商人。至于谢仪，我请你注意一下，这些是你父母亲送给我的，你不过是负责将这些东西搬运过来，哪有资格置喙？"

"呃？！智慧？"楼东来再次觉得自己的词汇量真的不够。

"再说了，这些是用来感谢我救了你的一条命的。你父母送谢仪送得越多，就表示他们对你的性命越看重。难道你打算叫他们送个煎饼果子过来，表明你的性命就只值那么两个铜钱吗？"

陈游介毫不避讳地翻看着那些谢仪，嘴里还一点没消停，只叫楼东来瞪大了双眼气鼓鼓的，却再也说不出半个字。

在怒视了陈游介半天未果后，他终于偃旗息鼓："我去找明胤玩了。"

陈游介挥挥衣袖，由他去了。

待到那个风风火火的身影消失在回廊拐角，望着面前桌子上堆积的香料玉器金银珊瑚，陈游介依然觉得心尖有一点抽痛。就算这些全部加起来，也还是比不上那餍晶的百分之一啊！这个死小孩！真是叫我亏大发了啊！

等到陈游介收拾好心情，去认真聆听明胤在那个下午究竟遭遇到了什么事情，已经是数日之后。

曲江之畔雕梁画栋的庭院、充满了浮尘的屋宇、在荒烟蔓草间捉迷藏的瘦弱少年，还有……那月光下在墙头的最后一击。

明胤都娓娓道来。

他怎么会记得这么清楚呢？陈游介疑惑着，会使用罗縠、会施放白茧香的妖魅，怎么会忘记抹去明胤的记忆？不，她们不是忘记了，而是她们根本就抹不去。身为能驱使百鬼的明氏一族的血脉，是无法被轻易抹去记忆的。

那个叫作阿正的孩子，究竟是谁？

"虽然当时觉得看到的是个大屋，现在想想，其实很像是宫殿呢，好像是皇帝的行宫那种格局。"明胤回忆着自己看到的情景，再对比着自己所知道的京中官员的宅邸，那种布局和陈设，的确不是寻常高门贵族应有的规制。

曲江之畔寥落废弃的行宫、阿正这个名字……陈游介的脸色渐渐地沉了下去。

"你确定，你看到的那个孩子，是活生生的？"

骤然被如此质问的明胤愣了愣，他回忆起那天朝自己伸出的双手，那手心里的温暖，他依然记得，于是他肯定地点了点头。

"是这样吗？"陈游介的唇边，慢慢地荡漾起一抹清浅的笑容。

多年前就已经逝去的前太子殿下李忠，原来……还活着吗？

如果那个人还活着的话……

陈游介霍然站起，将目光投向了窗外。带来季节变换的风，已经吹了起来。虽然九月的长安依然荡漾着一丝明媚余韵，可是，这一切终究已经是最后了。萧瑟，才是秋的主色。

如果是那样的话，他们要得到屭晶，理由就不是那么简单了。

长安，即将迎来真正的，多事之秋！

脱离了所谓的正道，背弃了长生观的师门，陈游介本以为自己已经无所谓坚持。可是，现在透窗而来的风告诉他，他想守护的还有脚下这片土地，这个，长安。

长安是龙脉所在，无数前辈在长安布下了无数的结界，长安每一条大街的纵横走向，每一个坊区的布局中都暗含着一个个的"磬"，正是这些"磬"使得长安能不负长安之名。

就算是前太子殿下又如何？

一个名义上已经逝去的人，就算是怀抱着怨恨苟延残喘，又勾结了吸食生气的妖孽又能如何？长安的天，不是那么轻易就可以翻转的！

夜色如晦。

陈游介在一处处飞檐间轻盈地穿行。自从觉察到那前太子的存在后，他就开始每日午夜巡视。他相信，得到了蜃晶的他们，会迫不及待地采取行动。

可是，一连数晚，都是如此平静。简直让陈游介怀疑，自己的判断，是不是首次失误。

一切都静悄悄的，长安在沉睡中。

还是按兵不动吗？陈游介轻轻打了个哈欠，准备折返回谛听阁。

就在他转身的一刹那，一种犹如石头落入水面的涟漪感觉，在面前的空气中一圈圈地荡漾开来。当陈游介想要看清的时候，却又再也看不分明了。

到底有什么，被自己忽略了呢？

陈游介一面轻跃前进，一面思索。

三步后，他停下了脚步。

他震惊地发现——谛听阁，不见了！

怎么可能？！除非是有缩地奇术的神仙，陈游介从不认为谁能动得了他的谛听阁。可是，那曾经千百次踏入的屋宇庭院，竟然……消失了！

自从学成下山，陈游介几乎从未经历过这样的时刻，他竟然在不知不觉中着了道儿。对方把他的老巢都给一锅端了，而他，竟然一点都没有发现！

陈游介急忙四处张望，一个更加震惊的事实却摆在了眼前。

不只是谛听阁，就连西市也不存在了。

他甚至无从判断，此刻被自己踩在脚下的，到底是哪一片土地！

前所未有的紧张感攫住了陈游介的心脏，有一种非常不妙的预感在他心头升腾起来。陈游介低喝一声，高高地跃起。虽然此时不便施展飞行之术，可是这片刻纵云的功夫应该无碍。

在那高高跃起的凌空之势中，陈游介终于看清了脚下这片屋宇连绵的土地的全貌。

石头建筑的城墙，跨水而立的格局。虽然屋宇房舍依然是陈游介熟悉的那些，可是它们的布局已经截然不同！长安仿佛是被一双任性的双手拨弄过，完全不复曾经的模样！可是，这一切看在陈游介眼中，却不是恶作剧，而是处心积虑的运筹帷幄！

长安的布局被改变了，也就意味着长安全部的"磐"都土崩瓦解。那些必须依托固定格局的"磬"一旦被破坏，它们的用处也就消失殆尽！

前太子李忠，你的目的，是要毁掉长安，以登大宝吗？

可是，你有没有想过，一旦你破坏了长安的龙脉风水，捣毁了这里所有的基石，迎接毁灭的就不仅仅是你，而是整个王朝！

到底……是什么法器才能造成这样的局面？！陈游介在头脑中急速地思索着。

眼前这座突然变得陌生的"长安"，似乎是某座曾经逝去的王朝的都城。在晦暗如墨的飞檐间飞掠穿行，陈游介一点点地筛落着记忆里点点滴滴的线索。

罗縠……

想起来了！

《九州山岳图》！

孙权的妃子，赵夫人的《九州山岳图》！那位身为术者的赵夫人试图用这种方式来让自己爱人的江山永固，却不知道，帝王的情义消退得比图上的山岳更快。失宠后不知所终的赵夫人丢下了这《九州山岳图》。只有极少数的人知道，这幅图有着与当初的女娲法宝《山河社稷图》一样的功用。虽然，无法持续长久，但是，能维持入夜后的六个时辰已经是非凡的功用了。

在任何一位野心家手里，这样的法宝都会被发挥出难以想象的巨大功用！

如何破解《九州山岳图》的法术？

陈游介心念急转。

眼前的一切，并非是幻境，而是真实，任何一点贸然的疏忽，葬送的都是活生生的生命。在那每一个屋檐下门扉后，都是在暗夜中安然沉睡的生命。他，不能轻举妄动！

可是，就这样什么也不做，眼睁睁地任由事态发展到不可控制的地步吗？

陈游介，从来没有感到如此的无能为力。

确信长安不会陷于危机的时候，他笃信的，并不仅仅是自己的能力，而是长安地面上无数重重叠叠的前辈置下的隐形结界和"磬"的存在。可是现在，这些都没有了，真的要凭一己之力去力挽狂澜，陈游介的手心，已经开始出汗。

突然，他觉得眼前的世界竟然开始模糊！

那从鼻端隐约荡漾过来的气息让他骤然醒悟！蜃晶！这是在燃烧蜃晶！

那个前太子殿下，不光是要将整个长安历年累积下来的结界全部摧毁殆尽，还要将全长安城的人的生气摄取干净吗？！这是怎样丧心病狂的举动！皇权与地位在他眼中，真的那么珍贵，竟然让他用这么多的生命、用这繁华壮丽的一整座城来做献祭吗？！

古书中，并没有记载破解《山河社稷图》的方法。

可是，自己必须一试！因为，他无法眼睁睁地看着长安，被摧毁！

明胤是被小八吵醒的，明明总是没日没夜爱打盹的小八，此时却睁大了双眸，朝他嚷嚷着："外面好吵，你快出去看看！"

明胤没有听到任何声音，可是叫醒他的是小八。小八是龙，它有时候会听到凡人无法听到的声音。明胤爬起身来，走到了庭院里。庭院里静悄悄的，没有任何声音。

可是，小八依然不安地摆动着圆溜溜的脑瓜："我听到了，是很多东西崩坏的声音！不对，这里一定是出事了！"

明胤不知道眼下到底出了什么事情，但是，小八嚷嚷成这样，而陈游介竟然还没有出现，就已经够让人奇怪的了。

"老板不在店里。"小八只用鼻子闻闻就已经能确定了。

老板不在店里，小八又说听到了古怪的声音……

迟来的紧张感顿时袭上了明胤的心头。

打开门，明胤都顾不上把小八好好塞进衣襟，就冲了出去。

长安的街道都是棋盘状结构，平时总是跑不到百米就会看到一个十字路口，可是今天，明胤已经跑了半天，却发现，眼前的这条长街仿佛在无止境地延长着，看不到尽头。

不对！这不是他熟悉的街道，这不是他熟悉的长安！

虽然，街道上的屋宇还是他熟悉的那些，排布的格局却已经截然不同！

一种骤然落入冰水中的感觉瞬间将明胤彻底吞噬。他突然发现，夜晚的长安是如此地寒气逼人！

要回去吗？回到谛听阁，当作什么都没有发现、什么都没有发生过一样，钻进被窝里。

不！

一个声音肯定地回答。他已经走过了很多次夜路，已经不再害怕那看不透的黑暗。

他相信，陈游介此时一定很需要他的帮助。

吧嗒、吧嗒……

清晰的脚步声从长街尽头由远及近地传来。

明胤停下脚步，凝视着声音传来的方向。

在晦暗的夜色中，渐渐现出了身形的，是一个瘦弱的少年。他一看到明胤，就扬起了笑脸："小明，我们接着来玩捉迷藏吧。如果你输了的话……就把你自己，输给我吧。"他的声音含含混混的，带着混浊的尾音。

鼻端荡漾着说不出的混浊气息，眼前少年的笑容却是如此明亮，不容置疑。是阿正。那个在荒芜的官殿中，要明胤跟他捉迷藏的少年。

明胤以为自己会害怕，却听到自己连声音都没有一丝颤抖地说："如果你输了呢？"

"如果我输了，我就告诉你一个秘密。一个你一直想知道的，秘密。"

"好，我们接着来玩吧。"明胤笑着，然后清晰地吐出两个字，"一百。"然后，他伸臂将面前的少年牢牢地抓住。

"你做什么？"少年愣住。

明胤笑得十分笃定："我答应你的，'接着'来玩。上次我数到了九十九，这次接着数，就是一百了。你没有躲起来，就是我赢了。"

阿正彻底愣住，他没有料到自己无意中的失言竟然被明胤抓住了漏洞。在他回过神来后，做的第一件事就是一把甩开明胤的手。

"你不是阿正。"明胤的口气，是陈述。

"你说什么？"面前的少年脸色霎时就变了。

"你身上的气息，跟阿正不同。我还记得，那天跟我捉迷藏的阿正，不是你。"明胤盯着面前这个与阿正有着一模一样面容的少年，没有一丝退缩。

"是吗？哈哈哈……"

夜色中，阿正的笑容越变越响亮，他如同是发现了一件最好笑的事情，笑得几乎半天都抑制不住。

"我一直期待着，有人能分辨出我们的差异，却没有想到，那个人会是你。"

虽是说着赞赏的内容，他的表情却没有一丝和缓。

"只可惜，现在你已经自己找死了。"少年的笑容如同此时晦暗不明的天光，泄露出了犀利的底色。

"刚才你抓住我的手的时候，你的命运就已经决定了。"少年冷笑着，"如果你没有抓住我，说不定我还可以放你一条生路的。"

什么？！明胤心中巨震。

"看看你的手。"

明胤抬起手，原本属于少年筋骨分明的手掌，此时却隐隐地笼上了一层乌色。而且，这一层乌色还在迅速地蔓延着，犹如黑蹄的骏马，在他的手掌上驰骋，然后是胳膊……明胤已经没有勇气去撕开自己的衣襟，去看那乌色是如何笼罩在自己的全身每一寸肌肤的。

"是跟楼东来一样的疫症？"明胤不知道自己为什么在这个时候还能想到要问这些。

"不。"少年摇着头，"要比那个迅猛得多。我数到三，你就……"

"一、二、三。"数数的声音立刻就响起，数的人并不是少年，而是明胤。他的右手依然保持着抬起的姿态，可是原本笼罩在手掌上的那一层乌色已经无声无息地退去了。

"怎么回事？！你怎么……"少年难以置信。

"你的疫症，看来对我没有用处。"明胤抬起头。

"不可能！我的疫症对任何人都有用！"少年仿佛顿时被刺激到了，声音也高了起来。

"没有用。不管你想做什么，赶紧收手。"明胤耐心地劝说着。

"叶……小明……"少年的眉宇间，突然渐渐渗出一抹诡异的笑容，"我想起来了，你是……明崇俨的儿子，对吧？"

"原来你就是那个明崇俨的儿子。明崇俨能驱使百鬼，能让妖魅退散，却到底还是执着于血脉传承……如果他知道，他所有的牺牲，不过换回了你这样一个不入流的角色，不知道他会作何感想。"少年的气势在一点点地恢复，刚才发现明胤并未受疫症所扰的慌乱此时已经荡然无存。

"父亲……牺牲？当初我父亲到底发生了什么事情？！"只要一听到父亲的消息，无论过了多久，明胤的心脏还是止不住地狂跳。

"你打算，把这个秘密作为你赢了的奖励吗？"少年的声音中，带着说不出的蛊惑。

回答他的，是明胤坚定地点头。

"那是一个愚蠢的选择。当你出生的时候，明崇俨就发现你身上带着比历代明氏一族人都更加浓厚的血脉。而拥有这种血脉的结果是你天生就拥有驱使百鬼的力量。而相对的，你的寿命也会非常短暂。一定会，夭折。"少年的陈述毫无起伏，明胤却觉得自己的心在他的叙述中，越跳越快。

"于是，你的父亲跟百鬼做了交易，以自己的生命为献祭，让他的孩子活下去。所以，到了约定的日子，他就被百鬼……撕裂了。"少年昂起头，带着一抹艳色的唇瓣仿佛还在回味着某种甘美的味道，"那样浓厚的生气，我从来没有品尝过……"

"你……你也是当初……杀了我父亲的罪魁祸首之一吗？！"明胤冲上前去，想要抓住他的衣襟，却被对方狠狠地挡开，顿时扑了个空。

"那时候，我听到他说：我只想让我的孩子，活得久一些……"少年一直淡漠的口气，在述说这句话的时候，终于染上了不自知的寂寥。

是这样的吗？

父亲是为了他才……

父亲那么早就逝去，丢下他一个人孤零零地守着那空荡荡的大宅，在人世间挣扎度日。心中，不是没有一丝怨恨的。可是父亲竟然……是为了他才……父亲用自己全部的生命为献祭，换取了他的人生。这已经是一个父亲能给予孩子的全部，他还有什么理由怨恨？

一直困惑了那么久的真相，原来竟然是这样一出混合着期许和苍凉的答案，明胤觉得，自己都不知道该用什么样的神情去面对面前的一切，去接着走完接下来的人生。

"既然你不被我的疫症所扰，我当初又与明崇俨定下了约定，无法伤害到你，你走吧。今晚的长安，会有大变故。"少年说着，已经回过身去，不再理会他。

可是，明胤的声音停住了他的脚步。

"其实我还是弄错了。

"你是阿正，你是另一个阿正。我看到的，是同一个人，只是，同样的身体里，有两个不同的灵魂。寂寞的阿正，还有，寂寞的你。"

"你在说什么？"

"你的手，刚才你抓住我的时候我就发现了，你们的手上，有完全一样的，被荒草割伤的痕迹。

"就算你们都待在那里面，可是也不会那么巧合在完全一样的地方有着完全一样的伤痕。其实，你是盘踞在阿正身体里，跟他共存的妖魅，对吧？"

"为什么你不认为，是我吃了他，吞噬了他的灵魂，夺取了他的记忆，却变化成他的外表呢？"少年的笑容，总是带着一抹说不出的讥诮之色。

"因为，捉迷藏。虽然你们是轮换着跟我玩捉迷藏的，可是你们却同时拥有彼此的记忆。我不认为，这样的表现是吞噬了的结果。"说到这里，明胤顿了顿，"顶多，你们是在不同的时间里，行使对这个身体的主导权罢了。我想，阿正是白天，你是晚上吧？"

少年沉默着，最后才开口："虽然明崇俨封印了你那能驱使百鬼的浓厚血脉，但你依然是聪明得叫人吃惊。我叫游光。"

"游光，是能带来疫症的妖兽。即使只是接触，我也能将疾病传染开来。"游光不再束缚在少年的气势中，而是坦然地摆出了自己身为妖魅的强大气场，"怕了吗？"

"不怕。"明胤摇摇头。

"不要以为你真的可以不被我传染，现在这样只是我没下狠手罢了。"游光压低声音，咬了咬牙。

"你才不会！"明胤很肯定，"我一拉着你，你就忙不迭地把我打开。难道不就是怕我染上了你的疫症吗？

"虽然你会让人染上疫症，可是这不是你自身的意愿，你也不想害人的。既然你不想害人，我又为什么要害怕你？"

"你……"游光张着嘴想要说什么，却又生生地噎住。

"不管你今天晚上计划要做什么，我都劝你住手吧。你不是本来也一点都不想害人的吗？"明胤想要拉住他，却被他狠狠地瞪了一眼，只好拉住他的袖子。

"不！"游光抬起头，"我有必须要做的事情！"

"如果你将瘟疫散播开来，整个长安，会变成一座死城的。难道，这是你希望看到的吗？"

"我已经等了好久好久了，寻找到罗縠，寻找到《九州山岳图》，得到蜃晶，我绝对，不可以放弃！"

"如果……如果是这样的话，我也有必须要做的事情，那就是——阻止你！"明胤咬了咬牙，将自己的誓言昭告。

"如果是陈游介，他还有些术法，你靠什么来阻止我？"游光冷笑。

"就凭我是全长安唯一还清醒着的人，我不能就这样坐视不管！"

必须，守护长安。不是那皇亲国戚歌舞升平的长安，商贾云集四方朝贺的长安，而是，我的家园。

"那就让我看看，你究竟能做些什么吧。"

"小八，上去把罗縠烧了！"明胤扬起手臂，朝天空一指。虽然他看不清那暗淡的夜色中罗縠的存在，可是他相信，既然刚才游光提到了罗縠，就很有可能利用它来制造当前的迷境。

果然，游光立刻就闪身拦住了小八。

可是本该懊恼的小八竟然不慌不忙地，从喉间喷出一道火柱，堪堪正朝着地面而去！原本规整的街道和房舍，顿时就犹如被丢入了石子的水面般，荡漾起一圈圈的波纹。

原来，支撑着变异了的长安迷境的法器，最大的弱点，就是怕火！

"你！"游光顿时气得连话都说不出来了，急忙扬起一把泥土将那一小簇火苗压灭。

"果然，这样就可以了。"迎着游光愤怒的双眸，明胤却是昂起了激动的面庞。

"刚才你说《九州山岳图》的时候我就想到了，那个，应该是一幅画吧。既然是一幅画，怕火烧也就是自然的了。"将飞回来的小八握在手心里，原本水族冰凉的鳞片，此时却让明胤感觉到了说不出的暖意。

这段生命、这条龙都是父亲费尽了心思留给他、守护他的，而现在，他也有了无论如何都想要守护的存在。就算力量再小，他也相信，一定还是有自己能做到的事情。

"我本来不想伤害你，现在看来，却是留不得你了！"游光的衣袖在飘飘荡荡间竟然已经渐渐饱胀起来，明胤已经能看到那些灰色的瘴气，如同尘螨般正从缝隙间漏出。

"你可以试着让这蛇精去喷火破坏《九州山岳图》的幻境结界，你尽可以试试看，看它会不会受到瘴气的影响。"

"小八不会受影响！"

明胤确信，身为正宗东海龙族的小八有着最纯正的血脉，不会受瘴气侵袭。

"好吧，就算它不受影响，这幻境之中的长安居民，你敢拿来试试吗？"

明胤的身躯，顿时僵住。

"你要试试，到底是它飞得快，还是我的瘴气蔓延得快吗？"游光的眼眸中，闪烁着妖异的光华。

从此刻明胤的反应中，他已经能确定，胜利，属于自己。

虽然小八飞得的确很快，可是……瘟疫向四面八方蔓延，也无法确定游光的行动是否能被封锁住。

明胤，迟疑了。

"你到底要干什么？这是逆天而行！"

游光看着他，冷冽地一笑："你父亲不也是一样吗？明知你不能寿久，却依然以自己的身体为献祭，为你换取未来人生的无限可能。人心本来就是这么任性的存在！"

"可是，我跟你的父亲不同，他只是想为你延寿，而献上了自己。而我，则是要献上整个长安的生灵，让阿正真正地复活！"

明胤难以置信："你说什么？！你知道全长安有多少户人家，有多少人吗？"

"这些都不重要，对我来说，重要的，只有那一个人而已。其他人，对我来说，都是无所谓的。你不要妄想可以阻止我，就连你家那个自以为无所不能的陈老板，也早就被我困在这迷阵之中找不出方向了。"

长安，即将崩毁！明胤从来没有如此焦急过！

"你着急什么？就算长安崩溃，陈游介也足以自保，至于你，只要你不捣乱，我留你一条性命又何妨？"

"不！可是长安……长安就这样要被毁灭了啊！"

"既然长安不记得他们曾经的太子殿下，他逝去的时候都没有一个人为他哭泣，我又为什么要去在意他们的死活？！"游光咬着牙，缓缓地将这句残忍的话吐出。

明胤阻止的话还没来得及再度出口，徐徐接上来的，却是另一个声音："毁掉长安吗？还真是好气魄、好手段。"

"绿姬呢？她竟然没有困住你？"游光愣了愣。

"一个受你束缚的物魅妖精，你觉得她能困住我多久？一点小火苗就足以将她慑退了。"陈游介显然也已经发现了整个长安陷入的阵势迷局的端倪所在。此时在长街尽头款步而来，折扇挥舞间说不尽的从容不迫。

一看到陈游介出现，明胤顿时大喜，刚才的那些忐忑顿时烟消云散。虽然总是腹诽陈游介是个不折不扣的奸商，可是心里不得不承认，他也确实是个万中无一的天才术者。能在如此大的迷局被困之际依然如此镇定自若，光是这一份气度就已经十分难得。

"好吧，我原也没有指望那个小妖精能困住你多久。只是，今天晚上我要做的事情，谁也不能阻止我。"游光的目光有着坚定的光芒。

"长安，会变成什么样？"陈游介突然发问。

"这里所有的人，都会死。"

"我问的不是这里的人，我问的是，长安这座城，会怎样？"

游光微怔了一下："当然是所有的龙脉都会枯竭，气数被耗尽，长安将会成为人们记忆中的噩梦之地，永远的禁忌。"

不光是要全长安的生命，甚至这片土地蕴藏的全部灵气都要被消耗殆尽，才能完成的愿望吗？明胤只觉得，自己的呼吸都变得异常沉重了。

"是这样吗？"陈游介的声音中，带着他一贯的那种淡然，明胤却感觉得到，今天的老板，已经截然不同！

"长安城里的人，随便你怎么乱来。可是长安城……"陈游介缓缓地坚定地摇着头，"我不会让你随意破坏长安城！"

游光仿佛是发现了全新的乐趣一般，歪了歪头："你说什么？你想要阻止我？"

回答他的，是陈游介迎面击来的一掌！

那笼罩着雪色光芒的掌风，犹如怒吼的雪狮般，叫人难以抵挡！明胤只觉得自己的身躯突然变成了毫无重量的灯笼，轻飘飘地就飞了出去！

可是，即便如此，他的视线依然一秒也没有离开陈游介和游光！

他从未见过这样的老板。明胤知道的陈游介，总是嘴角带着一抹若有若无的笑意，就算在施展法咒的时候也是从容不迫的，可是此刻他，竟然会使用自己之前从来不用的近身作战的方式来对敌！这只能说明一件事情，就是对手真的很强大！

这厢陈游介凌厉的掌风袭去，那边游光却已经瞬息间就在身边笼罩起了用来保护的透明壁垒。原本去势惊人的掌风在那壁垒前竟然悄无声息地散去，不要说游光，就连那壁垒都不曾被撼动分毫！

陈游介眉头一皱，立刻双掌连击而出，看样子，竟然是要与游光缠斗到底！

如果是平时，游光不介意就此给这位所谓的天才术者一些教训。可是今晚，他有更重要的事情做！

他纵身飞起，朝着四周望去。

很好，即将……完成了。

觉察到游光面上诡异的笑容，陈游介也急忙纵身而起！

四下望去，竟然有一片荧荧的火光，在周围不动声色地蔓延、侵袭……

法阵！巨大的法阵！将整个长安全笼罩在其中的巨大法阵！

原本陈游介一直不明白为何游光要使用《九州山岳图》来改变长安原有的地貌，以为他仅仅是要破坏长安原有的结界和磬。现在看来，是只知其一不知其二。他真正的目的是完成这个将长安全城献祭的巨大法阵！那些旧长安重重叠叠的结界和磬都会破坏法阵的生成，只有使用了《九州山岳图》，将布满了各种力量的长安全境，彻底变成一张白纸，才可以让他任意施为！

"为什么？！你为什么要这么做？！"带着怒意的质问声，骤然响彻了天宇。明胤几乎是呆愣着，注视着突然变得如此陌生的陈游介。他知道，他是真的怒了！

游光没有回答他，只是微微地一笑。

这个笑容。

这个笑容……

这个笑容！

所有那些曾经经历过的片段，都在头脑中纷繁地奔涌而出！其实早就该发现的！

"小八，你可以想办法喷一个能维持时间久一些、巨大一些的火球吗？"明胤低下头，从来没有如此郑重地凝视着小八。

平时，小八都是张嘴就喷出一个个小火球来，此时让它如此，它还真是愣了愣。不过，为了明胤，小八还是很快就点了点头："我可以试一试。"

这边，游光与陈游介的战斗还在继续。

游光的瘴气化作一片片柳叶状的飞刀，朝着陈游介疾刺而去。虽然陈游介的掌风与折扇将大部分的飞刀都卷开，可依然有些未能彻底躲过。只见他的衣襟上、胳膊上都在一点点地渗出血迹，而那些被瘴气所造成的伤口还远不止如此，明胤看到，原本鲜红的血痕，竟然很快就染上了乌黑的色泽！

陈游介的身体正在遭受瘴气无情的蚕食和侵袭！

一直以来，陈游介都是明胤眼中不败神话般的存在，可是今天，这个神话竟然在一点点地……褪色。明胤压抑着狂热的心跳，注视着小八的进展。彼此早已经心意相通的两人，在一个眼神的交汇后，小八猛地冲到了游光的身前，朝着他的眼前喷出了那个积蓄已久的巨大火球！

游光猝不及防间急忙后退，手掌鼓起一股劲风，却正好将那火球推向了高空之中！

只见那火球越来越大，燃烧得越来越明亮，那雪亮的光芒竟然在这夜空之中犹如太阳一般，带来了片刻的白昼景象！

明胤自己都没有想到小八的火球竟然可以这么大、这么雪亮，维持得这么久。他的眼睛都快要睁不开了！

可是，此时的他不能呆住，他要赶快确定自己的判断！

在那雪亮的如同阳光般的火球的映照下，明胤清晰地看到了游光的表情在一点点地变得柔和起来。那些讥诮的冷漠神情都从他的脸庞上褪去，取而代之的，是温和宁静的浅浅笑意。他仿佛是从睡梦中醒来一般，迷惑地眨着眼睛。

随着那雪亮的光芒渐渐暗淡下去，变成了犹如夕阳般温暖的橘色的时候，那个曾经熟悉的、在荒烟蔓草间朝着明胤伸出双手来的阿正，又出现了。

可是，这一切实在太短暂！

小八竭尽全力释放出的火球"啪"的一声，彻底熄灭了！

而游光的神情也在那一瞬间骤然凝滞！

可是，明胤的思绪没有结束！

"快！有两个游光！"明胤不知道如何用最短的句子向陈游介表达出自己全部的结论，他只知道要抓紧这转瞬即逝的机会！

陈游介的目光中，骤然流过一丝惊喜，只见他手掌飞转间，一道符咒已经朝游光的额头急袭而去！

游光振臂，竟然一瞬间就将这灵符击得粉碎！

明胤心中一紧，却只见那些被击碎的灵符，竟然如同飞末般，牢牢地黏住了游光的身躯！任他左右扑打也不能将它们弄下来分毫。

"忘了告诉你，这个符咒，本来就是……撕碎了使用的。原本我情急之中来不及撕碎，多亏你，好心助我一臂之力，真是感激不尽！"陈游介轻笑。即使已经身染血迹，明胤在这佻巧的话语中却明白，那个自信的陈老板，又回米了！

"不！"游光仿佛已经觉察到即将发生的一切，顿时脸色大变！只见他的身躯边，缓缓地流泻过一圈淡淡的萤火般的光华，然后，就犹如有人在虚空中缓缓抽动了光的丝缕般，一个单薄得犹如空气中转瞬即逝幻影的人形渐渐地凝聚起来。

渐渐地，另一个"游光"出现在了众人的面前。

显然，这是被封闭在那个游光身躯里的另一个灵魂。明胤回忆起自己那天在那破败的宫殿中所经历的一切，前后态度反差如此大的感觉，简直就不像是同一个人。可是，在那个宫殿里，又确实只有一个游光的存在。

终于，明胤想到了，也许是日夜更迭导致的变化。他冒险让小八喷出巨大的火球，制造出片刻的白昼的错觉，终于，唤回了那天他曾见过的白天的那个温和的阿正。至此，他推测，在眼前这个身躯里，有着两个截然不同的灵魂！

而此刻，所有的推测都被证实了！

随着那个"游光"的脱出，原本稳稳伫立的游光，顿时脚步踉跄起来。

明胤急忙一个箭步冲上去，扶住他："你放心吧，没事了，那个占据了你身体的妖孽，我们已经替你赶出去了。"

回答他的，是一双牢牢钳制了他喉咙的手掌："你们把阿正的灵魂就这样逼出去，我不会饶了你们！"

感受着脖颈处刺骨的痛楚，明胤只觉得眼前的世界随着艰难的呼吸变得越来越扭曲模糊。他不明白，不是原本正直的阿正被邪恶的妖孽占据了身体，而他们现在把妖孽赶走，让阿正得到全部的自由吗？怎么会……

而在他的面前，原本人形的游光渐渐地起了变化！

原本站立的他渐渐伏倒在地，属于人形的面庞瞬间就露出了飘舞着赤色长毛、金色瞳孔的野兽模样。而随着它长毛的飘舞，它的身躯似乎在一点点飘舞着赤色的荧火。在浓黑的夜色中，它的姿态，有一种让人说不出的胆寒！

而此时的明胤，正在它的利爪之下，动弹不得。就连小八也因为刚才释放了过大的火球，此时也精疲力竭毫无反抗之力。

陈游介睁大了双眼，显然，这一切也超出了他的预料。

"游光，你怎么了？你不是答应过我，不伤害人的吗？"一个还依稀带着少年清澈尾音的声音响起，那个半透明的灵体朝着赤色的野兽跑过去，竟然没有半分的胆怯畏缩。

"这个……可是他是坏人。我不能让他伤害你。"游光变成了兽形后，声音也变得有几分闷声闷气的。

"可是……"游光的话没有说完，就生生地哽在了喉间。因为陈游介竟然用一张符咒将少年牢牢禁锢！

"你要干什么？！"游光怒吼。

"交换。"陈游介干脆利落地只说了两个字。

看看自己爪下的明胤，再看看已经被符咒侵袭得面色更加透明的少年，游光几乎没有迟疑地就将爪下的明胤朝着陈游介的方向推了出去！

陈游介衣袖一挥，束缚着那个透明灵体的符咒顿时消失。显然，他并不打算食言。被游光的掌风推开后，明胤往前跌了好几步才稳住身形。抬头看到的，却不是陈游介温言安慰的面庞，而是前所未有的凝重神情。

"只希望，我不会为此刻做的事情后悔。"陈游介盯着那被游光回护在身后的少年，没有放过丝毫的线索。

少年原本半透明的身躯，在游光身后渐渐变得清晰起来，原本模糊的幻影也犹如有了实体般。此时，他的容貌、衣衫纤毫毕现。那刚才看似素白的衣衫，此时却流转着淡金的色泽和隐隐的龙纹。还有他周身那高贵脱俗的气质，都无一不在彰显着他非同一般的身份。

显然，游光正在用自身的法力呵护着这个灵体。

少年抚摸着游光赤色的鬃毛，将有几分疑惑的视线投向了陈游介和明胤。

很快，他就认出了明胤。"小明……"他的话还没说完，只见陈游介一个箭步上前，躬身做礼："草民陈游介拜见太子殿下！"

什么？！太子？这个少年是太子？！

少年愣了愣，随即有几分尴尬地摆摆手："不必多礼，我早就不是什么太子了。"

说着，他神色又是一黯："我也，早就不是这人世之人了。"

在他的脚下，原本正温顺地接受抚摸的游光顿时急了："阿正！你……"

少年笑了笑："我知道，你将我的灵魂收容在你自己的身躯里，让我继续活着，还抹去了我被杀的那段记忆。可是……真相不可能永远被掩埋。抱歉……我还是知道了。"

　　游光张着嘴，想要辩驳，想要说不是的，却怎么都说不出话来。

　　此时，已经是十月的夜晚。那个属于他和阿正的夏日，其实早已经结束，就算他无论如何都想要骗过自己，想要忽略那一道隔绝了生与死的裂痕，秋风的侵袭，依然无可逆转。

　　李忠（字正本），终于还是明白了一切。

　　"不！阿正你没有死！马上，马上你就可以活过来！只要，等三更时分来临，那时候……你就可以重获新生！我这就让你复活！"仿佛是在用话语排遣自己心中纷沓的思绪，游光加快了语速，可是再快的语速，也无法掩饰心中的迷乱。

　　"复活？"被叫作阿正的少年愣了愣。

　　回答他的却是陈游介："用禁忌的法阵，将整个长安的生灵，包括整个长安城，全部献祭，就可以让殿下你复活。"

　　"是……吗？"阿正的眼睛里闪过了一丝憧憬的光芒。死亡时还只有二十二岁的他，人生还来不及开始，就已经生生被截断。他有太多的梦想没来得及实现，有太多的抱负没来得及施展，就已经变成了政治斗争中一个不起眼的牺牲品被无声无息地卷入了历史黑暗的河底。而现在，机会来了，他能复活了！一切将可以重新开始了！

　　"复活……那就可以，再跟游光你一起玩了吗？"少年的眼眸中，闪过憧憬的光芒。

　　"它会接受神罚，从此被幽闭在黑暗之中。"陈游介的声音永远比游光更快，"而且，殿下你没有发现它为了保持你的灵体不灭，已经开始吞噬无辜之人的生气了吗？"

　　"你说什么？！"游光低吼。

　　"逝去之人，最多能在凡间停留四十九天，就必须走入轮回之途。可是太子殿下已经死了那么久，他的灵魂却依然完整生气浓郁，这只能是你吞噬他人生气滋养他的灵魂的缘故。否则，太子殿下就算没有魂飞魄散也早就神志模糊了，怎么还会对自己的事情有如此清晰的记忆？"

　　"不是这样的！"游光急了。

　　"至于你，游光，你本来不需要吞噬生气为生，为了滋养太子的灵魂才造此恶业，现在你的赤焰光泽已经渐渐发黑，这正是神罚的征兆，你还想抵赖？"陈游介冷冽一笑，气势丝毫不落。

突然，远处似乎有一道光芒闪烁了一瞬。游光立刻跃起，欢叫道："阿正，法阵已经完成了。只要注入瘴气，一切就大功告成了！"

"神罚，幽闭，是真的吗？"阿正盯着游光，一字一句道。

"什么狗屁神罚，我才不怕！"游光昂起头，"我只要跟你在一起就好。你知道我筹谋了多久吗？好不容易才等到今天。只要过了今晚，我们就可以一直在一起了！"

说话间，他飘舞的鬃毛间，那些泛着黑色的赤焰光芒在黑暗中明灭鼓动。

阿正凝视着那黑红色的光芒，缓缓地开口："不！我……不需要复活。"

游光愣住："你说什么？！"

"我的愿望，只是要跟你在一起就好。至于是活着还是死去，对我来说没有区别。"少年的声音，在带着寒意的夜风中，如此清晰。

"不！我要你活着！我不要你死！"游光使劲地摇着头，仿佛是一个任性的孩子在不由分说地哭闹。

"你已经错过了轮回的时间，又不肯复活的话，无论我吞噬多少生气来滋养你的灵体，你也会慢慢地丧失掉所有的记忆，最后消失的。我……不能眼睁睁看着你那样子！"游光的声音越来越低，他一直高高昂起的头，此时也低垂下来。

"我生来就是游光，会带来瘟疫和灾厄……"游光望着浓黑的夜色，缓缓地回忆着。

"甚至只要触摸我，都会染上疫病。从来没有人愿意靠近我，就算山里有很多妖精妖怪，它们看到我也跑得飞快。我只有修炼，幻想有一天修炼成了人形，一切就都不一样了。

"可是，修炼的时光那么久，我已经寂寞得快要熬不住了。

"我钻进那个废弃的宫阙。在我以为空无一人的庭院里，我遇到了阿正。他以为我是野狗。当他把我抱起来的时候，那双手的温暖，我一辈子也忘不了。

"但……我会把疫症带给他。我不能这样留在他身边。

"可是，那温暖的感觉太好了，我怎么也不想离开。

"我告诉自己，过了今晚就好，明天早上我立刻就离开。

"然而第二天早上，他竟然把自己那少得可怜的食物分了一半给我吃。

"他跟我说话，陪我玩。我从来没有感觉那么幸福过。

"不知道为什么，阿正没有受到我的影响，他一直健康地活着。我想起了族中古老的传说，游光会遇到那个唯一不会受到它毒性影响的人，那就会是它可以终身追随的主人。

"于是我渐渐在阿正面前展示出我的力量，口出人言跟他说话。

"我们约好，要一直在一起，一直陪伴着对方。

"虽然他已经是废太子，但是这些都不重要，我们有彼此做伴就好。

"那是我生命中最快乐的一段时光。"

听着游光的声音渐渐地从温暖柔软，一点点地又恢复到那种仿佛包裹着刀锋的讥诮冷漠，明胤突然有点不愿意听下去。因为他已经能预感到，接下来的会是什么！

"他们用鸩酒杀了他！我不明白！明明阿正对我的毒性都可以不受影响的，怎么会……"游光的声音低下去，已经开始带着哽咽。

即使李忠早已经被废，即使他早就已经退出了权力的中心，那高位之上的人，依然不肯放过他。必须得一杯鸩酒赐下去，结果了他的性命，才能安心！

身为会传播疫症的妖兽，他不知道度过了多少寂寞的日子。直到那一天，他真的遇到了一双真正温暖的手。他一辈子也不想离开这双手。那是他无穷无尽的寂寞日子里，唯一的温暖和生存下去的理由！

那一杯杀死了李忠的鸩酒，将他所有的幸福时光生生切断。从那时候开始，他所要做的事情就只有一件事——将那个温暖，找回来！

"就算会渐渐忘记很多事情，可是你相信我，我一定不会忘记你的。又或者，你希望我一个人独活，却留你接受神罚在黑暗中苦苦挣扎？"少年的话语那么清晰，没有迟疑。

游光的身体猛地一震。他可以胆大妄为到让全长安城都陷入禁忌的法阵成为献祭，他可以罔顾生死轮回的法则将他的灵体收纳，他却没有办法想象，到最后，他还是……孤单一个人！

陈游介的声音冷冷地响起："又或者，接受神罚的人不是你，而是太子殿下？你以为天才的术者那么多，却为什么从来没有人真正被复活？！"

游光的声音中，首次出现了张皇的裂痕。

"可是……就这样眼睁睁地……什么也不做……"

"什么也不做，你的愿望也可以实现啊。"陈游介的声音豁然一松。

"你说什么？"游光的心绪犹如被巨浪拍击着一般，跌宕起伏。

"你想要和太子殿下在一起，那就一起……同入轮回吧。"陈游介即使身染血迹，依然露出他最招牌的笑容。

"你说什么？你竟然想要我们一起赴死？"游光怒了。

"太子殿下不是已经错过了轮回之期了吗？"明胤也小声提醒陈游介。

太子李忠倒是很镇定，听陈游介继续往下说。

"今天晚上，是奇迹之夜。你们的愿望，可以实现。"

明胤觉得，陈游介仿佛变成了那来自波斯的术者，说着让人听不懂的话语。

其间，陈游介扇尖在手掌间犹如花朵般旋转飞舞，一道雪色的流光霎时就朝天空直击而去！仿佛是一道利剑，这道光华立刻就撕裂了原本暗沉的黑夜，一瞬间，夜像突然醒过来一般，原本没有一颗星辰的夜空中，竟然立刻就星光漫天！

"开始了！"陈游介低声道。

从他这一声开始，天空中的星辰竟然开始陨落！虽然，明胤也曾在夏夜看到过陨星的景象，可是，那些跟眼前的这一切是无从比拟的。因为，星辰不是一颗颗地陨落，而是一群群地陨落！

在这寂静的长安之夜，天空中却骤然奏响了绚烂的华章！

而在这华彩的乐章中，犹如击节而叹的，正是陈游介的声音："在百星陨落之夜，以百星之力，足以逆转时间。"

"逆转时间？"游光瞪大了双眼。

"你可以，跟太子一起走上轮回之路。而你们的灵魂契约在你将他的灵魂放入你的身躯中滋养的时候已经结成，无论如何轮回往复，你们会一直在一起。"陈游介的声音在这华美又带着铺天盖地的莫名忧伤的星陨之夜，如此契合。

"你说的，是真的吗？"游光的声音在颤抖。他付出了这么多的努力，费尽心机地筹谋，就是为了让李忠复活，守住此刻的相守。而眼前这个人告诉他，只要放下此刻的执着，未来的柳暗花明中，有着更加美好的往生在等着他们。

"你看……"李忠指着一个翻卷着烟云的方向。身为已经逝去的人，他看到了，常世之国的入口已经打开。属于他的时间已经被逆转，关闭的常世之国的入口再度为了他而开启。

游光看不到那个入口，可是，他已经在李忠的目光中，看到了所有的期盼和归宿。

他抬起脚，跟上了李忠的脚步。

星辰还在一颗颗地陨落着，明胤却突然觉得耳畔传来了巨大的浪涛声！

在他睁大了双眼投向空中的时候，他简直不敢相信自己看到的一切！

原本暗夜的星空竟然变成了某种幽深的湛蓝！一排排泛着白沫的浪涛正在奔涌澎湃！而那些陨落的星辰，犹如浪涛间溅落的水珠，闪烁着迷离的光华！

洪波涌起，白浪滔天！

幻海生波，潮声跌宕！

原本一个人形一个兽形前进的李忠和游光，在那翻涌的浪涛间，渐渐化作了两个比肩而行的少年。他们手拉着手，在虚空的沙滩上奔跑、嬉戏！将幸福的笑声洒落在这虚空之中的浪涛飞涌之间。

那是饱蘸着幸福的笑声。

渐渐地，他们的身影消失了，虚空中海浪的奔涌渐渐宁静，夜空又恢复成了一片月明星稀的景象。

回身望去，长安一如既往。

"如果，游光不肯放弃计划，老板你本来想将百星陨落之力用来干什么呢？"明胤悄悄地问。

回答他的，是陈游介不动声色的笑容。

"能看到百年难见的常世幻海翻腾的景象，你可不要太感谢我。做一顿消夜就足够了……"

在这个夜晚，一切都在奔涌的飞星和幻潮中迷离……

第六章

千秋雪

"失败了……"

阿火只觉得额头火烧火燎地疼，意识也在渐渐地离它远去。

只有头顶的雷声，如此真实。

仿佛是天空发出的轰鸣冷笑，嘲笑它，不自量力……

头顶上的"轰隆"声，震得小八的耳朵好一阵嗡嗡叫。

不一会儿，豆大的雨点就泼洒了下来。小八攀在廊柱的雕花间，眼睁睁地看着刚才还挤得水泄不通的戏台下转眼就空空落落，人们四散奔逃而去。舞台上原本正表演的艺人们也在雷声中僵住了身形，继而无可奈何地散去。

一场好戏，就这么被突如其来的雷雨搅和了。

小八真是气不打一处来。要知道，它可是离家出走，好不容易才找到了这么点乐子啊！

以前它总是浑浑噩噩睡着的时候多，也不觉得日子难熬，可是最近它发现自己竟然……睡不着了？！其实它十分愿意给店里帮忙的啊。可是，主人明胤和陈游介的反应如出一辙，都是脸色一黑，然后就扶着额角拜托它，你继续玩耍就好。

真是的，我只是想给你们帮忙！

在反复的央求、乞求、跪求、哭求都不起作用后，小八只好像叛逆少年那样，义无反顾地——离家出走。

谁知道，还没走出多远，小八就发现了全新的龙生乐趣——杂耍百戏班子！舞台上花样百出的表演让小八忘记了离家出走的憋闷，欢天喜地地投入了欣赏中。虽然身为小龙，可它的外表看起来更像是一条小蛇。只需在舞台柱子雕花镂空的缝隙间藏好，就能美美地看戏了。

谁知道，这戏还没看够，乐子还没好好咂摸完，竟然就……下起这么大的雨来！

可是，它也无计可施，只能嘟嘟囔囔地往回钻。虽然能飞，可是现在是大白天，它可不要被抓起来去炖汤。小八也就只能像一条最普通的蛇那样，在草丛中穿行。

忽然，小八听到身后舞台上，竟然又有人上来的声音！

它急忙转头。

那是一个身长玉立的少年，正呆呆地站在舞台的中央，望着那早已经没有一个观众的台下，怅然若失。

"还不快搬东西！"后台有人丢下一句狠话，就溜达走了，只将满台的家伙道具全丢给少年收拾。

"全给他一个人收拾……不太好吧？"有人低声。

"有什么不好的？他那个样子压根也上不了台，真当我们福运班有那么多米养闲人吗？"

"他倒是想上台……可是……"

那些声音渐渐地低下去，只有那少年的脸色，却是越来越黯淡。

小八这才明白，原来那些舞台上耀眼夺目的机会，要争取到手，也是这么难。

雷声更加澎湃地轰鸣着劈向了大地。小八不再迟疑，急匆匆地朝草丛里钻去，在最后回首的那一瞬间，它看到了那少年被厉风撩起的额发间露出的赤色双眸。原来如此，赤眸的他只怕会被人当作是招惹晦气的存在，无法上台。

小八心下了然，这才再度转身钻入了舞台边墙根下的草丛。

突然，它听到一个气若游丝的声音："救……救我……"

小八转头，却一个人也没看到。怎么回事？难道我幻听了？

"救……"

这声音细弱无力，却依然清晰。

小八在迷糊了一会儿后，发现此时发出声音的，竟然是……一条在水洼里翻白眼的……金鱼？

小八咻溜一声冲了过去，那只金鱼也不知道是受了什么伤，全身上下的鳞片乱七八糟的，还冒着一股焦灼的气息，简直像是被雷电劈中过一般。原本奄奄一息的金鱼一看到它，吓得尖叫一声："蛇！"然后就彻底晕了过去。

我是龙！小八在心中沉痛宣告。

可是，早已经昏过去的金鱼一点也没听见它的话。

在到底要不要救这个没眼光的笨金鱼的选项中犹豫了不到一息，小八就"噗"地吐出一个透明的水泡儿，将金鱼裹在了水泡里，然后用灵力牵引着水泡，朝着谛听阁的方向前进。

赤眸少年扛着一大堆家什走过院子，迈向后院的杂物房。

在滂沱的雨丝中，他突然看到一抹耀目的红色。一条青蛇正叼着条金鱼，往草丛里钻。那抹红色在雨幕的遮蔽下，依然如此夺目！而此时，它正要被吞食！

天生赤眸的自己被人们看作灾厄和晦气，长安城的达官显贵们，却都把红色金鱼当作祥瑞和福泽的象征。这本应是天之骄子的金鱼，怎么会……遭此厄运？少年抓起一把湿泥就朝着青蛇狠狠摔过去！

小八一惊，连用灵力维持的水泡都吓破了。金鱼"啪"地又跌在了水洼中。它还没回过神来，就只见金鱼被那少年急忙捧在了手心里，耳畔还传来他的呵斥声："臭蛇，还不快滚！"

小八差点没气得噎住，我是龙！

只可惜，它内心的咆哮没有人听见。急忙钻入草丛后，小八发现那少年小心翼翼地将金鱼捧走了。看起来，那条金鱼应该是获救了。

哼，其实明明先救人的是我，却被那家伙抢了功劳。

不过，也许那条金鱼与那个赤眸少年，就能跟自己与明胤一样，展开一段不一样的传奇，如果是那样的话……似乎，也不错呢。

小八很吃惊！

这不就是那天那个受伤得气息奄奄的金鱼精吗？竟然也在这里看戏？这里是长安最负盛名的杂耍戏班福运班的百戏场子。这每天下午一场的演出是客似云来，挤都挤不到位置的火爆。

看看这金鱼精，额头上那块受伤的乌黑都还没好利索呢，就藏着看戏了。

"这个……你也在这里看戏啊？"小八迟疑了半天，终于鼓足了勇气打了个招呼。

原本正聚精会神看戏的金鱼精一看到它，立刻吓得尖叫一声："蛇！"然后就彻底晕了过去。

我是龙！小八一面在心中再一次沉痛宣告，一面急忙接住它的身躯。等到金鱼精再度醒来的时候，小八花了好大力气才让这惊魂甫定的金鱼精明白，自己真的不是来吃它的！它就是个戏迷！

一说到看戏，小八就打开了话匣子。

"咣当当……"锣鼓声响起来了！

丝竹也吹起来了！

杂耍百戏的名角们都要上场了！

小八瞪大了双眼："锣鼓一响起来，我就好激动！"

金鱼精皱眉："你果然是外行看热闹……其实那个……才最有意思……"

金鱼精一跟小八熟悉起来后，也丢开了胆怯和拘束："我叫阿火，其实也只比你多看几场戏而已。"

两人的对话，迅速从自我介绍过渡到了"两个戏迷的热烈讨论"。

平时看戏，就是自己闷头看，这回看戏可就完全不同了。有阿火这个百戏万事通在一旁细细解释、评点，那看戏的滋味简直是提升了不知道多少。小八简直觉得从来没有这么快活过！

渐渐地，暮色四合，台下的观众也都走得差不多了。那些福运班的名角们也都表演完了。

"没意思……我们回去吧？"小八示意阿火。

原本刚才还跟它一样没精打采的阿火却是"腾"地激动了起来："你看你看，非鹄出来了！"

"非鹄？是谁？"小八在心里嘀咕。从开场到现在它们也不知道看过了多少名角，可从没有看到阿火这么激动的模样。

"非鹄，就是那天我被天雷劈伤的时候，救了我的人。"金鱼精一面说，一面还忙不迭地解释，"我可不是因为他救了我才说他的技艺高超，你看看就都知道了。"

那天先救了你的，可是我。小八这话在舌尖上打了个转，最后还是咽了回去。不管是谁救了阿火，只要它活着就好。

锣鼓声响过，身披彩色绣衣的角抵戏艺人已经腾跃着出场了。

每个艺人身上都罩着从头掩到脚的服饰，还顶着头盔。一人扮作白毛飘舞的白虎，头顶虎头头盔。一人则是扮作鳞甲闪烁的青龙，头顶龙头头盔。在头盔的掩盖下，谁也看不到他们的面容。二人在台上头脚互抵，巧妙地角力。

要知道，虽然舞台上的角抵戏大多是表演，并不真的生死互搏。可今天这个气氛，一上台的时候，小八就看出门道来了，那扮演白虎的艺人，分明就是仗着自己身材更加高大魁梧一些，处处在给扮青龙的非鹄使着绊子呢。

非鹄却是不紧不慢，在对方的威压中始终保持着自己的气势。他的脚步暗合着鼓点节拍，动作飘逸潇洒，脚底的力气却是一点也没有松懈。能够这样一面保持姿态，还一面真刀实枪地以力互搏，还真是叫小八开了眼界。

最后，只见非鹄的脚底突然一松，竟然朝着地面就狠狠地跌了下去。

那白虎大喜过望，趁势就扑了过来。却没料到，青龙不过是压低了身躯，只见青龙将他的胳膊猛地拽住，一下反身就将他扑倒在地。

而在那一刻，舞台上错落的鼓点，正好落下了最后一个铿锵的音节！

叫好声霎时就席卷了舞台上下。非鹄松开手，站起来鞠躬。此时罩着他面庞的龙头头盔被掀开了，展现在众人面前的，是一张少年清秀的面庞。额角的薄汗还尚未擦去，他的双眸却似火焰般热情高涨地注视着台下并不算多的观众。

其实，看了这些天的戏，小八也发现了，就算是那些名角也会因为台下的观众太少，而表现得比较敷衍。虽然这些都会被精心地掩饰起来，可这无疑是对舞台的轻慢。而非鹄，他是不同的，虽然只是小小的学徒，可是他是真正地喜欢百戏，热爱这个舞台！看到这样的他，让人忍不住想为他加油鼓劲，希望他心目中的目标，能够早一点实现。

"怎么回事？怎么不光是福运班不演新戏了，那什么长春班、万寿班也都不演新戏了，都只拿些旧节目来搪塞？"小八正纳闷，只听到有人悄声道："听说各个班子都在加紧排新节目要赶着陛下的千秋节竞演呢。"

"千秋节竞演？那不是皇宫乐舞班的事情吗？"

"听说陛下今年也想看看新鲜玩意儿，于是内官局就想出了这个点子。让京城这些大大小小的百戏班子竞演，在竞演中拔得头筹的就能在御前献艺。"

"哦！这可是了不得的荣耀！"

"可不是吗？若是艺压群雄得了陛下青睐，那可是数不尽的荣华富贵。"

这两人说得起劲，冷不防旁边一个声音淡淡道："若是一时不慎失手，这个戏班就是万劫不复。"

御前表演，荣誉与毁灭，全在一线之间。

"如果……非鹄能有机会去御前献艺就好了。那应该就是他的心愿了吧？"阿火禁不住喃喃自语。

小八点点头："嗯嗯，千秋节无极宫前的舞台……想想就跟做梦一样！要不，回头千秋节的时候我们也去无极宫前偷看表演吧……你说怎么样？"

"无极宫是皇宫地界，有皇家的结界，怕是进不去。"

"不怕不怕，回头我去把老板的符咒偷一张，保证什么结界也挡不住我们。"小八十分骄傲，老板藏东西的地方我可都是了如指掌哦。

"是吗？你还会偷东西啊？"

"当……"小八一昂头，剩下的话生生地噎在了喉咙里。陈老板？！他什么时候来的？！阿火竟然被他一张符咒悄无声息地捆了个严严实实？那个刚才跟它说话的人到底是谁？

小八干笑："哈……哈……哈哈。"

"你是想问我什么时候来的吗？"陈游介依然风度上佳。

"嗯……我一点都不想知道……"小八扭身就往角落里钻。

动作还是慢了一步，一个呼吸间，它就已经被陈老板的灵力束缚，动弹不得。

"我们不是还没说完吗？你怎么就要跑了？"陈游介仿佛完全没有发现它的窘态，继续发话。

小八装死，多说多错，闭嘴才是硬道理。

见小八蔫了，陈游介将目光转向阿火，被他的符咒束缚得几乎透不过气来的阿火只觉得自己也许会被杀了。因为这个人犀利的目光中，没有半点的暖意。

陈游介将小八笼入袖中，就漠不关心地转身，随着身上的束缚消散，阿火只听到了一个字——"滚！"

"马上就是陛下的千秋节了，我就是来挑些上品珍宝来敬献的……"

"千秋节就要到了，可得采买些上好的蜀锦来裁制新衣……"

"什么样的珠宝才能比千秋节的灯火更耀眼夺目，老板你可不能藏私……"

"那批为了千秋节特别订制的香料呢……"

所有的大街小巷都在议论着同一件事情——千秋节！

全长安都在为了这个狂欢之夜孕育着热情。各种奇珍异宝被源源不绝地运入长安，很快它们就会点缀上贵妇的发丝、达官的车驾。

不高兴！不高兴！！不高兴！！！

小八气鼓鼓地瞪着眼睛。

竟然不让我去看戏！

竟然把我的朋友阿火那么残忍地拦在了谛听阁结界的外面！

竟然给我下了束缚，不让我出门！

啊啊啊！

"老板……小八它，真的很憋闷呢。"明胤再也看不下去了，给小八说情。

小八激动，龙须都翘了起来，眼巴巴地望着陈老板。

"它是龙，就算不想变成天龙也还是得修炼的。如今被声色所迷非要去看什么百戏，成何体统？你难道希望它一辈子都只是一条不成气候的龙吗？"陈游介沉声。

"这……"明胤语塞，他转过头，"陈老板都是为你好。你就别生气了，好好静心修炼吧。"

"你……你讨厌！"小八气得张牙舞爪。

只听陈游介冷哼一声："你要是不服气的话，就好好修炼，打破我的结界冲出去啊。只要你能冲出去，我绝不拦着你。"

"你……你是吃定了我冲不出去啦？"小八怒目圆瞪。

陈游介点头。

小八气呼呼地掉头就飞："你等着瞧！"

陈游介微微一笑，怎么有种小孩子长到了叛逆期的感觉？不过，如果这样能让你好好静心修炼的话，也不错。

福运班。

"阿火，我回来了。"

"你辛苦了。"

阿火好像家人一般，欢迎非鹄的归来。

不知道从什么时候开始，这一人一金鱼，早就已经相依相辅不分彼此。

非鹄记得他刚进戏班的时候，总是被师兄们欺负，大家都说他天生赤眸，会带来晦气，根本不愿意搭理他。那时候，比起每天无休止的枯燥练功更让他难以忍受的，就是寂寞。那种连一个说话的人都没有的感觉，真的是……太寂寞了。

　　那个雷雨的午后，他偶然从青蛇口中救回了那条红色的金鱼。谁知道，几天后那只金鱼竟然在他又一次寂寞地喃喃自语的时候，出声跟他说起了话！它告诉他，它叫阿火。

　　那一瞬间，非鹄想到的不是遇到了妖精要逃走，而是诚心诚意地感谢上天，让自己的日子，不再那么寂寞！

　　阿火是一条喜欢看戏的金鱼，所以才明知长安灵气杂芜也还是执着地留在了长安修行。

　　就这样，喜欢看戏的金鱼和醉心表演的少年，变成了好朋友。平淡的生活，因为这一抹彼此交集的亮色，焕发出了别样的光彩。

　　"班主挑选这次可以参与御前表演的弟子，我……没份。"非鹄本来不想说出，可是，阿火是他唯一能倾诉的对象。

　　"为什么？非鹄你不是弟子当中最勤奋刻苦的吗？"

　　"他们说，我没有独一份的绝技。"非鹄的声音低得都快听不清了。

　　"就算是大家都会的那些东西，你也肯定是表演得最好的一个啊。"阿火更气了。

　　"福运班里的每个弟子，都有自己从属的师傅，师傅会从自己的独门技艺中选择一种传授给他。可是没有哪个师傅愿意将我收为入室弟子。所以我学到的……只是些街边乞丐都能来两手的骗人货色！"非鹄说着，声音中已经有抑制不住的痛苦。

　　独一无二的杂耍技艺？

　　这样的东西在古书上一定有记录！

　　古书……古书的话……

　　阿火转身："我来给你想办法！"

　　"好繁华，好有气势……"明胤忍不住喃喃，陈游介一把将他的后脑勺狠狠地按下去。

　　"再露出这种没见过世面的傻笑，我以后就再也不带你出来了。"陈游介低声威胁。

　　明胤不满地嘀咕："又说是带我出来见世面，又不让我看，你这算什么啊？"

　　"闭嘴，迈腿！"陈游介一面成功地保持住了面上的微笑，一面低声命令。真不知道自己是怎么一时高兴答应带明胤和小八这两个家伙出来参加太极宫前的千秋节饮宴。这还没进场呢，就已经跟乡巴佬进城一般，丢人丢了一路了，不知道等会儿开宴的时候会不会沦为他人的笑料。

在末席上坐定，给引路太监塞了一小块玉牌做谢仪后，眉开眼笑的小太监低声道："别看陈老板您的位置不靠近御前，可这地方是一会儿看百戏最近最清晰的了。"

听到这话，陈游介的心情总算是好了不少。明胤和小八就压低了声音激动地叽喳起来。陈游介在反复瞪了他们好几眼都全然无效后，只得暗暗磨牙，回去再收拾你们！

宴会开始了。惯例是皇帝和皇后在太极宫城楼上为天下万民祝祷，然后就是怀念开国皇帝与将士功勋和艰辛的《破阵乐》。只见表演的健壮少年披甲执戟组成不同的战阵，声声军鼓中队形不断变换。少年们的激昂吼声与鼓乐声交相辉映，气壮河山，声震百里。

《破阵乐》之后，为了缓解刚才紧张的气氛，便是内宫局排演的《绿腰》舞。

踏球、吞刀、吐火、旱船、走索、角抵、戏马、舞剑……人间百艺，一个节目接着一个节目。渐渐地，宴会初始的那种庄严肃穆的气氛散去，人们在醇酒和欢呼声中渐渐地放开了性情。而最后，作为压轴演出的，就是京城最负盛名的福运班！

在一阵轻柔的丝竹声过后，一列九个身材窈窕的舞姬并立在了舞台中央。原本正盼着精彩好戏上场的众人不禁有几分不满。要说舞，民间戏班的哪支舞会比得上开场那支《破阵乐》那么气势雄浑、声威赫赫？

突然，有人惊讶地发现，那九个舞姬竟然从容貌到身段，都是……一模一样？！

这个发现，顿时让原本已经有些意兴阑珊的宴会又聚拢了全部的焦点！

只见宫灯映照下，九位绝色舞姬在表演着风靡长安的《胡旋舞》。这种包含了许多腾跃和旋转动作的舞蹈极大地考验着舞者的体力和舞步的精准，就算是皇家教坊里也不过寥寥数人能表演这样高难度的舞蹈。而现在，正在舞台上表演的舞姬们，到底是如何掌握了这一门精绝的舞技？明明舞台上盘旋而舞的，是九个身影，却如同一人一般，从眼神到指尖的动作，别无二致！

"这些……是傀儡偶人……"明胤有点不确认地低声道。与此同时，其他看出端倪来的人们也开始了惊呼！

"傀儡奇术！真是难以想象！"

"我还以为是普通乐舞表演呢！"

"操纵那些傀儡的是个少年！"

在舞台的一侧，正结着手印端立在旁的少年，正是非鹄！随着他如同翻花般让人眼花缭乱的指尖，傀儡舞姬们的动作也越发灵动飘逸。真的是让人难以置信的奇技！舞台下，一波波的赞赏声犹如潮汐般涌起。而被前所未有的巨大赞誉包围着的非鹄，镇定自若的面容上，也抑制不住地泛起了丝丝笑意。

小八不禁瞪大了双眼。那个少年，跟它印象中的非鹄，怎么……有点不同？是华丽的新衣装扮得他熠熠生辉，还是舞台的灯火太迷离叫人懵懂？不对，是那一双眼睛，那曾经如同红色宝石般闪烁的双眸，此时，却如同野火在汹涌地燃烧……席卷！

纷沓的惊叹声此起彼伏，在这灯火摇曳的千秋之夜汇成了一幅交织着惊叹和艳羡的奢华画卷。

除了，一个声音。

"这是禁术！《木甲术》上的禁术。"陈游介的声音，如同冰雪凝成，硬生生将身边的温度都足足降下来几度。

"呃？"明胤还有点没明白过来，只觉怀里小八的身躯一僵，低声分辩道："《木甲术》不就是本记录百戏杂耍的古书吗？"

"所以你就把《木甲术》偷出去给人修习了？！"

小八僵着身躯，好一会儿才回过神来，点了点头。

"《木甲术》如果只用来操纵一个傀儡偶人，那么就只是普通的百戏杂耍之术。而如果操纵九个，那么就是传说中的……禁术！"陈游介耐着性子解释。

"怎么会……有这么大的差异？"

"操纵一个傀儡偶人，是用磁榫来控制，这是普通人可以掌握和控制的力量。而让九个傀儡动起来则需要用'分神'之术，这种力量，若不是术者，是绝不可能做到的。"

"可明明是非鹄在操纵着傀儡的动作啊！"小八再次确认了一下，没错啊，傀儡舞姬的动作确实是与非鹄的手掌变化彼此呼应。而非鹄，不是术者。

"你知道马车吧？让马车跑起来的动力是马的力量，驾驭车的人却是车夫。非鹄做的，只是操控和引导这力量的工作。提供这力量的，另有其人！"陈游介解释着。他的声音中却已经抑制不住地带了几分急促。

"术者……对了，是阿火！应该是金鱼精阿火提供了让傀儡动起来的'分神'之力。”小八一下就想通了。

陈游介的脸上却带着一抹讥诮：“你确定阿火是主动帮忙吗？不是被那艺人所骗，无法脱身吗？”

小八愣了愣，不是吗？

“分神之术消耗的是元神！一次分出九个来，只怕这场舞还没有结束，那个什么金鱼精阿火就会形神俱灭！除非它是被欺骗，否则没有哪个妖精会做出这么傻的决定！”

“你是说阿火会死？”小八急了。阿火是它的好朋友啊。

陈游介冷哼：“不是死，是形神俱灭！”

“怎么办……怎么办？我……我去找阿火！”小八说着，借着夜色的笼罩，冲了出去。

陈游介凝重的面色，终于松懈了半分。也罢，这场祸事原本就是小八引来的，就看它能不能替自己消去这场恶业了。

九重宫阙屋舍绵延，在小八一通乱转，绕得它的双眸都要转起蚊香圈圈的时候，福运班那金红色的幡旗出现在了视线中！太好了！在那最不起眼的小小耳房内，它终于发现了阿火的身影。

此时的阿火，比那天小八救它的时候还要狼狈万分。只见它被九根金色的丝线牢牢地捆缚在一个小小的法阵中央，而每个丝线连接着的，是一个个精致的陶制偶人。

果然，这就是陈游介老板说的禁术——分神之术。

“你知道你在干什么吗？！这是分神之术，你会把命丢了的！”小八从来没有这么着急过。

阿火抬起头，那早已经失去了焦点的双眸，好一会儿才渐渐聚拢，认出了眼前的小八。

“小八……等一会儿，我们再说话……”阿火的声音，虚弱得都快听不清了。

“等一会儿？等你为了完成这场表演，彻底丢了性命吗？”小八看着这样的阿火，只觉得心里说不出的痛。它还记得那个总是神采奕奕的阿火，那个即使头顶上受伤的乌青都还没褪去，就兴高采烈地看戏的阿火。可是，它记得的那个活蹦乱跳的阿火，怎么会变成这样的？

“我……”阿火张了张嘴，却没能发出像样的声音。

　　小八再也忍不下去了，它朝着法阵中央就要冲过去！

　　"不！不要破坏非鹄的梦想！"阿火沙哑的嗓音，仿佛在滴着血。

　　"非鹄的梦想，就是在这太极宫前的舞台上表演。"阿火的目光，渐渐混沌地投向远方，"也许在你眼中，这只是一场无足轻重的表演，可是……这就是非鹄，长久以来唯一的梦！"

　　梦。小八所知道的梦，都是绚烂缤纷、流转着无限美好的。可是，它第一次被迫正视梦的另一面。为了实现梦想，必然要付出的，巨大又沉重的代价。

　　"既然是非鹄的梦，那凭什么付出代价的会是你？"虽然，无视阿火的心意会让它很纠结，可是，眼睁睁看着阿火逝去，那是小八更加不愿意看到的一幕。它，必须有所决定！

　　面对小八的质问，阿火急了，可是现在的它为了维持法阵的运转已经是精疲力竭，根本无力反抗小八的决定。

　　小八弓起身躯，就准备一头冲入法阵中，将一切都破坏。这时却只听到阿火的声音细细弱弱地响起："如果明胤有什么必须实现的梦想，即使是禁忌的……你会不帮他实现吗？"

　　小八只觉得身形一僵，竟然无法回答它。

　　如果明胤有什么愿望，即使这愿望是逆天改命，它也会不顾一切地帮他达成。不为别的，只因为抱持着那个愿望的人，是明胤。

　　你……怎么可以去阻止，这样的一份心意呢？

　　小八，真的犹豫了。

　　突然，它发现捆缚在阿火身上的丝线的光芒渐渐地暗淡下去了。因为阿火的法力已经开始渐渐枯竭，它的力量将无法维持法阵继续运转。

　　可是，凭着龙族非凡的神识感知，小八知道，此时太极宫前的表演，还没有结束！

　　阿火的身上，那总是如同火焰般燃烧的红色，在一点点地暗淡下去。

　　好了，用不着纠结和困扰了，就算小八不出手阻止，阿火的力量也到了极限。小八不自觉地松了一口气。能从那艰难的质问中脱身，它只觉得心里一轻。

　　可是，当它抬眸准备安慰阿火的时候，却发现阿火大大的双眸中，满是泪水！

　　那是无论如何也不甘心就此作罢的泪水！

　　它知道，自己没能帮助非鹄完成表演，力量就已经到了尽头。它的痛苦、自责和懊恼,是那么深重,重得让这身受雷击都不曾落泪的倔强金鱼,霎时间就涌出了大颗的泪珠。

那晶亮的泪珠,映照着阿火红色的鳞片,仿佛是还没来得及开放就被骤雨摧残零落的花朵,注定迎不来期盼中的那个春日。

"明明……只差一点点就好了。"阿火喃喃自语。它从来没有如此懊恼过自己没有好好地刻苦修炼。如果……不是看了那么多戏,耽误了那么多时间,也许现在它就能为了他的梦想,坚持到最后了。可是,如果真的不看戏的话,它就不会理解非鹄的梦想。

到底什么是最正确的,本来就是一道无解的谜题。

它曾无数次地感谢上天让它与非鹄相遇,而现在,它只祈求上天,让自己能多坚持……哪怕一刹那!

在阿火逐渐模糊的视线中,它发现小八冲过来了!

糟糕,它要把整个阵法彻底破坏掉了!

我知道你是为我好,可是……

阿火的呻吟声,骤然凝滞。它看到小八长尾一甩,将原本捆缚在自己身上的丝线都卷到了身上。

"我决定了,要代替你,支撑非鹄完成他的梦想!"小八说着,已经将自己的力量源源不断地灌注到了法阵中。那原本渐渐暗淡无光的法阵,在它的法力催动中,顿时焕发出耀眼的光华!

皇城、天子和百官的安危,此时都不是小八关心的重点,它只知道,它无法眼睁睁地看着朋友就这样在自己面前消逝!不是为了非鹄的梦想,而是为了朋友,它宁愿牺牲。

太极宫前的舞台上,原本动作已经不知不觉放缓了的傀儡舞姬们,仿佛骤然获得了新生一般,舞蹈的动作又变得迅捷起来。

可是,非鹄却知道,不对!他能感觉到,支撑这些傀儡舞姬舞蹈的力量,变得不同了。不再是阿火那温和绵软的力量,而是如同怒涛般排山倒海的力量!这力量如此强大,甚至连舞姬的动作都开始变得过分强横起来,失去了原本轻盈摇曳的美感。

可是,没有人发现!

要停下来吗?非鹄问自己。

不！不能就这样停下来！

我努力了那么久，等待了那么久，怎么可以就此功亏一篑！那个现在支撑这股力量的人是谁都无所谓，我要的，只有舞台上的成功和荣光！

我，绝不可以就这样结束表演！

非鹄的手掌如同繁复的花朵般，不断地翻转变化着各种造型，而傀儡舞姬们的动作也越发变幻多姿。傀儡们的舞蹈，挣脱了沉重肉体的束缚，如同天女般蹁跹轻盈，让人只觉得如同是目睹了真正的天人临世。一开始的交口称赞声不知不觉地低了下去，所有人都沉浸在这匪夷所思的舞蹈中，忘记了声音。

这就是成功！梦寐以求的成功！非鹄正在鲸饮着胜利的醇酒！

舞蹈渐渐接近尾声了，可是，非鹄却不想结束。他想要留住此刻，留住这荣华与赞赏！只要能多傲立在荣耀的顶端哪怕一会儿，他不在乎要付出什么代价！

陈游介的目光，盯着那舞姿撩人的傀儡舞姬，骤然凝重。

此刻，对小八来说，比起太极宫前舞台上让人瞠目的天人之舞，小小耳房里发生的一切才是真正的真实。

阿火的生命，即将走到尽头。

即使小八已经代替阿火支持着法阵的运转，可是阿火的衰弱依然无法逆转。小八看到阿火最骄傲的红色尾鳍此时已经开始一点点地变得透明。

小八觉得心里从来没有这么痛过。它不要，它不要这么眼睁睁地目睹死亡在自己面前发生！

"吃下去！"阿火模糊的视线前，是一团白色的光华，这光华明亮又柔和，它刚一张开嘴，光华就跃入了它的喉间。它的视线顿时清晰，一股源源不绝的力量从血脉中奔涌而出，它的身躯瞬间就恢复了原状。

"你去看看非鹄吧，他在舞台上的表演，非常精彩！"小八知道，阿火一定比任何人都期待看到非鹄在舞台上的表演，可是它只能蜷曲在这小小的耳房里为他默默地加油。现在，既然自己已经承担起了维持法阵的任务，就让阿火去实现它的心愿，亲眼见证舞台上熠熠生辉的非鹄吧。

"我……"阿火还有几分迟疑。

小八可耐不住性子了："一会儿舞蹈就结束了，你可就再也看不到了哦！"

这下，阿火再也不磨蹭了，如同一道闪电般，飞向了太极宫前的广场。

舞姬的飞天之舞还在继续，而让人惊讶的是，原本只是站在舞台一侧的非鸼，此时却被那九个舞姬团团包围在了中央。原本一模一样的九个舞姬的动作，此时也已经开始各自不同，在挪腾跳跃间洋溢出截然不同的风姿。

"果然，禁术不是那么简单！"陈游介的眉头紧紧地皱了起来，只见他袍袖翻飞间，一个纸片小人已经飘了出来。明胤还没回过神来，就已经被一把推到了角落里。再定睛看过去的时候，纸片人已经变成了自己的模样，端坐在了陈游介的身边。他的耳畔还低低回响着刚才陈游介的指令："立刻，把小八那个笨蛋找回来！"

此时，人们都全神贯注地盯着那舞台上百年难见的舞蹈，没有人注意到这李代桃僵的一幕。明胤猫着身子，一头就钻入了重重叠叠的宫阙之间。

还好，戏班能进入的地方并非是布局复杂的内官。明胤很快就找到了小八的踪迹。

看到小八竟然在法阵的中央为那舞台上的傀儡们提供法力的支持，明胤简直是气不打一处来。这条傻龙，说是要来救朋友，结果倒好，朋友救了，把自己绕进去了！

"停下来！小八！"明胤急忙叫道。

小八摇摇头："我撑得住，我要等这支舞结束。"

"你知道你在做什么吗？你的法力会有很大损耗的！"明胤急了。

"可是我想实现阿火的愿望。为了这个愿望，阿火连死都不怕了，我损失一点法力又算什么？"小八很固执。

明胤真不知道该怎么说服它了。这时，原本紧闭的窗户，突然被风犀利地吹开了！在风中裹挟而来的，是一股……诡秘的气息！

明胤只觉得，自己继承自明氏家族人与妖混合的血脉在那一瞬间，仿佛灼烧般地沸腾了起来！

空气中这种气息，是妖怪的气息！

明胤不顾一切地冲入法阵当中，任由交错的丝线在身上烙印下道道血痕。他一把抓住小八大喝一声："走！"

法阵在一瞬间焕发出巨大的光芒！明胤被这光芒刺得几乎睁不开眼睛，就在他几乎以为自己的行动失败了的时候，法阵彻底地暗淡了下去。

"你！"小八急了。

回答它的，是明胤捂着自己流血的胳膊，不容置疑地盯着它："到广场上去，你就什么都知道了！"

小八咬了咬牙，终于纵身飞起。

当明胤和小八冲回来的时候，他们震惊地发现，那舞台上的舞蹈，竟然……没有结束！

明明刚才小八已经终止了向法阵灌输力量的行动，怎么这些傀儡舞姬，还能动作？！不，她们不仅是还能动作，而且她们的动作变得比之前更加流畅自然，宛如真人一般！

支持她们继续行动的力量从何而来？这就是所谓禁术的秘密？

明胤记得陈游介说过，这世上没有任何力量是可以凭空产生的，谁也不能无中生有！那此时支持傀儡舞姬们动作的，到底是谁？

舞姬们的动作依然蹁跹流畅，而被簇拥在舞姬当中的非鹄，他的动作却渐渐地慢了下来！

不，非鹄不只是动作变得迟缓，就连他的面容，竟然也在不知不觉间被刻上了岁月风霜的痕迹！前一刻还是少年模样的非鹄，此时竟然已经宛如而立之年一般！

阿火发现了小八的身影："怎么回事？你已经没有在维持法阵了？那怎么……这支舞还能继续？"

小八摇摇头，它也搞不清楚状况。

舞台上，那一支摄人心魂的飞天之舞还在继续。

阿火忍不住奇怪地喃喃："我记得这支舞明明没有这么长的。"千秋节上的御前表演，每一个节目的长度都经过精心的安排。这一支来自民间杂耍百戏班的表演时间，无论怎么想，也太长了。

可是，沉浸在这瑰丽舞蹈中的人们并没有发觉，他们只是继续如痴如醉地欣赏着。

陈游介冷笑一声，"那些在分神之术里得到了力量的傀儡，她们要变成真正的人。既然提供力量的你和小八都停止了，你说她们会怎么做呢？"

"怎么做？"阿火还是一脸懵懂。

陈游介指向舞台中央："她们在吞噬非鹄的生命之力！"

"什么？！"阿火难以置信。

陈游介的面色带着一股超脱的冷傲："妄图染指禁术，就是这种下场！"没有那么多的幸运，想要得到，就必须付出代价。

阿火顿时急得团团转："唆使小八盗窃《木甲术》是我不对，可是……求你救救非鸹！"

陈游介缓缓地却又分外坚定地摇了摇头。

"老板……"小八也急了。

"不是我不想救他，而是……最希望这充满了荣耀的傀儡之舞不要停止的人，正是他自己。他自己沉浸在这虚假的荣光中，没有人能救得了他。"陈游介带着冷漠的笑容断言。

"不！不！非鸹一直都那么努力，那么坚持，他一直想站上这最高的舞台，成就他的梦想！难道……这也有错吗？"阿火不能容忍陈游介如此嘲笑非鸹的梦想。

"你看到的是梦想和努力是吗？"陈游介一指那舞台上依然在蹁跹舞蹈的傀儡美人们，"非鸹所说的梦想和努力，如果没有真正的实力来支撑，就如同这些傀儡美人们，虽然拥有美丽的画皮，却只包裹着贪婪的内心！"

阿火无论如何也不能接受这样的说法："不！不是这样的！"它知道的，它知道非鸹是多么努力地一次次练习，它知道非鸹是怎样顶住了所有人的漠视和白眼坚持自我。

可是，陈游介犀利的话语依然在耳边回荡："如果不是贪婪和野心的话，你告诉我，为什么他不选择自己能控制也不需要任何法力支持的操纵一个傀儡偶人的普通木甲术，而要选择禁术呢？"

"那是……那是因为……"阿火嗫嚅起来，脑海中，那一幕幕回忆席卷而来。

它把从小八那里得到的《木甲术》送给非鸹的时候，他喜悦的眼神，它还清楚地记得。他记得非鸹为了能制作出栩栩如生的傀儡偶人，是如何夜以继日地学习雕琢的技巧。可是，当他终于完成了那个傀儡偶人，并且操纵它在福运班的班主面前完成了一支流行长安的《绿腰》舞的时候，班主的嘴角却只是轻蔑地一撇。

"你这种不入流的玩意儿，还是留着自己乐和吧。想要去太极宫御前表演？大白天的就别做梦了！"班主的话语，仿佛是将非鸹的梦想在他眼前生生碾碎。

不甘心！真的不甘心！非鸹抬起为了雕琢傀儡偶人满是刀伤的双手，发出野兽般破碎的呜咽声。

那一晚的风声是那么的凄厉，在冰凉的房间里，风把那本《木甲术》卷到了地上。

闭合的书页被疾风那看不见的手指席卷着，翻到了最后的页面。

非鹄走过去，想要把书捡起来。当看到那个页面的时候，他的脚步，停住了。他的目光中，骤然诞生了一种阿火从未见过的东西。阿火不知道在这一刹那到底有什么发生了改变。它只看到了那一页上最上端的两个字——禁术。

它想要阻止非鹄。它知道这是不容触碰的危险领域！

可是……望着屋角那个了无生气的傀儡人偶，望着非鹄满是伤痕的双手，它所有的话语，都噎在了喉间。禁术……已经是非鹄最后，也是唯一的机会。

"都是我的错！是我要小八把《木甲术》的书偷给我，是我没有阻止非鹄使用禁术。"阿火昂起了头。

"非鹄本来没想要染指禁术的，可是……福运班班主根本瞧不上普通的只操纵一个傀儡偶人的戏法。非鹄他……真的是没有办法，才……"

听着阿火迫不及待的解释，陈游介的话语依然深沉。

"从选择了操纵九个傀儡的禁术开始，非鹄，就不再是从前那个只知道努力学习，单纯地憧憬着舞台的少年了。他想要的，已经远远超出了他的实力。而现在，他必须为自己的选择，付出代价。"

"气味……有怪味！"明胤的惊呼打断了他们的对话。

小八和阿火都是一惊，它们妖修的嗅觉原本就比普通人要敏锐得多，此时一听明胤提醒，顿时都神情一凛。这种浓厚的妖异气息，简直好像是一大群妖怪正疯狂地聚集而来的形势。

在……那里！原本隐隐闪烁着金黄色光华笼罩在皇城上空的结界，此时中央已经开始渐渐稀薄起来。

而导致这种异变的原因，竟然是正下方，那正在舞蹈的九位傀儡美人！

盘旋而舞的九个傀儡如同某种飞转的漏斗，正在将那金色一点点地吸入其中，慢慢绞碎！而在那已经渐渐变得稀薄的结界之外，已经有乌黑的浓云在纠结，那是贪婪的妖兽们，正在黑暗中磨砺着它们的利齿，吞咽着它们的口水，等待着，那结界最终破碎的刹那。它们就要迫不及待地一拥而入，享受这辉煌的盛宴！

千秋节的人间盛宴，即将变成一场妖怪肆虐的地狱血宴！

"傀儡九舞，结界崩碎！原来还会导致这样的结果！"陈游介皱眉，必须出手了！

比他动作更快的，是一道火色的流光！

这火红的光芒围绕着那九个傀儡急速地飞舞着，原本在舞台上围绕着非鹄舞蹈的傀儡舞姬们，不知不觉地被这道光芒裹挟着一点点地离开了地面！是阿火，它在用自己的力量，把那些傀儡舞姬席卷开非鹄的身边！

可是那些包裹着美丽画皮的傀儡舞姬怎么肯放弃近在咫尺的美食，她们依然贪婪地不肯离去。

非鹄只觉得，自己做了一场极其美妙的迷梦。他在皇城的舞台上操纵着九个傀儡舞姬盘旋而舞……可是，不知道怎么搞的，他的指尖渐渐变得僵硬，他的动作渐渐变得迟缓，就连阿火呼啸而来的呼唤声，他都渐渐……听不见……

不！谁也不能阻挡他和阿火的交流！非鹄扫视着舞台下那些迷醉的双眼，那是达官显贵们垂涎倾倒的目光。那是他曾梦寐以求的荣耀时刻。

可是……非鹄却突然发现，他想要的，好像不是这些。没错，本来，他想要的，只有一个。那就是阿火能看到他在舞台上成功的模样。其他的这些……好像，都已经没那么重要了……

那些曾蒙蔽了双眼、堵住了喉咙的东西，仿佛在一瞬间被犀利的东风席卷而去。清醒的意识又回来了！

"阿火！"非鹄喊出了声！

在这一瞬间，刚才被隔绝的世界仿佛都回来了。他又听到了丝竹歌吹的声音，感觉到了身边空气的流动，他甚至看清了，原本宁静沉寂的傀儡舞姬脸上，那些贪婪的笑容！

刚才，他到底是被什么东西操纵了呢？非鹄只觉得自己的心跳得前所未有的急速。

随着他的清醒，傀儡舞姬们吞噬生气的动作顿时被迫停滞。不甘心失败的她们，身体里已经有了足以维持她们片刻行动的力量，她们迫不及待，如同逐臭而去的苍蝇，朝着那些依然目光迷离的权贵们飞扑而去！没错，这里有的是供她们享用的沉浸在权欲中酩酊混浊的灵魂！

阿火，没有给她们这样的机会！

她们仿佛是被那火焰色的绳索捆缚着，朝着天空盘旋而去！可是，以阿火的一人之力，想要将这九个傀儡舞姬的动作全部束缚，还是稍显勉强，尤其这些傀儡舞姬早已经不是一开始软弱无力的状态。吸取了阿火和小八的灵力，又鲸吞了非鹄生气的她们，早已经变得难以控制！

　　"我去帮阿火！"小八说着，它的身影，早化作了一道青色的光华，与那红色的光华一起将那些傀儡舞姬牢牢束缚。

　　非鹄目瞪口呆地注视着面前飞舞的流光。那红色的流光是阿火，可是那青色的流光又是谁呢？看着这两道流光飞舞盘旋的姿态，这是青色流光在追击阿火吗？非鹄的心，悬了起来。难道……这青色的流光就是所有一切的罪魁祸首？刚才让他失去控制的就是它？

　　红色和青色交映的流光看似只是肆意地缠绕飞舞，可是很快九个傀儡舞姬的动作就被这两道交相辉映的光华牢牢束缚。

　　太好了，这道青色的光华不是在追击阿火，而是在与它齐心协力。非鹄迅速看清了其中的端倪，原本为阿火担心的心情，总算是放松开来。

　　很快，傀儡舞姬们脆弱的身体就无法经受阿火和小八飙飞中产生的巨大风刃。她们的身体渐渐地开始龟裂……先是发丝，然后是指尖，接着就是那曾蹁跹旋舞的双足，这些木雕的傀儡人偶，正以肉眼可见的速度，飞快地龟裂、破碎……

　　最后，终于一点点地，化作了齑粉……

　　她们美丽的外皮，无可逆转地暴露出了真实的本质。木甲术，原本就是使用木材来制造傀儡的奇术。此时，一切又重新归于了原点。

　　没有人意识到这些并不属于表演，感叹激赏的欢呼声如同浪涛拍打着海岸，一波波地涌起。阿火和小八隐灭了身上的光华，无声无息地没入了黑暗中退去。荣耀的舞台，就留给非鹄谢幕吧。

　　随着傀儡舞姬舞蹈的停止，天空中结界损毁的速度终于停了下来。陈游介丢出一个障眼法，一道金红色的符咒已经朝天空疾射而去。那符咒触碰到结界后就立刻如同雪花融入大海般，与原本金色的结界融为一体。渐渐地，原本被傀儡之舞剥离破损的皇城上空的结界，一点点地恢复了原状。

　　"一顿千秋节的宴会用掉我一张高阶符咒，还真是不划算。"陈游介拧着眉头，还真是心疼啊。

　　"好了！没事了。"小八总算是松了一口气。

　　"是啊……没事了。"阿火也彻底放松下来。突然，它原本清润细腻的声音变得……有一点点粗糙起来。接着，小八看到在流动的红色光华里，阿火竟然……头顶长出了角，身躯下伸展出了五爪，它……竟然在变形？！

"怎么回事？"小八彻底愣住了。

"怎么回事？！你给它吃了什么？"陈游介真是一口气没喘匀就发现老天爷又在给他派任务。这条金鱼怎么会突然变形的？不用想肯定是小八这家伙又干了什么没常识的事情！

此时，阿火身体上的变化还在继续，原本属于金鱼胖墩墩的身躯如同抽条的树枝般，在迅速地延展着，越变越长！

"啊……我……"小八搜肠刮肚想着说辞。

"快说实话！"陈游介只觉得自己全部的耐性都要被磨干净了。

小八低头，声音也低下去："骊珠。我给它吃了脖子下面的骊珠。"

"骊珠乃是无上宝珠，关键时刻能救你性命的，你竟然！"如果不是此时还在太极宫前，陈游介真的想抓起它的脖子使劲晃一晃，看看这个笨脑瓜里到底装的是些啥。

"什么都比不上生命重要。我用骊珠救阿火，我不后悔。"小八清澈的目光中，只有坚持。

此时的阿火，全身流转着金红色的光华，如果不是陈游介急忙施了个障眼法，只怕它身上的光芒会把所有人的视线都吸引过来。因为，此时的阿火是那么矫健修长的一条龙！甚至比小八的青色龙身更加灿烂夺目，全然一副让人倾倒迷醉的神奇姿态！

"我……变成龙了吗？"阿火的声音哑哑的。

小八简直不敢相信自己看到的，只知道一个劲地点头。

"原来小八你是龙啊。那时候你给我吃的原来是你的龙珠啊。真好……我还能实现自己的愿望，变成龙……"阿火微笑，俏皮地卷动长长的龙尾，那矫健的姿态如同金色的流光在飞舞。

"我一直想修炼变成龙，可是，我试着去跳龙门，却失败了，只留下了头顶的黑斑，成为我失败的证明。那时候我万念俱灰……是非鹄救了我，他那么努力，即使天生赤眸被人们排挤他也还是一点都不肯放弃。那时候我就想，我也一定要更加努力一些……说不定我的愿望……也可以实现。"阿火的声音越来越轻，小八几乎都要听不见了。

"阿火……"小八愣愣的，它突然有一种很不好的预感，它想要闭起眼睛，让时间停下来，它不要知道，它不想听到！

可是，那些曾经被陈游介告知的点点滴滴，控制不住地涌入脑海：即使是最正宗的龙族骊珠，也不能逆天而行。阿火的力量早已经枯竭，骊珠能做的，不过是将它的生命尽量地多维持一段时间。这段时间，却因为阿火执意要去救回非鹄，挽回自己的错误，而变得……如此短暂。而最后阿火龙形的幻象，就是骊珠对阿火心中希望的最后回应。

不！小八只想把自己埋起来。它不要这么无能为力地眼睁睁看着这一切无法逆转地在眼前发生。

"阿火！"远远的，非鹄的视线穿透了本该被障眼法蒙蔽的虚无，看到了那唯一的真实。

没有人告诉他，可是非鹄能确认，这正在散发着红色流光的龙，就是阿火！

一种突如其来的巨大危机感骤然笼罩在他的全身，他想要跳下舞台，不顾一切地冲到阿火身边去！

"非鹄，能遇到你，我一点都……不后悔！"阿火的声音，已经低不可闻。可是它的目光，依然牢牢地盯着舞台上的那个人，它知道，他认出它来了！

太好了，就好像你希望我能看到你在舞台上熠熠生辉的模样，我也想让你看到，我变成龙的时刻。这一份独一无二的荣耀，我只想与你分享。

非鹄的脚步，仿佛被某种绳索牢牢束缚，他的全身都在僵硬着。

因为，那条最美丽的红色的龙，就在他的眼前，一点点地化作了一瓣瓣红色的碎屑，然后，风席卷着那些碎屑，把它飘散在太极宫的城楼上，宛如一朵朵最绚烂的飞末在天与地之间缤纷飘摇。

人们在欢呼，在这个迷离之夜，人们看到了前所未有的傀儡舞姬们表演的胡旋舞，看到了盘旋而舞的舞姬最后飞翔上了夜空，看到了那最后舞姬们在红色青色的光芒中渐渐消失化作了漫天如雪的幻境。

最后，那红色的流光如同花朵般在天空中绽放、洒落，如同最喜庆的雪花让人激赏！

只是，没有人明白究竟发生了什么。

可是，非鹄清清楚楚地知道，他的阿火，不见了。

阿火，消失了。

那个被他从青蛇的利齿下救回来的，爱看戏爱热闹的小小的金鱼精，没有了。

阿火为了他的贪欲，牺牲了。

所有的荣耀和掌声都在那一抹红色分崩离析的时候变得毫无意义。

非鹄不知道，自己是怎么走下那他曾经无限向往的舞台的。

在突然变得犀利的朔风中，仿佛有龙的悲鸣……

这一天，他拒绝了被皇帝册封为百戏魁首的荣誉。因为他知道，自己不是。那些花团锦簇的荣耀，是阿火用全部的生命换来的，那一份荣誉里，有血！他不能直视。

非鹄将《木甲术》的古卷还给了陈游介。他发誓要自己创造出全新的百戏，成为真正的百戏魁首。

而陈游介却说，如果你能做到的话……也许你的愿望，就可以实现。

很多年以后，有一种特别的表演在浏阳流行起来，人们把那种表演叫作"烟火"。

如果有人能在黑暗中看透一切的真相，就会发现，那是最美的金鱼在夜空中跳跃穿行……斑斓的尾鳍，如同花朵盛开，如同……雪花在摇曳……

第七章

锁尘寰

"老板，你真的不出来看看风景吗？"明胤激动地招呼着。

"你别看花了眼睛，一跤摔到水里就好。"陈游介懒懒地挥挥手。

"我才不会！"明胤中气十足地反驳着，说话间早已经从船头奔到船尾。而小八也早就在他的衣襟间探头看饱了沿路的风光。

真不知道出门的时候他是怎么一时心软，竟然答应把这两个家伙给带上了的。陈游介暗自摇头。

身为长安最著名的古董店谛听阁的阁主，一直进不到上好的香料还真是件让他犯愁的事情。前思后想之下，陈游介决定，亲自乘船到香市最繁华的扬州去采购。要知道，每年古董店的收益，有一半就来自这其貌不扬的小小香料啊。

天色渐暗，陈游介发觉船行的速度，似乎慢了下来。

船公急忙解释："听说已经有好几条船在这里出了事，所以……"

出事？

陈游介心中一动，立刻细问了起来。

"这段水路，最近不知道怎么搞的，经常猛然地钻出个漩涡来，一会儿工夫就能生生把一条大船给吞不见了……"

老船公的话还没絮叨完，突然，整个船身控制不住地摇摆起来。紧接着，这艘刚才还稳得让人如履平地的船，在急速奔涌的巨浪漩涡中，已经颠簸得如同狂风中的落叶了。

老船公一只手拉紧了船上的缆绳，另一只手则牢牢扯住了陈游介的胳膊。

陈游介的嘴角，轻轻一弯。这就来了？！

"刺啦"一声，老船公只觉得手底一松，定睛看去，原本被自己拉在手里的人就已经没了踪影，只有半截被水泼湿的衣袖，还在手中。

"啊！老板掉水里了！"老船公哑着嗓子大叫了起来。

他这一声，仿佛一道利刃般，划过了原本波涛汹涌的河面。

瞬息之后，刚才还浊浪滔天的河面，骤然安静了下来。此时的船，安安静静地浮在河中央。除了甲板上还有尚未退尽的水渍，简直好像刚才什么也不曾发生。

老船公看看手里那半截衣袖，再看看宁静的河面，彻底愣住。

明胤赶紧提醒老船公："还不快去救人！"

老船公如梦初醒，急忙点头，"噗"的一声就跳入了水中。

这边，明胤迅速将小八放入水中，"你快下去看看，这下面肯定是有点什么古怪。"

陈游介忽忽悠悠地在河底顺水漂行。

"真是的，还以为有什么宝物可以收一收的……"

这条运河是前朝天子曾多次巡幸的御用水道，说不定，这水中的异象就是当初天子巡幸的时候无意中沉入河中的异宝所现！于是，陈游介毫不在乎地"掉"入了水中。

只可惜，水底什么也没有。

陈游介轻飘飘地踩着水，准备转身的时候，只见一个身着碧绿衣衫的少年，迅速地朝他游了过来，不待他做出反应，对方驾轻就熟地扯着他的衣领就往水面上游。

陈游介立刻毫无压力地把全部的身体重量都托付到了少年手中，任由他带着自己游动。

"我这可不是偷懒，是舍身以全他救人之功。"望着远处目瞪口呆的小八，陈游介毫无愧色。

突然，耳畔水波声异变，一股汹涌的暗流急袭而来！只见刚才还全力以赴地拖他上岸的少年，此时竟然被一个墨色衣服的身影钳制。

"救……"少年短促的呼喊声瞬间就被混浊的河水吞没。

竟敢暗算救我的人！

陈游介心头火起，"啪啪啪"三张符咒瞬间疾射而出！

不远处立刻传来了一道闷哼声。尚未看清那隐没在暗处的对手到底伤成什么样了，原本已经消失的少年身影在水波间显出了身形。

看着他昏昏沉沉紧闭双眼的模样，陈游介还真有几分哭笑不得。

渔火点点，船只泊在岸边。

"多谢高人相救……"原本想要救人的他，到最后竟然被人给救了，少年真的是有点不好意思。

"我才是三生有幸，能与河神大人你有这一段缘分……"陈游介不紧不慢地道破了他的来历。

少年面色更红，忙不迭地低下头去。其实他碧绿衣袍上隐约流现的水波龙纹，早已经暗示了他的身份，那正是河神才有的衣袍仪制。

如果运河水道一直这样出问题的话……好不容易运抵扬州的那些宝物怎么能顺利到达长安啊？要是到了正要开市的时候货物却折在半路上了，那我可亏不起。

为了日后的"钱"途，陈游介对他很是上心。

迎着陈游介如此"关切"的目光，少年急忙挺起了胸膛，朗声道："多谢高人搭救，我叫清漪，正是河神。只是这运河水脉还年岁未久，所以我的法力也就……"越说到最后，他强撑起来的气势就越弱，声音也不知不觉地低了下去。

陈游介顿时了然。天下间的水脉都是年深岁久天生地成，这运河水脉却是前朝天子集天下之力夺营造之功方成，算到如今也不到百年。这样的水脉若说其中的河神法力低微，倒也说得过去。

只是……那一袭墨衣的，又是何方神圣？

清漪显然已经觉察了他的疑问，却只咬着唇闭口不提。陈游介善体人意，自然不会再问。

末了，清漪感谢陈游介出手相救，执意要送陈游介抵达扬州。

有河神护航，陈游介自然不会推辞。

不知道是不是错觉，陈游介总觉得有股幽微的芬芳，一直萦绕在周围。先是在清漪的衣襟间，后来随着那衣襟上的香气渐渐淡去，陈游介却觉得自己是在临水的窗边嗅到了这样的气息。只是，这气息仿若昙花般，每次他想要细细分辨的时候，就倏忽消失了。

终于，扬州到了，陈游介也要与清漪别过了。

"这个……陈老板，我……我有一事相求。"清漪这些天整日跟明胤混在一起，就连对陈游介的称呼也改成跟他一样的了。

既然是河神开了口，陈游介自然不会随意拒绝："不知道河神大人有什么需要我效劳的呢？"

清漪听他这样说，面色更红了，好一阵才低声开口："我所护持的运河，是人工开凿而成，中间串联多条水脉。这些水脉中有许多都是年深日久的河渠。贯通之后，就全属运河范畴。可是这些水脉既然岁久，其中有生出一些妖孽来的……我竟然也对付不了……那一天……就是让陈老板见笑了。"

陈游介暗忖：的确，这年少的河神对付不了岁深的妖精，倒也不是说不过去的事情，看他这个意思，是要自己出手……捉妖？

"我听明胤说，陈老板你法力高强，一定不在话下的。"清漪一鼓作气，总算是把这段话说完了。显然，身为河神却需要向术法高手求救，怎么说也还是让他十分惭愧。

"帮你啊……也不是不可以，只是我到扬州来是为了采买香料回京城去，也得赶上京城香市的时令才好呢。"陈游介摸摸下巴。

"只要陈老板肯帮忙，其实……这一路的水脉之中，颇有几处沉宝的地点，我可以全部告诉陈老板，以作答谢！"清漪一听陈游介似有推辞的意思，急忙开口。

一听沉宝地点，陈游介的眼睛顿时亮了！谁都知道，当初前朝皇帝曾在运河上多次巡幸，野史传说中这可是散落了无数珍宝的一条宝河！如今有河神出手指点迷津，还怕那宝物不信手拈来？！

一听到这里，陈游介立刻义正词严："为民除害本就是我等的天职，拿沉宝为谢什么的，河神大人你又何必太客气？不用全部，有个两三处就足够了！等我在扬州采买完了香料，就立刻着手为你除妖，你看如何？"

明胤默默地望天。什么叫不用全部，有个两三处足矣？老板你的狮子口真的不要开得太大……

清漪忙不迭地点点头："那我就与陈老板一起在扬州盘桓数日吧？"

陈游介含笑："求之不得。"

鼻端，那若有若无的香气，似乎又在荡漾……

扬州虽然比不上长安的繁华，却是重要的通商港口。侨居扬州的客商数以千计。波斯、大食、婆罗门、昆仑、新罗、东瀛、高丽等国人在扬州的街市上来来往往，使得这个港口城市瞬间就呈现出了与长安截然不同的迥异风貌。

陈游介到扬州，心心念念的便是香料。要知道甘松、苏合、安息、郁金、奈多、和罗这些长安贵族们所推崇的名香，都是靠着外族商人送入长安。陈游介特地跑这么一趟，为的就是能淘到点便宜的好货。

走过一家家贩卖香料的店铺，轻嗅着一块又一块的香料，很快，陈游介就觉得自己的鼻子已经有点麻木了。

走出又一家店铺，陈游介迎着风，深呼吸了一下。街市上那五花八门的气息顿时一股脑地冲进了他的鼻子。有糖葫芦的甜香、有街头馄饨摊子的韭菜香，还有来往车马的牲畜气味，陈游介顿时觉得，自己的鼻子总算是恢复过来了。

突然，他的鼻子嗅到了一股非同寻常的气息。这一路上，他已经在临水的窗边闻到过不知道多少次这种气息。

不远处是一间小小的月老庙，香气竟然就是从那里传来！

陈游介也不知道到底是为什么，毫不迟疑地就朝着月老庙的方向迈步而去。

今天并不是什么初一十五的吉日，庙中寂静无声。当他进入庙中的时候，却觉得那香气，陡然变得浓烈！而这浓烈之中，却又似乎隐隐藏着某种让人不安的气息！

循着那香气，陈游介冲到了月老庙后的庭院中，在那一大丛如雪的花树下，令人震惊的一幕正在发生！

一个身着鹅黄衣裙的妙龄少女，此时她娇嫩的唇瓣已经被丝丝鲜血点染出了异样的丰泽。而在她的面前，刚刚被她咬伤了脖颈的少年按着那正渗出鲜血来的伤口，呼唤着她的名字。

可是，那少女只是瞪大了空洞的双眸，仿佛在追寻着空气中某种看不见的东西。

是她独自来月老庙求佛结果遭到轻薄，于是奋起反击？

陈游介心中思绪急转，却只见少女已经身躯一软，直愣愣地倒了下去。受伤的少年急忙扶住她。那小心呵护的模样，二人分明就是两心相许的爱人。可是……既然是爱人，又怎么会出现如此情景？

突然，一声低不可闻的叹息声在陈游介的耳畔响起。

陈游介霍然转身，只看到一个墨色的身影瞬间掠过。他急忙追了出去，却发现在月老庙前熙熙攘攘的人群中，刚才的身影早已经不见。只有此时依然在鼻端浮现的一抹暗香，缭绕不去。

等到他回过神来想再去查探月老庙的情景时，这里早已经被看热闹的人群围了个水泄不通。几乎用不着打听，他就已经从那喋喋不休的七姑八姨口中将那少男少女的关系听了个大概。

那鹅黄衣衫的少女和受伤的少年是一对青梅竹马的情侣，彼此家长都已经为他们定好了亲，平时也不阻止他们私下来往。谁知道……竟出了这样的事情……

一个大嗓门的胖妇人唯恐别人不知道她窥探到的多，只嚷嚷着："那丫头好像是吓出了失心疯……一直喃喃念着什么……"

陈游介心念急转，当时那少女的眼神如此空洞，分明就是被什么东西迷住了心智！

午后，陈游介与清漪在河岸柳荫下散步。

陈游介说起自己目睹的街头怪谈，闻到的那不属于任何香料的奇香。

清漪嗤笑出声："其实天下间会散发出香味的东西不知道有多少，何止是区区几种香料那么简单？"

陈游介顿时醒悟。的确，不要说香花无数，就连竹叶草根都自有一股清冽芬芳，天下的芳香何止那几品香料就可以尽数的。

可是……那气息既然不是香料，又会是什么？陈游介的头脑急速地回忆着。那时候自己闻到的裹挟着浓烈血腥气味的香气，到底……是从什么地方来的呢？是那盛开的花树，还是佛前供奉的香花？

陈游介的思索在他看到一个身影的时候，骤然凝滞。

那是一个身着墨色衣衫的身影。扬州是一个商贾云集的地方，四方客商、贵族豪门在扬州的街头都是不稀奇的。可是，当这个人在街头慢慢走过的时候，却依稀让人觉得，他的身畔，时间都仿佛静止了一刹那，那种温和从容淡泊的气息，在这熙熙攘攘的街头，顿时显得如此脱俗。

看到那个身影，清漪立刻眸色泛红："这就是那个运河水妖！"

运河水妖？陈游介回忆着那个记忆中的墨色身影。的确，与眼前的这个人确有几分相似。

此时，墨衣男子正慢慢走过了他们身旁。那从衣襟间徐徐飘散而出的清越芬芳顿时让陈游介的心情为之一震。他立刻追上前去："兄台请留步。"

那墨衣男子站定，目光将陈游介从头到脚不动声色地打量了一番。他那墨色发丝间，浅碧色的双眸微微一凝。

"不知……有何贵干？"他的声音如同深潭幽涧的水声，格外清幽清澈，简直让人无法联想到那在运河之底暗下杀手的人会是他。

陈游介笑意盈盈："敢问兄台，这衣服上，到底熏的是什么香？"

"什么香……"墨衣男子摇摇头，俊雅的面容上掠过一丝掩不住的寂寥，"我不知道是什么时候染上这个香气的。现在，我也在寻找同样的香气。"

"是这样吗？"陈游介没有想到得到的会是这样一个回答。这种能在衣襟之上经久不去的香气，竟然只是偶然染上？

正要多问几句，却见那墨衣男子已经转身而去。

"在下陈游介，希望来日有缘再见之时，兄台已经觅得香踪。"陈游介并没有追上去，只朗声相送。

也许是他这一声祝祷十分令人入耳，已经走远了的墨衣男子的声音远远传来："在下璧汐，谢君吉言。"

陈游介望着那人已经消失了踪迹的街道，禁不住微微一笑。一转头，却对上了清漩愤怒的目光："你不是说要助我降妖的吗？怎么……"见到清漩这气鼓鼓的模样，陈游介真的忍俊不禁，想敲敲他的脑门。手差点伸出去的时候总算想起对方是河神，这才按下了这个念头。

"除魔卫道本来是大大的好事，要是不知分寸伤及无辜那就是大大的祸事了。我今天与他亲近一番，日后更容易寻到他的破绽，一击即中，岂不是更好？"

陈游介温言劝来，口气十分和缓从容。

清漩却依然是气鼓鼓的，只低声嘀咕："你就光记得你的香料买卖了。"

七夕之夜，向来是一个令人绮想的夜晚。

而在扬州的七夕，与同伴一起去运河边放下河灯，许下小小的心愿则是本地女子趋之若鹜的仪式。明月皎洁，少女们轻薄的裙摆飞扬，晚风中撒下一串银铃般的笑语。扬州的月色便在这笑语吴音中，越发显得剔透起来。

清漩看看周围豆蔻年华的少女们，总有一种来错了地方的感觉。陈游介却是泰然自若。

河灯用的多是能散发出香气的蜡烛，一时间，河面上灯火连绵馨香如云。

突然，一股浓烈的气息仿佛是猛兽般，窜入了这祥和氤氲的所在。这一股香气，犹如拥有实体般凶悍，瞬间就席卷在运河之畔！

而让陈游介霎时就皱起了眉头的，不是这骤然凶残的香气，而是……混在这香气中的……血腥气息！

远远地，已经有少女的惊叫声响起！

人群霎时就惊慌地四散奔逃，陈游介逆着那些奔跑的人群朝着惨呼声响起的地方飞掠而去。

仿佛是月老庙的那一幕又在面前重演了一般，少女空洞的双眸盯着夜空，她的唇边，已经沾满了鲜血。而在她面前的草地上，是一个正仓皇无措的脖颈受伤的少年。他显然也被面前的一幕惊呆了，却依然没有抛下正在迷怔中的恋人，但是对方那茫然的眼神又让他不敢真的靠近。在这诡异的局面中，只有那浓郁的裹挟着血腥气息的香气依然萦绕在他们周围。

少女的脸上不知道是悲哀还是欢喜，只空洞地笼罩着一种说不出的醉意……接着，她就晕了过去。少年急忙将她拥入怀中。

醉意！

陈游介只觉得那个一直以来被忽略了的角落顿时被照亮了！这香气，可以迷醉人心！

"这个香气……"陈游介禁不住喃喃。另一个声音突兀地响起，将他的话语声接了下去："这个香气……还是不一样。"在暗花和幽草之间缓缓现身的，正是那墨衣男子璧汐。

只是，此时的他没有了白天那拒人千里之外的高傲冷漠，而是眉目之间隐隐带着一丝微醺的酡酊。仿佛，他也在这芬芳之中悄然醉去。

"璧汐，你看到了什么吗？为什么这里会这样？"陈游介记起来了，上次在那月老庙中，那个一晃而过的墨衣身影正是璧汐。如果说上次出现在命案现场还可以勉强说是巧合的话，那这一次，他又该如何解释呢？

陈游介不动声色地拦住了他的去路。

璧汐瞪着他，仿佛好一会儿才辨认清楚了自己面前的人，他轻笑："陈游介？你怎么会也在这里？你也是追寻这种香气吗？"他原本清晰的口齿，此时却仿佛被醉意包裹一般，带着含混。

"你不惜害人，只为了追寻这种香气？"陈游介承认自己对于除魔卫道，有时候也并不那么热心。可是……无论怎么想，为了追寻这种诡异的香气而害人，还是远远超出了他的容忍范围。

"害人？我没有害人！"璧汐摇摇头，沉浸在醉意中的他，有一种说不出的违和。原本表情肃穆的他，此时却如同孩子般，挥舞着衣袖嚷嚷着，"我怎么会去害人？！"

"水妖害人怎么肯乖乖承认？！就是你为了追寻这异香才蛊惑人心屡次害人！"清漪闪身出现，口气冷冽。

璧汐抬头，仿佛是突然发现了他的身影，顿时勃然大怒："你竟敢污蔑本尊！"说话间，一道雪亮的刀锋已经朝清漪急袭而来！

清漪急忙张起水幕抵挡，只是他的水幕压根就拦不住璧汐的刀锋，瞬间就被撕裂，洒下一片水滴。

眼看那刀锋已经朝着清漪的面门急袭而来，陈游介衣袖轻挥，一道光幕竟然生生将璧汐的刀锋拦住。璧汐面色一凛，沉声道："我与你总算是有些缘分，你怎么竟要回护这妖孽？！"

陈游介尚未开口就听清漪已经是勃然大怒，他虽然功力不济，声音却是不小："我是河神！才不是你说的妖孽！"

璧汐冷哼一声："你这种稀松货色若是河神，本尊又是什么？！"

清漪瞪得大大的双眸中火焰燃烧："别以为你能胜过我就能证明自己是河神！天底下法力高强的妖怪可是多了去！"

河神……水妖……同样是水系术法，同样自称河神……

陈游介的动作，悄然放缓。

清漪见此情景，竟一把夺过陈游介手中那张符咒，朝璧汐疾射而去："让你尝尝这腐草符咒！"

腐草符咒是一种用来探查对方法力类型的符咒，若是正统术法不伤天道的，符咒压根无法靠近其身。否则就如同被黄蜂追上一般，挥之不去。

璧汐昂首冷笑："我乃正宗河神，这种符咒根本对我无效。"

如他所说，那些符咒还未近他的身边就已经纷纷碎裂开来。璧汐的嗤笑声尚未响起，却见那些符咒已经化作星星点点的萤火沾在了他的衣襟之上。虽然很少，可在夜色之中却依然是分外分明。怎么回事？！

"妖孽，你还有什么可狡辩的？！"清漪说着，已经望向陈游介，"跟我一起收拾了这个害人的妖孽吧！"

陈游介还未答话，突然，只听闷闷的"嘭"的一声，竟有条舴艋小舟与一艘巍峨画舫撞到了一处。

小舟霎时已然翻转，船上的一对小情侣，顿时惊叫着跌入水中。七夕之夜，畅游在河灯缥缈的运河之上，本是一件诗情画意的美事，谁承想竟会发生这样的变故！

今夜的运河，虽然是水波不兴，可那少女不识水性，在水中拼命挣扎呼救，那少年虽然会水，却不擅救人，只差点被那少女一起拖入水中。

救人要紧，陈游介掉头朝河边飞掠而去。待到他来到河边的时候，那一对小情人，已经湿淋淋地在岸边喘息了。明明刚才还……陈游介不禁疑惑。

那少年尚算清醒，只说："好像是河水推着我们上岸一般，开始还只觉得身体沉重只往水下坠，那时候却觉得全身都轻了起来，河水几下就将我们送到岸边了。"

陈游介安慰他们几句，这才走开。

璧汐早已不见了踪影。

清漩不忿："下次如果再遇到，绝不放过他！"

陈游介看看那荡漾的河水、连绵的河灯，却不知不觉地陷入了思考。

深夜，陈游介是被一阵奇怪的声音吵醒的。

刚才那在睡梦中震耳欲聋的声音，此时却消失得无影无踪。

这太不寻常了！

瞬息消失的声音此时骤然又在耳畔隐隐响起。这是风的声音吗？还是……

陈游介朝着声音响起的方向，飞身掠去。

在视线的尽头，一个巍峨的剪影出现了。这是扬州的镇海塔。塔高九层，塔上入夜后便点起明灯，为夜航的船只照亮返航的道路。据说这镇海塔当年奠基之时有大德高僧祝祷，历经风雨依然屹立不倒。可是，出现在他们眼前的镇海塔，竟然……倾斜了！

望着那塔基处已然崩碎的封印，陈游介的双眸，骤然冷肃！

镇海塔下，封印着当年一位暴戾的潮神留下的潮珠。那位潮神罔顾天下苍生卷起巨浪，而被高僧所灭。不甘就此消失的他，留下了蕴含着他怨恨和暴戾之力的潮珠。在那之后潮珠便被封印在镇海塔下，而现在……镇海塔倾斜了，封印被打碎，潮珠也不见了。

　　瞬息之间，一阵水声哄天而来！不远处传来哀号声："潮……潮来了！"

　　扬州潮！不期而至的扬州潮！虽然声名不显，实际声势却不在钱塘潮之下的扬州潮！这滔天的潮水，足以在瞬息之间，将整个扬州城，吞噬殆尽！陈游介心中巨震！那潮珠被镇压在镇海塔下，就是为了能镇住潮水的力量。而那个贸然解开封印，取走潮珠的人……

　　扬州城此时面临的，将是一场铺天盖地的惊天潮劫！如果他不能及时阻止，那么，这个绵延百年繁华富裕的扬州城，将从此变成一个传说，一个以悲剧收场的传说！

　　一艘正夜航归来的船，猝不及防间已被这潮水席卷到了浪涛之巅！船上的船工们哀号着，纷纷跳船逃生。比起留在正被潮水肆虐的船上，弃船逃生反而还能抢到一线生机。

　　陈游介回首望着那奔涌而来铺天盖地的潮水，跃起，落在了这艘此时已经空无一人的船上。

　　那些奔涌的潮水如同白色的奔马一般，在船后紧追不舍。饶是他见惯了大风大浪，此时也不由得心神一震。瞬息间，潮水已经直逼船尾！

　　突然，原本逆天而飙的潮水竟然生生地被人削去了一截似的，退去了半截。陈游介定睛看去时，只见那浪涛之间正分波而立的身影，不正是璧汐？

　　只见璧汐翻掌一推，原本即将被潮水吞没的这条船就已经被他远远地推开了。

　　他……这是在救助我吗？陈游介心念急转。

　　陈游介掌间光华流转，瞬间甲板上已经流过数道光脉，转瞬间那些光脉组成了一个不大不小的符阵。符阵一成，刚才还在浪涛间颠簸摇曳的船，转眼就如同定海神针般，牢牢地屹立在了波涛之间，任由浪涛迭起，它亦是不曾被撼动分毫。

　　脚下的船稳住了，陈游介定睛，要看清这水中波澜暗涌的谜底。

　　原本运河河水清澈，今天却是截然不同，天光晦暗河水混浊，陈游介虽然有术法在身，却也无法将水中形势看个分明。

　　眼见浪涛越来越汹涌，陈游介眉头一皱，从衣襟中掏出宝珠一颗，霎时就将混浊晦暗的潮水，照了个通透！

　　只见水波奔涌之间，璧汐正在与一条蛟龙缠斗。

只见那蛟龙一看到他的身影，就口吐人言："陈老板，我是清漪！快来助我降妖！"

清漪的话音未落，就听那墨衣男子璧汐怒吼道："你这妖孽，到这时候了还耍花招！"

盯着面前正在浪涛间激斗的清漪，以及依然保持着墨衣人形的璧汐，陈游介有一刹的迷茫。就在刚才，璧汐还在危急间出手救助他。

那边清漪与璧汐的战斗却已经是变故频生！

清漪化作的蛟龙仗着身形修长，以长尾朝璧汐急袭而来。来势汹汹，璧汐躲闪不及，一下就被它击出丈许。身边水波亦是被染红一片，显然已经受伤。那包裹着墨色衣衫的身躯，在水中载浮载沉，仍是在勉力支撑。

陈游介还记得，清漪在与他初遇的时候一下就被璧汐钳制的情形，怎么才过了短短数日，他们的对垒形势就已经截然不同？那个躲在他身后，拜托他灭妖的清漪，怎么会突然有了如此强大的力量？

他的身上，一定有什么变故，已经发生了！

难道……一个最不愿意相信的念头，从他的脑海中浮现。

可是，那是清漪啊！从一开始就热心救助他，与他一路同行而来的清漪！那个有点气鼓鼓的小河神……真的……

陈游介引以为豪的判断力，在这一刻没能发挥作用。

面前的战斗，依然在胶着中。

比起清漪化出了蛟龙的原形战斗，璧汐却还在维持着人形。

陈游介不觉双眉微蹙。据他所知，在此等势均力敌作战的生死关头，妖孽们一般都会化出原形战斗。怎么璧汐都已经受伤，依然不肯舍去那伪装的人形？他是太过轻敌，还是另有隐情？

面对清漪的急袭，璧汐的气势分毫不落，操纵水波化作利刃朝清漪一波波掠去。

清漪躲闪不及，浑身上下不久就已经布满了被璧汐的水刃割出的一道道血痕，将它身畔的河水都染成了猩红的色泽，甚至有些都已经蔓延到了璧汐身畔。

见此情形，璧汐急掠至清漪身前，誓要一举将他击溃！

不！陈游介心念急转，朝着他们的方向就冲了过去。

不过，他终究还是慢了一步！

那个刚才还聚集着爆裂水刃，准备最后决定胜负的惊天一击的璧汐，动不了了！

怎么回事？！

陈游介定睛看去，那些刚才还蔓延在清漪身体周围的血液此时竟然化作了锁链一般，将璧汐的身躯牢牢钳制！

以血为锁，偃龙困蛟！

璧汐试着挣脱这血的锁链，却发现竟然分毫都难以撼动！

而此时，清漪也并不好受。他虽然以全身之力困住了璧汐，可是他同时也感觉到了对方力量的强大，每多坚持一息，他都觉得好像是度日如年那么痛苦。

一开始的激斗，到此刻，已经变成了困兽之斗！

刚才陈游介犹疑观战的时候，为免被波及，与他们尚有一段距离，此时一靠近，那水中奔涌肆虐的血腥气息顿时扑面而来。在这浓烈的气息中，那个让陈游介犹疑至此的问题，终于有了一个毋庸置疑的答案。

突然，只听一声惨叫呜咽，璧汐再也抵抗不住清漪的血锁束缚，颓然倒下！

鲜血从他的口鼻中奔涌而出，霎时就将一大片浪涛染红！而璧汐双眸紧闭，如同一只断了线的风筝，飘飘荡荡地朝河底跌去。

清漪见状大喜，长啸一声就朝着他奔袭而来，那裂开的血盆大口，竟是想要将他就此彻底撕碎！

陈游介急忙闪身冲过去，将璧汐拢在怀中。

"住手。"陈游介的话音并不十分响亮，可是他手中的符咒，让他的轻声细语，重达千钧，没有人敢忽略。

"你说什么？！"清漪剔透的双眸中，泄露出了狠厉的痕迹。

转瞬，他又急忙解释："这水妖法力高强，我若不趁此机会，只怕以后就再难……你有什么不明白的，我日后再与你细说。"

陈游介的回答，是将面前的水波，轻轻一点。

"你干什么？！"清漪惊疑不定。他很快发现，周身的水波都仿佛变得越来越黏稠，他根本无法挥斥如意。他自己也……动不了！怎么回事？他自负身为水中族类，对水的操纵向来如同呼吸般流转自如，怎么会……

一道流光划过，清漪回复到了人形的姿态。那个陈游介所熟悉的，碧衣少年的青涩模样再次出现了。比起蛟龙的模样，此时的他，让人一下就多了几分亲近。只是，陈游介的面色，依然凛如磐石。

"如果你是真正的运河河神，你要如何处置你的水脉中发生的一切，我自然是不会插手。只可惜……你并不是。"陈游介盯着在凝滞水波中挣扎的清漪，一字一句。

清漪的身躯骤然一滞："你说什么？我就是河神！我跟那些不入流的水妖是绝不一样的！"

显然，清漪对自己的河神身份极为看重，说话间，他的身躯上已经流转着金色的华光，那正是受命于天的正宗水神一脉才会拥有的光华。虽然这光华并不是多么灿烂夺目，可是其中的高华气度，不容置疑。

陈游介凝神注视着清漪周身流转的光华，微微一笑："若不是肯定你是河神，我也不会被迷惑了这么久。"

清漪昂首："既然你……"

陈游介截断了他的话，"我的话还没说完，我要说的是：可惜，你并不是运河河神。"

清漪的面色，有一刹那的异色，紧接着他就已经出言反驳："你凭什么说我不是运河河神？"

"因为，你对运河……漠不关心。那时候，你与璧汐在运河之畔战斗，河中发生船难，而出手相助受难之人脱困的，却并不是你。"

"那段水面平静无波，就算我不出手，他们也不会遇难！"清漪的声音中，那些属于懵懂少年的激愤之色正渐渐退去，取而代之的是运筹帷幄的笃定。

陈游介轻笑一声："那么你刻意破坏镇海塔的封印，吞噬了那塔下封印的潮珠中的暴戾之力，又是为了什么呢？"

"你说什么？"清漪瞪大的双眼带着不解的茫然。

"我查验过镇海塔下封印被破坏的痕迹，虽然你着意掩饰，可是……就如你刚才所施展的一般，正宗河神一脉的法术，是不会跟其他术法弄混的。那痕迹，就如同你此时周身流转的光华一般，不容错认。"

清漪那刚才还无辜瞪大的双眸，此时渐渐缩紧了瞳孔。他的脸色变了又变，最后浮现在他清秀无双的面庞上的，是一抹意味深长的轻笑。这是属于真正的河神清漪的笑容。那个懵懂莽撞又冒失的少年清漪的假象，他终于，不屑再去费力维持了。

清漪冷笑一声："因为这条运河，我失去了属于我的水脉！我……就这样只能徘徊在运河中，等待灵气耗尽，等待着最后时刻的来临！我不甘心！"

陈游介是真的有一刹那的惊讶："你的水脉？"

"当初因为运河开凿，导致许多河水改道断流，原本属于我的水脉，就这样无声无息地消失了！就连运河上最老的船工，都已经不再记得，曾经有一条河，它的名字叫——清漩河。"

"所以你就……在运河上频频生事？"

对于陈游介的质问，清漩都已经懒得回答，只冷哼一声。

"原来那时候我遭遇的变故是你一手操纵的，那时候璧汐才是真的要过来救我的。只可惜当时你一声呼救，竟然让我被你蒙蔽。"陈游介顿时醒悟。

"哈哈哈哈……愚蠢的人类，你到现在才明白吗？"清漩狂笑。

"碍事的家伙，去死吧！"清漩再次抬眸的时候，他碧色的双眸竟然已经化作了燃烧着火焰的赤色！

流转在他周身的光华陡然大盛！陈游介只觉得眼前一晃，那束缚了清漩的水锁链已经被他挣脱开来！

"原本还想留下你的性命为我所用，现在看来，没有这个必要了！"清漩那曾经属于少年的青涩嗓音仿佛也被那赤色侵袭了一般，变成了沙哑暗沉的音色。

陈游介心中一震，吞噬了那颗饱含暴戾之力的潮珠后，清漩此时的神志，正在被那潮珠中的力量反噬！他，马上就会变得不像他了！

说着，清漩已经朝着陈游介扑了过来！

如果陈游介此时是独自应战，自然还能周旋一二。可是，此时的他，怀里还抱着依然昏迷的璧汐。水中原本就波涛汹涌暗潮纷沓，他要顾及璧汐又要躲闪，一时间竟然左支右绌。

滔天的浊浪间，陈游介眼下最焦急的，就是如何将璧汐安置到安全的地方。可是带着另一个人的隐身和躲避，总是无法维持太久。突然，一抹异样的光华在陈游介的身畔亮起，而这光华，竟然来自——璧汐的眉心！这是封印即将解开前的预兆！

难道，璧汐一直不肯恢复原形就是因为这封印？

陈游介心念急转。

而此时的清漩，却已经在这光亮的引导下窥准了他们的方向，瞬间一道水波就朝着他们毫不留情地急袭而来。

这道水波，与之前的攻势截然不同。那流转着血色光华的水波，在河中如同一把迎头斩击而来的惊世巨擘，散发着无可比拟的威慑和诡异的气息！

陈游介心中一惊，待要动作，却发现……已经太迟！

泛着血光的锋刃，转眼就已经袭到了面前！

下一秒，他却发现，自己刚才的惊慌竟仿佛是多余的一般。那奔涌急袭而来的水刃，还没靠近自己身边，就已经偃旗息鼓地四散而去。

一个暗色的身影，稳稳如同磐石般立在他的身前，为他将一切的奔涌挡在了外面。

浊浪之间，陈游介渐渐看清了那个身影。

这是一只身形好似牛的巨兽。在它呼吸喷吐之间，原本奔涌拍击的水波霎时就化作了虚无缥缈的云雾，再也掀不起半点波澜。它头顶那凸起的一只巨角，在这云雾之中隐隐泛出碧色的光华，柔和又明亮，如海上灯塔的光芒。

这是……辟水犀！

陈游介猛然醒悟，这才发现刚才还沉睡在自己臂弯中的璧汐早已经不见了踪影。原来……他就是辟水犀！

一个早已经遗忘多时的记忆瞬间被想起——运河河神的原形，就是辟水犀！

原来，璧汐才是运河河神？！

清漪不是运河河神，而一直被他口口声声叫作水妖的璧汐，才是真正的运河河神？陈游介简直有点自责。他平时自诩算无遗漏，想不到竟然也有被人蒙蔽的时候。只是……既然璧汐的原形是辟水犀，他何必还要遮遮掩掩地封印起来，竟至于到了身受重伤才肯解开封印？

一个谜团才刚解开，更多的谜团却又扑面而来。

此时，清漪发现自己的连番攻势都不再有效，顿时急躁起来，怒吼着就朝辟水犀直冲而来，竟然是打算闹个鱼死网破不死不休！

辟水犀乃是天上神兽，这种攻击何足挂齿？陈游介正要嗤笑清漪果然是急红了眼，什么都不顾了。眼前的一幕，却让他目瞪口呆！

岿然不动的辟水犀竟然在清漪的这一番冲击之下，彻底分崩离析，化作了浊浪间一片片无迹可循的碎末！

这怎么可能？！

陈游介再定睛看去，却发现原来刚才自己所看到的那辟水犀竟然只是……幻象？！

怎么回事？

在翻涌的浊浪间慢慢浮现出身形来的，那个在水波之间载浮载沉的人形身影，竟然才是真正的璧汐？原来，刚才受到巨浪冲击，他竟然不知道什么时候就已经松开了臂膀，任由璧汐跌入浊浪深处？！

原来璧汐并不是辟水犀吗？陈游介只觉得自己正被一大堆的问题裹挟着。

此时的清漪却是志得意满仰头狂笑，朝着他们又冲了过来。他的碧色双眸，已经彻底被那一片赤色代替！

"哈哈哈……我终于等到了脱困的一天！河神，你就受死吧！"那混浊嚣张的声音，在翻腾的水波中，扭曲成了诡异的声波。陈游介却知道，这是清漪的神志，彻底被吞噬的证据！那个为了夺回属于自己水脉的小小河神，已经彻底被当初留下潮珠的潮神的一抹残念所操纵，变成了他的傀儡！

陈游介自然是能及时逃脱，可是……璧汐还在浑浑噩噩不知所措！

清漪已经冲到了面前，转眼就已是避无可避！

巨大的浪涛猛烈地拍击着身躯，仿佛有千钧重压正灭顶而来。突然，陈游介只觉得手中怀抱的那个身躯骤然一松。转眼间，一道雪亮修长的流光已经从他怀中急袭而出，迎着清漪的方向，飞奔而去！

这个身影是……龙？璧汐的原形原来是龙？！

头顶的角和身下伸展的五爪都毋庸置疑地彰显着真正龙族的身份。只可惜围绕在它周身的那道流光虽然明亮，却到底少了些氤氲漫卷的华光。这并非正统天龙一脉，而只是一条血统不纯的龙族。

看到璧汐现出龙形，清漪也再度展现了他蛟的身姿。

此时的他，已经狂态尽显！燃烧着赤色火焰的双眸，早已经失去了当初的清明。他急冲过来，不由分说地就开始了战斗！

陈游介的身躯一下就被这水中族类的激斗激荡起的排天浊浪推得远远的。

蛟和龙的战力原本相去甚远。可是……得到了那镇海塔下镇压百年的暴戾之力的蛟与一只屈居于运河的混血龙族，却又另当别论。

这是一场苦战。陈游介想要靠近，却发现水波总是一次次地将他推开。水中的战斗，跟他以往经历过的那些战斗都截然不同。水波的反击之力，比他想象的还要强大。

到后来陈游介才发现，这水波不是寻常的水波，而是一种水障，除非分出胜负，否则他根本无法靠近！

时间在一点一点地过去，如果说开始清漪的战斗还在顾及分寸的话，此时已经被潮神的残念占据了全部神志的他，早已经是肆意妄为毫无顾忌！奔涌的水波在一次次地冲击着早已经破损不堪的堤岸，扬州危矣！

随着时间的推移，璧汐的身躯渐渐失去了开始的灵活。清漪也渐渐显出了颓势。毕竟，从那潮珠中借来的力量不过是当年潮神留下的一小股残余，能支持到现在已经是侥幸！

正当陈游介心神稍安时，却发现清漪的举动，骤然更加疯狂！

只见他喷吐之间，全身上下竟然漫卷起了一道奔涌流动的火焰！他竟然疯狂到，要燃烧自己的身躯，与璧汐同归于尽！

不好！陈游介突然明白，潮神的那抹残念力量即将损耗殆尽。他必须在最终失去这个身体的控制权之前，达到目的！他要把一切都毁掉！

陈游介不能想象，如果蛟和龙，同时在这运河中焚体爆裂，那造成的会是什么样的结果！不只是运河，甚至不仅仅是扬州……整个江南会变成什么样，他已经不敢想象！

随着火焰和烟雾的蒸腾，水障中的龙与蛟的身形都开始渐渐变得模糊。

陈游介心急如焚，不顾一切地祭出全部的符咒朝水障袭去！

火焰和鲜血都在水障之中奔涌纠结，在这翻腾之中，一种陈游介以为自己已经遗忘的香气，弥漫开来！

而在水障中原本遍身火焰的那条龙，在嗅到了这股芬芳后，已经开始涣散的眸光骤然一凝！

只听一声泣血长嘶的龙吟，一股巨大的水雾从他的身体中奔涌而出。原本紧紧束缚着他的动作的蛟身在这嘶吼中寸寸断裂！

水障分崩离析。

在破碎的蛟身间，慢慢幻化出来的，是清漪的面庞。此时的他，终于恢复了清醒。只不过，这片刻的清醒，不能改变他正在消逝的事实。

那个闪烁着碧色眼波的少年，终于在最后的时刻，找回了他的意识。他朝着陈游介飘过来，那低低的声音简直好像是一个恍惚间的错觉。

陈游介听到他说："对不起……"

清漩，消失了。就像属于他的那条早已经消失的水脉那样，消失了。

为了向前进，总有些东西会被舍弃。就像曾经的那条河流。

当陈游介再次抬眸望向水波深处的时候，在那被血液点染得暧昧不明的河水中，那条刚刚经历了苦战的龙，正在无力地飘摇坠落……

璧汐！

陈游介急掠而去，却看到，那条龙在一点点地变化着身形，最后，在那幽暗的水中漂浮的是一个苍白的白衣少女。混血龙族，半龙少女。这一刻，陈游介才终于确定了她的身份。可是，那个他一直看到的墨衣男子的外表又是怎么回事呢？是她幻化而成的伪装姿态吗？

真正的璧汐，到底是什么？

陈游介觉得自己的头脑，有那么一点乱。

仿佛是在回答陈游介的疑问一般，少女的额间有一道幽明的光华瞬息流过。这是一段被封印的记忆！因为这一场生死攸关的决战，此时，这道封印，已经岌岌可危。

一阵几乎无法察觉的幽微破碎的声音响起。那是记忆的封印最后一道枷锁被解开的声音。

重伤的少女依然在沉睡中，而那段被封印的记忆，此时正一幕幕地，展现在陈游介面前。这是如有实质的幻象。

那过去的、早已经被封印封存起来的记忆，此刻正在陈游介眼前重现。

陈游介又一次看到了璧汐的身影。不是半龙少女那幻化而成的墨衣男子的姿态，而是真正的运河河神——辟水犀璧汐的模样。即使有着一模一样的外表，真正的璧汐，与半龙少女所幻化出来的璧汐，依然有着本质的不同。那是沉静如水的从容气质，和真正的属于辟水犀的平和……还有眼眸中挥之不去的寂寞。

而此时重现的，正是属于他的记忆。

辟水犀受上天之命，来守护这条水道。这是辟水犀一族的使命。他并没有觉得有什么不同。即使，岸边杨柳依依，繁花似锦，可是对他来说，那又有什么两样？

　　直到，他看到了她。从第一眼开始，他就知道，她是饕餮！虽然她的身体里只有一半的饕餮血统，可是，他不会错认。

　　只是，让他意外的是，她竟然没有饕餮一族那挥之不去的血腥气息，甚至连眼眸里，都没有一丝贪婪。洞察世事的双眸很快就告诉了他答案，她竟然在自己身上，设下了封印。谁都知道，饕餮一族如果陷入吞噬的贪欲中，就会渐渐失去理智，最后落得触犯天条被剿灭的命运。

　　而她，为了抵抗自己的命运，在拼命地挣扎着。所以，用封印来克制那刻入骨髓的贪欲，她想要，正常清醒地活下去，而不是沉浸在贪欲中迎接毁灭。

　　开始的时候，只是觉得有趣吧。从来没有见过这样的饕餮，他就这样跟她打了招呼，就这样认识了她。

　　日子一天天地过去，岸边的杨花飘了又飘。

　　原本，只是把与她的交流当作排遣无穷无尽的悠长寂寞时光的璧汐，发现自己比自己以为的，还要早地动心了、沦陷了。

　　那个有着坚定笑容的少女是那么耀眼，足以照亮最阴暗幽深的水底。

　　所有的谜语其实都是有谜底的。如何解开饕餮宿命的这道谜题也是一样。

　　除非她遇到真的能将她从贪欲之中解救出来的食物，否则她永远无法摆脱宿命的束缚。无论如何隐忍和坚持，都无法让她获得真正的解脱。

　　当谜底呈现在璧汐面前的时候，他发现自己竟然那么平静。

　　那一天，终于来临。那是一年中最寒冷的日子，却也是人们欢天喜地地准备着各种食物，迎接新年的日子。那一年中囤积下来的各种食物的喷香气息，让少女的灵魂如同被咬噬般地煎熬着。就算再怎么隐忍，再怎么坚持，她也无法改变，自己的身体中，流动着的是属于饕餮的贪欲之血的事实！

　　那些普通的瓜果素食根本不能安抚早已饥渴多时的血脉。她要的，是奔涌滚烫的鲜血！只有真正的血肉才能让饕餮的血液得到满足！

　　她再也无法忍耐下去了！朝着最近的村庄，她睁大了饱蘸贪欲的双眸，直冲过去！

　　璧汐拦住了她。可是，此时的她，早已经看不见任何东西。她甚至没有认出拦住自己的，就是他。她只是本能地，张开了利齿。因为，她的鼻子和她的舌头比她的头脑更早地判断出来了，这近在咫尺的，是美味！

被撕咬的痛苦，比想象中来得更加猛烈。看到她白净的面庞顿时就涂上了血液的鲜红，他的心，却比他的身体更痛。她是这样一直忍耐了多久呢？那么深的饥饿，刻入了骨髓的痛楚！

封印，终究是无法长期遏制饕餮天生的本性。这也是饕餮一族总会无可挽回地陷入吞噬的贪欲深渊中的原因。

推开她，是一件非常容易的事情。身为辟水犀，即便只是镇守这运河的神兽，他也足以对抗她。

可是……做不到。连抬起一根手指头的动作，都做不到。

如果……她能够得到真正的自由和幸福的话，放弃我自己，其实……也没什么关系吧……

因为，能够让饕餮一族得以真正从贪欲之中解脱的，只有一种东西。

那就是——真心相爱之人的，散发自灵魂的醉人芬芳！

如果……我的灵魂可以的话……

那个时候，就是这样想着，放弃了抵抗。

任由她，将自己的灵魂，彻底吞噬。而自己最后来得及做的唯一一件事就是，将她的这段记忆，彻底地封印起来。

只希望，你能摆脱掉宿命的牵绊，从此自由。

我把我的全部，都给了你。

我的外表，我的身份，我的记忆，我的……一切。不要再回想起来你作为饕餮挣扎抵抗贪欲的时光，你只要记得，你是运河河神就好。被两岸的人们敬仰和供奉的，运河河神。

一切是那么真实，又那么残酷。

饕餮一族逃脱宿命的办法，竟然是吞噬掉最爱之人的灵魂？可是若是真心相爱，等到清醒过来后，那样的痛苦不是比永远沉沦在贪欲之中，更加让人难以忍受吗？

所以，璧汐才那么周详地为了自己唯一爱的那个她，做了他能做到的全部，且，不留痕迹。

这，就是爱吗？爱到可以这样去舍弃自己。

陈游介发现，自己竟然连叹息都做不到。

在水波中，依然流转着那股让人扼腕的绝美芬芳。

这香气，原本就是痴心爱恋的人才会有的……灵魂的香气。那是用全部的生命燃起的香氛，这世上，没有任何一种香料，可以模仿出，那来自灵魂最深处的芬芳。

只是璧汐没有想到，那封印让半龙少女忘记得太彻底。她竟然久久无法忘怀那种香气，甚至不知不觉地开始追逐这样的香气。而身上带着那种香气的她，却使得无辜的恋人们陷入那香气的迷醉中，甚至导致少女做出伤害恋人的妄行。

一切的谜底，都已经在眼前了，可是，这答案，竟如此惨烈。

还是，什么都不要告诉她吧，这个真相，太残酷，也太沉重。而璧汐想要给自己爱的那个人留下的，本就是一段没有遗憾和惨痛的幸福人生。就让一切，都悄悄地在这浪涛飞沫之间悄悄湮灭吧。

"这个香气！原来就是你……璧汐……"陈游介没有想到，半龙少女不知道什么时候已经醒来，而眼前的幻象，竟然还没有结束！

少女朝着那墨色衣衫的璧汐的幻象飞奔而去。

"璧汐……璧汐……"少女不断喃喃着，仿佛这两个字，就是她能想到的，世间最美好的词句。

那种曾经一次次在事故现场奔涌缭绕的芬芳，此时又在这水波流转之间飘摇洄漩。

"原来，这是你的香气。"苍白的少女伸展开臂膀，紧紧地拥抱着璧汐。

明明只是幻象，这个"璧汐"却绽开了温柔的笑颜。

这真的只是幻象吗？还是那放弃了一切的辟水犀，最后的一抹思念？

少女昂起头，贪婪而满足地呼吸着围绕在身边的芬芳。她原本苍白的面色也泛起了丝丝红润。

"从此以后，你就自由了……"璧汐的指尖一点点轻抚过少女娇嫩的脸庞。那仰着头的少女，如同一朵真正的花朵般，噙着笑，感受着来自爱人的抚摸。

突然，她感觉到，正在脸庞上轻抚而过的温暖消失了，那环抱围绕的感觉退去了。原本正幸福的轻闭着双眸的少女，急忙睁开了双眼。

那个温厚如玉的男子，此时正在她的面前，一点点地，碎裂。

没有血肉模糊四分五裂的撕裂，璧汐仿佛是一个琉璃盏一般，在那流转的水波中，静悄悄地……迸裂……粉碎……

"不！璧汐！你怎么了？！"少女颤抖着，却连惨叫的声音都几乎发不出。

在她的面前，璧汐的脸庞上，却依然荡漾着那一抹笑容，仿佛此时正在灰飞烟灭的，不是他。

飘舞的衣袖消失了，刚才还温柔地抚过她肩膀的指尖消失了，最后……那个祝福的笑容也……消失了……

少女焦急地挥舞着双臂，她张开怀抱，想要拢住那些碎片，却发现，那些碎片已经化作了一片无处追寻的飞沫。

追不到的，一切，从一开始就只是幻象。温暖的拥抱和深情的注视，都只是虚无……

即使看清了事实又如何，此时的陈游介，也只能任由那半龙少女在水波中奔走追逐着那早已经消失的幻象。

"不！璧汐！你一定是躲起来了！我不许你躲起来！你说过要一直一直陪着我的！"少女激动地在水中左冲右突，寻找着那早已经不复存在的身影。

运河要决口了！刚才的战斗，使得原本就不甚坚固的河堤再也经不起这一波波猛烈的冲击，而此时少女茫然无措地放纵力量，使得这条河堤，瞬间就到了崩溃的边缘！

扬州的十里繁华，百年富丽，就要毁在这滔天的巨浪中吗？！

陈游介急忙一个闪身，拦在了那个还在继续徒劳奔走的少女身前。

早已经在巨浪中岌岌可危的河岸，终于抵抗不住又一波巨浪的冲击，河岸，在溃决！

"璧汐把运河交给了你，你要代替他，守住这条河。"陈游介拦住她，竭力让自己的话语声听起来平静。

"可是，璧汐呢？"少女睁大了双眸，却怎么也找不到那个人的踪迹。

"他……跟这条河，融为了一体。"

"你……说什么？"少女摇摇头。

仿佛在回应陈游介的说辞，空气中，那宛如最清澈灵魂的，绝世芬芳，在浪涛中若隐若现。

"这个香气，我一直在寻找的香气……"

"这就是璧汐的气息，他留在这条河里，最后的气息。"陈游介的声音，裹挟在这芬芳中，带着一种无可挽回的悲哀，"请你，守护这条河。守护，璧汐。"

有多久了，他本以为，他早已经不会再为人世间的情爱触动，可是，总有那么一些人，那么执拗，那么傻……

少女从他的双眸间，从他的嗓音间，仿佛终于明白了他未曾说出来的一切。她转身，飞身而起，在水波中，那属于龙的身姿如此美好。可在那矫健的动作中，又弥漫着悲哀。

有了她的努力，滔天的巨浪渐渐地平息下来。可是她的力量在之前对付清漪的时候已经消耗得太多，在将那些奔涌的水波都平息后，筋疲力尽的她再也维持不下去，闭上双眸，陷入了修复的沉眠。

原本波涛翻涌的河水渐渐地平息下来。那个平缓奔流的运河，终于又回来了。

陈游介却在空气中，闻到了那永远难以模拟的，来自最深的祝福和爱意的芬芳……

第八章

雾隐舟

花朝之夜，是永远充满了绮想的夜晚。

长安没有宵禁的日子只有春节和今上的千秋节，可是人们在这个夜晚看到夜游的少年少女，总是会善意地大开方便之门。因为那带着羞涩笑意在夜晚的流光中穿行的身影，会让他们不自觉地想起自己曾经的青春。

明胤几乎是被楼东来一路拖到曲江池畔的。因为今天的楼东来，早已经与一位少女订下了花朝夜游之约。虽然不明白为什么这样的事情楼东来非要叫上自己，不过，他还是很愿意陪朋友走上这一遭的。

此时的池畔已经聚集了许多少年，都在翘首以盼。

"楼船！"有人惊喜地高呼。

一艘装饰精美的楼船正在曲江池上乘风破浪而来！比起船上摇曳的灯火，更加夺人心魄的，则是在灯火掩映下一个个纤丽的身影。

随着踏板"嘭"的一声被架起，一个官髻高耸的贵妇在船首出现。她含笑的目光缓缓环视过那些早已经激动聚拢过来的少年，一时间，喧哗的声音都静了下来。而她却只是盈盈一拜，舒展了纤纤玉指："请。"

少年们鱼贯而入，明胤也与楼东来踏上了踏板。

贵妇的目光在他们二人身上扫过，突然轻"呀"一声，悄声道："这位公子，你没有香囊，怕是上不得我们这星槎。"

明胤顿时愣住。

前面上船的那些少年们，个个腰间都系着香囊。而楼东来的腰间，也佩着据说是那一日与他邀约的少女赠送的香囊。

"啊……那我就……"明胤面色一红，急忙就要转身。他的胳膊瞬间就被楼东来牢牢地拽住。这位名震长安的府尹之子摆出了绝不妥协的架势："我的朋友必须跟我一起上船！"

贵妇顿时神色一肃，正当明胤以为这位夫人要展现凌厉气势的时候，却只见她微微一笑："贱妾谢九娘。"说着，她已经朝明胤盈盈一拜，"刚才多有得罪了，二位公子请。"

"在下楼东来，多谢夫人。"

不待那谢九娘领路，楼东来拉着明胤的手就往楼船里冲。

比起楼东来的兴高采烈，明胤回想起这艘楼船的名字"星槎"，只觉得似乎别有深意⋯⋯

那些早已经上船的少年们，都正与相约的少女们立在一处。桌几上鲜花香果，帷幕边丝竹歌吹，瑞兽香炉里幽香袅袅，映照着一对对的璧人们，宛如天上人间。

楼东来一进入楼船，就迫不及待地奔向了一个鹅黄衣衫的少女。显然，这就是与他有约的"四妹"了。

还是不要凑过去大煞风景的好。想到这里，明胤索性彻底放缓了脚步。

月明星稀，情人低语。明胤只觉得一阵恍惚。

突然，他发现低垂的帷幕后还设置了一个精致的座席。

一个高大修长的身影正在帷幕后。虽并不是端整正坐的姿态，可是那股久居上位的从容气势，依然从精致的白色衣袍间流泻而出。

要说长安的达官显贵，明胤在谛听阁里见识过的也不少。可是这个人，却让他只觉得浑身顿时一震！即使不曾目睹此人的面庞，可是明胤觉得自己的头脑中已经隐隐感觉到了一种说不出来的危险气息！

原以为谢九娘是这花朝节星槎之约的主事，现在看来，她也不过是一个手下罢了。这帷幕之后的贵人，才是真正运筹帷幄之人。

到底⋯⋯是什么样的人物呢？

虽然明明感觉到了危险的气息，明胤却控制不住地，将手伸向了那低垂的帷幕。

三寸、两寸、一寸⋯⋯

原本静止的帷幕突然在指尖猛然被掀开！

谢九娘高耸的宫髻和硕大的鬓花一瞬间就遮挡了他全部的视线！

"长夜漫漫，枯坐无趣，不如大家投壶可好？"

此时的她，笑语盈盈广袖轻舒，如同一个最好客的主人，又像一个最温柔体贴的长姐，让每个人都在她如同春风般的话语间沉醉。

除了，明胤。

他确信，那一瞬间他感觉到的杀意，不是错觉！

投壶，是以箭矢往一细口广腹的壶中投掷的一种娱乐活动，十分风雅。

少年少女们朝着那设在楼阁中央的壶投掷起了箭矢。不多时，地毯上就已经横七竖八地落满了未能落入壶中的箭矢。

原本所有的人都是在玩乐，并没有人认真地将这个节目重视起来。可是渐渐地，嬉笑的声音开始静下来。

因为从开始投壶之戏到现在，竟然没有一个人投中？！

不知不觉，这投壶之戏已经变成了如同校场比武一般，所有人都屏息以待。丝竹声也早已经不知何时停了下来。

明胤盯着那中央的壶，只觉得心中那一股隐隐约约的不安，越来越浓厚。

走到船舷边掀起帷幕，他想去呼吸一下那曲江池上的清风。

帷幕外的一切，却让他骤然顿住了呼吸！

哪里还有什么曲江池？！一片看不透的浓雾早已经将视线包裹得密密匝匝，就连原本皎洁的月光也被隔绝得朦朦胧胧，看不分明了。

什么时候曲江池上竟然起了这样的大雾？

不对，不仅仅是眼前的雾气，还有什么好像被自己忽视了。

耳边传来箭矢落地的撞击声。这声音如同一道闪电瞬间就照亮了明胤的头脑！

是水声！

船行在曲江池上，就该能听到水波拍浪的声音，怎么会……自己的耳畔一片寂静？！已经跟谛听阁的老板陈游介一起经历过无数诡秘往事的明胤，几乎已经能确定——他此时置身的这艘船，绝不简单！

必须立刻通知楼东来！

明胤的脚步还没迈出去，就被谢九娘拦住了："现在正是楼公子投壶了，公子你快随我去看看吧。"

那个身着鹅黄衣衫的少女四妹正与楼东来比赛投壶。

少女握着箭矢，看看楼东来，再扫过一旁的谢九娘，最后那胆怯的一瞥，却是投向那帷幕之后的。

只见她举起箭矢，作势欲投，却旋着身躯斜斜地差点倾倒。一旁的楼东来急忙扶住她。只见她双颊嫣红，低声道："我醉了……你扶我坐坐吧……"见到美人如此，楼东来霎时就将投壶的事情丢在了脑后。

谢九娘扶过了四妹："男女授受不亲，楼公子还是去投壶吧。"

说着，她依然带笑的唇角，却让明胤猛然看出一丝恐吓的冷冽。

楼东来还想再过去关心一下佳人，谢九娘从容低语间早已经将四妹送入后堂："四妹一定不希望楼公子因为她的缘故辜负了这花朝之夜。既然大家都已经试过投壶了，不如楼公子也……"

这么体贴的话语，这么盛情的邀约，楼东来要是再拒绝，那他就不是长安第一的玩乐公子楼东来了。他举起谢九娘递到他手中的箭矢，就朝着那细口广腹的壶投去。

为什么谢九娘一定要楼东来投壶？！这一切究竟意味着什么？！

明胤的心随着他的动作悬了起来。

那原本暗淡的木箭矢，在这短短的一段射程中，竟然倏忽地转过一道流光，随着一声清越的金石之声响起，楼东来投的那支箭，已经稳稳地落入了壶中！

"太好了！恭喜楼公子！九娘可为投壶的翘楚准备了特别的奖品呢！"谢九娘说着已经紧紧地拉住了楼东来的手。

"有奖品吗？不如让我也来试试？"明胤的声音响了起来。

"明胤你什么时候对这种游戏奖品这么在乎了？"楼东来不解的目光投过来。

谢九娘立刻点头："请。"

明胤接过侍从递来的箭矢，深吸一口气，就朝着那壶疾射而去。耳畔已经有人在嗤笑摇头。要知道投壶的动作讲究的不是力道而是巧劲，像他这样全力投掷的模样，只会射偏！

眼看那支箭矢已经要越过壶，飞向远处。可是不知道怎么搞的，原本要疾驰而去的箭矢，竟然生生在半空中打了个折，掉头就落入了壶中。听着那一声清脆悦耳的箭矢落壶的声音，众人半天都没回过神来。怎么回事？那箭怎么会突然就……

"这位公子也……今晚真是俊杰云集人才辈出，九娘何幸，能与这许多才俊同舟共游。"谢九娘说完，早已经停下的丝竹又起，酒宴重开。

那种挥之不去的威压感，仿佛是在一瞬间消失了一般。少年少女们都欲语还休地同桌共饮，而在明胤和楼东来的桌子边陪着他们的，正是那位谢九娘。只见她那意味深长的视线一下落在楼东来身上，一下又落在明胤身上。仿佛是在审视，又仿佛是在犹豫着什么。

明胤想向楼东来说出自己的疑虑，可是谢九娘在身边，他虽然着急，也只能耐着性子等待时机。

楼东来不明就里，还在一迭声叫着要奖品。

只见谢九娘微微一笑："奖品……公子莫急。等这酒宴饮罢，我自然会送上来。"

原本明胤并不想饮酒，可是抵挡不过谢九娘反复劝酒，不一会儿，他就觉得眼前的世界变得模糊摇曳起来。

突然，他发现并不是眼前的世界在摇曳，而是这星槎，正在摇晃！

转瞬间，刚才还歌舞升平的楼船就变成了哀号遍地的修罗场，星槎在疯狂地颠簸着，可是，明胤清晰地知道，耳边明明没有任何一丝浪涛奔涌的声音，随即，就是人们跌落下船的长长惨叫！

明胤冒着危险，奔向船舷望去。一种彻骨的冰凉瞬间就攫住了他的咽喉——这艘船，正在半空之中。透过那重重的雾霭，船下瞬间就填满了他的视线的，是深不见底的黑暗！

几乎是条件反射般，他赶紧一把抓住了楼东来的胳膊。后者也与他一般，对这眼前发生的一切惊呆了。

而在不远处，谢九娘执着手中的酒杯，浅笑依然在她的红唇上荡漾："我一开始就说清楚了啊，是星槎之约啊……"

"是你在捣鬼！"楼东来怒不可遏，也不顾自己正置身险境，就朝着谢九娘冲了过来。只见谢九娘身形飘忽，转瞬间竟然就已经在船舷边盈盈而立，那摇摇欲坠的风致，竟是丝毫不变。

"既然事已至此，我就把这星槎，留给你吧……"谢九娘说着，竟然已经翩然如蝶，朝着深不可测的黑暗堕身而去。

她的衣袂如同飘舞的巨大蝶翼，在夜风中招展出扑悸的回声。而在她的身畔，那些少女们也跟她一起，正朝着看不见底的黑暗飞堕而下。

在这一片衣袂中，楼东来却依然捕捉到了四妹那焦急的眼眸。只可惜，她还来不及说出一个字，就被那翻涌而来的重重浓云吞没得无影无踪……

等到楼东来回过神来的时候，这艘刚才还歌舞升平让人乐而忘忧的星槎楼船上，已经没有半个人影。只剩下他们就这样被丢弃在了这空荡荡的船上。谁也不知道，等待着他们的，会是什么。

楼船依然在颠簸，势头却渐渐平缓下来。

一个倏忽的思绪猛然划过明胤的头脑——那个主使者！

他急忙冲向那帷幕之后。出现在眼前的，只有空荡荡的宝座。如果这宝座上的主人才是这所有一切的幕后主使，那么……他的目的，究竟是什么呢？

"这到底是怎么回事啊？"

明明形势已经如此危急，可在听到楼东来的声音响起来的时候，明胤却不自觉地松了口气。

"楼……"

他的话还没来得及说出口，只见楼东来突然抓起一根箭矢，就朝他投了过来！

箭矢几乎是擦着明胤的面颊而过，随即，狰狞狂叫的嘶吼声响彻夜空！

明胤竭力平复着呼吸，回过头去，就看到一堆看不出形态来犹如黏腻纠结的水草般的怪物，正在为"头"顶上那支箭矢的创伤疯狂扭动。

原来，刚才那怪物竟然悄无声息地逼近了他的身后，正是楼东来的当机立断，才让明胤安然无恙。

"你没事吧？"见明胤的脸色有几分发白，楼东来忙问。

明胤连忙摇头。

眼见那怪物吃痛挣扎，一时无法再发动下一波的攻击，楼东来望望深不见底的黑暗："既然那个什么谢九娘敢跳下去，我们也……在这种上下不着的地方，总觉得没底。"

明胤斟酌着语句："谢九娘她们敢跳下去，因为她们恐怕并不是人类，所以不会成为这妖怪的目标。"

"你说什么？！四妹怎么会不是人类？！"楼东来顿时急了。

明胤知道此时不能与他强辩，急忙换了个角度来解释。明胤指指那此时正欲再度发动攻击的怪物："只怕我们还未落地就会被这怪物袭击，现在我们还可以凭借星槎抵抗一阵，半空中无所依托，那可就是真正的手无寸铁、险象环生了。"

"不能跳下去？那可怎么办？"楼东来挠头。

"船头舵舱！我们去船头舵舱！这艘星槎既然能腾空而起，自然能平安而落。"明胤觉得自己的判断应该没错。不待楼东来答话，他就已经扯着他跑了起来。

楼东来也激动起来："对！没错！"

"你会驾船吗？"

"虽然没有驾驭过这么大的楼船，可是寻常舟楫我还是玩过的，应该……不难吧？"楼东来的大话，在进入舵舱，看到舱内的一切后，顿时哑了。

在这所谓的舵舱内，并没有他熟悉的舵盘，只有一个暗光流转的法阵。这艘星槎，果然不是寻常人可以驾驭的！

怎么办？！虽然明胤和楼东来已经共同经历过一次次的险境，可是他们到底只是寻常的少年。

楼东来盯着这奇特的阵法，只觉得阵法中那些弯弯曲曲的古篆字中有个字似乎越看越熟悉，"这是东！"他惊喜地大叫起来。

明胤只觉得心中一动。虽然他不曾自己布过阵法，可是平时看着陈游介施展出各种阵法，总算是薄有见识。顿时明白这个阵法是个指向方位的阵法。那些拥有术法的人，应该就是利用灵力注入阵法中指代不同方向的符文的方法，来驱使星槎前进。

可是……就算想明白了又能怎么样？他和楼东来，都不会术法。

怎么办呢？

楼东来却是轻松自若："你怕什么啊？还有我呢！刚才我不是用飞箭救了你一命吗？怎么样，我的臂力可是京城一绝！"

原本正纠结的明胤听到楼东来这话，顿时惊喜得跳了起来。

"楼东来你真的是我的好朋友！你太厉害了！"明胤差点没给他来个大大的拥抱。

"呃？你说什么？"

"箭矢！那些箭矢上有术法和灵力！我们用箭矢来试试驾驭星槎！"

舵舱里地面上那掌控方向的法阵依然在隐隐流转着光华。

可是，抓着大把箭矢的二人，突然不知道该如何下手了。

按照明胤的推测，只要尝试将箭矢扎向阵法上标注方位的阵眼，应该就可以驱使星槎朝那个方向前进。

可是，真的可以这样做吗？

就算可以……在这茫茫的云天之上，到底朝哪个方向飞行，才是安全的呢？

妖怪还在船舱外虎视眈眈，他们已经没有时间迟疑！

"随便试试吧！"明胤终于决定。

"试试就试试！"

楼东来把箭矢用力扎向了距离他最近的那个方位——东！

刚才还静止不动的楼船，刹那就如同脱缰的野马，朝东疾驰。

明胤一个趔趄，差点没跌倒在地。楼东来急忙扶住他，二人互相扶持着，终于稳住了身形。虽然不知道星槎会将他们带至何地，可是在他们心中，只要先离开这浓雾弥漫的所在，便安全了几分。

谁知，星槎这疾行之势不过瞬息，竟然就又生生停滞。

怎么回事？是箭矢中的灵力用完了，要再度扎入箭矢吗？明胤与楼东来对视一眼，正要再度使用箭矢的时候，突然，只听舵舱外传来了一阵破碎飞崩的声音。

明胤和楼东来朝舱外望去。只见那片刻之前曾经被楼东来投出的箭矢扎伤的那看不出形貌的诡异怪物，此时竟然变得比之前更加巨大，翻腾漫卷的黑色藤蔓将偌大的星槎结结实实地包裹了起来！因为它的藤条色泽黝黑，隐藏在这浊雾弥漫的夜色中不甚明显，此时竟然已经悄无声息将那星槎包裹了个大半。

原来，星槎停滞不是因为箭矢中灌注的法力已经用尽，而是因为这受伤的妖怪趁着他们没注意的时候，早悄悄攀附上了星槎。而舵舱里阵法中注入的箭矢上的法力，竟然无法同这妖怪的束缚之力抗衡？！

如果明胤他们能早一些发动星槎也许能逃过此劫。不过此时的形势，已经不由他们多想。

"我们手中有箭矢，不怕他！"楼东来的声音在夜色中依然如同钟磬般清晰。

楼东来与他一样不懂法术，在面对强敌的时候却总是能勇敢无畏，明胤投向他的目光，不自觉地多了一份佩服。

"我们的箭矢并不多，不要贸然出手，找到这怪物最弱的地方，一击即中才能克敌制胜。"明胤思索着。

楼东来一扬眉："我先攻击试试，你来观察它最弱的地方吧？"

明胤觉得自己的勇气，在楼东来坦荡荡的笑容中，正一点点地回来。

似乎是因为有这个人在身边，从发现星槎有异，到怪物的进攻，他竟然一次都没有懊恼过为何陈游介老板不在身边，甚至连没有带着小八出来这样的懊恼都没有。

楼东来如同之前一般，左冲右突地朝那怪物投去箭矢。可是，显然已经有了防备的怪物，竟然一次次地将那些箭矢弹开。楼东来连投数箭，竟然没有一支射中妖怪的身躯！

怎么办？！

"我跟这妖怪拼了！一定要杀出一条血路来！"楼东来目光炯炯，毫无惧色。

"这妖怪……看起来……很像藤蔓。"明胤只觉得有什么东西，已经在脑海中打转，却怎么都想不到最关键的那个点。

"嗯？那又怎么样？"楼东来皱皱眉。

"如果真是藤蔓……那就……"明胤的话还没有说完，楼东来已经完全明白——"火！"

"我们用火箭来对付它！"楼东来说着，已经开始扯下身边的帐幔，要包在箭矢上浇上灯油做火箭。

明胤却摇了摇头："如果妖怪再次把火箭弹开呢？它并不笨，吃过一次亏后，就迅速改变策略。我们不能再次失败。"

楼东来的动作顿时顿住："那该怎么办？"

明胤迅速地把此时正盘旋在自己头脑中的思路快速地理过一遍，这才开口："我去放火烧星槎，你去舵舱用箭矢催动星槎飞行。"

不用明胤多解释，楼东来瞬间明白了明胤的计划。

这是一个置之死地而后生的计划！

现在的他们被藤蔓怪物困在星槎中脱身不得。如果他们燃起火焰，那么藤蔓怪物属木，自然是经不起火烧，会松开星槎，那时候就用箭矢催动星槎，急速飞遁逃走。可是，这计划说来简单，行动起来却并非易事。

星槎必须燃烧到一定程度，才能迫使那藤蔓怪物松开束缚，到那时星槎是否还能飞翔却又是未知之数。

可是，事已至此，他们没有时间去犹豫迟疑。

"我……"楼东来的话还没开口，明胤就已经截住了他，"我去点火，你去驾船。"

"不！"

谁都知道，这两个任务中，放火的那个更加危险。可是，明胤咬着唇回头的严肃目光，让那在自家老爹的怒吼中都不曾低头的楼家大少爷，不自觉地低下了头。

　　撕下那飘摇的帷幕，将灯油泼溅在上面，转瞬，火焰就迅速地燃烧起来。眼看着刚才还歌舞升平的星槎，转瞬就变成了一座火宅，明胤的心中也有几分不舍，可是，现在他要做的，是争取那危机重重间的一线生机！

　　很快，藤蔓妖怪的包围就被这灼热的火焰烧得急速后退。

　　计划有效！明胤心中大喜，更加飞快地将那被灯油燃起的帐幔遍布在船沿边。

　　藤蔓妖怪虽然灵智已开，知道一些进退攻守的要义，可是火焰对它这种木属的妖怪而言，乃是根深蒂固的天敌。它不自觉地畏缩了动作。眼看那包裹着星槎的藤蔓越来越稀疏，明胤只觉得自己的心都要提到了嗓子眼！

　　待到最后一根粗大的藤蔓也抗拒不了对火焰的天然恐惧，松开了桎梏的时候，明胤高呼一声："快！"

　　说时迟那时快，刚才还静止不动的星槎，在这一瞬间就如同离弦之箭般，直冲出去！而此时，明胤的周围，已经是一片火海！

　　从星槎开始飞翔的那一刻开始，藤蔓就已经回过神来，它当然不会丢开这即将入手的美食，甩起一根长长的蔓足，就朝星槎猛扑过来！

　　急怒攻心的妖怪，竟然不顾那火焰的侵袭，也要给他们致命的一击！

　　而就在同一时刻，明胤只觉得自己被一个胳膊牢牢地拽着，越过了那燃烧着火焰的船舷，朝着未知的浓雾深处，飞跃而下！

　　那一瞬间到底发生了多少变故呢？在下坠的那呼吸之间，他看到了藤蔓再度紧紧包裹住了燃烧的星槎，而原本即使在火焰燃烧中依然坚挺的星槎，竟然在瞬间爆炸！

　　藤蔓妖怪几乎没能发出一声完整的惨叫，就在这爆炸中分崩离析，化作了无处寻觅的齑粉。

　　而那曾经承载着楼东来花朝之夜浪漫幻想的星槎，也彻底地化作了虚无。

　　还来不及为眼前的事情感叹，浓雾之下的一切，已经赫然呈现在了楼东来和明胤的眼前——曲江池！

　　从那样的高度跌落，迎接他们的，即使是水面，也是猛烈的撞击！

　　可是，当他们跌入水中的时候，没有感受到预想中的痛楚。他们仿佛不过是午睡的时候倒入了绵软的被褥，温暖又自在。

　　好一会儿，明胤才踩着水回过神来。

　　"东子……怎么回事？"

楼东来抹了一把满脸的水滴，带着几分得意笑道："多亏我当机立断！"

原来，在那危急时刻，楼东来发现即使使用箭矢中的法力也无法驱动星槎及时逃走后，一个大胆的念头瞬间就跃入了他的脑海。如果不按常规的方法行事，而是一次性将所有的方向扎入箭矢，结果会是什么样呢？

以楼东来大少爷多年来上房揭瓦的破坏经验来看，最大的可能就是……这个阵法崩溃，星槎全毁！而他，赌的就是阵法崩溃，星槎毁灭的时候，那一股破坏之力究竟会有多大！

事实证明，他成功了，藤蔓妖怪被消灭，而他们二人，也终于捡回一条性命。

听着好友扬扬自得的解释，明胤真的是哭笑不得。

二人朝着岸边划着水，那似乎永远都游不到的岸边终于出现在了眼前。所幸此时气候温暖，要不然他们就只能在夜风中哆嗦了。

正当二人整理着湿淋淋的衣衫，准备各自归家的时候，却突然发现眼前的一切，根本不是熟悉的曲江之畔。

谢九娘容光焕发的笑容一如往昔："恭贺二位，雀屏中选。"

"恭贺？"这个原本应该喜庆的词，在她的唇瓣间吐出的时候，总让人觉得染上了一丝诡异的气息。

"你们一定很好奇，我办这星槎之约，又弄出这些变故来，到底是为了什么吧？"谢九娘显然已经不打算再隐瞒什么。

"那些少年，都是我们在长安城中四处寻觅到的美质良材。他们跟你们一样，都是候选人。"

"候选人？"明胤迟疑地重复。

谢九娘掩袖轻笑："原本，投壶之戏若是只决出一位胜者，我便可以确定人选。谁知道二位双双胜出，我只好再加一局，考验一下你们的胆识，顺便也筛选掉那个混淆视听的家伙。可是……即使是白白牺牲掉了我珍贵的星槎，你们二人还是一起站在了我的面前呢。"

"什么雀屏中选，我才不稀罕。明胤，我们走。"说着，楼东来拉起明胤转身。可是，面前那原本虚无的浓雾仿佛骤然变成了实体般，硬生生地将他拦住。

"这里是我主人禁闭的空间，你们是走不出去的。"谢九娘笑容依旧。

明胤深吸一口气，掉头："你到底要做什么？！"

"当然是给你们一段奇遇啊。"谢九娘的声音如歌唱般悦耳。只可惜，她的话，楼东来和明胤是一个字也不信。

"你还是说得更加直接一点吧。"明胤实在懒得再跟这个女人绕弯子了。

谢九娘的笑容骤然冷肃："真正的人选只能有一个，那个人必须是最优秀的。所以……你们中间，最后活下来的人，只能有一个。"

明胤的呼吸顿时沉重，这个女人，竟然是要他们——自相残杀！

"你说什么？！"楼东来怒吼。

谢九娘却是连唇边的笑意都不曾减退一分："我知道这样的决心并不容易下，可是……你总不会是想要自寻死路吧？"

楼东来的回答，是狠狠的一拳！纵横长安的楼公子，本来是绝不会打女人的，可是此刻，他已经再也按捺不住了！

谢九娘的身形微动，楼东来那拼尽全力的一拳竟然落了空。

正当谢九娘傲慢地再度微笑时，却发现明胤和楼东来的眼神，都变了。

一种莫名的寒意骤然袭来，谢九娘低头，霎时发现自己的胳膊，竟然已经暴露在这晦暗的月色之中。只是那胳膊早已经不能再被称作是胳膊了。因为刚才被楼东来的拳势撕裂的衣袖包裹的，只能说是一截枯骨。不光是胳膊，从头到脚，仿佛是以鼻梁为界一分为二，她的半幅身躯，此时已经全部露出了枯骨的原形。

看着面前这一半枯骨的美人，曾经在谛听阁中整理过的古书终于渐渐浮现在了明胤的脑海："你是鱼妇？"

谢九娘的面色，在刚才虚幻的伪装被撕裂的时候骤然划过一丝狠厉，此时却又迅速恢复了笑容："正是。"

传说中，女妖鱼妇一半身躯姿色翩然，一半却是白骨森森。她可以让人死而复生。她出现在这里，到底要干什么？！

明胤心念急转，突然，一个白衣飘飘的男子，赫然出现！

那股扑面而来的威压感，顿时让他们觉得呼吸一滞。明胤想起那帷幕之后隐隐释放的威压气势，顿时明白那时候的幕后之人，正是眼前这位男子。

谢九娘一见他出现，立刻躬身行礼："拜见陛下，属下办事不力，让陛下你忧心了。"

陛下？能让这传说中远古妖兽鱼妇躬身行礼，口称陛下的，会是什么样的人物？

"你到底是谁？！"楼东来质问。

白衣男子冷傲地一笑："虽然你们本不配听到我的名字，不过……也罢。看在今天是个特别的日子的分儿上，我就告诉你们，我是……颛顼。"

颛顼？！传说中的五帝之一，圣德天子？！

"怎么可能？颛顼怎么会是你这种人？！"明胤瞪大了双眸。

转瞬，明胤就觉得自己的脖子已经被狠狠地扼住。虽然面前的颛顼连一个手指都没有动，可是明胤的头脑，瞬间就意识模糊。

"蝼蚁，对你客气一点，就以为自己真的是什么角色了吗？"冰冷的话语在耳畔萦绕。明胤从未如此痛苦！

"你在干什么？！"楼东来不顾一切地朝他扑了过去！

可是，他彻底扑了个空！

楼东来眼睁睁地看着自己的拳头，竟然穿过了颛顼的身躯？！

明胤愣住了，这个正在施展出强大力量的颛顼，竟然只是一个虚影？！

虽然早已经被颛顼的力量钳制得视线模糊，可是从看清了此时的颛顼只是一个虚影的那一刻开始，那些记忆的碎片仿佛都找到了穿起它们的丝线……

花朝之夜星槎之约……众多良才美质的少年……投壶之戏里灵力的考验……水妖之战里勇气的测试……这一切都有了答案。

"你……到底想要得到什么？"明胤吃力却清晰地质问。

"不是得到，而是，取回。"颛顼的口气，轻快得可恶。

"取回？！"

"我的力量在转生之际化作灵力碎片四散而去，这些碎片散落在三界之中。而你们，就是最有可能得到了我灵力碎片的家伙。"颛顼的目光，如同在俯视蝼蚁。

明胤竭力反驳："你凭什么这样判断？"

"我灵力的碎片会使得到它的人天生就拥有隐藏的灵力，即使终身无法觉醒这股灵力，也会比普通人钟灵毓秀。而你们，在投壶之戏中已经被测试出，拥有灵力——原本属于我的灵力！"

"你胡说什么呢？！不对！就算当初是你的，现在也早就不是了！"楼东来想要冲过来救明胤，却在颛顼的威压下根本无法靠近，此时听到这些，忍不住大叫起来。

颛顼无视了楼东来的怒吼，他根本从来就不曾将他们放在眼里："我寄身在这上古龙骨之上已经太久了。因为曲江池的开挖，我终于在沉睡中觉醒。现在，我必须取回属于我的力量。"

在颛顼身躯的虚影中央，正隐隐绽放着光华的，正是一截龙骨。

"既然你选中了我，就让他走！"明胤沉声。

"让他走？"颛顼轻笑一声，他还未回答，就只听楼东来大叫着摇头："我不走！"

明胤真的是要气急了："我已经逃不掉了，你就不要留下来白白丧命！"

"我不走！"

"你不要命了吗？！真要被你气死！"

"我不走！"

无论明胤说什么，楼东来的脚仿佛牢牢地钉在了地面上，回答明胤的永远只有三个字："我不走！"

凝视着面前这两个各自坚持的少年，颛顼目光微动："兄弟之情，当真如此赤诚吗？"他的声音中，有一丝自己也不曾觉察的迟疑。

楼东来昂头大笑："你这种人当然不会懂！"

颛顼的手，豁然一松。明胤重重地跌在了草地上，骤然涌入喉咙的空气让他控制不住地咳了好几声。下一秒，楼东来已经飞奔而至，紧紧地握住了他的手。不需要再多说一个字，楼东来已经用他的行动给了明胤全部的回答！

看着这两个双手紧握的少年，颛顼的笑容渐渐有了一丝不易察觉的迟疑。

这情形……真的有一点像……

谢九娘骤然打断了他的回忆："陛下，从您在曲江池中觉醒之日开始，属下就一直竭尽全力为陛下筹谋取回灵力晶体的大计……"她的声音温柔，娓娓道来，目光中是对颛顼的无限倾慕。

"花朝夜的星槎之约，多亏了你才能有如此成果，辛苦了。"颛顼微微颔首。

"可是，他们二人当中到底谁才是真正得到了灵力碎片的人，却必须再次进行甄别。不能随意放掉任何一个啊！"谢九娘说着，目光中隐隐有泪光，"陛下，我们绝不能判断错误，只有本属于您的力量才能与您的灵体完美融合，否则后果不堪设想啊……我知道陛下您宅心仁厚，可是……"

"你不必再说，我明白了。"颛顼干脆利落地截断了谢九娘接下来的话。他已经筹谋了这么久，好不容易才在谢九娘的帮助下走到这一步。他不能，也不应该在此刻因为这一对少年的情义心软。

"为了选出那个真正得到了我灵力碎片的人，我们来玩一个迷宫游戏吧？"颛顼的手掌轻轻翻转，只一瞬间，他的气势已经陡然不同！

随着颛顼洒脱的动作，面前那波光粼粼的曲江池水竟然已经……一滴不剩？

明胤和楼东来不知怎么的已经置身在干涸的池底。原本平缓的池底，此时正升起一排排的墙壁。不过瞬息，一个巨大的迷宫已经出现在了面前。

颛顼负手微笑："普通的迷宫还是没什么意思，不如这样好不好？"顺着他的视线望去，明胤的惊呼声硬生生地哽在了喉间！

一个巨大的水球，竟然悬浮在空中，而那闪烁着粼粼波光的水球，映照着半空中迷蒙的月色，犹如一个巨大的水晶球一般。只不过，寻常的水晶球不会如此硕大，而且还……正朝下奔涌着流水。

"在水流光之前，你们谁找到我，谁就可以活下来。失败的那个人，自然就属于我了。"颛顼的声音飘忽不定，他最后的声音犹如恶魔的叮咛，"这个迷宫不止一个生门，如果有人能够找到的话，即使他没有找到我，也可以独自逃生而去。剩下来的那个人就自动属于我。"

这，到底是考验他们能否战胜他，完成这个游戏，还是考验他们的兄弟之情？！

明胤和楼东来彼此对望了一眼，心情都有几分沉重。

"如果我们找到你，你可不许抵赖！"楼东来不忘强调。

"这话，等你们找到我的时候，再说吧。"颛顼轻哼一声，一扬手，楼东来和明胤就如同被一阵飓风卷起般，朝着迷宫的不同方位，跌了过去！

"你怎么可以这样？！"明胤和楼东来几乎是同时发出了怒吼。

颛顼冷笑："我有说过一开始就让你们一起行动了吗？"

刚才还紧握彼此双手的温暖感觉霎时散去，明胤只觉得周身都涌动着一股躲不开的寒气。听着耳畔那似乎永远不会停息的水声，明胤一刻也不敢耽搁，急匆匆地就在那甬道之间奔跑起来。原本以为可以靠月亮或者那个巨大的水球来判定方位，等到落入迷宫中才发现，那个水球太过巨大，遮天蔽月，球形的模样在任何角度看起来都是一样的，根本无法用它来判断方位。

可是，眼前的形势不容他过多迟疑。

水球里的水在一刻不停地奔涌着灌入迷宫之中，瞬间就从脚底蔓延而上的湿润感觉让他感觉到了时间的紧迫。可是，等到分别被抛入迷宫，他才觉悟到这个游戏的困难，在于只有两个人同时找到巅顶，才能算是完全的胜利！也就是说，在找到巅顶前，他得先找到楼东来。

可是，楼东来此时到底在哪里呢？

在一道道极端相似的墙壁之间奔走着，脚底的冰凉他早已经顾不得了。此时的他，只想赶快找到东来。

突然，他发现了一处水声比较平缓的地方，难道……

一个几乎不敢相信的预感瞬间就在面前应验了——生门。他可以清晰地看到那些灌入迷宫里的水流，此时正汩汩地朝外淌去。他甚至已经能从那个代表着生的豁口，看到外面飘摇的绿柳。

只要迈出去，这诡异的夜晚，这生死相搏的游戏，就结束了。

可是……

明胤握了握拳，他丢开了那个让他眷恋不已的生门，朝着另一个方向奔去。

他的前进，渐渐变得艰难起来。因为他在朝着水流最湍急的地方前进。没错，在这个巨大的迷宫中，真正能确定的那个点，只有一个。那就是半空中巨大的水球倾泻而下的那个点。

如果楼东来也能想到这一点，他就应该会在那里，跟他会合！

可是要在这已经变成了水道的迷宫中，朝着那水流最湍急的地方前进，每走一步，都会分外艰难！

奔跑，很快就变成了蹚行。冰凉的池水在毫不犹豫地夺走他仅剩的温度。可是，明胤没有迟疑，他迎着拍击而来的水流，逆流而上！

终于他一点点地靠近了那如同飞瀑般撞击的水流之下，可他并没有看到楼东来的身影。

怎么回事？

明胤觉得自己的心在无止境地下沉着……

"太好了！你来了！"一个元气十足的声音从脚下响起！

楼东来好像一条游鱼般，从水底冒了出来："在水里跑太辛苦了，我索性等到水在墙壁间灌得多一些，游过来的。哈哈哈……感觉还不错呢……啊啊啊！你干什么？！"

明胤狠狠地把此时正笑逐颜开的楼东来塞进了水里。刚才他还以为这家伙出了什么事情，差点哭出来，真不知道刚才那么担心到底是为了什么啊？！这个粗神经的家伙根本就不知道害怕嘛！

楼东来一骨碌从水底再度冒了出来，看到明胤依然还带着怒色的面庞，却觉得有一种说不出的妥帖和舒服。

"早知道你这样，我就从那个生门走了算了！"似乎从这个家伙再度出现的时候开始，明胤的心情，就说不出地轻松了起来。

楼东来点点头："我也看到了不止一个生门，那家伙想要让我们背叛对方，我们就非不让他如意。"

心里那个最柔软的地方，被狠狠地撞击着。明胤扭过头："少磨蹭了，我们完成了任务才算是真正的胜利！"

任务，就是去寻找颛顼。

明胤和楼东来在水波间奋勇前进。

此时，头顶的水球已经逐渐变小。他们在一道道墙壁之间游动着。

刚才他们能够心有灵犀，都想到了水球泄水的地方是最好的会合点，可是现在颛顼的位置，又会在哪里呢？

明胤和楼东来望着彼此，都陷入了思索。

突然，明胤只觉得一道闪电划过了自己的脑海，他瞬间明白过来了。

水还在无休止地漫延着。明胤的身旁，楼东来娴熟地扑打着水波。他什么时候都是元气十足让人移不开目光的存在。这样的长安骄子，如果在如此美好的花朝之夜就此陨落，就算是老天爷也会忍不住扼腕叹息的吧？

"我们来比赛吧？看谁先找到颛顼。"明胤抬高了声音，甚至压过了那喧哗的水声。

楼东来撇撇嘴："一看就知道你没玩过赌赛，我们在一起行动，发现他的时间肯定是差不多啊。要比就比谁先抓住颛顼。"

"好啊！"明胤大声应道，"你别以为你赢定了！"

可是，古董店小伙计的体力怎么可能比得过整日跑马游乐的少年公子，不一会儿，明胤就落在了楼东来的身后。

不知道过了多久，水声在渐渐变小。曲江池也在恢复着它原本烟波浩渺的原貌。可明胤和楼东来依然在一堵堵强行割裂了水面的石壁之间用力地划动着水波。

力量，在一点点地流失着。就连楼东来也渐渐沉默下来。他们彼此都很清楚，已经没有多余的力气来浪费。

"颛顼……真的要把我们困死在里面吗？"

明胤摇了摇头，这个最普通不过的动作，此时似乎要耗尽他仅剩的力气。

突然，月光仿佛从雾霾中骤然现出了身形。眼前所有的岔路都消失掉了，只有一条被石壁夹住的水道，正笔直地，通向前方。而那水波间他们已经能清晰地看到颛顼那白色的身影！

"就在那里！"楼东来奋力划水向前。明胤寸步不离地紧跟在他的身后。

终于，他们距离生门，只有咫尺之遥！

在那窄窄的生门之后，颛顼正似笑非笑地望着他们。

楼东来拉着明胤的手往前拼命地划动着水波。生门狭窄，他们无法并行通过，必须一前一后。

楼东来向前冲着，却始终不曾松开明胤的手。

他狠狠地一把抓住了颛顼的衣袖，长长地吐出一口气："我们赢了！"

颛顼冷笑："赢的人……是我。"

楼东来心一沉，急忙转头，却发现自己手中紧握的那只手臂，不知道什么时候变成了一截衣袖。在冰凉刺骨的池水中浸泡得太久的手掌，竟然没有及时察觉这巨大的变化？！

在不远处，明胤正静静地在水中浮着。

他的目光死死地盯着颛顼："你在生门上设下了只容许一个人通过的符咒。我和楼东来，注定只能有一个人活着游出这个迷局。"

颛顼的目光中，划过一丝含义复杂的赞赏："不错，只不过我想看到的，是他为了求生抛下你的样子。只可惜你非要破坏我的乐趣。破坏了我乐趣的人，就用你的命，来补偿我吧。"

楼东来望望颛顼，再望望此时依然在迷阵中的明胤。而此时，生门上一道流转的符咒光华在无声地昭示着，这个所谓的游戏赌局，一开始就注定了结局！

颛顼，不会允许自己的计划失败。他真的不过是跟他们玩个游戏而已。

"明胤！为什么？！"楼东来的声音从来不曾如此颤抖！

"你一直说，要我叫你东来大哥，要我们以兄弟相称。既然是兄弟，我愿意留下来，东来大哥。"明胤从来没有见过这样的楼东来，他拼命地睁大了双眸，简直无法相信自己此刻听到的句子。他本来，就是那么单纯又直接的少年，仿佛所有的阳光照拂在了他的身上般闪着光芒。这样的少年，是该被全长安所宠爱着的，而绝不是，在花朝之夜，这样静悄悄地结束！

虽然不是自己希望看到的兄弟背叛的画面，不过，这一幕也不错。哼……颛顼冷笑着。就算没有背叛又怎么样？你注定只能接受这个背叛的结局！

突然，一个身影从身边掠过。紧接着，他就看到那个刚才还面如死灰的少年，竟然再度一头冲入了迷阵之中！

"我，绝对不会丢下你一个人！"

楼东来，竟然在水球中的水滴落下最后一线前，抓紧那最后的机会，再度改变了游戏的局面！

我，绝对不会丢下你一个人？

这句话，很多年以前，也曾有一个人，对自己这样说过。

颛顼突然觉得，他已经能判断那个得到了灵力碎片的人，到底是谁了——楼东来！

颛顼只需要稍微放出一些力量的威压，明胤和楼东来就已经动弹不得。

而接下来的事情，非常简单，只需要取出那个灵力晶体的碎片就好了。至于失去了那个灵力碎片的楼东来是会变成普通人，还是从此痴痴呆呆，就不是颛顼要考虑的问题了。骄傲如他，从来就已经习惯了那些不起眼的蝼蚁为了高贵的他而牺牲。

颛顼将所有的力量凝聚在掌心，虚虚罩在楼东来的头顶，在他的手下，一枚光华灿烂的灵力晶体正在一点点地汇集成形！没错，这正是曾属于颛顼的力量！

当最后一丝灵力碎片也被凝聚成晶体后，颛顼不由自主地松了一口气。手指一拢，颛顼就要将这千辛万苦才到手的灵力碎片收入囊中。

蓦地，一道闪电般的力量急袭而来！

等到颛顼反应过来的时候，刚才还拢在掌间的碎片竟然已经不复存在！

更糟的是……他的指尖竟然彻底变得透明了！这是灵力遭受重创的表现！

而在不远处，纤纤玉指正把玩着灵力晶体的谢九娘，依然笑得如从前一般，温柔妩媚。

“你，怎么……回事？！”颛顼厉声质问，只是此时，他的声音已经无可回避地带上了一丝虚弱的尾音。

“我当然是要得到这来之不易的珍贵灵力晶石啊。”谢九娘那一半是枯骨的笑容，分外诡异。

“你……怎么会？！”直到此刻，颛顼依然难以置信。

谢九娘来到他的身边已经多年，一直对他千依百顺。她竭思尽虑为他筹划了这花朝夜的一切计划，只为了他能取回当年的灵体碎片。从她看着自己的眼眸中，颛顼总能感觉到，那比单纯的忠心更多的是……痴恋。

可是今天她竟然……难道这多年来他所看到的都是假象？！

“你是想说，我对你不是一直忠心耿耿痴心爱慕吗？”谢九娘紧握着手中的晶石，仿佛已经将所有的一切都掌握在手中。她面上的娇媚之色渐渐褪去，取而代之的，是一抹嘲讽。

“我痴恋爱慕的，的确是颛顼大帝，可是，你并不是啊！”

此话一出，颛顼脸色大变。

就连正抱着楼东来身体焦急呼唤的明胤，也彻底愣住了。

“原来，你早就知道了？”“颛顼”的气息一滞。

谢九娘点点头：“我还知道，你是悃，颛顼大帝那个最声名狼藉、早早就被他流放到了荒蛮之地避之不及的弟弟——悃。”

已经有多久没有人再度叫出这个名字了呢？悃怒极反笑，这么久以来，他一直苦心维持着颛顼高贵从容的姿态，而将桀骜放纵的那个自己悉心掩饰，从此刻开始，他将做回自己！

“就算我不是颛顼，你凭什么要坏我的事？！”悃怒吼！

如果是力量全盛时期的悃，这一声饱含威势的怒吼就能让人血流遍野，可是，此时的情势已经不同。

“如果我是你，悃大人，就不会在这样的时候再滥用力量。你的灵力，已经所剩不多了。”谢九娘也撕开了她温婉的假面具，得意地放声大笑。

"你……为什么？"惆瞪着她，却终于勉强压抑住了决堤而出的怒火。

谢九娘的笑声与话语声一起传来："因为，我想要变成真正的美人！我要毫无瑕疵的、不再是靠着幻象维持的美貌。我要得到真正的完整的绝色容颜！"说着，谢九娘纤细的身躯在月光下翩然旋舞了一圈，如果忽略掉她那一半枯骨的身躯，确实是举手投足之间，风华万千！

"你就不怕这力量与你无法融合吗？"惆压低了声音。

谢九娘眉梢的笑意更浓："我是妖怪，我自然有我的办法，不劳大人您费心。说起来，能找到真正的颛顼大帝的灵力碎片拥有者，大人已经帮了我太多太多，小女子真的是感激不尽。"

"你！"惆怒极。

谢九娘的这一声道谢，无异于一记重重的耳光打在了惆的脸上。他还以为这么多年是谢九娘为自己劳碌奔波竭思尽虑寻找灵力碎片，却没想到，最后被利用的，竟然是自己！这简直是……太讽刺了！

"竟然是这样……"

"一直就是这样，只可惜你太过自以为是，才没有看清真相罢了。"谢九娘志得意满。

惆的面色控制不住地发白，不只是因为灵力的急速消逝，更是因为此刻正发生的一切。骄傲如他，几乎无法原谅自己竟然被蒙蔽了这么久，被利用得如此彻底！

惆怒吼："你这个无耻的妖孽！"

谢九娘嘲讽地轻笑："我想做的事情，不是跟你一样吗？难道惆大人你不是想得到颛顼的力量，重新临世吗？"

"不一样！"

"哈哈哈……"

惆的怒吼和谢九娘的娇笑声在身畔回荡着，可是，明胤对这些置若罔闻。因为，楼东来已经危在旦夕了！被取走了脑中灵力碎片的他，一直没有苏醒过来！

从惆被谢九娘重袭的时候开始，明胤身上的威压就已经消散。那时候他就开始不顾一切地呼唤着楼东来的名字。可是，没有人回应他。

虽然，眼前这个身躯还在呼吸着，却连最小的指尖都不再动弹一下。

楼东来，那个总是得意扬扬爱闹爱笑的楼东来，在被强行取走了灵力碎片后，到底会变成什么样？明胤真的不敢想象！

夺回那个灵力碎片！

必须夺回来！

明胤的目光，牢牢地盯着谢九娘手中那正闪闪发光的晶体。

积蓄了全身的力气，趁着谢九娘得意娇笑的当口，明胤如同利箭般冲了过去！

胸膛仿佛撞上了看不见的壁垒，冲击的力量被百倍地反弹回来！明胤被高高地抛到了半空中，然后，就是急速地下坠！

等待着他的是粉身碎骨！

可是，明胤不后悔！他为了楼东来，做了自己能做的全部！直到最后一刻，他都没有放开他的手！

明胤感觉耳畔的风声如同刀锋般刮过，马上就要迎来那最后重重的跌落了吧？

在厉风中竭力睁开双眼，他还想看楼东来，最后一眼！

预想中与地面的重击并没有传来，仿若云絮般的感觉包裹着他，轻轻地落到了地面上。几乎已经完全透明的袍袖拂过他的面庞，刚才，就是这袍袖将他拢住，让他化险为夷的。这袍袖的主人，竟然是……悯？！

明胤瞪大了双眼，简直难以置信。

悯的身躯已经几乎完全变成透明的了，显然，现在的他只是维持这虚幻的形体就已经非常困难。悯迎上明胤迷惑的目光，缓缓地露出一个骄傲又狡黠的笑容。虽然他幻化的面庞依然是颛顼大帝的面庞，明胤却在这一瞬间确定，这个神情，一定是属于悯自己的，独一无二的笑容。

"你小子给我好好记住了，我是悯，不是颛顼。"悯一挑眉毛，嚣张地发话。

"为什么要救我？还强调这个？"明胤真的有点不明白了。

悯皱了皱眉："因为啊……我可不想因为我的任性，破坏了传说中的上古名帝颛顼大帝在你们这些后生小辈眼中的形象啊！"

明明是剑拔弩张紧张万分的时刻，明胤却被他的话弄得有一瞬间的错愕。这个悯大人，真的是非常任性的存在啊。

此时，谢九娘早已经迫不及待地将那灵力晶体吞入了腹中，颛顼大帝的灵力碎片果然是力量惊人，只在一瞬间，谢九娘那原本是枯骨的半身就已经变成了骨肉匀称的模样。抚摸着自己娇嫩无瑕的面庞，谢九娘狂喜不已。她筹谋了这么久，隐忍了这么久，等待的不就是这个艳冠天下的时刻吗？

此时的她，居高临下地朝悁投去嘲讽的一瞥。那正是胜利者才能享用的甘美琼浆啊。

"真想不到，你都已经快消失了，不赶紧保存最后的力量躲起来，还肯浪费力气救这些废物，还真是叫我没想到啊。"谢九娘巧笑嫣然志得意满。

"你说得没错。"悁点了点头，"可是谢九娘，我想你忘记了一件很重要的事情。"

谢九娘的眼珠转了又转，终于开口问道："什么事情？！"

此时的悁，不再有一开始的怒气，而是从容不迫娓娓道来："也许你不知道吧？我寄生的龙骨，跟你身躯上的枯骨，是属于同一条龙……"

谢九娘的目光闪了闪："这有何不妥？"

悁目光中的狡黠之色越来越明显："只不过，我所寄身的龙骨，是龙身上灵力汇集的中心——龙脊，你知道这意味着什么吗？！"

"什么？"谢九娘再也无法维持住面上的笑意，声音首次急促了起来。

"意味着……这样！"

只见那原本凝聚着灵力的龙脊，在轰鸣声中碎裂开来，金色的流光四散飞溅！

悁竟然将自身寄宿的龙脊自爆了！

谢九娘瞪大了双眸，悁到底在做什么？！他是一败涂地所以不想活了才自爆的吗？他到底是为什么？

谢九娘的头脑急速地思考着，突然她的视线对上了明胤的眼眸。对方那震惊的面庞让她心中顿时一震！

谢九娘低下头去，一声惨烈的叫声划破天际！

谢九娘看到她的手，正在一点点地化作齑粉！

不，不光是手，还有脚！

她的全身，此时都在飞速地化作齑粉消失着！

"原本属于同一条龙的龙骨，当最重要的龙脊之骨毁灭的时候，其他的龙骨也会随之灰飞烟灭化作齑粉！"

谢九娘终于明白了为什么悁那时候会笑得那么狡黠。

可是，为什么？为什么他为了复仇竟然不惜牺牲自己？！

"啊啊啊！"

谢九娘再也没有机会去向悯问出自己的问题了，她还来不及多享受一刻自己倾城美貌的皮相，就惨叫着，在夜风中化作了无处追寻的齑粉，没有留下一丝痕迹地，彻底消失了！

而在那些漫天飞舞的齑粉中，一个散发着金色光华的晶体，如同被命运的手指牵引着，缓缓地朝楼东来飞来，接着，融入了他的头脑之中。

这是因为谢九娘得到颛顼大帝灵体碎片的时间还太短，所以融合并没有完全完成的缘故吗？明胤惊喜万分。因为在他的面前，楼东来的气色瞬间就恢复了红润，不一会儿，他就抖动着睫毛，清醒了过来。

"太好了！你没事了！"明胤一把抱住他。

楼东来愣愣的，他没有注视此时正欣喜地拥抱着他的明胤，而是将视线投向了另一个方向。

他看到了一个正在消失的灵体，而在他的身边，还有另一个沉睡的灵体。

"这是悯，那个沉睡的，应该是颛顼大帝吧。"觉察到他的视线，明胤不确定地解释着。

其实，不需要明胤的解释，楼东来觉得这些仿佛自己早就已经知道。

悯心心念念的，就是留下哥哥的灵体，并且不惜代价也要取回属于哥哥的力量，让他复活。

为什么我会知道这些？明明我只看了这一眼……楼东来有一瞬间的茫然。

一种说不出的感觉萦绕在他的心头。

这到底是属于谁的记忆和情绪？在睁开双眼，再看到悯那张脸的时候，他明明很想怒的，心里却完全不是那么回事。

明胤看他茫然的模样，不由得又有几分担心。

楼东来急忙扯开笑容："我没事！"

"那我就放心了。"少年的双手，又交握在了一起。

注视着那得到了颛顼哥哥灵力碎片的少年与明胤彼此不离不弃的样子，悯突然释然："也许我真正应该做的，不是苦苦寻找让颛顼哥哥复活的方法，而是与他一起进入轮回之中。我太执着于要取回哥哥的力量让他复活，其实最重要的，也许从来都不是力量……"

"也许，哥哥已经等了我很久很久……"

等着我，跟你们一样，在蓝天下，草地上，携手同游……

恫的灵体终于消失了。

花朝之夜，星槎之约，迷雾散尽，一切都将再度开始……

花朝节星槎之夜的迷梦，成为长安新的传奇，只是对于楼东来来说，比起那个从此消失无踪的四妹，那个此时依然一脸为难，无法跟他一起出去把臂同游的明胤，才是更加重要的存在……

第九章

空
花
现

夏日的长安，连蝉鸣都仿佛被灼热的空气凝滞住了，再也掀不起一丝声浪。

每年到了这样的时刻，谛听阁的生意都是无限清淡。

只要看看这几天连那个精力旺盛的楼东来都没了踪影，就知道这天气是热成什么样了。

不过，此时若真有人肯踏足谛听阁，就会发现原来整个长安最凉爽清幽的地方不是皇帝的寝殿，而是这偏安西市的谛听阁。

宽阔的瓷缸里，硕大的冰块正在幽幽地散发着寒气。虽然有资格大张旗鼓享用冰块的只有皇宫里的贵人，可是长安的豪门是永远都不会亏待自己的。地下的冰块交易早已经悄悄地为这个城市送上了那一份隐秘的凉意。

不过，身为谛听阁的小伙计，明胤很明白，这弥漫在谛听阁中的凉意绝不是来自这缸中的冰块。至于原因，看着那斜倚在胡床中悠悠然地挥舞着折扇的陈游介陈老板，他就已经了然。

夏天总是让人困倦的，尤其是这么一个弥漫着难得凉爽的午后。

"啊……"明胤忍不住打了个哈欠。

他这声哈欠还没有收尾，就见刚才还闭目养神的陈老板霍然睁开了双眸！

明胤只觉得身上陡然一寒，火速往后堂遁去。只可惜，他的反应到底还是慢了一步。

"慢着！"陈游介的声音已经不依不饶地追了过来。

明胤身子一僵，赶紧堆起笑脸："我去把在井里冰好了的西瓜拿来。"

"西瓜嘛，不着急。我只是突然想起来……"陈游介的笑容比洒落在中庭的阳光还要耀眼。明胤却控制不住地想要躲起来。因为，每当老板这么笑的时候，就有人要倒霉了！

"我们谛听阁有好些古籍，这一个冬春过来，只怕有些已经染了几分潮气。这几日阳光大好，正好拿出去晒晒。"

"嗯。"

"记得不能直接摊在地上晒，得先把木搁架在中庭安好。"

"是。"

"木搁架安好了，再把纱帐架起来。那些古籍被阳光直射，只怕会晒伤了墨色。非得用碧纱笼上，才不致晒损了。"

"明白了。"

"等都摆好了再守在旁边，把那些书页一页页地翻过去，晒得均匀些才不至于失了品相，凹凸不平。"

"嗯……啊？"如果说之前陈游介的那一堆指示对明胤来说还只是一顿忙活的话，最后这个翻页什么的，就真的是近乎折腾了！明胤刚才还平静的脸庞，此时如同被踩了尾巴的猫咪，就差没有嗷的一声跳起来了。当然，他不是不想，只是不敢。

"这个……老板你不是有法术吗？"明胤壮着胆子小声地问。

"嗯，是啊。"陈游介笑眯眯。

"老板你不是已经用法术来给谛听阁降温了吗？"明胤声音大了些。

"没错，法术不就是在这样的时候用的吗？"陈游介十二万分的坦然。

"所以嘛，既然法术可以用来降温，那为什么不能用来晾晒古籍呢？"

"这样啊……"陈游介若有所思。

这个样子，是终于成功地说服了陈老板吗？

明胤一阵激动。

"啪"的一声，额角就被折扇重重地敲了一下。

"你以为法术是什么啊？法术可以用来代替灯烛，却绝不可能用来代替烈日！天道恢恢，四季轮回，法术哪里能真的逆天而行，改变那么多！"

陈游介一脸的严肃。

是这样吗？老板的意思是说，就算是法术，也有力所不能及的地方吗？明胤心头不觉一震。他已经好久没看到老板这么一副严肃的面孔了，原本刚刚冒头的那些疲惫偷懒的念头顿时被震得全缩了回去。

"所以你还是老老实实地去晾晒古籍吧。"陈游介说着，负手而去。

如果明胤不是听到了他最后嘀咕的那半句话，他绝对会低下头，老老实实地去搬那些陈年古籍的。

陈游介说的是："我怎么会用法术来帮你干活？！别开玩笑了……"

明胤斜睨，小声道："老板，你就是个奸商，还是最小气、最抠门的那一种！"

小八在他的肩头，认真地点了点头。

虽然内心早已经吐槽了一次又一次，可是感受到陈老板那笑眯眯的笑脸后悄然释放的威压，明胤还是非常理智地立刻开始了他的工作。

搬木搁架，再把撑碧纱帐的细脚架搬了出去。等到一切准备工作就绪，他这才小心翼翼地将那些珍藏在香樟木匣里的古卷一册册地捧出来，安置在了木搁架上，笼在碧纱之中。如此这般不知道进出了多少趟，这才总算是把那些古卷都稳妥地晾晒开来。

然后再按照陈游介的严格要求，过小半炷香就将那些书页翻过数页。等到这么好几圈下来，就算平时自诩体力过人，明胤此时也累得有点直不起腰来了。

当陈游介那一声轻飘飘的"歇会儿吧"的吩咐传过来时，听在明胤的耳中，就真的如同仙乐一般了。

明胤赶紧一屁股坐在了廊下的阴凉处。不过，虽然歇下来了，他的视线却到底不敢离开那些古卷分毫。

突然，他发现那用来罩着古卷、遮挡烈日的碧纱上，织绣的那些镂空的蝴蝶花纹，似乎在午后的微风中，隐隐振动着纤细轻薄的双翼。而它们的双翼每一次的振动，都仿佛在翅尖流转过一抹鹅黄色的光华。这光华如此隐约又微弱，当他想要细细分辨的时候，那倏忽的光华却又消失得无影无踪了。仿佛这一切，不过是他在午后的熏风中一个不着边际的幻觉。

捕捉着闪烁的光影，明胤不知不觉困倦起来，双眼仿佛变得越来越沉重……

"你在干什么？"

"谛听阁果然好凉爽！"

"哇，这个好漂亮！"

一阵快得几乎分不出前后的句子一股脑儿地扑了过来，楼东来神采飞扬的眉眼霍然出现在了明胤的面前。

"呃……东……"从困倦中还没回过神来的明胤一句招呼的话都没说完，只见那个肆意妄为的大少爷大剌剌地一把掀开了那碧绿的蝴蝶纱帐。

仿佛是一颗巨石跌入了原本深邃宁静的潭水中，一种恍若潮水迸发的巨大轰鸣声霍然在明胤的耳边响起！

与此同时，一股巨大的光的洪流从楼东来手中正掀起的纱帐奔涌而出！

楼东来只觉得自己的身躯被某种看不见的巨大力量裹挟着，踉跄着不由自主地朝后疾退了好几步。

"东子！"明胤急忙冲过去，扶住他。

与此同时，耳畔的轰鸣消失了，光的洪流消失了，刚才那股铺天盖地的威压感也消失得……无影无踪。

互相扶持着的两位少年不由自主地瞪大了双眸，不知道刚才经历的，到底是自己恍惚间的错觉，还是有什么真的已经发生了。

突然，原本炎热的中庭温度骤然降低了。陈游介此时已经出现在了中庭。

楼东来还没从刚才的冲击中回过神来："我怎么觉得……突然冷起来了？"

只看一眼，明胤就已经完全明白。每次老板出现这种神情的时候就表示——他在生气！

"东子，你快走！"

"我才刚来，为什么要走？"楼东来不解。

"因为……你又闯祸了！"陈游介的声音冷森森地响起。

"我突然想起我还有事儿，我走了……"楼东来身形如电，立刻就朝谛听阁的门口奔去。他的动作很快，只可惜陈游介的动作更快。

很快，楼东来就被拎着衣领，乖乖地跟面如寒霜的陈游介打招呼。

"陈老板……你好……"

此时他这副样子，要是被其他长安少年看到，只怕会瞪得眼珠子都要掉出来。谁能相信，纵横长安横行无忌的楼东来竟然也会对人赔笑？！

"到底，刚才发生了什么？"明胤回过神来，急忙追问。

"那些古卷中封印着的书蠹，原本我让明胤用蝴蝶碧纱帐封住了它们。谁知道你楼大少爷一来，就将那些书蠹全给我放出去了。"陈游介磨着牙，似笑非笑地盯着楼东来。

楼东来顿时有一种青蛙正被蛇盯住的恶感。

在嘿嘿赔笑了半天却发现陈游介丝毫不为所动后，楼东来索性挺起了胸膛："那你说，该怎么办？"

陈游介长舒一口气，瞬间就恢复了他的翩翩风度："楼公子深明大义，陈某幸甚。为今之计只有……"

"多少钱？"楼东来干脆利落地截断他的故作姿态。

"我要你制一块香，用那块香，将书蠹再度引回来。"

竟然不是要钱？！楼东来噎了半晌才磕磕绊绊地问："你要我制……什么香？"

"落青香。模仿竹简完成的时候杀青气息的香气而成的。"陈游介侃侃而谈，对此时楼东来越来越黑暗的脸色视而不见。

"这种香气，对书蠹来说就是告诉它们，有上好的新书已经制作完成，它们可以大快朵颐一番了，那些贪婪的家伙自然会趋之若鹜。"

制香，原本早已经是风行长安的风雅习俗。不过，这对于习惯策马长驱大大咧咧的楼东来来说，绝对是点到了他的死穴。

"那种女人的玩意……"楼东来一脸纠结。

"我可记得今上也是制香品香的高手哦……"陈游介轻哼。

一听这话，就算是无所顾忌如楼东来，此时也不免缩了缩脖子，压低了声音："我可没有藐视圣上的意思。要香的话，我去买来就好了，还非要我来制？！"

"不好意思，落青香的香气散发得非常快，无论如何也无法保存，只能随制随用。"陈游介面上堆得满满的都是笑意。

楼东来按着早已经突突跳个不停的额角，知道这一趟结结实实的消遣是免不了了。

他只能咬咬牙："我明白了。"

从研制木粉到搅拌材料，然后使用磨具按压成型，最后古法烘干。这一品在陈游介口中"简单得不得了"的香料，却足足让楼东来奔走了三天。等到了三日后的薄暮时分，这块来之不易的香块才算是正式完成。

陈游介满意地注视着面前累得灰头土脸、满面汗渍的楼东来，心情真的是大大好。能把这动不动就搅和他的生意，还把唯一的伙计拐出去玩的罪魁祸首收拾一番，怎么说也是比三伏天吃西瓜还要让人身心舒爽的一件事啊。

其实收拾那种书蠹什么的，对他来说不过是举手之劳。

不过，既然有人已经这么有诚意地做好了落青香，那么就大发慈悲地成全他吧。

"虽然稍微迟了一点，不过，应该还来得及。"陈游介说着，已经将那香块抛入了香炉之中。转瞬，一股又熟悉又陌生的气息升腾起来。明胤睁大了双眸，只觉得嗅到了竹叶的清香。

小八歪着头，眯起了眼睛，仿佛也沉醉在这别样的气息中。

虽然是十足的新手，不过楼东来的手艺还真是意想不到地出色。陈游介心中暗笑。此时众人都沉浸在这芬芳中，照理说平时骄傲嚣张的楼东来在这种显摆的时刻总是最无法保持沉默的。可是让陈游介意外的是，楼东来竟然……都没有发出半点声音？！

陈游介视线一瞟，只见楼东来的表情，与其说是骄傲，不如说是在竭力忍耐。

"你怎么了？"明胤也发现了他的异状。

楼东来扯住他的衣袖，一脸痛苦："这种跟我爹的书房气味一样的香……真是太难受了，我一下就想起来小时候他们逼着我认字的事儿了。真是……不堪回首……"

热爱跑马骑射的楼东来大少爷，跟读书写字的宿仇还真是源远流长、深入骨髓，连这么块他自己亲手制作的香都能让他这么难受，就知道他平时是有多厌恶读书了。

陈游介心中一动，差点笑出声来。一抬头，却见暮色中荧光点点，正是那群飞走的书蠹，又被这香气吸引回来了。

陈游介并不着急，他指尖轻弹，早已经在花园四角布下了阵法，只待书蠹全部聚集过来，他启动阵法，就可以将这些书蠹全部收了。

明胤凝视着这些小小的荧光，虽然他无法看清这些小小的妖怪的本体，不过这种光的萤火慢慢汇集的感觉，依然是他从来不曾见识过的奇妙景色。他屏息注视着这难得的景观。

被落青香吸引过来的书蠹越来越多，而此时落青香也燃烧了大半，香气已经开始不知不觉减弱。陈老板却还没有开始发动阵法。如果不赶紧的话，等到香气散去，书蠹就又要四散了啊。

明胤把询问的眼光投向老板，却见他的目光正望向半空中。顺着他的视线看去，明胤顿时吃了一惊。在半空中，有一个巨大的萤火在不紧不慢地盘旋着。显然，它也是书蠹。不过，落青香对它的吸引力还远远不够。它那种高高盘旋的姿态，与其说是被落青香吸引而来，不如说更像是因为大批书蠹都聚集于此，所以它也过来不远不近地凑了凑热闹。

陈游介迟迟不动手的原因，恐怕就是希望能吸引到这个特别书蠹的自投罗网。

可是……就在陈游介迟疑等待的当口，落青香即将燃尽，书蛊即将要散去！

"也罢！"只听陈游介低咒一声，指尖翻转过后，碧绿色的结界升腾而起，转瞬那些刚才还盘旋的书蛊就如同被一个巨大的旋涡裹挟着，全部收入了那绿色的空间中。那遍布了视野的绿色一点点地收拢起来，落入陈游介紧握的手掌心中。待到他再度摊开手掌的时候，明胤与楼东来看到的，就只是一个青绿色的锦囊而已。

"太好了！终于不用再闻那种怪味了！"楼东来大大地伸了个懒腰，整个神情都是一宽。

明胤也不觉一阵轻松。

可是他们的轻松，对上陈游介的面庞的时候，却都愣怔了。

只见陈游介凝视着那半空中，沉声："你们看。"

那巨大的萤火中，似乎隐隐有什么东西正在生成。

"这只书蛊，正在进化。它已经与普通的书蛊不同，所以落青香才无法吸引它。"

楼东来按捺不住地焦急，为了制那落青香他已经结结实实地吃了一番苦头了，可眼前这漏网的书蛊，是不是意味着，他的苦难还没有结束？

不过，退缩可不是楼东来的习惯，他把心一横："那怎么办？"

陈游介轻轻挥舞着折扇，缓缓浮现的笑容将刚才的凝重一扫而空："静观其变。"

数日后，谛听阁。

"陈老板……陈老板！"随着纷沓的脚步声一起响起的，是一阵惊叫。

瞬间，博古斋张老板那胖乎乎的身躯就已经出现在了谛听阁的大堂内。

只见他顾不上擦拭一下满头的油汗，就急匆匆地嚷嚷："我博古斋珍藏的古卷居然全部被书蛊给咬坏了！那可是价值万金的传世古卷啊！听说不光是我家，别家也都糟了书蛊的祸害！"他喘着粗气还不忘压低了声音，"听说大内也是一样，陛下龙颜大怒，差点没把太监总管给斩了！"

这些都在陈游介的意料之中，他只微微皱起了眉头："这可怎么好……"

话虽如此，他的语气中，却听不出半分焦急。

张老板并不笨，听他这口气就知道谛听阁的古卷并没有被这次书蛊之灾波及，顿时一双小眼睛就亮了起来："既然陈老板有妙计，还请您大发慈悲，救小弟一救！"说着，他已经捧出了早已经准备好的礼物，恭恭敬敬地送上。

陈游介收下了礼物，然后送客。

其实，用不着张老板这番大张旗鼓，这几天谁不知道整个长安书坊都遭受了书蠹之祸？

楼东来在一旁的屏风后悄悄地转出身形。虽然他总是一口咬定那天放出书蠹只是无心之失，可是眼见苦主这样跑上门来求助，他还是赶紧地躲了起来。实在是……压力太大啊。

"呵呵，这只书蠹急于进化，所以才会如此迫不及待地四处吞噬典籍。要知道，书蠹千千万万，能有如此造化的，却是少之又少，它看来，还当真是不甘混沌啊。"陈游介几句轻飘飘的话，却是听得楼东来眼睛一亮！

"你决定自己出手去收拾那个书蠹了？！"楼东来激动。

抬眸望向正闪亮亮满怀期待盯着自己的楼东来，陈游介促狭地一笑："刚才我有答应张老板吗？"

"你……"楼东来目瞪口呆，他可是亲眼看到这个人面不改色地收下了张老板送上的礼物啊。

"我是收了礼物，可是我没有答应帮他解决书蠹的问题。我可是……什么都没说。"陈游介面不改色，泰然自若。

楼东来脚下一个趔趄差点没跌倒在地。神啊，怎么不降个天雷来把这个死奸商给劈了啊！

"有因才有果，这件事是你种下的因，凭什么要我给你收拾善后？"陈游介比怒目圆睁的楼东来还要理直气壮。

在对视半炷香后，楼东来终于败下阵来。

"你要我……怎么做？"楼东来的声音已经细如蚊蚋。

胜利的号角就算是发出再小的声音，陈游介也是绝不会错过的。

陈游介收起折扇，立刻发话："明胤，你把长安地图打开。"

刚才在陈游介和楼东来的对峙中唯恐遭了池鱼之灾的明胤左右看看他们俩，确定安全后，赶紧一头扎进了库房。等他回到大堂里的时候，手里捧着的，是一卷巨大的卷册。

那是一张巨大的长安地图。

"我们在这里，张老板的博古斋在这里，还有他提及的那些古董店的位置，以及，大内的方位……"陈游介的指尖，慢慢地从一个点，划到另一个点。明胤顺着他的指尖，似乎看到了一条脉络，正在那地图上渐渐成形。

"我明白了！"最先叫起来的总是楼东来，"这就是那个书蠹的行动轨迹！根据这个路线，还有这边还没有被他肆虐过的古董店的位置……它今天会出现的位置就是这里！"楼东来的手指，肯定地指向了地图上的某一点。

"没错！"明胤也不失时机地点点头。

陈游介轻轻地一挥折扇，"既然已经明白了，那还不快去？"

比起楼东来瞬间就冲出去的身影，明胤的脚步却停了停，"可是，就算知道它在哪里，我们又能做什么？"

陈游介高深莫测地一笑，"我不是说过了吗？静观其变。"

咦？这是什么意思？明胤挠了挠头，难道这是老板什么最新的恶作剧吗？

等到半个时辰后，在暮色苍茫时分，他凝视着那在变幻的霞光中摇曳着身姿的书蠹的时候，顿时明白了陈老板那时候所说的话的全部意义。

上次他透过蝴蝶碧纱帐看到的书蠹们，还不过是一团团若隐若现的萤火模样。在楼东来使用落青香引诱它们落入彀中的时候，也不过是略微大了几分。可是此时他所目睹的书蠹，却是完全不同的模样！

那是一条墨色的双尾金鱼，在斑斓的霞光中悠游地舞动着身躯。如果不是它飘舞的长尾上变幻着墨色的光华，还有鼻尖隐隐嗅到的书墨幽香，明胤几乎无法把它跟那看不出形状来的书蠹联想到一起。

明胤和楼东来只能眼睁睁地看着它飘舞着两条硕大的尾巴，消失在暮色之中。

"变成了双尾墨色金鱼吗？"陈游介津津有味地听完了明胤和楼东来的描述，双眸中荡漾的与其说是因为书蠹肆虐长安的忧虑，倒不如说是一种掩饰不住的激动。

"现在的它已经不是普通书蠹，它能汲取文笔中的执念，从而幻生成难以想象的妖怪。"陈游介难得爽快地解释。

"呃？那不是很危险吗？"楼东来身为京兆府尹之子，对长安的安危还是比旁人多了一份关心。

"不会，它虽然屡次吞噬书册幻生出了现在的形态，却依然灵智未开，不会形成大厄。"陈游介气定神闲。

"灵智未开啊，那就好……"楼东来不觉悄悄松了口气。

"但愿如此……"明胤却无法如此轻松，他的心，依然悬着。

傍晚时分的长安，总是笼罩着一股难以名状的气息。这气息混合了过去与现在，真实与虚无，总让人难以捉摸。

根据地图上书蠹行动轨迹的推测，楼东来与明胤一起来到了长安城西北。

数日来，他们追踪着那只四下肆虐的书蠹，一次次地目睹它从一只与寻常犬大小类似的金鱼，一次次地变得身形更加硕大。现在的它，看起来已经俨然如同一尾飘摇在云天之上的扁舟了。

为什么陈游介只是要他们"静观其变"却迟迟不肯出手呢？

这样天天追着书蠹在长安城里东奔西跑，却什么也做不了的感觉，真的是很憋闷啊！

"老板这样做，一定是有他的道理的。"明胤不确定地说。

虽然他竭力想要相信自家那位心思百变的老板，可在内心深处，他还是不得不承认，这位老板，有时候真的是有些……恶趣味。

"哼哼哼……能有什么道理？他就是看我们不顺眼，大热天的非要踢我们出来受罪罢了。"楼东来一面高高地挽起袖子，一面又抹了一把额头的汗珠。

今天他们所在的长安西北角，并没有什么书坊，可是本着谨慎的态度，他们还是早早地就开始了蹲守。

还好，那只灵智未开的书蠹显然没有那么多的弯弯绕，没过多久，它就已经沐浴着傍晚的霞光，出现在了薄暮的天色中。

这里没有书坊，它会怎么做呢？是找个寻常人家的书房对付一下，还是寻找一番就消失无踪？仰望着天空中那剔透的身影，楼东来和明胤都牢牢地将目光锁紧了它。

只见那巨大的身影不过是数次摇摆，就迅速地定下了方向，朝着一处檐角飞逸的院落疾驰而去！

咦？

虽然这几天也曾看到它吞噬卷册的姿态，可是它总是慢条斯理的，好像现在这样迅速果断的动作，还真是头一次发现！

那里，到底有什么？！

楼东来和明胤交换了一个眼神，就朝着它消失的方向狂奔而去！

出现在眼前的，居然是……一座庙宇？

看着庙门口悬挂的那块"赵景公寺"的牌匾，楼东来好容易才想起了这座曾经名噪一时的寺庙。

此时早已经不是香客进香的时候，庙门紧闭。

楼东来急躁地拍着门板，好一会儿才有小僧过来开门。早已经等得不耐烦的楼东来一头冲进了庙中，却不见那书蠹的身影。

"怎么回事？！"楼东来顿时错愕。

"公子你要干什么？"小僧见楼东来衣饰华丽，急忙按捺下火气，招呼起来。

楼东来不耐烦跟他解释："什么什么，你们庙里，可存有什么名贵古籍？"

"古籍？"小僧愣住，"我们这里是寺庙……哪有什么古籍。"

"呃？书蠹难道也会弄错？"楼东来愣了愣。

明胤心思急转："那你们这里有什么？"

一听到这个问题，小僧顿时就得意起来："要说我们赵景公寺，最有名的当然是当年画圣所作的《地狱变相图》啦！"

《地狱变相图》！虽然不是书籍，但是听起来的确像是书蠹会有兴趣的目标。

"快带我们去看！"两个声音不约而同地响起。

小僧还没反应过来，就已经被楼东来推搡着迈入了殿阁之间。

就在他们迈入殿阁的一刹那，楼东来感觉到一股极大的力量从殿阁内部席卷而出！这种感觉，与那时候他放出书蠹的感觉别无二致！只不过，此时的威压和气势，却是百倍于那时候。他只觉得自己的整个身躯突然都变成了断线的风筝，被席卷着，毫无自主地跌了出去！

楼东来走在三个人的最前面，他所遭受的席卷之力也最为惊人！

糟糕！

正当楼东来闭紧了双眸，准备迎接一次重击的时候，他的胳膊却被人牢牢地牵扯住了！

楼东来睁开双眸，是小八！

小八死死地咬住了他的衣襟，而它的尾巴，正牢牢地握在明胤的手中。

是明胤和小八，在危急时刻不顾一切地拉住了他！楼东来心中一震，正要开口，又看到明胤的另一只手，此时正扣紧了门扉，仿佛正有血丝从他的指缝间淌落。

那些感谢的句子反而再也说不出口了。似乎从相遇的那一天开始，明胤就经常因为自己的冒失而受伤。

"你的手！"楼东来的声音不自觉地变了变。

"没事，小八回头帮我舔一舔就好了。"说话间，明胤已经将小八收入袖中。如果被人发现了小八的存在，那可就大大不妙了。

"可是……"楼东来觉得自己应该说点什么，可是生性骄傲的他，每到这样的时候，总是说不出什么来。

从那天无意中放出书蠹开始，他就没觉得自己做错过。就算被陈游介狠狠地消遣了一番，还吃了不少苦头，他也不曾懊恼。可是此时看到那些从明胤的指尖流淌而下的血迹，他开始真心地懊恼和忏悔，如果那时候的自己能更加小心一点的话……这一切，就都不会发生了……

不知道什么时候，小僧早已经爬了起来。在刚才旋风肆虐的时候，他的位置最远，虽然跌倒滚了几滚，却没有受什么伤。此时他关心自家寺庙里的异状，迫不及待地跑到了最前面。

"且……"明胤那一声且慢尚未出口，就只听到小僧"啊"的惨叫一声！

楼东来和明胤急忙冲了进去！

小僧的身影，此时正呆立在一堵墙前。

而他的惊呼，并不是因为受到了袭击，而是，因为面前的景象！

确切地说，小僧并不是站在一堵普通的墙壁前，而是站在一幅壁画前。

只不过……现在这幅壁画已经不能叫作壁画了。曾经描金彩绘异彩纷呈的画面，此时已经彻底剥落得不成样子！上面本该栩栩如生的人物和各色景象也几乎消失殆尽！楼东来几乎无法从剩下的那些残片里看出来，这幅画曾经描绘的到底是一幅什么样的景象。

"画圣所作的《地狱变相图》被毁了！"小僧的惨叫声，终于在惊诧过后再次响起！

地狱……变相图？！

楼东来的脑海中，顿时想起了关于这幅画的各种神奇的传言。

这是由画圣所作的传世名作，传说中这幅画完成后，长安作恶之人顿时少了许多，显见得这幅壁画是有着震慑人心、导人向善的功效！

"想不到画圣却为我等守护京畿之人，省去了不少烦恼，真是神人也……"楼东来还记得自己那个一脸严肃的父亲是如此感叹的。可是今天，这幅曾经守护京畿的画作，居然被书蠹所毁？！

而那吞噬了这幅画作的书蠹，又到底会变成什么呢？一种深深的寒意顿时侵袭了楼东来的衣襟，明胤指尖还尚未干透的鲜血和眼前斑驳的地狱变相图仿佛混合在了一起，变成了一种令人胆寒的威压。

楼东来的心，没有止境地下沉。

次日晨。

望着墙壁上早已经斑驳剥落的印痕，陈游介的面庞上，终于升腾起了半个月来首次的严肃！

"那个书蠹，不是只祸害书籍的吗？"明胤望着面前早已经不成样子的墙壁问道。眼前的地狱变相图可不是书籍，而是一幅不折不扣的壁画啊！如今这幅名作无辜凋零，实在是一件让人扼腕痛惜的憾事。

陈游介皱了皱眉："若是寻常书蠹，自然是只祸害书籍，可是这一只……已经完全不同！"

"不同？！"楼东来和明胤的心中都是一紧。

"日前楼东来意外放出大群书蠹，我要你们用落青香收服的时候，唯独它不曾被诱来。我便知道它必然有一番造化……要知道亿万书蠹中也不过有这样一只得以神志稍清，有造化的契机。我，不忍断了这难得的机缘和因果。"陈游介的话语声徐徐而来，却终究有了一抹挥之不去的沉重。

"什么？这也算是理由？！"楼东来真的是一点都不想理解陈游介这种莫名其妙的想法。虽然平时总是跟他那个京城府尹老爹作对，可是这样任由书蠹祸乱京畿甚至惊动了圣驾，却只是因为不想断了一个小小书蠹的机缘？！这种理由，他真的是没办法接受。尤其，明胤还因此受伤！

明胤若有所思："所以你才要我们只是静观其变，并不做什么？"

陈游介点头："正是。"他转身，望着那早已斑驳难辨的壁画，长叹一声，"只是我没有想到，它这次吞噬的居然是这幅画。我原以为书蠹只会对书籍古卷下手，却忘记了，画圣的名作即使不在纸张之上，依然是书蠹眼中难得的飨宴。"

"哼，这个时候还说这些有什么用……

"光知道消遣我，这下事情闹大了，看你怎么办吧……

"还说是我搅和出的事情要自己收场，我看这次明明就是你放任它才会……"

在楼东来一刻不停的吐槽声中，明胤的声音清澈又清晰地响起："那，这书蠹现在是什么情形了？"

楼东来的声音顿时一噎，没错，此时比起抱怨陈游介的未能及时作为，不如赶紧了解当下的情况才是重中之重。他瞬间闭嘴，支起了耳朵。

陈游介的话语依然是徐徐而来："画圣所作的《地狱变相图》中镇压的无数妖邪恶念，都被它吞噬了。现在的它，不知道会变成什么！"

"不知道？！不知道你还这么镇定？！"楼东来猛地冲到陈游介面前，差点把他手里的扇子给摔出八丈！

"也许，会变成难以预料的妖怪。"陈游介的话语，缓缓地从口中吐出。

"难以预料的妖怪，非常难以降服吗？"没有楼东来的激动，明胤始终保持着一份难得的镇定。

陈游介摇了摇头："我说的难以预料，是说此时的书蠹，距离真正灵智开化的大妖怪，已经只有一步之遥。而开化之后，它到底是善是恶，却实在是难以预测。"

楼东来看到陈游介这从容不迫的样子就有气："妖怪就是妖怪，还分什么善恶，一概消灭就好了啊！"

陈游介没有回答他。

明胤却在陈游介的沉默中早已经了然。老板，是不会轻易出手的。当初这书蠹那么弱小，陈游介挥手就能消灭它的时候，尚且不愿意断了它的机缘，放了它一条生路。何况如今是它即将开化灵智，分出善恶的时候。

陈游介可从来就不是一个沉不住气的人物。在谛听阁里工作的这么长的一段时日，他早已经能些微摸清这位难以捉摸的老板的行事风格。

正当明胤以为陈游介会一直沉默下去的时候，却看到他微微一笑："只可惜如今想要找到它，也不是那么容易的事情了。你看看地图上长安这遍地书坊里的藏书都已经被他吞噬了个遍。要想再度引它的出现，可不容易。就算我想出手收服它，也得找到它才可以啊。"

楼东来知道，陈游介接下来的话，一定是说给他听的了。他却也只能咬着牙听下去。谁叫这肆虐长安的书蠹之祸，正是由他而起的呢？

"你说吧，又要我做什么？！"天知道他有多么不愿意听这个总是挂着一副高深莫测笑容的家伙的摆布。可是……自己种下的因，就得自己来收拾果。他楼东来可从来不是没有担当的角色。

"很好！"陈游介的折扇，在明亮的天光中"啪"地敲出一个清亮的音节。

"那就有劳楼公子了！"

连续好几天，京城里最大的谈资都是：京兆府尹的幺子楼东来在府中大宴赴京赶考的知名才子谈诗论文。

一想到楼东来那痛恨读书的样子，再一想他竟然要按捺着性子应付那些平时他最讨厌的书生腐儒，明胤就几乎要憋不住笑出声来。

数日后，谛听阁。

"怎么样？你看看这首诗如何？长安……"楼东来拿着一大堆书卷朝陈游介献宝似的念了起来。

"别别别！我都快被你弄来的这些所谓'不世出的诗文'弄倒胃口了。"陈游介忙不迭地挥着手，显然是早已经被耗尽了耐性。

"这些……都不行吗？"楼东来的整张脸都哭丧着。他本以为读书就已经是天上地下第一等讨厌的事情了。现在他发现，读书的痛苦比起跟那些满口之乎者也的腐儒们打交道的痛苦，简直是微小得不值得一提！

要不是那天他在陈游介面前夸下海口，要寻找到所谓举世无双的诗文，他这辈子都不会跟那些满身酸腐味道的书生打交道！可是，他都已经忍耐到这份上了，怎么这些诗文还是不行呢？！

"你那时候怎么说的？'寻找举世无双的诗文？这有什么难的？举世罕见的奇珍异宝我找起来都是手到擒来，何况是区区几篇诗文？'楼公子，这话，我可是言犹在耳啊。"陈游介一脸诚恳，却是一丝也没放过楼东来脸上那藏都藏不住的挫败纠结的神色。

让不知道天高地厚的小家伙吃点苦头，果然是最让人心情舒畅的消暑良方啊！

楼东来哪里会看不出陈游介眼中那明明白白的戏谑之色，如果不是他从小就是不服输的个性，只怕他现在已经老老实实地低头求饶了。

"你怎么就知道我拿来的不是举世无双的诗文？说不定是你不会欣赏呢？"楼东来继续嘴硬。

"书蠹没有出现，你看不到吗？如果你拿来的真的是绝世诗文，不用我说，那书蠹就会自动盘旋在你左右。"陈游介风度极佳，不紧不慢地敲打他。

"那什么才能吸引它呢？"看到好朋友楼东来费了这么一番力气却还是没能将事情彻底解决，明胤不禁也有几分着急。

"书蠹都是汲取书中的文采精气而生，虽然这只已经不是寻常书蠹，不过它追寻的，应该也不过是更加优秀的文笔吧。"说到这里，陈游介悠然一笑，"传说中名家国手妙笔生花，那所生出的花朵——空花，对书蠹来说就是绝对无法抗拒的存在。"

"空花？"明胤睁大了好奇的双眸。

陈游介长叹一声："那是只有神仙一流的文笔出世的时候，绽放出瞬息明灭的虚无花朵，就是所谓的——空花。"

"原来是这样……"相比明胤按捺不住的赞叹声，楼东来是一脸的不知所谓。

一种深深的对牛弹琴的感觉袭上了陈游介的心头。

"这种书籍啊文笔啊什么的东西，对楼东来少爷来说，理解起来恐怕还是太吃力了点吧？"陈游介嗤笑。

如果楼东来这么容易被陈游介的几句揶揄打倒，他也就不是那个名震长安的肆意少年楼东来了。

他咬了咬牙，也嗤笑出声："本朝文风鼎盛，饱学之士更是数不胜数。不要说是皇宫高堂之上，就算是寻常巷陌之间，也时常有惊世的诗文现世。我就不信，我就真找不到一篇足以让书蠹现身的生花妙文。"

太好了！有干劲才好啊！陈游介可不想自己的乐趣这么快消失。他脸上的笑容比以往任何时候都更加诚恳："那我就静待楼少爷你的佳音了！"

回答他的，是楼东来风风火火席卷而去的声音："你就等着瞧吧！"

考期过去了。

放榜之后，自然是几家欢乐几家愁。

考上了自然是各种拜谢奔忙，落第的士子们也纷纷踏上了回乡的归途。原本四处聚集的诗文盛会，随着考期的结束，终于偃旗息鼓，悄然散去。

虽然心中百般不愿意承认，可是楼东来自己也清楚，随着士子们的散去和考期的结束，他寻找惊世诗文的活动，也只能鸣金收兵了。

虽然与那些士子并非是多么深的交情，可是楼东来也接到了不少金榜题名的士子们的邀约。谈诗论文虽然是苦差事，还好考期结束后，士子们也都纷纷放开心怀，游历起长安这瑰丽繁华的风物了。楼东来自然是义不容辞地做起了向导，领着他们足足游玩了好几天。

这天天雨路滑，楼东来着人用自己的马车将那数个士子一一送回了下榻的客栈。想到这几天忙着迎送士子们，居然都没有空闲去谛听阁与明胤说说话，不禁心中焦急起来，只催着车夫将马赶得快些。

谁知道，这马还没有扬蹄跑上几步，就听得有人"哎哟"的一声喊叫，接着便是人摔倒在地的声音。

楼东来虽然时常纵马长安，可他车夫的驭车之术十分精到，伤及无辜的情况极少。唯一的就是与明胤相遇的那次。自那之后他已经小心许多，再不曾出过什么乱子。没想到今天情急之下居然……

虽然心中一沉，可是楼东来还是立刻掀开帷幕，下车探看到底出了什么事情。

却见是个胖乎乎的男人正"哎哟哎哟"地跌在泥水中，肥胖的身躯半天都撑不起来。一个不起眼的木匣却是甩到了一边。

"你怎么了？"楼东来知道闯了祸，急忙询问。

那胖男人眼见楼东来衣着华丽，霎时眼珠一转，就又跌坐在泥水中再也不肯起来了，只絮叨着说自己受了这样重的伤，可怎么好……

"可怜我一家老小，都是靠我一人做工挣钱，如今我受了这样重的伤，再不能做工了啊……

"你这样可就是断了我一家的生机啊……"

楼东来开始还有耐心慢慢抚慰这男人，此时却听他越说越不像话，竟然有几分讹诈的意思了。

顿时，他的面色就是一沉。细细看去，那男人身上虽然滚得泥水横流，其实却不见半点血迹，显然是没受什么伤。此时故意在泥水中长坐不起，摆明是见他衣衫华丽，马车纹饰精美，想敲他一笔了。

"哼……"

楼东来这一声哼，还不曾落音，他那车夫却是早已经听明白了他心里的活动。霎时就直起了腰杆，吆喝道："你分明就没受什么伤！"

胖男人一听，嚷嚷得更大声了："我都直不起身来了，你还说我没受伤？！你们这分明就是仗势欺人！我要抓你们见官去！京兆府尹楼老爷最是公正严明的了！"

听到这胖男人居然提到了自己那个刚正不阿的爹，楼东来真的是差点喷笑。

车夫知道他此时所想，更大声道："那更好！你可知道我家少爷是谁？"

胖男人愣了愣，到底不肯低头："管你是谁！上了府尹的公堂，就得说理！"

楼东来手一挥，止住了车夫接下来的话，他面露笑容，一躬身："在下就是京兆府尹楼大人之子，楼东来。不知道今天你打算怎么讹诈我啊？"

"啊？！"胖男人目瞪口呆，爬起来就要溜。怎奈他刚才确实被疾驰而来的马车惊得崴了脚，倒当真是跑不快。片刻间就已经被楼东来拦住。

原本，他以为楼东来是来收拾他的。却见楼东来扬手抛过来一个荷包。那荷包触手颇有点分量。胖男人没有想到，顿时愣住。

"想来你也不是常年在街头骗人的无赖，既然脚受伤了，这点钱就当是给你的一点治脚的药费吧。"楼东来微笑，"以后万万不可以再如此诳言骗人了。"

胖男人听着楼东来这话，脸色顿时一阵白一阵红的，好一阵才回过神来。

只见他拖着那扭伤的脚，将那刚才跌倒时摔在一边的书匣捡了起来，捧到楼东来手中，他的声音细如蚊蚋，楼东来却是听得清清楚楚。

"不才谢过楼少爷。听说楼少爷近来爱好诗文，以诗文会友，此物……此物就送与楼少爷吧。"

"呃？"楼东来还真有几分愣住。这算什么呢？

"其实我是附近一个小客栈的老板……这书匣本是我住店里的考生的，那考生到最后实在付不起房钱又身无长物，还……于是我才勉强收下了这个书匣来抵债。我原打算换几文算几文，好歹将损失补一补……"胖老板一个劲地絮絮着，完全无视此时楼东来诧异的神色。

胖老板的话却还在继续："今日无故得了楼少爷的银子，心中不安，不如就将此物相赠吧……"

楼东来还没反应过来到底发生了什么,他的手里早已经被塞入了那个刚才跌落在地的书匣。还没等到他出声拒绝,那胖老板就整入了巷陌间,再也找不见踪影。

楼东来低头审视,要说这书匣,是用最寻常不过的桃木打造,上面雕刻的纹饰也只是刀工粗陋的狮子。

实话说,楼东来从出生到现在,还是第一次收到这么不入流的礼物。可是就这样随手抛弃,似乎也不妥。毕竟,怎么说也算是一份善意。

这书匣到底拿它怎么办?

也罢也罢,总也算是结下了一个善缘吧。楼东来正要将书匣往车厢里扔去,却突然听到耳边传来一股犀利的风声!

有危险!

楼东来本能地躲闪!

在他侧身而过的视线间,他看到了那巨大的——书蠹!

而那平时总是不紧不慢地在空中悠游的书蠹,现在居然朝着他的马车就直冲了过来!

不好!

楼东来不待车夫动作,早已经一扯缰绳就狂奔起来!

车夫看不见书蠹的存在,他只是惊惶地望着自家突然面色焦灼的少爷,一句话都不敢问。即使是迟钝如他,也本能地感觉到了,那身后的雨雾中疾驰而来的威压!

虽然这书蠹看似无形无质,此时楼东来却能感觉到自己的马车,正在发出细微的声音!这声音,正是马车渐渐无法承载那看不见的威压,一点点迈向崩溃的声音!

书蠹为什么会突然袭击?!

它的目标是什么?!

楼东来心思急转,只恨不能将马车驾驭得更快一些!

马车车缝间一点点迸裂崩坏的声音渐渐大起来,此时车夫的脸色已经越来越白。雨雾、疾驰的马车、突然狂暴起来的少爷,还有……那挥之不去的巨大威压……

楼东来从来就不是一个胆怯的人,可是……这里不是那荒芜人迹的郊区,这里是长安的长街!不要说街上依然行走着的三三两两的行人,就算是他身旁这个车夫,也是他不愿祸及的"无辜"!在与明胤一起共同遭遇的多次危机中,楼东来已经学会了不可轻举妄动！

如果他与书蠹正面对抗，那么，一旦不能一击即中，后果……将不堪设想！

"嘣"的一声骤然响起！

这是车辕彻底断裂的声音！

这辆车，即将四分五裂！

楼东来还来不及做出任何反应，那辆曾经代表了他华美骄傲形象的马车，就彻底崩裂了！而他，正随着碎裂的车厢板壁，朝着路边猛跌下去！

楼东来本能地想抓住点什么稳住身形。

触手，正是一块厚厚的木板。

楼东来抓紧了木板，却丝毫不减跌倒滚落的势头。他的身形依然朝着路边的墙脚猛地撞过去！

"啊！"即使咬紧了牙关，一声遏制不住的惊呼依然从喉间漏出。

可是，预想中重重的撞击没有出现。他的头仿佛是碰上了什么柔软的东西。楼东来急忙睁眼，抬头看去，那正带着笑，用折扇顶住了他额角的，不正是那个总喜欢故作高深的奸商——陈游介？！

"外面闹得太厉害，我出来看看。却想不到一出来就看到这么一副情景。"陈游介仿佛完全没有发现那正急袭而来的书蠹，面上的笑容都没有减退半分。

"真不知道你是为了见哪位美娇娘，居然这么着急，把马车都跑散架了。"陈游介轻言细语，楼东来简直是气不打一处来。不过，此时他顾不上那许多，急忙示警："书……"

剩下的那个字，楼东来彻底噎在了喉间。怎么回事？那个刚才在雨雾中凶神恶煞地直追了他半条街，生生威压得他心爱的马车都分崩离析的书蠹，此时居然……消失得无影无踪？！

"没关系，我不会因此就取笑楼公子你的。可要是明日街头巷尾都传起来楼公子你为赴佳人邀约，将马车生生跑散架的风流词话，那可就与我无干了。"

楼东来咬了咬牙，回头检视了一番自己那早已经散架的马车，再安抚了一番受了惊吓的车夫。最后却依然在陈游介的邀请下，走进了谛听阁——喝茶。

天知道他为什么要喝这个总是找到机会就消遣他一番的家伙的茶。可是，即使心中再多不爽和憋屈，楼东来也明白，刚才那书蠹的突然消失，与眼前这个人，必然是有着莫大的关联。他想要弄清楚真相，那么这茶，就算再难喝，他也得……喝。

楼东来刚一坐定，明胤急忙检查他的伤势。虽然刚才那最大的一下冲击，被陈游介化去，可是楼东来到底是被木屑割了些细小的伤痕，此时正慢慢地渗出红色的血丝来。

"快把手里的东西放下，让明胤帮你上点外敷的药膏吧。"陈游介总算是收起了嬉笑。

"手里的东西？"楼东来莫名其妙地一低头，却看到自己的手心里，居然还牢牢地抓着那个不起眼的书匣。

"我怎么竟把这东西抓手里了……"楼东来随手一抛，就将那书匣扔到了桌上。

"想不到，你胆子这么大，居然敢拿着这东西肆意行走，会被书蠹盯上，也就一点不奇怪了。"陈游介"啪"的一声，收起了折扇，居然将那书匣珍重地捧在了手中。

"什么？！原来你早就知道我是被书蠹袭击？刚才还消遣我那么一大篇？！

"不对，你说什么？就是因为这个，我才被书蠹袭击？"

楼东来在最开始的光火过后，迅速地回过神来。怎么，这无论怎么看都雕工粗陋的书匣，居然就是令他成为书蠹袭击目标的罪魁祸首？！

这怎么可能呢？明胤的目光中，也流露着同样的疑惑。

陈游介沐浴着他们疑惑又充满了询问的目光，慢条斯理地又摇起了折扇，可就是不开口。

明知道此时发问会极大地满足这家伙的虚荣心，楼东来却再也憋不住了："这个书匣到底有什么特别的啊？"

陈游介一扬眉，转眼掌心中的书匣就已经推到了楼东来的面前："特别的当然不是这书匣，而是书匣里的东西啊。"

"书匣里的东西？看这书匣其貌不扬，怎么看也不像是什么藏宝物的宝盒。"楼东来最不喜欢陈游介这自以为是的模样，当场反驳。

"而且，给我这个书匣的胖老板也说过了，能换几文算几文。要是里头有宝物，他哪里会这样估价，还满不在乎地转手就赠送给我了？"

"虽然没有打开，可是我已经感觉到了其中的端倪。"陈游介不为所动。

"要打开来看看吗？"陈游介的笑容中仿佛有无数的秘密，"你知道刚才为什么那个胖老板会那么轻易地把这个书匣给你了吗？"

"为什么？"

"因为他，根本打不开。"陈游介轻笑，"他的估价，只不过是对这个书匣的估价。至于盒子里的东西，他压根就没见识过。"

楼东来斜睨："你是不是一天不装神弄鬼就不舒服？"

陈游介轻笑："既然不信，你就试试看能不能打开它啊。"

"试就试！我这就给你打开它！"说着，楼东来已经接过书匣。

明明片刻前他曾拿过这个书匣，可是那时候轻盈得几乎完全没有重量的书匣，此时却突然变成了坠手的沉重！如果不是确信陈游介不会用这样的方法调笑他，他几乎要以为书匣早已经被陈游介换了一个。

压下此时纷乱的思绪，楼东来的手指，猛然一扣。

而在他手指扳动盒盖的那一瞬，他突然觉得木匣上那只原本怒目的狮子骤然化作了温和的神情。

是我的错觉吗？

不待他将这瞬间的变化全部消化，就只见被他打开的书匣中，竟然有什么东西在急速地生长着！

先是一个小小的嫩芽，紧接着就抽出了修长的枝条，最后在枝条上结出了琉璃色透明的花蕾！

楼东来和明胤瞪大了双眸，简直无法相信自己眼前看到的这一切。

可是，这奇迹还在继续！

花蕾变得越来越硕大饱满！最终变成了一个碗口大的绚烂花苞！

嘭！

仿佛是空气中正有小小的烟火在绽放，花朵，开放了！

这幻生于虚空之中的花朵，摇曳着难以置信的绝美光华！每一片花苞，每一个叶尖，每一个蕊丝都如此晶莹剔透宛如绮梦之中的产物！

"这就是传说中的空花！只会在绝美的诗文之上幻生。"陈游介的声音都轻下来，仿佛怕弄碎了这剔透的花瓣。

忽然，一道墨色的流光冲了过来，转眼，那刚才还流光溢彩的空花就彻底粉碎！

而那道终于现出了身形的墨色身影，正是书蠹！

它张开了大嘴，吞吐之间就已经将空花化作的碎片全部吸入腹中！

这一切发生得太过突然，明胤和楼东来几乎来不及做出任何反应。

而当陈游介的符咒疾射而出的时候，身形变得更加硕大的书蠹已经如同一支离弦之箭般，朝远方飞去！

符咒，落空了。

陈游介手中那一直轻摇的折扇瞬间就化作一卷凌空而起的卷轴，只见他片刻间就已经跃上了卷轴。骤然发生如此变故，明胤还有点愣神，楼东来却早已经不由分说地扯着他就往那凌空的卷轴上跳。

"啊……这……"明胤本来还担心陈老板会生气，却只见陈游介头也不回地驱动卷轴，朝半空中疾驰而去！

老板这是要带着他们一起去追踪书蠹吗？

明胤和楼东来彼此交换了一个激动的眼神。急速飞行在半空中，扑面而来的罡风很快就让他们无暇多顾。

长安，很快就被甩在了身后。

也许是卷轴上原本就不能承载如此多的人，书蠹的身影竟然渐渐消失在视线尽头。

"怎么办？"明胤焦急起来，他可不要这次追踪因为自己和楼东来的加入搞砸了。

"那家伙身上的气味还在，我可以追踪。不过这卷轴的速度嘛……你们给我抓紧了！"陈游介的目光，陡然冷肃！

明胤下意识地抓紧了他的肩膀。很快他就已经彻底看不清眼前的一切，因为速度太快了！他差点连呼吸都开始困难起来！

当飞行卷轴的速度渐渐缓下来的时候，连绵不绝的群山已经出现在视线中。比起群山，那笼罩着一座座山峰的雾霭，才更加让他们心中一紧。

如果书蠹钻到这雾霭当中，那就算是距离再近，他们也将难以发现他的踪迹。

而远处的书蠹，正飘舞着墨色的双尾，慢慢地朝下降去。

陈游介不紧不慢地驾驭着卷轴，小心地保持着一个不远不近的距离，这样既可以观察到书蠹的举动，又不至于被它发现。

"这里是蜀中，他这么着急地飞过来，到底是为什么呢？"

明胤简直以为自己听错了，那个无所不知的陈老板，也会被这样的事情迷惑？难道你追过来的时候，心里没数吗？

明胤的视线清清楚楚地表达了他的质疑。

"亿万万只书蠹间，才会有一只能拥有这样的造化，吞噬空花，变成……传说中能让人成仙的神秘之虫——脉望。从来就没有人见识过，书蠹吞噬了空花后是如何化形成脉望的……想不到，我们今天，居然会有这样的机缘，真是难得。"陈游介的整个面庞仿佛都在焕发着激动的光芒，就连声音也染上激动的气息。

"难得的……机缘……"明胤喃喃。

楼东来却是一个激灵，霎时连声音都变了："你是说……你这么大张旗鼓地追过来，不是因为怕它变异成难以控制的灾厄，而是……好奇？"

陈游介微微皱一皱眉："我当然是忧心长安安危，才不惜千里追击！"

只可惜，刚才他那难以掩饰的激动早已经暴露了他的本意。这时候他就算是舌灿莲花，也没有人肯相信他是过来斩妖除魔的了。

明胤突然想到一个很有可能的事实："也就是说，你其实是……带着我们……看热闹？"

明胤内心的吐槽还没有完，就听到楼东来激动地应和："陈老板你人太好了，看热闹都记得带上我！"

看着楼东来那亮晶晶满脸感激的神情，再看看陈游介那欲盖弥彰的激动神情。明胤默默地扭过头去，现在说我跟你们这两个人不熟，还来得及吗？

"脉望，在化形！"陈游介的话，打断了他此时纷乱的思绪。明胤急忙将视线回到了那双尾的墨色金鱼上。

"它是为了寻找一个合适的地方化形才飞到这里来的吗？"楼东来显然是要将看热闹的精髓发挥到极致，依然不忘喃喃议论。

陈游介沉吟："如果是这样，长安郊区就有很多人迹罕至适合化形的地方啊。它这一路疾驰飞来，可费了不少灵力的。"

明胤终于忍不了他们这种过度轻松的态度，低声道："你们……"

只见那双尾的巨大金鱼轻盈地落在蔓生的荒草之间，接着就开始再次凝聚形体。那墨色的双尾在雾气中翻卷变化，硕大的鱼头也在一点点地改变着原本的形态。觉得自己正在目睹着一场奇妙变化的明胤，不由自主地屏住了呼吸。妖怪化形什么的，他不是第一次听说，也不是第一次看见，这一次，他却有了一种莫名的感觉。

也许是他的情绪感染到了另外两人，他们也都不再出声，默默地注视着那雾气迷蒙中不断变化的身影。

当雾气渐渐散去，出现在三人眼前的，已经不再是那双尾的金鱼，而是一个身着朴素墨色衣袍的少年学子。清秀端庄的外表，眉宇间还带着挥之不去的稚气。

当完成了变形后，脉望就立刻朝前走去。

也许是渐渐靠近了人群聚集的村庄，视线变得更加清晰和开阔起来。

已经能看到有一个老妇人，在田间辛苦地弯腰劳作。

"母亲。"脉望的声音带着一股亲昵。

"他这是要化形骗人吗？！那个老婆婆危险了！"明胤急了，抓紧了陈游介的衣袖。

后者却示意他噤声，继续看下去。不过，从他手指间已经扣紧的符咒来看，明胤知道老板已经有所防备，这才安下心来。

"澄儿，你回来啦！"老妇人一看到自己的孩子，立刻激动地奔过来。

"母亲！"

脉望与老妇人紧紧地拥抱在一起。

母子团圆，本来正是人生难得的美事。可是一想到这所谓"澄儿"的真正身份，明胤就不得不打起十二分的精神，唯恐他在下一刻就会对那老妇人不利。

可是，他没有。

"澄儿"的面庞上，是真实的情感流露。当长久的拥抱终于结束的时候，他郑重地整了整衣衫，向母亲一躬到地："母亲，孩儿……要……"他的话没有说完，就看到母亲含着笑摇了摇头。

老妇人深邃的目光中，仿佛已经洞察了所谓的秘密。

"澄儿"转过身，他的身影，一瞬间就被浓雾吞没了。

脉望并没有走太远。

正当陈游介看完了这一场莫名其妙的戏，准备将这妖怪收了的时候。他发现，脉望竟然在……消散？！

那个肆虐长安，吞噬了无数古卷上隐藏的执念和灵力的妖怪，竟然在一点点地，灰飞烟灭？！

"想不到……它特地从长安飞到蜀中，化作人形，就已经透支完了自己全部的灵力，它已经不需要我们收服了，它即将消逝。"陈游介有一丝疑惑。

此时，他不打算再掩藏自己的身形，收了飞行卷轴，让明胤和楼东来同他一起落到了地面上来。

正在消逝的脉望发现了他们的存在，它明亮的双眸中没有半点恨意，他恭恭敬敬地弯下身，一个标准的稽首礼拜向陈游介。

"谢谢。"所有人都听到了他的声音。

没有一丝懊恼和怨恨，那是心愿达成豁然开朗的声音。

随即，脉望就这样彻底地，消失在了他们面前的空气中，只有那浓雾中缭绕不去的丝丝墨香，还短暂地昭示着它曾经存在过的痕迹。

到底……发生了什么？即使目睹了所有的场面，可是，明胤和楼东来还是双双将迷惑的视线投向了陈游介。

"原来它不是化形，而是将寄宿在那书匣诗文里逝去的少年士子的灵体带回了家乡，与母亲团聚。否则，那个孩子会一直被迫徘徊在京城，变成地缚灵。"陈游介徐徐解释，他也是直到刚才，才渐渐想通。

那时候客栈老板躲闪的眼神，恐怕就是因为那少年士子客死在客栈中，而老板为了挽回损失擅自取了他的财物贩卖而心虚吧。

"那脉望为什么要那么着急呢？要不是它跑得这么快，我们也不会以为他是要做坏事啊。"楼东来显然有继承到他爹京兆府尹大人的刨根问底的精神。

"原因在这里，你们看。"陈游介一挥衣袖，分开迷雾。

明胤和楼东来惊讶地看到，那个刚才还在田间劳作的老母亲，此时她的身影已经渐渐散去……

"原来，她已经……"明胤简直难以置信！

不需要再解释了，他们已经完全明白脉望要如此焦急的原因——那位殷切期盼着儿子归来的老母亲，也已经逝去。她将无法滞留在此地等待太久。

而脉望，不惜耗费完自己全部的灵力，完成了这从长安到蜀中千山万水的跨越，就只为了将两双手，再度交握，让这一份即将陌路的母子缘分，再多延续一分一秒。

"脉望它，为什么要这么做？"明胤突然觉得自己的呼吸都开始困难起来。

陈游介的手掌，温暖地拂过他的头顶，他的声音中，也染上了一丝伤感："因为，脉望从那少年士子的诗句中，感受到了他最后对母亲强烈的思念。吞噬了那诗文中开放的空花的他，吸收了那股情绪，所以才不惜用尽自己全部的灵力，也要达成少年的心愿。"

"那，究竟是多好的诗文呢？"楼东来喃喃自语。

陈游介摇了摇头。

此时，在长安谛听阁的地面上，几片被书蠹过度啃噬过变得摇摇欲坠分崩离析的碎纸片上，还能依稀分辨出数个字迹。

母亲，甚念……

最好的诗文，从来就不是文笔的华彩，而是其中蕴含的，那即使相隔万水千山生死契阔也无法割舍的爱啊……

第十章

明月归

每年到了陛下的千秋节，都会是整个长安最为激动的时刻。而今年，这样的激动之中却又增加一份特别的惊喜。

曾来朝贺的迦毕试国使团，终于再度来到了长安，为久居深宫的帝王，送上了来自遥远古国的敬意。

当迦毕试国使团的人们赫赫扬扬地走过长安大街的时候，就已经不动声色地点燃了长安对于异族的全部想象和热情。一时间，长安各处都在议论着使团轻薄的衣物，还有舞姬们别出心裁的首饰。

只不过，这难得一见的异国风情，对于陈游介来说，却是他将之前购入的各色西域首饰和器物出手的大好时机。长安此时刮的就是这一股异国风情！不趁机赚上一笔，可不是他的作风。

就这样，当楼东来兴冲冲地邀请明胤跟他一起列席太极宫夜宴的时候，看到的就是明胤忙得脚不沾地的景象了。

"你回来讲给我听，也是一样的！"明胤抽空对楼东来说。

虽然没有好友的同行，饮宴的欢乐似乎也减退了几分，可是听到好朋友如此嘱托，楼东来还是忙不迭地点点头跑走了。

太极宫是今上用来宴请使臣时才会使用的殿阁，自有一番与众不同的雍容气氛。

身为名震长安的贵公子，楼东来见多识广。迦毕试舞蹈和那一件件被展示出来的珍宝，都没有引起他太多的兴趣。

直到一道菜被呈上来的时候，他才从那特殊的香气中感觉到了一丝好奇。

原本楼东来以为那是菜，可等到宫女揭开盖子的时候，他才赫然发现，这是一杯酒，一杯色泽金黄的酒！那清澈的色泽加上扑面而来的醇香，顿时让人明白这杯酒为何要这样特地盖起。

若是这浓厚的醇香因为往返运送而减去了，无论是谁，都会扼腕叹息的。

只听皇后在上首道："此酒正是迦毕试国所贡，名叫明月归。意思乃是祈祷游子能返回家乡的祝福之酒。满饮此杯，祝福远来的使者们能够平安返回祖国，带去大唐的问候。"

世间难得的美酒，再加上皇后的祝祷，一时间众人纷纷应和，将杯中酒一饮而尽。

楼东来并不嗜酒，此时却是舍不得将酒液一口吞下，只慢慢品尝起来。只觉得酒味果真如那名字一般，起初如同光风霁月，而后又有一股苦涩一丝丝缓缓弥漫，那正是游子思乡的无奈气息啊。

他向来大大咧咧，此时也不禁被这杯中物勾起了丝丝愁绪。

抬眸望去，却只见如他一般坐在下首角落里的一个少年，居然低头喃喃数语后，将杯中酒液浇在了地上。

这是在……祭奠？楼东来皱了皱眉。无论你是什么理由，这种欢宴之时，在异国的殿宇中做这样的事情，都实在是太失礼了吧。

从那少年的服饰上看，他正是迦毕试使团的一员。

少年垂眸盯着那地上的酒液低声喃喃，待到抬头的时候，一眼就对上了盯着他的楼东来。

原本还镇定自若的少年顿时一惊，差点没缩到帷幕后面去。

哈哈哈……刚才怎么没发现这么有趣的人呢？楼东来的审视更加肆无忌惮了。

这少年长着一头柔顺的鬈发呢，还有眼睛，居然是碧绿的！肤色……也好像比普通人白皙多了。

怎么办，好想揉一揉他的卷毛儿。

楼东来的注意力，很快就从"他为什么会在宴会上祭奠"，变成了"好可爱的异国少年"！

"在下京兆府尹之子楼东来。"楼东来说着，还施了个标准的拱手礼。

碧绿眼睛的少年显然一时间还没有习惯长安的这一套交际方式，在愣了半晌后，才慌慌张张地道："我叫孔爵。"

待到欢宴结束的时候，楼东来与孔爵已经相谈甚欢。来自异国的豁达，与长安的热情居然意外地合拍。

宫门口，望着孔爵告别而去的身影，楼东来突然发现在晦暗的宫墙阴影中，仿佛有什么正在散发着隐约的光华。

楼东来捡起它，惊讶地发现那居然是……一根白鹤的羽毛。

"你参加迦毕试国使团来朝的宴会，就只记得喝了杯酒，捡到了一根羽毛？"陈游介一脸"居然指望你，我果然是想多了"的表情。原本他还暗自盘算能不能从楼东来的口中得知一点迦毕试国香料制作和金银器锻造的秘辛。

"谁说我就只有这么点收获？！我还认识了使团里的人，他叫孔爵！而且那根羽毛可不一般，能在黑暗中散发光芒呢！"楼东来说着就朝袖袋里摸了起来。可是东摸西摸了好半天，就是没有摸出他说的那根神奇的羽毛来。

陈游介哼一声，"弄丢了吧？"

楼东来急忙反驳："怎么会？明明就在我袖袋里。"

陈游介摆出宽宏大量的风度："没关系，你弄丢东西也不是一次两次了，我们早就习惯了。你说是吧？明胤？"

明胤顿时为难，这话可要他怎么回答？

楼东来也急了，"刺啦"一声，居然生生将袖袋给撕了下来，掏了个底朝天！

在他这粗暴突兀的动作间，一些细微的粉末骤然扬起！

陈游介的符咒瞬间出手！

那原本正如同烟火般四散开来的粉尘骤然被飞速旋转的符咒全部裹挟到了一处。符咒的转动随着粉尘的收拢渐渐地慢了下来。当符咒最终落在陈游介的手心里的时候，众人看到的，就是一个极小的宛如晶珠般的物件了。

"这是什么？"楼东来愣了愣神。

轻抚着手中被符咒包裹的晶珠，陈游介别有深意地微微一笑。

"但愿这东西，真的就只有这一个而已。"

这话听得明胤和楼东来都莫名其妙，陈游介却再也不肯多吐露一个字了。

这位陈老板的坏习惯之一就是，当他不打算开口的时候，你怎么问，都无济于事。

午夜。

"说了不要喝那么多酒……你们两个非……要喝……"明胤搀扶着楼东来，脚步趔趄差点跌倒。

今天他与楼东来一起去找孔爵玩，太过尽兴的后果就是，好容易将孔爵送回鸿胪寺，这边楼东来却醉得快走不动路了。

楼东来虽然醉了，可声音是一点没低下去："酒就是要这种时候喝的啊！孔爵你说是吗？”

明胤没好气地摇摇头：“你真是醉了，我们刚送他回去了啊。”

楼东来顿时大笑：“我才没醉。哼，要说酒量好，长安谁能跟我比啊！”说话间，他打出个酒嗝，朝地上栽去。

明胤急忙扶住楼东来，心里禁不住暗暗叫苦。要是楼东来真的昏睡过去，他可没法把这个大块头扛回谛听阁去。更何况，刚才他抵挡不住楼东来和孔爵的连番劝酒，也喝了不少。明胤昂起头，竭力想从这清凉的夜风中汲取一丝清醒。

突然，他发现夜空中似乎有什么东西在散发着光芒。

明胤竭力睁开了蒙眬的醉眼，集中着视线。他的呼吸，在看清眼前的一刹，骤然凝滞！

夜空中，一只硕大的仙鹤上居然端立着一位衣袂翩然的仙人！

不要问明胤为什么一眼就认定那是仙人。那广袖飘逸的姿态，凌驾在仙鹤上的人物，怎么会不是仙人？

“仙人！”明胤情不自禁地振臂挥舞，呼唤出声！

原本一直蜷在他袖中的小八听到这一声，顿时一个激灵就朝那云天之上的仙人直冲而去！

“呃？！”明胤还没反应过来，小八已经冲到了仙鹤身畔。仙鹤身上萦绕着淡淡的华光，小八身上流转的青色光华居然也毫不逊色，两道光华在夜色中交相辉映。明胤一时间竟看愣住了。

刚才还镇定自若飞翔的仙鹤，顿时就惊得长啸一声，瞬间就消失得无影无踪！

小八显然还没闹明白自己究竟干了什么，在半空中若有所失地转悠了一圈，这才下来。

原本正准备教训它两句的明胤，在看到它满眼的蚊香圈圈和吐息中翻滚的酒气，就知道这家伙也没少偷喝酒。

也罢也罢，只可惜这么美的一场夜遇仙人的奇遇，到最后居然是这么个情形，真是可惜了……

次日晨，在长安的大街小巷里，激起了最大热情的谈资，正是“平康坊张府遇仙记”。

原来，不只是自己，还有其他的人也看到了那仙鹤上的仙人。那不是昨夜醉后的绮想，而是真实吗？

在满街沸腾的议论中，陈游介关注的，永远与众不同："我只是听说，张府的人捡到了仙人的仙鹤飘落的鹤羽，那羽毛半夜还会散发光芒呢。"

"这意味着什么呢？"明胤霎时想起那天楼东来带来的羽毛。

回答他的，是陈游介高深莫测的笑容。

"啊啊啊？那天晚上有仙人出现？还就在我醉倒后……真是太可惜了！你怎么不叫醒我啊！"楼东来顿时急得哇哇大叫。

明胤哭笑不得："那时候你不光是叫不醒，就算小八咬你一口，你也醒不了。"

想到那天自己确实是生生醉到了日上三竿才醒，楼东来也只得不甘心地闭嘴了。

陈游介轻哼："有那么可惜吗？说不定是不入流的术士在装神弄鬼。"

"才不是呢！"楼东来竖起眉毛，"没听满街的人都说那仙人飘逸出尘俊美非凡吗？"

"这种胡话你也信？！三更半夜的，又是从下朝上看，能看清楚那只鹤是白色的就不错了，什么仙人的姿容，只怕连仙人的鞋底他们也没看清过。"陈游介说着，还风度翩然地挥舞着他的折扇。显然，他在用行动向楼东来证明：要说风度翩翩有仙人的风采，那肯定就是我！

只可惜，楼东来是绝不会认同的。

"哼，我今天晚上不睡觉了，就等着仙人出现去！"

一听他这话，明胤急忙提醒："仙人都是惊鸿一瞥的，哪里就会天天点卯一样出现？"

"是啊，有人没有仙缘，就算仙人天天在他面前过，他也是有眼不识的。"

楼东来气咻咻地反驳："那你就等着瞧！"

入夜，原本熙熙攘攘的坊市变得前所未有的安静。

楼东来兴冲冲地在街市间行走着，还时不时地抬头仰望。

明胤打了个哈欠，没精打采地跟上他的脚步。

无论如何也不放心好友就这样打着"追寻仙踪"的旗号独自夜游，明胤也只有舍命陪君子了。不过比起已经补好了觉的楼东来，他可实在是没有那么好的精神。要知道，他白天可是在店里忙活了一天啊。

这走着走着，他的脚步不知不觉地就慢了下来。

就连楼东来兴致高昂的话语，也似乎越飘越远。

突然，一阵突如其来的寒气骤然掠过耳畔。

此时他们正经过的，是一片广阔的宅邸。只不过，这个当初恢宏的皇室宗亲的宅院，早已经因为主人的谋逆而变作了一片废园。不知道是避忌或者别的什么缘故，今上并没有将这宅邸重新赐予哪位宗亲，而是任由它成为这繁华长安中凋敝的一角，引人感叹唏嘘。

而那阵让明胤一个激灵顿时清醒的凉风，就是从这废园中吹来。

明胤控制不住地缩了缩脖子："好凉，我们快些走吧？"

"你冷吗？我把外袍脱下来给你披上吧。"楼东来说着已经开始解起了衣带。

明胤急忙摆摆手："不是冷，是觉得这里……"他的话没来得及说完，一个巨大的身躯刹那就已经出现在他的眼前！

来不及细细分辨这到底是什么，属于危机的那根神经瞬间绷紧，他扯着楼东来就跑了起来！

原本正在解着衣带的楼东来猝不及防，差点跌倒。他的不满在看到了身后急袭而来的巨大身躯后，也立刻化作了狂奔的动力！

风，在耳畔疾驰而过。鼻端那属于妖怪混浊腥臭的气息在一寸寸逼近。可是……明胤发现，在躲避妖怪这件事上，他们的运气，真的不太好。

因为拖着楼东来一阵慌不择路的乱跑中，他们居然冲入了一条死巷子！

"我……"明胤真的有点抱歉。

"这种时候谁都没工夫认路。"楼东来居然一句怨言也没有，就掏出了怀中的弹弓，"就让你见识一下我长安金弓小霸王的风采吧！"

"你……"明胤的话还没说完，袖口处小八疾驰而出。极有气势地躬身怒瞪着那正在浓墨般夜色中逼近的混沌身影。

"我们挡住，你快逃！"楼东来发话。

明胤咬牙："你们这一个弹弓上阵，一个身长不足三尺，真以为我没有看出来吗？这妖怪身形巨大，凭你们两个……"

"闭嘴！"楼东来的神情突然一变。明胤正要发火，却见楼东来居然在这妖怪即将袭来的危急时刻，垂眸凝神，侧耳静听。

明胤一愣，随即他也听到了那一声清越的鸣叫声。

仿佛是某种看不见的开关被打开了，那鸣叫声变得越来越清晰，一声、两声、三声！

而在这无月无星的夜晚，正在浓云中绽放出月华般光芒的，是仙鹤上仙人的轻盈身姿！

仙人手掌翻转间，一道绚丽的华光劈下！

刚才还不可一世咆哮无忌的妖怪霎时就萎缩了身形！

那宛如无数藤葛和污秽纠集而成，几乎分辨不出哪里是头、哪里是躯干的妖怪颤抖着，发出夜枭般凄厉的惨叫声，赤红的眼眸恐惧地收缩。

太好了！不光看到了仙人，仙人还出手救助他！楼东来双眸闪亮，哼，谁说他没有仙缘的，这就是证明啊！

不过，那妖孽显然只是被仙人的华光逼退，并不甘心就此偃旗息鼓。

它佝偻着身躯，依然口中呜呜作响，显然是在蓄势。

"你这污秽之物冥顽不灵，就让我送你一程！"仙人驾驭着仙鹤降下些许，正当他手中意欲再度劈出光华的时候，那妖怪刚才还畏缩蜷曲的身形陡然暴涨，朝着仙人座下的仙鹤就急袭而去！

说时迟那时快，一道金光闪过，正中那妖怪的眼角！

虽然妖怪浑身遍布着混浊的泥水污垢，眼角处却依然脆弱不堪。此时骤然遭受如此一击，它霎时痛呼惨叫，翻滚着身躯就缩回到了夜色中。只留下满地流淌的污水和空气中隐隐的臭气。

妖怪被打退，照理说仙人也会立刻飘然而去，可是让明胤没有料到的是，这仙鹤居然落在了檐角。仙人也从仙鹤上跃下，端立在那斗拱之上。

"孔……孔爵！"楼东来眨了眨眼睛，几乎无法相信自己看到的一切。那个从仙鹤上翩然而降，正在临风独立的人，居然是……孔爵？！

孔爵比他们还惊讶："你们怎么会在这里？"

回答他的，是楼东来豁然开朗的大笑声："你就快下来吧！比起我们为什么会在这里，你为什么会在这里，才是一段能说得更长的故事吧？"

孔爵从斗拱上轻盈地跃下，扬手间仙鹤已经化作符纸消失了。

碧绿眼眸的少年丢开了他那些仙风道骨的脱俗神采，笑意弥漫在他的眉间："要我说的话，没有好酒我可是不会说的哦……"

回答他的，是楼东来干脆利落扑过去圈住他脖子的动作。

"想喝酒，怎么会难得倒我呢？"

明胤揉一揉额角，总觉得这一场午夜寻仙之旅，在经历了妖怪袭击这一波折后，正朝着难以控制的方向，狂奔而去。

可是……我不想喝酒啊，我想回去睡觉啊！我明天还要去看店啊！

只可惜，明胤的腹诽声音再响亮，也没有人听见。

"你是孔雀？！"虽然明胤他们已经不止一次地见识过妖怪，可是这样堂而皇之地混入使团来访异国的妖怪，他们还真的是头一次见识。

孔爵昂首挺胸："我们孔雀一族在迦毕试国可是人人敬仰的神鸟，我就是守护使团的祥瑞，他们知道了高兴都来不及呢。"

话虽然这样说，可明胤还是很难想象眼前的翩翩少年孔爵变成一只孔雀的模样。

"你特地化作人形加入迦毕试国使团，是为了寻找你的龙族朋友琥珀？"

楼东来关注的重点显然截然不同。

孔爵点点头："那时候我一觉醒来，发现最大的那根尾翎居然不见了。我睡觉最警觉，除了最亲近的朋友龙族的琥珀，其他人靠近我都会立刻警醒。我认定，能在那种情况下取走我翎羽的只会是他。"

即使已经知道他是孔雀化形，可就这样听到他神色自若地说起翎羽，还是让楼东来和明胤觉得有几分不自然。只有小八睁大了亮晶晶的双眸，虽然忍耐着没有开口，可是显然对孔雀少年所诉说的这段他与龙族琥珀的往事十分感兴趣。

孔爵低下头，言语中有挥之不去的懊恼："其实以往我们嬉闹的时候，彼此弄掉几根羽毛或鳞片也是常有的事情，大家都不会往心里去。可那次他就是怎么都不肯承认。我也火了。对于我们孔雀族来说，寻常羽毛虽然容易蓄养，最正中的那根尾翎却是极其难得。我那时候气昏了头，居然用孔雀翎火攻击他，然后也不管他伤势如何，就这样掉头飞走了。

"等到我再回头去找他，却怎么也找不到了。我这才想起来，琥珀从来不对我说谎。他说没有，那就肯定是真的没有。"

孔爵的声音越来越低，低到几乎难以听清。他一定很懊悔吧。

可是他还是说出来了，那尘封在心底五十年的往事。

明胤相信，他一定比任何人都更想找到琥珀，向他说一声："对不起，错怪你了。"

朋友之间，最难得的就是信任。而这样难得的信任，却也是需要细心呵护的，愤怒和猜忌，迷惑了原本能看透真实的双眼。

"那之后你就再没有看到过琥珀？"明胤竭力驱散这股寂寥。小八也飞到孔爵身畔，发出了清脆的龙吟声。

望着小八青翠的身影，孔爵的目光中渐渐凝聚起了希望的光芒，他的声音再度响起。

"等到我气消了，想再去找他的时候，却听龙池里其他的龙族告诉我，琥珀走了。他听从我的话，走得远远的了。"

"呃？"明胤不解。

"那天我以为他偷取了我的翎羽，一气之下叫他走！走得远远的，说我再也不想见到他！

"其实那时候我只是说的气话，我没想到他那么傻，竟真的就这样走了……

"后来我多方打听，才知道琥珀到了大唐。"

"那你怎么不早点来找他？"楼东来是个急性子，他真不明白找个人至于要拖五十年这么久吗？

"我必须完成我的修行才可以离开，否则一旦离开我力量的本源——迦毕试的土地，力量就会渐渐衰弱下去。寻找琥珀的行程不知道会有多长，我不能太过冒失。"孔爵咬着牙，"我拼命加紧修行，才终于赶上了这次使团出行的机会。"

"好！"楼东来慷慨地一拍桌子，"你的朋友琥珀长什么样？我来帮你找他！"

孔爵双眸一亮："琥珀是红色鳞片的龙，从小就长得与众不同。在离开迦毕试国的时候他还没有化形成功。现在……应该也还是龙形吧。"

"既然是龙，那就容易了。长安说得上的大湖泊没有几个，我们挨个找过来就好了！"楼东来说着，已经开始摩拳擦掌。

孔爵看着他这样兴冲冲的，眉宇间郁结的忧色顿时散去不少。

"你这样驾着符纸化作的仙鹤四处飞翔，就是为了寻找琥珀的踪迹吗？"明胤觉得自己好像有一点明白了。

孔爵愣了愣，继而急忙点点头："是啊，就是为了这个缘故。"

"也对，你要是用孔雀的模样飞，说不定会闹得人心不安。孔雀稀有，见过的人不多，要是有人错认，把你这个祥瑞当作妖孽就糟了。"有个当京兆府尹的爹，楼东来想事情总是会不自觉地跑到"长安安全"的路线上去。

拍着孔爵的肩膀，楼东来吆喝着说一定会帮他找到失散多年的故友。

楼东来意气风发的声音和孔爵带着异国口音的声音异常和谐地混合在了一起。

可是明胤总是觉得，一切真的那么简单吗？

迦毕试使团带来的异国风情，千秋节绚烂的歌舞升平，仿佛在一夜之间都被另一种东西取代了。

街市上突然萧条得可怕。不要说来往的商人，就连小儿的啼哭和犬吠都变得稀少。

虽然朝堂之上还是一派平静，可是谁都知道，此时正无声无息地笼罩在长安上空的，是一场瘟疫！

最开始是鸡鸭，接着是接触过鸡鸭的人们，再后来就是人们成片地陷入人事不省的昏迷当中，从此渐渐衰弱而亡。

没有人知道这一场瘟疫是从何处开始萌发的。人们只知道，一夜之间，一切都开始变得截然不同。

明胤看到楼东来的时候，真是吃了一惊。他眨巴眨巴眼睛，简直无法相信自己看到的这个素衣打扮的少年居然是那个平时衣袍炫目的楼东来。

楼东来一看到他，立刻丢过来一方布巾："快把口鼻掩好。"

不光是外表变了，楼东来连声音都骤然低沉下去。

"我父亲说，这场瘟疫来得太突然，官中派了多位太医过来检查，都束手无策。

"如果再这样下去的话……今上就要去洛阳行宫了。说是避暑，其实是避疫。"

听到这句，明胤一惊："那就是说……"

楼东来点点头："最好的医生和药材都会被带走，达官贵族们也会尾随而去。长安……长安会就这样……"

楼东来的声音中，有一丝压抑的哽咽。可他的目光中，饱含着怒火！

明胤从来没见过这样的他！

"我怎么可以任由他们就这样丢下长安！如果这样的话……长安就……"

如果皇帝就这样避到洛阳，达官贵族们也纷纷离去，那么，失去了天子庇佑的长安，会变成一座绝望中的死城！

"我知道！我会帮你一起想办法！"这一刻，少年们的手交握在了一起。

为了长安，他们必须要做点什么！长安，不再是简单的两个字，而是他们脚下，被深爱着的这片土地！

刚走没几步，他们就遇到了孔爵。

此时的孔爵居然正被人朝身上砸烂菜叶子。那骄傲的碧绿眼眸的少年，正缩着脖子一路奔逃。而那些朝他身上砸菜叶子的人们还呼喝着："就是你们这些绿眼睛的妖怪把瘟疫带来的！"

明胤顾不上诧异，赶紧一把拖着孔爵钻进一条僻静的巷子，这才算是躲开了那些人的攻击。

"怎么会这样？"楼东来忙问。

孔爵抖抖身上乱七八糟的杂物："不知道是谁造谣说瘟疫是我们迦毕试使团带来的，然后我就被攻击了……"

"瘟疫一起，就人心浮动，什么谣言都出来了。可是朝廷又拿不出有效的办法来治理……"楼东来一脸歉意，"让你受罪了。"

孔爵笑笑，浑不在意："别看我现在干干净净的，其实我们使团一路过来的时候，几天几夜不洗澡的时候多得是。现在身上的味道，其实比那时候的，已经好多了啦。"

"那些太医，平时总把自己吹得天上有地上无的，到了这种时候就一个个束手无策！"楼东来说着就冒火了。

孔爵摇摇头："不是太医的错，这不是天灾，是人祸。"

"人祸？"

"有人为了自己的目的，故意引发了这场瘟疫。"孔爵沉思，"我想，我们只要从瘟疫的源头调查，就一定会有所发现。"

"瘟疫的源头？"楼东来思索，"那就去查看看瘟疫到底是最先从哪家开始暴发的。"

"对！"

楼东来霎时就显出了他指挥决断的一面："这几日许多人家都会把生病的人移往城外，也常常雇用力夫帮忙迁移病人。我们扮作力夫各处去打听，应该就能听到一些消息。"

"嗯。"孔爵点点头，显然对楼东来的计划没有异议，"哼，想让我们迦毕试使团背黑锅，没那么容易！"

"老板说这几天谛听阁没有生意，随我干什么去。"朋友们都这么积极，明胤又怎么会置身事外。

"好……不过，有件事得准备准备……"楼东来拖长了声调，一下扑到明胤和孔爵身前，伸出双手三下五除二，就把明胤和孔爵的头发都弄得乱蓬蓬的，这才满意地一笑，"很好，这样就像是长安街上卖力气混饭的野小子了。"

明胤和孔爵："……"你这样真的不是趁机捉弄我们吗？

可是，无论多么紧张压抑的时候，只要看到楼东来的笑脸，似乎再大的困难，也变得没有那么困难了。他就像是长安，即使身处危机之中，依然不放弃希望。

从城东到城西，从城南到城北。饶是三人平时也算体力不俗，可在这一趟趟的帮忙拉车送病人出城的过程中，依然是累得苦不堪言。还好，力夫们为了排遣路上的辛劳，都会不自觉地聊上几句。就这样，他们终于探查出了有用的消息！

最先暴发瘟疫的，是平康坊的张府。

然后就是废王府那一带。

这是所有力夫们众口一词的答案。

楼东来揉了揉肩膀，总觉得这两个地方似曾相识。明胤也觉得这两个地方怎么越听越熟悉。

孔爵拍拍身上满身的尘土，哑声道："我今天实在是累了，就不陪两位了，我先回去洗洗了。"

他刚一转身，楼东来就觉得一道闪电从自己的脑海中劈过，顿时一片清明！

"孔爵你站住！"

孔爵的身影陡然一僵。

"我记得那两个地方……都是有过遇仙传说的地方，也就是你寻找过你的朋友琥珀的地方。"楼东来说着，已经一个箭步冲上去，牢牢地禁锢住孔爵的胳膊。

"我……"孔爵的视线躲躲闪闪，始终不敢跟楼东来对上。

"说！长安的瘟疫是不是你搞的鬼！"楼东来盯紧了孔爵，目光中有火焰在翻腾！

"我……这个……"孔爵张了张嘴，却始终说不出半句解释的话来。

楼东来再也按捺不住了，他扬起拳头就朝孔爵的面门挥去！

"不！"明胤牢牢地拽住了他的胳膊。

"这其中一定另有隐情！"明胤护在了孔爵身前，"如果真的是孔爵做的，他用得着这么费力地跟我们一起调查吗？"

"他这是掩人耳目！正好窥伺我们的调查进展！"楼东来越说越怒。

明胤一时间也不知道说些什么好，可当他将目光投向孔爵的时候，一个念头骤然跃入了他的脑海。

"是有人要你这么做的吧？他们是不是告诉你，这样就告诉你琥珀的下落？"

孔爵愣住："这……"在这片刻的犹豫之后，他慌慌张张地使劲摇着头，"不！我什么都不知道！"

楼东来只觉得自己的拳头已经都要爆裂了，长安都陷入到了如此险境中，明胤居然还要护着这个罪魁祸首的家伙？！当初自己是怎么看走了眼，居然还把孔爵当了朋友，还请他喝酒的？！

而明胤，却已经从刚才孔爵瞬间的反应里，窥探到了通往真相的那一条隐秘的幽径。

"如果有一天，小八突然失踪了，而有人说能告诉我他的下落，那么无论那个人提出什么样的条件，我想我都会去做。"明胤的话徐徐道来，有一种涤荡心灵的沉静。

"所以，我不会指责你今天的所作所为。"明胤袖中的小八听到自己的名字，钻了出来，他亮晶晶的金色双眸，和明胤的黑色双眸一起，牢牢地盯住了孔爵。这目光中，没有愤怒和质问。

到底是千千万万人的性命重要，还是对自己有着特别存在意义的那个人重要，这个问题，没有人可以给出正确答案。

因为，无论如何，我希望，他可以活下去。

孔爵的泪水，在一瞬间滴落。

"聆音说，她知道琥珀的下落，只要我帮她脱困，她就告诉我。否则……我永远也找不到琥珀……"

"聆音？"

"聆音是上清珠里孕育的宝珠精灵。五十年前，上清珠作为三大宝珠之一，从迦毕试国被送到了长安城，从此就闭锁深宫中，不见天日。所有来自迦毕试国的宝物，力量的源头都来自迦毕试国，一旦离开故土太久，力量就会渐渐湮灭。"

"所以这个什么聆音就要你引起长安的瘟疫？！"楼东来可没有那么多伤感，他气冲冲地继续质问。

孔爵也急了："不是这样的！她说她被闭锁在深宫中多年，如果不是那天我浇奠的明月归的酒香唤醒了她，她几乎就要从此沉睡湮灭了。所以她想要积蓄力量，一举冲出皇宫。

"她派手下的仙鹤清音交给我那些羽毛，让我为她寻找到皇宫结界最薄弱的地方，以及出宫后回去的方向，为她做出引路的道标。这样她才能顺利地脱身。"

楼东来想起来，那天自己捡到的羽毛，顿时豁然："原来那天我在官门捡到的羽毛就是你落下的啊。"还有一句没有说出口的话是，那时候他依稀看到孔爵身畔有什么一闪而过，现在想来，应该就是他在与那仙鹤交接羽毛了。

"既然你也捡到了羽毛，就知道我没骗你了吧！"孔爵显然是深恨别人误会他，此时白皙的脸庞都涨红了。

羽毛……明胤还记得，那时候楼东来想拿出羽毛给陈游介看，却发现羽毛化作了齑粉。陈游介随即将齑粉用符咒收拢起来，封印成了晶珠的模样。现在想来，陈游介那时候就已经觉察到了某些端倪，只不过，就算睿智如他，也不可能洞悉其中的来龙去脉。所以他那时候才会说"但愿这东西，真的就只有这一个而已"。

望向楼东来，显然他也记起了同样的往事。

事情的脉络已经越来越清晰了。

楼东来沉思着："也就是说，聆音声称知道琥珀的下落，并且要求你助她从皇宫脱困。"

明胤看一眼孔爵，接着道："你于是夜半在长安城上空盘旋，找到了最适宜的路线，并且丢下羽毛作为道标。"

孔爵点点头："就是这样的。"

楼东来恨恨地一捶身畔的墙壁："而这些所谓道标的羽毛，其实却是散播疫病的种子！"

孔爵瞪大了双眼，显然对这结论难以置信："聆音……聆音不会做这么可怕的事情的，这里面应该有什么误会。"

"你也许会选择相信聆音，我却选择相信我自己的判断！"

楼东来瞪着孔爵，孔爵也毫不退缩地瞪了回去！

"想要知道羽毛与瘟疫暴发之事有没有关联，只要去请陈老板验证一下，不就什么都清楚了？"明胤急忙打圆场。

谛听阁。

"判断羽毛是否是疫病的种子？"陈游介心中自然早有答案。不过，眼前的三位少年，要的都是眼见为实。

陈游介带着他们来到了中庭。此时庭院中一株海棠树开得正好，粉嫩的花朵在枝头吐露着芬芳。

陈游介的指尖微动，只见那被符咒包裹的晶珠仿佛是被看不见的手指抽离了小小的一粒，飞落在了那株海棠树上。

仿佛季节在骤然转换，属于海棠盛放的时间戛然而止！

这株刚才还肆意娇艳的海棠花，霎时就开始枯萎凋零。不光是花朵，就连叶片也如同飞雪般一片片地掉落。

"啊……海棠！"明胤失声。

陈游介反掌，打过去一团绿色的气息，总算护住了海棠花，让它不再凋零。可是此时的海棠，已经与片刻之前娇艳盛放的样子不可同日而语了。

"这不是疫病，这是诡秘的摄生术术。"铁证在旁，陈游介的话语也格外笃定。

"老板，你有办法吗？"在听到法术两个字的时候，明胤就开始把全部的希望都放到了陈游介的身上。

"这术法并不是来自本国，与我寻常对付的法术截然不同。我若多费些时日自然也能破解，可是……长安等不了那么久。"

楼东来听到这话，也不知道是该气还是该怒，他本想抓住孔爵咆哮一番，到最后却只是自责地握紧了拳头。

而孔爵，从看到海棠树凋零的那一刻开始，就一直沉默。

他最不愿意相信的一种判断，居然就是真实！

聆音居然借他之手，做出了这样的事情！

"现在我们还是先去看看，事态到底到了什么程度吧。"陈游介一抖卷轴，"上来一起去看看吧。"

明胤和楼东来都跟着陈游介跃上了卷轴，可是一个转身孔爵就已经不见。

"你……"楼东来的话语，没能追上他消失的身影。

　　驾驭着卷轴，陈游介小心地穿行在浓云之间。虽然街上已经行人寥寥，可是他们不想因为自己的不小心再生出事端。

　　此时的长安城上空笼罩着一片灰蒙蒙的气息，那被摄取的生气，却都朝着皇宫而去。

　　"那就是从长安居民身上摄取的生气。那个聆音，就是想用这股生气来打开皇宫的结界，重获力量。

　　"也只有孔爵那样单纯的人才会没有觉察到她话中的漏洞，如果她能够离开皇宫，又何须等到今时今日，更何须什么引路的道标？至于什么琥珀的下落，只怕是引孔爵上当的鬼话罢了。"

　　陈游介看似自顾自悠悠长叹，明胤却知道，他这样说是为了解开楼东来的心结，让他不要继续怨恨孔爵。孔爵其实也只是被蒙蔽了而已。

　　突然，原本一片灰蒙蒙的视线中，居然出现了一道绚丽的华光！

　　而在那华光之中，是一只硕大的孔雀，在半空中竭力地扑打着巨大的羽翼，将那迷蒙的瘴气驱散开来！这是孔爵！

　　虽然已经听孔爵说过自己的真身就是孔雀，可是听到和亲眼看到的震撼还是大不相同。更何况，这只孔雀比楼东来曾经见识过的任何一只孔雀都要大得多，巨翼舒展间，简直是遮天蔽日！

　　"孔雀性不畏毒，这样的瘴气和摄生术法是伤不了他的。"陈游介沉吟，"可是，他这样做，只能暂时驱散瘴气，不能解决根本，其实是徒劳无功，于事无补。"

　　虽然，陈游介的声音总是一如既往的那么冷静，缺乏起伏，明胤却依然听出了那一丝赞赏。"明知不可为而为之"正是陈游介最欣赏的品质。

　　"哼，这算什么！装模作样！"楼东来扭头，看也不看一眼。

　　硕大的孔雀，不知疲倦地在半空中飞舞着。可是无论他怎么努力，瘴气的席卷也只是稍稍变慢，并没有因此消失。相反，孔雀自己的身形，却在这一圈圈的飞舞中，变得渐渐凝滞下来。

　　他……太累了。

　　"快过去拦住他！孔爵要坚持不下去了！"楼东来再也忍不住了！

　　陈游介驾驭的卷轴纹丝不动："他那只是装模作样。你说的。"

　　楼东来顿时语塞。其实从孔爵化作孔雀在空中竭尽全力地驱散瘴气的时候，他就已经完全原谅他了。可是……他才不要道歉。

"我们回去吧，我还得回去好好研究这迦毕试国的诡异术法到底该如何破解呢。"
陈游介说着，居然开始拨转方向，要将奋力苦战的孔爵就这样生生丢在身后。

楼东来再也忍不住了："我相信孔爵是无辜的了，我们快去救他！"

陈游介唇角一弯："很好。"

与此同时，再也支持不住的孔雀，朝着地面硬生生地跌了下去！

"来不及了！"楼东来大叫！

原本飞速下跌的孔雀，突然被一团云朵稳稳地接住了身形，接着卷轴就已经飞到
了云朵下方。那云朵"噗"的一声散去，落在卷轴上的，就是孔爵的身形了。

来不及感叹陈游介这一手精妙的法术，明胤赶紧察看孔爵的情形。

只见他的面色苍白，显然是已经用尽了全身的力气。

他竭尽全力，只想弥补自己犯下的无心之失。而那个真正的罪魁祸首，却还安然
地在宫中运筹帷幄。

绝不放过她！即使，不是为了这受瘟疫之祸的长安百姓，只为了替孔爵讨回公道，
我们也必须行动！明胤和楼东来都暗暗发誓！

突然，一股猛烈的风，骤然从他们的身畔席卷而过！

此时大家都在察看孔爵的情形，只有小八一个猝不及防，居然被卷到了半空中。
明胤心中一惊，急忙呼唤。只见小八闪电般地冲了回来："风向变了！"

虽然小八会说话，可是它在外人面前极少开口。这次，显然是急了！

风向？陈游介飞身跃起，身形如同攀越上了看不见的云梯般，转眼就已经到了半
空中。

只见那刚才还呼啸着朝宫城席卷而去的生气的旋涡，此时居然朝向了另一方向。
难道，这长安城中，还有别的妖孽作乱？凝神看去，那生气逆卷的方向，正是朝着废
王府的方向。

糟糕！陈游介想起来，之前听明胤说起过那废园里有妖怪作乱，幸亏孔爵出手救
了他们。这几日事情繁多，居然忘了及时除去这祸患。现在看来，这席卷长安的生气
飨宴，废园妖怪也不打算放过！

一面是深藏皇宫的罪魁祸首，一面是趁势作乱的污秽妖孽，到底哪边的形势更加
刻不容缓？陈游有了那片刻的迟疑。

"我去对付废园的妖怪。你快去皇宫那边。"孔爵咬着牙，撑了起来。

眼见陈游介还有几分迟疑，孔爵道："那妖怪我已经对付过一次，不足为惧。"

陈游介看看他，再看看头顶那简直是在彼此撕扯的两股生气，指尖一弹，一枚丹丸已经落入孔爵的手中。

"这是急速恢复气力的药丸，这次就便宜你了。快去！"

陈游介说着，已经朝皇宫飞掠而去。

孔爵吞下药丸，只一息之间，他的精神陡然一振。转眼间就已经化作了巨大的孔雀模样。只见他把头一摆："快上来！"

呃？这是要载我们过去的意思吗？

明胤还在发愣，楼东来早已经拖着他乘上了孔雀的背。只轻轻一扑翅膀，孔爵就已经飞了起来。这种感觉，跟平时乘着陈游介的飞行卷轴的感觉截然不同。只是，一想到这正在飞的是自己的朋友孔爵，明胤总有点不好意思，一动也不敢动。

刚靠近废园的区域，他们就发现了妖怪的身影。

在荒芜的废园中，那满身泥泞污秽的硕大身影正在高高耸起了头，吞噬着那些生气！随着它的每一次呼吸，它的身躯都变得更加饱胀一分，而那狰狞丑恶的面目也变得更加不堪入目！

从半空中生气的流向来看，居然已经从之前的互相撕扯，变成了全数尽归这边的态势。想不到，这半路杀出来的家伙，居然比苦心布局的聆音掠取到了更多的生气！

"不能再拖延了，一旦这些生气全数转化成他的力量，恐怕就难对付了！"

孔爵刚把明胤和楼东来放下，就迫不及待地朝妖怪冲了过去！

不待明胤开口，小八也急忙跟上。

转眼间，孔爵化作的巨大孔雀就与狰狞盘旋的妖怪撕扯在了一处。原本楼东来和明胤还抱了侥幸心理，觉得孔爵在半空中，就算一击不中，也不至于受伤。眼前的事实却立刻就教训了他们！

上次不过是遭到孔爵数道华光就退缩逃遁的妖怪，现在居然也翻腾着飞舞起来！虽然它笨拙的身躯无法如孔爵般轻盈灵巧地飞翔，可是那横冲直撞的飞扑势头，居然让孔爵左支右绌！

要知道，孔爵之前就已经累昏过去一次，现在不过是靠着陈游介的丹药在维持，可是一旦战局陷入胶着……

一边是还在伺机吞噬生气的妖怪，一边是强行支撑的孔爵。虽然此时双方的激斗还难分胜负，可是在明胤和楼东来的心中，隐隐有了挥之不去的担忧。

突然，孔爵的左翼被妖怪咬住，狠狠撕扯下一大片羽毛！鲜血，瞬间四散飞溅！浓厚的血腥气息却让妖怪更加兴奋起来，"桀桀"的怪叫声响彻天际！

孔爵艰难地扭过头："你们快逃！"

楼东来心中一震，孔爵在这样的生死存亡之际想的居然是他们的安危！

他不顾一切地朝着孔爵奔了过去。

他，绝不丢下朋友！

孔爵见他跑过来，居然扬起翅膀，卷起一阵大风，想要用这风将楼东来他们远远地送走！

楼东来和明胤急忙抱住身畔的一棵大树，他们，绝不能就此离开！

突然，半空中一个清脆的声音响起："我来救你！"

一个白衣飘飘的少女，端立在仙鹤上，她手执长长的白色丝带朝着妖怪就抽打过去！她飘逸出尘的美丽面庞，加上高雅从容的姿态，就如同仙女般绰约动人。如果此时不是还在激斗中，只怕楼东来已经要激动得高喊出声了！

那丝带看似柔软，没想到打到妖怪身上居然当场就让那妖怪嘶声惨叫！

而那丝带每一次的抽打，位置都在妖怪的颌下，显然，她对妖怪的弱点，是了如指掌！

"聆……音？"孔爵不确定的声音响起。

明胤和楼东来心中顿时一震。原来她竟然就是那个上清珠的精灵聆音！

这一场让整个长安蒙难的瘟疫，就是她的手笔。如今她怎么倒肯出手帮助孔爵？

"她不是帮孔爵，她是在帮她自己。苦心布局掠取的生气居然被这半路杀出来的家伙夺走了大半，她怎么肯甘心？"说话的，是陈游介。

一看到老板出现，明胤不自觉地安心许多。

"我赶过去的时候，她居然已经突破了宫城的结界，而且还半路布下迷阵阻拦了我的追踪。"陈游介言简意赅。

可是，看他深锁的眉头还有丝丝汗珠，明胤和楼东来就都知道，他必然是经历了一场苦战，才从那迷阵中脱困。虽然陈游介对中原法术了如指掌，可是显然，遇上迦毕试国的诡异术法，他到底是吃了不熟悉的亏。

陈游介还来不及松口气，那厢孔爵、聆音与妖怪的激斗已经越发激烈，树木被刮起，房舍也在厉风中摇摇欲坠。

虽然聆音加入了战圈，屡次攻击得手，却无法一举锁定胜局。而若是这样长期地消耗下去，结果不言而喻。

突然，那妖怪居然从满身纠结的污秽间喷出了瘴气，如同怒涛般翻滚而来！

它使出了自己的撒手锏！

这一手对付聆音未必有效，对孔爵来说更是毫无意义，但是……如果长安被瘴气侵染……不光是明胤他们，整个长安的百姓都会因此遭劫！

陈游介飞身而起，一咬牙，将那早已经在怀中嗡嗡作响的宝珠掏了出来。

这宝珠霎时间就绽放出夺目的光华，刚才还奔流翻滚的瘴气，霎时就在这光华中越来越稀薄，转瞬就消散得无影无踪了！虽然它的威力只能在百尺范围，却是极大地遏制了瘴气的肆虐。

孔爵一看到这宝珠，顿时一喜："避尘珠！"

避尘珠与上清珠一样，都是来自迦毕试国的宝物，他此时一见，立刻就认了出来。时隔五十年，它的灵气居然没有消失殆尽，真是长安之幸。

这话一出，不光是明胤和陈游介，就连聆音手中挥舞的丝带也是一震。

妖怪眼见自己的瘴气不起作用，怒吼一声，朝着陈游介直扑过来。

让陈游介没有想到的是，聆音居然没有拦住它！

要说孔爵已经近乎力竭，拦不住妖怪倒也罢了，聆音这是……

陈游介一面飞速闪避，一面心思急转。

妖怪扑过来时，激起的巨大气浪让他手中的避尘珠都在微微震动，差点就要脱离他的掌控。

说时迟那时快，一道丝带急袭而来，居然将避尘珠卷起就撤！

聆音居然对避尘珠起了觊觎之心，还明目张胆地出手抢夺！

陈游介大怒，数张爆裂符咒疾射而出。刚才还在聆音的手中如臂挥指的丝带，霎时就断成了几截。而那失去了掌控的避尘珠，则急速下坠！

陈游介飞身向前，要将这宝珠重新抓住。却没有料到妖怪居然卷起长尾，激起气浪，生生将他推开数尺！

这数尺的距离原本无关紧要，可在这瞬息之间，那避尘珠居然……已经落入了那妖怪的……口中？！

怎么回事？！避尘珠能克瘴气，分明就是他的克星，它吞它做什么？！难道是宝珠的光华耀眼，把它的心智都迷了吗？！

陈游介一面焦心宝珠失手，一面却实在迷惑起来！

而在他的面前，异象陡生！

妖怪的身躯在扭动嘶叫着，它不再发动攻击，而是上下急速地翻滚。避尘珠从它的口鼻间流泻出耀目的光辉，显然内里正掀起了极大的波澜！

陈游介眉头紧皱，这妖怪明明被避尘珠折腾得如此痛苦，就算是一时迷糊吞下去了，现在这么难受也该赶紧吐出来啊！

难道是……想吐也吐不出来？

陈游介的思索还在继续，眼前的妖怪却渐渐在起着变化。原本遍布妖怪全身的污秽，正随着挣扎慢慢地褪去。

"这是……避尘珠在净化这妖怪？"虽然这个答案远远超出了陈游介的预想，可是只有这个解释说得通。他收藏了避尘珠这么久，当真不知道避尘珠有如此能耐。

见此情景，陈游介和孔爵急忙退避一旁静观其变。

聆音却是不肯放弃，她秀美面庞上那开始如同九天仙女般脱俗的气质早已经荡然无存。

她不顾一切地挥出又一截丝带，朝着妖怪的方向发出了攻击！

刚才还屡屡奏效的攻击，突然在一瞬间就失去了效力！她的丝带仿佛是被看不见的火焰灼烧着，寸寸碎裂化作了飞灰！

他们面前，妖怪的形象，正不可逆转地发生着改变！

硕大的双眼、高耸的角、金红色的鳞片即使在雾霾漫天的天空下依然闪烁着光芒。还有最后那一声让天地震撼的长啸声，如果不是看到了片刻之前它那污秽丑陋的模样，没有人会怀疑，自己看到的，是一条龙！

然而，所有人的震惊加起来都比不上孔爵的震惊！

他昂着头，难以置信地喃喃自语："琥……珀？"

这下，连明胤和楼东来都呆了。什么？！这个污秽不堪肆虐长安的妖怪其实就是……孔爵不远万里来寻找的朋友——琥珀？！

这怎么可能？！

楼东来赶紧扯住孔爵的衣襟，不让他再朝妖怪靠近。

"你别看错了！他刚才明明就是妖怪，你不是跟我们一样，亲眼看到它吞了避尘珠才变成现在的样子的吗？"楼东来急忙告诫。

"是啊是啊！说不定这只是幻象，变出来迷惑人的！"明胤也忙不迭地劝说。

孔爵摇摇头："不是幻象！我绝对不会认错的，这就是琥珀！琥珀的鳞片色泽，琥珀身上那种特有的气息，不，我绝不会弄错的！"

最后拦住了孔爵的，是陈游介。

"你能确认的，是'它是琥珀'，那么你能确认'它就是当初的琥珀'吗？"

陈游介的话，让孔爵陡然一震。

"琥珀是不会认不出我的。"

"琥珀是不会伤害我，与我为敌的。"

"琥珀是不会这样为祸一方的。"

刚才还激动万分的心情，陡然一凛。孔爵望望那与记忆中分毫不差的身影，再对上陈游介冷肃的双眸，一时间，不知所措。

到底，这是不是真正的当年那个琥珀？！

已经追寻了这么久，他已经能感觉到真相就在眼前，却好像隔了一层挥之不去的迷雾，明明近在咫尺，他却再也无法触及真相的端倪。

"想要知道真假，再确认一下它记不记得故国，记不记得你不就好了？"明胤知道孔爵的纠结，生怕他钻了牛角尖，急忙建议。

孔爵心中一动，急忙再度化作硕大的孔雀模样，飞到琥珀高耸的龙头边扬声询问："你认识我吗？"

即使隔得那么远，明胤依然清晰地感觉到了孔爵声音中那一抹挥之不去的颤音！

他比谁都害怕听到让他绝望的回答！

他，没有得到回答。

回应他的，是锋利的咬噬而来的牙齿！

孔爵呆愣，完全无法躲闪这近在咫尺的攻击！

危急关头，一条丝带飞来，将他的身躯急速地卷开，这才算是让他躲过了那凶狠的一击！

"你在干什么？！你还看不出来吗？他不是琥珀！"

"我不信！这明明就是琥珀！"

聆音的声音很响，可孔爵的声音比她更响！

不知道什么时候，陈游介纵飞到了孔爵的身畔。他什么也没有说，只指着"琥珀"的瞳孔道："你看。"

在烟尘漫卷中，孔爵看到了"琥珀"的瞳孔，那不是他熟悉的金色的瞳孔。这瞳孔空洞无物，没有一丝情感的波动。

"这是……假龙。"虽然对于这来自迦毕试国的龙族陈游介没有十足的把握，可是眼前这种情形，他却是再熟悉没有了。

"你在说什么？什么是假的？"孔爵还没回过神来。

"这个躯壳，也许的确属于你的朋友琥珀，这盘踞其中的灵魂，却不属于琥珀。"

孔爵的身躯陡然一震："怎么……这怎么可能？"

"如果这其中的是琥珀，那么你告诉我，你们迦毕试国的龙，需要吞噬生气才能存活吗？"

孔爵陡然语塞。可是他依然不愿意相信眼前的一切。

明胤突然有了发现："龙珠！这条龙，没有龙珠！"

孔爵定神望去，只见那"琥珀"的下颌处，真的没有龙珠！

从一开始的坚决不肯相信，到此刻真相已经赤裸裸地摆在眼前，孔爵只觉得自己的身躯在一寸寸地沉入冰雪之中，再也翻不起任何一丝涟漪。

"迦毕试国龙池中所诞生的龙族，都有将自己的龙魄保存在龙珠中的习惯。龙珠在，则龙在。龙珠若是不在了……那……"

孔爵全身都在颤抖着，他硕大的翅膀此时变得如此无力，几乎无法再支持下去。

"现在，琥珀的身躯正被不知道哪里来的妖孽占据着。你不打算为他夺回身躯，洗尽耻辱吗？"陈游介仿佛一点都没有发现孔爵此时的崩溃，只淡淡地开口。

对！不能让琥珀的身躯落在妖孽的手中受辱！

孔爵长啸一声，化作孔雀就朝着那披着琥珀龙皮肆意作乱的妖孽冲了过去！

陈游介盯着他的身影，比起软弱哭泣，这才更适合你。

见孔爵正面迎敌，聆音眉头一皱，也冲了过去。他们三人开始合力围攻这披着龙皮的妖孽。

孔爵一马当先，冲在最前面；聆音的丝带则是四处侵袭；陈游介将符咒卷开环绕在那妖孽周围，让他无处遁逃。

虽然事先并未演练过，三人的配合却浑然天成。

孔爵心中的愤怒全部化作了滔天的战意，在他狠烈的厮杀之下，那妖孽再也支持不住，渐渐就落了下风。

毕竟这不是它自己原本的身躯，真到了这分秒必争的激斗时刻，慢了一息都可能危及生命！

可是，比起丢下这身并不如意的外皮，它更加清楚，一旦从这身躯中脱壳而去，赤裸裸地暴露在对手面前，只会让它更快地灰飞烟灭！

它嘶吼着，负隅顽抗！

小八早被这场乱斗卷起的厉风甩得远远的。虽然它竭力想靠得更近一些去助陈游介一臂之力，却发现以它的力量压根无法靠近。

正当它准备退远一些，就算帮不上忙，也不要因为自己的存在导致陈游介分心的时候。它觉得自己，好像听到了什么声音？

"救救………我………"

这声音到底从何而来？！小八摸不着头脑。这声音却再也没响起，就连刚才那一声，都仿佛只是它的幻觉。

在孔爵的猛攻和陈游介符咒的合围之下，妖孽终于无处可逃，正被聆音的丝带重重捆缚，再也动弹不得！

"啊啊啊……"那妖孽惨叫着，却抵死不肯离开琥珀的躯壳。狡猾的它仿佛明白，孔爵如此愤怒的原因就是要夺回挚友的身躯，而只要有这躯壳在，这些人投鼠忌器，就不会真的痛下杀手。

"都这样了，它还不肯从这身躯中脱出。真是狡猾至极！"陈游介皱眉。

"这种污秽东西，居然敢一再地盘踞在琥珀的身躯中，真是……罪不可恕！"孔爵气得羽毛倒竖。

比起他们二人，正勉力支撑着要束缚住琥珀身躯的聆音显然更加冷静："如果不尽快下决定，我们刚才的一场苦战，就是白费力气！"

"可是……琥珀的身躯……"孔爵目露不忍。好朋友已经不在，他怎么忍心见他的身躯再遭此横祸，本来以为最少能带着他的身躯回到故国，却没有想到，连这个小小的念头，此时都要变成奢望了吗？

"随便你选，是要眼睁睁看着这妖孽继续披着琥珀的皮，败坏琥珀的名声，还是就此了结，还琥珀一个清白。"聆音显然没有孔爵这么多顾虑，她的声音清清冷冷。

清白！

不能让琥珀背负着这样无妄的污名。他是高洁的龙！他不能为了保全他的身躯而败坏了他最珍惜的，身为龙族的高洁和骄傲！

"知道了。"孔爵只觉得这三个字，仿佛有千斤重，知道自己是如何将这句话说完的。

话音未落，他就已经扭头飞走，他不要看到这一幕，他不要眼睁睁地看着琥珀的身躯就这样在自己的面前四分五裂！

而小八，却在这一瞬，发出了巨大的嘶吼声——"不！"

小八撕心裂肺的呼啸声，让聆音的动作陡然一滞。

原本被丝带绞扯得几乎要寸断的龙身也在这一声呼啸中，勉强保住了原本的形态。

那龟缩在龙皮中苟延残喘的妖孽，也终于忍耐不住，窜出龙皮妄图逃走！

陈游介的爆裂符咒早已经等候多时，只弹指间，那刚才还肆意妄为的妖孽就魂飞魄散，灰飞烟灭！

眼见危机缓解，明胤急忙关心小八："你怎么了？什么地方不舒服吗？"

小八在明胤关切的询问中不好意思地摇了摇头："我刚才觉得好像有个什么声音在我脑海中突然响起来，我不由自主地跟着那个声音叫出了声。"看到明胤依然是满面担心，小八急忙飞了几圈，用行动证明自己真的没事。

"没事就好。"话虽如此，可是明胤知道，对于小八来说，这并不寻常。

妖怪被陈游介的爆裂符咒消灭的烟尘在半空中尚未彻底散去，聆音就再度有了动作！

她对那妖孽的死活漠不关心，她的丝带迫不及待地卷住的，是避尘珠。

她面不改色地将避尘珠收入囊中："这避尘珠本就是迦毕试国的宝物，与我同出一源，如今让我收回，也算是完璧归赵吧。"

这下，不光是孔爵和明胤，就连楼东来都看愣了，这个女人的脸皮怎么这么厚，就这样堂而皇之地夺取别人的宝物？！

孔爵羽翼一收，化回了人形，显然他并不想与聆音作战。

"你已经作孽甚多，就不要再造孽了。交出避尘珠，我会帮你向陈仙长求情，给你一个悔过弥补的机会。"

聆音微微一笑，此时的她，已经完美地恢复了她高洁如仙的风姿。

只是她吐出的话语，却冷漠得没有一丝温度："如果我说，不可能呢？"

孔爵的气势陡然凌厉："那我也不会放过你！"

聆音低头轻笑，不一会儿，她的轻笑声就变成了狂笑。在她几乎抑制不住的笑声中，泄露出狂放的句子："你知道吗？避尘珠还有一个不为人知的作用，那就是可以让人……前尘尽忘！"

孔爵心中一沉："你在说什么？"

"只是它让人遗忘的速度有点慢，需得整整三个时辰才能有效。不过……如果用它来向魂魄施术，只要瞬息，就足以成功！"聆音一面说着，一面舒展了手掌。在她的手心间，一颗火红的龙珠正笼罩在避尘珠的光华之中。只见避尘珠的光华闪过，龙珠原本火红的色泽，似乎也起了微妙的变化。

火红的龙珠……这是琥珀的龙珠！蕴含着琥珀龙魄的龙珠！琥珀的龙魄正是跟他的鳞片一般，有着独一无二火焰般的色泽，不容错认。

而聆音现在正在做的是……用避尘珠消弭龙珠中龙魄的记忆？！

"你在干什么？！这是琥珀的龙魄！"孔爵不顾一切地朝聆音扑过去。

可是，一息之间，一切，就已成定局！

孔爵什么也没来得及做，就眼睁睁地僵住了身形。

"实现你的愿望啊。"轻松的笑语间，聆音猛地将龙珠朝委顿在地的龙皮抛去。

孔爵想截住龙珠，却被聆音的丝带绊住了身形！

龙魄一落在龙皮上，变化就在瞬间发生！

刚才还残破不堪的龙鳞瞬间弥合，不过瞬息工夫，在孔爵面前昂首怒吼的，又是当初的那个浑身沐浴着红色霞光的琥珀了。

"琥……珀？"在经历了这一次次的变故后，孔爵再度看到这个熟悉的身影，他想要相信，可是，他已经不敢相信。

"琥珀？！他不是琥珀，我已经用避尘珠，让他忘记了所有的一切。"聆音乘着仙鹤，轻盈地飞舞在龙头边。任谁都看得出来，这条龙对她俯首帖耳。

"现在，它是属于我的龙奴罢了。"

孔爵的双眸冒火："龙族是绝不甘心为奴的！你到底想干什么？！"

"想干什么？"聆音冷笑，"你可以慢慢地，好好欣赏，我到底想干什么。"

聆音手臂一挥，就已经朝着"琥珀"下令："吸了长安全部的龙气，再把这束缚了我足足五十年的鬼地方给我毁掉！"

孔爵一震："你疯了！"

聆音昂着头，直视着孔爵："我疯了？！当初我知道自己要被送到万里之遥的陌生国度的时候，你们一个都没有想要帮我！你和琥珀都是天生灵种，你们生来就有强大的灵力和天赋，你们从不将我这样的物魅精灵放在眼里！我受尽了白眼和冷漠，连一块属于自己的修炼地都找不到。你们把所有最好的资源和土地都占据了……"

孔爵顿时愣住。迦毕试国是一片充满了奇迹的国度，在这里诞生了无数的宝物和灵种。虽然有着力量和天赋上的差异，可是他从未想过他眼中和谐的家园，对于聆音来说居然有着如此不堪的回忆。

聆音仿佛是想把忍耐了许久的话都一次性发泄："我被送到长安，被锁在深宫之中过着暗无天日的日子。你们不知道吗？是迦毕试国的那片土地孕育了上清珠，孕育了我。如果离开那片土地，等待我的，就只有灵力耗尽，灰飞烟灭……"

孔爵的眼眸，有一丝不自然的躲闪。他知道，可是他没有在意！身为骄傲的天生灵种，他的确如同聆音所指责的那样，并未在意过身旁那些弱小的物魅精灵的死活。

"对不起……我……"孔爵原本的理直气壮，到了此时也不觉变成了夹杂着歉意的迟疑。

"你用不着说什么对不起。"聆音干脆利落地截断了他的话，"现在就让琥珀，来偿还你们当初无视我的罪过吧！"

聆音昂起头，此时她端立在仙鹤之上，宛如指点江山的女王："我要毁了这里，夺尽此地的气数，风风光光地回迦毕试国去。让你们这些瞧不起我的天生灵种，都看看我今日的风光！"

"龙奴，去！"

随着聆音的动作，琥珀如同一道离弦之箭，朝着皇宫直冲而去！

如同牢狱般困了她足足五十年，令她差点身死魂灭的皇宫，正是汇集了她最大恨意的所在！

不！

孔爵惊呼一声，急忙再度化作巨大的孔雀身姿，追了过去！

如果此时有人昂首望向空中，就能看到，一条红色的龙在前面飞，一只斑斓的孔雀在后面紧追不舍。这是犹如梦幻般迷离的景象。

望着前面那个若隐若现的身影，孔爵依稀想起了多年以前，他和琥珀也是这样，你追我赶，围着龙池，飞了一圈又一圈……

那样的时光，已经被遗落了多久呢？

现在不是伤感的时候！长安，即将迎来一场浩劫！

孔爵飞扑了几下翅膀，终于拦截在了琥珀的身前。

几乎是与此同时，陈游介和聆音也赶来了。坐在飞行卷轴上的明胤和楼东来焦急地关注着事态的发展。相比他们的焦急，小八却有几分神不守舍，它的脑海里，总是在回想着那时候回荡在自己脑海中的句子。

它已经不止一次听到那句子了。第一次是"救救我"，第二次是"不"。那两次相同的声音都是在它的脑海中直接响起。小八觉得，自己肯定是忘记了什么重要的东西！它拧着眉毛，想了起来。

琥珀的身躯骤然被阻挡，当即就喷出了火焰！

可这绚丽的火焰，看着色彩斑斓夺目，灼烧在羽毛上，就完全是另一番感受。

虽然知道琥珀是火龙，可这还是孔爵第一次领教到他的龙焰！

孔爵从来没有想过，琥珀的火焰居然有一天也会烧到自己的身上！这是连最深的噩梦中都不曾出现过的景象！

"琥珀！是我啊！我是孔爵！"孔爵不顾身上翻滚的灼热，放声大叫着。

孔爵与琥珀的缠斗，如同两道铺天盖地的华光。聆音虽然是主使者，此时为了自保，也急忙退开，以免被波及。

她的身形刚一动，就觉得浑身一僵，居然再也动弹不得！

"没有人告诉过你，只会阴谋诡计是玩不久的吗？"陈游介的目光冷肃，话语铿锵。

聆音这才发现，她早已经置身一片符咒圈成的阵法当中。

她没有想到，看似束手无策的陈游介，居然算好了她一定会朝这个方向躲避，早早地就为她布下了陷阱！

"命令琥珀停下来！"陈游介面上那平日的嬉笑之色一扫而光。

聆音在最开始的惊慌之后，迅速恢复了平静。

她歪着头，轻松地审视了一圈那正将自己束缚的符咒法阵。这个法阵由爆裂符咒组成，每一张上都隐隐有青紫色的雷光闪耀，那噼啪作响的声音听得人一阵胆寒。

"是孔爵没有告诉你，还是你根本就已经忘记了？我聆音是上清珠之灵，若是我遁入上清珠中，这些雷符又能奈我何？"聆音轻笑，"我只为你不值，这些雷符要是真的施展起来，只怕你也要消耗掉不少的法力吧？"

陈游介的目光一丝不变："哦？上清珠居然有克制这么多张雷符的能耐？我竟然不知道！不知道聆音仙子你是否可以容在下一试？"

聆音的脸色变了又变，虽然她刚才说得笃定，可真要试，她还真的没有这个胆量。

突然，她又笑了起来："其实有件事情我忘了告诉你。"

"哦？愿闻其详。"陈游介嘴角一弯，也露出一个恰如其分的笑容来。

"当年我骗了琥珀这个笨蛋来到长安后，就设计杀了他，取了他的龙魄，再将他的身躯丢入了太液池中。"聆音的声音不大不小，恰好让孔爵也能听到。

孔爵没想到这个直到此时还笑得云淡风轻的女子居然会做出如此狠辣的举动，想到琥珀居然就这样……顿时只觉得心如刀绞。神思顿时一恍，差点就被琥珀的火焰打个正着。

"孔爵，不要分心！"陈游介急忙示警。

见此情形，聆音皱了皱眉："我原本是想夺了龙魄后，就有力量冲破结界回家了。谁知道琥珀那厮的龙魄居然是极为罕见的火属性，与水属性的我根本不合，完全无法为我所用。真是白费力气！"

"你……"陈游介虽然最擅长克制心性，可是听到此处依然不免动容。他怎么也无法想象，一条天地造化的龙，居然就这样枉送了性命。

"不过，我被闭锁深宫，左右无事。总归是让我想出一个办法来了。"

聆音的脸庞骄傲地一昂："我将我的本命珠灵与龙魄做了一点融合。如此，我虽然不能使用龙族的火焰之力，却可以得到龙的寿命，不用担心岁深日久无法返回故国就会湮灭在此了。

"原本我只想出融合龙魄后的这一个用处，不过今天我却在情急之中发现，原来当我的珠灵与龙魄融合之后，还可以让他听命于我。这真是意外惊喜！"聆音合掌笑道，"这可是多亏了你们呢……"

陈游介深呼吸："也就是说，如果此时杀了你，琥珀也会殒命。对吗？"

聆音微笑："跟聪明人说话，真的是一点都不费力呢。"

"到现在你还非要试试我的上清珠能不能抵抗这么多张雷符的攻击吗？"聆音目光一转，笑意盈盈。

陈游介可以施展雷霆手段立刻就灭了这个妖女，可是……他真的忍心就这样断绝孔爵最后的希望吗？要知道只要龙魄还在，琥珀就还有生还的希望……如果……那就真的是万劫不复了！

在天空中，孔爵与琥珀的缠斗，还在继续。

与琥珀从小一起长大的孔爵，对于琥珀的攻击习惯实在是太过了解。可是他真的没有想到，这种了解，居然是有一天用来躲避他的攻击！

小八焦急地注视着战局。它能清晰地看出来，比起一直穷追不舍的琥珀，只是在躲闪的孔爵已经渐渐开始不支。可是，它一点办法都没有。它真的想帮孔爵，更想帮帮那个已经遭受了无数苦难的同族。

它能想象，如果琥珀能清醒过来，看到自己居然犯下了如此错误，会是怎样痛彻心扉！

如果能再次听到那个声音的话，说不定就会有所帮助！

小八急忙紧闭双眸，竭尽全力地去感应那曾经稍纵即逝的声音。

怎么回事？那个声音到底是怎么回事呢？怎么就这样突然消失了呢？

不对，那个声音，并不是"听"到的，而是直接从自己的脑海中响起的，就好像有人在它的头脑中，与它直接交谈。

这……不是声音！

小八终于想起来了。

虽然身为龙族，可是小八从出生到现在就没有与其他同族有过任何的交流。

即使这样，它的记忆中，依然有着龙族特有的传承。龙族遍布五湖四海，随着岁月的推移和居住环境的变化早已经分化出了不同的类型和修炼的法门。可是有一条是不曾改变过的，那就是龙族彼此之间源自同一血脉的印记。

龙与龙之间凭着彼此远古同源的血脉而衍生出的特有的交流方式。

只要两条龙的距离在百米之内，即使不出声也可以用彼此的头脑交流。

那就是"龙息"！

如果自己感应到的确定是龙息无误，那是不是可以证明，琥珀其实还……一息尚存？！

大胆的预测闪入了小八的头脑。

能够施展龙息之术的，只会是龙族！而且是，头脑清醒的龙族！

那个用龙息之术呼唤它，向它呼救的，应该就是那躯壳中残存的琥珀最后一抹龙魄！

虽然这可能性微乎其微，却是解释小八听到的声音的唯一理由。

突然，聆音说过的一句话幽幽然不经意地回响在了小八的耳边。

聆音说，她将琥珀的身躯丢了在皇宫的太液池中，可是……发现那琥珀身躯的地点，明明就不在皇宫，而是在废园的池中。

小八只觉得心中一亮。

它的推测没错！

就是因为琥珀其实还保留了一点残存的龙魄在那身躯之中，所以才能从太液池水中经过地下暗河来到了废园的池水中！

琥珀没有消失！那个还记得孔爵的琥珀还在！

小八高兴得差点跳起来！

可是，要如何才能让琥珀彻底恢复清醒呢？

聆音，已经将这一切打成了一个无解的死结，而它，该如何才能将这一切的谜题解开？！

"怎么办……"明胤纠结地喃喃。

"也许……还有一线希望。"小八开口。

明胤惊喜地望向小八，小八急忙将自己感应到龙息和自己的推测和盘托出。

"太好了！"明胤和楼东来都激动起来。

陈游介虽一直与聆音相持不下，可眼观六路耳听八方，对小八这边的动静也一点不曾错过。

相比少年们的激动，他却实在无法如此轻松。他深知，这里面的希望有多渺茫。就算是睿智如他，也禁不住长叹一声。

陈游介的一声叹息尚未结束，却见面前的聆音身形陡然一沉！从出现到现在，聆音一直是端立在仙鹤之上。那仙鹤与她宛如共生般心随意动。可是现在，是那仙鹤……

在一片翅膀的扑振声后，陈游介居然失去了眼前聆音的踪影？！

不对，不是失去了聆音的踪影，陈游介惊讶地发现，就连眼前的世界，都已经截然不同！

他的面前，不知道什么时候居然出现了辽阔的池水，还有池边浓绿的树林。那巨大的树木铺天盖日，枝丫直冲天际。湛蓝天空下筛落的金色阳光，更是炙热得难以想象，只一瞬间就让他汗湿了脊背。

空中荡漾着花朵浓郁的芬芳。这里的景象无论怎么看，都不属于长安。

一个答案迅速地跃入脑海——迦毕试国！这里是迦毕试国的龙池！

陈游介抬头望去，只见刚才还厮杀得难解难分的孔爵和琥珀，此时已经渐渐停下了争斗。他们环顾着周围亦幻亦真的故国景色。

孔爵会停手，陈游介不奇怪。可被聆音洗去了记忆的琥珀会停手，那就意味着……如小八所说，他的脑海中还有那最后一丝清醒的龙魄！

而这一丝龙魄，正在依靠着此时不知道是谁制造出的故国幻境，竭力地让自己恢复清醒。

此时他的停滞，就是证明！

琥珀睁大了双眸，他只觉得头脑一片纷乱。在他的脑海中仿佛有许多人在说话，他无法分辨，到底哪个才是真正的真实！

到底……是怎么回事？

琥珀苦恼地在半空中左冲右突，他觉得眼前的一切无比熟悉。全身上下每一片鳞片都在告诉他，这里就是故乡！可是，他找不到半点关于故乡的记忆！

也许……他已经离开得太久？所以才会忘记？

那他是为什么……会离开故乡的呢？

好像，是一场争吵，他好像是要寻找一件什么东西……

找到了，就可以回去了。

可是，那究竟是什么呢？

一片硕大的尾羽，出现在他的眼前。

这片尾羽，从上到下都流转着蓝紫色的星光，美得让人难以逼视。

"孔爵，我找到了，你的尾羽。"琥珀，想起来了！

仿佛是真实的钟磬声在瞬息之间突兀地敲响，那属于迦毕试国的阳光花朵在须臾间消失得无影无踪。琥珀龙爪间紧紧地抓住了那根尾羽。

他激动地望着孔爵："孔爵，我找到了，你的尾羽！"

五十年的时间仿佛从未流过，孔爵似乎在一瞬间回到了五十年前。那天他在沉睡中醒来，发现最珍爱的那根尾羽却不知所踪。怒不可遏的孔爵认定就是琥珀偷走了自己的尾羽。

然后就是五十年的分离。孔爵一直不知道当年为什么琥珀会离开生他养他的龙池，而今天，他才终于明白。

"笨……蛋。"孔爵像从前那样，艰难地吐出了这两个字。

当年的他不知道，这两个字，已经为了这个时刻，等待了五十年。

琥珀没有在意满身的伤痕，没有在意陌生的环境，他只知道，他找到了，孔爵最重要的尾羽！

听到那熟悉的两个字，他金色的双眸中，盈满了笑意。

孔爵望着琥珀，琥珀望着孔爵，时间仿佛在此刻悄悄地静止了。

一个声音，突兀地打破了此时的宁静。

"你想起来了，我就放心了。"开口的，居然是仙鹤。那只一直任劳任怨地在聆音麾下言听计从的仙鹤？！

"这个迦毕试国的幻境是你……"孔爵不敢相信。

仙鹤点了点头。

陈游介没有想到，仙鹤居然能制造如此逼真的幻境，还能安然从他的雷符阵中脱身。只是，他为何会抛下聆音，独自逃脱呢？

想到这里，他的目光中顿时多了一份警惕。

聆音眼见琥珀恢复记忆，再看看仙鹤居然已经逃走，只有自己依然被困在雷符阵中。她简直不敢相信，到最后背叛自己的，居然是与她一起共生在上清珠中的仙鹤清音？！

"为什么？为什么清音你要背叛我？！"聆音嘶声大吼。

仙鹤清音低下头："我可以化出迦毕试国龙池的幻象，可以让琥珀恢复记忆。可是，你告诉我，我怎么才能唤回那个跟我一起在上清珠里诞生的单纯小仙子聆音呢？"

聆音的身躯，陡然僵硬。

迦毕试国的龙池，孕育了上清珠。她与清音是一起诞生在上清珠中的精灵。虽然一个是人形，一个是仙鹤的模样。可是有了彼此的陪伴，日子才可以那么悠长而快乐。

清音的声音还在继续："那时候我们在一起，与世无争，多么快乐。"

聆音咬着牙，把头一偏。

"那些对我来说根本就不是什么美好的回忆！我不觉得那样的平淡是快乐，我只记住了来自天生灵种的龙族和孔雀们的无视和冷眼！"

清音的声音霎时凝滞。它不明白，为什么曾经彼此共享的经历，却变成了聆音心中如此不堪的回忆？！

聆音瞪大了双眸："我才不要那样毫无力量地活着！要不是因为我们没有力量，我们也不会被从迦毕试国送到这里来等死！"

清音急忙摇头："不是等死！在上清珠里的那片孕育了我们的芥子境域，足以护得我们灵魂不灭。我们顶多会陷入一段时间的沉睡罢了。"

聆音冷笑："我不甘心！我不甘心就这样任由命运摆布！我才不要陷入沉睡！我再也不要回到那种无知无觉的感觉当中去了！"

"无论是什么样的境遇，我都会陪在你身边的。"清音急忙说。

"陪我？那我现在正要遭受雷符的重击，你又在哪里？！"聆音讽刺地一笑。

清音的翅膀一抖，它终于不再说什么，只是痛苦地闭上了双眸。

"也许你一开始想的只是自救，可是现在，你就是在害人！"陈游介的雷符，已经开始迸射出巨大的雷光！

聆音望着漫天的雷光，再也控制不住地颤抖起来。突然，她想起了救命稻草："你们忘了吗？我的珠灵已经与龙魄融合，如果你想灭了我，那么琥珀也活不了了！"

陈游介的动作，骤然一滞。他望向孔爵和琥珀。

注视着面前的一切，琥珀的神志从恍惚中渐渐恢复清明。如同被强行停止的沙漏在一瞬间松开了桎梏，所有的记忆都铺天盖地地朝他袭来。他想起了所有的一切。

孔爵化回了人形，牢牢地抓住了琥珀的龙爪。他好不容易才等到这一刻，他绝不允许任何人任何事情再把琥珀从他的身边带走。

望着孔爵焦急的目光和紧握着琥珀龙爪的双手，陈游介激发雷符的那最后一击，怎么也无法发出。

他能理解，孔爵这五十年来的煎熬。素来杀伐决断的陈游介承认，此刻，他是真的在迟疑！

即使长安有千千万万人又如何，他真的可以为了那些人去危及琥珀吗？

"对不起，我修炼不用心，到现在也没能让你看到我化成人形的样子。"琥珀歪了歪头，突然有点不好意思地开口。

"没关系……"孔爵的话，戛然而止！他本来想说，我们还有很多时间，你可以慢慢来……

可是，他看到了琥珀的眉宇间突然迸射出一道光华，直射向雷符！

那些早已经蓄势待发的雷符，瞬间就被激发！

啊啊啊！

啊啊啊！

聆音凄厉的惨叫声和琥珀压抑的长啸声一起响彻天宇！

随着雷符的爆裂，聆音的身躯一点点地破碎。她目瞪口呆地想要拢住那些从自己的身躯上散落的粉末，却发现自己的手指早已经灰飞烟灭……

不过瞬息，雷符的爆裂还未结束，聆音的身躯就已经化作了难以收拾的粉末。

此时，没有人敢去直视清音的表情。

亲手将最重视的同伴送入湮灭的痛苦，没有人可以为他分担！

清音还记得，先诞生的自己，是如何满怀期待地等待着那后诞生的小精灵睁开眼睛的。从聆音睁开双眼的那一刻开始，她的笑容，就是他的一切！

在最后雷符爆裂的时刻，清音突然飞入雷符阵中，将聆音最后的碎末衔起，头也不回地直冲向了天边。

没有人阻止他。

此时，被聆音强行掠来的生气已经消散开来，虽然一时之间还没有那么明显，可是陈游介能感觉到，曾经笼罩了长安的那股挥之不去的瘴气，在一点点地消散开来，蓬勃的生气又重新浸润在这片大地上。

可是来不及欣喜，孔爵的呼唤声又将他的视线拖回了眼前惨烈的现实。

琥珀倒在血泊中。原本就身受重伤的他，因为龙魄的崩溃，此时已经奄奄一息。

倒在血泊中的琥珀已经无力动弹，他只觉得自己的身躯前所未有的沉重，甚至连动弹指爪都变成了难以完成的动作。

他看到了孔爵在哭泣。他想擦掉他的泪水，却发现自己根本动弹不得。

"别哭啊……"

琥珀在心里呼唤着，沉重的吐息从他的鼻翼间喷出，可是他再没有力量说出任何一个音节。

孔爵抱起他的头，就像很多年前他第一次栖息在龙池边的树枝上，发现了水中游动的那个大家伙一样。

"你不会死的！我会带你回去！回到我们的家乡，回到迦毕试国的龙池去！"

比孔爵的话语声更清晰的，是他脸庞上正在控制不住滴落的泪水。

回不去了……万水千山……

身为一条龙，琥珀总觉得自己拥有无穷无尽的时间，就这样肆无忌惮地纵横，却不知道一切在不知不觉间早已经改变。

丢下了故国，忘却了自己的名字，在异国的土地上被人当作妖怪……属于他的力量已经变得越来越弱……

还好……他想起来了，想起了曾经的故国，想起了曾经的知己，想起了，自己。

一滴泪，合着血液，从他的眼角滑落。

我好想回到……我们一起在龙池边嬉戏的时间里去。

不曾说出口的期盼，正在骤然清冷的空气中，一点点地破碎。

那根如同五十年前一样，光华灿烂的尾翎，还在一旁兀自闪烁着瑰丽的光华。孔爵只觉得这尾翎的光芒如此刺眼，刺得他的心痛得说不出话来。

五十年前，琥珀为了这根尾翎离开迦毕试国的龙池。五十年后，琥珀在这根尾翎的光华中彻底恢复清醒。

这一切都是为了你，孔爵。

为了你，他飞过万水千山。

为了你，他不后悔。

孔爵站了起来。

他的手臂朝半空中扬去，那动作比京城最负盛名的舞姬还要美丽！

仿佛是天上的花园突然降临在了人世间，出现在众人面前的孔爵，再度变成了一只身披五彩霞光的孔雀！虽然已经数度见识过孔爵化身为孔雀，可是没有哪一次，他的化形有此刻这样华美灿烂惊世无双!

明胤和楼东来简直不敢相信自己看到的一切。

他扭过头去,居然生生将自己身上的长羽拔落!

刚才还荡漾着瑰丽光华的羽毛,转眼间就染上了血色的光华!

楼东来失声:"孔爵,你到底要干什么?!"

孔爵没有回答,他只是在一刻不停地拔着自己身躯上绚烂的长羽,那宛如散落星辰般的长羽,并没有落到地面,而是一根接一根地首尾相接,连成了一条光的轨迹。

这是……天空中的道标!

"琥珀如果在这里湮灭,他将永远无法返回迦毕试国。孔爵现在做的,就是用自己羽毛上的华光,为琥珀引导出一条回到家乡的道路!"陈游介的声音中,有了藏不住的波澜。孔爵的身体已经无法负荷长途飞行,他只想让琥珀最后残存的龙魄能返回家乡!

"这样……够吗?"明胤只觉得胸中一阵阵的苦涩。

陈游介缓慢,可又肯定地摇了摇头:"不够。"

陈游介相信孔爵听到了,可他拔取自己身上长羽的速度,没有半点停滞。

明胤从来没有看到过如此狼狈不堪的鸟儿,失去了那一身如同宝石的长羽,孔爵全身的法力就此散去。此时的他本该立刻化作无知凡鸟,可是那个满身伤痕的鸟儿,却依然拖着沉重的身躯,朝着那条已经连撑起眼皮都吃力的龙爬去。

明胤仿佛看到五十年前,在异国龙池边浓绿的树荫下,翩飞的孔雀和矫健的神龙是怎么样在蓝天和枝蔓间穿梭飞舞。

可是现在……

孔爵在爬行了数尺后终于再也无力动弹。

可是,气息奄奄的琥珀,居然将自己庞大的身躯,朝前艰难地,挪动了数寸!

他们的距离,霎时就从开始的一尺多,拉近到了一寸!

琥珀和孔爵睁大了双眸,注视着对方。这是分离了整整五十年的对视。

孔爵的声音已经低不可闻:"当初是我要你走的,现在,我要你回去,回到迦毕试国的龙池去。"

琥珀没有动。他用他的行动,给出了他全部的答案。

我,不走。我不离开你。

陈游介长叹一声，他的指尖翻转间，地面上正流转的光华就升起了一个法阵。

当法阵的光华散去，众人惊讶地发现，此时他们正置身长安郊外的太乙池畔。而在太乙池的水面上，一个法阵正在流转生成。

陈游介将手中的一个瓶子一抛："小八，去！"

小八叼着瓶子，朝太乙池上飞去。它飞行的速度极快，与水面上法阵生成的速度保持了高度的一致。它将那瓶中金色的液体顺着法阵勾勒的轨迹，洒入了太乙池的水面上。

金色的液体瞬间就散发出令人酩酊的气息。

"明月归！"楼东来猛然醒悟。

此时，太乙池水面上，正由明月归金色的酒液所绘制的巨大法阵，已经完成！

陈游介数张符咒疾射而出，那刚才还沉默的池水，居然飞散到了空中！

不是以水波的姿态，而是一颗颗水珠的姿态！

这些水珠，每一颗都散发着明月归的气息，闪烁着如同孔雀翎羽的光芒！

"去！"陈游介一声敕令！

只见那一颗颗的水珠就在夜空中一颗一颗依次排列起来，这些水珠，与之前孔爵用翎羽为琥珀架起的光的道标，完美地衔接在一起，从夜空的这一端，远远地，延伸到了另一端。这灿烂的奇景，犹如有人为这片夜空环绕上了一串璀璨的珠链。

只有那思乡的人才明白，这是属于家乡的路标！

"琥珀，带着孔爵，回去吧，家乡在等着你们！"陈游介说着指向夜空，"如果你不振作起来，这孔爵倾尽全力为你营造的道标，就会消失！"

琥珀已经暗淡的双眸中，骤然又燃烧起了期盼的火焰！他弓起身躯，将孔爵驮在了自己的脊背上，朝夜空中疾驰而去！

阔别五十年，以为再也没有机会回去的故乡。我终于……可以回去了！

那片属于异国的月光，终于回到了他原本的地方。

一切都仿佛是一个梦境。

就连次日有人嚷嚷着说太乙池水曾一夜之间消失无踪，他看到了半空中闪烁连缀的珍珠的事情，都没有人肯相信。

只有太乙池水里那悄悄泛起的丝丝酒香，似乎在无声地述说着些什么。

明月千里，故人归。

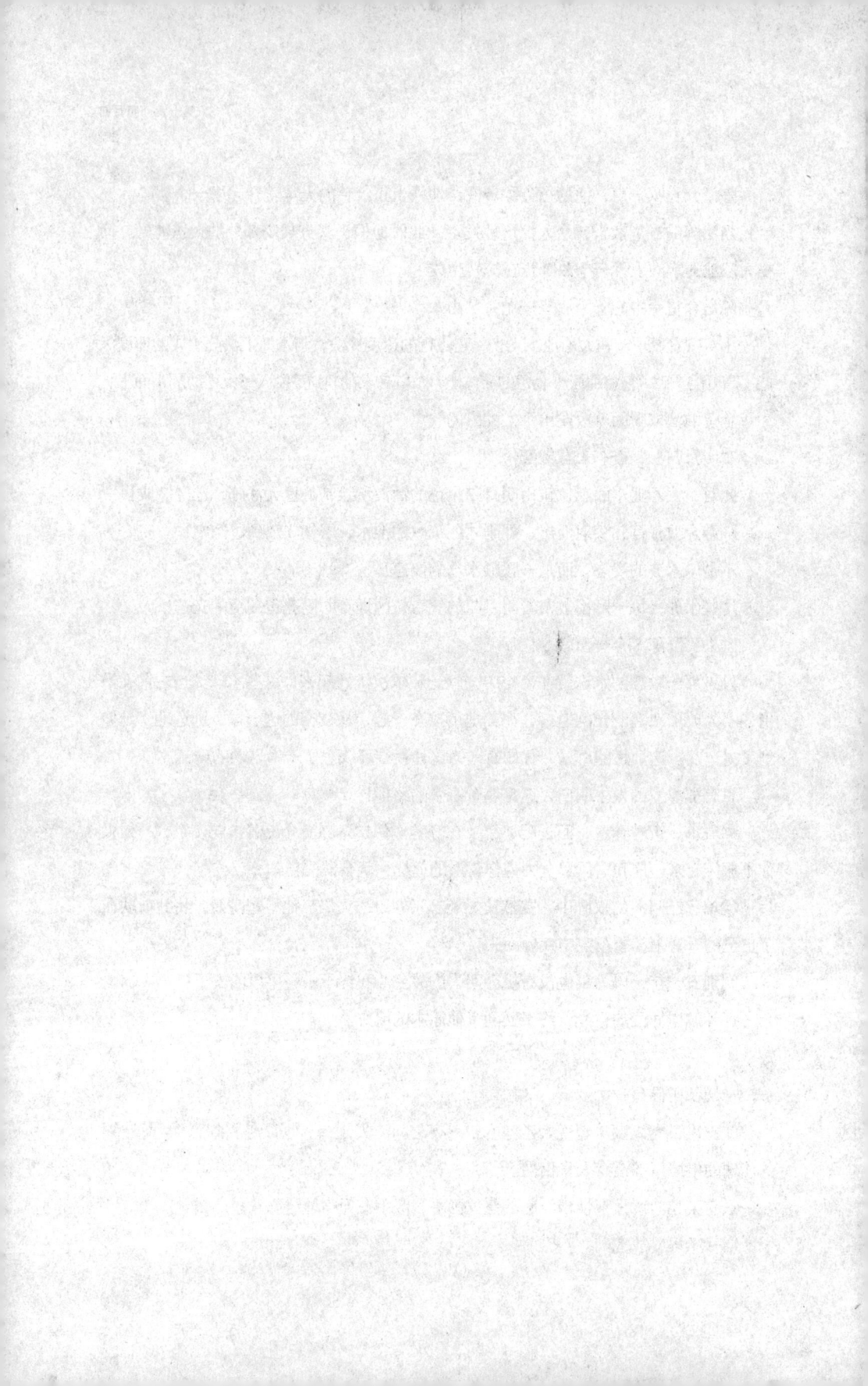

Best Time

白 马 时 光

绨呋阁

著 迦楼罗北斗
JIALOULUO
BEIDOU

下

百花洲文艺出版社
BAIHUAZHOU LITERATURE AND ART PRESS

目 录

第十一章

擎

平

澜

"臭奸商，你在哪里！我知道你听得见！"墨笙昂着头，朝着天空大叫。

那个被他叫作"臭奸商"的人——陈游介——此时正拿着一杯茶，眼观鼻，鼻观心，置若罔闻。

在他身畔的茶几上，是一泓水镜。镜中映照出一个满头乱发的少年，正在指天画地地怒吼，"死奸商""臭奸商"的声音不绝于耳。那少年，正是墨笙。

"这样……不太好吧？"明胤有点担心地望向水镜。

陈游介轻哼一声："他和他师傅都把我这谛听阁当成什么地方了？让他进入藏剑密境去试炼，就已经是给他面子了。"

明胤十分诚恳："真的不是因为当初玩双陆棋的时候，你一口气输给了他师傅十六局吗？"

"怎么可能是那么肤浅的理由！"陈游介义正词严。

明胤望天，就装吧你。

一切，要从半个时辰前说起。

那个满头乱发穿着破烂麻衣的少年墨笙冲入谛听阁的时候，明胤就知道，来事儿了。

果然，还没等到陈游介把他那套冠冕堂皇的迎客辞讲完，墨笙就已经脱口而出："你就是那个当初一口气连续输给我师傅十六局的那个奸商？"

"什么连输十六局？奸商又是怎么回事？！"陈游介喷出一口茶。

哇！大八卦！大新闻！明胤的眼睛亮了，就连小八也八卦兮兮地竖起了耳朵。他们见到的陈游介，永远从容不迫，永远一副一切尽在掌握中的样子，永远是他为刀俎人为鱼肉，想不到他也有过失败？还……这么多回？！

陈游介急了："我不知道你师傅那个老杂毛是怎么跟你说的，总之，他说的你一个字都不要相信！"

"嗯嗯。"墨笙点点头，"我师傅果然深谋远虑，他说，你肯定会说'他说的你一个字都不要相信'。"

"啪！"

茶杯被重重地搁到了桌子上，明胤还很肯定自己同时听到了陈游介那完美无缺风度翩翩的面具正在崩裂的声音。

"你来干什么？"陈游介已经开始磨牙霍霍，很不耐烦。

"师傅说，我已经十六岁了，可以来取剑了。"墨笙十分激动。

"你说来取剑我就得给你？那老不修的真当我是给他守库房的杂役吗？"

"那你是要跟我打了？师傅说了，你不给，就跟你打。你要不肯跟我打，就砸你的东西。"墨笙说着，已经开始环视多宝格上熠熠生辉的宝物，显然已经准备下手。

"霍"的一声，陈游介气得站了起来。那个老杂毛，是叫这野猴子来砸场子的吗？

墨笙毫无觉悟，竟然还不怕死地问："你要选哪个？打架还是等我砸了东西再跟我打？"

明胤已经时刻准备着要去拦住即将暴走的老板了。墨笙，你这个撩虎须揭逆鳞的动作，不要太猛烈啊！

陈游介的怒色，在这霍然起身后，竟然又微妙地止住了。只听他的声音竟然还意外地添了几分柔和："你要取剑吗？我现在就送你去取剑。"

墨笙一听，大喜："太……"他的那个"好"字还没来得及说出口，就只见脚下的地面已经开始焕发出法阵的光芒，然后他朝着虚空之中跌了下去！

那家伙什么时候画好的法阵？！不对，他压根就没画法阵，整个谛听阁就在一座法阵中央！

听着远远传来的"啊……"的痛叫声，陈游介终于舒畅地一笑："试炼开始了，不要谢我哦。"

墨笙就这样突如其来地被陈游介送入了这所谓的藏剑密境。可怜他日夜兼程地下山赶来，连气都没喘匀就要面对如此一场战斗，就算是神经粗大如他，也免不了一阵憋闷。更别提陈游介压根就没给他任何关于如何取剑的提示。他只在进入藏剑密境后听到天空中传来陈游介不紧不慢的话语："能拿到剑当然是最好。如果拿不到，十二个时辰后密境也会自动踢你出来的，你放心吧。"

"我才不会被提前踢出来！"墨笙指天怒吼。

陈游介瞟一眼水镜，掏掏耳朵："真是好吵。"

被那个臭奸商扔到这藏剑密境里来已经不知道过了多久。开始，墨笙只看到一片灰蒙蒙的浊雾。这雾气混浊，让他几乎看不清前路，只能循着本能向前走。他只觉得腿都要走软了，却什么事情都没发生。

怎么可能？那个臭奸商怎么会这么简单就放过我？墨笙挠头，总觉得哪里不对劲。

对了，十二个时辰！他肯定是想把我拖过十二个时辰就名正言顺地把我踢走！

可不能上他的当！

从刚才能从天空中听到他的声音这一点来看，墨笙判断自己的声音他应该也是能从外面听到的。于是立刻昂头大叫了起来："臭奸商，你在哪里？我知道你听得见！"

陈游介嘴角微弯，敢叫我臭奸商，玩不死你！

墨笙昂头叫了半天发现没有一点回应，顿时更怒了："死老头！没胆子跟我打，又舍不得你那些宝贝疙瘩，就知道把我扔进来阴我吗？果然是没胆子的死老头！"

当"死老头"这三个字冲入陈游介耳中的时候，他掌心一翻，一道雷光就要朝水镜中劈过去！

"老板！"明胤急忙冲过去，牢牢抱住他的胳膊，"你上次说过这个水镜很珍贵的！"

"我……我不管那么多了！非收拾了这野猴子不可！"陈游介怒不可遏。明胤一面使劲拦住他，一面心里暗暗叫苦。陈游介平时看起来最是平和从容，不过，就算是这样的他，也有绝不能被对方揭的逆鳞——被人说老！

虽然，无论用什么挑剔的眼光来看，陈游介也依然是风度翩翩风华正茂。为什么这样的他会这么在意这个评价呢？难道……其实老板真的已经很老了？只是驻颜有术外表看不出来？说起来他既然能跟这个野猴子的师傅有交情，说不定也真的……

陈游介仿佛是一瞬间就已经从明胤的神情中窥破了他所有的心思："你是不是也觉得……"

明胤赶紧发誓："没有的事！"

陈游介怒极反笑，明胤被他突如其来的笑容闹得一阵发毛。根据他的经验，老板发火的时候还有一线生机，老板像这样笑的时候，那才是……必死无疑！

陈游介在水镜上轻轻一拂衣袖，转瞬，水镜中的景色就与之前截然不同。而从刚才开始就一直喋喋不休的声音，也戛然而止。

明胤担心地朝水镜中看了一眼。却只听陈游介轻快万分地笑道："他想要真正的试炼，我就给他啦。接待那老杂毛的弟子，可不能太简陋了哦……"

明胤默默道："野猴子，你自求多福吧！"

墨笙发现，面前的景色骤然一变。转眼间，那些浊雾竟然消散得一干二净。是真正的试炼来了吗？墨笙禁不住一阵激动。

在视线的尽头，一个黑色的身影骤然出现。墨笙激动地握紧了拳头：来吧来吧！

伴随着一阵地动山摇的轰鸣声，一个浑身黝黑的岩石巨人出现在了墨笙的面前。望着这足足身高八丈的巨人，墨笙再低头看看自己的拳头，顿时感觉到一种强烈的恶意扑面而来！

"死老头！你太阴险了！"水镜中传来冲天的怒吼。

陈游介手一挥，对明胤下令："上茶。"

在藏剑密境中，墨笙已经跟那岩石巨人开始了乱斗。他没想到，这次的试炼会一上来就这么困难。这岩石巨人全身上下都坚硬如铁，他的掌风袭过去，那岩石甚至连粉末都不曾落下半点。墨笙这下真的是着急了，这石头要是真这么坚硬，他光凭着一双肉掌可如何克敌制胜？！

一时间，心中更急。岩石巨人可不会慢慢等他，对着墨笙就轰隆隆地一个重拳反击而来！

墨笙急忙闪身躲过。只见尘土飞扬间一个巨大的土坑已经赫然在身边出现。若不是墨笙平时在山上的修炼中也曾常见巨石飞扬的情景，光这一下就能把人吓破了胆。

不过，墨笙见此情景反而觉得一身的火气有了发泄的方向，他吼道："死老头，就让你看看小爷我的手段！"

"这话，还是等你活着出来再说。"陈游介的声音好整以暇。

墨笙面前的形势却是瞬息万变，他咬着牙迎难而上！

岩石巨人身形高大，行动却并不迟钝。正面攻击久久无法奏效后，墨笙不由暗暗拧起了眉头。与其在这里跟他浪费时间缠斗不止，不如继续去探索这藏剑密境的深处。毕竟，他来这里不是为了打倒这什么岩石巨人，而是为了取得自己的剑。

于是墨笙不再恋战，窥准了时机就朝远处飞掠而去。

待到岩石巨人追过来的时候，他早已经掠出百米之远，总算是将眼前的危机稍解。

心中刚是一松，却见面前竟然出了一片……白茫茫的水面？一个一眼望不到边际的湖，竟然拦住了他的去路。

这湖面上水雾蒸腾，原本清晰的景色变得影影绰绰看不分明，也不知道其中到底藏着什么危机。可是，远远地，那岩石巨人沉重的步伐已经隐约传来。

可不能傻站着了！墨笙急忙左右环视，一丛翠竹落入了他的眼帘。

墨笙一面警惕地听着远处巨人的脚步声，一面手底不停。还好他从小在山中长大，一应粗活都是做熟了的，就算是此时情况紧急，他也依然是半分不乱。

好了！墨笙伸臂用力一推，纵身高高跃起，然后就是飘飘然地轻轻落下。脚底的小竹排只发出清脆的一声"吱呀"，就送着他分波向前。

没错，刚才在万分紧急间，墨笙依然完成了的工程就是扎竹排。要知道这片湖面的水面实在是太大，要想全程凌空渡水而过实在是太冒险了。还是扎个竹排前进更加安全。

站在竹排上，墨笙远远看着那气吼吼赶来的岩石巨人，不禁一阵得意。就算岩石巨人又怎么样？有本事你就下水来追我啊！

果然，那一路呼啸而来的岩石巨人看到这片水面后，顿时踟蹰不前。

很好，这一关就算是过去了！

墨笙昂头，小爷我扎竹排的技术可不是盖的。

突然，他觉得脚下的竹排发出了一阵一阵的吱呀声！

墨笙低头一看，差点没惊得跳起来——一条巨大的鳄鱼此时正张大了血盆大口朝着他的脚撕咬过来！

墨笙急忙跃起，堪堪躲过了这血盆利齿的偷袭。

可是……

"啊啊啊！我的竹排！"墨笙气得语无伦次。鳄鱼没咬到他，却把那竹排生生毁了一半。这还没靠岸，竹排对他的用处还大着呢！

墨笙的怒吼还没停，此时，一口咬空的鳄鱼再度朝着墨笙冲了过来。墨笙手一扬，从刚才被鳄鱼咬得只剩了半截的竹排中抽起一根竹竿，扬手就舞得呼呼生风。那原本青翠的竹竿，在他灵力的灌注之下，竟然隐隐流过一抹难以逼视的金石艳色。

鳄鱼的巨齿和血盆大口没有让墨笙的动作迟疑半分，那一抹骤然凌厉的翠色席卷过后，沉重的纷纷坠入水中的，正是那几乎看不出原形来的鳄鱼碎块。

　　而在仅剩了半截的竹排上，保持着几乎跟举起竹竿前没有什么分别的动作的墨笙，却是凝神屏息。刚才那一竹竿，他不是施展出了全力，而是在尽可能地收拢自己的力量。因为，水面上不比地面，如果他把力量放纵太过，那么首先承受不住这股罡气的不是那皮糙肉厚身形硕大的鳄鱼，而是他手中的竹竿和脚下的竹排。所以，他才将力量发挥控制到了最精准的程度，刚刚好够杀灭鳄鱼，而不会导致手中竹竿的损伤和脚下竹排的分崩离析。

　　等到鳄鱼的尸体在水面上打出的圈圈涟漪都彻底散去的时候，墨笙这才松了一口气。

　　还好，做到了！

　　师傅你总是说我只会放不会收，怎么样，这次你总该表扬我了吧？

　　墨笙得意的笑容还没来得及在脸上荡漾开来，就发现脚下的竹排怎么……散开了？！

　　随着几声几不可闻的"噗"声，原本用来捆缚竹竿维系着竹排形状的草绳，断了！

　　竹排做得匆忙，墨笙也是就地取材扯了些湖边长草作为捆绳。谁知道刚才那一击过后，脚下的竹竿在他的刻意收敛下幸免于难，那最脆弱的草绳却依然没能躲过这池鱼之灾，寸寸断裂！

　　"啊啊啊！求求你们别跑！"墨笙急得叫了起来。

　　草绳一断，那些竹竿顿时就散了，眼看竹排就要解体。匆忙间，墨笙总算想起自己身上的腰带，急忙解下来捆竹竿，可是，只这一段腰带怎么够？眼看这辽阔的湖面还看不到边际，这竹排还得强撑好一阵，墨笙只得心一横，狠狠心把自己的上衣撕成条。等到他光着膀子好一阵手忙脚乱后，那竹排总算是保住了半截残骸，还能继续完成它的使命。

　　"还好……"明胤望着水镜里的景象，忍不住松了一口气。

　　陈游介抬眸望着他，似笑非笑："你觉得，对冒犯了我的人，我会这么轻易就放过他？"

　　明胤和小八不自觉地脊背一寒，一起摇了摇头。

墨笙长篙点水，竹排虽然只剩半截了，可速度依然不慢。突然，墨笙觉得，怎么肩头有点……怪怪的？

一扭头，他竟然看到了足有馒头那么大的……赤色飞虫！这些飞虫们竟然朝着他急袭而来，他甚至隐隐看到在它们的尾端幽紫色的毒针正闪烁着诡异的斑斓。

毒蜂！而且这毒性显然见血封喉！

墨笙心中一紧，是刚才的鳄鱼血肉把它们吸引来的吗？不会，那些鳄鱼的血肉都沉入了湖底，就算是有血腥气也早被稀释得差不多了。而且看毒蜂这架势，就是冲着他来的！

毒蜂一向只追逐血腥，怎么会突然……

一想到这里，墨笙顿时怒了："你个死老头！竟然放毒蜂来对付我！居心叵测！"

听着水镜中传来的怒吼声，陈游介的眉头几不可见地一皱，毒蜂？这种太过阴损的招数，他还不屑为之。可是听野猴子这意思，显然是理所当然地把这口黑锅牢牢地给他扣上了。

到底什么人引发了藏剑密境的异象？

陈游介急忙凝神放开神识在密境中寻找，却是一无所获。在另一边，野猴子狼狈地应付着那堆毒蜂的攻击。如果他被毒蜂蜇了，那么中毒之下，这场试炼就只能算是失败。到底……是什么人不想野猴子拿到属于他的剑呢？

陈游介皱起了眉头。藏剑密境中竟然出现了他这个守护者所不能控制的东西，虽然只是小小的毒蜂，这却是一个危险的信号。这个信号说明：密境有了异动。藏剑密境的一切，都与长安的地脉息息相关，如果密境有异，那么长安……

陈游介收敛心神，不再多想，只将自己的注意力全部集中在了密境中野猴子的激战上，就看他能不能为自己赢得胜利。

毒蜂不比鳄鱼，飞行速度极快，很难一击命中。而身处竹排之上的墨笙又必须收敛力量，这下他举着半截竹竿好一阵飞扑疾刺，也不过刺死了两三只，还有大片的毒蜂朝他追击而来！

怎么办？湖岸还遥遥不见，可这毒蜂竟然已经成了附骨之疽！

正当墨笙焦急的时候，突然，他觉得脚下的竹排陡然一升，哗啦啦那竹排竟然朝着天空急升而去！怎么回事？

感受着脚下的轰鸣和震颤，墨笙极力稳住身形，低头看去，不禁心中巨震！

那从水中骤然破水而出，生生将他的竹排顶到了半空中的，不就是之前被他甩到了身后的岩石巨人吗？！

随着岩石巨人这石破天惊的一顶之势，竹排再也维持不住脆弱的结构，顿时四分五裂。而此时的墨笙，也差点被巨人的巨掌击中，饶是他身形敏捷，赤裸的黝黑肌肤上也正渗出丝丝殷红的血液。那些毒蜂闻到血腥气息，更加激动起来，不由分说朝着他就急袭而来！

前有岩石巨人急袭，后有毒蜂追击，更糟的是脚底还没有一块实地！

这死老头非把试炼弄这么困难吗？存心不想把剑给我是吧？！

如果此时墨笙还分得出心思来怒吼，那么脱口而出的必然是这一句心声。可是，此时的他，真的是危急万分！

"如果这个时候我再……"陈游介轻哼一声，"那他就完了。"

明胤急忙殷勤献上香茶，双眸闪亮亮："老板你这么高风亮节心胸宽广的人，肯定不会跟那野猴子一般见识的，对不对？"

陈游介微微一笑，反问："你说呢？"

看到明胤骤然轻松下来的双肩，陈游介转了转眼珠："也罢，就看看他到底能有怎样的一番造化……"

墨笙只觉得身体里的力量，正随着血液的流失，一点点地被吞噬。

岩石巨人的掌风，好疼……

毒蜂的蜂毒……更加是疼到了五脏六腑一般……

无论他想不想，在这漂漂浮浮的水面上他都无法释放出全部的力量。不……现在已经无所谓全部的力量了。墨笙只觉得自己的身躯在不住地朝湖底沉去。

怎么会……这么深呢？这么半天都没有落到底？从那岩石巨人骤然暴起偷袭他的动作来看，他本是潜伏在水底的。巨人身高也不过八丈，这样算来水深应该也差不多，怎么这么久都还到不了底？

墨笙模模糊糊地想着。

湖水，怎么好像突然变热了？一瞬间仿佛有一种火焰般灼热的气息从他的身躯上流过。

当他想要仔细感觉的时候，那种感觉却消失得无影无踪了。

湖底，有什么……

一道思绪如同撕裂了黑暗的阳光，霎时就照亮了墨笙混沌的头脑。

明胤担心地趴在水镜边。

此时的镜面上，只映照着正左右环顾的岩石巨人，和早就失去了攻击目标却依然执拗地盘旋不去的毒蜂们。

"墨笙都沉下去这么半天了……会不会……"明胤还真的有点担心那野猴子。

"放心，如果他真的丧失了战斗力，不用我们救，试炼之地就会主动把他踢出来的。到现在还没有，就表示他还有气。"

"可是……这样不会……元气大伤吗？"明胤还是不放心。

回答他的，是陈游介高深莫测的微微一笑。

下面有东西！

墨笙感觉到了，那从湖底渗透而来的隐约热力。虽然，只在瞬息之间，在他被湖水浸透得过于冰凉的身体的感受中，却是分外的清晰。

他想要继续感应这非同寻常的异动时，却觉得胸腔的那一口气已经要用尽，他急忙用力游上了水面。还没等到他尽情地呼吸一口新鲜空气，岩石巨人和毒蜂就再次扑了过来！

"死老头，你还真是……纠缠不休！"墨笙抵抗着四肢百骸中直冲而上的寒气，咬牙切齿地喃喃。现在的他，已经连怒吼的力气都欠奉了。

眼见岩石巨人冲过来，他扭转身躯扎入了水中。

而在他的右臂上，已经有一波波奔涌的红色在流转！那是他身为术者最大的筹码也是最大的骄傲——先天罡气！这先天罡气原本在他精力最充沛，状态最佳的时候使用都要聚精会神排除全部杂念才能全力施为一击命中。眼下，他却是伤痕累累内息紊乱，如此形势下要强行施展出这一招，就是在做最后的博命一击！

此时的陈游介牢牢地盯着水镜内的情景，可是一切早已经在湖面以下，看不分明。

陈游介的唇角，却已经缓缓渗出一抹笑意："能这样不屈不挠，也算是可造之才了。"

他的话音未落，就见水镜中的湖面，已经翻起了滔天的巨浪！

这巨浪并非是普通的冲天而起，而是如同一个巨大的漩涡般席卷而来，转瞬间，刚才还耀武扬威的岩石巨人和挥之不去的毒蜂都被这巨大的漩涡卷入了湖中！

随着漩涡越来越大，湖面上已经渐渐显现出一个漏斗状的涡心，而这涡心中，一道赤色的光芒正穿透了重重湖水的阻隔，破浪而现！

陈游介双眸一凛，不自觉地站了起来。

红光越来越盛大，在这无可回避的光芒中，岩石巨人渐渐地化作了齑粉，而毒蜂则早就已经没了半点踪影……

突然，仿佛是有人在黑暗中骤然投下了中止的符咒，漩涡消失了，红光消失了，刚才还震慑天地的颤抖声，也消失了。水面上骤然平静下来，仿佛刚才发生的一切，不过是午后一个懵懂的迷梦，转瞬就消失得无影无踪了。

哗啦，随着一道水波分涌的声音，一个人影仿佛是被湖水推上了水面。

"墨笙！"明胤禁不住惊呼。此时的墨笙，全身上下都在渗着鲜血，他此时的情景，用遍体鳞伤来说也不为过。可是，即使在昏睡中，他的右手，依然紧紧地握住了一样东西——那半截青竹。

只不过，原本只是普通的半截青竹，此时看来竟有一种异样的光彩在隐隐流动，细看之下，却又看不分明了。

不待明胤开口，地上的法阵已经光华流转，转眼间墨笙已经静静地躺在了地上。

此时的墨笙看起来早没了一开始那活蹦乱跳的野猴子模样，原本黝黑的肤色，也透出几分虚弱的苍白。

半个时辰后，墨笙醒了。发现自己不是置身冰冷的湖底而是已经回到了古董店中，他愣怔了好一会儿，这才回过神来。在发现自己安然无恙后，他迫不及待地跳了起来："太好了！我赢了！死老头，这下你见识到小爷我的能耐了吧？"

"你是怎么……"陈游介一脸的纠结，最终好奇心还是成功地打败了自尊心。

墨笙听他这一问，胸脯挺得更高了："那时候我感觉到湖底有古怪，可上面的岩石巨人又冲过来了，我就想，干脆大家一起倒霉！于是就拼尽全力把湖底打穿了个大裂口，一下就有什么东西猛地冲出来了，把那岩石巨人给我收拾了个干干净净。"说着说着，墨笙的声音不自觉地小了些，"不过我自己也没能躲开那股力量……刚看到岩石巨人倒下，自己也没了知觉……"

"原来是这样，你倒还真的不怕死，这种杀敌一千自损八百的做法，也只有你这样的野猴子才肯干。"陈游介意味深长地一笑。

"我才不是野猴子！"墨笙可不给他机会嘲笑，立刻再度扬声，"总之我就是赢了！"

陈游介正待反击，却见墨笙刚乐了不到一秒，就又耷拉了脑袋："可惜……我没能拿到剑。"

"怎么会呢？你拿到了剑啊。如果你不是拿到了剑，藏剑密境是不会这么早就送你出来的。"陈游介十分"好心"地提醒。

"是吗？那我的剑呢？"墨笙蹦了起来。

"喏。"陈游介指指地上，"不就在那里吗？"

墨笙急忙扭头。立刻明胤就听到了一声怪叫。

"什么？！你说这个是我的剑？！"

在陈游介手指的方向，只有一根青翠的青竹，此时上面还染着一些水迹。而且，它甚至连一根完整的青竹都算不上，顶多只能算是半截竹子。

虽然，它是藏剑密境之中的竹子，少不得也还是有些灵气的。可是这么根竹子就说是剑？这也……太离谱了点吧？墨笙嗷嗷叫着，表示难以置信。

"死老头臭奸商，说，你是不是故意消遣我的？"墨笙的指尖都快要戳到陈游介的鼻尖了。

"这就是属于你的剑，如果你不要的话……门在那边，慢走不送。"陈游介继续喝茶。

"我……我要再进藏剑的试炼之地！"墨笙咬牙。

"你只有一次机会，这个机会你刚才已经用完了。"陈游介咬牙，竟然敢叫我死老头！

"这……这能算是剑吗？"墨笙指着那截青竹，坚持要为自己讨说法。

"藏剑之地在把你送出来的时候，正是确认它就是剑。"陈游介的脸上，突然敛去了那些若有若无的嬉笑之色，严厉如同磐石。墨笙只觉得从他的身上骤然散发出那种神兵利刃才有的凛冽寒气，让人根本无从反驳。

这份气势和威压，让墨笙纵然满心的不忿，也只得去捡起了那根青竹。

在捡起的那一刹，他却不由自主地"啊"了一声，手中的青竹差点脱手。

明胤奇怪地看着他，只见墨笙挠挠头，嘀咕道："怎么突然变重了？刚才，还猛然觉得有点烫！"

"你决定要这把剑了吗？"陈游介的声音响起。

墨笙磨牙："死老头，你说我有得选吗？"

陈游介突然一笑，这笑容不是墨笙熟悉的那种似笑非笑，而是真真正正的热情饱满情真意切："既然你已经承认了这把剑是你的，那我们就开始谈谈价钱了。这把剑不二价，三千两！"

"你说什么？！死老头！这一根破竹子你就卖我三千两？！"

陈游介继续微笑："还有，刚才你从密境里出来的时候受伤了，我给你吃了疗伤圣药，算个三百两应该也不为过……还有其他零零碎碎一应杂费，收你个二百两吧。"

陈游介一锤定音："合计三千五百两，墨笙少爷你是付现银还是支银票？"

"爷……没钱！"墨笙的话已经是从牙缝里挤出来的了。这个破竹竿你卖我三千还不算，那些七里八里的杂费你是怎么算出来的？果然是奸商中的奸商！

"很好。"陈游介显然早有准备，忍了这半天的"死老头"的攻击，他可不是吃素的主儿。

"这个给你，签字吧。"

墨笙瞥了一眼，怒道："卖身还债？！这什么意思？"

"就是这个意思啊，野猴子。"陈游介冷笑，你觉得我是个受气不吱声的主儿吗？

"我我我！"墨笙真的气得说不出话来了。

"签与不签，随便你。"陈游介好整以暇。死老头什么的……我可是很会记恨的。

墨笙咬牙再咬牙："我签。"

野猴子对死老头第一局，野猴子，完败！

"野猴子你这个……是要负荆请罪吗？"陈游介忍笑。

"我才不是野猴子！死老头……要不是你……"墨笙真的是气不打一处来。如果此时有人进入谛听阁的大堂，只怕都是会笑出声来的。这个满头乱发黝黑发亮的少年，背上背着一卷布条横七竖八捆住的一个长条状物件，弓着身躯在擦洗地毯。

"哼什么哼？这地上可是你的血！把我这上好的波斯地毯弄得一团糟啊……你不

洗谁洗？"陈游介昂首阔步，指点江山。

"还有这里，都给我好好擦擦！"

"院子里的花泥也都要翻翻土了，要不花都长不好了。"

"对了，荷塘里的塘泥也得再整一整了，池子里的鹅卵石都长斑了……挨个去擦擦吧……"

明胤听着老板越说越离谱，已经开始无语了。

这种不遗余力压榨伙计的奸商节奏，真的是不忍直视啊。

洗地毯擦横梁也就罢了，翻花土掀塘泥擦石子算是什么事啊……

野猴子听了他这一串吩咐，差点没跳起来，他就算是再呆也明白这些分明就是消遣他！

对于他的怒气，陈游介的反应是两个字："还钱。"

野猴子瞬间被打败，耷拉脑袋……朝花园开拔。

"请问，阁主在吗？在下玄门弟子玄泽，特来拜会。"说话间，一个一袭白衣的清俊少年已经拱手做礼，款步而入。只见他礼数周全，这一礼，不只是对着陈游介，就连明胤和墨笙都生受了他这一礼。

陈游介自然是从容迎客，只叫明胤和墨笙都匆忙还礼。

玄泽的目光，在扫过墨笙背上的时候，骤然一凝。

"在下是到阁主这里来求剑，寻个机缘的。"玄泽语音恭敬，低眉敛目。

"机缘嘛……已经没有了。至于剑自然也……"陈游介说到玄机处，悄然停声。

玄泽愣了愣，他师傅算到长安必有神剑出世，所以立刻派他下山来见这藏剑密境的守护者谛听阁阁主。谁知道他日夜兼程赶来，竟然……还是错失了机缘？怎么可能？！玄泽心念急转间，想起刚才看到墨笙背上那长条状的东西，顿时有了主意。

"既然这样……那在下可不可以找这位小兄弟谈谈呢？"玄泽说着，手指向墨笙。

陈游介扭头看一眼墨笙，见他并无异色，微笑点头首肯。

花园里。

"你问我这个是不是剑？"墨笙挠挠头，要说那截青竹是剑，好像不太对，可是要说不是吧，那个死老头可言之凿凿说这是他从藏剑密境取来的神剑，想到这里，墨笙含含糊糊点了点头，"就算是吧。"

果然是神剑！墨笙的犹豫迟疑，看在玄泽眼中，就是此物确实珍贵的不二佐证。

"看兄台风度翩翩灵光内隐，果然是大有机缘之人。尊师门有你这等美质良材，不愁不能名动天下啊。"玄泽继续。

墨笙挠头："我师门……我师门就我跟我师傅两个人……没有……名动天下。"

原来是无名末流小门派吗？玄泽面上笑得更加亲近了："这样啊……所谓匹夫无罪，怀璧其罪。兄台得此神剑，只怕会为师门招来祸端。要知道自古神剑都是天下争夺的至宝，若是尊师门不是实力雄厚的山门，只怕得此神剑，反为不吉啊。"

墨笙挠挠头，想想那截青竹，那种东西会引起天下群雄争夺？怎么想也不会吧？

"那种东西，不会的啦。"墨笙憨厚地摇摇头。

玄泽暗自磨牙，面色却依然是一派融洽："不知兄台在这谛听阁中，是在修业吗？"

原本刚才还喜笑颜开的墨笙，此时却如同霜打了的茄子，顿时蔫了："这把剑太贵了，老板那个臭奸商，足足要了我三千两银子！我出不起钱，只能在这里卖身打工还账。"太愁了啊，墨笙的眉眼都快要皱到一块儿去了。

这样吗？玄泽心中真正是笑得一喷，面色却更加亲近："既然如此，兄台这笔钱，不如我帮你出了。那柄剑，不如也请兄台，转赠于我……如何？"

"你是说，你要买我这把剑？"墨笙的头脑转了转，总算从玄泽这番文绉绉的话里想通了他的意思。

跟傻瓜沟通真的是很辛苦。玄泽保持好笑容，颔首。

"这可不行！"墨笙立刻嚷了起来。

虽然看到这根青竹的时候他没打算当它是什么神剑，甚至直到现在他也还是嫌弃得很。可是，再怎么嫌弃，这也是他辛辛苦苦从藏剑的试炼之地取来的剑啊！为了这把剑，他被岩石巨人追，被鳄鱼咬，被毒蜂蜇，最后还跌入湖底差点丧命，那些伤到现在都还没好利索呢！你说他怎么能把饱含着这么多血泪记忆的剑，随随便便就拱手让人？！

"不，我不卖。"墨笙摇摇头。

"只怕尊师门守不住这样的神剑。"玄泽再次强调，笑容却渐渐从面上隐去。

墨笙昂头："我不怕，我的师门也不会怕。"

玄泽轻笑一声，这轻笑到了尾音上却悄然带上了一丝冷哼："想要坐拥神剑，可不是得到了机缘，就足够了。"说着他的眼锋朝陈游介一扫，心中暗道：就算你仗着与这谛听阁阁主渊源深厚，他送了你这一场得剑的机缘，也还要看看你守不守得住。

"你说什么？"墨笙回过神来，这意思竟分明是说他不配拥有神剑？

"一战便知分晓。"玄泽望向隐在暗中，却丝毫没有错过这边半点波澜的陈游介，"请阁主做个见证，这神剑归属，可不是得了机缘的人就可以独占风光。"

陈游介从转角绕出："玄少侠所言甚是，只是……"

墨笙望向陈游介，心中不免一暖，难道，他这是要回护我吗？

只听陈游介接着道："我这里院小屋窄，请少侠动手的时候注意些分寸，若是有所损毁，可是要一一照价赔偿的。"

墨笙一个踉跄，差点没栽倒在地。还以为是要维护我，到最后却是担心他的院子花木财物。果然是不折不扣的死老头，臭奸商！

玄泽等的就是陈游介这事不关己的一句。谛听阁阁主高深莫测，他不敢贸然冲撞，若是他答应袖手旁观，那自己可就是胜券在握了。

"打就打谁怕谁！"墨笙跳了起来。这个人笑眯眯地叽叽歪歪半天，还以为他是什么好人呢，原来就是要跟我打！不待玄泽再度开口，墨笙的拳头已经袭了过去。

为什么，他没有用那柄背上的神剑？玄泽疑惑地想。

"来打！"

"来打。"

"来……打……"

墨笙已经不知道是第几次跌落在尘埃间，浑身上下满是伤痕和血污。如果不是陈游介在一旁观战，只怕他此时早已经命丧当场。玄泽的笑意不减，可他的出手，更加是狠辣不减。即便如此，墨笙的气势依然不落。在他简单的头脑中，似乎没有落败和求饶这个概念，他的心中，只有战斗，或者彻底的死亡！玄泽的攻击，并不能让他退缩，只要还有一息尚存，他会选择战斗到底。

而在他的面前，玄泽的面色已经不知不觉多了几分嘲笑和怜悯。身手寻常，灵气杂芜还傻傻地愣不肯使用神剑，连实力高低都看不清的废物，没有必要再跟他浪费时间了。

此时的墨笙，却依然在执拗地想要爬起来再次战斗。

突然，低哑的"啪"的一声，那一直捆缚在他背后的布包，终于经受不住连番战斗的冲击，彻底碎裂。随着布条的碎裂，那原本藏身于布条之间的"剑"，露出了庐山真面目。

"怎么……这不是竹子吗？"玄泽难得一次地失声惊叫。

墨笙艰难抬眸："这就是我的剑。"

"难道……是另有玄机？"玄泽说着，一道符咒已经疾射而来，正牢牢地贴在了竹竿上。竹竿在受到符咒的刺激后，缓缓地流过一抹暗淡的光华，就又迅速地恢复了平静。

这符咒，正是玄门用来探查灵气的符咒，如果是本身蕴含着无限灵力的神剑，那么符咒与神剑就会同时迸发出耀目的光华，甚至有祥瑞的异象生成。这竹竿却只是暗淡地卷过了一抹流光，这就足以说明，这就是个再寻常不过的竹竿，根本不值得他如此煞费苦心。

"原来不过是这种东西……也罢，跟你倒真是十分相配。"玄泽说着，轻笑一声。

说话间早已经将探询的目光投向陈游介。

陈游介镇定自若："所谓从藏剑密境取出的神剑，就是此物。而且藏剑密境必须有机缘才能开启，此次的机缘已过，就算我身为守护之人也无法再次打开。"

玄泽心中一沉，面上却依然笑意款款礼数周全，这才告辞而去。从将墨笙打倒在地的时候开始，他就再也没有看他一眼。没有实力的微末角色，压根不配他多费心思。眼下，寻找到另外一柄能让他名动九州的神剑才是当务之急。无能的笨蛋什么的，不是值得他关心的问题。

难得的藏剑密境的机缘，就被这么个笨蛋给糟蹋了，真是暴殄天物！

玄泽在心中轻唾一声，昂首而去。

墨笙捂着胸口，在明胤的搀扶下，一点点地撑了起来。他的目光中，没有颓丧和低迷，只有坚定。

原本想要安慰他的明胤，话都到了嘴边，却不由自主地停住了。因为他发现，墨笙，不需要安慰。

陈游介注视着水镜。

明胤禁不住有一丝好奇。自从前几天老板把野猴子扔到藏剑的试炼之地里取了个号称神剑的竹竿出来后，他怎么就好像迷上了盯着水镜发呆？

　　只不过，现在的水镜并没有跟上次那样，映照出密境之中的情景。如果非说里头映出了什么的话，也只有陈游介的俊逸面庞了。

　　"这个……老板你真的是风华正茂，一点都不用担心的。"明胤踌躇半晌，终于开口。

　　听到明胤这话，陈游介的脸色顿时变得十分古怪。感觉马屁拍到了马腿上的明胤急忙转身要逃，只听身后的陈游介阴森森地下令："把那野猴子给我叫过来！"

　　听到这压抑的天雷没有落到自己的脑门上，明胤松了一口气，赶紧去找墨笙了。

　　黝黑发亮的野猴子一进屋里，就大刺刺地坐了下来。

　　"死老头！看你还有什么事情？！花土我都翻过了，塘泥我也清理了，就连池底的鹅卵石我也都擦得个个闪亮了。你还有什么招没使出来？"

　　明胤听得嘴角都要抽抽了，这真的是野猴子大战死老头吗？真的不是犟媳妇大战恶婆婆吗？

　　"当然有啊，野猴子你这么热情期待，我怎么可以让你失望！"陈游介磨牙。

　　一本账簿被扔到了墨笙的怀中。

　　"去吧，收账！"

　　这话一说出口，别说墨笙，就连明胤都茫然了。

　　谛听阁是古董店，平时迎来送往的都是达官贵人，就没有谁是赊账的。老板这叫墨笙去收的，到底是个什么账？

　　"日前梨园歌舞坊的姑娘们不是在我这里挑了一大批的时新首饰吗？当时是整盒地送入歌舞坊任由她们挑拣。这么多天了也没见银子送来，看来是要去催一催了。野猴子，你就去跑一趟吧？"

　　"歌舞……坊？是……有很多女孩子的地方吗？"墨笙那一直趾高气扬的声音，竟然不自觉地低了下来。

　　明胤点点头。

　　歌舞坊的姑娘们素来爱热闹，每次他去送时令首饰的时候也免不了被她们调笑一番，这次听说这活要派给墨笙，顿时心情十分复杂。

　　"我……我……不去。"墨笙摇摇头。

　　"哦！你是怕了吗？"陈游介顿时激动。

　　"才……才不是！"

"这样啊……嗯，也对，十六年来第一次下山，你肯定是怕足了女孩子们，听说要去歌舞坊，肯定是吓得尾巴都要缩起来了。"

这话若是平时，墨笙早就跳起来反驳了，可是……他虽然对力克强敌毫无畏惧，唯独对那些娇娇怯怯的女孩子特别吃不消，此时听说要去歌舞坊，就知道那里到处是各色美女，顿时就哑了半截。

"把神剑还我，你就可以不去了，你都可以不用回来了。"陈游介不动声色，放出撒手锏。他已经发现了，虽然那只是半截竹竿，可是墨笙对这自己浴血奋战才得到的半截竹竿已经有了不一样的感情，此时再要他放手，他是无论如何也不肯了。

"死……老头，我……去就是！"墨笙咬着牙，以一副风萧萧兮易水寒的决绝姿态，走了出去。

望着少年远去的背影，陈游介回身看着水镜，心中默念：希望一切都还来得及，希望你送来的，真的是长安之幸。

那一天，野猴子回来的时候，明胤几乎要认不出他来了。不是因为他被揍得面目全非，而是因为他显然是遭到了歌舞坊的姑娘们的……"用力"摧残。头发被梳成了百十根莫名其妙的小辫子，脸上也被扑上了不知道是哪里来的香粉。红红白白的交错斑驳，在他原本黝黑的皮肤上真的是如同开了个染坊般，好不热闹。

至于他身上的衣服，更加被套上了一件明显是女式的舞衫，显然歌舞坊那些比男人还泼辣的大姐们，是毫不客气地把墨笙当作了谛听阁送上来的新玩意儿，乐呵呵地捉弄了个够。

眼看着在自己手下被折磨了好多天都一直神采奕奕的野猴子，才去了歌舞坊一天就被收拾得失魂落魄的，陈游介肚中笑得都要翻转过来，面上却是一丝不动。

"钱呢？还有账本子呢？"

他不问还好，一问，墨笙差点都要哭出来了。

"要不是为了你的钱，你的账本子，我至于受这么大罪吗？"

真正是扬眉吐气啊。把野猴子送到你们那里去收拾这一决定果然是超级英明神武啊，只可惜自己没有能直接目睹盛况，不过能看到如此成功的结果依然是让人神清气爽。

陈游介哼着小调，满意地回房。

次日。

"啊？！又要去？"墨笙的声音都要变调了。

陈游介正色："这次真的不是我要捉弄你。"

墨笙怒目，就知道你昨天是故意要捉弄我！

"歌舞坊非要我今天再派人送时新的首饰簪花过去，你说我能怎么办呢？"陈游介摊摊手，做为难状。

野猴子捧着一大匣子首饰，悲愤地再度出发。

俗话说，有一就有二，有二就有三。

墨笙终于在一次次的送货上门和收账的苦痛人生中渐渐习惯了歌舞坊这个一开始他避之唯恐不及的所在。

陈游介意义上的早晨，一向开始得比较迟，不过今天，显然是个例外。因为，他惊讶地发现那只野猴子竟然在他的窗外……跳舞？

陈游介简直以为自己没睡醒。因为那个野猴子竟然挥舞着他那半截竹竿，在花园中央的空地上，口中打着拍子，在回旋、拧身、忽快忽慢地腾挪跳跃。

少年的身形原本就有着经过锻炼的柔韧修长，等到这一曲舞罢，陈游介发现，竟然还怪好看的。野猴子跳舞竟然也能看，可喜可贺。

"啪啪啪！"

陈游介的掌声，顿时让原本正在放松擦汗的墨笙跳了起来。

"不知道你是从什么地方学得这套剑法的？真的是叫人意犹未尽啊。"陈游介留了个心眼，故意不说这是舞蹈，而声称这是剑法功夫。

墨笙警惕地盯着他的脸。从他迈进谛听阁的那一天开始，这死老头就不知道坑了他多少回了。这次竟然这么好心赞赏他的功夫，不用想肯定有问题！

"怎么啦？这是歌舞坊的姐姐们教的功夫。虽然她们没什么力气，可是功夫耍起来还真是挺好看的。"墨笙虽然一开始在那群花蝴蝶手下吃了不少苦头，可是随着接触渐渐多起来，那些姑娘们也就当他是个懵懂小弟般，不再胡乱调戏捉弄了。

"果然是她们教你的功夫啊。"陈游介迅速抓住了重点，果然，那些俏丫头们捉弄野猴子的招数还真是花样翻新。

"嗯，难道那些姐姐们不是表演功夫的吗？虽然她们穿的衣服花哨了点，可是那是功夫，没错啊。"墨笙回想着自己看到的女孩子们练功的样子，也是很辛苦，汗如雨下的。

陈游介成功地忍笑，频频点头："不错不错，她们练的正是功夫啊。你能从那里学到她们的不传之秘，我心甚慰，我心甚慰啊！"

哄骗野猴子学跳舞这样的乐趣，绝对不可以放弃！

陈游介继续语重心长："你有心，不妨多学点这个……功夫。真的很有用的！"

墨笙望着陈游介那突然披挂上阵的长辈风度，只觉得没来由地一阵恶寒。

"我……我先把这个学好了再说！"墨笙说着，急匆匆转身，又去练功了。

陈游介笑得轻松，哼哼哼，明明是他的徒弟，却要我来操心！坑不死他！

望着墨笙手中的那半截竹竿，陈游介突然想起什么似的，问道："你要我给你把剑练习吗？虽然比不上藏剑密境里的神剑，可是普通的利刃这谛听阁中还是有所收藏的。"

墨笙摇摇头，手中执着那竹竿没有半分动摇："以前我觉得剑就是大凶之器，非得锋利无比才可以。不过最近我看到姐姐们表演的功夫，她们的功夫……就是为了漂亮，为了让欣赏的人觉得美。我渐渐觉得，如果是这样的话，剑不锋利也无所谓了。剑虽然是大凶之器，可是如果原本要的就不是杀伐，锋利与否，也就无所谓了，竹竿照样能当剑用。"

陈游介听着他挠着那一头乱发，乱七八糟地说着这番话，注视他的目光，渐渐从带着一丝佻巧的嬉笑，变成了深邃的凝视。老不修的，想不到你的徒弟竟然有这样的悟性。怪不得他会从藏剑密境里，带出来那样一把"剑"。

不过……看野猴子跳舞的乐趣，我是绝对绝对不会放弃的！就让他给我练着吧……哈哈哈……

明胤偷偷看着陈游介脸上狡黠的笑意，再望望庭院中兀自练习的墨笙，禁不住偷偷擦汗。野猴子，你自求多福吧。

在密室的最深处，一个古老的卷册被一双修长的手翻开了。

"原来……是这样……"

黑暗中，有人喃喃低语。随即，消失了踪影。

陈游介是在睡梦中被一种巨大的波澜涌动的声音吵醒的。

他一跃而起冲到水镜边。原本宁静的水镜，此时却翻起了奔涌而上的浊浪！

还没等到他做出反应，脚下的大地，已经开始……震动起来！

长安，地震了！

怎么可能？！长安是集结了一代代术士法力和咒术拱卫的帝都，不是那么容易就会发生地震的。而他这些天一直观察着水镜也就是为了随时监测长安的异动。到底是谁？将原本数年之后才会爆发的地震，拔擢到了此时此刻？！

今天，正是大晦大凶之日！这样的日子发生地震，死伤者会比平日更加多！陈游介心急如焚！他的谛听阁地面上有镇守的法阵符印，可以稍微克制震动的波及。如果连他这里都已经动荡至此，那么长安……危矣！

陈游介急忙冲到门边，打开了谛听阁的大门。此时的长安，正沉浸在最沉的酣梦中，浑然不知道厄运已经降临！

仿佛在与脚下的震荡呼应，头顶突然爆发出巨大的轰鸣声！电闪雷鸣，暴雨毫无征兆地瓢泼而下！

陈游介的脸色，前所未有地沉重，地震加上暴雨，这一切都来得太突然了！这绝不是简单的天灾！这其中，必有端倪！

陈游介手掌一翻，一个晶亮的罗盘出现在他掌心中。

罗盘正受到地震的影响，震荡不已。陈游介压抑着心中的怒气，凝神观察后终于判断了安全的方向，虽然地震的波及是四面八方，但是相对而言，城西方向震荡最小，若是能引导人们朝那个方向逃亡，则生存的希望最大！

而现在，在这黑暗又下着暴雨的危急时刻，必须有人去引导人们朝正确的方向逃亡。地震虽然已经成无可避免之势，可若是能尽可能多地挽救一众性命，也总比坐以待毙好！

只是，到底是谁掀起了这地震之势？

必须要阻止他！

陈游介心急如焚，从他离开师门常驻帝都的时候开始，他就放下狂言，帝都有他镇守，自然是安如磐石！可是今天发生的一切，已经远远超出了他的控制！

街巷上，已经到处都是惨叫着逃跑的人群，此时的他们，早已经被脚下的震荡和泼天的暴雨浇得彻底迷失了方向，人们在无所适从地左奔右突，完全不得其法！

陈游介从来没有如此犹豫，到底，是去引导人们逃亡，还是去寻找掀起这滔天危澜的始作俑者？一向杀伐决断的他，在面对如此扑面而来的天灾时，也免不了有了那一丝控制不住的犹豫。

他扬手将一张符纸化作一只皎洁荧亮的白鹤，振翅而出。鹤啸之声，顿时将四散奔逃的人们的视线牢牢吸引。

不用他多解释，人们就已经不自觉地跟着这白鹤朝着生的方向逃去。

这样就可以了吧？

陈游介心中稍稍放松，却没想到，他的一口气还未从胸中吐出，就见一道雷光劈下，转瞬就将那舒展光翼的白鹤劈做了零落的齑粉！才找到方向的人们，顿时惨呼一片，彻底不知所措！

这样不行！你这样左右踟蹰只会徒劳无功！

"到底要引导大家向哪个方向求生？"明胤和小八都出现在了他的面前。

"你还在犹豫什么？！这种时候，不正是我们术者为万民求存不惜性命的时刻吗？"抓着那半截青竹奔出来的，正是那野猴子墨笙。

"现在有两件事必须要做！一是引导城中居民向城西震幅较小的方向逃亡，另外一件就是……我们必须去阻止这地震的始作俑者！"

墨笙只犹豫了一刹那："我对长安不熟，你去引导居民逃亡，我去找那始作俑者！"

这不是陈游介预想中的答案。可是，面对少年燃烧着熊熊火焰的双眸，他没有办法阻止他！

"那个始作俑者，现在会在哪里？"墨笙几乎已经是怒不可遏，无论是谁，无论为了什么样的理由，都不应该这样罔顾性命，以天下苍生之血，只为成就一己私欲！

陈游介朝着东方，指了指。

墨笙双眉一拧，不再多问。他回头，纵身就跃入了茫茫的黑暗和雨雾之中。

陈游介咬牙，不再看他，霍然转身："我们走！"

长安，不能就这样给全部毁去了！

地震造成的震荡在疯狂地蔓延着，脚下的大地从来没有这么不安过。墨笙觉得轰鸣从四面八方传来，还萦绕着妇孺的哭叫和屋宇房舍倾倒时沉重的轰隆声，头顶的暴雨在无休止地泼洒着，他怎么也静不下心来。

长安，天下繁华汇聚一堂的长安，此时正在遭遇空前的浩劫！一道道深不见底的裂痕，仿佛是突然在大地上绽开的伤痕般，裸露出狰狞翻卷的皮肉。那最繁华的升平坊，已经有一大半不见了踪影。迎接着南来北往无数客商的西市，早已经是一片残垣。长安数十年间所累积下来的繁华气象，在这个晚上，被彻底地撕裂了！

顾不上感喟那些流离失所的惨烈景象，墨笙朝着陈游介指引的方向前进。出现在他面前的，是曾经与西市并称长安两大市的东市。比起西市胡商云集的场面，东市则大多是官宦聚居。而此时，这里已经彻底不见了平日的繁华景象。

因为……这里什么也没有剩下，只有一个深深的大裂痕。地面上那剧烈的摇晃在继续着，房屋在这地动山摇的震撼中无可逆转地倾覆，大雨还在轰鸣，而雨中的长安，已经翻天覆地！

墨笙几乎不敢细看，可在这浓黑的夜色中，竟然有一抹身影如此鲜明！

是有人提前一步到震中营救了吗？

墨笙激动的呼喊声都已经冲到了喉头。可是，即使隔着层层厚重的雨幕，他也看清了地面上那已经破碎斑驳的法阵……

陈游介的话语一下子就冲入了墨笙的头脑——这场地震的始作俑者！

难道，是他？！

墨笙还没来得及采取任何行动，前方雨幕中的那个人已经发现了他的踪迹，他立刻回过头来。这个身影如此熟悉，竟然是玄泽！

怎么会是他？

突然，墨笙发现这里虽然屋宇倾斜，却不像其他地方一样到处是妇孺哭叫的惨呼之声。不禁疑惑，难道我弄错了？

"这里的人……"墨笙觉得自己还是应该先问问。

"在地震开始前，我就向他们示警，他们已经千恩万谢地逃走了。"玄泽口气淡然，并没有半分居功。

"原来你是来救人的啊。"墨笙豁然开朗。

"救人？我只是想把那些碍眼的家伙们都打扫干净而已。因为我接下来要做的事情，不希望任何人看到。"玄泽说着，冷冽一笑。

墨笙突然觉得，他的笑意比这泼天而来的雨幕，更加寒气逼人。

"真的是你？"

"当然。"

玄泽盯着墨笙，盯着那依然被墨笙捆缚在肩后半截青翠的竹竿。一切，都是从这死小子抢了他的机缘开始的！

"都是你的错！"玄泽已经不打算再隐藏自己的情绪，到了这个时候，他已经无须再做任何忍耐！

墨笙简直觉得自己听错了。那远远近近的轰鸣声是不是把他的耳朵给弄乱了，他怎么会听到这么一句？

墨笙眨眨眼睛，甩了甩头，小心地问了一句："我做了什么？"

该死的，我就是被这种一脸傻相的蠢货害到这步田地的吗？！玄泽简直想一剑就把他捅个透心凉！

"如果不是你抢了我的机缘，我会落到这一步吗？"玄泽低吼。他想起了那天他得到神秘人物的帮助，想要潜入藏剑密境，谁知道费尽心机，终究是无法进入，只不过引起了细微异动，到底让墨笙将神剑收入了囊中。

玄泽，原本是天下第一的玄门师尊的入室弟子，也是最有希望传承师尊衣钵的弟子。玄门上下，谁看到他不是恭恭敬敬？可是，自从他错过机缘，未能得到神剑开始，师尊的态度骤然冷淡。他们认为错过机缘的他，不被上天眷顾，就算再多扶植和修炼，也无法成为一代传奇。

师尊的冷遇，很快就影响了玄门上下。玄泽瞬间就从最有希望的核心弟子，变成了无人问津的外门弟子一般。

十几年来一直顶着天才之名而行的玄泽，无论如何也不能接受这样的结果。

可是，没有一柄真正的神剑来证明他的天纵英才，他只能忍气吞声。

还好，虽然师尊冷遇他，他却并没有失去核心弟子的那些特权。终于，他在禁地之中，发现了那一卷早已经被人遗忘的古卷。而在那古卷之上记录的东西……

"马上，属于我的神剑就要出世了！到那时候，谁还敢说我错过机缘，不受上天眷顾？！"玄泽一声长啸。墨笙发现，那泼天的雨雾，并没有一滴落在他的肩头。施展了术法的他，依然全身整洁如新。

"你到底在这里干什么？"墨笙来不及细问他如此怨恨的缘由，他只知道，长安正在难以想象的危险之中！

"当然是静待我的神剑出世啊。"玄泽又重复了一句。

墨笙简直无法想象在如此混乱的局面中，玄泽心心念念的竟然是什么神剑？难道这么多人流血牺牲，长安在地震之中翻天覆地都不足以令他动容，而他只关心……他的神剑？

"神剑？神剑在哪里？"墨笙简直是要怒了。

玄泽笑了，仿佛是一台准备了许久的大戏，终于找到了合适的观众，可以正式开演了。他的手指，轻轻松松地指了指脚下："就在这里啊。"

望着那几乎深不见底依然在兀自震动的裂缝，墨笙简直难以想象。

"我，玄泽，将原本不知道什么时候才能爆发的地震之势提前到今日今时，就是因为现在是最适合让那把沉睡千万年的神剑重新现世的日子！"玄泽的声音，混合着大地与暴雨的轰鸣，在墨笙听来，有一种透彻骨髓的寒意，从脊背上生生蔓延而来。

墨笙觉得，自己的声音都要结巴了："你是说……为了让神剑出世，你把整个长安，卷入了地震之中？"

玄泽点头："为了创建不世功业，让神剑出世当然是有必要的。剑本来就是大凶之器，为了让绝世神剑出世，这样的牺牲也是在所难免。用不着太在意……"

"到底是什么样的神剑，竟然让你不惜做下这样的罪孽？！"墨笙大吼。

"传说当初女娲补天，乃以神鳌之足支撑四极，而千万年后，神鳌之足化作神剑，即将临世！而这神剑的沉睡之地，正是在长安地下，王气汇集的所在！"玄泽徐徐地述说着他在那本古卷上看到的一切。

"如果想要取得神剑，成就不世功业，就只有这一个办法。我也实在是……别无选择。"

墨笙难以置信："就为了这神剑，你知道这一场地震之下，将会有无数人为此无辜送命！"

玄泽高傲地冷笑一声："那又如何？那些渣滓自己保不住自己的性命能怪我吗？这场地震原本就一定会来临，我只不过是将其提前到最有利于我的时间罢了。我一样是顺应天命而行！这一样是一份老天爷给我的机缘！"

"你疯了！"墨笙再也无法忍耐了，他的半截竹竿，已经出手！

灌注了他先天罡气的竹竿，此时闪烁着金石的光泽，令人几乎无法逼视。在这滂沱的暴雨中、摇撼的大地之上更加绽放出一股义无反顾的慷慨气势。

在看到这不知死活的野猴子冲过来的那一刹，玄泽发现自己竟然有一瞬间的胆寒。

不是因为他的功力，而是那一份不死不休的无畏气势！

不要命了吗？那就让我送你一程！玄泽掌风犀利，朝墨笙急袭而去！

竹竿，在这汹涌的一击中发出暗哑的吱呀声，从手指间传来的剧痛让墨笙差点将手中的竹竿彻底丢下。

有混浊的液体从额头淌下，是血吗？

墨笙甚至都没有抬臂去抹一抹，因为刚才玄泽的这一击，对他造成了重创！如果做出哪怕任何一个不是最必要的动作，他都担心自己的身躯会控制不住地倒下去。他，已经没有任何一分余力可以浪费！可是，他想做的事情，还没有做完！

刚才还只是觉得冰冷的雨滴，现在却让他觉得如此沉重。每一颗都是重重地打在身上。不光是雨滴，就连手里一向觉得轻若无物的竹竿，此时也变得如此沉重。

刚才，玄泽的一击，原本就是要取了他的性命吧？

听师傅说过，当战士觉得盔甲和兵刃都开始变得沉重的时候，就是战士生命的尽头了。

对不起，我没有能成为师傅你期望中的那种能力挽狂澜的战士，可是，我战斗到了最后一刻！

玄泽几乎懒得再瞥墨笙一眼。这个全身上下都被他的术法光刃割裂得遍体鳞伤的家伙，竟然，还没有倒下？支持他到现在的是什么？明明都已经一点战斗力也没有了，还摆着这种自以为是的姿态算什么？你是得到了天命的机缘，那又如何？我一样可以做到！

想要他倒下，已经几乎不用费吹灰之力了，甚至比挥去一片尘螨还简单。

玄泽没有犹豫地扬起了手。

原本应该准确命中墨笙的那一股劲气却在雨雾之中被生生地阻挡了。原本垂直而下的暴雨，也被这股阻力涤荡出一圈圈的圆弧。在雨雾间现出身形来的白衣人，正是陈游介！

无论如何也无法放心让墨笙独自战斗的陈游介，在引导着灾民来到相对较为安全的地区后，便马不停蹄地折返了，只留下明胤在那里照顾。

还好，如果来迟一步的话……野猴子这条命就保不住了！看着浑身伤痕累累的墨笙，陈游介的眸子骤然紧缩。竟然……把墨笙伤成这样？！所谓玄门正宗入室弟子就是这样替天行道吗？！

　　扫视了那一眼深不见底的地裂沟壑，陈游介立刻就感应到了其中非同寻常的异动。

　　再看看地裂周围的地面上依稀残存的法阵痕迹，一切顿时了然于胸。

　　"就是你，打伤了墨笙制造了这长安地震吗？"陈游介怒极反笑。

　　玄泽知道他身为藏剑密境的守护者自然不是普通人。如果是以往，他是必然要拱手做礼口称前辈的。可是今天，他已经忍耐了太久，他不想再做那些自己早已经厌倦了的虚伪逢迎。

　　"你不是一向在密切关注着长安地脉吗？你应该知道，这场地震迟早都会来，我所做的，不过是让它稍微提前了一下，让它在最有利于我的时间来临罢了。"玄泽昂首，没有被半片雨雾浸湿的面庞上是毫不掩饰的得意。

　　"为什么？"陈游介一字一顿。

　　"哈哈哈……想不到今天能让守护长安的高人也来问我为什么！"玄泽笑得不能自抑，半晌才道，"女娲补天时斩下神鳌之足支撑大地，千万年后神鳌足已经化作神剑，正在这长安之地下沉睡。我做的就是借地震之力，将它取出，为我所用！"

　　"什么？！"陈游介难以置信。他守护长安地脉已久，又身兼藏剑密境守护者的重责，他相信自己对神剑和地脉的异动是了如指掌，可是这样一柄神鳌之足化作的神剑要出世，他竟然一无所知？！

　　怎么会这样？！

　　陈游介心念急转，面上却是一丝不变："就算那柄神鳌足化作的神剑确实就在长安地下沉睡，可是要想把它取出来，不是制造地震这么简单就能让它出世的。世间所有一切都在机缘之间，绝不是你这样妄自逆天而行可以做到的！"

　　玄泽冷哼一声："你以为我不知道吗？玄门是天下第一术派，我学到的不比你少。我当然知道要神鳌神剑出世没那么简单。所以我才一定需要这场'突如其来'的地震啊。"

　　陈游介面色一寒，饶是他经历无数风浪，此时也不免声音微微一颤："你……这是在献祭？！"

　　玄泽如同舞台上的名角在对着台下的知音交换着会心的一笑："陈老板果然聪慧！想要神剑出世，当然不只是将地震提前这么简单，这地震中死去的无数生命，自然就是为了迎接神剑出世的献祭！自古以来神剑出世莫不是天地变色鬼哭神嚎，为了迎接神鳌神剑的顺利出世，这样的一点阵仗，总还是需要的。你说是吗？"

陈游介简直无法想象，这个一身玄门正宗弟子服饰，谈笑间将整个长安化作瓦砾，将无数人的性命送入死地的男人竟然还能，笑得那么轻松！

如果，如果真的是这样的话，那么最终现世的，不会是神剑，而只会是一柄荼毒苍生的魔剑！

必须阻止他！

陈游介将随身带的丹药给墨笙填下一颗，又施展了个避雨的法咒在他身畔。当他做完这一切的时候，他长身而起，目光中彻底消退掉了平时那些轻浮佻巧的神色。此时的陈游介，本身就如同一柄绝世神剑，正绽放出无可抵挡的耀目光华！

玄泽突然有一瞬的心虚。

他不止一次地在传闻中听说过这个人的厉害。虽然他自负是玄门第一天才弟子，可是要说到对敌制胜，他所经历的战斗，实在是不够。

突然，他的双眸一亮！

玄泽笑了起来："你以为我为什么要跟你费那么多话，把前因后果都那么仔细地讲给你听吗？"

陈游介心中一震，玄泽的目的是拖延时间！

刚才他看到墨笙身受重伤的时候就心神大震，只顾着质问玄泽，后来又为墨笙调理伤势，却忘了那时候最应该做的事情是……打倒玄泽！

陈游介急忙转身，却看到原本只是狰狞裂开的那一道宽约数十丈的裂痕中，已经熊熊升腾起了铺天盖地的黑雾！这黑雾顿时让陈游介的呼吸一滞。糟糕，这是黄泉之底的黑瘴！正当陈游介准备施法强行将这道黑色瘴气闭锁时，却见那黑瘴之中已经有乌黑流转的一道乌金色华光闪过！

神鳌足所化作的神剑真的要在这大凶之日，沐浴着长安无数人的血泪，降临了吗？！

玄泽眼见神剑终于现世，惊喜万分的他，再也抑制不住地狂笑。

"太好了！从此我再也不必对任何人卑躬屈膝了！看谁还敢瞧不起我？！看谁还说我不受天命眷顾只会错失机缘？！"

陈游介掌中光芒暴涨，朝着玄泽疾刺而去！

滴答……滴答……

黏稠的血液重重地跌落在已经浸透了血液的大地之上。

陈游介的剑在他的眼前，一片片地化作了齑粉。而他的胸前正喷涌着血液。

他没有能够一击即中！玄泽手中那闪烁着乌黑光芒的利剑，此时正刺入了他的胸膛！那些奔涌的瘴气已经围绕着这上好的修真者的身躯许久，此刻如同马蜂般，朝着那重创的伤口直冲而入！

修真者的身躯一旦被瘴气侵入，那么再好的资质也会被啃噬殆尽。就算是侥幸保住一条性命，也不过是个废人了。

"谁叫你瞧不起我？非要把机缘送给那个野猴子？就让你尝一尝这生不如死的痛苦！"玄泽狂笑，不肯再瞟那正倾颓而下的身影一眼。

墨笙睁开双眼的时候，看到的正是那个傲慢得不可一世的死老头在雨雾中沐浴着满身的鲜血，慢慢倒下的模样！怎么会这样？！死老头不是最强的吗？怎么会？！墨笙急忙跳了起来，搀扶住陈游介。

陈游介喘息着，盯着面前的少年。他的周围到处是席卷的黑色瘴气，可是那些瘴气却无法靠近他的身体。

陈游介默默地把墨笙的手推开。他压抑着翻滚的气息，最后，终于勉强地站定了身躯："我还撑得住。"

"你还记得那次你是怎么打败岩石巨人的吗？"陈游介盯着墨笙，态度俨然是最苛刻的师傅在考问徒弟。

墨笙没想到都到了这时候了，陈游介竟会问出这么一个问题。

他急忙点了点头。

陈游介的嘴角，露出了墨笙从认识他以来，看到的第一个笑容。

"既然这样，这种收拾烂摊子的事情，就给你好了。"陈游介的笑容后，带着的是一声冷哼，"反正，你在谛听阁也没少干，正是野猴子你的老本行。"

谁说我的老本行是打扫卫生清洁池塘了啊？！墨笙真的要气得跳脚。

他反驳的话语还没来得及说出口，只见陈游介的身躯已经控制不住地，缓缓倾倒了下去。

"没打赢就别叫我起来。"陈游介说着，缓缓地闭上了双眸。

明明受了重伤即将昏迷，他竟然还一口傲气撑到最后。这死老头真是……到底在想什么啊？果然跟师傅那个老不修是朋友，一路犟角色。

墨笙从没有想过，这个深不可测的死老头竟然也会受伤昏迷？！虽然他一直喊自己做野猴子，自己也一直喊他做死老头，可是在这看似不屑的称呼后面，是那一份早已经彼此信任的心情。陈游介，在墨笙心中是藏剑密境的守护者，是不可战胜的存在，怎么会……

这是比起脚下的大地的震撼更让墨笙心里无论如何也难以接受的事实！简直就像，那一直笼罩着自己的那片天空……塌了！

那颗被陈游介塞入的保命丹药在墨笙的身体中迅速地发挥着作用，他只觉得那些流失掉了的力量在不知不觉地恢复着，那些狰狞翻卷的伤口也渐渐地停止了流血。墨笙竭力让自己不去看陈游介，如果这颗丸药陈游介不是给了自己，而是留到现在他自己吞下的话，他的情景绝不会像现在这样糟糕！

可是，他做出了这样的选择，他把所有的希望把生的希望把长安的希望，都交到了自己的肩上！我，不可以退缩！再一次地，握紧了手中的竹竿，墨笙徐徐地将胸中的浊气吐出。而此时，玄泽也发现了，那些无处不在的黑色瘴气，竟然不能侵入墨笙分毫。显然，墨笙天赋异禀！

那时候，我究竟做了什么呢？

墨笙竭力地回忆着，那时候他感应到了大地的脉动，然后，他将那股沉睡的力量引导而出，一举击溃了岩石巨人和毒蜂的双重夹击！可是现在，跟那时候的情景并不一样啊。墨笙的心中，前所未有地焦急。可是，平时一直给他提示的那个死老头，此时竟然还在昏迷！他，谁也无法依靠，只能靠自己！

如果是硬碰硬，以他现在的力量根本无法与玄泽为敌。可是如果什么也不做的话……一切将变得更加无法收拾！因为墨笙已经看到了，在那泼天的雨雾中，浓黑的瘴气在迫不及待地肆虐翻滚着，而玄泽则是好整以暇地注视着墨笙，那一份居高临下的姿态，犹如在俯视一只微不足道的蝼蚁。

一定有办法的！墨笙告诉自己。那时候藏剑密境里的岩石巨人不是一样非常强大，不还是在那一瞬间就灰飞烟灭了吗？墨笙握紧了手中的半截青竹，朝着玄泽的方向，走了过来。此时的玄泽，正高立在那裂缝边，用满不在乎的目光注视着那翻滚着瘴气依然在隐隐摇撼的裂缝。身为术者的他，丝毫不用担心地震这样的天灾，这对于整个长安来说尸横遍野的灭顶之灾，对他来说，却不过是成就不世功业的小小血祭，根本不值得一提。

此时，手执乌金色神鳌剑的他，志得意满。对于墨笙靠近裂缝的行为，他并未立刻阻止。败军之将何以言勇？根本就用不着多在意！

他已经得到了绝世神剑，而这一场血祭也根本无法逆转，就看看这个不入流的家伙，到底想做什么呢？

墨笙走近了玄泽，他的动作一目了然，但求一战！

陈游介都未能在我手下走过三招，你又能如何？玄泽冷笑，不自量力！

玄泽的剑锋转瞬就朝墨笙袭来！如果是从前的墨笙，一定无法避开这一剑。可是，玄泽眼睁睁地看着眼前的少年仿佛是在虚空中突然拧动了身躯般，竟然堪堪避过？！这……是什么路数？！

玄泽眸光一凝，剑锋更厉！

墨笙不再与他正面对抗，谁都知道青竹是无法与那闪烁着华光的绝世神剑相对抗的。可是，他有他的办法！在那一次次的剑锋袭来、凶险万分的时刻，墨笙想起了自己在歌舞坊里学会的那种功夫，一次次地化险为夷。

渐渐地他仿佛感应到了，来自那乌黑鎏金的神剑之上，传来的呼啸之声！

从醒来的那一刻开始，他就一直迷惑一件事——为什么玄泽在神鳌神剑已经到手的现在，还不离开？而现在，他明白了，神剑的力量并未能全部恢复，还必须在这大地的震撼中不断吸取力量！也就是说，这场地震能持续得这么久，强度能如此惊人，跟玄泽的推波助澜密切相关！

竟然是这样？！墨笙觉得自己被暴雨打得冰凉的身躯上燃烧起了熊熊的怒火！

突然，他觉得自己似乎感应到了另一个声音？

这个声音如此微弱，却也不容置疑。

墨笙的肩头，终于还是被玄泽的利刃所伤，奔涌的鲜血泼溅在撕裂的大地上，深沉凝重。

而此时的墨笙却没有惨叫，只是近乎嘲讽地轻轻一笑："你以为你得到的，真的是神鳌所化的神剑吗？"

玄泽的视线从剑锋上掠过，到这种时候了，这小子还以为能玩出什么花样吗？

"这的确是神鳌之足变化的没错，可惜即使看起来再像神剑，即使已经拥有了神剑的外形和锋锐，它还不能算是一柄神剑。"墨笙肯定地道。

"咘！你是在说笑吗？神鳌之足化作的神兵利刃，此时已经在大显神威，你还要怀疑什么？"玄泽几乎是抑制不住地冷笑。

"这只是神鳌被斩下鳌足，长久以来被迫镇压在地底不见天日之下，怨念的产物。"

"怎么可能？你在胡说！"

"它，不是神剑，而是……魔剑。"墨笙静悄悄地环视着周围，"这地震，这暴雨，这无数死去的人们，还有这铺天盖地的瘴气，就是明证！你得到的不是神剑，而是魔剑！让天地倾覆、大地分崩的魔剑！就算这样，你还是执意不肯罢手吗？！"

玄泽的脸色，变了又变。他计划是得到神鳌之足化作的神剑，成为天下玄门宗师。可是，这把剑竟然……虽然不愿意相信，可是玄泽毕竟受玄门正宗的教育多年，这生灵涂炭的景象，的确，无论怎么看也不像是能平天下震山河的绝世神剑出世的景象。虽然口中依然不肯相信，可是在他的心中那一丝动摇的裂痕，已经悄悄地崩开。

可是……就这样罢手吗？

不！

"就算是魔剑又如何？世上的人只相信力量！无论这力量从何而来！"玄泽在沉吟之后，依然是一抹狂笑。

墨笙注视着狂笑中的玄泽，他的声音骤然沉重："你以为，魔剑肆虐的对象，不会有你吗？"

玄泽突然觉得手中的感觉有一丝异样，当他低头看去的时候，差点惊叫出声！因为他的手，竟然变成了乌青的色泽且青筋虬突，指甲也变成了尖锐凸出的如同兽爪的狰狞形态！

墨笙静悄悄地看着他："手执魔剑，下场，自然是变成人魔。"

玄泽彻底愣住，他不敢相信会变成这样："怎么可能？！我所有的步骤都没错，我怎么可能会成魔？！"

"放手，现在还来得及！"墨笙已经有点不忍多看，那个彬彬有礼的贵公子，是怎么变成眼前的这个情景的？到底真是因为自己抢走了他的机缘，还是……在他那风雅从容的外皮之下，包裹着的原本就是如此狂妄和贪婪的灵魂？！

"成魔……哈哈哈……成魔？！"玄泽的狂叫声不可遏制地高亢而起，直插云霄！

"既然如此，就让你做我成魔的第一个血祭吧！"玄泽的剑锋急袭而来，墨笙没有想到，到了此时此刻，他竟然依旧执迷不悟！成魔的玄泽，将会失去身为人类的所有记忆和理性，他的结果，只会是……万劫不复！

在这一瞬的迟疑中，墨笙发现，自己已经被……打落深渊！他的身体，朝着那深不见底的巨大裂缝中，跌落下去！

玄泽狂妄地大笑着，冷冽地凝视着那瘦小的身躯只一瞬间就被那深邃的黑暗彻底吞没了。而此时，他的整条手臂已经虬生出一片片的鳞甲。他知道，自己正在魔化！

不过此时的玄泽，已经不想回头！

突然，他感觉到脚下的大地再一次地震撼着。这种震撼不同于他用法阵催动而来的震动，而是另一种震撼，就如同，有什么东西正在这地表之下怒吼着，即将破土而出的震撼！

玄泽不自觉地后退了数步，他本能地觉察到，那震撼的源头，正来自这裂缝之下！

怎么？难道神鳌之足化作的神剑，不止一柄？！

仿佛是在回应他的迷惑，一道无可比拟的光的洪流从那深邃不见底的地底直冲云霄，仿佛一条巨龙在夜空中嶕峣而上！玄泽被这股力量震慑得不住地跟跄后退，直到退出数十丈之后，他才看清了这难以想象的奇景！

那是一株巨大的竹子，它的长势如此惊人，在玄泽注视它的这瞬息之间依然在勃勃生长着。它的枝叶在蔓延，它的光芒在流动。原本瓢泼而下的暴雨，被它的枝叶遮挡，原本大地汹涌的震撼，被它的根系凝聚。一株铺天盖地的光的巨竹正昂扬地摇曳在长安千疮百孔的天地之间，洒落着犹如天际迸溅的无限光华！

有风吹过，那些光的竹叶如同得到了召唤的使者，纷纷扬扬地从那高高的枝头落下，飘散在长安的夜空之中。

墨笙！玄泽看到了，是墨笙。

此时的他，正高高地轻盈地立在那巨竹的枝梢之上；此时的他，轻折下一截竹枝。当他轻轻挥动的时候，竹叶随着他的动作，逆着泼天而来的暴雨，朝着长安城的四面八方，飘摇而去！

随着竹叶的四散飘摇，那些原本肆虐的黑色瘴气犹如被一柄柄雪色的小剑割裂一般，慢慢消融。而墨笙手中的刚才还乌黑鎏金的那柄长剑，竟然也在一丝丝地消退着光华！

怎么会这样？！

玄泽低头看去，脚下的大地不知道什么时候已经彻底地宁静下来。

地震，结束了！

怎么会？！他的魔剑还未汲取完全部的血祭之力，一切怎么会在这样的时刻结束？！血祭一旦开始，一切即无可逆转，怎么会？！

玄泽的目光一凛，朝着那焕发着雪色光芒的巨竹跃去。

墨笙居高临下，一下就觉察了他的动作，他手中的竹枝一挥，一大片流光溢彩的竹叶就朝着玄泽飘去。

玄泽想用剑锋将这些竹叶挥开，却没有想到，这些轻飘飘的竹叶并不像他想象中一样来势凶猛，而是宛如夏日里和风漫卷而来的飘絮般，从容慵懒地落在了他的身上、他的剑上。

没有感觉到一丝伤害的玄泽睁大了双眸。这种感觉，就如同之前他与墨笙战斗的时候一样，他总是迂回闪避，不与他正面对抗。而现在，到底是一种什么样的情形？

竹叶一片片地宛如飘舞的飞絮般落在剑锋上，原本沉重的剑，竟然渐渐在减轻着重量？那些乌金色的光泽在竹叶的浸染下一丝丝地消退着，手中原本紧握着剑柄的实感也越来越淡……

怎么回事？！你不是与我定下了契约，完成了血祭的神鳌魔剑吗？！

玄泽心中惊疑不定，控制不住地怒吼。

在竹叶的包裹中，一个淡薄的身影渐渐地显现出来。

这是个半透明的蓝色身影，他脸颊上隐隐的鳞片和手指间的飞蹼都昭示着他原本的水族身份。他朝着竹梢之上的墨笙飞了过去，玄泽急忙跟了上去。

那个蓝色的身影飘浮在墨笙面前，唇角是一抹舒畅的笑意："谢谢你愿意送我回家。"

墨笙点点头，他的手臂轻扬间，一片竹叶已经化作了一片青碧色的飞舟，蓝色的身影安然乘在飞舟之上，朝着遥远的东方而去。

"你！"玄泽的话还未说完，他就看到了，手中的那柄魔剑，一片片地分崩离析，化作了齑粉。手里，突然变得空空荡荡，玄泽简直无法相信眼前发生的一切。

"你做了什么？！"玄泽的声音已经开始沙哑。

墨笙挠挠头，他其实对刚才发生的一切也没有太明白。

"我听到了他的声音，他说，他已经被长埋地下那么久了，他想回家，他想回到东海。于是我就说，我可以帮他回去。"

"你解了神鳌之足的怨念，所以魔剑消失了。"陈游介揉着胸前，那曾经满是伤痕的胸口，此时被竹叶的雪亮光华所笼罩着，在那光华之中有着治愈的力量。

陈游介仰望着那遮天蔽日的雪亮修竹，轻叹一声："想不到，有生之年我还可以看到这样的景象，以竹为祝，安抚天地。"

说着他扭头望向墨笙："时间差不多要到了吧？"

墨笙愣了愣，在他还没有回过神来的时候，他脚下的巨竹突然宛如星辰碎裂般四散开来，化作了漫天飞舞的竹叶。这些竹叶飘舞在长安的上空，最后，飘飘摇摇地落在了地面。原本被瘴气侵染的大地，渐渐恢复了原本的色彩。只是，那尸横遍野房屋倾颓的景象，却无可逆转。

玄泽目瞪口呆地注视着面前发生的一切。他想要冲过去阻止墨笙，突然，一片从天而降的竹叶，落在了他的额头。玄泽只觉得眼前有碧绿的光华一闪，接着，他就失去了知觉。

他觉得自己仿佛做了一个很久很久的梦，在梦里，年幼的他仰望着师尊，心中发誓：我要做个最好的替天行道的术者，造福万民！

一滴泪，悄悄地从他的眸中滑出，滴落在地。

啊啊啊！墨笙没想到刚才还安如磐石的巨竹竟然会在一瞬间分崩离析，手忙脚乱地落在地面上。等到他安然落地，回首再望去的时候，刚才的巨竹仿佛只是一瞬间的幻梦，早已经消失得无影无踪，只在已经弥合了的裂缝边，静悄悄地躺着那半截青竹。

"一切，都是这个竹子的功劳？"墨笙不确定地问。

陈游介摇头："一切都是你的功劳。不是你在裂缝之底，以全部灵力催生了青竹，用它的力量来弥合大地的吗？"

"我只是想到，竹子可以稳固水土，说不定也能……因为大地也想要平静下来啊。它也不想要这么肆虐暴戾的啊。"墨笙挠挠头，肯定地说，"所以我就试试看。反正不试，那时候我也是个死了。嘿嘿嘿……"

陈游介望天：把你想成生死关头顿悟，以自身性命拯救长安万民的无私圣者，我果然是想多了。

"这次我做的，还可以吧？"野猴子激动地望着陈游介，满心满眼都是"快表扬我"的热情。

陈游介视而不见，摇摇头："看你被玄泽打得那种惨状，还差点丢了性命！你不会成为什么绝世的剑客了。"

"啊？！"墨笙的耳朵都要耷拉下来了。

陈游介继续板着面孔："因为你施展的，正是调伏之术。"

"调伏？"

"调伏邪念调伏恶业，让人心清明，让天地太平。这就是调伏。"陈游介微笑，"你已经做得很好，让大地平静，让神鳌之足放弃恶业回归本心。"

墨笙怀疑地看着陈游介："我真的做了那么多吗？我只是按照他们的希望做了而已。"

"能听到它们最本源的初心，就是你身为调伏师最大的天赋。"陈游介叹气，真的不想这样表扬这只野猴子啊。可是想想自己的花园，那被野猴子翻过的泥巴种出来的花朵都比从前蓬勃茁壮了三倍不止的时候，他就该明白，野猴子的天赋，真的就在这里。

"可是，我的剑，我的剑法其实也不错的啊，我用歌舞坊的姑娘们教给我的功夫，还跟玄泽缠斗了好久呢！"墨笙急忙反驳。

陈游介继续望天："那个不是功夫，是剑器舞。"

啊啊啊？墨笙已经真的，不知道该说什么好了。

陈游介显然十分有在人伤口上撒盐的兴趣："所以说，你学得最好的所谓功夫，其实是剑器舞，不是什么功夫也不是什么剑法哦。"

墨笙已经被陈游介抛过来的"不是功夫""不是剑法"几块巨石压得都快要抬不起头来了。

"你的确不会变成天下第一的剑客，可是你会变成长安绝无仅有的调伏师。调伏天地，安抚大地。"陈游介的声音，终于散去了嬉笑，染上了严肃的语调。

墨笙抬起头，对着这位神秘莫测的前辈术者的目光。这一次，"死老头"这几个字，在他的喉间转了又转，却终于没有说出口。

望着满目疮痍的长安，他已经知道了，自己的使命。

　　肆虐了整整一夜的大雨，渐渐地停了下来，长安终于迎来了地震后第一缕阳光。

　　可是，萦绕在陈游介心中的疑惑并未全部散去："到底是谁，将那原本绝不会现世的记录神鳌之足会化作剑器的古卷，送到了玄泽面前的呢……"

第十二章

混沌书

谛听阁的门，永远向客人敞开。

明胤不明白，为什么眼前这个女客人，会踯躅在门口，久久不愿意进入。

"客人？"明胤小心地探问。

"你是谁？你是叫明……吗？"她的声音陡然多了急切。

"我是……"明胤正准备回答，却想起陈游介曾提醒过的禁忌。他的话锋急忙一转："我是谛听阁的伙计，客人你有什么需要吗？"

逆光中依然窈窕的身影终于站定了："叫陈游介出来见我。"

谛听阁接待的名媛贵女不知凡几，可这么大气派的，明胤还是第一次见。不过他还是按下了腹诽，准备去后堂请自家那位悠闲躲懒的大老板出来。

他刚一转身，居然就看到了陈游介挺拔的身影。那平时总是含着笑的嘴角，此时却隐隐地透出一股不容错认的威慑，让人心中不自觉地一寒。

女子瞬间就退去了刚才的气势，只留下近乎央求的低语："我的孩子……"

陈游介冷笑："只可惜我并不知道你的孩子是谁。"

说着，他不动声色地将明胤掩在了身后。

"我……只是想见我的孩子……"女子说着，就朝前迈来。

一阵霹雳流火顿时在原本透明的空中撕裂而过，女子飘摇的衣摆霎时就染上了一抹焦黑的痕迹。谛听阁的雷火结界正是为了阻挡妖怪而设。平常人进出无碍，只有妖怪若是想要触碰，便会立刻遭到雷火的袭击！

这女子，是妖怪。

女妖眼见无法靠近，立刻叩拜下来，声音中更添一份凄楚："我想见我和明崇俨大人的孩子！"

"你说什么？！"陈游介的呼吸骤然一凝！

他知道明胤是明崇俨和妖族所出的孩子。可是那位本该担起母亲重任的妖族女子从未出现过。妖界甚至从未有关于这个神秘女妖的半点消息。所以陈游介一直认为，这个女妖早已经不存在了。

可是今天，居然有这样一位女妖活生生地走到他面前，告诉他，她就是明胤的生母？！

这简直是太荒谬了！

"且不说这么多年你在哪里，将那孩子的生死置之不顾。眼下我只问你，你如何证明？"陈游介的神色，没有因她的一番言辞有丝毫的放松，反而更加警惕。

而明胤，从听到这个女妖的话开始，就控制不住地想看清她的脸！

他曾经无数次在睡梦中反复期盼过的母亲，真的就是这个女人吗？

只可惜，这逆光中的面庞，始终如同笼罩在烟雾中的花朵，看不分明。

"我哪里会不想见到自己的孩子？！可惜明崇俨给他身上的血脉下了封印，我根本无法分辨人群中哪个是他……"女妖的声音，已经带着一丝哽咽，"我好不容易才得到消息，说他就在这里。"

陈游介皱眉："花言巧语就不要浪费我的时间了，我要的是证据。"

"这就是证据。"女妖说着，将一个木匣放在自己面前的地上，接着转身道，"请阁主慢慢验看，我明日再来拜访。"说着，她的身影瞬间就消失不见。

原本，陈游介手中已经扣紧了符咒，若她强行冲破结界就狠狠地给她一个教训，此时见她如此，反倒有几分怔住。

难道……是那木匣另有古怪？

陈游介心念急转，却被明胤的声音突兀地打断："老板……她真的是我……"

"母亲"那两个字还没有说出口，就被陈游介一口打断："心思诡秘的妖怪你见识得够多了！怎么到现在还这么轻信？"

"我……"明胤想为自己辩解，一个风风火火的身影却不由分说地冲了进来！

"我说——啊啊啊！"

"你们在干什么啊？！居然把这么个东西放在门口！"

"我都差点跌倒了啊！你们就没有人过来扶我一把吗？！"

楼东来一个不留神，居然绊到了那女妖留下的木匣上，一脚没有站稳就差点跌了个结结实实。还好他平时骑射弓马娴熟身手不错，及时扶住了一架屏风才算避免了"长安第一翩翩公子摔了个狗吃屎"的惨剧发生。

陈游介指尖一挥："幸亏木匣没有事！"说着，那个刚才还差点绊倒了楼东来的木匣就已经平平稳稳地自动飞到了他的手中。

这一举动也就堂而皇之地向楼东来昭告——木匣比你重要多了。

对此，胸襟早就在陈游介的一系列毒舌和恶行中被锻炼得越来越宽广的楼东来一面表示："大爷我一点都没有介意啊。"一面试图把屏风上精致的螺钿嵌花抠掉一块儿，让那奸商哭去吧。

陈游介感受着手中的木匣，这木匣意外地轻。可是木匣上那个有着"明"字徽印的记号让他不敢小觑。

这难道是……

"明胤，关店门！不相干的人立刻退散！"陈游介突然下令。

这就是毫无疑问的逐客令了。可是，楼东来偏不走，不光不走，他还帮着明胤将大门关好了，摆出一副严阵以待的模样来。

陈游介知道今天是无论如何都不可能把楼东来轰走了。

他轻叹一声，"也罢。"反正谛听阁的一系列事情，楼东来是一件也没有少掺和，现在就算是想把他踢出去，怕是也来不及了。

想到这里，陈游介指尖轻捻，似乎有一朵金色的花朵在他的指端瞬息明灭，"咔嗒"一声，木匣已经打开。

明胤和楼东来都觉得自己的心漏跳了一拍。

出现在匣内的，是一个卷轴。卷头那个标注内容的纸笺上，是三个字——混沌书。

虽然家中留下的父亲的手稿并不多，可是明胤还是一眼就认出了，这正是父亲的字迹。

明胤以为陈老板接下来的动作必然是打开卷轴确认其中的内容。可是他没有料到的是，陈游介居然毫不迟疑地将木匣"啪"地关了起来。随即，又加上了数道封印。

"为什么不打开来看看？"楼东来这么坚定不移地留下来，可就是为了看新鲜找乐子的，这算怎么回事？

明胤脸上的神情也袒露了同样的迷惑。

"这是你父亲当初驾驭妖怪所用的法器。

"他过世后就不见踪影。我原以为已经湮灭，却没有想到它还在人间。

"那女妖能拿出这件对你父亲来说至关重要的法器，想必与你父亲确实有着莫大的关联。"

陈游介的语速，前所未有地慢，显然是在极其谨慎地遣词用句。

"那……她真的是我的母亲？"明胤可以不在乎什么法器，什么驾驭妖怪。可是……"母亲"，这个他足足盼望了十六年的身影，这次，是真的来到他的面前了吗？！

从天边微明，到日上三竿，昨天那个逆光中朦胧的身影，始终没有再出现。

明胤的憧憬和激动，最后终于慢慢变成了无奈和失望。

他这副样子，让一旁的楼东来都有点看不下去了。

"那女妖虽然拿了你父亲的法器来，却也不一定就与你有什么关联。此事尚未有定论，你不要想多了。"

无论什么时候，陈老板的话总是能如同一抹凉风般，让他的头脑陡然清醒。

将脑海中萦绕不去的失望甩开，不待陈游介再度开口，明胤就已经开始了每天的洒扫工作。

"真的，那女妖跟明胤真的没有任何关系吗？"望着明胤终于转到后堂去整理货物的身影，楼东来小心翼翼地压低了声音。

陈游介的面色沉郁："女妖和明胤是否有关系现在倒在其次了。"

"呃？"楼东来不明白。

"匹夫无罪，怀璧其罪。这《混沌书》如今落在了谛听阁，只怕祸端正由今日开始！"

"啊？！"楼东来急忙压低了声音，"你是说，谛听阁会成为目标？"

"没错。当年能让明崇俨驾驭百妖的《混沌书》再度现世，你觉得那些在黑暗中虎视眈眈的邪恶妖怪们会无动于衷吗？"

陈游介的话音未落，半空中传来了一种奇特的声响。

谛听阁看似空无一物的半空中，又一声嘶叫声响起。随即就是个看不清形状的生物慌乱逃窜而去的身影。

这情景，正是有妖怪在冲击结界。

"哼，连这样的小角色都来碰运气了。看来这《混沌书》的吸引力还真是大啊。"陈游介冷笑一声。

陈游介的话音未落，刚才那个逃窜而去的小身影再度折返，看那架势居然是生生朝结界上撞来！

要知道雷火结界可是不容小觑，就算是大妖怪也要忌惮三分不敢近前，这种不入流的小妖怪只怕冲击个三两下就要灰飞烟灭。

这就奇怪了。如果这小妖怪是为了窥伺《混沌书》而来，刚才在结界上就已经吃足了苦头了，何必再这样不知死活？

不光是陈游介，明胤和楼东来也是一脸的不解。

最后还是小八小声嘀咕："我觉得，它好像是要来……报信？"

听到"报信"这两个字，陈游介眉间微皱。只见他的手臂舒展处，那小妖已经被一团光球裹了个严严实实拖进了谛听阁中。

那小妖在先前一次次的撞击中晕头转向，这下猛然进了谛听阁，眼睛里还转着圈圈，半天都没有回过神来。

陈游介实在是等得不耐烦了，丢了个清心咒到小妖身上。那小妖才摇了摇头，总算是清醒过来了。

这小妖眼睛大大的，背后一对薄薄的透明长翼，从那尚未完全化形成功的脸庞上，可以清晰地分辨出它就是个蜻蜓小妖。

小妖定了定神，一下就扑倒在了陈游介的脚下："阁主大人，你可得小心啊！他们都要过来了！

"他们要来抢明大人的《混沌书》了！"说着，小妖控制不住胆怯地朝身后望了望，生怕它说的那些家伙们已经冲了过来。

"这么说，你是来报信的？"陈游介慢条斯理。

"嗯嗯嗯！"小妖忙不迭地点头。

"我只是奇怪，《混沌书》昨日才到我谛听阁，怎么妖怪们今天就都知道了，甚至还要纠集在一起过来抢夺？"陈游介捧起茶杯，将犀利的眉眼掩饰在氤氲的茶香中。

"呃？"小妖愣了愣，显然它压根就没想过这个问题。

好一会儿它才低声咕哝："我也不知道，我只知道昨晚上妖族们就都传开了这个消息……大家都说要过来抢夺。可是又畏惧阁主你的法力，他们就说……得想个万全之策……"

"哦……这样啊……"陈游介轻抿一口茶，漫不经心地点点头。

小妖看到他这副若无其事的样子，顿时急了。它冒着差点被雷火结界劈得丢命的危险过来报信，可不是要看到陈游介这么一副满不在乎的样子的啊！

"妖族向来有勇无谋，就算纠集再多又怎么样，一样是乌合之众，不足为虑。"看到小妖这么一副惶恐焦急的样子，陈游介总算是发话了。

"不是这样的！他们说，只要得到了《混沌书》就能成为众妖之主！"小妖焦急的呼喊声终于让陈游介停下了喝茶的动作。

众妖之主！

如果说，寻常宝物的争夺还不会让那些潜伏在暗处的大妖怪动心的话，成为众妖之主的威风就足以令整个妖界陷入一场混战了！

"什么众妖之主，这《混沌书》又不是什么玉玺虎符，哪能随随便便说是众妖之主的象征，它就是了啊。"楼东来终于憋不住了，发表了自己的意见。

一听他这话，小妖的耳朵顿时一抖，明明刚才还吓得蜷缩的身材一下挺了起来，"什么都不知道的小屁孩就不要乱说。"

"什么？！小爷今年十六岁了，你才是小屁孩！"楼东来可不是个会轻易消停的主儿。

"十六岁？我已经一百岁了。"小妖撇嘴。

妖族的年龄与人类不同，往往是几百岁才能开了灵智，化形成功。所以这小妖说自己足有一百岁，倒也不像是骗人了。

"一百岁？你骗谁呢！"楼东来磨牙，已经开始准备敲敲这小家伙的脑门，给他一点教训。

"我才没……"

眼看局面即将陷入低水准的口水仗，陈游介重重地"哼"了一声，发话："快说重点！"

"当年的正谏大夫明崇俨大人，持着《混沌书》将妖怪们尽归他麾下掌握。那种不世出的风采，早已经被众多妖族认定为妖族之主！只恨我那时候法力低微……根本没有资格随侍在他左右……"小妖说着，大眼睛里已经是一片亮晶晶的闪烁光芒。

众妖之主？！陈游介对于这妖界掌故，也是第一次听到。他虽然纵横长安这么久，可是距离明崇俨大放异彩的时代已经隔了十年之久，这些对于他来说，还真的是新闻。

小妖说着，声音低了下去："只可惜……十年前明崇俨大人陨落，妖族之主这个位置，已经空悬整整十年。"

"妖族原本就无主，明崇俨所能驱使的，其实也只是一部分的妖怪而已。即使是他，也算不上什么真正的妖族之主。这妖族之主的名号，也不过是虚名而已。"陈游介面容冷肃，口风犀利。

"阁主你当然可以这样看。可是我相信，明崇俨大人之子一定不会这样看的！明崇俨大人之子，一定愿意继承父亲留下的《混沌书》，再度承担起妖族之主的重任！"小妖说着就已经朝明胤的脚下一扑，"少主！你不知道，自从明崇俨大人陨落后，我们这些小妖就一直遭受大妖怪们的欺凌！我们心心念念盼望的，就是少主你重新执掌《混沌书》，将妖族重新带入到十年前的秩序当中！"

明胤目瞪口呆。

他不知道这个小妖如何分辨出了他的身份。此时更让他脑中轰鸣的，却是小妖的这一番话。

原来是这样的吗？

自从父亲过世后，明氏家族就蒙受了前所未有的污名！

人们都嘲笑父亲，说他不自量力驾驭妖族，才会遭到妖族的反噬落到如此境地！虽然他从不相信，可是那一重重的口诛笔伐早已经将父亲的声名损毁殆尽。

而今天，居然有人来到他身边，告诉他，他的父亲并不是一个不自量力的失败者。相反，他带给了妖族一个前所未有的清平时代。他的光辉，甚至在十年后的现在，都不曾磨灭！依然被他恩惠所及过的人，牢牢地铭记在心中。这种感觉……明胤只觉得自己的胸腔此时正被满满的激动和温暖所包裹着，再也找不到一丝遗憾。

"父亲……"明胤禁不住喃喃。

小妖显然也有几分激动，他一鼓作气："少主！请您再度带领我们妖族吧！"

"少主？"明胤这才反应过来，这小妖居然已经用这个称呼叫了他好几声了。

"不不不！就算父亲曾经是妖族之主，我也从来没有想过要继承这个位置……"明胤急忙摇头。

陈游介默默地注视着面前的少年，依然还是满头的乱发，依然还是清澈的目光。他居然一点犹豫都没有地拒绝了那绝大的权势。他的心中，真的没有半点欲望吗？

"啊？！"小妖眼见说服无效，顿时哭丧起了脸。

十年前他因为法力太过低微没能追随在明崇俨身边。十年后他的法力好容易有所增长，他还想借着拼死过来报信的功劳怎么也要在少主身边占据一席之地，却没有想到少主他……根本无意于此？！呜呜呜……希望又落空了……

看到小妖这么沮丧，明胤也是于心不忍。可是他并不打算改变自己的决定。

"至于《混沌书》……"明胤本想说，他会和陈游介一起商量到底如何处理此物。没有想到小妖一听到《混沌书》这三个字，顿时跳了起来："就算少主你不想继承《混沌书》驾驭妖怪，也会有其他的妖怪为了夺取《混沌书》找上门来。"

看到小妖这么着急上火的样子，楼东来忍不住激他一句："守得住就守，守不住就给他们嘛。反正明胤也不想要。"虽然《混沌书》是明崇俨的遗物，可是相信他也不会愿意看到自己的独子为了守住它而卷进灾厄中。

小妖这下更怒了，差点一蹦三尺高："你们把《混沌书》当成什么了？！可以随意丢弃的废物吗？"

明胤赶紧安抚他："《混沌书》是父亲的遗物，我会竭尽所能守住它的，你放心。"

听到明胤这话，小妖这才稍稍平静下来。

"你一直说当年，当年的事情你看来是知道不少？"明胤盯住小妖，目光热切。

"虽然我没有福分追随在大人身边，可是只要是关于大人的事情，我都尽量地打听过了的！"小妖一说到明崇俨，顿时满脸崇拜和憧憬，显然是将明崇俨当作了心中唯一的偶像。

"那……我母亲的事情，你知道吗？"明胤可以不在乎"妖族之子"的称号，可以不在乎《混沌书》给他带来的危机，可是母亲……即使从未见过，他也一直在心中憧憬盼望的母亲，那是他无法舍弃的牵挂。

顶着明胤如此热切的期待目光，小妖尴尬起来。

"我只知道……某一天明崇俨大人突然将你带回了宅邸，跟下人说要好好照顾，这是他的孩子。至于这孩子的母亲是谁，大人只字未提……"望着面前越来越失望的明胤，小妖的声音也不由得越来越小。

"是……这样吗？"本来以为终于有了关于母亲的消息，没想到还是……空欢喜一场……

小妖想要说点什么安慰一下明胤，可是拙嘴笨舌的，一时间竟然也不知道说什么好。正当他抓耳挠腮的时候，头顶的结界突然爆发出了巨大的霹雳声！

有人在强行闯结界！

雷火结界的威力，是可以令寻常小妖瞬间就化作齑粉灰飞烟灭的。那个从容而来，撕裂结界的身影，却仿佛自己手掌间拂开的，不是还在闪动着雷火的结界，而只是一枝在春风中飘摇的细柳，从容自若，意态潇洒。

这是怎样令人胆寒的力量！

小妖不自觉地躲到了陈游介的身后，可他的双眼还是控制不住地牢牢盯住了这个嚣张的闯入者。

而当他终于看清了那个身影的时候，他的惊呼声，不由自主地泻出——"明崇俨大人！"

明崇俨！

这个曾经代表着大唐术者最高成就的名字。在明胤的眼中，他是行踪飘忽的父亲，而在属于术者的世界里，他是曾经最熠熠生辉的存在。

这个已经湮没十年之久的名字，居然会在此时此地，再度出现？！

明胤瞪大了双眼。

在结界撕裂的烟尘中显出身形来的，是记忆中青衫翩翩的身影。即使身处在结界迸裂的火花中，他却只当那是上元节的烟火，不过是给他已经熠熠生辉的双眸再多添一份异彩，给他轻摆的衣襟再涂上一层倏忽的流光，任谁也不能夺去他的风采分毫。

那是在史书上都被认定为"容貌俊秀、风姿神异"的风采。

他就是曾经的大唐第一术士——明崇俨。

十年的时光仿佛从未在他身上流过，他的身影依然挺拔，甚至他唇角的笑容都不曾退去分毫。当他站在那里，就没有任何人可以将目光从他的身上移开。

这份淡定从容，与明胤记忆中的父亲别无二致。可是……这真的是父亲吗？

明胤的心中比谁都激动，可是在他接触到陈老板的目光的时候，终于还是竭力按捺下了激动的心绪。

此时，不光是明胤、楼东来和小妖，就连小八都屏住了呼吸，不想错过眼前的奇迹一丝一毫！

"听说我失落的《混沌书》在这里出现了，我就过来取走属于我的东西了。"明崇俨的声音轻快从容，带着悠然的潇洒。

陈游介的呼吸，随着他一步步地靠近，有了一瞬间的急促。

不过瞬息，他已经走到陈游介面前，目光牢牢地盯在了他手中的木匣上。

此时的陈游介已经完全恢复了镇定，上下审视着他，他却视若无睹，安之若素。

"这个啊。"陈游介手中的折扇，"啪"的一声展开了，"你的意思是……物归原主？"

明崇俨点点头。

"那，这东西就跟你一点关系都没有！"陈游介指尖拂过一道光华。

刚才还长驱直入的明崇俨突然发现，自己居然再也动弹不得！

而在他的脚下，一个暗光流转的法阵正在旋转，发出夺目的光华。而他，竟然被困其中！

如果说，在他撕裂谛听阁的结界闯入的时候，他对陈游介这位继明崇俨之后的长安第一术者还带了几分轻视之心的话，那现在的他就真的是严阵以待了。

"你是怎么看出来的？""明崇俨"不再试图强行挣脱法阵的束缚。

"人类和妖族有着截然不同的气息。不过因为你修习的是与明崇俨完全同源的术法，这种气息的差异其实并不明显。"即使在回答问题，陈游介也丝毫未放松对法阵的控制。

"那你还……"

陈游介简直是想苦笑了："如果你是真正的明崇俨，是绝不会忽略掉你的独子明胤，就在这里的。"

"明崇俨"的身躯骤然一僵。他脸上掠过一丝懊恼，到底还是轻叹一声："我以为我一直追随明大人，对他的言行举止了若指掌，却没有想到会出这么大的纰漏。"

陈游介听他这话，心中一动。他还没开口，那刚才一直缩在他身后的小妖却嚷了起来："你是天雪大人！在明崇俨大人的指引下修业化形，所以特地化作与他一般模样，后来成为明崇俨大人心腹妖使的天雪使者大人！"

天雪神情微动："想不到时隔这么多年，还有人记得天雪使者的名字。"

小妖没有想到他会回答，顿时忙不迭地点头："当年明崇俨大人和天雪使者一起纵横妖界的情景，我虽然没有份参与，可是桩桩件件我都记在心里了！"

天雪没有理会小妖的激动，他的目光慢慢扫过面前两个十五六岁的少年，竟然无从判断到底谁才是继承了明崇俨血脉的那一个。此时的他，不再模仿明崇俨闲适风流的气质，属于天雪的冷漠高傲顿时弥漫开来。即使化作了完全相同的容貌，这一份气质的不同，也绝不会再让人将他与明崇俨错认。

小妖觉察到他的迷惑，急忙指点向了明胤。

"你的名字？"天雪冷声。

望了一眼陈游介，在得到了肯定的眼神后，明胤这才开口："我叫明胤。"

"明……胤吗？明胤……明胤……"天雪仿佛是在细细咀摸般，反复地念着这个名字。不知道是不是错觉，明胤觉得这原本寻常的两个字，在他的唇齿开合间，居然念出了难以掩饰的悲哀余韵。

他一定是想起了很多往事，很多与父亲明崇俨一起共度的往事……

明胤不由自主地想要靠近他一些，安慰他一下。

"天雪……你……"明胤的话还没有说完，天雪的袭击已经如同迅雷般，让他根本无从躲避！

等到明胤反应过来，天雪的手掌已经牢牢地扼在了他的喉间，他的呼吸，瞬间困难！天雪居然在众人都没有觉察到的时候，已经挣脱了法阵的束缚！

"你在干什么？！明胤是明崇俨唯一的血脉传承！"陈游介厉声喝道，"你当年既然追随明崇俨，现在就不该伤害他的子嗣！"

天雪抬眸，手底的力量却是一点也不曾放松。

"明崇俨大人的血脉传承？他的子嗣？"天雪的眉宇间退去了刚才那些伪装的感伤和寂寞，剩下的，只有毫不掩饰的恨意！

"如果不是因为这个什么子嗣，明崇俨大人根本就不会死！

"我是绝对不会原谅，把明崇俨大人从我身边带走的罪魁祸首的！"

天雪的声音，带着撕裂般的痛楚。

他永远不要想起，很多年以前的那个早晨，他看到的那个倒在血泊中的身影。他曾经以为永远不会倒下，永远会朝他微笑的那个身影，就这样静悄悄地躺在那里，失去了所有的生息。

那是天雪记忆中，最黑暗的早晨！

他不顾一切地寻找明崇俨身死的真相。他不相信，曾经与他纵横妖界的主人居然会就这样陨落。

而真相却让他更加难以接受。

所有的妖怪们都告诉他：明崇俨是为了自己生来就拥有着过于浓厚的妖族血统的孩子，避免他因为那对人类来说过于强悍的血统而夭折，所以用自己的生命作为献祭。

所以，他不是被什么人打败，而是心甘情愿地为了自己的孩子去牺牲自己的。

居然，是这样一个理由？！

居然是为了那么一个孩子？！

天雪觉得自己永远也不能接受这样的理由！

可是，一切都已经发生，那么就算是他再不能接受，也只能接受事实。

整整十年过去了，天雪以为自己终于能平静地接受这一切了。可是因为《混沌书》的再度现世，他必须要收回属于明崇俨最重要的法器。当他来到谛听阁，见到那个孩子的时候，心中以为早已经压抑的恨意，却再度汹涌！

少年纤细的脖颈就在他的掌下，无论陈游介是怎样手眼通天的术者，也将无法阻止他此时的动作。

只要一个最简单的动作，这个当初害了明崇俨大人的罪魁祸首就会了结！

"是我害死了父亲，对吧？"明胤被扼住了咽喉，整个声音都细弱难辨。

"那时候你只是个无知的孩子，这件事情跟你一点关系都没有！"陈游介疾呼。

明胤吃力地摇摇头："害死了就是害死了。错就是错。"

当初，他得知了父亲身死的真相后，那一股愧疚之情就从未停歇。而今天，也许，真的到了赎罪的时候了。

"很好！"天雪的手指骤然收拢！

突然，一股沉重的力道犹如烙铁般灼上了他的手背！

压抑着喉间冲出的痛叫，天雪盯住了那个袭击自己的对象。

眼前的一切，却让他瞪大了双眸！

那个悬浮在半空中，通体流动着如同火焰般灼热光华，刚才给了他重重一击的，居然是……那个木匣！而那木匣上涌动的法力气息，是如此熟悉而不容错认！

"明崇俨大人！"

天雪的手，瞬间就松开了对明胤的桎梏。他感觉到了那在木匣上属于明崇俨的一抹残念！而刚才，正是这抹残念，给了他重重一击！

陈游介立即将明胤拉到了怀中。

"你还自诩为追随明崇俨大人最忠心的天雪使者。如今你居然要祸害他的子嗣！现在就连他留在木匣上的这一抹残念都看不下去了！如果明崇俨真的在此时此地，真不知道要对你何等失望！"陈游介一面说着，一面加大了法阵中的压力，迫得天雪再也难以动弹分毫。

虽然从天雪的手中脱身，明胤却还是神色黯淡，面上没有一丝获救的喜悦。

"啪"的一声，陈游介的耳光狠狠地打上了他的脸颊。

"如果我是明崇俨，看到今时今日毫无斗志的你，只怕才会真的后悔不该做出那个献祭的决定！"

"呃？！"明胤从未见过如此愤怒的老板。

"好好地活下去，才是对当初为了你的生命而牺牲的父亲最好的报答！否则，你就是在浪费他的生命！你的自暴自弃会让他的牺牲变得毫无意义！

"他不需要你的忏悔和愧疚！他只要你活下去！"

陈游介的声音，振聋发聩。

明胤委顿的神情，却在他的怒吼中，一点点地变作了挺拔。

这时，一个突兀的声音骤然响起！

楼东来只觉得脚下一震，差点跌倒。同一时间，天雪早已经纵身跃起，直取《混沌书》！

"我可以放过他这条小命，可是《混沌书》必须归我！"天雪的目光，须臾不肯从《混沌书》上稍离。

陈游介没有想到天雪居然能迸裂法阵脱身而出。显然，这会是一场恶战。

谛听阁是陈游介最爱惜的所在。

这里对他来说，不是简单的店铺，而是他多年经营的安身之所。如非必要，他是绝不愿意在这里作战的。

可是，眼下的形势已经不容他多想。

楼东来和明胤立刻退后，小八却是十分勇敢地护在了他们身前，为他们挡住了那法力互飙时罡风的流袭。

只有那只小妖依然兴致高昂，仿佛完全不知道危险为何物，只睁大了眼睛，差点没凑过去细看战斗的细节。

不光看，它还控制不住地喃喃自语："好感动！整整十年没有现世过的，明崇俨大人曾施展过的法术！"

原本剑拔弩张的紧张气氛顿时被这不知死活的小妖的呢喃弄得生出几分不合时宜

的诙谐。

陈游介的压力前所未有的巨大。

以往，他施展法术的时候都是肆意为之。可是眼下的战场是他经营多年的谛听阁。更糟糕的是，结界已经在天雪强行突入的时候被破坏。现在又是白天，他可不想因为自己引起的变乱祸及无辜！

因为有这些顾忌，陈游介的攻势总少了那一份决断的狠厉，双方顿时陷入胶着之势。

"如果这样下去的话，赢的可是我们天雪大人哦！"小妖一面旁观战局，一面摇头晃脑。

楼东来毫不迟疑地给了它的脑门一下："说什么呢！陈奸商是无敌的！"

小妖被楼东来这一下敲得眼泪都出来了，它气鼓鼓道："本来嘛……阁主依仗的是术法。可是在此时此地，他根本无法尽情施展。这样一直耗下去，消耗的可就是体力了。要说到体力，我们妖怪可比人类强多了。"

居然是这样吗……

明胤和楼东来交换着焦急的目光。可只要这对战的阵地还在谛听阁，那么眼下的局面就无法扭转！

到底有什么办法……可以让陈游介尽情施为，又不会波及无辜？！

明胤心思急转，却怎么也想不出什么办法。

虽然继承了明氏家族的特殊血脉，又经常耳濡目染看到陈游介与妖怪们战斗，可是明胤从未想过要学习术法。而陈游介和楼东来也总是用自己的方式告诉他——就算是普通人，也有你能做到的事情。

可是现在……他从未像现在这般焦急！

如果他会术法的话……哪怕只是一个简单的布下结界的术法，也可以让陈老板不至于陷入如此的苦战当中啊！

"结界……如果我能布下结界的话……"明胤心中的焦急竟不知不觉地脱口而出！

"啪"的一声，木匣上的封印在那一瞬间彻底迸裂！

那刚才还被系好的《混沌书》卷轴居然在半空中自己抖开了！

仿佛是月宫中的仙子在舒展着寂寞的广袖，那素白的卷轴如同长袖般飞卷，瞬间就将陈游介和天雪圈在了中间。

从展开的卷轴上升腾而起的金黄色光华瞬间就织成了一张密密匝匝的网。

"这是……结界！"小妖惊呼！

他的话音未落，陈游介势不可当的一击已经出手！

天雪痛呼一声，身躯无可逆转地倒了下去！

"太好了！"明胤控制不住地欢呼出声。

那刚才还完美地环绕在陈游介和天雪周围、织起了结界的《混沌书》卷轴，却好像是听到了鸣金的士兵般，瞬间就从半空中软软地飘落到了地上。仿佛刚才那个挣脱封印，大显神威的，根本就不是它。

陈游介指尖一弹，卷轴瞬间就已经缩回卷好。他将卷轴握在手中，面色变幻不定。

落败的天雪却是按捺不住地勃然大怒。

"明明我的实力更胜一筹！若不是这《混沌书》突然展开，分了我的心神……陈游介，你胜之不武！"天雪咬着牙挣扎，无论如何也无法挣脱身上的绳索。

"你还是省省力气吧。你就没想过，这关键时刻，《混沌书》帮的人是我，不正说明你压根就不是天命所归的《混沌书》拥有者？"

"呃？"天雪顿时愣住。的确，刚才他与陈游介对阵，对方任何微小的动作他都尽收眼底。陈游介绝没有对《混沌书》卷轴做任何手脚，那卷轴真的就是自己挣脱了封印，主动飞卷开来，形成了结界的！

难道……我真的不是天命所归的《混沌书》拥有者？

一念至此，天雪的面色顿时灰暗下去。

如果是平日，看到刚才还趾高气扬的家伙瞬间就垂头丧气，陈游介会当这是不世出的美景，要好好地品两口茶、揶揄两句来把气出足的。

可是眼下，他实在没有这份心情。

"明胤，刚才是你做的吧？"陈游介不再理睬天雪，将视线投向了明胤。

"啊？我没有啊，我根本就没有法力，老板你不是知道的吗？"明胤愣住。

"不对，你刚才明明有做。我听到了，你说要结界。"小妖一本正经地竖起了手指头，就差没有来一句"说谎不是好孩子"了。

"啊。"明胤赶紧解释，"我当时确实念了念，说'如果我能布下结界的话'……可是我什么都没有做啊。"

陈游介低头看一眼手中的《混沌书》卷轴，笑着叹气："混沌书是属于你父亲的，它天然地与你有着牵绊和感应。你那一瞬间强烈的希望，它感应到了，并且按照你的希望，行动起来了。"

"怎么会这样？"明胤觉得自己都快要说不出话来了。

楼东来却比他更着急："这样，《混沌书》的封印就全解开了？明胤就算是继承了《混沌书》了吗？"

"明胤与《混沌书》之间的感应解开了我设在木匣上的封印。至于《混沌书》上的封印……"陈游介对这个法器并不熟悉，一时间还真的无法判断。

"没有完全解开。"天雪闷闷的声音响起。

作为当年的天雪使者，他曾经无数次目睹明崇俨用《混沌书》驾驭妖怪战斗，对于这卷轴，他自然有着比其他人更深的了解。

"何以见得？"陈游介虽然刚才还在与他作战，可是对于这位纵情肆意的对手，他有着相当的敬意。他愿意听听他的说法。

"《混沌书》卷轴是一个百妖绘卷，当初自愿追随明崇俨大人的妖怪都会自动在上面留下身影图形。而刚才卷轴展开的时候，上面空无一物。所以我确定，《混沌书》上的封印并未完全解开。"天雪一说到明崇俨，眉宇间就不自觉地升腾起他自己都不曾留意的飞扬神采。

"还好……没有解开就好。"陈游介轻舒了一口气。

可是，明胤与《混沌书》之间原本只是隐约的联系与感应，现在《混沌书》出现在明胤身边，而变得更加强烈和深入了。刚才《混沌书》会主动回应明胤的希望，就是证据。

"明胤，你真的想好了吗？不继承《混沌书》，也不去做什么众妖之主？"

明胤微微垂着头，语声却是清晰而没有一丝犹疑："我只想拥有平凡的人生。这平凡，是父亲交付生命换来的祝福，我不会辜负。"

少年清澈的目光中，没有对力量不可遏止的欲望，只有守住本心做自己的坚持。归根到底，强大的术法并不能让人的心灵真正满足。而明胤却已经明白，到底什么，才是最重要的。

再次听到明胤肯定的回答后，陈游介禁不住在心中感叹。明胤并不追求力量和强大，可是即使是这样的他，依然是令人瞩目的存在。

听到明胤的回答,天雪冷哼一声:"既然如此,就干脆让我成为《混沌书》的主人啊。"

陈游介盯着天雪,心中沉吟。

天雪是当初追随明崇俨的妖使,又对《混沌书》有着足够的了解,由他来继承《混沌书》的力量,其实也不失为一个好的选择。刚才的那一场战斗,之所以相持不下,一方面是投鼠忌器,另一方面陈游介也的确没有打算对他痛下杀手。

天雪身上没有那种肆意杀戮的妖怪身上挥之不去的血腥气息。刚才的一番对战,更重要的理由其实只是打压他的锐气,让他肯听从安排,不至于将这个本来就已经混乱的局面搅得更加混乱,到最后反而被有心人收了渔人之利。

"让你成为《混沌书》的主人,这也不是不可以。"陈游介应声。

这下,连天雪自己都瞪大了双眸。刚才他出声,其实不过是心中不忿,在他看来,陈游介如此大费周章地打败他,不就是为了夺取《混沌书》的所有权吗?如今胜券在握,他怎么肯就此放手?

望着天雪脸上难以掩饰的惊讶,陈游介轻笑一声:"如果我说,我相信你能继承明崇俨的希望,你信吗?"

明崇俨大人的希望……天雪突然觉得眼前这个男人的微笑有些似曾相识,当年的明崇俨大人,也是这样朝他微笑着……

心,不自觉地刺痛起来。

天雪别扭地扭过头,原本清晰的声音都变得含混起来:"既然你已经决定好了,就让我成为《混沌书》的主人啊!"

"可是,像《混沌书》这样的灵物法器变更认主,必须得完全解开从前的封印,才可以做到。"陈游介将探究的眼神投向天雪,"你知道怎么做吗?"

天雪茫然地摇摇头。虽然他一直追随明崇俨,可是关于混沌书的封印,他知道的并不太多。

"你做不到解开封印吗?"虽然很不情愿,可是天雪还是开口了,"我过来抢《混沌书》,其实也只是想先抢到手再说。"

陈游介摇摇头:"天才术者明崇俨所设下的封印,如果那么好解开,《混沌书》也就不会至今还完好无损没有被任何人驱使过了。"

"就不能……强行解开封印吗?"天雪顿了顿,轻哼一声,"我记得,你也是被人称为不世出的天才术者的啊。"

听到天雪这么不情不愿的赞美，陈游介露出个古怪的笑容："强行解开封印的办法不是没有……"

"那你就动作快一点啊。你不是说，不早点让《混沌书》再次认主，容易横生事端吗？"天雪生平最不喜欢的，就是看到这些自诩风雅的家伙们在那里慢吞吞地瞻前顾后了。

听到天雪的催促，陈游介指尖流光闪过，朝着那卷起的卷轴探去。

明明出现在陈游介指尖的不过是一朵微小的火花，可是，转瞬间，一道惊雷般的巨响已经震得所有人的耳朵嗡嗡作响！

而这一切，正是刚才陈游介试图强行解开封印，所引来的玄雷撞击所致！

刚才陈游介不过是试探性地注入了一点自己的力量，就引来了如此惊人的反击之力。可以想象，如果他刚才贸然行动，整个谛听阁此时只怕已经……

陈游介不禁也有几分后怕。

见此情形，不用多说，天雪目光中的焦灼迅速退去。

"如果解开封印的方法不对，我想《混沌书》里的力量就会彻底溃散。而那些将自己的身影留在《混沌书》中，与明崇俨结成契约的妖怪们，也会因此灰飞烟灭。"陈游介的话语中，透着沉重。这个封印比他想象的还要复杂。

天雪皱眉："那怎么办？"

"只能慢慢寻找解开封印的正确方法。"陈游介沉吟。

天雪沉声："你觉得，那些对《混沌书》虎视眈眈的妖怪们，会慢慢等待你找到解开封印的正确方法吗？"

一时间，众人都沉默了。

"不管那么多了，就算是强行解开封印，我也要立刻得到《混沌书》！"天雪说着，已经开始竭力挣扎陈游介下在他身上的束缚。

陈游介原本可以立刻加深束缚，可是刚才天雪的话，让他迟疑了起来。

如果一直拖延……那么《混沌书》现世所引起的混乱，只会越来越大，越来越难以控制。

天雪昂起头，他身上陈游介的束缚已经越来越淡，他即将挣脱束缚！

"我要得到《混沌书》，成为拥有跟明崇俨大人一样强大力量的众妖之主！"天雪的双眸中，翻腾着不容错认的欲望！

注视着这样的他，陈游介的眉头禁不住皱了起来。

可是，此时此地，要寻找到一位比天雪更适合继承明崇俨《混沌书》的人选，更是不可能的任务。

天雪终于挣脱了最后一丝束缚，恢复了他高傲的姿态，站立在屋子中央。

"把《混沌书》给我吧。"天雪知道以自己的力量真要与陈游介对抗未必能占据上风。可是，眼前的形势已经没有给陈游介更多的选项。他看得很清楚，他相信，陈游介也看得很清楚。

陈游介手执着《混沌书》的卷轴，目光却投向了明胤。

明胤深呼吸，终于走到了天雪的面前。

天雪先是不自然地扭过头，最后才终于对视上了明胤的双眸。

明胤望着天雪，有着和父亲一模一样外表的天雪。甚至，由于妖族长寿，就算是真正的父亲在此，只怕也没有这样俊美无俦风华正茂的风采。可是，这样的天雪，有着跟父亲截然不同的气质。

"你口口声声说要继承我父亲明崇俨的《混沌书》卷轴。那我问你，在你心中，我父亲到底意味着什么呢？"明胤的身高，还未到天雪的肩部，可是他的目光中没有一丝退缩。天雪知道，明胤此时，正是以明崇俨后嗣的身份，在对他提出考验！

"当然是力量！明崇俨大人把混乱的妖界统一起来，掌控在他的麾下！"天雪的声音中，立刻就染上了他自己也不曾觉察的激动。

这个答案，无疑会是一个令少年为自己的父亲骄傲的答案。可是，明胤的神情，却没有天雪预期中的兴奋与激动。

他只是继续静悄悄地望着他，那幽深的双眸，与当年的明崇俨别无二致！

他轻轻地问："在你眼中，我父亲所代表的，就只是这样而已吗？"

明胤的声音那么轻，轻得好像是夜晚的风不经意地拂过树梢。这声音，却犹如投入深潭的小小石子，荡漾起了一圈圈回忆的涟漪。

天雪想起来了，在失去明崇俨大人的指引后，他所度过的那么多骤然变长的寒夜中，他在记忆中反复回忆的画面。

不是跟着明崇俨平定妖界纷争，战功赫赫意气风发的时刻。

而是另外一些时刻。

明崇俨带领着妖怪们，为今上送上了奇妙的表演。让那个连自己的如画江山都只能在画卷中领略的帝王，感受到了来自异界的新鲜的风。

那是前所未有的时刻！

要知道，妖族从来都只会被皇城那金色的结界牢牢地阻挡在外，根本没有机会靠近御前。

不，不要说是御前，任何被光明和华彩笼罩的时刻，人们都不会愿意看到他们的出现。妖怪的存在，总是如同瘟疫一般，让人们避之不及。

可是，明崇俨不同。他架起了一座桥，让原本只能隐身于黑暗的妖怪们，第一次跨越了鄙视和偏见，来到了属于大唐最华美的殿阁之中，彩灯之下！

让那些从来只敢隐藏于黑暗中畏缩的身影，也拥有了属于自己的短暂的华章。

那是犹如梦幻的浮桥。虽然只存在于瞬息之间，却给每一个妖怪，都留下了永远难以磨灭的璀璨印迹！

那是妖怪们被黑暗笼罩的双眸中，唯一关于光明的记忆！天子的喝彩，群臣的掌声，还有为他们抛撒下的鲜花，赏赐下的酒液……

陈游介仿佛是在回忆一本札记上的记录："据说明崇俨曾经为今上举行过一个由妖怪来表演节目的宴会。虽然有幸能欣赏到那一夜盛况的人极少，可还是留下了关于那宴会精彩万分、令人叹为观止的记录……"

"是吗？"依然沉浸在回忆中的天雪喃喃，"还有人记得那场宴会吗？"

"我只是好奇一件事情。"陈游介的声音也变得前所未有的轻盈，仿佛唯恐打碎了此时如同绮梦般剔透的回忆。

天雪抬眸望着他。

"驱使妖怪们弱肉强食达到目的并不困难。可是，让妖怪们按捺下本能的冲动，在人前表演，却是比简单的争斗屠戮要困难一百倍的事情。明崇俨，是如何做到的呢？"

是怎么做到的呢？

天雪记得，明崇俨，那个男人笑眯眯地在妖怪间游走。他跟它们说话，彼此渐渐了解……直到有一天，他说："我想要举行一个表演，让今上也看到妖族的风采！我想给妖族一片可以在阳光下自由生存的世界！我想要一个，人类和妖族可以和平共存的世界！"

"人类和妖族和平共存的世界……"这是从未有人奢望过的梦境。如果是其他人说出，定会遭到妖族们排山倒海的嘲笑。可是，说出这句话的是明崇俨，大家就都相信了。

每个人都竭尽所能地，在御前拿出了自己的表演。

那一夜的星光……灿烂无比。

明崇俨做的，从来就不是用力量来压制，而是引导。像朋友，像知己。妖怪们才会那么信任他，把自己变成他的力量。将自己的身影，留在了《混沌书》上。

而自己，作为与他距离最近的妖使，度过了一段充满快乐的岁月。跟那段岁月相比，天雪甚至不知道在没有与明崇俨相遇的那些年，他是怎么过来的。而在失去了明崇俨的这些日子，他又是怎么熬过来的……

也许，自己想得到的，从来就不是《混沌书》。他想要取回的，只是那一段跟那个人一起共度的、散着碎金般华光的岁月啊！

天雪昂着头，泪水却不受控制地滴落下来。

那个与明崇俨一起做的梦，已经破碎了。人类与妖族和平共处的时光没有到来。

"可是我还是有想做的事情，我想要守护《混沌书》，我不想让《混沌书》里妖怪们的力量被邪恶利用。即使无法做到明崇俨的程度，我也希望，用我的力量，来引导妖族走下去。沟通和理解，这才是明崇俨大人最大的力量。"天雪听到自己说。

一只手，抓住了他的胳膊。那掌心传来的温暖，烫得他觉得自己几乎要被灼伤！那只手，慢慢地在他的胳膊上抚过，少年清脆的声音响起："其实我也……一直都……思念着父亲……"

天雪缓缓地低下头，他看到了少年带着泪的脸庞，他还看到了那从少年的衣襟中钻出来，带着警惕之色的小龙。

几乎用不着解释，他就已经能彻底明白这条龙与少年的关系。

就像是明崇俨跟自己一样，这个孩子也……

虽然，逝去的时光永远不会再回头。可是，自己的愿望，似乎被上天用另外一种方式实现了……

"我决定了，代替父亲，把《混沌书》送给你。"明胤的声音，如此清晰。

而天雪，在那一瞬间，低下了他高傲的头。

《混沌书》的归属已经决定了，可是要解开《混沌书》封印，到底应该怎么做呢？

陈游介从未如此烦恼。

看到他久久思索不出结果，小妖和楼东来这两个原本就聒噪的家伙再也憋不住了，终于自顾自地讨论了起来。

"既然《混沌书》已经失落了十年，你说十年间那个得到了《混沌书》的人是不是已经把可能的方法都试过一遍了？"楼东来摸着下巴，要知道，他爹可是京兆府尹，一般的案件什么的，都瞒不过他的一双慧眼！

小妖点点头："是啊！十年啊！就算每天试一种也试过了几千种方法了……封印术有那么多种方法可以选吗？"

楼东来可没忘记混沌书是怎么来到谛听阁的。"不过那个拿《混沌书》的女妖自称是明胤的母亲，说不定她从未试过解开封印，只是等明胤到了十六岁就将《混沌书》交付于他来继承呢？"

"你怎么能肯定这个东西一开始就在那个女妖手里呢？说不定她也是从别人手里夺来的啊。"小妖嘀咕。

陈游介原本并不想被他们这些有的没的议论扰了心神。不过此时听到他们的话，却不觉心中一动。

"如果一个封印，十年间都不曾被打开。那只说明一件事情……"

"打开封印需要特定的条件。"天雪不愧是曾经追随过明崇俨的天雪使者，头脑明晰。

他的个性冷傲，原本是最不容易激动的，可是那种迫近而来的危机，已经逼得他不得不着急起来。

"当年，你和明崇俨，总是一起行动的吗？"陈游介突然问了个看似毫无关联的问题。

不过，对于这样的问题，天雪并不讨厌。他点点头："是的，我一直追随在明崇俨大人身边，每次都是。"

"每次都是……明崇俨……天雪……"陈游介低头沉思。

突然，他抬起头："明胤、小八，你们过来！"

明胤倒也罢了，小八还真的是愣了愣神。

"如果，我没有猜错的话。这混沌书上的封印，是两重。解开封印的关键，除了继承明崇俨血脉的明胤的血之外，应该还有……小八的血！"

"呃？！"

"因为，小八和明胤，就像当年的你与明崇俨一样，一直在一起，并肩作战。《混沌书》对明崇俨来说，是有着非凡意义的法器，他当然会想到，用平时最熟悉的方式来封印。双重封印，并肩作战。"

在陈游介说出最后几个字的时候，天雪看似毫无变化的面庞上，控制不住地掠过了一丝伤感。

他迅速地按捺下那些涌上心头的莫名酸涩。

"既然想到了，就快开始尝试吧！我来为你护法！"

"好！"

之前被天雪撕裂的雷火结界被再度张起。

陈游介在地面上熟练地勾勒出双重解封的法阵轨迹，再将《混沌书》卷轴郑重地安放在法阵中央。

依然严丝合缝地卷起的卷轴，仿佛是在默默地等待着什么。只有那卷轴绊络上已经褪色的结扣，不动声色地昭示着时间的流逝。

相比其他人的激动和忐忑，天雪反而有一种置身事外的宁静。

他的目光默默地在所有人的面庞上一一扫过。

正当陈游介以为他会就此沉默到底的时候，却听到他说："天雪，拜托大家了。"

这已经是生性骄傲的天雪，能做出来的最大的委婉姿态。

仿佛是从这一声拜托里，听到了战斗开始的号角，陈游介的动作，骤然开始！

明胤和小八都按照陈游介的要求，一个舒展着手掌，一个伸平了龙爪。

此时陈游介的一声敕令，他们只觉得手心仿佛被针扎了一般，狠狠地一痛。紧接着，两颗赤红的血珠就已经在陈游介指尖引导下，朝着那双重解封法阵掠去！

那两滴血珠在落入法阵间之后，并未停住，而是急速向前滚去。随着血珠流动奔涌的轨迹，原本暗淡的法阵一寸寸地变得明亮起来！

金黄色的光华笼罩在每个人的脸上，呼吸都不由自主地屏住，每个人，都在期待着那个时刻的来临！

瞬息之间，法阵完成了！

在没有风的法阵中央，"哗啦"一声，原本静止的卷轴突然腾空而起！

长长的卷轴如同破壳而出的飞龙，霎时间就卷起了狂风，扶摇直上！

明胤只觉得自己的耳边正掠过数不清的声音！

仿佛是鸟雀的鸣叫，又仿佛是猛兽的嘶吼！他听不出来这些叫声到底属于哪一种动物，却从这纷至沓来的声音中，听到了同一种情绪——喜悦！

整整沉睡了十年，终于被再度启封的《混沌书》的喜悦之情，此时正清清楚楚地流淌到他的心里！

渐渐地，那欢呼声变得清晰起来，他听到了，他们在呼唤的那个名字——明崇俨！

即使，父亲已经故去多年。即使，明家的荣耀已经湮灭。可是在这些妖怪们的心中，那个人依然存在……

天雪也在仰望着半空中犹如飞龙般矫天而上的卷轴。

明胤看不清他眼中的情绪，他只知道，他听到的、感受到的，一定比自己更多、更复杂。

《混沌书》，解封了。陈游介的方法，完全正确。

现在要做的，就是天雪再度对《混沌书》滴血认主，完成主人的变更，一切，就完美结束了。

天雪伸出手去，只要得到《混沌书》……

"住手！"一道白色的光华骤然撞击而来！

不光突破了陈游介所设下的雷火结界，居然就这样直直地撞击在了天雪的身上，生生撞得他退开了半步。原本以为唾手可得的《混沌书》也瞬间落空！

一时间，所有人的视线都集中在了那个突然出现的身影上。

是那日将《混沌书》送来，自称是明胤之母的女妖！

此时的她，洁白的衣袍上染着一片片的血迹，犹如鲜红的牡丹盛开。显然，她所遭受到的雷火的袭击并不轻，可她还是不顾一切地冲了过来。

见此情景，陈游介当机立断，立刻将明胤回护在身后。

而在这瞬息之间，天雪和那突然冲入的女子，却各自揽住了《混沌书》卷轴的一端，顿成对垒之势！

"明胤，你才是《混沌书》的继承人！我特地把《混沌书》卷轴保存到现在，就是希望你能将你父亲的荣光传承下去，而不是落入奸人之手啊！"女妖双眸含泪，声音都呼喊得有一丝沙哑。

此时，明胤这才第一次看清了她的容貌。这身着白衣的纤弱女子，秋水般的双眸中荡漾的是盈盈欲滴的泪水，可即便如此，她紧紧抿住的双唇，依然透出了妖族特有的强势。这……真的是母亲吗？明胤的心中，有压抑不住的激动。

"木兰姬！"一看到这个女子，天雪控制不住的怒吼。

"不要相信这个女人，她就是当初害死你父亲的罪魁祸首！"只要一想起十年前的那个夜晚，天雪就觉得无法再保持平静。

木兰姬听到天雪的指责，急忙摇摇头，满面哀色地低语："我只是按照你父亲的指示做了而已，是他叫我招来妖怪，将他吞噬的……我真的不想的……"

"如果不是你散布消息，说吞噬了主人的血肉就能妖力大升，主人怎么会……"天雪说着，清冷的双眸中已经燃烧起了赤色的火焰！

木兰姬竭力摇着头："这些你都只是听其他人说的吧。那天晚上，你根本就不在主人身边。"

天雪的牙齿咬出了声："是！可是有那么多妖怪的见证，不由你再抵赖！"

木兰姬的头慢慢垂下来："我一直在懊悔，无论那时候主人怎么命令我，我都不该遵从他的命令的。可是……我不光要遵从他的命令，还要守护着《混沌书》，直到明胤长大成人，将《混沌书》交给他。"

说着，她抬起头，带泪的脸庞中有倔强的坚持："《混沌书》是明胤的，我绝不会让它落到你这种野心之徒手里！"

"我才不是你所说的什么野心之徒！"天雪的神色一丝不变。

木兰姬呜咽的声音中，骤然透出一抹不经意的犀利："那……你带着主人的残骨来到这里干什么？"

天雪骤然一惊，而他腰畔的一个荷包却骤然在木兰姬的指认中，散发出幽幽的光华。

"难道你不是想要一次性吞噬掉《混沌书》里所有妖怪的力量，又唯恐他们不被你这个外表与明崇俨主人一模一样的家伙蒙蔽，所以特地将他的残骨带在身边，来混淆视听的吗？"

听到这话，在场的众人都是悚然一惊。

那些从《混沌书》中被召唤而来的妖怪，再看到记忆中的身影，嗅到熟悉的气息，的确是容易放下心防，然后就成为天雪口中的飨宴！

虽然从天雪出现开始，众人也曾多次怀疑过他，可是到现在，总算是建立起了初步的信任。所以陈游介才会在解开封印最关键的时候要他从旁护法，任由明胤将《混沌书》托付于他。可是现在，难道大家都错了？

可是要说没有错……那他随身带着明崇俨的残骨的行为，又是为了什么？

天雪感觉到周围带着质疑的目光，他想解释，却好一会儿都说不出话来。

随着时间一分一秒地流逝，所有人看他的目光，渐渐染上了越来越深的疑窦。

这样做，的确有他的理由，可是他的理由绝不是如同木兰姬所说的那样！

说什么为了妖界的正义，人妖共处的美好前景……其实他所真正想做的只有一件事，就是追随着那个人。所有的正义与理由，都只是因为那个人而已。可是那一天，那个人没有了，他的世界，从此崩溃。

天雪咬了咬唇，他不需要向任何人解释！

他的手中放出力量，转眼，《混沌书》已经被扯得笔直！

天雪的力量，显然在木兰姬之上，木兰姬一面张皇地勉力扯住手中《混沌书》的这一端，一面望向明胤。

"明……"她的眉宇间哀哀欲绝，竟透出一股母子连心的痛楚。

虽然她并不曾开口，那神情间却透出难以名状的哀绝，母亲为了你身处险境，你真的就可以如此淡漠地置身事外？

明胤虽然在陈游介的环护之中，可是眼前的这一幕幕，他尽收眼底。

"我知道我这么多年不曾尽过半点为人母的责任，你心中自然是怨恨我的。可是……你千万不可以就这样把《混沌书》拱手让人啊。"木兰姬的声音越来越低哑，显然她的力量不足以维持她继续与天雪抗衡。

她却如此执拗地不肯放手。

"这是你父亲留给你的最重要的东西……"木兰姬的身躯控制不住地颤抖着。

"你可以不相信我，你怎么可以不相信他呢……我把他留下的东西千辛万苦地送到你手里……难道你还看不清楚吗？"木兰姬说着说着，她的劲气已衰。

觉察到她再也无力为继的天雪立刻抓住了这一时机，手底的力量骤然放出！

刚才还势均力敌的两人瞬间就分出了胜负，只见木兰姬惨叫一声，纤弱的身形顿时就如断了线的风筝，被抛了开去。

即便如此，她的目光也不曾从明胤的身上离开分毫。

从她微微翕合的唇间，明胤清晰地看出了她喉间早已经说不出声来的话语："对不起……"

明胤终于按捺不住了，朝着她坠落的方向就奔了过去！

陈游介没有料到他居然会被那女妖触动，一时心中大惊！

要知道他明明目睹这天雪与木兰姬对抗的局面，却两不相帮，就是因为他觉得其中另有端倪。他只想先护住明胤就好。他防的是这二人中有人突然袭击明胤，却没有想到明胤会自己冲出他的保护圈，就这样奔入了危机当中！

明胤迫不及待地将木兰姬倾倒的身躯扶住，那柔弱的身躯仿佛是破碎的月光，再也收拢不起来。明胤觉得自己的臂弯里似乎什么也没有挽住，轻得让他难以想象。

可是，这无物的轻盈，瞬间又变作了灭顶般的沉重！

那一双刚才还柔弱无骨的手，瞬间就扼住了他的咽喉！

刚才还哀哀欲绝的双眸，此时已经迸射出了志得意满的笑容！

"明胤已经在我手里，天雪，你还是棋差一着，把《混沌书》乖乖拱手让给我吧！"

此时的木兰姬，不再是片刻前悲哀无力的模样，扼住了明胤咽喉的她，显然确信自己胜券在握，眉宇间俱是飞扬的神采。

天雪朝陈游介怒吼："你怎么没有好好护住他！"

陈游介被他吼得一噎："要不是你对我们多有隐瞒，我也不至于一下无法判断。"

天雪知道陈游介所指的，是他随身所带的明崇俨残骨的事情。

听到他们的对话，木兰姬诡笑一声："难道陈老板还想帮着这位天雪使者吗？如果我告诉你，他得到《混沌书》的目的，是替明崇俨重塑身躯，你又当如何？"

陈游介一惊，复活之术，从未有人能做到。可是，如果集合了《混沌书》上百妖之力，加上明胤之血，集合明崇俨的残骨，并非完全不可能！

虽然，最后造出来的，到底是明崇俨，还是仅仅有着明崇俨外表的妖物，就未可知了。无论如何，这都是个疯狂的计划！而从天雪随身携带残骨来到这里夺取《混沌书》的举动，木兰姬所说，却并非是空穴来风！

一瞬间，陈游介望向天雪的眼神，顿时不同。

天雪顿时急了，他宛如高山冰雪般的气息瞬间就荡然无存，"我的确是有过这样大逆不道的念头。可是我已经放弃了这个计划！当我听到明胤少主的那番话后，我确信，当年主人的牺牲是有价值的，他没有做错任何事情。现在的我，只想继承他的遗志，继续维护妖界的秩序！"

陈游介默默地盯着他，仿佛是要从他的话语中，洞悉全部的真相。

他只说了三个字——"你放手！"

此时，《混沌书》的卷轴还被牢牢掌控在天雪的掌心中。

对于天雪来说，这是他无论如何也要得到的法器，也是明崇俨主人留下的最重要的荣耀的见证。可是现在，陈游介却对他说：你放手！

天雪的手心，几乎都要掐出血来，这对于他来说，是难以想象的艰难抉择。

明胤只觉得那扼在自己脖颈的那只手，冰冷无比，他真的没有想到，这个片刻前还口口声声声称是自己的母亲，为了他而夺回《混沌书》勉力一战的女妖，居然不过是将他的情感都列入了自己算计的一环。

木兰姬果然是好盘算。

她故意将《混沌书》送到谛听阁，然后再将消息散布出去，引诱天雪过来夺取。她居然算准了为了能顺利解开明胤和《混沌书》之间的联系，陈游介一定会设法解开封印。当她觉察到封印解开之时，这才出面抢夺。又故意伪作明胤之母，混淆了所有人的判断，逼迫得天雪不得不放弃已经到手即将认主的《混沌书》！

都是我的错！如果那时候我不是那么着急，就不会落入她的算计中了！明明陈老板都那么认真地保护我了……明胤心中一痛，纠结万分！

天雪盯着木兰姬。他想救明胤，可是《混沌书》……他从未想过要放弃！

木兰姬并不着急。因为，她已经看出来了，陈游介比她更着急。说服天雪这样的事情，就让那个更着急的人去做就好！

"如果是当年的明崇俨，遇到这样的情形，你认为他会如何选择？"陈游介字字清晰，直指人心！

他会放手，无论《混沌书》是多么珍贵无比的法器，如果是为了救他唯一的孩子，他会毫不犹豫地放手。

天雪，慢慢地松开了手。

木兰姬的脸上立刻飞扬起骄傲的笑容。她的手掌一挥，那一卷飘摇的长卷《混沌书》就落入了她的手心！

突然，木兰姬发出了一声突兀的痛叫声！

明胤一个闪身，脱离她的桎梏！

是小八，从明胤开始被木兰姬钳制的那一刻开始，小八就一直等待着出手的机会。终于，让它等到了！在天雪手中的《混沌书》放手，木兰姬即将得手的刹那，她不由自主地将全副精神都放到了《混沌书》上。而小八，抓住了那瞬间的空当，给了木兰姬狠狠的一口！

木兰姬吃痛松手，明胤瞬间脱身！

而木兰姬，则捂着手上被小八咬出的伤口，将《混沌书》抱在怀中，目光中的怨毒再也没有丝毫掩饰。

在她看来，虽然明胤逃生而去，可是《混沌书》已经到手。是否再继续控制明胤的生死本来就不再重要了，何妨此时放他一条生路？反正，最重要的胜利果实，已经属于自己了！

"木兰姬好盘算，真的是让在下叹为观止。"陈游介瞬间就恢复了他从容的风度，居然对着她，摆出了他接待王宫贵女的态度。

"哼……"木兰姬得意地轻哼一声。

陈游介的话却依然还在继续："虽然很想恭贺木兰姬你得到《混沌书》，可是这如此烫手的宝贝，只怕你拿到手里，也会不得安宁吧？"

要知道法力非凡的妖怪不知凡几，这木兰姬虽然心思百变，可要说起实力，妖界能与她匹敌的，恐怕并不在少数。陈游介这话，正是在震慑她。

"只怕，你拿着这《混沌书》一走出我的谛听阁，就会受到妖怪们层出不穷的抢夺。"陈游介侧头似乎在思索，"对了，我记得《混沌书》还得滴血认主重新举行一番仪式才能为你所用。只怕就算木兰姬你多方筹谋，这一时之间，也还是做不到的吧？"

天雪听着陈游介的话，嘴角不禁一抹冷笑。

陈游介说得没错，就算木兰姬诡计多端得到了《混沌书》，如果她不能及时滴血认主变更《混沌书》的所有权，也是白忙一场。可是此时此地，陈游介哪里会容她在这里做那滴血认主的仪式？

只怕没有伺机偷袭都是好的了。

如果她不做滴血认主就这样施施然离开谛听阁，那么谛听阁外等着她的就会是一场争夺《混沌书》的恶战。以她的实力，实在是很难胜出。

木兰姬听完陈游介这一番说辞，如同娇花般的面庞一丝不变，她唇角的那抹笑容反而荡漾得更加鲜艳了。

只见她轻轻地一挥衣袖，那从容旋转的姿态犹如一朵木兰花正在枝头绽放，盈盈舒展，风仪万千。

"为什么你们都会觉得，我会对这《混沌书》滴血认主，变更主人呢？"她的声音清越动人，犹如珠玉琳琅。

天雪冷哼，"要不你还能做什么？继续将它抱在怀里藏十年？"

木兰姬幽幽地长叹一声："十年……我为了能解开这《混沌书》上的封印，十年间想了无数的办法，可是都无法奏效。还好，我终于想到，如果我是明崇俨那个笨蛋，会怎么做。所以才冒险设计了这一局。

"还好，一切都如我所料，真是完美至极。"木兰姬的口吻，如同舞台上的舞姬在完成了自己最得意的舞蹈后，志得意满地微叹着，做出了谢幕的姿态。

"只可惜，我的想法，你们这些庸碌之辈，自然是永远无法揣测的。"

木兰姬眼波流转，她掌心间的《混沌书》却被她捏得越来越紧，那一股她自以为隐藏得很好的恨意，早已经随着她的动作，表露无遗。

"我的目的是……毁掉《混沌书》！"

天雪顿时大吃一惊："毁掉《混沌书》？！"

"你知道你要做什么吗？如果你毁掉《混沌书》……"天雪的声音都因为焦急变得语无伦次起来。

木兰姬却是不紧不慢地接了上去："如果我毁掉《混沌书》，那么在《混沌书》绘卷里留下身影的妖怪们就都会随着《混沌书》的崩溃，灰飞烟灭！"

"虽然重新滴血认主，完成变更的仪式很复杂，可是，如果我只是要毁掉这已经解开了封印的《混沌书》，就真的是易如反掌了。"木兰姬的视线，遥遥地投向远方。

"为了这个时刻，我已经等了整整十年……筹谋了这么久，终于到了可以品尝胜利果实的日子，你说我能不高兴吗？"

天雪好一会儿才从木兰姬这冲击性的计划中回过神来。

"你说什么……你也是妖怪，为什么要如此祸害同族？"天雪的喉间，压抑着如同怒涛般汹涌的不安，都已经到了如此境地，他居然都不知道该怎么做！

木兰姬那娇美的姿态骤然一凝，她如同木兰花一般精致的容颜上，一点点弥漫起来的，是不容错认的恨意。

"像你这样当时连化形都做不到的小角色他都肯收在身边，为什么我……他居然就那样残忍地一次次拒绝了我？！"

话说到这里，就算是对当年的往事一无所知的明胤也明白了——木兰姬想追随明崇俨，却被断然拒绝了。而这干脆的拒绝，却种下了怨恨的种子，终于在几十年后的今天，彻底爆发！

天雪听到木兰姬的质问，当年此事发生的时候，他灵智初开，对于其中的缘由并不了解。可是，这并不妨碍他的犀利口角。

"你这样不入流的妖女，明崇俨大人看不上也是理所当然的吧！"天雪冷哼。

木兰姬顿时如同被踩到了痛脚的猫咪，脸色陡然大变。

"你说什么呢？！那是他有眼无珠！没有识人之明！"

"我看主人相当有识人之明，他知道你心思诡秘，不足以信任，才拒绝了你。他若看到你今时今日的所作所为，一定会更加确信自己当初的判断一点都没有错。"只要涉及明崇俨，天雪的词锋总是分外锐利。

木兰姬的牙齿，控制不住地咬住了唇。她想反驳，可是又无从反驳！

那几十年来，在脑海中从未褪色的一幕幕，又仿佛在眼前重现。

明崇俨对于追随他的妖怪们都有着严格的筛选。每个妖怪都以被他选中为荣。追随在那个人身边，就能走到明亮的阳光下去吧？这是每个妖怪本能的憧憬。

当年的她也是如此，穿上了自己最漂亮的那件白色的衣裙，一头冲到了明崇俨的面前。

直到现在，木兰姬都清晰地记得那个日子。

那个沐浴在夕阳中的身影是那么修长俊逸俊美无俦，带着柔和的微笑，望着她。

让她的脸，都控制不住地羞红起来。

"我想要追随你，明大人！"

年少的木兰姬觉得，这句话，就已经几乎用完了自己全部的勇气！

可是，那个夕阳中的人凝望着她，在长久的凝望中，她只觉得自己的呼吸都要在这样的凝望中停滞下来。她仿佛真的变成了一朵木兰花，在沐浴着一生中最重要的那一次目光的洗礼。

在长久的犹疑后，明崇俨缓慢，却又坚定地，摇了摇头。

木兰姬的全身都僵硬起来，她结结巴巴地问："为……什么？"

明崇俨皱起了眉，似乎遇到了非常难以回答的问题。

木兰姬终于回过神来，她急促地叫起来："我的法力的确不够高，可是我修炼很勤奋的！我还会很多事情，我可以帮你做饭，帮你打扫屋子，清理庭院。我肯定比那些毛手毛脚的小妖精们做得好的。明大人，你留下我好不好！"

那时候的明崇俨是怎么回答的呢？

他仿佛深深地叹了一口气，柔和，却又不容置疑地摇了摇头："你有属于你自己的命运。这样的命运，我没有资格参与。"

然后，木兰姬就这样眼睁睁地看着那个身影消失在了暮色中。

年少的木兰姬在黑暗的旷野中呆立了好久，好久。

不知道是太阳第几次升起的时候，她咬着唇发誓，总有一天，她要让明崇俨为这个决定后悔！

所以，当她得知明崇俨为了延续自己独子的性命而决定以自己的生命献上血祭的时候，她散布消息，引来了大批邪恶的妖怪来分食他的血肉。

不过，在那最后的时刻，她以一己之力，拦在了所有那些妖怪的前面。望着那个容颜依旧的男人，她再次提问："你愿意让我追随你吗？只要你说愿意，把我留在你身边，我就可以让你活下去。"

她以为，到了这样的生死关头，在所有人都无法帮助到他的时候，他总该会屈服了吧。毕竟，此时此地，他的身边只有她！

那时候，明崇俨的回答，是什么呢？

他摇了摇头，然后，闭上了眼睛。

被木兰姬勉力维持的结界在那一瞬间破碎了，那些嗜血的妖怪们席卷而来。木兰姬就这样眼睁睁地看着他成为妖怪们的飨宴。

直到最后的最后，他的决定，依然没有丝毫改变。

木兰姬觉得自己似乎是报了仇，可是……为什么她没有感到一丝快乐呢？

即使，明崇俨陨落了，他最重要的法器也落入她的手中。心里的空虚，还是一样不曾有任何的改变。她依然如同当初被拒绝的少女木兰姬一般，在无人的旷野间，茫然无措。

甚至，明崇俨还在这个世界的时候，她还可以恨他。现在，他消失了，她所有的爱恨都顿时失去了方向。

原本，木兰姬以为自己终究会渐渐忘却这段怨念。可是，她看到了明胤。她一眼就能认出那孩子有着妖族的血统，虽然当年明崇俨的血祭使得这过于浓厚的血统被封印了起来。

可是，她不会错认。

为什么，谁都可以，只有我不可以呢？！

那其实从未熄灭过的怨恨的暗火，再次升腾！

要毁了《混沌书》！把那些幸运地与明崇俨结下了契约的妖怪们都统统消灭！还有天雪，妖使天雪，也绝不放过他！

她一步步地实行着自己的计划，每一步都与她的预想一般完美地进行着。

木兰姬的眼眸再次抬起，她已经不想再继续沉浸在那些惨烈的回忆中了！她要亲手将一切结束！

现在要做的就是毁掉《混沌书》！

木兰姬的手掌间，暗金色的流火在飞转集结。《混沌书》已经在散发出令人不安的嘶叫声！这是在《混沌书》绘卷中留下了影像的妖怪们本能地感觉到了危机的哀鸣！

天雪目光一凝，已经冲了上去！

与此同时，从开始就一直与楼东来一起，被乱斗的罡风卷得远远的小妖，居然也冲了过去！

"我要去帮天雪大人！"

你这种不入流的小妖怪能干什么啊？！

楼东来使劲想要抓住他，可是天雪和木兰姬激斗的罡风瞬间就将他卷得高高飞起！

完全无法控制住身形的他"啪"的一声，头部重重地撞在了墙壁上，瞬间就晕了过去！

明胤顿时大急，陈游介知道他的心思，立刻护住他，来到楼东来身边。

还好，刚才的撞击声听着虽然很响，可也许是楼东来天赋异禀，他只是额头略肿起来了几分，头并没有破裂，连血都没有流。

看到好友无恙，明胤禁不住心中庆幸不已。

可是转头望去，天雪与木兰姬的对战形势，却当真是不容乐观！

天雪的实力原本在木兰姬之上。可是此时天雪投鼠忌器，唯恐自己一个不小心，他施放出来的招数被木兰姬以《混沌书》来抵挡，那他就真的是在助纣为虐了！

高手过招，原本差异高下就只在毫厘之间。

他心中有了这样的顾忌，自然是每每无法一击即中。几个回合下来，反倒是徒耗去不少法力。

陈游介想要加入战圈去帮他，又唯恐令明胤再度陷入危机中。

正在矛盾间，只听"啊"的一声，楼东来居然已经悠悠醒转。

看到他醒过来，明胤急忙探问："东子你怎么样了？感觉还好吗？"

楼东来眯了眯眼，揉揉自己的额头，扯出一个浑不吝的笑容："小爷可不是面捏的，皮实着呢。"

明明是紧张万分的时刻，听到他这若无其事的话，明胤禁不住一阵轻松。

楼东来的注意力，很快就从自己额头的伤，挪到了眼前的战局上。

只见他皱了皱眉，突然有点迷惑地说："我怎么觉得，我看到的不是两个人在对战，而是……天鹅在和……凤凰对战？"

"啊？！"天雪的原身是天鹅，这是陈游介一开始就看出来了的。可是，那木兰姬的原身明明就是形容丑陋羽色杂驳的禽族，怎么就是凤凰了？

还有，楼东来怎么突然有了这样的眼力，能看出来妖怪们的原身了？

"别开玩笑了，你见过这么丑的凤凰吗？！"如果不是此时正是危急时刻，陈游介真的不介意用扇子狠狠敲敲这个没睡醒的大少爷的脑门。

"我就是见过！"楼东来也急了。

"你什么时候见过啊！"

陈游介反问。

听到陈游介这么一问，楼东来捧起了脑门，绞尽脑汁地回忆着："我就是记得……在一片很荒芜的平原上，我看到这种鸟在飞舞，人们叫它凤。"

听到他这不着调的话，陈游介只觉得后槽牙更痒痒了。谁不知道这楼东来大少从出生起就生活在长安啊。什么荒芜的平原，他压根就没见过吧！

正当陈游介打算挽起袖子，不再计较时机和场合，给这小子一拳的时候，明胤突然拉住了他的胳膊。

"颛顼……楼东来的头脑中，有着颛顼大帝的灵体碎片。"明胤竭力让自己的话听起来有条理，"也许，楼东来此时的记忆，是……属于颛顼大帝的。"

"颛顼大帝曾见过的凤？！"陈游介沉吟着，一个几乎难以置信的答案瞬间如同闪电般，照亮了他的头脑！

"住手！木兰姬！"陈游介的声音，瞬间就压倒了一切的罡风。

天雪和木兰姬的身形一震，都将疑惑的目光投向了陈游介。

"我想，我知道了明崇俨坚决不肯让你追随他，将你收入《混沌书》的理由。"陈游介的身形挺立在肆虐的罡风中，不动如山。

木兰姬咬了咬唇："现在说这些，你觉得还有意义吗？"

陈游介不徐不疾："有没有意义，你听了才知道。"

虽然面色依然保持了表面上的平静，可是木兰姬的动作，到底缓了下来，终于慢慢地停住了。

"明崇俨不肯让你追随他，并且坚决不将你收入《混沌书》的理由是……你并不是妖。"

陈游介的话音未落，木兰姬就嚷了起来："你说什么？！我难道连自己是不是妖都不知道吗？"

"你是凤，九凤一族的凤。在颛顼大帝的时代开始，就生活在大荒之地的凤。"陈游介的话，字字清晰，却听得木兰姬不知所措。

"如果，因为我的自私，而让你堕入妖道，那才是真正的可惜。我不与你结成契约的理由是，我不能束缚你！你本来就不是黑暗中瑟缩的妖族，你是九天上翱翔的凤凰！"陈游介轻轻地喟叹着，"我想，这就是明崇俨本来想对你说的话吧。"

"什……么？！"木兰姬的身躯摇摇欲坠，就连手中的《混沌书》落地的声音都不曾让她回过神来。

陈游介的目光深邃，又带着无奈的悲悯："因为，一旦结成了那种契约，你就不再是凤了。难道，没有人告诉过你吗？"

"这……怎么可能？！我怎么可能是凤！"木兰姬一个劲地摇着头。

回答她的，是楼东来："我没有记错的……我……不，颛顼大帝即位的时候，九凤还曾去飞舞道贺。我还记得……当初的你在云霓中飞舞而来，那是世上从未有过的美丽景象……"

"为什么，他为什么不直接告诉我？！"木兰姬觉得全身的力量都在迅速地流逝着，那些支撑她走到这一步的力量，似乎突然四分五裂，消失殆尽。她甚至找不到任何一个支持自己继续站立的理由。

"神兽之名，必须由自己体悟。旁人再怎么提点也是无用的。"明胤想起了魍魉宴里的小当康。

木兰姬的身躯，从这一刻开始，就再也没有变过。那种从来没有意识到的巨大的情绪，在那一瞬间就已经将她彻底淹没。而她，连动弹一下最小的指头的力量都没有。

他原来是那样期许着她的吗？

所以才为她想得那样远，即便会让当年的她气愤，会令自己背负了绵延不绝的怨恨。

他还是做了对她来说最好的选择。

木兰姬觉得自己连呼吸都快要忘记。

她一直以为，在那个刻骨铭心的傍晚，她遭遇到的是人生最大的伤害和痛楚。可是现在她才明白，那是一份怎样深沉的期许和关爱。

只是，那份爱太大，大到那时候太过年轻的她，根本无法认清。

她以为那一刻淹没自己的，是恨。

现在她才知道，那是最深沉的爱啊……

大爱无言，爱善渡万物而不鸣。

在谛听阁的庭院里，长久地回荡着凤的悲鸣……

望着木兰姬掉落在地上的《混沌书》，天雪想去捡起它。却没有料到，《混沌书》里的那些妖怪居然一瞬间全部飞了出来！

明胤看到那些从《混沌书》中飞掠而出的妖怪们如同元宵节的花灯般，转着圈轻盈地绕过他的身畔，他们的眉眼间，是平和而又寂寞的神情……

等到这一切都结束的时候，天雪消失了，《混沌书》消失了，木兰姬消失了，就连那个小妖也消失得无影无踪了。

　　"他们，对你说了什么？"楼东来终于忍不住问。

　　幸福的泪水，慢慢地从明胤的脸颊上滑落。

　　"他们说，跟你父亲一起做梦的日子，真的非常快乐……"

第十三章

长生市

"这种路……我的车真的是完全跑不快啊。"楼东来再一次忍不住嘀咕。

陈游介的神情一丝不动："记得我只是向楼公子你借了这辆车，并未邀你同行。"

楼东来顿时噎住。是谁叫他在明胤过来借车的时候一个没忍住好奇心，非要跟着他们，开始这次探秘寻幽之旅呢。

"这难得一见的山市，我怎么可以错过？"楼东来昂首，总算给自己找回了一点气势。

山市，是比海市更加罕见的山中蜃气所成的幻象。

有人相信，那是天上的仙人偶然降临在凡间才会出现的景象。而那些在山市中遁去，从此不再归来的人们，则是得窥仙途，从此走上了长生大道。

不过对于谛听阁的老板陈游介来说，是那些曾经窥探过山市迷途的人们所带回来的另外一些消息——山市上有着人间难得一见的奇珍异宝！

"来自仙人的奇珍异宝啊……"陈游介的目光中闪烁着夺目的光华，"这种宝物，我怎么可以错过！"

明胤小声道："老板你不是说想看到山市的奇观才出门的吗？"

"山市奇观和追寻珍宝难道两相冲突吗？"陈游介一脸的淡定自若，"我们可以一路饱览山市奇观，若有宝物自然也不会错过！"

车已经行到了山脚下，接下来的路程就不是马车可以行进的道路了，必须下车步行。

在山脚处，停着的各式马车居然远远不止他这一辆。

显然，这山市奇观，将长安的各色人等都吸引到了这里。

正在楼东来左右张望着各色车驾的时候，远远地，又是一辆车驾行来。

马车停稳后，只见一个艳妆华服的少女款步下车。少女的身畔，还有两位衣着不俗的士子。

"幸会幸会，想不到在这样的荒郊野外我还能看到艳冠群芳的韩仙衣，真是荣幸之至。"

韩仙衣在发现与她打招呼的是京城最著名的古董店老板陈游介的时候，淡漠的面庞上立刻露出一丝笑意。

"陈老板也是来这山中寻仙的吗？"

陈游介微笑："原本是寻仙的，可一看到仙衣娘子你，就觉得不寻也罢，见到娘子仙姿，此行已经足矣。"

奉承的话，谁都是爱听的，更何况说这话的人还是风度翩翩俊美无俦的陈游介。韩仙衣的笑容更添了几分热情，抬臂邀道："既然如此，韩仙衣必得与陈老板一起寻幽探奇，才不辜负了这巧遇同行的缘分了。"

陈游介扶住韩仙衣的皓腕，点头："幸甚之至。"

望着自家老板这番突然化身护花使者的姿态，明胤无语地望望同样无语的楼东来，两人在交换过一个无奈的眼神后，也急忙快步跟上了。

此时，那两个与韩仙衣同行的士子也疾走几步，跟了过来。为首的那个士子风度翩翩，开口就与楼东来打起了招呼，显然是对长安的官场局势了如指掌。

楼东来听他自称苏月行，是韩仙衣的远亲。

这种混迹歌台舞榭试图结交贵人，好借机展才求官的士子，一年到头也不知道有多少。楼东来瞟一眼苏月行白净俊朗的面庞，心知他只怕是想走韩仙衣的路子以求官，也不说破，只随意敷衍两句。

虽然楼东来面色冷淡，苏月行却是巧舌如簧，不一会儿就摸到了楼东来的喜好，说起了楼东来最喜欢的驯养猛禽的事情，一时间居然也谈得热烈，没一会儿就犹如多年老友一般热络了。

见他们说得热闹，明胤不免无聊地打了个哈欠，却只听身畔一个怯怯的声音响起："我叫王敏……"

明胤一愣，这才回过神来。这个名叫王敏的少年是在跟他打招呼呢。

这个自称王敏的少年虽然衣饰一样是整洁光鲜，可是他身上背的那个包袱还有这言辞中不经意就透露出来的朴实气质就让明胤明白，虽然他与韩仙衣、苏月行同行，可是显然他在三人中的地位与随从差不多。

想到这里，明胤不禁对这位王敏有了几分同情。虽然自家那位奸商老板每天都是不遗余力地压榨他，可他好歹还是有工钱拿有饭可以吃的。眼前这位王敏，看来是半点好处也捞不着地在这里任劳任怨啊。

不过……看看王敏那望着韩仙衣的痴迷眼神，明胤又觉得，也许，自己用不着同情他。

　　山路崎岖难行，陈游介搀扶着韩仙衣走在了前面，楼东来和苏月行在中间，明胤和王敏则落在了最后。

　　明明是白昼，可是进入这山中后，不知道什么时候就漫卷起了一重重的雾霭。昼与夜的界限，骤然在这雾霭的包围中不知不觉地变得模糊。

　　所幸众人并未走散，陈游介与韩仙衣的声音依然清晰地从前方传来。

　　"不知道仙衣娘子入山是为了什么呢？这山路崎岖，可比不上教坊的舞榭歌台。"陈游介语调轻松，没有一丝让人不舒服的窥探之意。

　　韩仙衣的声音婉转中又带上了一抹娇嗔的狡黠："事到如今，陈老板怎么还在这里跟我装傻？难道陈老板你不也是听了那个传说，才踏足这深山的吗？"

　　"哦？在下只是听说此山频现山市奇观，所以才过来凑个热闹，不知道自己有没有机会一睹天上街市的风采。"陈游介的话总是诚意万千，"只是，不知道仙衣娘子你说的传说到底是什么？我有没有机会听闻其详啊？"

　　"哪里是什么秘闻传奇，不过是我们听人说这山市中确有一处交易奇物的市，所以才想来碰碰运气罢了。"韩仙衣的声音依然清脆，却隐隐有几分藏不住的激动。

　　韩仙衣的话音落下不久，苏月行就给韩仙衣送上了一顶围着轻纱的帷帽，而他自己也是一幅长巾将俊朗的面目细细遮掩了起来。

　　行动间他还不忘招呼众人："山市诡秘，大家还是略小心些为上。"

　　明胤没有想到还要这样藏头露尾的，正迟疑，却见陈游介早已经分出几卷长纱。明胤和楼东来将长纱覆在面庞上，只觉得轻若无物，看外面的景物一点不受影响，呼吸也没有半分憋闷的感觉，互相再看对方的面庞，却是再也无法看清了。

　　他们刚掩好面目，就发现目光所及处，已经隐隐可见不少如此长巾遮面的男子和帷帽掩面的女子错落在山路之间了。

　　一种不知道该如何形容的声音突然在他的耳畔响起，那是仿若浪涛的声音。

　　在一波波的浓云之间，次第的灯火在摇曳着。那并不是山道上蜿蜒的灯火，而是高耸的楼台殿阁间灿若星辰的灯火。与此同时，仿佛是那个秘藏的宝盒突然被打开了一般，鼎沸的人声，扑面而来！

道路突然变得开阔，人群熙熙攘攘。不光是有来往衣着各异的人们，还有来往的车马。眼前的景色，简直就好像是将最繁华的长安西市精确地裁切了一块下来，重现在这山林之间。如果不是确信自己没有喝酒，此时眼前所见都是百分百的真实，楼东来几乎要以为自己回到了长安。

"这……"他想问，却发现自己压根连问什么都没弄清楚。

人们低低的私语声到最后终于还是汇集成了清晰的音节，三个字——"开市了"。

紧接着，人们就都朝着一个方向汇集而去。

很快，楼东来就觉察到了这里和西市的不同。

不仅仅是每个人都刻意地遮掩了面目和压低的声音，而是气氛！每个人都散发着一种难以名状的诡异气息。这种隐秘又裹挟着狂热的气息，让他本能地感觉到了一丝危险。

他抓紧了明胤的手，唯恐两人走散。

陈游介轻笑一声，款步跟上人潮涌动的方向。

出现在面前的，是一个宽阔的广场。

没有人去探究为什么崇山峻岭间会出现这么大片的广场，人们似乎都已经认为，山市就是一个奇迹之地，没有什么是不可能的。

在广场中央，是一个帷幕低垂的高台。而在高台凸出的那个部分，却是一个高耸的丹炉。那丹炉周围变幻着五彩的祥云霞光，显然里面已经有丹药炼成，只待主人开炉取出了。

而广场中的人们，望着那五彩的光辉，纷纷控制不住地激动起来。明胤甚至听到了按捺不住的吞咽声。

这些人虽然激动，却到底没有人胆敢造次，都只静待着那帷幕后的动静。

突然，一道矫健的身影骤然掠过，当那身影停下的时候，众人顿时又是一惊。居然有人飞蹿上了高台，正在揭那丹炉的盖子！

"糟！有蟊贼！"

众人的惊呼声还在喉间，就只见一道黑色流云袭来，那刚才还妄图窃取丹药的蟊贼"嗷"的一声，朝台下跌去。

那精瘦的身躯霎时就跌落尘埃，在抽动数下后，就再不动弹了。

"虽然那蟊贼狼子野心，可到底没有得手，罪不至死……"楼东来身为府尹之子，对于律法规条比一般人更加熟悉,此时看到那蟊贼一时贪念就丢了性命,忍不住喃喃。

广场上,根本没有人在意那蟊贼的死活,因为,刚才施展了流云般身姿的人物,此时已经赫然出现!

"拜见仙师!"

"拜见仙师!"

广场上,霎时就响起了一片欢呼声。

在那帷幕后从容不迫现出身形来的,是一个修长的男子。

被人称作仙师,显然他亦是修道之人。可是他既没有一身道袍彰显师门,也没有一身白衣标榜飘逸出尘,而是一身墨色衣衫。那宽大的袍袖上隐隐流动着流云状的花纹,衬着他披散而下的墨色长发。他整个人就犹如这山市一般,给人一种难以名状的神秘之感。

明明他的身畔并没有侍女环绕、童子侍候,可是在他的举手投足之间就自自然然地流动着一股高贵的气息,有一种让人不能逼视的光华。

更不要说他皎洁如明月般俊美无俦的面容,便是冷傲不语,也是一番倾世风华。

"蟊贼作乱,让大家担心了。都是墨华来迟一步,请各位见谅。"

这个自称墨华的男子将目光缓缓扫过高台下的众人,姿态中却没有半分歉意,那倨傲之态如将台下众生皆视作蝼蚁。

台下众人纷纷道:"不碍事,请墨华仙师开市吧。"

墨华微微一笑:"正是,我们长生市可不能为了个蟊贼就乱了时辰、坏了规矩。"

"长生市"?!明胤心中一惊,正对上楼东来同样讶异的目光。

"诸位都是为了求长生而来,可是仙途漫漫,多少人不得其门而入,只得任由岁月蹉跎徒唤奈何……"墨华端立在高台之上,他的声音其实并不十分高亢,却清清楚楚地钻入每个人的耳中。

陈游介的声音响起:"他的声音中有术法,能动摇人心。"

明胤一听,赶紧咬了咬唇,让自己保持清醒。

高台上,墨华的话语声还在继续:"如今这天街机缘巧合间栖于山间数日,上天有好生之德,特别开了这长生市,为求仙迷途之人大开方便之门,赐下仙丹。"

一听他这话,人们再也按捺不住激动的情绪,纷纷跪倒:"求仙师赐我等仙丹。"

望着那扑倒跪拜的人们,墨华轻轻一叹:"虽然仙道大门已开,可是我这一炉仙丹却实在不够这么多人分享……"

他话音未落，早有一老者兜头叩拜："弟子求道心诚！愿将全部身家奉献，只求长生！"老者说话间，后面早已经抬出数十口大箱子，一打开只见箱子里俱是金银闪烁。饶是这些求仙问道之人多是富贵出身，看到这么多的珍宝也不免一阵骚动议论。

墨华却是视若无睹："求仙问道，早就将这些凡尘俗物都丢下了，不知道你拿出这些来换长生丹，是何意思？"

老者顿时愣住，半晌讷讷无言。

墨华在高台上轻笑一声，斜倚上那此时依然隐隐云雾蒸腾的丹炉："长生丹的珍贵，已经无须多言，诸位若是想拿什么东西来换取，墨华我只有三个字的提示——最珍贵。若非最珍贵之物，就不要拿出来了，我们仙家还不曾沦落到稀罕那些金银俗物的地步。"在那丹炉流转的宝光中，墨华的侧面更加俊美无俦令人心折，这样的姿容落在陈游介眼中，却让他禁不住暗暗皱起了眉头。

长生市——以长生仙丹为饵，让人们献出自己最珍贵的东西吗？

到底，什么才是最珍贵的呢？

一时间，针落可闻。

"开口就要人最珍贵的东西，却不知道你这长生丹，到底是个什么货色？"打破这沉默的，居然是楼东来！

听到这一声叫嚣，墨华一怔，立刻将视线投了过来。

台下的人群如有所感，急忙让开。转瞬间，刚才还簇拥着楼东来的人群霎时就如潮水般退去，只剩下楼东来、明胤和陈游介，如同三颗孤零零的贝壳赫然显现。就连刚才还在一旁言笑晏晏的韩仙衣也瞬间就隐入了人群之中。

明胤原以为陈游介会因为楼东来的冒失举动而动怒，没想到陈游介一副事不关己的轻松态度，顿时放下心来。

墨华的视线如有实质，逼人而来！

若是其他人，此时只怕早已经心怀怯意地躲闪开去。虽然隔着轻纱，可楼东来依然轻轻松松地迎着他的视线，半分也没有移开。

而随着这种对峙无声地继续，人群中隐隐流过的，是细如蚊蚋的质疑声。

"既然有人质疑长生丹的效用，也罢也罢，看来凡夫俗子终究是与仙无缘！"墨华冷哼一声，转头就走！

台下众人顿时都急了："仙师留步！"

在那众多的挽留声中，一个娇嫩的声音特别清晰。正当众人好奇这如同黄莺出谷的声音是谁发出的时候，一个轻盈的身影如同乳燕投林般飞掠到了高台之上。

只看衣裙风姿，已经可以想见会是一个绰约的佳人。

正当众人以为她是去拦住墨华的时候，她却在高台上蹁跹起舞。

她的舞姿如同云天之外的仙鹤般轻盈，明明是在台上舞蹈，却总是让人觉得她下一瞬就要舒展裙摆飞向白云深处。

"乐素姬！她是乐素姬！"最先嚷起来的，是先前那个抬出几十箱金银求仙丹的老者！

他这一声，众人顿时恍然大悟，可在这恍然之后，是震惊！

乐素姬在二十多年前以鹤舞在长安教坊轰动一时。可是就算再风华绝代的舞姬又如何，时间依然会慢慢夺去舞姬的美丽。总有一天，她们会再也无法跃起，从此就只能默默退到舞台之后，旁观属于别人的精彩。

可是，这在高台上起舞的乐素姬，面容娇嫩，舞姿轻盈，无论怎么看，都是不足双十年华的少女——作为女人和舞姬最灿烂美好的年华！

可是，即便二十多年前她以鹤舞成名时只有十五岁，那她现在的年龄也……

长安城中永远不缺乏用各国进贡的各色宝物将自己滋养得雪肤花貌的贵妇，可是，即便如此，也绝不会有人真的弄错她们的年龄。毕竟，面庞上的年轻还可以靠遮掩修饰，可灵活矫健柔软的少女的身躯却是无论如何也无法模拟蒙混的。

在众人的惊疑中，乐素姬已经一曲舞罢，她朝着墨华盈盈一拜："多谢仙师赠我仙丹，让我可以重新起舞。"

此刻，众人顿时恍然大悟，原来这乐素姬突然登台一舞，为的就是向所有人证明长生丹的奇效。

墨华伸臂，将乐素姬刚才起舞弄乱的青丝抚顺，话语中也添上了几分显而易见的温柔："你不是说要回到教坊吗？怎么还会盘桓在此？"

乐素姬面色微红容光焕发，如同戴着玉冠的仙子般熠熠生辉。

"之前因为年岁渐长舞技都已经撂下，现在能得仙师垂爱重获青春，我想先将舞技恢复到巅峰状态，再回教坊为仙师扬名，方不负仙师一片苦心赐下丹药。"

如果说之前那些叩拜在高台下的人们还对长生丹的效力有那么一丝丝怀疑的话，

此时乐素姬的出现，瞬间将他们的最后一丝怀疑也抹去了。

已经有人叫了起来："请仙师千万不要因为这几个愚钝之人动怒，我等这就将他们赶走！"

说着，有人挽起了袖子气势汹汹地扑了过来！

楼东来自然是不甘示弱，立刻就拉起了架势准备迎敌。就连明胤也警惕地注视着四周。

眼看战局一触即发！

墨华的声音清冷冷地响起："也罢，我道本就是大道，大道虚怀若谷。这些宵小之徒虽然无缘长生，不过若能见识一下我道的神威，就算没有醍醐灌顶之效，应该也可以略有所得吧。"

墨华如此发话，众人自然是偃旗息鼓。虽然如此，可是明胤还是本能地感觉到了危险。继续留在这里，只怕会卷入到更加难以想象的危机当中！

可是，看看身边义愤填膺的楼东来，再看看从一开始就淡定自若的陈老板，就知道，今天他又得舍命陪君子了！

"弟子谢澪舟愿用此花，换取仙丹。"一个怯怯的声音响起。

众人这才想起来，自己到这里来的目的，不正是求取仙丹吗？

在分开的人群间，是一个青衫落拓的士子，抱着个花盆就过来了。虽然那士子衣衫潦倒，可是那盆中的牡丹，正是举世罕见的牡丹花王——"姚黄"。花形硕大，花叶舒展，即使在这雾霭掩映灯火摇曳间看去，依然犹如宝石般熠熠生辉！

墨华的眸光一亮。

原本，乐素姬一曲舞罢后，并不曾下台。而是垂手侍立在一旁，等着帮他应付这些接物的琐事。可一看到此花，墨华却是不待乐素姬起身就已经立刻走到了那青衫士子的面前。

他的指尖似要触摸到花瓣，却在最后突然收手。

"你知道你现在要给我的是什么吗？"墨华的目光落在花瓣上，口气却是捉摸不定，听不出好恶。

原本，台下不少人见到这士子捧出一盆花来交换仙丹都颇有些不屑。要知道姚黄固然是国色牡丹，可是若与长生仙丹比起来，倒也不算是特别难得了。这士子居然要以牡丹换仙丹，未免太过痴心妄想了。

可现在看来，墨华倒对这牡丹颇有几分另眼相看的意思，顿时按捺不住地窃窃私语。

"这牡丹真的可以换仙丹？"

"怎么看也不过是寻常之物……"

"看这士子的穷酸样子，哪里养得起名贵牡丹，这只怕是他窃来的赃物。"

趁着这一阵骚动，陈游介也问明胤："你觉得这牡丹如何？"

"这牡丹……绝对不是凡品！如果我是他，绝不会拿这牡丹去换那个不明不白的仙丹。"明胤毫不迟疑。一旁的楼东来也使劲点头附议。

这厢这些人在议论不止，那边谢澪舟在听到墨华的提问后，呆怔半晌，终于点了点头。

"若是你将这牡丹换了仙丹，你们之间的缘分就从此断绝，生生世世，再无任何瓜葛，你可想好了？"墨华轻声低语，笑意若烟捉摸不定。

谢澪舟的肩膀顿时一震，喃喃重复："生生世世？"

墨华点头："你此时舍弃的，不仅仅是这盆牡丹，而是切断你与它生生世世的缘分。你……真的舍得？"

"它对你来说，真的只是一盆花那么简单？"

墨华的话语极轻，听在那谢澪舟的耳中却显然是掀起了极大的波澜。

只见他的脸色变了又变，最终还是一咬牙，将花盆往墨华怀中狠狠一送："这世上哪里有比长生丹更好的东西！我自然舍得！"

谢澪舟的话音未落，就听墨华的笑声已经清越地响起："很好！"

只见他指尖挥舞处，在谢澪舟与那姚黄牡丹之间居然凭空出现了一道细细的金色丝线。他指尖一捻，丝线顿时盘卷而起，化作了一团小小的金色光珠。

"这就是我与姚黄牡丹缘分的丝线吗？"谢澪舟的心，狠狠地抽动着。

墨华墨色的长袖如同青云出岫，转瞬间丹炉开合，已经有一丸丹药飞舞而出。那丹药如同被牵引一般，落在了谢澪舟的掌心间。

谢澪舟望着自己手心间那仿佛还带着微温的丹药，简直不敢相信。

"这丹药，就赐予你了。"墨华仿佛此时已经将谢澪舟看作了自己的同道后辈，说话的声音都温和许多。

梦寐以求的长生丹药此时就在掌心间，谢澪舟却感觉到了一种前所未有的空虚。

他从小饱读诗书，可是屡试不第。原本万念俱灰，却在一日偶然入山的时候得到了这株牡丹。虽然知道它是世上难得的姚黄牡丹，他却从未有用它换取财帛的打算，甚至有人示意他可以以这株牡丹敬献高官以求进身之机，他都置若罔闻。

可是……当他听到长生市的消息的时候，他的心却狠狠地动了起来……

长生……从此解脱生死轮回之苦……

一切都仿佛做梦般，姚黄就这样变作了仙丹，可是，这真的是他想要的吗？

谢澪舟抓着仙丹，只觉得心中空荡荡的，如同梦游般，一步步走下了高台，一个转身，他单薄的身影就消失在了丛林苍茫之间。

台下众人眼见这士子不过这么一会儿居然就已经求得仙丹，顿时羡慕万分！人群中激动的波澜一波卷过一波。人们霎时间就都朝那高台拥了过去，再没有人注意楼东来他们三个离经叛道之徒了。

即使隔着轻纱，明胤也能感觉到，陈老板的目光越来越沉重了。

"有什么不对吗？"明胤低声。

楼东来早已经轻哼："我不信成仙有这么容易。这定是什么妖术！"

陈游介的声音慢悠悠地响起："墨华并不是妖怪，他这丹炉也是真正的上品仙器……可是……"

"求仙师赐我长生丹！"一个飘逸的身影越众而出。随着她激动的动作，她头顶的纱帽飘然坠地，如同盛开的芙蓉般娇艳的容颜瞬间就展现在了人们的面前。

韩仙衣！她在身畔两位士子的回护下，居然第一个走上了高台！

从台下走上高台，不过数步的动作，却在身为长安第一舞姬的她的步伐中走得风姿摇曳步步生情。

长安教坊里，谁不知道"一舞仙衣紫云回"的韩仙衣。她虽然身形娇小纤细，却舞步蹁跹轻盈，早就以一舞名动京城。

只不过，京城盛名的舞姬，如同枝头的繁花，开过一波又一波。

韩仙衣固然时至今日依然盛名不坠，可是据说已经有数个新晋舞姬隐隐有几分与她分庭抗礼之势。

人们爱的永远是新鲜，更年轻的容颜，更娇嫩的姿态，就算是韩仙衣，只怕也不免有几分压力吧。

看着这个美丽的女子朝他盈盈跪拜，墨华淡淡一笑："不知道韩仙衣姑娘要拿什么来换我的长生丹呢？"

韩仙衣眉间微蹙："仙衣实在不知道何物才配得起仙师的仙丹，所以恳请仙师明示，只要弟子有的，弟子立刻奉上。"

墨华目光微动："是这样吗？"

韩仙衣点头："弟子诚心求长生之道，绝不反悔。"

墨华的笑容中，自此才些微添上了几许温度。

"既然这样，你就把你'紫云回'的舞技，给我吧。"

"呃？！"韩仙衣顿时愣住。

对于墨华到底会取走什么才肯赐予长生丹，她一路行来已经想过很多种答案。可是她没有想到，这最出乎意料的，居然会是答案！

"我说过，要最珍贵的东西。而你最珍贵的，不就是你的舞技吗？"墨华似笑非笑。

"我……"韩仙衣不自觉地后退了几步。她的确想要得到长生，可是她想得到长生是为了能长长久久地做长安第一舞姬，而不是像那些曾经名噪一时的前辈般，因为年老色衰而不得不从教坊绚烂的灯火中黯然退下。她想做永远开放在舞台上永不凋零的花朵！

现在墨华却告诉她：想要得到长生，必须用自己的舞技来换！

如果是那样的话，她得到的长生，还有什么意义？！

韩仙衣张口结舌，她不想放弃，可她更不知道该如何回答墨华的问题。张皇中，她看到了端立一旁的乐素姬。此时的乐素姬，嘴角带着一抹讥诮的冷笑。

一看到乐素姬，韩仙衣仿佛找到了一根救命的稻草："那么……敢问仙师，这位……乐前辈似乎付出的，不是舞技呀。"

的确，片刻之前乐素姬在众人面前蹁跹起舞，付出的代价绝不可能是舞技。

听到她这话，墨华仿佛是听到了什么十分好笑的笑话："我要的是最珍贵之物，对你来说最珍贵的是舞技，可是对乐素姬来说，却并非如此啊。"

韩仙衣顿时哑然。

她自然是孜孜以求长生，可是要她舍弃舞技，却也是难以割舍。

此时的她，站在高台上进退维谷，不知所措。

一直陪伴在她身边的苏月行凑近了她，悄声道："舞姬不过几年风光，怎及得上长生要紧？你不如就听了墨华仙师的吧。"

听到他的话，韩仙衣顿时一阵动摇。

从一开始就一直沉默的王敏却是再也按捺不住了。

"仙衣，你不是一直说你最喜欢跳舞最喜欢舞台吗？甚至你求长生也不过是为了能一直在舞台上起舞，如果你用舞技来换长生，那你得到的长生还有什么意义？"

不得不说，王敏此时说的，正是韩仙衣的心声。可是……她真的可以就此放弃长生的念头？！

眼见韩仙衣左右为难，王敏突然冲到了墨华面前。

韩仙衣正担心他会说出什么不妥的话冒犯了墨华，急忙阻拦。

此时，王敏的声音已经铿锵地响起："弟子自知资质愚钝，只求献上性命，为韩仙衣求长生丹一颗！"

一时间，众人都呆住了！

韩仙衣知道王敏一直爱慕自己，可是那又如何。身为声名赫赫的长安第一舞姬，她的身畔从来不缺少追求者。更何况，王敏虽然是个富家公子，但品貌并不突出，在她的那些追求者中实在不出众。这次出行，让他跟在身边，不过是因为他比那些婢女使唤起来方便得多罢了。

此时，她这才第一次如此认真地看着这个为了实现她的愿望，竟然不惜送死的男人。她只觉得他那平凡的面庞上，居然也有着她从未注意到的风采。

她想要拒绝，可是同时拥有长生和舞技的诱惑对她来说实在太大。虽然眼里几乎是瞬间就流出了泪水，那拒绝的话语，却是迟迟没有出声……

王敏望着韩仙衣，眼里只有为深爱之人奉献的无所畏惧。

墨华盯着王敏，他的视线如有实质般缓缓地一寸寸从这个年轻人身上扫过，仿佛是在审视这份为了爱人不惜赴死的心意是否确定无误。

正当众人以为他还要说什么的时候，只见他骤然一扬手臂，一道雪亮的雷光就直冲下来，正中王敏的天灵盖！

王敏几乎没来得及哼一声，就硬邦邦地倒了下去。

"他在杀人！"楼东来义愤填膺地朝前冲了好几步，直逼向高台。

陈游介轻轻巧巧地就阻止了他："王敏没有死。"

与此同时，台上的韩仙衣颤抖着扑到昏倒在地的王敏身上。她从未想过，这个她几乎没有正眼看过的男人，居然能这样义无反顾地为了她，在瞬息之间就交付了自己的性命！

墨华冷冷地注视着她，在他的指尖一挑一拢之间，那与之前牡丹花上如出一辙的黄色丝线从王敏身上脱体而出，变做了一样的金色光珠。

这光珠与之前的一样，灿烂夺目，熠熠生辉，映照得他冷漠的面庞上都添了几许温柔。

舞台上，韩仙衣还在哭泣着，王敏的身躯，却动了动。韩仙衣顿时吓得花容失色。苏月行急忙扶住她，盯住了那片刻前殉命的男子王敏。虽然口中在继续着温言的安慰，他的心中却是有一丝快意的。这个王敏一直缠在韩仙衣身边，他早就看他不顺眼了。就算他为了韩仙衣送了命又如何？命都没有了，还拿什么与自己争韩仙衣？

"你只是伤心过度才会看错了……"

苏月行的话音未落，就见那个刚才已经了无生气的王敏居然揉着脑门，一点点地撑起了身躯，他居然……还活着！

韩仙衣和苏月行此时都已经呆怔得动弹不得。高台下正目睹这一切的众人也是目瞪口呆。而造成了这一切惊讶源头的王敏，却像从一场大梦中苏醒一般，莫名其妙地望着二人，只喃喃自语："我怎么会在这里？"

"你们是谁？"

"啊……我居然在这种地方睡过去了，必是给大家添了麻烦吧？我这就走，这就走。"说着，他居然忙不迭地走下了高台，头也不回地离开。

自始至终，他仿佛没有发现面前的这个少女，就是那个让他痴心倾慕到愿意奉献性命的韩仙衣。他就这样露出了带着羞涩的讷讷笑容，转身毫不留恋地离去。

韩仙衣终于忍不住了："王公子！请留步！"

已经几乎要消失的王敏停下了步伐，惊讶地回头望着她。他的眼里固然有对美女的激赏，却再也没有了韩仙衣熟悉的那种浓得化不开的倾慕与迷恋。

"不知道姑娘有什么事需要在下效劳？"说着，他还拱手做礼，仪态周全。

无论是应答还是礼貌，都给了韩仙衣同一个答案——他忘记她了，彻彻底底地，忘记她了！

韩仙衣猛然转身冲到墨华面前："你取走的不是他的性命，而是他的记忆？！"

墨华微微颔首，可又摇头："看起来只是失去了记忆吗？不，我取走的是对他来说最珍贵的东西。那东西比生命更加珍贵。"

"那是什么？"

"缘分，你们之间的缘分。无论你再出现在他面前多久，无论你为他做什么，他将永远不会再爱上你。因为你们之间的缘分，已经断绝了。"墨华说着，轻轻地叹喟，"那么长，那么真挚的一段缘分，我已经很久没有看到如此赤诚的心意了。"

"你是说……"韩仙衣只觉得自己全身的力量都在迅速地流逝着。

"对。这样的一份心意，绝无仅有。很多人终其一生都没有办法得到。不过，仙衣姑娘你拿它换了长生丹，也不亏哦。"墨华的笑容中隐约荡漾着某种藏不住的讥诮。

说话间，他已经从丹炉中又起出一枚宝光融融的长生丹，递到了韩仙衣的手中。

而此时，远处的王敏见韩仙衣不再呼唤自己，便头也不回地掉头离去。在他这一天的记忆中，将只有他独自入深山，看到了一群奇怪的人后独自返回的记忆。其他的，就什么也没有了。

此时，韩仙衣握着手中的长生丹，望着王敏消失的那个方向，终于一咬牙，要将长生丹纳入口中。

她的动作骤然僵硬。

原本握在手中的长生丹也从掌心跌落——落入了另外一个人的手中。

苏月行微笑地望着手中的长生丹，话语声还是那么温柔，这曾是韩仙衣最喜欢的声音，此时这个声音对她说："仙衣，你素来最爱我。这长生丹，先给了我如何？"

这话当真极其无耻，苏月行俊美的面庞上却是半分愧色也没有，只自顾自地在那里温言款语。

韩仙衣早被他制住，半点动弹不得。此时瞪大了双眼，却是半句话也说不出来。

她从来不屑一顾的王敏，为了她不惜献出生命。而那个她倾心交付的苏月行，居然夺了她千辛万苦得来的长生丹，要独自长生？！

此时她唯一能做的，就是将求助的目光投向墨华。

墨华却是视若无睹，仿佛眼前发生的一切都与他毫无关系。他一挥墨色的衣袖："仙丹已经赐下，要如何做是仙衣你自己的事，我不会多加干涉。"

苏月行满意地一笑，抱起韩仙衣转身跃下了高台。

眼见他露出的这一身功夫，原本台下有几个蠢蠢欲动的家伙，顿时偃旗息鼓安分下来。

虽然韩仙衣这时候看起来很是可怜，可是她刚才居然自私到让深爱自己的男人赴死来换取仙丹，楼东来一点也不同情她。此时的他反而与明胤一起，同陈游介一般，袖手旁观起来。

墨华眼见这一场闹剧结束，望着台下比之前更加激动万分的人群，不紧不慢地再度开口："诸位刚才也看到了，我所要的珍贵之物，便是诸位最珍贵的记忆和与那记忆相关之人的缘分。

"若是失去，就与刚才那位王公子一般，于身体并无伤害。不知道诸位，可舍得吗？"

台下早有人嚷着应声："我等自然舍得！"

墨华冷冷一笑："只是你们舍得，你们却不一定有我要的如同王公子那么浓厚的缘分的丝线。"

众人顿时哑然。

墨华再度开口："我在这里承诺，只要诸位中有人能抽出如同王公子那般的金色丝线，我必然以长生丹交换。如何？"

台下众人原本以为墨华要的是稀世奇珍，可此时听到他如此发话，顿时都放下心来，纷纷交口应承。

"易求无价宝，难得有情人。这些人都疯了吗？"楼东来鄙视地哼道。

"他们被长生迷住了双眼，自然是什么都不顾了。"陈游介语带嘲讽。

只有明胤还是免不了带了几分担心："被取走了那个什么缘分的丝线……真的没有关系吗？"

"失去了那个，他们将永不会再爱上任何人，也不会被任何人所爱。"陈游介口气轻松无比。

明胤难以置信地瞪大了双眸。

陈游介挥挥折扇："你觉得，这对于他们来说，不能爱或者被爱，又有什么不同？"

"那么轻易地就交付出缘分去换取长生丹的人，只怕他们压根就抽不出什么缘分的丝线吧。"楼东来的毒舌不遗余力。

明胤看了看那些狂热的人们，总觉得有哪里不对似的。

"那个，不是说月老的姻缘线是红色的吗？"明胤总算想了起来。

回答他的，是陈游介的一记扇柄："愚钝！缘分并不止姻缘这一种我就不说了，无论哪种缘分其实都是执念的一种，显现出来自然就是一道念光了。"

说话间，墨华已经抛出一圈华光，将台下那些人一个不落地圈在了其中。楼东来他们三人原本就与那些人有一段距离，此时自然并未被那华光圈中。

墨华用华光将那些人圈住后，仿佛这才发现了楼东来等三人的存在。只听他声调一沉："在下正要施法，可以请你等退散吗？"

楼东来可不吃他那一套："神仙大人，你若是光明正大，就算我等几个俗人看看又何妨？我等回去自然大加宣扬神仙你法力无边，让信众滚滚而来，令神仙大人你的名声远播天际！"他这话，听着字字句句都在吹捧墨华，却完全不是那个意思。

墨华哪里会听不出？

他的脸色变了又变，最后却终于恢复到了一副云淡风轻的模样，不再理会三人，自顾自施起法术来。

陈游介望着他施术的身影，再看看那宝光流转的丹炉，慢慢解下了一直覆盖在发间的长纱，将俊美无俦的面庞露了出来。

对于明胤来说，这就是一个信号，一个陈老板已经决定了要做什么的信号。他毫不迟疑地也将头上的长纱扯下，楼东来自然也不会落后。

一暴露真面目，人群中就有人认出他来。

"谛听阁的陈游介！长安第一术者！"

"他怎么来了？"

"若是他要抢夺长生丹的话……我们都不是他的对手！"

人群中迅速地流过各式各样的声音。由于之前苏月行的所作所为，迅速地让人们不由自主地涌上了难以遏制的怀疑和不安。

陈游介自然是不屑跟这些人一一解释。

他只是微笑颔首，仿佛自己正在受邀参加一场隐秘的宴会般，从容又自在地与其他人打着招呼。

看他那潇洒自如的风度，如果不是此情此景，真让人会错认他们此时并非在这山中神秘的山市中，而是在太极宫花开富贵锦设芙蓉的盛宴之上。

"原来是陈道友，不知道道友来此，意欲何为啊？"墨华拱手做礼，风度翩然。

陈游介的态度更加诚恳："在下看仙长你这丹炉确实是个宝贝，不知道可否让我近前一观？"

墨华的面色微变，却到底露出了笑意："原本此事再容易不过了，只是这丹炉中尚有许多丹药要赐予众人。此时道友说要观看丹炉，怕是不太妥当吧？"

墨华此话一出，顿时激得台下众人一阵骚动。虽然没有人敢在长安第一术者面前试试自己的能耐，可是墨华的话已经成功地挑起了他们的敌意。

见此情景，陈游介不禁心中一沉。要知道他修的是正道，从来不会祸及无辜，更不会随意对不懂术法的人滥施法术，这墨华却三言两语挑唆得这些人与他为敌，到时候他难以施展，只会束手束脚。

想到这里，陈游介不禁更加慎重地盯着自己面前的对手。如此洞悉人心，擅用诡计，还未动手他就已经占尽了上风。

而此时那些人都已经在墨华的阵法圈中，墨华进可以用那些无辜之人来阻挡自己，退可以用那些人的性命来要挟自己，无论进退，他总是占尽了先机！

以往他克敌制胜鲜有对手，可是今天，就连他也感觉到了前所未有的危机！

早知道如此危险，起码不该把明胤和楼东来带来，令他们也卷入危险之中。

想到这里，陈游介后退几步微笑颔首："那就请仙长你先施法吧。"

墨华的目光从他的面上一点点扫过，最后才不经意地掠过他身后的明胤和楼东来。那一瞬间，明胤觉得自己仿佛是被极锋锐的针尖刺中一般，不禁全身一颤。再定睛看去，只见墨华轻声低喃："原来如此……你且等着吧。"

说话间，他不再迟疑，墨袖一挥，偌大的法阵已经迸发出夺目的光华！

明胤只觉得这光华几乎要将他的双眸刺伤，可是眼前的一切，又让他无论如何也移不开目光！

法阵中的人们有不少都在法阵的光华裹挟下，被抽出了或粗或细的金色丝线，这些丝线如同夜空中的陨星一般朝着墨华的手心飞卷而去。

虽然已经是今天第三次看到这种情景，可是这许多人同时被抽去代表缘分的丝线的奇观还是让明胤不由自主地屏住了呼吸！

"不对！还有别的！"楼东来的声音骤然打破了此时的宁静。

顺着他的指尖，明胤看到了——不只是金色的丝线，还有许多其他颜色的丝线！

有灰色的，有血色的，甚至还有黑色的！与那些闪烁着金色光华的丝线相比，这些丝线周围也翻卷着各自不同的气象。灰色的犹如是暴雨前的浓云，血色的如同是杀戮之后的烟尘，黑色的则是如同沼泽里黏腻的瘴气，每一种都让人控制不住地想要远远地逃开，以避开这些乌烟瘴气的东西。

而在墨华的掌心间，渐次生成的，是两颗光珠，一颗是金色的，另外一颗则是汇集了灰色、血色和黑色的晦涩难分的色泽。

法阵的光华，在一个逆天的暴涨之后瞬间褪去！

台下的众人顿时一个个都扑倒在地，昏迷过去。

"他们怎么了？！"楼东来比谁都着急。

"法阵的威力过大，他们只是暂时脱力罢了。"陈游介说着，已经朝高台而来。

墨华的掌心翻转，两颗光珠瞬间就已经消失无踪。

心心念念的猎物到手，墨华的面色顿时一缓，即使陈游介如此逼近，他的面色也依然云淡风轻。

"你刚才摄取的，除了缘分的丝线外，似乎还有些其他的东西？"陈游介的气势随着慢慢靠近的步伐渐渐放出，他的面色却依然笑意融融。

墨华浑不在意地一挥衣袖，刚才在众人面前那些飘逸出尘的神仙气息顿时退去不少："反正那些也不是什么好东西，我收了去，于他们可是十分有益的。"

"贪婪、野心、杀戮的欲望，这些的确没有一样是好东西。可是他们和缘分一样，是强大执念的结晶，蕴含着极大的力量。不知道仙长收了这些，意欲何为？"陈游介已经一步一步朝高台上而来。

"自然是与人为善，加以净化，为这人间多添一份清平啊。"墨华说着，居然向陈游介伸出手臂，一派亲近之意。

陈游介冷笑一声："说得好听，我却不信！"说话间，他已经纵身跃起，朝墨华面门袭去！

阻拦了陈游介动作的，不是墨华，而是乐素姬。确切地说，是乐素姬的长发！那刚才还被梳成飘摇的飞仙髻的长发，此时居然如同灵蛇般飞卷而出，将陈游介的胳膊牢牢地缚住！

而乐素姬自己，居然还是一脸目瞪口呆的神情！

原本，这种程度的阻拦，对于陈游介来说是可以视若无物的，可是，在这呼吸之间，他已经失了先机！

只见墨华的手掌间，再度出现了那个墨色的光球。

他的动作，在这电光火石间突然变得极慢，又极真切！

墨华将手掌间的光球，"啪"地捏碎了！

那些黑色的东西，如同得到了号令的野兽般，迫不及待地从他的手指缝隙间奔涌而出！

"霾泽！"陈游介心中大惊！霾泽是可以孕育出无数散发灾厄和疾病妖孽的污秽之水泽！墨华居然利用那些黑暗的执念，化出了霾泽之水！

可是，霾泽之水虽然可以孕育灾厄和妖孽，但这样释放出来对于他这样的修道之人而言，却没有多大的杀伤力。他为什么要这样做？！

陈游介心念急转，却只见墨华的目光，在那一瞬间骤然变得空空荡荡的。

正当陈游介想要从这目光中窥探出几分端倪来的时候……他的视野，已经被一片黑色吞噬！

陈游介不知道自己睡了多久，他只知道当他睁开眼睛的时候，眼前的一切灰蒙蒙的。也不知道是因为天色将晚，还是骤雨将至。

周围没有一个人，就连明胤和楼东来的踪影也看不到。他们怎么了？！陈游介心中一紧。

他起身，看看四周，想要弄清楚自己现在到底是在何处。

刚走了一步，他就觉得有什么地方不对劲。

一种非常不妙的感觉顿时涌上心头。他急忙朝不远处的水塘边跑去。在静静的池水中，映照出来的，是一个小小的又黑又瘦的身影！

自己居然变回了五岁时候的模样！

这不可能！

陈游介还清晰地记得自己是长安谛听阁的陈老板，是长安第一术者！他所有的记忆都没有消失，他怎么可能就这样硬生生地变成了孩童？！

陈游介大怒，他指尖轻挥，就要凭空取火照亮这片雾蒙蒙的天地。

可是，火光没有亮起！

怎么会？！

陈游介心中一惊，他的法术怎么会失灵？

他急忙再试了一次，可是，还是没有半点反应。没有火光，而且，不光没有火光，就连这数十年来修炼所得的灵力也荡然无存！他的身躯，真的回到了五岁前，他从未修炼术法的时候！

陈游介的心，没有止境地下沉。

虽然，他总是教育明胤，即使没有法术，你也有许多能做到的事情。可是，那是对于从未修习过术法的明胤而言。对从小修习术法、早已经将使用术法当作是生活中最自然不过的一部分的陈游介而言，此时此刻，他真的感觉到了他人生首次遇到的最大危机——没有法术了！

怎么办？！

仿佛是被五岁这个关键词点亮了全部的记忆，陈游介想起来了，这里正是他五岁时候生活的那个村庄。那个让他有着最不堪回首的记忆的村庄……

不！他不能就这样被困在这里！

陈游介跳了起来。

这里肯定是幻境！那墨华虽然不是妖怪，可是这番行事也与妖怪无异了。要说解开幻境的方法……即使普通人也能做到的方法——找到幻境的楔，然后加以破坏，那么幻境就不攻自破了。

如果，将幻境破坏掉，自己的身躯，也就能随之恢复原状吧？

陈游介心念急转，急匆匆地在草丛中跑了起来。

虽然说找到了楔就可以将整个幻境破坏，可是到底什么才是楔呢？陈游介将审视的目光扫过面前一个个的东西。

根据他的经验，幻境中除了楔，其他所有的东西都是假的。就算是随意破坏，也非常轻松，毫不费力。

不过，对于此时只有五岁身躯的陈游介而言，即使只是这种程度的体力，也依然是没有的。对此，他的办法是……烧。

在草丛中薅了两把杂草，陈游介就将它点了起来。根据他的经验，幻境中的东西由于全是假的，所以特别不经烧，往往火才点起来，就可以将整个幻境破坏得差不多，那时候楔也就自然暴露了。

望着面前的火苗，陈游介找了个安全的角落，远远地望着它燃烧起来。

照他的估计，这把火烧不了多久，自然就会熄灭。而他，只要慢慢地在一旁等待就好。

然而——

火焰居然蹿得老高！这种势头，完全不像是在烧无形无质的幻境，更像是一场真实的大火！

耳畔那些火焰燃烧时候噼啪作响的细碎声音，扑面而来的灼热感觉，每分每寸，都是那么真实！而这其中最真实的是……燃烧的速度。

幻境中的景物都是虚的，眼前这些东西燃烧的速度却是缓慢的，一点一点的。

望着面前火焰越腾越高，陈游介的心情越来越低落。

他不是被困在了一个幻境中，而是被抛回了真实的五岁之时的世界吗？

如果是这样的话……他的人生岂不是要……全部被改写？！

"你这个灾星又在干什么？！居然敢放火？！"一个衣着粗陋的农户在发现了他之后，顿时变了脸色，操着马鞭就扑了过来。

陈游介从来不觉得自己在面对这样的攻击的时候需要逃。可是……下一秒，马鞭打到脊背上的刺痛感觉就让他疼得几乎说不出话来。

疼痛几乎瞬间就唤醒了他的记忆——五岁前的他，就是这样的软弱无力。被村人当作灾星的他，无人收留无家可归，他只能像一只老鼠一样苟延残喘，靠着各式各样的野菜度日。而他被当作灾星的理由是，他出生后，村中就一次次地爆发各种疫情。当他四岁的时候，父母也在瘟疫中过世。

这时候一个游方的术士告诉村里的人们，他就是灾厄的源头。

于是，他家的草屋被推倒了，他被赶出了村庄。无处可去的他，只能躲藏在村边的草丛里，靠着野菜和野果勉强果腹度日。

而现在，他所经历的，正是这段他人生中最艰难又无力的时光！

这就是墨华的力量吗？

他居然可以化生出完全真实的世界，甚至可以扭转时间的流向？！

陈游介发足狂奔，终于躲过了那农户的皮鞭。感受着脊背上鲜血流淌的感觉，陈游介发现自己必须用那句总是用来鼓励明胤的话来鼓励自己。就算是普通人，也肯定有你能做到的事情！

而现在的关键是，墨华到底是怎么做到的呢？

他到底是什么？

从看到墨华的第一眼，陈游介就能肯定——墨华不是妖，可他也绝不是人类。难道他真的如他所自称的，是仙人？

不可能！

那种抽取别人心中邪恶的执念来催生霪泽之水的家伙怎么可能是正道昭昭的仙人？！

如果不是仙人，可他那个丹炉又确确实实是仙家宝贝。这样一想，他最大的可能性就是……谪仙！

犯下大错贬落凡尘的仙人，有些就失了操守肆意妄为起来。陈游介记得，师父也曾说过这种往事。

一想到这里，陈游介的目光顿时沉了下去，他以往对付的，都是妖怪，固然其中有个别难缠的，可总算是从无败绩。可是今天，他要对付的居然是……谪仙？！

心，不由自主地沉了下去。

他再次想到了明胤和楼东来。失去了他的保护，那两个少年会陷入什么样的危机当中？！

不行，就算是为了他们，自己也必须振作起来！

陈游介打起精神，握了握拳。

突然，他的指尖触到了悬在腰畔的荷包。他的眼神，骤然一亮！

荷包里放的，是他随身的香块。这款名为"紫云"的香料，香气馥郁持久，幽微动人，佩在身上，经久不散。

只是这种香块，虽然随身携带很好，却不太适合放在香炉中燃烧。

因为这香料燃起后，会有一片鲜明的紫色。若是在室内萦绕不去，就十分影响视野了。

而此时，陈游介要的便是这香料的这一抹紫色。

他燃起"紫云"，望着那一抹鲜艳的紫色朝天空冉冉而上。居然看不出受到了任何阻碍般的，最后融入了云天之间。

这里，确实是真实的。

结论，毋庸置疑。

墨华居然有这样翻天覆地化生之能，果然不愧是谪仙。

"你小子又在作怪！"不知道从哪里又钻出几个农户来，操着皮鞭棍棒就朝他扑了过来。

窥探到了我的记忆吗？

五岁以前，最虚弱、最无能为力的那段记忆。

可惜，就算你将我的身躯变回了五岁又如何，我……早已经不是当年的幼童！

陈游介微笑着，待到那些人将自己团团围住，凑得几乎要抓住他的胳膊的时候，他扬起一根突然燃起的火把，朝这些人抛了过去！

"啊啊啊！"

在几声短促的惨叫声后，半空中飘舞的是几个破碎的纸片。

在被困入这方天地后，陈游介露出了第一个真实的笑容。

他，知道怎么做了。

可以生生造出这一方天地来又如何？

墨华，你的能力也不过如此嘛！

难道你没有想过，真实的景物和幻境最大的不同吗？

那就是，幻境可以循环往复不断自动生成，真实的景物却会有尽头。

只要走得去，陈游介总会走出墨华为他准备的这一方小小的舞台，回到属于他的真实当中去！

只是墨华太自信，他自以为陈游介会在这无法打碎的真实世界中彻底萎靡，回到五岁前毫无力量的时光里去。

他没有想到，五岁前的陈游介确实是毫无力量，没有修习任何法力，可是二十一岁的陈游介的头脑却依然属于他。

没有法力又如何？

只有五岁幼童的身躯又如何？

即使你是普通人，也依然有你能做到的事情！

选定了一个方向后，陈游介卷了卷衣袖，朝着远方走去！

陈老板不见了！

陈老板就这样被墨华的衣袖一卷，被一团墨色包裹着，居然瞬间就消失得无影无踪了！

明胤和楼东来目瞪口呆！

他们知道陈游介不是无所不能的神仙，可是自从他们相遇开始，无论置身什么样的危机当中，陈游介都从未落败！可是今天，他还没有开始施展法术就这样……消失了？！怎么可能！

楼东来扑到墨华身前，一把揪住了他的衣襟："你把那个死奸商弄到哪里去了？！"

墨华饶有兴致地望着面前这个怒气冲冲，可又有着一股让人几乎难以逼视的华光的少年。他的手轻轻一拍，楼东来就觉得手背上如同被烙铁烫伤般，疼得他松开手来。

墨华不紧不慢道："那家伙啊，我送他去做梦了。"

明胤扯住冒失的楼东来："老板他……是不是已经……"

墨华的视线慢慢地从楼东来身上移到明胤身上，比起神采飞扬的楼东来，明胤的存在总是稍微弱一些。墨华却从看到他的这一眼开始，再也没有移开过目光！

最后，墨华终于微微一笑："他还活着……不过……只是现在，如果他没有足够坚韧的心智，走不出来，那也只能怪他自己道心不稳，怪不得旁人。"

"什么怪不得旁人！明明就是你害的他！"楼东来怒了。他是一向看那个死奸商不顺眼，可是……说起来那家伙还真的做了不少好事，也一直在守护长安！

"你若真是仙人，就该行正道做好事，怎么会如此草菅人命！"明胤咬着牙，压低的声音中是藏不住的怒气。从他进入谛听阁开始，陈游介就一次次地救他于危难之中。虽然总是变着花样要他干这干那的，可是在明胤的心中，早已经将陈游介当作了可以全心依赖的亲人！此刻他居然就这样眼睁睁地目睹陈游介消失无踪，他怎么可能镇定得下来！

"看来，你们二人跟这位陈游介老板的感情，还真的很深啊。"墨华的口气轻松万分，彻底无视了明胤和楼东来的怒气。

"把陈老板还给我们！"楼东来紧紧握住了明胤的手，他知道，比起怒吼的自己，明胤的愤怒更深更大！他甚至突然开始担心，明胤也许会做出什么疯狂的举动来！而他，必须拉住他！

墨华盯着明胤和楼东来，他的目光有一种让人不自觉地感觉到压迫的气息。明胤在最初的暴怒过后，终于渐渐恢复了冷静。

"到底要怎么做，你才肯收手？"

"很好，看来你终于找到关键了呀。"墨华的手臂一伸，明胤只觉得脖颈一寒，墨华的手居然已经轻抚上了他的下颔。

"为什么你会如此看重那个什么陈游介？"

明胤没有想到墨华会突然有这样的提问，虽然心中如此疑惑，他还是回答："陈老板对我照顾良多，还救过我很多次，这份恩情，我没齿难报。"

"哦……这样啊。若是我得到了你这么珍贵的天材地宝，想必也会如此万分珍稀爱护的。"墨华冷笑。

"呃？你在说什么？"明胤被墨华这话弄得一阵茫然。

楼东来却比他还反应迅速："明胤你不要听这厮胡说！他就是要离间！"

"明胤吗？"墨华目光中那股诡异的光华更盛，"难道从来没有人告诉你，你是千百年来人类和妖族所生的孩子中，血统融合得最好的那个吗？"

明胤从来没有听到过这种说法："你说什么？"

墨华兴致盎然："炼丹的人都知道，即使寻找到了需要的那些材料，掌握了最好的火候，丹药能不能成，却还是很难说。因为，融合，各种材料之间的融合往往很难，需要千锤百炼和出神入化的技巧。

"可是，任何一份炼丹的材料都是稀世珍宝，怎么可能任由你一次次地反复锤炼？

"而你的血，可以令那些材料得到最好的融合。不需要千锤百炼的顶尖技巧，只要在丹方中加入你的血，就可以了。"墨华的目光中，闪烁着难以捉摸的光华，"陈游介天生有仙骨，他开古董店的目的就是搜集方便炼丹的那些材料。而你……不过是他搜集到的炼丹材料之一。"

墨华说着，又摇了摇头，俊美的面庞在朦胧的灯火中分外迷蒙："不对，你应该是最重要的那份材料！"

明胤瞪大了双眼！陈老板一直以来的呵护和教导……其实都是假的？他只不过是为了自己的融合之血？！

真的是这样吗？

从明胤踏足谛听阁的那一天开始，陈游介虽然总是各种揶揄压榨，实际上却是一直照顾有加！那些悉心教导，那些危急关头的舍命相护，真的……原来都是为了那么一个令人齿冷的目的吗？！

"不会的，不会的！陈老板绝不是你说的那种人！"

墨华唇角的弧度更弯了："是吗？那你可不可以告诉我，你身为人妖混血，有着最适合修道的绝佳根骨，为什么陈游介却坚决不肯引你入道，任由你荒废了如此好的资质？"

这个问题，如同一道炸雷般，硬生生地在明胤的头脑中炸响。

他身为明氏的子孙，天生有着特别的资质，而陈游介又有着长安第一术者之名。无论怎么看，他师从陈游介修习术法都是一件顺理成章的事情。可是，陈游介从未提过这件事，甚至还一次次地告诉他：即使你只是普通人，你也有自己能做到的事情。

每次听到这样的话，明胤就明白，陈游介是绝不会教自己术法的，也就不再开口了。

可是今天，当墨华突然提到这个问题的时候，那些一直按捺在心底的迷惑终于在一瞬间翻涌而出！

陈游介保护他，是为了将他作为炼丹的材料。

所以他才不教他术法，以免横生枝节让自己有力量与他对抗。

头脑中迅速地推衍着这样的句子。

每想出一句，明胤就觉得肩膀一阵发冷。

真的是这样的吗？

否则，为什么陈游介绝不肯，甚至不愿意提传授自己术法的事情？

"明胤！你怎么可以被他这样三言两语就扰乱了心神！"楼东来的咆哮声在耳畔响起，明胤的身躯晃了晃，总算是找回了神志。

墨华盯着楼东来，微微皱了皱眉。

明明他的蛊惑即将生效，居然被这个小子给……

"哦，你一样是被陈游介特地留在身边的炼丹材料，难道还要被那奸商蒙蔽？"墨华饶有兴味地一笑，"颛顼大帝残存的力量晶石就在你的头脑中。陈游介真的好手段，居然把你们这些活生生的至宝就这样留在身边只待下丹炉，你们却还对他死心塌地。真真是手段高明。"

楼东来的脸色顿时剧变。他一向直爽跳脱，脸上根本藏不住事情。比起明胤的隐忍神情，他就是彻彻底底的周身的气势一变！

墨华微笑，很好很好！他要的就是这一出！

好戏，就要上演了！

"那又如何？！"

楼东来的怒吼声，让明胤猛地一个激灵。他从未见过这样的楼东来，如此气势惊人声如洪钟！

"就算陈奸商想的是要把我们都丢到丹炉里一锅给炼了，可是他现在还没有啊！实际上就是没有！那么我们就还欠着奸商人情！我们就得救他！小爷我有一出说一出，有仇要报，有恩也必须要报！"楼东来的声音，铿锵有力，每个字、每个音节都散发着没有任何一丝迷惑和彷徨的坚定！这是无论出现多少岔路，都只会坚持正道的人才会有的声音！

楼东来的话，犹如一道明亮的闪电，霎时就照亮了明胤犹豫彷徨的心灵。

没错，就算陈游介所有对他的好，都别有用心又怎样？！起码到目前为止，他什么都没有做！他所做的一切，都是对你好！

只这些，他就值得你去救！

明胤果断抬眸，盯着墨华，"陈老板在哪里？我要去救他！"

对着这少年剔透执拗的双眸，墨华心中顿时一震！

从明胤冲过来的时候开始，他就看清了这个人族与妖族混血的孩子的身影。身量并不高大，容貌也不过是普通的干净清秀，未经修炼灵力压根就没有。这个少年怎么看，都比不上另外那个锦衣华服的少年那么光彩夺目。可是，从这一刻开始，他才真的可以确认，这的确是万中无一的出众少年。

"陈游介没有告诉过你，想要知道答案，就必须接受挑战吗？"墨华的身躯迅速朝后飞掠，"素姬，上！"

咦？

正当明胤和楼东来都奇怪这位曾经的传奇舞姬会怎样出手的时候，乐素姬满头的青丝居然已经如同乱舞的群蛇般急袭而来！

之前他们也曾目睹陈游介消失前，乐素姬的那一阻挡。可是那瞬息之间发生的事情，总会让人不自觉地认为自己错认。可是……看到此时的乐素姬，她虽然依然有着年轻娇嫩的面颊、翩若惊鸿的身姿，可是这种模样，她已经不能算是一个人！

楼东来瞪大了双眼："墨华，你这是什么长生丹？！"

墨华仿佛正在看着一出难得的好戏般，舒展着眉头轻笑，"哪有那么轻松的长生？不经过任何修炼，吞下长生丹就能长生？"

　　楼东来平时弓马娴熟，纵然此时面对乐素姬的发丝如同灵蛇漫卷般的袭击，他居然在挪腾之间尚有余力朝着墨华怒吼："那你就把人活生生地变成了妖怪？！他们可是生生地被你夺走了最重要的缘分！"

　　墨华的脸色，在听到楼东来指控的那一刻瞬间冷肃，他冷哼一声，不再待乐素姬继续出击，而是自己出手了！

　　此时，明胤和楼东来前有乐素姬的攻击，侧有墨华的法力，眼看，他们就要支持不住！

　　墨华的手掌翻转，所有的动作，就在这一瞬之间！

　　可是他的手骤然一痛！什么东西居然硬生生打中了他的手背！

　　明胤和楼东来看到那个东西，却都是一喜："陈老板！"没错，这个突如其来的攻击的主人，应该是陈游介！因为那个打中了墨华手背的，不正是陈游介那从不离身的扇子？！

　　转头朝扇子飞来的地方望去，他们二人却不自觉地露出了惊讶的神情！

　　因为，那个烟云间矗立的身影，怎么看都是个孩童的身形！

　　楼东来的动作一向迅速，他一个箭步就冲了过去，不由分说地就将那小小的身影抱在了怀中。若是因为动作迟缓而令无辜的人受伤，他是绝不会原谅自己的！更何况，这还是个孩子！

　　紧接着，明胤就听到了他几乎要冲破云霄的惊讶声："啊啊啊啊啊！陈陈陈陈……奸商？！"

　　"咦？"明胤奇怪地望过去，楼东来在喊什么呢？

　　接下来的那个声音，却让他再次震惊！

　　"你要是不知道怎么抱人，就放我下来。"这种声音，这种口气……虽然无论怎么听都是孩童的稚嫩音色，可是这份自大傲慢的口气，不是那个陈游介又是谁？！

　　明胤急忙扑了过去。

　　此时被楼东来一脸错愕地抱在怀里的那个小小的身影，真的是……陈奸商？

　　原本熟悉的修长双眸现在是圆溜溜的模样，就连原本利落的下巴现在居然还带了几分若隐若现的婴儿肥，可是那周身上下的气势，让人绝不会错认，即使变成了小孩子的模样，可是老板就是老板，他绝不会弄错的！

　　墨华在发现陈游介的出现后，居然仅仅只变色了一瞬，就又露出了光风霁月的笑容。

"陈老板能安然归来，真是让墨华佩服不已。"

陈游介皮笑肉不笑："墨华仙长的这番手段，才真的是让陈某高山仰止恨不能及。"

"向有缘之人赐下长生，以证我仙道昭昭自然是我辈应当之事。"墨华说着，还不忘朝台下正渐渐醒来的众人微微颔首，一派仙风道骨。

"是吗？只是不知道这长生丹，陈某有没有福分一观？"

"此时此刻，你就算强行要看，又能做什么？"墨华好整以暇。如果说二十一岁的陈游介对他来说还稍有威胁，那么五岁的陈游介对他来说就如同尘螨，随时可以拂袖挥去的小角色。

"既然如此，看看又何妨？"陈游介虽然变成了小孩子，口角锋利却是一丝不让。

"好！"

墨华指尖轻弹，丹炉已经打开，炉中数十颗丹药顿时都悬浮而起。每个都各自不同。虽然每个丹药外面都有一层流转的光华，可是无论大小、光华强弱，乃至上面细小的丹纹都各自不同。

盯着这一炉丹药，陈游介眸光一闪，圆鼓鼓的小脸上顿时显出一抹与他此时的年龄极其不符的笑容："原来如此。

"用妖怪的内丹来炼制长生丹，我还是第一次听说。而且……我看看哦，这长生丹上都附着那被灭的妖怪的一缕魂魄。

"这样的丹药，如何给人长生呢？"

陈游介仿佛是发现了极其好笑的事情，拊掌笑道："对了，若是有人吃下这所谓的长生丹，身体里就会自然地有妖族的血统，妖族的生命原本就长出人类千百倍，那样也就自然得到了长生哦！

"只是，妖族的血脉怎么会那么轻易地被人族的血脉同化？时间一久，身上自然就会出现妖族的特征，甚至……连自己本身的神志都会被妖族的意志取代。

"不对，这样一来，你这个丹药其实就不能算是给人吃的长生丹。而是对妖族来说，得到了一个人族外皮的重生丹药啊。"

"什么？！"台下众人原本听到他们的对话就已经心中动摇，现在听到陈游介这样直言不讳的一番话，顿时都脸色大变。

墨华伸臂，把玩着一颗宝光流转的丹药："就算如此，就算不是真正的长生，只要你们能胜过妖族的意志力，你们就可以得到上千年的寿命，容颜不老，青春常在。这种长生，难道对你们来说，还不够吗？"

台下众人只觉得自己，正在面临着残酷的抉择。

到底是就这样从容老去，还是拼死一搏，得到与妖族同样漫长的青春和生命？！

即使有着极大的危险，可是，这诱惑也同样前所未有！

人群在骚动着，每个人都希望，自己是那个幸运的人。

侥幸心理吗？

陈游介指尖一转，他指向了乐素姬。

此时的乐素姬，再也没有了之前鹤舞蹁跹的脱俗姿容。她的长发虽然依然披散在肩头，可是那隐隐飘动的发丝弥漫着一股诡异恐怖的气息。而她空洞的双眸则向众人昭示——她早已经失去了自己的意志，变成了听从墨华摆布的傀儡！

"这就是你们的前车之鉴。如果这样的长生你们也觉得值得要，我不拦着你们。"

陈游介的话音未落，一声惨烈的惊呼声骤然响起！

一个衣衫不整，发髻纷乱，惊惶到了极点的女人惨叫着奔跑了过来。而她，居然是……韩仙衣！

而此时正发出难以置信的巨大喘息声，追在她身后的人，居然是……苏月行？

只是，如果不是那一身衣袍，只怕现在已经没有人能认出他就是苏月行了。他的眼眸变成了诡异的金色竖瞳，覆盖了半边面庞的，是黑紫色的鳞片！而他正拖着长长口水的嘴角，正爆发出混浊的怒吼！

几乎用不着陈游介再多做解释，众人已经明白——苏月行的意志已经被妖怪吞噬，不光是意志，就连他的身体都在迅速地发生着妖化！

墨华皱了皱眉："妖化一般绝不会这么快的……也许，是他的本性就已经跟妖怪没有什么两样了吧。"

说着，他指尖一弹，一道墨色光华闪过，苏月行的身躯摇晃了数下，就倒了下去，再也没了声息。

韩仙衣瞪着终于倒下的苏月行，口中不住地喃喃："他吃下长生丹后就……就突然变成了这样！啊啊啊……"

如果说，在看到乐素姬的时候，众人还存了一份虚无缥缈的侥幸心理，在看到苏月行这个样子的时候，众人就如同一盆凉水兜头浇下！

他们要的长生，是依然姿容丰美荣华富贵的长生，而不是这种瞬间化身为妖兽堕落到吞噬人命的长生！

已经有人开始悄悄地钻入林中道路，无声无息地散去。

更多的人却依然在犹豫不决。毕竟，长生的诱惑，实在是太大了！

陈游介默默地审视着台下的众人，此时他明明不过是五岁孩童的模样，却一脸的严肃，那种微妙的违和感让把他抱在怀中的楼东来觉得非常新鲜。

墨华的声音不紧不慢地响起："你说我包藏祸心，难道你对明胤和楼东来不一样是居心叵测？"墨华的声音不高不低，却正好字字句句都钻到了明胤和楼东来的耳朵里。

"嗯？"陈游介不明所以，将疑惑的目光投向明胤和楼东来。

楼东来正要开口，明胤的声音却抢先响起。

"我相信陈老板是真的为了我好！他教我、救我，绝不是为了拿我做什么炼丹的材料！"此时的明胤，犹如正竭尽全力地驱散心中所有的迷惑般，这声音仿佛是从心灵的最深处咆哮而出，振聋发聩不容置疑！

而陈游介的目光，从听到明胤的这句话开始，就如同冬日的坚冰被春风融化一般，荡漾出一片铺天盖地的江南春色。他，在微笑，那是发自心底的欣慰笑容！

明胤从来没有见到过这样的陈老板，顿时看愣住了！

而楼东来则是更加夸张，他控制不住地喃喃自语："陈奸商这是要变成妖怪的节奏吗？啊啊啊……"

扇子已经在刚才被丢出去了，现在的陈游介只能迅速地板起脸，朝着楼东来的脑门就是一下。

然后瞬间就收获了少年"嗷"的一声。

可就算是这样，楼东来依然紧紧地将孩童身量的陈游介抱在了怀中，丝毫也没有松开。

"他们居然……这么信任你。

"你们之间缘分的丝线，看来比我想象的还要深啊。

"怎么办，这样坚贞不渝的信任的缘分，我突然很想要了。"

墨华的声音幽幽地响起。

"你不是已经夺取了那么多缘分的丝线了吗？怎么，还不够？"陈游介不屑地抬了抬下巴。

墨华支起下巴："可是我总觉得，那些轻易就抛却的缘分的丝线实在也不算什么。只有你们这样，坚持相信彼此矢志不渝的缘分的丝线，才是真正世间难求的珍宝！"

"你！"楼东来怒了。

"你们三个，试问谁有能力阻止我？！"墨华一挥衣袖，好整以暇地微笑。

楼东来顿时语塞。

平时到了战斗的时候，总是陈游介一马当先，他和明胤只要在一旁保护好自己就好，谁知道今天居然……觉察到目前的形势，陈游介的目光也是霎时一沉。

"放心，我不会伤及你们的性命，只要取走那一样东西就好。我会……很小心的哦……"墨华说着，已经慢慢地伸出了手臂。

陈游介心念急转，突然发话："踢！"

楼东来扬腿就是一脚！

那个千钧重的丹炉居然就这样硬生生被他踢翻了！

一时间，炉中的丹药四处飞散！

不少居然都飞落到了台下！

台下那些原本还在犹豫的人们，在片刻的愣怔后，顿时就陷入了一发不可收拾的抢夺中！

丹药在丹炉里的时候，他们尚且还存着一份理智，可当丹药这样活生生地落到了他们的眼前，他们再也无法按捺住心里的欲望了！

就算会被妖怪的意念吞噬又怎样？他们此时已经彻底丧失了理智！

见此情景，墨华的脸色也是陡然一暗！

陈游介这一手，就是要搅乱局面，趁乱逃出！

而他，又怎么肯放弃就要到手的猎物？！

可是霍泽之水已经在之前的施术中用掉了。

"原本只是想困住你们，既然你们非要自寻死路，我也就成全了你们吧！"

墨华冷哼一声，手掌间已经挥出一道黑气，朝着陈游介等三人直逼而来！

而那道黑气，居然被一道金黄色的屏障骤然遮挡！

这是……结界？！

如果是成年的陈游介，使出这手自然不奇怪，可是，五岁的陈游介虽然依然有着非凡的洞察力和手腕，却是绝对施展不出这样的法力的！

是谁？！

是谁在破坏他的计划？！

墨华掌风一划，那道金黄色的屏障应声碎裂！一股扑鼻的气息迎面而来！

瘴气吗？！

墨华心中警惕，急忙屏息。而出现在他面前的一切，让他彻底地瞪大了双眸！

这是一片鲜花盛开的原野，远处小山秀美，近处柳色依依，美丽的花朵或是掩映在楼台之间，或是摇曳在流水之畔，一派悠闲自得世外桃源的景象。

而对墨华来说，最让他震惊的，不是眼前这番绝美的景色，而是……这景色为什么会出现在这里？！

他不顾一切地在这美景中奔走。

对于这里的一切，他实在是太熟悉了，可是，怎么回事？！

墨华突然发现，在不远处那小山的半山处，似乎翻卷着某种黑暗的云霾？！

他心念急转，朝着那个方向，飞掠而去。

等到走近了，他才陡然看清，那不是云霾，而是……虚空！

黑暗的虚空正在一点点地吞噬着这个世外桃源般的地方！

不可以！

墨华急忙施术，想要将那不断扩大的虚空封住！如果不及时封锁，那么这片美丽的世外桃源，将彻彻底底地消失！

他，绝不允许这样的事情发生！

墨华全力以赴，将法力施展而出！

可是，那虚空居然一点都没有消失的迹象，反而越变越大！虚空暴涨的速度居然远远超过了墨华的想象，朝着他所处之地急速蔓延过来！墨华急忙抽身，可是他的动作到底还是慢了一步！

他被吞入了黑暗的虚空之中！

"啊啊啊！"墨华惨叫着……

正当他以为迎接他的，会是没有尽头的坠落的时候，身躯重重跌落尘埃的痛感却让他猛地清醒！

　　还是那个高台，还是那摇曳明灭的灯火，甚至连台下众人争夺丹药的纷乱都没有停止。

　　墨华刚才的所见所闻，居然只是瞬息之间的一场幻梦！

　　"啊！"楼东来目瞪口呆地看着抱在怀中的陈游介在瞬息之间变回了成年人的身姿，那种手中骤然沉重的感觉让他赶紧加了一把力！

　　可是，他如此卖力的后果却是……脑门上又被敲了一记手刀！

　　"还不松手，放我下来！"陈游介冷着脸发话，被一个十几岁的孩子抱在怀里的感觉，他一点也不想继续体会。

　　楼东来急忙松手，捧着脑门就嘀咕："你真是忘恩负义……"

　　陈游介选择无视他。

　　墨华瞪着他们，声音不复刚才的温润从容："想不到你居然有这等手段，能窥探到我的内心，还设下这么一出引我入彀的局。"

　　陈游介摇了摇头："不是我。我只是看到你突然释放出力量，我趁机用那力量解了你下在我身上的封印。"

　　"不是你？！那又是谁？"墨华的脸色变了又变，只是不信。

　　"是我……"一个极纤细极细弱的声音响起，一个晶莹剔透的少女如同柳絮般飘飞着，出现在他们的面前。那少女轻盈蹁跹的姿态，比之前乐素姬和韩仙衣更加夺人心魄。比起那人间秀色的娇俏，她的容色却更多了一份纯洁无辜的剔透，让人一见就为之心折。

　　"冰洛！你怎么会在这里？"墨华大吃一惊。

　　虽然眼前的冰洛只是虚空的灵体的姿态，要知道冰洛可是在被封印的沉睡中，原本就算是以灵体的姿态行动也是做不到的啊！

　　"我冲破了封印的力量，灵体得以暂时醒来。"冰洛的声音急促，显然她能保持清醒的时间并不长，她必须在自己能自由行动的这一会儿，达到目的。

　　"刚才让你看到桃源幻境被黑暗虚空吞噬的也是我。"

　　"怎么会是你？"墨华难以置信地望着她。

　　"那些并不是虚假的幻象，那些是真实的。当初你为了实现我的心愿，使用了你的幻生之力，为我们屡族人创造了一片完美的栖息之地——桃源浮岛。我一直都是感激在心的。"冰洛说着，面颊上已经染上了绯红。

紧接着，她的话锋一转："即使为了那个浮岛，违背天道，我经受了九道玄雷后陷入沉睡，我都从未后悔。我只对你有愧，为了实现我的心愿，连累你被打落凡间。"

墨华急匆匆地摇着头："不，我从来没有后悔过！只要是你的心愿，就算要我付出一切，我也愿意为你实现。"

冰洛惨淡地一笑，陡然哽咽："可是，这个让我们彼此付出了如此大代价的桃源浮岛，你为何要任由它被黑暗的虚空力量吞噬呢？"

"呃？"墨华不明白冰洛在说些什么。

冰洛是居无定所的屡族，她一直希望能为族人寻找到一片完美的栖息之地。可是所有灵气充沛的地方都早已经被人占据，所以在与墨华结识后，她才拜托有着化生之力的对方为她的族人化生出一片桃源浮岛。并且不惜因此接受惩罚，只求上天留下浮岛，给屡族一片栖身之地。

虽然接受了九道玄雷的惩罚，可是想到浮岛可以保全，她是甘愿被封印的。

可她居然在沉睡中感应到，浮岛居然在被一点点地吞噬！而吞噬的缘由居然是墨华的堕落，导致了浮岛不复有继续存在的天道之力？！

"不！这怎么可能？！"墨华难以置信。

冰洛摇着头："我已经感应到了浮岛的崩溃，那幻境中的一切我都已经展示给你看了，其实那不是幻境，是我感应到的浮岛的真实情景啊！"

"不，你感应到的不一定是真实的！你只是被封印得太久了，才会无法正确地感知外面的世界了。我所做的一切都是为了你，怎么会是黑暗的力量？！"

冰洛望着这个突然变得陌生的恋人，轻声问："那你现在在做的是什么呢？"

墨华身躯一震。

秘密……无法永远被掩埋，终于到了再也无法回避的时刻。

他不愿说出，可是面对冰洛剔透的双眸，他实在不愿意让这样的双眸再次被纠结遮蔽。

"当初我违背天道，创造了浮岛，我们所得到的惩罚并不仅仅是我被贬凡尘，你被玄雷击中陷入沉睡。更重要的是……你会渐渐在长久的沉睡和封印中忘记我，我们二人的缘分丝线，会从此断裂！"墨华觉得，说出这些句子，似乎就已经用尽了自己全部的力量。

"什么？！"冰洛失声。

虽然她将族人的栖息之地看得无比重要，可是这一份与墨华生死相依的缘分她亦是珍视万分！

"不……"

冰洛想说这不可能。

"你还记得我们初次相遇是在哪里吗？"墨华突然问道。

"我当然记得，我们是……"冰洛的话语，戛然而止。她发现，她居然已经想不起来了！怎么会这样？！

冰洛的身躯颤抖着，几乎维持不住那若隐若现的虚像！前所未有的恐惧将她的心灵牢牢攫紧。

也许，她真的会忘记墨华，他们彼此的缘分，也许会真的从此断裂！

墨华轻轻地将她拥在怀中。

"不要害怕，我已经找到了办法。

"能接续起缘分丝线的，只有那丝线本身。所以我才不顾一切地开始在人间搜集这些丝线。为了能延续我们的缘分，就算堕身黑暗之中，我也在所不惜！"墨华的双眸中，有着百折不回的执拗。

幻生得出万物，却幻生不出你我缘分的丝线，我只能看着它，随着你被封印，一点点慢慢变淡慢慢消失……

不，我不甘心！我绝不要忘记你！

冰洛看着他的眼睛，心如刀绞。

她不想看到他堕入黑暗之中，可是……他们彼此的缘分……她真的可以就此舍弃吗？

一切，仿佛陷入了一个死局，无论如何左冲右突，都找不到一丝光明的希望！

"你是怎么想到用凡人的缘分丝线来接续你跟冰洛缘分的丝线的呢？

"你又是如何开始用妖怪的内丹来炼制所谓长生丹的呢？

"最重要的是，你是如何得到这个炼丹炉的呢？"

陈游介的声音，打破了此时死一般的沉寂，幽幽地响起。

墨华愣了愣："这个丹炉我当然是……"他的话语，仿佛被噎住一般，骤然停滞。

他一直记得这个丹炉是他被贬下凡的时候带下来的，可是此时此刻猛然被陈游介这样一质问，他却发现，并非如此！

因为，他完全想不起有关这件事的任何细节！

他的头脑中，仿佛只是被人强行烙印上了"丹炉是从天界带来的"这么一个印象。其他的，就什么都没有了！

墨华的心陡然一惊，怀疑的风，吹过沙砾累积而成的记忆的楼台。他突然发现，无论是用凡人的缘分丝线来接续自己与冰洛的缘分，还是取妖怪的内丹来炼制这种害人的长生丹的主意，他都不知道是从何而来的。一切仿佛就是有人这样直接将思想灌注到了他的头脑之中，让他亦步亦趋地就行动了起来。

难道？！

墨华双手结印，朝着丹炉急袭而去！

他的攻击，没有奏效。

丹炉上骤然升腾起一团烟雾，在一阵怪笑声中，烟雾渐渐凝作了人形。那是个身形猥琐的老头，他怪笑着："老夫一番筹划，眼看就要得手，居然被你等看破，真是可惜了……"

见此情景，墨华如梦初醒，原来他居然被这炼丹炉上附着的妖怪所控制，不知不觉地就成了他的傀儡！可笑他自以为一切尽在掌握，却不知道自己也不过是棋盘上的一颗棋子。

"本来……放过你们也不是不可以，只是……我想要的东西，先给我吧！"

小老头居然首先朝最为虚弱的冰洛急袭而去！

墨华急忙护住爱人，小老头的数道攻击，却将他的衣襟撕裂，原本纳在袖中的那凝结了缘分的金色光球，顿时跌出！

小老头咧嘴一笑，伸臂就将那光球攫住！原来，他一开始的目标，就是这光球！

"举世无双的缘分珠，现在是我幽觉的了！"

"这幽觉是贪欲和执念所化的妖孽，最善操纵人心！眼下他还没有真正的实体就已经如此强大，若是给他吞噬了那缘分光珠中所蕴藏的力量，只怕后果不堪设想！"陈游介目光如炬，一下就看透了这妖怪的本质。

"不错啊，这小辈倒是很有几分眼光，可是，你师父没有教过你吗？光是能看清楚敌人还不够，能制服才是正道！"幽觉佝偻着身躯，止不住地桀桀怪笑。此时他已经将那缘分珠送至嘴边，亟待吞噬！

正当他要吞噬这股他百般运筹才弄到手的力量时，这缘分光球中居然有一抹光线激射而出！幽觉一怔，顿时不由停下了动作。

这光线仿佛是长了眼睛一般，朝着一个方向迅速地蜿蜒而去！

在那光线奔袭的方向，一个早已经被众人遗忘的身影再度出现——谢澪舟！他紧紧地握住了那一抹夺目的光华。犹如断线的风筝，终于寻回了属于自己的线，他的脸庞上是不容错认的惊喜！

"我后悔了，我不要长生，我只要我的姚黄牡丹！"谢澪舟说着，将手中的长生丹朝墨华抛去。

"什么牡丹？"幽觉没有想到事情都到了这一步了，居然还有这么个不相干的小角色跑出来横生枝节！

一道掌风袭去，眼看那刚才还安放在高台边，雍容华贵盛开的花朵，瞬间就要被这罡风化作残枝断叶！

谢澪舟不顾一切地扑了过去，他什么都不想要了！他只想护住他的花！

在拿着仙丹离开的那一路上，他突然发现，自己的生活中早已经不能没有那棵花了！是那棵花陪伴了他所有寂寞的长夜，所有寥落的清晨！

如果没有了那棵花，就算他得到了长生，又有什么趣味？！

在想到这句话的时候开始，他就扭过头，不顾一切地奔了回来！

而现在，就算是为了保护他心爱的花朵丧失了性命，那……又有什么要紧？！

他只知道，他无法就这样看着它，零落成泥！

一道金黄色的光芒如同烟火般在面前迸射开来，谢澪舟觉得，自己是看到了天上的花朵在人间绽放吗？

与此同时，那花朵舒展的花瓣上的流光，与谢澪舟紧握在手中的光的丝线完美无缺地融合到了一起。

缘分的丝线，重新接续起来了！

姚黄牡丹抖动着花瓣，在光华散去后，化作了一个身着黄色华服头戴冠冕的青年。他华丽的衣袍如同堆叠的花瓣般舒展开来，可那在清风中卓然独立的身姿，又是如此高贵脱俗不染半分尘埃。黄色这种就算是王公贵戚穿起也常常不免恶俗的色调，披挂在他的身上却是仿佛浑然天成一般妥帖。在你看到他的第一眼就会不由自主地承认，他会是天下最适合这色调，最匹配得起这种君临天下的色调的男人！

"你……你是……"幽觉瞪大了双眼，张口结舌。他可以运筹帷幄，将谪仙墨华都算计入彀，他可以千机百巧，筹谋出化妖丹为仙丹的诡计，可是谁来告诉他，眼前这个宝光四溢的男人……难道真的是……

"这不可能！"幽觉喃喃。

面前黄衣的帝王注视着他的眸光毫无温度，仿佛他的存在在他眼中根本就不值得一提。

"你必是幻象！真正的……绝不可能……"幽觉咬着牙，卷起一股黑雾就朝他袭去！按照他的盘算，这些能迷惑人心的雾气就算不能将对手阻挡一阵，也能极大地阻碍他们的追击，他也就可以安全脱身了！

一道金色的光华，如同一支利箭般瞬间就将黑雾撕裂！

刚才还遮天蔽日的黑雾瞬间就被金色的光华吞噬殆尽！

可是，这支利箭并没有停下，它直冲而来，穿透了幽觉的心脏！

幽觉嘴角一弯，他没有真实的形态，就算刺中心脏又如何？他至多不过虚弱一阵，待积蓄到了足够的黑暗之力，他又可以卷土重来！

可是，他很快就笑不出来了，因为，他发现这支明明无形无质的箭，居然燃烧着金色的火焰！而这火焰居然将他的灵体都焚烧起来！

"不……不！不可能！"幽觉挣扎着，嘶声惨叫！

黄衣的帝王连多余的一瞥都懒得赐予他。

在幽觉最后的惨叫声中，明胤只依稀听到他仍难以置信地喃喃："怎么……可……能……"

姚黄牡丹，原本就不仅仅是人间的花王，更加是天上的花神！而幽觉却是至死都不敢相信，将他剿灭的，居然会是花神！

望着面前与记忆中花朵的姿态截然不同的青年，谢澪舟想要奔过去，可是羞愧的情绪又让他的脚步不自觉地变得沉重。

姚黄花王就这样看着他，虽然他依然沉默，他周身的气势却在不知不觉中悄然改变。

在那仿佛邀请的馨香中，谢澪舟再也按捺不住心中的激动，冲了过去，与他双手紧紧相握。几乎是在手指接触的那一瞬间，他就能确认，没有错，这就是他的姚黄牡丹！这就是他宁可舍弃长生，也无法割舍的唯一眷恋！

还好，纷繁复杂间，他终于还是没有走错！

"如果你吞下了那颗丹药，我们之间的缘分，就真的没有了。"姚黄花王虽然面色依然高傲，却不自觉地带上了温柔的尾音。

回答他的，是谢澪舟带着一丝愧色的笑容和更加紧握的手掌。

"怎么可能？这缘分的丝线断掉之后重续，这是万中无一的事情！"墨华刚从幽觉被灭的事态中回过神来，又看到了缘分的丝线就这样重续，他觉得脑中纷乱，几乎语无伦次。

"既然本座已经做到，你觉得你做不到吗？蓬莱仙墨？"

牡丹花王抬眸，他这次化身在凡间历劫，却没有想到会经历这样一场遭遇。不过，他不介意在此时将这块仙墨提点一番。

墨华喃喃自语："是这样吗？原来是这样……我只想到用其他人缘分的丝线来接续我和冰洛的缘分，却没有想到，能接续缘分的，只有自己的心啊！"

"若是忘了，就让她再记起。若是没有了回忆，就制造新的回忆。一次又一次，只要对方不放开我的手，我就会一直这样下去。修复缘分的丝线的方法，我只知道这么一种，天地间，也只有这么一种。"牡丹花王的声音中，没有一丝迟疑和迷惑。

而谢澪舟，从未如此庆幸，他迷途知返，回首望去时，还来得及握住那一双等待的手。

"是……这样吗？"墨华的面庞上浮现出依稀的笑容。他用尽心思，却没有想到，连起缘分丝线的方法，其实就这么简单……

心不死，缘不灭。

月上中天，墨华将长生丹全部销毁，追随着再次陷入封印中沉睡的爱人冰洛的灵体离去。

陈游介一脸不爽地给那些重新得回了记忆和缘分的人们每人施展一张遗忘的符咒，就连乐素姬身体中的妖孽他也将之彻底拔除。

"明明是墨华做的祸事，为什么要我替他善后啊？"陈游介忍不住嘀咕。

对此，明胤和楼东来表示："不要以为我们没有看到，墨华送了你一缕长发，而那长发在落到你手心后就化作了一根细细的墨条。"

　　"都得到了蓬莱仙墨做谢仪了，区区几张遗忘符咒都舍不得了吗？"

　　"墨华可是能化生天地的蓬莱仙墨的化身，它的墨条可是稀世奇珍！"

　　明胤和楼东来一个比一个不给陈游介面子。

　　陈游介摸着下巴，果然被他们看到了自己小孩子时候的模样就是影响威信了啊！

　　"我不是舍不得符咒，是这几百张符咒要一张张地施展出去，真的是烦死了啦！"

　　"明胤，要不我还是教你学法术吧？以后这样的事情就都归你了！"陈游介引诱他。

　　"你想都别想！"

　　烟消云散，长生市……

第十四章

九
色
衣

后世人们所知道的长安，已经是一个与水运涉及甚少的城市。而在唐人记忆中的长安，却是一个有着万国来朝港口的堂堂上都。

水和码头，作为长安的一部分，如此自然而又默契地与长安的土地交融在一起。

夜色中，潮水汹涌地拍击着岸边，巨大的桅船在浪涛中颠簸着，几乎就要变成脱缰而去的野马。

"潮水都这样了，怎么船工都没有觉察？"小八觉得自己的鳞片里都侵入了扑面而来的寒气。

"这不是普通的潮水，这是长安的结界被打破后罡风肆虐的结果。"陈游介说着，已经双手结印，施起了法术。

小八看不出陈游介法力的精妙，可是它能感觉到，刺骨的风在一点点地变小。最后，潮水平静了下来，风也止歇了。

"结界是已经补好了，可是……也许已经有什么东西进来了。"陈游介皱了皱眉。

长安棋盘状的街市结构正是一个个交织的磐，这些大大小小的磐无声地守护着这个都市。只不过，比起地面上盘根错节的守护，水脉却是一个薄弱的环节。显然，有人注意到了这个环节，并且成功地突入了。

"到底会是什么呢……"陈游介喃喃自语。

半月后。

秋风乍起的时节，对于饕客来说正是进补的最佳时令，而对于谛听阁来说，却是大肆出货的好时机。

谁不想趁着天气还未落雪的时候置办下最时新的钗环貂裘，步摇雪柳？为此，陈游介早早地就使唤着明胤把整个店面布局都整修一新，将那些王公贵女们最爱的各色珠宝放在了最显眼的多宝格架上。

只是，让他意外的是，整整三天，他的店里居然一点生意也没有！

这怎么可能？！

这怎么可以？！

要说谛听阁的各色珍宝，整个长安若是他陈游介认了第二，就绝没有人敢认第一！

眼下这大好的时节，怎么会没有生意呢？

陈游介只觉得连挥舞扇子的力气都在减退。

一阵熟悉的脚步声传来，陈游介握了握拳才控制住自己没把扇子扔到来人的头上。

没错，来人正是楼东来。

每次他来的时候总能坏他几桩买卖。这回他都没生意了，他还要来雪上加霜吗？

"没茶，没椅子，没空，门在那边，慢走不送。"陈游介磨着牙哼道。

要是这么容易被赶走的话，楼东来就不是声名远播的长安第一纨绔公子了。无视陈游介的警告，他朝着多宝格架上随手一指："那个我买了。"

陈游介的营业用笑容瞬间披挂上阵："明胤，给楼公子上茶。我这就去把那支玉簪取下来给您细细鉴赏。"

楼东来大刺刺地坐下来，一面牛饮着明胤递过来的茶，一面毫无形象地用袖子扇着风。

此时已经是深秋，楼东来素日养尊处优，怎么今天居然这么一副气喘吁吁、挥汗如雨的样子？

"你怎么啦？"明胤奇怪地问。此时，不光是他，连他肩头的小八也好奇地望过来。

楼东来伸臂，将小八接到自己手上。那种从鳞片上传来的清凉感觉顿时让他舒展了眉头，只觉得浑身的热气都为之一散。

小八平时并不会随意出现在人前，不过楼东来与明胤共同经历的种种已经让小八能够认定，这个人是主人的朋友。所以，它对楼东来也就有了与对明胤一样的亲近态度。

热气一退，楼东来的干劲就上来了："长姐非逼着我去什么玲珑月给她抢花钿，哼，害我在一群女人当中买那种东西，真的是……"

"玲珑月？"陈游介觉得自己似乎听出了什么端倪。

"玲珑月就是近来火遍全长安的脂粉店啊。"

"脂粉店？"长安贵女们每日脂粉头油上的花销不知凡几，可是说需要抢购的程度，那就真的是难以想象了。

"这家的脂粉说是涂在面上能让人肌肤皎洁生光，莹润如玉。"楼东来回想着自己踏入玲珑月的时候，几乎被里头的莺莺燕燕挤出来的情景，就觉得一阵后怕。

"哦？当真如此？"陈游介顿时就已经明白，害得他开不了张的罪魁祸首想必就是这家"玲珑月"。

"不止如此，据说这家的花钿还能让人眉间若花朵飘摇流转，美不胜收。总之，我是看不出什么来啦……"楼东来说着，从袖中取出一个嵌丝银刻花的盒子朝陈游介抛去。

轻轻的"咔嗒"一声，盒子被打开了。

一抹荧光几乎是迫不及待地从盒中流泻而出，薄如蝉翼的花钿立刻展现在眼前。

"这是用极薄的螺钿雕琢而成的花钿，确实难得一见。"陈游介一面端详，一面点头。那盒子构造精巧，除了一边有安置花钿的区域外，还另有一小格放置用来将花钿粘在额头的呵胶。就连那呵胶的色泽也是晶亮莹润，与平常之物迥然不同。

小八一个刺溜就钻了过来，眨巴着大眼睛深呼吸一下："这是海中贝壳的气味。"

海中！

陈游介的心中一动，他的目光瞬间就与小八对上，显然，他们都想起了半月前，那次长安码头结界被潮水冲破的一幕。

"我们一起去那玲珑月走一趟吧？"陈游介十分大方地朝楼东来发出了邀约。

"啊？"平时对于这类邀请最趋之若鹜的楼东来此时却彻底苦下了脸，"还要再去？"

薄暮时分，"玲珑月"中的喧嚣也已经散去。

"几个伙计都给客人送货去了，招呼不周，望请见谅。"一阵香风摇曳后，出现在陈游介等三人面前的，是个素色衣裙的美人。

虽然她衣饰看似简单，却是上好的鲛丝，发丝间那一支玉钗也是和田美玉雕琢而成。不过，最夺人目光的，却是她眉间那一点流转的珠光。此时夕阳斜照，而她的眉宇间竟似是将那夕照的霞光采撷住了一般，美得让人移不开目光。如果说楼东来刚才拿出的盒中花钿还只是让人赞叹，这在美人的眉间熠熠生辉的花钿，就真的是让人激赏了。

她从霞光中盈盈而来，整个人都仿佛在散发着若隐若现的光华。

"小女子萤姬，拜见各位大人。不知道几位大人想挑选什么样的脂粉或是花钿送给心上人呢？"萤姬不愧是玲珑月的掌柜，一开口就将自报身份恭迎贵客和招揽生意几件事情做得妥帖自然，不露半分局促。

"脂粉花钿嘛，暂且还不需要。"陈游介开口。

萤姬丝毫不乱："若是家中有长辈想要安神静心，我这里也有数十种香料可供挑选，龙涎、沉水，都是应有尽有……"

"这些我都不想要，我只想知道一件事情，请萤姬你一定要告诉我才好。"陈游介的声音渐渐轻下去，听在明胤耳中，居然有了几分挥之不去的暧昧。

若不是看到身畔的楼东来面色如常，他都恨不得退开几步，不要听到自家老板跟这位美人萤姬调笑的模样了。

"不知道萤姬你可不可以告诉我，你明明是海中一族，却为何要千里迢迢突入结界闯进长安呢？"陈游介的声音并不高，却声声入耳，清晰得让人无从回避！

萤姬的面色陡然一变，她的身躯往后急速地缩去！

只是，她的动作怎么及得上陈游介的动作？

只一张符咒就已经将萤姬的动作牢牢封锁，让她动弹不得。刚才还玉质纤纤风华流转的美人瞬间容色黯淡。

"我真的没有害人之心，请明察。"

陈游介环顾着店内的陈设和摆放的各种货物，轻哼："十个妖怪，十个都会这样说。若你们真的没有害人之心，何不老老实实地在人迹罕至的地方修炼，非要跑到长安来呢？"

萤姬顿时讷讷……

陈游介懒得理她。这种不入流的小妖怪他可见得多了。不外乎难耐修炼寂寞，所以才跑到长安来，弄些歪门邪道的修炼方法罢了。

陈游介的符咒已经扣在手中，一触即发。

"住手！"

一个少年骤然出现在了大厅中。素白的衣衫、单薄的肩膀，加上过于苍白的面色，他看起来俨然长安随处可见的落第举子。可是，在看到他的第一眼，陈游介就感觉到了，从他的眉宇间散发出来的，绝不是生长于长安这个俗世的气息。

这少年，不是凡人！

"一切都是我的主意，你若想做什么，找她却是找错了人。"少年淡淡地抬眸，说话的声音却没有了刚才的气势，带着一股挥之不去的虚弱。

"不知道阁下是……"陈游介从容施礼。

"如你所见，我并非凡人。不过你放心，我天生身体虚弱，并不能修炼。原本想着就此了却残生，却有幸与萤姬相遇。如今我只想与她做一对平凡的夫妻，其他并不奢望。我与萤姬的事情为海族所不容，所以才避走长安。"苍白的少年说到萤姬的时候，不自觉地低垂下头，那修长的脖颈如同鹿一般优雅。

"天时……都是我的错，我说想看看人世间的繁华……才……"萤姬想要冲过来为爱人分辩，却又动弹不得。

明胤还从来没有经历过这样的情形，虽然在来的路上他已经隐约感到这次玲珑月之行不会那么简单，说不定就与捉妖相关。可是眼下，这萤姬委顿在地哭得楚楚可怜，那名叫天时的少年虽然坦承了自己不是凡人的身份，却是清高自许，连多一句的辩白都不愿意说。看着那二人彼此相望的眼神，明胤突然觉得自己好像看到了一出拆散大好姻缘的皮影戏？而且，他所支持的陈游介这边还是最受人唾弃的那种不识时务的顽固派呢？

"这个……"明胤终于抵挡不住萤姬楚楚可怜的眼神，忍不住开口了。

"你是不是觉得他们很可怜，我们其实不必与他们为难？"陈游介头也不回。

明胤点点头，很快觉悟到这样陈游介看不到，这才开口："萤姬她……也没干什么嘛……"

陈游介轻叹一声："也罢，半月前长安码头的结界被潮水冲破的情景你是不曾看到，我不怪你。小八却是亲眼所见的，那时候的情景真的是凶险万分。"

"如果他们真的只是如他们自己所说，想要过平静的生活，那么，为什么他们非要来长安？

"就算是要见识这人世间的繁华，可以见识的，也绝不止长安这一处。你们非要选长安，甚至不惜为此费尽心力打破结界的理由，可以告诉我吗？"陈游介的前半句还是在向明胤解释来龙去脉，后面却是在质问萤姬那二人了。

"我……"萤姬嗫嚅着，肩膀轻颤，看到她这副模样，只怕没有几个男人会忍心再逼问下去。

可是，陈游介从来就不属于那些普通人之列。

"我……就是……"萤姬说着，声音越来越低，突然，她猛地一扬手，一道刺眼的光华骤然出现！她居然不知道什么时候挣脱了陈游介符咒的禁制！

若是没有准备，只怕会当场失明！

说时迟那时快，陈游介从不离手的折扇，在那一瞬间化作了一柄黝黑的大伞，将那暴涨的刺眼光芒遮蔽得干干净净！

这一切发生得实在太快，等到明胤回过神来的时候，陈游介的符咒已经再次牢牢地定住了萤姬的身形。

想不到这个看似柔弱的女子，一出手就是这样毫不留情的雷霆手段。如果刚才不是陈游介早有防备，只怕现在大家都要看不见了！

明胤想着心中一阵后怕，此时再看萤姬，就彻底退去了那一丝怜惜之情。

就算看起来再若娇花般惹人怜爱，妖怪毕竟还是妖怪。

此时的陈游介终于下定决心，不再手软！

他已经给了萤姬选择的机会，可是现在看来，这个女子，并不需要。

一张带着霹雳电光的符咒，犹如从天而降的天雷般，朝着萤姬的头顶急袭而下！

这张雷符，足以让萤姬当场就化回原形！

这是陈游介无数次施展过的术法，曾无数次大展神威的雷符。

一息之后，一切都将结束！

仿佛是有人硬生生地揽住了这一息的光阴！雷符，居然就那么凝滞在了半空中！

啊？！陈游介心中一凛！

雷符，不仅仅是停滞住了，而且，仿佛正在承受着巨大的压力！

"嘶！"一个细微却清晰的声音响起。雷符出现了第一条裂纹！

这……怎么可能？！

陈游介的雷符是他法力的结晶，只有法力远远高于他的人，才能将雷符阻断，甚至……撕裂！

仿佛是在回应陈游介心中的震惊——"噗！"的一声，雷符上的裂纹越来越多，最后，居然就这样四分五裂，化作了无处收拾的齑粉！

"是谁？！是谁在阻止我！"陈游介彻底集中了精神！因为，敌人比他能应付的，更加强大！

"天……天时？"萤姬的声音，如此震惊！因为，她看到了，两个天时。

一样的衣衫，一样的身高，一样的面容。可是，任谁都不会错认这两个少年。因为，此刻出现的这个"天时"，如同晨曦般明亮。那种属于太阳的光辉和气息正在他的眉宇间自然地流淌而出，那是属于最自信的少年才会有的风采。

相比之下，之前的那个瘦弱的天时，更像是一抹幽暗的月光，带着隐约的虚弱。而在后面这个少年出现后，他的身形更加不由自主地后退了几步，似乎就要如此隐没在幽暗的格架之间。

"天时"指尖流转的光华，已经不容错认地昭示了——他就是放出威压将陈游介雷符撕碎的人！

"天时"皎洁的面庞上，正荡漾着难以逼视的光华，那就是超然物外凌驾凡俗之上的仙家气派！

"你……"萤姬想要说点什么，她知道他不是自己熟悉的那个天时，可是这个少年到底是谁？又与天时到底是什么关系呢？

"天时"转眸望向她，整个人的气势都骤然一柔，"你们先退下。"

萤姬立刻点头，急忙走到自己熟悉的那个病弱的天时身边，搀扶住他就急匆匆地朝后堂走去。

从刚才雷符被撕裂的情形中，她已经能判断双方实力的差异。

她知道，自己一点也不需要为他担心。

随着萤姬与天时的退避，陈游介也朝明胤和楼东来做了一个"退开"的手势。他知道，他即将面临的，会是一场恶战！

"你是……'天时'？"陈游介极有风度地拱手。

面前的少年眉间悄然一松："我是不是天时不重要，只是与陈老板你这样的人兵戎相见，实在非我所愿。"

陈游介含笑摇头："兵戎相见，又何尝是陈某所愿？只不过萤姬冲破结界突入长安包藏祸心，我实在不能坐视不理。"

少年冷哼："你还是不肯罢手？"

陈游介摇头："不肯罢手的是你才对。"

少年皱眉："也罢！"

说着，他已经长身而起，一股排山倒海般的力量顿时朝陈游介铺天盖地地威压而来！

陈游介从未受到过如此沉重的法力威压，顿时觉得全身的筋骨都在遭受着极大的折磨，简直是动弹不得！

到了这种时候，陈游介也就顾不得其他了，他手掌一挥，数十张雷符一股脑地挥了出去。只不过，以往他使用雷符是径直地朝着对手袭去即可，可是今天，他的雷符却圈成了一个环状，恰恰将他自己与天时圈在了正中！

而随着雷符的出手，刚才还被少年放出的威压压迫得几乎动弹不得的陈游介终于悄悄地长吐出一口气，恢复了身体的灵活。

在危机稍解的下一秒，他就想到了一个问题。为什么少年只是这样释放威压而不近身作战？

答案，几乎是瞬间就已经跃入了脑海——这个少年，并未经历过战斗！

释放威压，是他唯一擅长的战斗方式！

这样的话……陈游介觉得，自己知道该怎么做了。

如果说，一次使用一张雷符对于陈游介来说还算得上游刃有余的话，一次施展这么多张雷符，他的法力正在如同退潮般迅速地被消耗着！他必须速战速决！

少年似乎对自己的威压之力十分有信心，即使陈游介祭出了雷符，他依然平静。

他相信，再过瞬息，他就能结束这毫无悬念的对抗！

突然，少年发现，那个刚才还动弹不得的陈游介，怎么……不见了？！

在那极短的一瞬间，陈游介已经移动到了少年的身畔。虽然，他并不想伤害他，可是……

半空中，突然伸出来一只手。

去势凌厉的手刀，只一下就将少年打昏！

随着"天时"的倒下，他所释放出来的威压也随之消散。陈游介的雷符顿时失去了对峙的目标，漫无目的地飘荡起来。

陈游介指尖一挥，急忙将它们收成一束。

这次对局，从遭到巨大威压的那一刻开始，陈游介就对每个环节每个时间都精心计算过了，可是，他唯一没有计算到的，这个突然出现，头顶上罩着白色长衣的身影，会是谁？！

"天时"虽然倒下了，可是现在看来，这个黄雀在后的对手，才是真正的主角！

头顶披着长衣，罩住了面容的身影将"天时"的身躯抱起，急忙转身！

他的动作极快，快得陈游介几乎没有反应过来。

而萤姬的身影骤然出现！

她不顾一切地扑了上去，一把抓住了突然出现的神秘人的衣襟！

原本覆盖了面容的长衣如同褪去的蝉蜕般被硬生生地卸下，神秘人的面容瞬间就昭然天下。

"你……是……天时？！"萤姬的声音中是无法遏制的震惊。刚才她虽然与天时退到了后堂，可是终究因为不放心前面的战局，在安顿好了天时后就迫不及待地赶过来观战，却没有想到，居然会卷入这样的情形！

"我是你的天时，不要碍我的事！"这个被剥下覆盖头顶长衣的天时转瞬就露出了温柔的笑容，朝萤姬发话。那是萤姬熟悉的，带着一丝虚弱尾音的天时的声音。没有错，这就是她熟悉的那个天时。

可是，他为什么要这么做？后来的这个"天时"不是来帮助我们的吗？

萤姬的视线里透露出这样的疑问，她手里怔怔地抓着那件洁白的长衣，彻底被弄糊涂了。

最后，她终于退开几步，不再拦阻在天时面前。此时的她，只是本能地在听从着天时的指令。

眼见萤姬退下，天时在望了一眼陈游介后，就开始了动作。

只见他的指尖凝聚起一团若有若无的雾气，那雾气仿若实质般侵入了昏睡的那个"天时"的前胸。不过瞬息之后，当雾气再度从"天时"前胸破体而出的时候，其中隐隐蕴含着的，居然是个闪烁的果实般的东西！

这是……晶元！

对于修炼者来说最重要的灵气汇集的结晶！

一旦失去它，术者就将失去所有修仙的资质，从此与仙途无缘了！

"你……你在干什么？"萤姬终于回过神来，想要阻止他。

天时朝她微笑着："你在说什么呢？我才是你的天时啊。"

萤姬看看他，又看看那个昏迷的少年，显然眼前的一切已经让她彻底混乱。明明那个长得与天时一模一样的"天时"是来帮助他们的，他才帮他们化解了一场性命攸关的危机。怎么天时会……容貌这么毫无差别的两个人，难道会没有一点血缘关系吗？

天时微微一笑，正当他准备将晶元纳入手中的时候，一道倏忽的流光阻挡在了他的面前！

陈游介的符咒，如同一个阻拦的手掌，硬生生拦在了他的面前！

"你要做什么？！"陈游介竭力让自己的气息听起来不那么紊乱。刚才一口气施展数十张雷符，的确几乎耗尽了他全部的法力。可是，他绝不会袖手旁观！

"做什么……"天时望着那个此时依然悬浮在自己面前的符咒，那个刚才还光华流转的符咒此时已经迅速地暗淡下去。天时的指尖轻轻一弹，那个摇摇欲坠的符咒就彻底碎成了一片片的飞末。

"在质问我之前，你应该先想想你有没有实力说这句话。"天时轻笑一声，就要将晶元纳入口中。

"且慢！这样随意吞噬晶元，若是被反噬，可就糟了。"陈游介脱口而出。

"我跟他是同一块罗浮仙玉孕育出来的双生仙鹿。我们同宗同源，他的晶元给我，不会有任何的反噬，你大可以放心。"天时凝望着手中的晶元，嘴角眉梢都是不加掩饰的笑意。

"双生仙鹿？那你真的是天时？或者说，你真的是拥有天时这个名字的仙鹿？"陈游介盯着天时的面庞，语声舒缓中竟带着一丝诱导的气息。

天时一笑："你是希望我自己说出真相吗？也罢……事到如今，说与不说，没有任何区别。"

天时的目光飘向遥远的地方，那是一段长久的回忆。

"当初在罗浮仙山上被仙玉所孕育出来的仙鹿有两只，一只名天时，另一只叫素恒。天时和素恒是受仙人祝福，在天地感应之下而诞，整个罗浮仙岛都寄予了厚望。"

陈游介似笑非笑地望着对面正沉入回忆的少年："我想，这两只仙鹿并不完全一样。或者……就算诞生的时候看起来是一样的，其实它们的本质也是完全不一样的。"

从再度出现开始，就一直带着志得意满笑容的少年顿时面色变了变："你知道什么？！"

"我不是知道，不过我已经可以猜出来了。两个仙鹿里，只有一个是健康的。"

"你！"天时瞪大了双眼，却始终没有喊出让陈游介闭嘴的句子。

"我猜，你就是那只天生虚弱的仙鹿——素恒。"陈游介一点都没有放过眼前少年面上的任何变化，"而这个被你算计，即将失去所有的，就是那只天生幸运的仙鹿——天时。"

素恒冷冷一笑："就算是我天生虚弱又如何，只要我得到天时的晶元。一切就都会属于我！再也没有人敢嘲笑我是劣等，是不入流的野鹿了！从今往后，再也没有人敢看不起我素恒！"

"从小到大都是这样，天时总是在保护我，把他拥有的分给我。"素恒的嘴角，泛起残忍的冷笑，他牢牢地盯着面前依然在昏迷中的天时。

"我什么都没有，什么都要靠他分给我！

"明明我们同样是在仙人的祝福下诞生的双生仙鹿。可是，他拥有鹿角，而我……却没有。以前我一直幻想着，总有一天我会长出鹿角来的，可是，一年一年……我还是没有鹿角……"

"没有鹿角？"陈游介身为术者，他深知这对一只仙鹿来说意味着什么。没有鹿角就无法吸收罗浮仙山上的仙气，也无法修炼。身在罗浮仙山，却天生有着这样的缺陷，天时再怎么细心回护，素恒也一定是受尽了轻视和冷落。

罗浮仙山上，即使是素恒这样仙途无望的仙鹿，天人们也不会苛待。但是，被寄予厚望诞生的仙鹿居然是如此情形，那些轻视和鄙夷只怕早就已经织成了一张密密麻麻的网，罩得素恒透不过气来。

素恒望着那个昏迷的身影，目光复杂难辨。

"虽然我没有鹿角，无法吸收仙气，不过天时总会想办法把自己得到的仙气分给我一些。虽然那样会给他的身体带来极大的负担，他也从未迟疑。"

"既然这样你为什么还……"陈游介沉声。

"因为，他越是这样，我越是恨他！"

"为什么他可以这样居高临下地，把什么都施舍给我？！"

"不！我要更好、更强大！我要有一天我也可以高高在上，也可以居高临下地，向他施舍。"素恒握着手中的晶元，再也按捺不住激动的情绪。

"是这样啊……"陈游介长叹一声，只是原本从容的叹息却因为法力的透支而掩饰不住地有一丝虚弱。

一切，真的就此定局，就算是他，也无力回天了吗？陈游介第一次感到了无能为力的虚弱。

"素恒？"

此时突兀地响起的，是一个近在咫尺的声音。

从被偷袭开始，一直昏迷的真正的天时，终于醒了过来！此时说话的，正是他！

陈游介的双眸，陡然一亮！

素恒对上骤然睁开双眼的天时，控制不住地有一刹那的慌乱。不过，他很快就镇定下来，"天时哥哥你醒了吗？虽然没有了晶元你也许会变得有点虚弱，不过……我想你会习惯的。"

"我……"天时睁大着双眼，仿佛在反复确认，这个手握着自己的晶元，笑得志得意满的少年，是不是真的是素恒。

"你……取走了我的晶元？"天时问。

"对！我早就想要这个了。只是天时哥哥你的力量比我强大太多，我好不容易才找到了一个你完全没有防备的机会，一击得手。"素恒微笑着，毫无愧色。

天时瞪大了双眼，似乎在艰难地消化着此时此刻正发生在自己面前的一切。

一炷香后，天时的声音终于艰难地再度响起："只是，你还缺少一个东西——鹿角。没有鹿角，你的法力无法循环再生，终究会慢慢消退。"天时的话语中，居然并没有素恒早已经准备好了要迎接的愤怒。

"有了晶元就会生出鹿角！"素恒毫不迟疑道。

"只有当晶核变成晶元的生发之力才可以催生鹿角。而那样的生发之力，只有一次……"天时的声音，带着一抹挥之不去的苦涩。

素恒一把抓住了天时的衣襟！

"你是说现在的我就算是得到了晶元也无法生出鹿角？！"素恒的动作非常冒失，显然他的心情此时正陷入前所未有的错乱。陈游介看得很清楚，此时的天时虽然表面处于劣势，但只要他有心，只一击就可以趁势夺回属于自己的晶元！

可是，那个眉宇间坦坦荡荡的少年什么也没有做，仿佛彻底地放弃了反抗，任由素恒居高临下地逼视着自己。

"就是这样。"天时一字一句。

"怎么会……怎么会……"素恒的算计很周密，可是他没有想到，百密一疏，他终究还是漏算了一着！

"不过，我可以把我的鹿角给你。"天时说着，垂下了眼帘。他的额头瞬间就流转过一道柔和的光华。那光华就如同月光笼罩在玉芙蓉上映射出的光华，如烟如雾，让人捉摸不透。而当那迷梦般的光华散去的时候，天时皎洁的前额上，已经伸展出了玉色的鹿角，这端梢上还隐隐带着一抹粉色的鹿角，看起来柔嫩而圣洁。顿时整个天时的面庞都笼罩在了一种难以言喻的光华中。

被那玉色的双角所焕发出的光华所笼罩着的少年，立刻就有了一种让人顶礼膜拜的高洁与尊贵，让人只是看着他，就忍不住地自惭形秽。

"你不是说要把鹿角给我吗？怎么给我？"素恒的目光中，带着毫不掩饰的嫉恨。从小到大，他都笼罩在天时这样的光华中，每一次都被他这样的光华逼迫得无所遁形！

明明都是一样的仙鹿，为什么……

所有人都这样在喃喃细语着，而素恒，也在一次次地问着自己。

"我总是幻想着，某一天早上醒来，我的额头上就会长出角来！可是，无论怎么样用心地去修炼，怎么样地去祈祷，梦想，从来就没有实现的一天！"素恒冷笑着，"后来我想明白了，想要什么，用自己的双手去夺取就好了。祈祷和做梦，都是没有任何用处的！"

天时的声音中，连一丝愤怒也找不到："只要我祈愿，鹿角就会自动脱落下来。若是有人强行斩下鹿角，那么斩下的鹿角会立刻化作朽物，不再有任何法力。"

"为什么要告诉我？如果你任由我胡乱取下你的角，不就可以让我功亏一篑了吗？"素恒盯着天时，咄咄逼人地质问。

天时没有回答他这个问题，他只是自顾自地继续往下说："虽然开始会有点不适，但是如果你同时得到我的鹿角和晶元，那么我的鹿角会融合到你的身躯里，你就会真的拥有属于自己的鹿角了。从此以后，你就不是那个让人轻视的素恒了。"

"你……说的都是真的？"素恒的眼睛，牢牢地盯住眼前这个他不知道恨了多久的双生兄弟。

"为什么你要这么做？！"

"我只要，你能因此得到幸福和满足。"天时的声音中，没有素恒预想中的愤怒，只有一种说不出的平和与淡然。

仿佛此时素恒营营役役挖空心思想要得到的东西，对他来说，一点也不重要。

素恒白净的面色上，顿时泛起了一股难以名状的红色。

他知道自己胜利了！他想要的都即将落入他的手中，他应该觉得满足，觉得骄傲。可是，此时心里的空虚，犹如扑天而来的海啸，让他几乎连喘息都困难！

"那你就快把鹿角脱落下来啊！"素恒几乎是从嗓子里挤出了这样的句子。

回答他的，不是天时的声音，而是他的动作。

天时低垂下头，头顶上的鹿角就轻轻地脱落了下来。空气中，陈游介只听到了犹如开到极盛时的牡丹飘然落地的声音，没有一丝撕裂和挣扎。甚至，连一滴血也没有滑落。

一切都仿佛是花开花落般自然又从容，如果不是清晰地明白发生在眼前的这一幕到底是什么样的前因后果，陈游介几乎要以为这是仙鹿每年惯例的换角时刻，旧的角自然脱落，待到来年春天，新的角又会自然萌发。

所以天时才会如此从容淡然，不带一丝留恋和不舍。

天时的双手捧着自己的鹿角，送到了素恒的手心里。

那种意想不到的温暖感觉让素恒觉得手心里仿佛被塞入了滚烫的火苗！

他差点将鹿角就这样甩了出去。还好，天时紧紧地握住了他的手，"给你。"

素恒盯着手中的鹿角，许久之后，他才再度抬头。

"既然如此，我也不想与你为难。你已经失去了晶元，又没有了鹿角，待在气息混浊的长安对你的身体没有好处。你回罗浮去吧，在那里，你应该能多支撑一段时间。"素恒说着，再也不看天时一眼，就自顾自地转身。

天时久久地注视着那个转身而去的身影，当那一抹白色的身影彻底消失在后堂的时候，天时终于长长地叹出一口气。

此时的长安，早已经被夜色笼罩，若不快些回到谛听阁，只怕会遇上夜巡的士兵，那时候就要费一番口舌了。

长街寥落，他们来的时候并没有带灯笼，虽然想要更快回到家，脚步却是怎么也快不起来。

明胤和楼东来紧跟在陈游介左右，唯恐他下一刻就要跌倒。

正当明胤全副心思都放在陈游介身上的时候，突然，耳畔传来了小八突兀的一声："天时！"

这一声不光是吸引了明胤，也停下了陈游介的脚步。

顺着小八的指引看过去，天时正昏倒在街角。他白色的身影如同最皎洁的月光凝结而成。只是，此时这月光已经破碎一地。

"快把他扶起来。"陈游介发话的速度很快，明胤的动作更快。

天时慢慢地睁开眼睛，正对上小八圆溜溜的双眸。

小八猛然对上他的视线，愣了愣，正不知道说什么好，就见天时的手指慢慢地抚摸过来："真漂亮的小龙！"

小八自从舍弃了龙角，就一直被错认为蛇。对此它已经不知道憋闷过多少回。可是头顶上没有角，就算它嚷嚷自己是龙，也没人肯信。谁知道这个天时居然只一眼，就认出了自己是龙，真的好厉害！

一下子，小八觉得自己真的特别喜欢眼前这个人了！

"我叫小八，是青龙哦！"说着它还昂一昂头，不要太得意。

"我叫天时，是仙鹿，谢谢你救了我。"天时微笑，摸摸小八的头。

虽然平时小八不会随便让人摸，不过这次它真的很开心，所以它决定一点也不计较了："不是我救的你，是陈老板救的你。"

天时谢过陈游介的救助之恩后，却提出了一个意想不到的要求。

"你是说，你想留在长安，借住在我这里？"陈游介有点难以置信地重复。

天时点点头。

"恕我直言，以你的身体状况，尽早回罗浮才是上上之策。"陈游介斟酌着词句，终于还是说出口。

以天时现在的身体，如果不回罗浮仙岛，就这样留在长安，只会渐渐虚弱下去，后果不堪设想！

"我的身体，我很清楚。只是……长安还有我放不下的事情。"天时遥望着远处，那看似无意的一瞥。陈游介却知道，那正是玲珑月的方向，素恒所在的方位！

这就是所谓双生兄弟的牵绊吗？陈游介在心中长叹一声，终于还是点了点头："如果这是你的希望，陈某荣幸之至。"

数日后。

当白天的喧嚣散去，夜晚的长安总是多了一份挥之不去的寂寥。

"老是待在屋子里也是无趣，今天晚上你不如跟我们一起出去玩玩吧？"陈游介摇着手里的一只西域风格的扁壶，在夜风中朝着天时邀约。

现在的天时早已经不是那个放出周身威压就足以让人动弹不得的脱俗仙鹿，失去了晶元，失去了鹿角的他，却没有如同陈游介担心的那样一日日地萎靡下去。

他居然就这样在谛听阁里栖下身来。

很快，不光是明胤，就连楼东来也喜欢上了这个总是微笑着的少年。

陈游介自此真的确信，这少年的自信与阳光与晶元和法力无关，他生来就是这么开朗又温暖。

可是，即使陈游介刻意地忽略，天时的身体还是一天天地虚弱下去。他必须回到罗浮仙山。可是，看天时的意思，他自己并不愿意。而压根就无法靠近罗浮仙山的陈游介，也无计可施。

最后，他所能做的只有将天时在谛听阁盘桓的这段时光安排得更加丰富多彩，让他不会时不时地将担忧的目光，投向"玲珑月"的方向。

天时还没有回答，楼东来早就乐不可支地嚷了起来："去吧去吧！陈奸商珍藏的美酒，可是难得一见的上品！"

陈游介没好气地瞪了楼东来一眼。这些天为了排遣天时的寂寞，他总算是大大方方地欢迎楼东来进门了，这下好了，天时是不寂寞了，谛听阁也就天天被这个楼东来吵得不得安宁，真的想给这家伙贴上一张消音符咒啊！

明明只有自己、天时、明胤和小八的行程是多么风雅，一加上楼东来这鲜艳夺目聒噪万分的家伙，所有夜游的隐秘幽静就都灰飞烟灭，只剩下一片市井沸腾了。

"我没请你，楼公子，快走不送！"

"街又不是你家的，我就要跟着！"

正当两人全力互瞪的时候，忍俊不禁的天时终于"扑哧"地笑出了声。

"去哪里，我们快出发吧！"

在听到天时回应的那一刻，陈游介瞬间将楼东来丢开，颔首示意："跟我来。"

众人在街巷之间穿行着。一路上，就连平时最聒噪的楼东来都被这微妙的气氛吸引，没有胡乱讲话。明胤与楼东来彼此交换着期待又好奇的目光，穿街走巷，避开巡城的兵卫。

最终出现在他们眼前的，是一所寺庙的高塔。

"我们上塔去，赏月喝酒。"陈游介说着，带头推开了塔门。

塔高七层，当他们置身塔顶之上的时候，整个长安仿佛就此匍匐在了他们的脚下。

"虽然这里不是罗浮仙山，可是这里的空气应该稍微好一些，这里的景色，也比较开阔。"陈游介状似无意地低声轻语。

天时回过头，目光中有隐隐的感动。他一直是充当着兄长的角色，也总是会在意素恒的感受，担心他被人轻视，担心他的身体又有什么不适，几乎很少想过自己。更没有想过，有一天，会有一个人，这样照顾着自己，细心周到，只希望自己能平安开怀。

而现在，他知道自己不需要说什么感谢的句子，他只需要好好地感受陈游介为他准备的这一场长安月下的飨宴就好。

接过陈游介递过来的酒壶，天时微笑："长安真美！"

"喝了酒，你会觉得长安更美。"陈游介犹如真正的长安之主般，从容地介绍着自己的领地，骄傲又充满自信。

来自异域的酒液一淌入喉间就升腾起一种难以名状的波澜，复杂得难以分辨的情绪在一瞬间发酵升腾。天时想起了故乡，想起了曾经小小的，跟在自己身边寸步不离的素恒……到底是什么，让一切在时光之中不同？

仿佛是在回答他此刻的追问，清越的箫声在耳畔响起。

箫声与笛声不同，天生地带着一股寂寥的气息。可是，这由陈游介所吹起的箫声，又格外不同，明明曲调简单并无多少变化，却自然有一种大气空灵的气魄，仿佛是一只大手，温柔地抚过所有的伤痛与寂寥。

小八听着这箫声，依稀想起了，自己从未见过的母亲……那时他还只是一枚小小的蛋，连眼睛都没有睁开的时候感觉到的，来自母亲的温暖。

一时间，所有的人都沉默了。

突然，仿佛是有人点亮了烟火般，一道流光飞起！

这一道流光就是春风的号角响起，一道道流光次第飘浮而上！

这情形，真的有几分流星陨落时候的情景。可是，又截然不同。流星是从天空朝下陨落，而这些流光却是从下朝上冉冉升起。

然后犹如被轻风吹拂的花朵般徐徐飘动。若是细细看去，甚至还能看出每个流光不同的色泽。这奇异的光的花朵，点染在浓黑的长安夜色中，亦幻亦真让人难以置信。

"这是……什么？"天时也愣住了。

楼东来摩拳擦掌："好美！真想抓一个来看看！"

"是啊，真的好美。"明胤平时总是默不作声，可是看到眼前的景色，他也按捺不住了。

"我去抓！"小八说着，就已经如离弦之箭般，笔直地冲了出去。

"别……"明胤想要阻止它，却发现已经来不及了。

他只好将求助的目光投向陈游介，对方微笑着，徐徐将声音传了出去："别乱咬，小心点。"

夜色中，小八翠绿的身躯闪烁着隐隐的光华，它迅速选中了一个光芒，然后将它用吐息推了过来。显然，一靠近这个光芒，它就已经觉察到，这个东西是不能用牙咬的了。

闪烁的光芒被小八推到了塔边，犹如将天上的星辰拢到了怀中一般，简直美好得不真实。天时、明胤和楼东来都禁不住瞪大了双眼，不敢相信自己到底看到了什么。

看到大家对它捕获的光芒这么喜欢，小八更加兴奋起来。

它迫不及待地从东飞到西，将那些光芒一个个地吹了过来。很快，就已经有一大堆光芒聚集在了一起，色彩缤纷的光芒犹如夜空中盛开的明媚花朵，让人看着就禁不住心情舒畅。

小八一面小心地喷吐着气息，一面摆动着尾巴鼓起风，将这一大堆的战利品往高塔的方向推来。那些光芒色彩各异，犹如夜空中凝固的花朵般，如梦如幻，映照着小八绿色的身躯，亮晶晶的，交相辉映。小八玩得不亦乐乎。明胤看着它如此高兴的样子，禁不住心中反省，自己已经有多久没有好好地陪小八玩一玩了？

楼东来此时只恨自己不能飞，要不他也要跟小八一样，圈住一大堆光华来玩！

看着兴高采烈的小八，兴致盎然的明胤，还有摩拳擦掌的楼东来，陈游介不禁莞尔。

天时则是与陈游介交换着愉悦的目光，悠悠然地享受着此时难得的宁静和静默中的喧嚣。

突然，一阵低沉的吼声裹挟在狂风中急袭而来！

小八刚才辛苦收集起来的光芒转眼就又四散而去！

小八顿时急了，赶紧伸长了尾巴想要圈住这些来之不易的光芒。怎奈它这半年多虽然也长了几寸，可到底还是身长不足三尺的小家伙，根本就兜不住这许多的光芒！

眼见小八着急，陈游介弹指间一张符咒飞出，半空中居然化作一柄蓝底素花的伞，将那急袭而来的疾风霎时就挡在了外面。

还没等小八回过神来，它已经被那把伞兜着，连同它弄来的那些光芒一起回到了塔中。

陈游介将伞执在手中，那些色彩斑斓的光芒环绕在伞遮蔽的范围内，再不受狂风的影响，这样滴溜溜地旋转着，煞是可爱。

只是，陈游介此时却已经完全没有了喝酒赏景的闲情逸致。

他的目光，投向了那狂风刮来的方向。

在楼东来和明胤的眼中，这风不过是午夜骤然而起的一阵狂风。陈游介和天时却知道，这是来自兽的吐息！

"只怕，今晚的酒，是喝不下去了。"塞上了酒瓶盖子，陈游介意犹未尽地将扁壶重又系回了腰间。

而在黑暗中渐渐现出身形来的，是一个前所未见的古怪动物。

猛一看，楼东来几乎要以为这是自己曾经在珍兽园里见识过的大象。尤其那长长的鼻子，确实与他记忆中的象有着十足的相似。可是，那锐利的双眸，那腾跃的足爪，还有悠长如同虎豹的叫声，都让他明白，这的确是异兽，而不是他曾见识过的任何一种人间的野兽。

这异兽的长鼻喷吐出奔涌的气息，很快就将那些四散的光球归拢到了它的身畔。

正当明胤奇怪它到底要干什么的时候，只见它张开大嘴，就将那些光芒吞入口中！

"光芒，被吃掉了！"明胤见此情景，差点想将陈游介伞下的这些光芒赶紧都藏起来。那些美丽的光芒就这样被异兽吞噬，无论怎么想，他都觉得好可惜。

不待这边他们做出任何动作，那只异兽已经发话。

"这些是梦，我是食梦之貘。梦虽然看着美丽，可是于你们无用，放下它们吧。"这貘虽然形容恐怖，声音却是说不出的低沉浑厚，并没有咄咄逼人的无礼。

陈游介注视着那些光华流转的梦境，再看看夜色中屹立的异兽，沉默不语。

正当明胤觉得他沉默的时间也实在太久了一点的时候，只听陈游介轻笑一声："也罢，玩也玩了，就不强留着了。反正到了白天，一见到天光，这东西也会自然散去，并无多大意趣。"陈游介最后这几句话，实际是说给小八听的。

只见小八不情不愿地摆了摆尾巴，轻声道："知道了……"

回答它的，是明胤轻柔的抚摸："谢谢你，让我看得这么清楚。你辛苦了。"

小八丢开那些光芒，钻到他的手腕间，"我一点都不辛苦，还玩得很开心呢。"

"那就好……"

陈游介将伞柄一抖，伞重新化回符咒，却又鼓起一股清风，将那些光芒如数送到了貘的身畔。

貘低头致谢："多谢成全。"说着，就已经将那些光芒尽数吞下。不知道是不是错觉，他的身躯似乎因此变得更加晶莹透亮了一些，就连一开始看起来庞大笨重的体态，此时看来也轻盈许多了。

此时，已经是下半夜了。景也赏了，酒也喝了，怎么也应该回家了吧。

陈游介却微笑着："我有一事不明，不知道可以请教吗？"

貘闷声回答："请尽管问。"

"不知道你如何得知，这长安城中居然有了如此多的灵梦？"

"我乃梦兽，以梦为食，灵梦也罢，寻常梦也罢，都是食物，我并未在意。"貘长长的鼻子喷吐出清爽的气息，并不见一丝张皇的神态。

陈游介不再多问，含笑拱手，那只貘就隐没在夜色间。

"不知道，楼东来你家长姐最近如何？"

这天楼东来刚踏入谛听阁，就听到陈游介在用这样的问题迎接他。

"你是想向我家长姐推销什么时新首饰吗？我劝你还是不要多想了，她最近十分懒怠，连门都少出了。"

"哦？我记得你家长姐可是声名远播的长安名媛，经常在府中举办各种吟诗茶会、品香会等风雅活动的啊。"这位楼家大小姐，虽然身为女子，可是跟楼东来一样，继承了楼家人活跃的本性。

"别提了，听说最近那些女子都十分懒怠，跟我长姐一样，连门都不出了。"楼东来摆摆手，"不过也罢，这样才像女人的样子嘛。"

"我记得，日前你正好帮你长姐买过玲珑月的花钿？"陈游介回忆着自己看到的那个精巧的盒子。

"是啊。"楼东来点点头，还是不明白陈游介问这些干什么。

"如果我说，我想再看看那个花钿，你可愿意帮我拿来？"陈游介的态度当真是好得出奇。

楼东来简直有点不敢相信自己的耳朵，陈游介居然说了"帮"这个字！

虽然去拿女人用的花钿什么的，是有点不妥，可是能亲眼看到陈游介这求人的姿态，那简直是大大地值回来了啊！

想到这里，楼东来二话不说，掉头就回家！

半个时辰后，气喘吁吁的楼东来将花钿盒子扔到了陈游介的手里，还不忘摆出了一个大爷我就是这么能干，你不要太感谢我的表情。只可惜，他的这些动作都是白做了，因为，拿到了花钿后，陈游介就再也没有多看他一眼。

楼东来忍不住问："你到底要这个干什么啊？"

"我只是想知道，这个花钿用了以后会是什么效果。"

"咦？你什么时候开始对这种东西有兴趣了？"楼东来张口结舌。

"难道……你其实……开始有女装……"楼东来的话说到一半，突然只见陈游介的掌心间光华一闪。然后，他的全身就再也动弹不得。

"也对，自己尝试总是不妥，还是你来试试好了。"陈游介说着，就已经挑开了掌心里的盒子，将那呵胶在指尖呵气化开，不待楼东来说话，他就已经"啪"的一声，将那螺钿做的花钿印在了楼东来的眉间。

楼东来原本英气勃发的面庞，顿时因为这一抹流光摇曳的花钿，染上了丝丝说不出的妖魅的气息，一时间居然有几分美人的气韵。

明胤看着他这副样子，真的是想笑又不敢笑。

楼东来看到他这副憋得如此辛苦的样子，就知道自己此时是怎么一副奇怪的情形了。

"想不到你上了这花钿妆，倒意外得合适啊。"陈游介一副看好戏的表情。

楼东来怒瞪着他，只恨自己动弹不得。正当他怒发冲冠的时候，鼻端却依稀闻到了一股幽微的香气，不一会儿，他就沉沉睡去。

"陈老板……是你让楼东来睡着的？"明胤急忙扶住楼东来，以防他就这样倒在了地上。

而他对面的陈游介，却是不动声色地摇了摇头。

从这一刻开始，明胤知道，陈游介所做的这一切，绝对不是恶作剧！

即使是闭着眼睛，也能看出楼东来的眼珠在转动着，显然，他在做梦。

而他眉间的那个花钿上的光芒却是犹如被吹足了气的气泡般，越来越大越来越明亮，最后，昨日在塔顶上他们所看到的那冉冉升起的光芒就出现在了他们的眼前。

"这就是……梦？梦就是这样生成的？"明胤压低了声音，他不知道现在把楼东来惊醒了会导致什么样的结果。他只是本能地感觉到了事态非同寻常。

"我一开始就发现了，花钿上有些法术。我原以为是萤姬为了生意附着在花钿上的一个小伎俩，最多不过三天法术会自然消散。谁知道这个法术是用来催梦的。长安最有活力最富于幻想的少女的色彩缤纷的梦，可是千金难得的宝物。"

"这样被强行催生幻梦，会怎么样？"

"会令人精神萎靡，无精打采……要知道，多梦早就被认定是病症的一种。"

"太可恶了，居然对无辜的女孩子们下手！"明胤虽然不像楼东来那样容易激动，可此时也禁不住一股怒气油然而生。

既然梦是萤姬的花钿催成，那么那天我们看到的梦兽貘不也就是……明胤接下来的话，说不出来了。

因为，天时从后堂来到了前厅。明胤接下来的话已经说不出来了。可是，众人心里已经很清楚，如果梦是萤姬的花钿催成，那么那个吞噬幻梦的貘，就只有可能是素恒所化的幻形！

即使得到了天时的晶元和鹿角，素恒还是没有满足！

他到底要干什么？！

"我要去阻止他！如果就这样放任素恒的话……他迟早会走入歧途！"天时在说到素恒的名字的时候，终于还是没能控制住声音中的激动。

陈游介盯着他的双眸："他已经误入歧途了。"

"呃……"天时顿时语塞。

"素恒本来只有误入歧途的心灵，可是你又给了他那种足以将他心中所想加以实施的力量。"陈游介面容冷肃。他本不想说得如此直白，可是，事到如今他必须痛下决心!

"不！我以为他只是想成为一只真正的仙鹿，只要那样……只要那样他就可以满足了。"天时急忙分辩。

"成为仙鹿就能满足，那只是你的希望。事实就是……他没有满足。你的奉献，只是让他得到了能攫取更多不属于他的东西的力量。"

陈游介知道，自己此时说出来的每一句话，每一个音节，都在生生地刺入天时的心里，可是，他必须要说，必须要让这个少年清醒。

"我……正因为如此，我要去阻止他！"天时说着，就要朝谛听阁外冲去。

"不！"陈游介急忙阻止。

其实，他用不着阻止，天时的脚步才不过走出去三步，就踉跄着差点倒了下来，他的身躯被一双臂膀牢牢地扶起，回到了谛听阁中。

是明胤，他用他并不强壮的身躯，护住了天时的平安。

望着少年单薄的身躯，天时忍不住开口："你只是普通人。"即使拥有着特殊的血脉，从未修行过的明胤所拥有的也只是最普通的少年的力量。

明胤点点头："是啊，我是普通人，这有什么不对吗？"

"陈老板是那么出色的术者，你跟在他身边，就没有……自惭形秽过吗？"天时也不知道自己是怎么了，望着面前带着清浅笑容的少年，这样突兀的问题居然如此流畅地就问了出来。

"他是术者，他有他能做到的事情。我是普通人，我也有我能做到的事情。我为什么要自惭？"明胤歪了歪头，真的觉得天时这个问题奇怪极了。

"你不羡慕那种力量吗？飞天遁地，无所不能。"天时望着少年的脸，试图从这张脸上寻找到哪怕最小的一丝阴霾。

"我羡慕啊！"明胤回答得异常爽快。

果然还是……吗？天时禁不住想。即使外表如此纯洁爽朗的少年，内心也还是免不了……

可是明胤的话迅速地再度响起："可是那又怎么样？麻雀会因为嫉妒天鹅的翅膀就不再飞翔吗？与其羡慕别人，不如好好做自己。"

说着，明胤悄悄压低了声音："别看陈老板好像很厉害的样子，其实他泡的茶难喝极了！"

"啊？！"天时愣住。

明胤继续："他也完全不会做菜，每次都会弄得黑乎乎的，简直是炼丹！"

"啪"的一声，一个扇子把准确地敲中了明胤的脑门。

"我都听见了哦！你会泡茶会做饭很了不起吗？！哼哼哼……"

"啊？！老板……"明胤大吃一惊，立刻脚底抹油，逃之夭夭。

望着明胤消失在后堂的身影，天时忍俊不禁。

在那笑容之后，他终于被迫正视了一个事实。

素恒会变成现在这样，是他自己的原因！在刚才之前，天时总是在为素恒的行为找着各式各样的理由——素恒天生没有鹿角，他没有力量，他在罗浮仙岛上受到了那么多的轻视与冷落。

可是，刚才明胤的回答让天时不得不承认——即使这些都是事实又怎么样？那些事实不是他变成这样不择手段欲壑难填的理由！

错了就是错了！

这条错误的道路是他自己选的，怪不了任何人！就算在比这种情景更惨烈一百倍的状况中，依然还是会有人，能守住本心，善良如初！

素恒自己，选择了邪路！

天时的手指，紧紧地攥住了衣襟，而现在，他搜集了这么多的灵梦，到底要做什么？！天时已经开始控制不住地担心，一切究竟会变成什么样子？！

"你现在的身体，已经不再适合外出。长安空气混浊，我虽然已经在谛听阁中布下了结界，为你抵挡外面的浊气，可是……一旦你走出去，就会……难以维持。"洞悉了他目光中全部的坚持，陈游介把声音尽量放得更加和缓，只希望能让天时不要再激动。

他知道，要让天时发自内心地承认素恒是自己选择了邪路，有多么艰难。

"可是，我不可以坐视不理。"天时缓慢却又坚定地说。

"放心，我会去玲珑月一探究竟！"陈游介的目光，投向长安的天空。这是一片宁静的天空，缺少了那些长安少女们娇声笑语的点缀，这片天空似乎也变得寂寞起来了。

天时所担心的，是素恒误入歧途。而陈游介牵挂的，却是整个长安！

玲珑月还是过去的那个玲珑月，只是萤姬的神采似乎失去了上次的飞扬自如，在看到陈游介踏入的身影时，她居然愣怔了片刻，这才起身。

正当她打算出声招呼的时候，素恒的声音响了起来："用不着管这些乌合之众。"

萤姬听到素恒的声音后，立刻怯怯地点头，停下了迎客的脚步。

陈游介本以为，萤姬曾经满心期待着她眼中的"天时"也就是素恒恢复健康，两人能幸福地双宿双飞。可是眼下他们之间相处的情形，与其说是情人，不如说更像是上位者在指令侍从。他们之间原本的爱意缠绵，仿佛都随着素恒得到了鹿角和晶元，消散得干干净净。

"长安的少女大多陷入了多梦的病症中，想必与你脱不了干系吧？"陈游介看到素恒如此，也就索性开门见山了。

"没错，可笑那天我幻化作貘的形象，你们竟没有一个识破，真真是可笑至极。"素恒说着，竟是笑得肆无忌惮，没有半分掩饰。

"那时候你化作貘的样子，是不想被天时看到你的本性吧？"陈游介漠然发话。

素恒的笑声戛然而止。他的目光中迸射出冷冽的光芒："可是我后来想通了，就算被他看透我的本性又如何？我想要的，就算是不择手段也要拿到手！

"是他自己傻，以为我得到了他的鹿角和晶元就会收手。"

"一无所有的你尚且野心勃勃，手中已经拥有了力量的你怎么肯安心满足？"陈游介轻哼一声，尽显毒舌本色。

素恒不怒反笑："你虽然是我的敌人，倒是看得十分清楚，我倒有几分佩服你了。只可惜……现在的你，根本就不是我的对手！"

"不试试，怎么会知道？！"陈游介说着，迈步向前！

他的脚步刚刚迈出，就硬生生地顿住！

并不是陈游介想停下来，而是他再也无法向前挪哪怕一点微小的距离！

素恒好整以暇地望着他，志得意满的笑容毫不掩饰。

正是他此时释放出的威压，令陈游介动弹不得！

"你！"陈游介的声音从牙缝里挤出，冷汗潸潸而下。他几乎是用尽了全部的力量，才说出这唯一的一个字！

"我知道，你忧心长安，不过你放心，我并不想逆天而行，毁掉这盛世名都。需要的灵梦我已经收集得差不多了，只要我将想要的东西全部入手，我会立刻离开长安，绝不会徘徊不去，多生事端。"说着，素恒将释放出的威压减轻了一些，让陈游介可以有所回应。

陈游介盯着面前的素恒，曾经苍白的少年此时整个人都流转着如同美玉般晶莹流转的飞扬神采，好整以暇地说着嚣张的句子。

他确信自己切切实实地占尽了上风，无论陈游介信与不信，他都无须在意。

在术者的世界里，力量永远是最有说服力的。此时素恒的话，与其说是言之凿凿的保证，不如说更像是一句轻飘飘的交代。

可是，感受着全身上下无处不在的威压，陈游介知道自己根本无从选择。

他只能选择相信素恒！

"如果你说谎，我永远都不会原谅你！"天时的声音，在玲珑月门口响起。原本陈游介独自前来面对素恒，就是不希望天时看到现在的素恒。可是天时终究还是撑着病体，出现在这里。

陈游介只觉得身上一轻，他立刻转身将天时摇摇欲坠的身躯搀扶住。

当他的视线再度望向素恒的时候，那个刚才还在嚣张大笑的少年，此时却只留给他一个匆匆的背影。

"三日后，灵梦够了，我就立刻离开！"

三日后吗？

陈游介搀扶着天时，走出了玲珑月的大门。

他竭力不让自己去深思这三天内又将会有多少少女陷入多梦之中，而是竭力开解自己——三天后，这一切都将结束。

"素恒和我一样，修习的是罗浮正统仙术，你……不需要太过担心的。"

陈游介长出一口气，点点头展现给天时一个属于他的标准笑容。

那句他经常说给明胤的话，此时再度回荡在他的脑海中：即使力量再小，也肯定有你能做到的事情！

虽然力量不及素恒，可是他将会在这接下来的三天里，继续严阵以待！

此时的他只能祈祷，这三天，能够顺利地过去！

第一天平静地过去了。

正当陈游介打算松一口气的时候，天时突然开始全身发热。失去了晶元和鹿角的他，原本就极度虚弱。可是他又执意不肯离开长安，甚至还离开陈游介为他精心布下的结界。外界混浊的空气让他再也挺不住了。望着倒在床上、满脸通红的天时，陈游介简直无法想象，那一天自己看到的意气风发的少年会是他。

不过短短数日，他就仿佛与素恒交换了原本的角色一般。

现在，意气风发的那个人变成了素恒，身体虚弱到岌岌可危的那个，变成了天时。

陷入高热中的天时不断地呻吟着，发出含糊的呓语。

明胤在一旁寸步不离地看护着他。小八也在一旁瞪大了焦急的双眸，虽然接触的时间很短，可是它对这只善良的仙鹿有一种天生的好感。

在经过大半夜的忙碌后，天时的高热终于一点点地退去。陈游介望着明胤精疲力竭的脸庞，挥了挥手："你去休息一会儿吧，我来看着他。"

陈游介的话音未落，就听到天时突然叫了起来："水！"

明胤立刻去抓茶壶："你是要喝水吗？"

回答他的是小八："我听到水声了！很大的水声！"

天时撑着身躯："长安，危险！"

陈游介急忙望向水镜。水镜呼应着长安水脉，长安地底的暗河和水流有任何变化，陈游介都能在水镜的异动中觉察！

水镜正呈现的一切，让他瞬间就屏住了呼吸！

看似平静的水镜表面下，居然有好多股乱流在漫无目的地飞窜着！

要知道，长安的地下虽然有着众多水脉，可都是年深岁久十分稳定。水脉与水脉之间就如同是根根分明的丝缕，每条都遵循着自己固有的轨迹。而现在，这些水脉却如同被人为打乱了的一团乱麻，每条水脉都失去了自己原本的方向，在漫无目的地乱窜！

"这是什么……"陈游介的话还没有说完，就只听到庭院中的水井发出"呜"的一声，原本平静无波的水井居然变成了喷泉，朝夜空中喷涌着水柱！

"长安地下的水脉，全乱了！"陈游介觉得自己说话的声音都有一点变了调。他抬起手腕，几张符咒飞掠而出，终于将井口奔涌而上的流水镇压下去。可仅仅是震住了自己家的水井又有什么用？他已经能听到不远处邻家水井流水激荡的喷涌声。

"把符咒给我，我和小八一家家地去水井上贴符咒，把喷水镇压下去。"明胤主动请缨。

陈游介摇摇头："没有用，就算用符咒镇压得了一时，也只会导致不久以后水流更加疯狂肆虐的奔涌！"

"那怎么办？"明胤急了。

"现在要做的，就是搞清楚到底是什么导致了这种情况。"陈游介低头喃喃，"都怪我这些天全被素恒的事情占住了心神，要不然长安水脉异动的事情我早就该发现。"

明胤和小八齐齐摇头："老板你不要自责了。"

"小八，再跟我去一趟码头！"陈游介说着，已经飞掠而起。

码头似乎还是一如既往，船舶众多、波涛轻拍。可是，顺着岸边的水痕望去，却可以清晰地发现，水位比起之前居然足足低下去了好几寸！

这好几寸看似不起眼，可若是这低下去了好几寸的水因为某种原因，搅入了长安地下的水脉中，那么……原本的平衡就会被彻底打破！

而在那一天发生的事情，陈游介还记得很清楚，他修复了空中的结界。而现在看来，破损的结界，并不止他看到的那么简单！

"去玲珑月！"陈游介马不停蹄。

时间已经刻不容缓！他不能想象，等到几个时辰后天光大亮的时候，出现在长安居民面前的，会是一个汪洋泽国！

夜色中的玲珑月居然意想不到地分外夺目。在那小小的庭院中，仿佛汇集着让人目眩的灿烂光华！

陈游介凌空而降的身影，并没有引起萤姬任何一丝的惊慌。此时的她，手中正捧着一件流光溢彩的华衣，走向素恒。

素恒的眼眸似乎是望着她，又似乎是望着那件色彩炫目的华衣，笑容中是前所未有的满足。

此时的他，即使是对于陈游介这样突然闯入的不速之客，也宽宏大量地抱着豁达的态度。

"原本今晚华衣织就正是花好月圆的无双良辰，我还感叹此情此景只有我二人独享，却不想陈老板大驾光临，倒真让我喜出望外了。"素恒说着，从萤姬手中接过那件华衣，挥手道："给陈老板上酒，也来共襄盛举吧。"

"良辰美景，又有佳人为伴，固然是一件美事，只可惜陈某今天实在是无福消受。"陈游介抬手冷冷地拒绝。

素恒显然心情大好，居然一点也没有在意陈游介如此干脆的拒绝，只淡淡问："那不知道陈老板深夜来此所为何事？难不成是来送行的？"

陈游介没有任何一丝笑意："我只想知道，你们突入长安结界的时候，到底破坏了几处结界？"

素恒似乎没有想到陈游介急忙赶来就是为了问这个问题，道："我打开了一处结界就进来了，何必多费力气？"

"是吗？"陈游介皱眉，当他正要再次追本溯源的时候，只听萤姬的声音细细地响起，"其实我们尝试打破结界不止一次的……我开始放出许多鲸落虫，想要蚕食掉结界，结果完全不起作用，后来还是素恒蓄力，一举将结界击破的。"

鲸落虫是一种海中的小生灵，当海中有巨大的鲸鱼逝去的时候，就会生出一些这样的小虫。力量虽然很小，若是数量众多的话，却可以悄无声息地蚕食掉许多大的生物。

"那些鲸落虫呢？你后来收回了吗？"陈游介的声音顿时一紧。

萤姬愣了愣，摇摇头："那种小东西我之前在海中使用的时候都是随便用之即弃，从来不会想到要收回的。"

陈游介竭力压抑着胸中翻涌的怒火："这种小东西在海中随意抛弃自然无所谓，海洋极大，它们翻不起多大波澜来，可是你在这里这样用之即弃，它们顺着你们打开的那个结界的缺口，也涌入了长安水脉之中！并且在这一个多月里肆意繁殖，将长安地下的水脉已经扰乱得成了一团乱麻！长安即将变成一片泽国！"

"啊？！那种小东西居然会造成这么大的危害吗？我真的完全没有想到……"萤姬嗫嚅。

素恒却是浑不在意地一摆手就将她拥入怀中："这种小事你又何必挂在心上？反正我们的目的已经达到，即刻就可以离开长安，我们走后，长安是太平无事也罢，是变成一片泽国也罢，又有什么关系。我们只管去逍遥快活我们自己的就好。"

"我们走吧。"素恒说着，将那件斑斓华衣朝身上披去。

原本静止的华衣在他手腕的翻飞中，犹如突然得到了生命的蝴蝶，在夜风中振翅而舞！

陈游介觉得自己全部的视线都被这件绚烂的衣服占据了，这一瞬间他几乎忘记了呼吸。

可是，一切还在继续！

华衣飘飘然地覆盖在了素恒的肩头，素恒在那一瞬间化作了鹿的姿态！

并不是白鹿，而是一只焕发着九种夺目光华的鹿！

他，居然化作了传说中举世无双的九色鹿！

这就是他不惜一切搜集灵梦的目的，九色灵梦织就九色衣，让披上这件九色衣的他，变成了九色鹿！这将是罗浮仙山上出现的第一只九色鹿！再也没有人会将素恒与天时做比较了，因为，从这一刻开始，他们将有着云泥之别！

"我们一起回罗浮，让那些没有眼光的老头子看看我现在的风光！"素恒说着，志得意满地长鸣一声。

长安化作泽国又有什么关系，回到罗浮享受众人艳羡和崇拜的眼神才是素恒此时最期待的事情！

陈游介遥望着半空中光彩夺目的素恒，他的目光在最开始的惊讶过后，很快就归于淡漠。他毫不费力地就从素恒身上移开了目光，掉头而去！

沉浸在前所未有的骄傲和自得中的素恒，原本是将此刻当作回到罗浮接受万众瞩目前的一场预演，却没有想到，陈游介的回头会如此干脆而决绝，不带一丝留恋。

"你若是求我，我说不定肯出手帮你将长安水脉疏导归位。"素恒竭力压抑着话语中的不甘。他本想告诉自己，他压根不在乎这无足轻重的术士的态度，可是看到那个坚毅的背影转身离去，他到底是鬼使神差地说出了这样的话。

那一瞬间，他很想知道这个掉头而去的男人，会作何反应。

是立刻谄媚地哀求，还是压抑下满心的不甘却最终低头恳求？

一瞬间，素恒的头脑中闪过百千种情形。

可是，陈游介仿佛彻底没有听到他这句带着引诱的话语。

他的回答清清楚楚地在夜风中急袭而来："无论我怎么哀求你，你也不会出手！"

这一刻素恒觉得自己被彻底地冒犯了！

"你说什么？！"

"因为，你没有怜惜之心。长安对于你来说，根本无关紧要。"

陈游介的最后一个字音落下的时候，他的身影已经远远地消失在了素恒视线的尽头。素恒咬着牙，他没有想到陈游介会如此当面冒犯他！

觉察到他勃然色变，萤姬不觉有几分胆怯："我们快走吧……"

　　素恒停下了脚步："陈游介这时候这么硬骨头不肯低头向我求助，我倒要看看，待到长安洪水肆虐的时候，他怎么样哭着来求我！"

　　萤姬一愣："我们不走了？"

　　素恒点头，瞬间化回披着彩衣的少年，冷傲地点头："要么我就在这里看着长安被洪水吞噬，要么就是让那个陈游介来求我。无论哪边都是一出天下难寻的好戏，我怎么可以不看完了再走？"

　　说着，素恒已经轻轻落到了那七重佛塔的顶端。他倒要看看，那个陈游介能硬气到几时！

　　当陈游介回到谛听阁的时候，明胤搀扶着天时焦急地迎接他。

　　"长安到底怎么样了？"天时的声音居然比明胤更加焦急。

　　陈游介看到他那张与素恒一模一样的面庞，眼神不自觉地微微避开。

　　天时敏锐地觉察到他的动作，急忙追问："难道……此事与素恒有关？"

　　陈游介本不想告诉他，可是此时此刻，他已经无暇顾及太多。待到他将事情的来龙去脉简单地说与天时后，天时原本就凝重的面庞顿时更加沉重。

　　"都是我的错！如果我——"天时不住地喃喃。

　　"不要说这些没用的！我现在就想想该怎么做！"陈游介干脆利落地截断了他的感叹。

　　几乎是同一时间，陈游介的耳畔传来了巨大的呼啸声！

　　四处激荡找不到正确方向的水脉，正在破土而出！

　　不光是水声！还有许多其他的声音同时在尖锐地响起！

　　这是普通人类听不到的声音。这是来自长久栖息在长安的各种物魅、树精、石灵们的声音！它们虽然都已经开了灵智，却都还无法自行移动，就算是勉强脱离本体逃脱了一时，如果本体无法逃脱，它们也还是难逃厄运！

　　而此时的惊呼惨叫声，就是这些物魅精灵们发出的！

　　不能再等了！

　　如果……用尽我全部法力的话……虽然不能保全长安，起码也可以……陈游介急速地思考着。

　　他的思考被一个声音截断了——"如果我的角能恢复，我就可以守住长安"。

是天时，显然他也听到了那声连绵不绝的惨呼，他焦急万分的神情，早已经昭告了他此时有多么心急如焚。

"角？我的角……不对，我的角早就没了。"在听到天时提及角的时候，最先答话的是小八，身为这个屋子里唯一有过角的存在，它几乎是第一时间就想起了自己的角。

仿佛是在回应它的呼唤一般，在谛听阁一角的宝箱里，一道金色的光芒霎时就流泻而出！小八为了留在明胤身边而舍弃的龙角，正收藏在这个宝箱之中！

"龙角……鹿角……"陈游介的脑海中霎时一片雪亮！

"如果我把小八的龙角给你，你应该就能恢复力量了吧？"陈游介一把抓住天时。

天时在片刻的愣怔后，恍然大悟地点了点头！

要知道，传说中的天界第一只仙鹿，正是向玉皇大帝求到了龙角，才踏上了福寿不绝的仙途的。鹿的角是龙角的传说天时在罗浮仙山上早已经听得耳熟能详，而此时的他居然真的要得到一对龙角？

"没有时间了，我这就为你施术！"陈游介的语速比平时快了一倍，他扭头望着小八，"虽然我当初将你的龙角取走，可是只要你想离开明胤，随时可以将龙角取回去东海做你的天龙。现在一旦把龙角给了天时，那你就永远不再是天龙了……你真的想好了？"

听到陈游介这话，不光是小八，就连明胤也有几分不忍。天时更是屏住了呼吸。他想救长安，想要取回法力，想要弥补素恒犯下的错误，可是，这不代表他可以安之若素地接受小八如此珍贵的龙角。

小八望着那宝盒里熠熠生辉、仿佛正在呼唤着自己的龙角，它大大的金色眼睛里没有一丝迟疑："我的龙角放在盒子里太久了，你代替我，带它们出去玩玩吧。"

天时咬了咬唇："你不后悔？"

小八没有回答他，只是扭头望着陈游介："快一点，我的龙角好像都已经等不及要飞出去了呢！"

水声在耳畔越来越响，一切即将无可挽回！

陈游介不再迟疑，法阵的光辉猛然亮起！

素恒望着从谛听阁散发出的夺目光彩，皱了皱眉："都这个时候了，真不知道那个无能的术士还在搞什么没用的把戏，哼哼哼……不求我，我倒要看他有什么本事，可以力挽狂澜！"

一道白色的光芒，如同光的虹桥一般冉冉升起，在那流泻的光的通路中，一只白色的鹿冉冉升起，素恒瞪大了双眸，这是……天时？

这身姿这眼神的确就是他最最熟悉的天时，可是，他的头顶上正在散发着淡淡金色光芒的角，却是如此耀目，只一瞬间，就足以攫取所有人惊艳的目光！

"他哪里来的角？"素恒喃喃，嫉妒的暗火瞬间就将他的心点燃。他的目光牢牢地锁住了那个光芒中奔跑而来的身影。

"有了角又如何，没有晶元的你，救不了长安！"素恒几乎是咬牙切齿地说。他完全没有觉察到，妒恨的神色早已经溢满了他原本俊秀无双的面庞。

天时在夜空中四下奔走，仿佛在寻找着什么。最后，它终于在一处站定。这里就是长安水脉激荡得最厉害、水脉纠结得最猛烈的地方，也是鲸落虫繁殖得最肆虐的地方。

天时昂起头，朝着天空发出清越的鸣叫声！

这叫声如同是向天地发出的祈愿，响彻天地！

而在这鹿鸣中，水脉中被鲸落虫所搅乱郁结的水脉之力如同破土而出的春笋，朝着天时的方向，直冲而去！

"啊！"萤姬不由自主地惊呼出声！

"叫什么叫？那些只是水脉中的力，并没有实质的形态！"素恒不满地呵斥。

萤姬急忙闭嘴。

可是，在素恒的心里，他很清楚，虽然这崩坏溃决的水脉之力看起来并没有实质，天时此时却是切切实实地在承受着长安地底上百条纠结错乱的水脉之力的重压！

这力量如此暴虐，就算没有实质也不能改变其凶悍的本质！

而此时，天时所做的，就是以鹿鸣之声，将所有这些纠结错乱的水脉之力全部引导到自己身上，再一一化解归位……

因为，如果不这样做的话，长安会瞬间变成一片洪水从地底四下奔涌溃决的汪洋泽国！

"想做救世神鹿吗？哼……那就让我好好看看你能做到什么程度！"

陈游介望着天时，他开始后悔。他没有想到天时所谓的能救长安的方法居然是这样惨烈！天时居然是用自己的血肉之躯来承受整个长安水脉错乱的重压之力！

陈游介知道在这种情形下，自身要承受的痛楚就几乎到达让人无法保持清醒的程度，而它居然还要将加诸在自身错乱的水脉之力归位？

这，需要多大的力量和多大的坚忍，陈游介简直难以想象！

此时的他，只能竭尽所能，将那些裹挟在水脉之力中被席卷而出的鲸落虫一一消灭，为天时多少减去一分压力。

可是，即使是这样，他也很清楚，这些还远远不够！

天时的身体到底能坚持到什么时候，他简直不愿意去细想！

陈游介甚至忍不住想要闭上双眼，他在这么多年的人生中第一次如此不忍，他不想看到这只美丽的白鹿，就这样一点点地走向毁灭！

一个低微得几乎要被所有人忽略的声音轻轻地响起！

那是犹如清晨第一颗露珠悄然坠地的声音，那么低微，那么脆弱，又那么不舍。

陈游介真的希望这一刻不是真实的，他什么都没有看到！

可是，一切是如此清晰地在他的眼前上演着。他，无从回避！

从最轻盈的蹄尖开始，天时的身躯，在一点点地化作齑粉……

即使是罗浮仙鹿的身躯又如何，这样巨大的水脉之力，它也终究还是承受不起……

陈游介想要伸手拢住那些曾经属于天时的碎片，却发现自己的举动只不过是将风的速度搅得更快，让那些碎片飞散得更加迅速！

水脉肆虐的声音已经渐渐平息下去，而那曾经响彻天宇的清越鹿鸣，却要就此消失！

陈游介曾经以为自己永远不会为任何事情伤感，可是，这样美丽的白鹿就这样消失，他还是不忍直视！

水脉的声音平息下去了，陈游介的耳畔，却骤然被另一种声音占据！

在清晨刚刚泛出一线天光的天色中，一些绿色的小东西如同蝴蝶般飞舞着，它们一个个地飞向那些碎片，将那些碎片重新归拢到天时的身畔。

这是树精！长安的那些小小的树精！绿色的树精此时都化作了小小的蝴蝶的模样，在渐次升起的晨光中飞舞而去。

不！不仅仅是树精！

陈游介又看到了另外一些颜色，五彩斑斓的花精、赭色的石灵、白色的物魅……

还有许许多多陈游介一时分辨不出，也说不上颜色的小精灵。它们都聚集在半空中，四下飞舞着，将天时白色的碎片一点点地衔起，重新飞到他的身边。

它们不想看到这只善良的白鹿就此湮灭！

这是整个长安的精灵，在用自己的方式感谢救了长安，救了它们全部精灵生命的白鹿天时！

"谢谢你！"

耳畔仿佛在一阵阵拂过这样的声音。

此时在陈游介的眼中，展现的却是一副前所未有的景象！

他看到了，那些色彩斑斓的精灵，将它们各自衔住的天时的碎片归拢着，簇拥在天时身畔。那从上至下密密麻麻的情景，犹如是一件九色的彩衣，笼罩在天时的身上！

而此时，晨曦已经彻底展现了光辉的笑颜。而在那霞光万道的晨曦中，陈游介看到了真正的——九色鹿！

不是素恒那披着九色灵梦织就的九色衣化作的九色鹿，而是真正的，每分每寸都流动着活生生翩飞光华的九色鹿！

这是大善和大爱织就的九色华衣，这才是真正的九色鹿！

九色之鹿，从来就不是灵梦点染而成，而是大善大爱的凝结！

"这……才是真正的，九色鹿吗？"素恒盯着那霞光中几乎让人忘却了一切悲哀的绝美身影。

他从来没有像现在这样地感觉到挫败和失落。他原以为得到了一切，可是……

素恒不由自主地跑到了天时的身边，他不知道此刻的自己心中到底翻涌的是什么样的情绪，他只是突然觉得，天时跟他的距离，怎么突然变得这么远？

"天时……你……好……吗？"素恒艰难地开口。

天时抬起头，漫天的霞光和流转他周身的九色光华，都比不上他此时对着素恒的笑容："我很好……再见。"

"再……见？"素恒瞪大了双眸。

然后，素恒看到，天时消逝了，就算是全长安的精灵都竭力想要留住他，可是，一切依然无可改变！

天时……消逝了……

那曾经最美的白鹿，那在长安的晨曦中骤然而现的九色鹿，就这样在瞬息之间，静悄悄地……湮灭……

"不！天时你怎么可以就这么走了！

"其实我不想要什么鹿角，我也不想要什么力量，我更没有想要变成九色鹿，我想要的……我想要的只有……能与你并肩而行的力量！"素恒在天空中左冲右突，他想要抓住天时最后的碎片。可是，在他空荡荡的手掌间，什么也没来得及抓住……

长安的危机解除了，精灵们四散而去。

而此时，在陈游介的耳畔，久久回荡起的，是来自鹿的悲鸣……

我以为，我要的是九色华衣，到头来我才明白，我要的，只有一个你。

第十五章

枕中龙

"嘭嘭嘭"！

一阵突兀的敲门声响起，惊动了原本安静的谛听阁。

这种动静，除了那位京兆府尹大人的幺子楼东来少爷，简直是不做第二人想。跟楼东来一起多次经历过各种奇遇的明胤，早已经卸下了那份迎接贵客的压力，而是彻彻底底地把对方当作了一个可以共患难的知己。

只不过，如果他现在不一时二刻间迅速果断地去把谛听阁古董店的大门打开的话，一旦这吵闹声把那位起床气十分吓人的陈游介老板给吵醒了……明胤急忙阻止自己继续朝下想，脚步却是足足加快了一倍不止——开门！

可……他的动作，终究是迟了一步！

当他来到谛听阁门口的时候，那位本该在卧榻上闭目养神的陈游介陈老板居然已经施施然地将大门打开！

紧接着，就是楼东来那永远花团锦簇的身影出现在了眼前。

织金的圆领窄袖袍衫衬得他越发是丰神俊朗。虽然明胤也经常禁不住吐槽楼东来的常服实在太过花哨，但还是不得不承认，即使是如此夺目绚烂的衣物也不能夺去楼东来的半分风姿，他本人就是如此熠熠生辉俊美无俦的存在！

只是，即使他是长安城人人都让他三分的府尹公子，即使他衣饰华美风采翩然，到了这谛听阁，等待着他的命运从来就没有什么改变——"嗷！"刚才还意气风发能博得长安满城深闺少女芳心暗许的楼东来此时已经捧着头顶那个刚出炉还热腾腾的包子，当场吃瘪。

"一大早就跑到我这里来大呼小叫的，看来我是得给你一点教训了！"陈游介的声音很响，陈游介的腰杆很直，陈游介的气势很足。

他全部的行动都在表示——我管你是谁，在谛听阁的地盘上，我说了算！我想敲你丫的就敲你，你怎么着？！

一大早就送上门给人敲的楼东来大少爷已经充分地觉悟到了，在谛听阁的地盘上，自己的地位永远只能是个被人敲打的命。

想当年，在他刚与这位陈老板接触的时候，尚且还有初生牛犊的势头，可惜来来去去这么多次，楼东来早已经在陈游介手上吃足了亏。

"扑哧！"

随着一声轻笑，一个轻盈的身影出现在了谛听阁中。少女翩然的风姿和气度都已经切切实实地彰显着她高不可攀的身份。只不过，她那一身素淡的道袍，却又不免让人感觉到了这种天家气象与世外装扮之间似有若无的突兀。

只一瞬间，陈游介已经拱手作揖："玉仙公主大驾光临，真是令谛听阁蓬荜生辉。"

玉仙公主本是今上最为宠爱的公主，年方妙龄，却已自请出家求道。只是今上怜她年少，终究没有让她入山修行，只在京中为她修筑了玉仙观，以供她修行。

"听说谛听阁异宝无数，我也想有机会能品鉴一二。"玉仙公主轻笑着开口。

楼东来用目光示意陈游介：你平时总说我光会坏你的生意，这回我可是给你拉来了一个大主顾！

陈游介斜睨他：还算你有点良心。

二人目光交错间，玉仙公主已经开始了她的挑选。谛听阁里琳琅满目的珍宝依次被明胤捧出，呈现在了她的面前。

不过显然，这位原本就眼高于顶特立独行的公主要的，不是那些寻常饰物。身为公主的她，要的是与众不同令万民敬仰的奇珍！堆叠散放的盒柜越来越多，可是玉仙公主选中的却是寥寥无几，陈游介知道，只怕得仔仔细细地打开箱笼，找些不世出的珍宝，才能让这位公主满意了。

这厢楼东来却还不忘奚落他："难道谛听阁里就只有这些东西吗？我可是费了老大力气才请公主亲自过来挑选珍玩首饰的呢！"

陈游介选择性无视了楼东来的感慨，一挥衣袖就给明胤下了指示："我刚刚想起来，库房里还有一些珍宝不曾拿出来！明胤，你快去。就是库房最里面的那几个箱子！"

哇！可以看到陈游介秘藏宝贝的机会，楼东来一跃而起自顾自道："我也去给明胤帮忙。"

"弄坏了东西三倍赔偿。"陈游介一侧身，大大方方地给他让出了通往后堂的路。

"三倍……就三倍！"楼东来一咬牙，继续昂首挺胸向后堂而去。

在他的身后，陈游介悄声喃喃自语："我记得，库房里好像有几件……本来就十分脆弱的货物呢……"

当楼东来迈入库房的时候，看到的是明胤正小心翼翼地打开一个大木箱子。箱子里堆叠着一个个的小盒子，每一个都色泽蕴藉，一看就年岁久远。这些东西虽然是古物不错，可是要说长安士子淑女们到底还是喜欢炫彩华丽的东西。从波斯大食那边传来的新制金银饰物，只因花色绚烂，城中人人追捧。相反这些真正历史悠久的传世古物，因为年岁久远，又与时下风潮不合，却是不一定能寻到青睐它们的知音。

"这些东西……一看就不太好卖啊。"楼东来嘀咕。

"话是这么说，可是总觉得如果能让它们出来见一见光，它们也会高兴的吧。"明胤微笑着，举起了手中一个朱漆暗纹的木盒。

"咦，好重，也不知道里头是什么……"

"打开来看看不就知道了。"

说话间，楼东来就已经"啪"的一声掀开了盒盖。

一股属于古物的气息顿时钻入了鼻腔，不知道是不是错觉，明胤觉得自己似乎还闻到了一股烟火的气息。

"啊嚏！"

冷不防，明胤怀中的小八居然打了个喷嚏！

明胤猝不及防，顿时手一抖，刚才还稳稳托在手心的盒子就不受控制地掉了下去！

"啊！"楼东来眼明手快地就接住了盒子！

可盒子在倾斜的过程中，里头盛的东西已经掉了下来，砸得楼东来的手腕一麻！

那电光石火间，他顾不得手腕上传来的痛感，手忙脚乱地抱住了这个物什！

"接住了！"楼东来总算是长舒出一口气。

可是，明胤接下来那句话却让他的脸顿时一片苦色："刚才撞到你手腕的时候，它……裂了。"

"啊！赶紧放回去，别让陈奸商发现了！"楼东来二话不说就开始动手把那物什往盒子里塞。只是，从他的身后，传来了此刻他最不想听到的声音："我说你们怎么这么久都没有将珍玩捧出来，原来是找错了箱子啊……"陈游介的话语很有技巧地一顿，正当楼东来还心存侥幸以为他并没有发现刚才自己闯的祸的时候，陈游介继续道，"真不好意思，楼公子，在下陈奸商，已经什么都发现了。"

原本楼东来以为下一秒自己要迎接的，就是陈游介的雷霆之怒，却没有想到这句话一说完，陈游介就麻利地掀开另一个大箱子，挑出数个雕工精致的盒子，转身而去。

望着他的背影，楼东来还死死抱住最后一丝侥幸："陈老板这是……放过我了？"

不光是明胤，就连小八都摇了摇头："应该是……回头再收拾你。"

玉仙公主是采购了满满一盒各色珍玩首饰才施施然上了牛车从容而去的。

这厢玉仙公主的采购刚刚结束，那边楼东来的苦难，却才刚刚开始。

"这种东西你也好意思要我赔钱？！"楼东来指着此时已经被安安稳稳地放在桌上的古物。

说它是古物，是因为它此时出现的地点是在谛听阁中。楼东来确信，这种东西如果丢到垃圾堆里，就连乞丐都不会多看一眼的！

"这是陶枕，上古制陶大师宁封子的作品，且上面有凸起的龙纹，乃是不世出的珍宝！"陈游介不紧不慢，细说从前。

楼东来已经都快说不出话来了，这种黑乎乎的一块泥疙瘩，陈游介居然敢要他赔偿十两金？！就因为上面那条几乎看不出来的裂纹？！

"你可以不赔……那么我这谛听阁从此以后……"陈游介在威胁他，明目张胆。

"那个，是我不小心失手把陶枕滑落的，不关楼东来的事情。"明胤急忙替楼东来分辩。

小八也忙不迭地插嘴："都是我不好，突然就鼻子痒痒想打喷嚏，吓到了明胤，他才会失手的……"

"明胤？你能拿得出这十两金来抚慰我心爱的收藏被弄坏了的心中痛楚？"

明胤默然……什么心爱的收藏？心中痛楚？只怕若不是我将它从箱子里找出来你早就忘记了谛听阁里还有这么件东西。老板你真的是……太无耻了。

"小八？把你从头扒到尾你也不值这些钱。"

小八望天……那些东海龙族们据说是真的挺有钱的……为什么我就这么穷？心有点痛。

"好了，你别说了，这钱我出就是了！"楼东来再也忍不住了。

"很好，谢谢楼东来公子的惠顾。这陶枕就卖给楼公子你了。"说着他就已经不由分说地将装陶枕的盒子塞入了楼东来的手中，摆出了标准的营业用笑容。

不知道是多少次与陈游介交锋的楼东来，再一次抱着自己重金买来的泥疙瘩……回家。

陈游介心满意足地合掌叹息，"今天真的是做了好几笔大买卖啊……"

明胤和小八齐齐斜睨他，你还能更奸商一点吗？

陈游介仿佛听到了他们内心的呼唤，微笑回首：我可以的哦。

楼东来是这长安最知名的风华少年。

这当然不仅仅是因为他有个做京兆府尹，又官声极好的爹。

也不仅仅因为这位楼公子日常行事赫赫扬扬声势浩大。

最重要的理由当然是，楼东来非常俊美。那种初生牛犊才有的飒爽英气和比少女还要精致秀美的五官糅合在一起，再加上他华丽繁复的装扮，就使得他成为长安人眼中最华美矫天的一处风景。

人们眼中的楼东来，总是意气风发无所顾忌的。

可是……事实当然并非如此。

"你是说，十两金你就买回来了这么个泥疙瘩？"官声很好，脾气也很好的京兆府尹楼大人正在很不好地发脾气。对象，正是他的幺子楼东来。

"这个是古物，千年前的制陶大师宁封子大人所做的。"楼东来窥探着自家老爹的脸色，急忙解释。

要知道楼家虽然是大族，可是父亲以庶子之身一步步走到今天，据说当年也是很吃过一些苦，是以日常用度都十分简素，如此倒也因此更加成全了他廉洁的官声。

楼府中其他人因为他的这个脾性，所以也十分注意。唯有楼东来，天生就是个喜欢华丽的个性。楼府尹对这位幺子也是十分疼爱，对他也不忍过分苛责。可是今天看到楼东来居然十两金买了这么个泥疙瘩回来，无论如何也未能按捺下心头怒气，到底拿出公堂上审犯人的架势，把楼东来狠狠地收拾了一通！

此时听到楼东来如此推崇这泥疙瘩陶枕，怒极反笑，点头道："很好。既然你能识得这陶枕的好处，想必也能识得其他一应简素之物的好处。"

"啊？！"楼东来还没回过神来，只见自家老爹一声令下，就眼睁睁地看着他的卧房在那些鱼贯而入又鱼贯而出的仆妇的动作下，彻彻底底地改变了模样。

"我的帐帘……帷幕……床褥……怎么都换成了最次等的棉布的？这些……"楼东来张口结舌，已经快说不出话来了。

显然，楼府尹的心情此时十分大好。

"那个陶枕不是给你留下了吗？正好，陶枕与棉布十分相配，想必你会满意的。"

楼东来抬头，他想说自己不满意，十分不满意！

可是，对上自家老爹那绝不容半分质疑的目光的时候，最后一丝理性让他保持了谨慎的沉默。全楼府的人都知道，整个楼府里，最是说一不二的，不是平日里看起来总是骄纵任性的楼东来，而是这位看起来总是笑眯眯的大老爷。

"忍耐个数日，等父亲的火气下去了，再将日常物什换回来吧。"楼东来如此决定。

入夜，当楼东来躺到床上的时候，终于勉强承认，那些棉布床褥虽然着实不够漂亮，但是用起来还是很舒适的。只是……那个陶枕是怎么回事……硌得他后脑勺都不舒服。真不知道怎么会有人做出这么难受的枕头的？还是我之前的枕头舒服啊……

楼东来做了个梦。

"你觉得……我长得怎么样？"

"你？黑乎乎的……"

这段梦中的对话在这里戛然而止，他确信自己肯定是梦到了什么。可是当他醒过来的时候，除了这段对话，梦中其他的情景却是一点也想不起来了。

这……应该不重要吧？楼东来打着哈欠，在铜镜前准备换上外出的衣裳，他的视线，不经意地朝铜镜中瞟去。

只这一眼，他顿时就大吃一惊！

"这是怎么回事？！"楼东来震惊地望着铜镜中的自己，在左侧的脸颊上，居然骤然生出了……泥土色的污斑？！那赫然一大片的样子，简直无法相信这是在昨晚一夜之间生出来的，简直就像是那种从出生开始就牢牢地印在了身上的胎记！

肯定是陶枕把我的脸弄脏了！

楼东来急忙去洗脸。可是，直到用布巾将脸颊上的肌肤擦得生疼，那块黑斑也没有一点退却的迹象。

"你不是女子，这么点黑斑算不了什么。"楼东来竭力说服自己。

"可是这哪里是一点黑斑！这分明就是一大片！"另一个声音更响亮地在心底响起。

楼东来此时突然理解了为何那些女子会前赴后继地去抢购珍珠粉来匀面了，白净无瑕的面庞上就这样出现了一大块黑斑，确实让人难以忍耐！

一个时辰后，谛听阁。

陈游介皱着眉："你今天怎么突然排场这么大？居然要我请走其他客人，又非要把牛车驾入我的后庭，绕进来。你这到底打的是什么主意？"

"你闭嘴！"楼东来气呼呼地反驳，那声音高亢得，简直是吓了陈游介一跳。自从他认识这位楼东来公子，还没听到他这么怒吼过呢！

惊讶之下，陈游介去了语音中那些嬉笑，沉声问："怎么了？"

面前的楼东来，居然穿着一身陈游介曾经以为永远不会出现在他身上的素色单衫，手里还拿着一把水墨丹青的折扇。粗粗看去，他与那些出没在长安各位名士之家的学子们如出一辙。

"是你爹逼着你考科举吗？"明胤也是头一次看到好朋友这样，忍不住忧心忡忡地插嘴。

"不是！"楼东来气急，终于把心一横，将一直遮住了面庞的折扇取了下来——"你们看！"

陈游介和明胤倒也罢了，小八却是口无遮拦："你的脸怎么了？！全黑了！"

"什么？全黑了？"楼东来顾不得其他，一头冲到了屋角的铜镜边。

只见铜镜中的少年，面庞上已经犹如被兜头盖脸地泼了一大碗墨汁一般，黑得几乎看不清五官了！

"怎么回事？今天早上明明还只是块黑斑的……"楼东来这下是真的急了。

只是一块黑斑倒也罢了，可若是满脸的黑色，他就要被人当作昆仑奴了！那样不光是他楼东来，整个楼家都会变成长安城最大的笑柄！

绝对不能让这样的事情发生！

楼东来咬咬牙："陈老板，快帮我看看这到底是怎么回事！"

陈游介竭力保持镇定，因为他真的很想笑。

　　看到一直趾高气扬花团锦簇的楼东来这么吃瘪的感觉，真的是可以连喝三杯酒，再仰天长笑三声的乐子啊！

　　楼东来望着陈游介憋笑憋得很辛苦的脸，终于大无畏地道："你想笑就笑吧！"

　　在整个谛听阁的历史上都足以载入史册的事件，就是陈游介彻底毫无形象地爆笑出声！

　　"哈哈哈哈……"高亢的笑声从谛听阁的深处传到了街市上，惊起燕雀一片……

　　楼东来昂头，反复告诉自己：现在，必须忍！

　　"这是咒。"陈游介在一番施法后，终于肯定地下了结论。

　　"我不管什么咒不咒的，你快给我解开啊！"楼东来控制不住地焦虑起来。

　　"所谓咒，必须找到施咒的那个人，才能完全解开。否则，如果是强行破除他人的咒法，不知道会造成什么样的后果。"

　　"可是……那怎么办，我都没法见人了好不好。"楼东来说着，有几分自暴自弃地一屁股坐了下来，灌下了一大杯茶。

　　若是平时，陈游介势必要心疼自己的顶级新茶，不过看到楼东来这么无精打采的样子，他还是大度地原谅了他。

　　"也不是没有办法……"陈游介不动声色地抛出了诱饵。

　　"什么办法？"小黑鱼楼东来迅速咬钩。

　　"虽然想要立刻破除咒术是没办法，可让我给你施个障眼法，让其他人看不出来你的肤色有异，还是没有问题的。"陈游介万分诚恳。

　　这个法子……虽然不能立刻解决问题，但勉强也可以解燃眉之急，倒也不是不能接受。

　　"好，那就快……"楼东来的话，被明胤骤然截住。

　　"那个障眼法，施展起来，很贵吧？"明胤的目光，直直地望向了陈游介。

　　陈游介的笑容有一刹那的僵硬："这个嘛……物有所值，楼公子你说是吗？"

　　楼东来望望一脸奸笑的陈游介，再看看一脸担心的明胤。

　　从一早踏入谛听阁求救的时候开始，他就知道是过来给陈游介这个奸商收拾的。可是，若不答应，他又实在是无计可施……

　　他垂首，终于大无畏地道："你快施法吧！"

陈游介微微一笑，只见他指尖流转过一抹绚丽的光华，仿佛是明媚的秋光突然在这室内回荡了一瞬般，一个呼吸过后，明胤再看到的楼东来就已经回复了原本俊美白皙的面庞。

"好了！"明胤惊喜。

小八却摇摇头："没什么变化啊。"

"这种障眼法能混过凡人的双眸，却是无法迷惑龙瞳的，还有……"陈游介正在解释，就只听楼东来失望的声音："镜子里的我还是跟从前一模一样啊！"

陈游介面不改色地接着道："也无法对你自身起效。不过你本来就只要能糊弄过别人就可以了，我这个障眼法还算是十足有效的！这么方便厉害的法术，只收你一两金哦。"

楼东来此时已经如同斗败了的公鸡，连跟陈游介斗嘴的干劲都没有了，他无精打采地解开荷包，掏出金子就往陈游介手里送。

突然，他警惕地缩回手："你这个障眼法，能管多久？"

陈游介笑得越发诚恳了："一般的障眼法能管一个时辰就已经相当不错，有些道行微末的家伙连一炷香的时间也糊弄不过去。不过我的道术可是最最正宗，能管足足十二个时辰！真真的货真价实童叟无欺！"

楼东来一个踉跄，差点没跌倒："你是说……明天我还得过来再让你施术，再给你一两金？！"

陈游介十分有诚意："如果你一次付了十天的份，我给你打个八折。"

楼东来："……"

明胤觉得，楼东来几乎是跌出谛听阁的大门的。

目送着楼东来的牛车消失在视线的尽头，明胤忧心忡忡地回到谛听阁里。

只听得陈游介悄声低语："这种古老的咒术……居然会重新现世，楼东来是沾染上什么妖物了吗？可是……明明没有什么妖气……要不要明天去楼府一趟呢？"

明胤心中一喜，老板也不是彻底的奸商嘛，这不就是在关心楼东来吗？

可是，陈游介接下来的句子却不失时机地钻了他的耳朵："顺便给楼家的夫人小姐们送些时新的钗环首饰去售卖，应该会是笔不错的买卖哦……"

明胤默默地扭头，指望陈老板大发慈悲，我真的是想多了……

次日，明胤捧着大大小小的首饰盒子跟在陈游介身后迈入了楼府大宅。

虽然楼家家风一向简素，可是夫人小姐们哪个能缺了时新的钗环首饰？是以，陈游介的生意可以说是顺风顺水，足足地赚了一大票。

这导致当他走入楼东来那个简朴得如同雪洞般的卧房的时候，心情依然是十分好。

而此时的楼东来，却是十分……不好。

从看到他的第一眼，小八就已经控制不住地惊呼出声："你全身……都变黑了！"

楼东来有气无力地反驳："只是前胸后背还有胳膊，腿上没有变黑……"

陈游介毫不留情地断言："可是看这个情势，也只是时间问题。"

"那……可怎么办？"随着那些黑斑在身体上蔓延的速度，楼东来反而从最开始的震惊中渐渐地回过神来，虽然心情还是郁闷，却没有了一开始的惊惧和恐慌。

"如果我告诉你，这些黑斑仅仅只是一种强烈的怨念而造成的咒，无法用任何方法强行拔除，只能等施咒者的怨念慢慢消散，这些黑斑才能慢慢散去，你该如何呢？"陈游介收起了全部的嬉笑之色，脸上前所未有地严肃。

"障眼法……不能……"楼东来试着说。

"咒和障眼法会在你的身体上彼此冲击，长期如此，对你的元神有损。"陈游介的声音缓慢而又清晰。他很清楚自己此时说出来的话会造成什么样的后果。他想，他也许会眼睁睁地见证那个长安最肆意嚣张的少年就这样一蹶不振，从此无声无息地消失，就此隐没。

在不过半晌的沉默过后，楼东来的声音再度明快地响起！

"黑就黑吧！大不了我给父亲留书一封，说我入山学道了。然后我就……到你那里跟明胤一样做学徒你看如何？要是有人问起，你就说我是你买来的昆仑奴！话说最近肤色黝黑的昆仑奴在长安也很受欢迎呢！"楼东来说着，居然声音越来越高亢，那些因为肤色出现异样而暂时失去的活力仿佛在一瞬间都回到了他的身上。

望着少年那神采奕奕的双眸，陈游介发自心底地笑了起来。

这就是长安最风采夺人的少年，那份风采从来就不来自他的怒马鲜衣、俊美无俦，而是因为他本来就是这么夺目的少年！

"好，我等着你在我谛听阁做昆仑奴的日子。"陈游介听到自己这样说。

楼东来住进了谛听阁。

为免父亲担心，他早已经留书一封说自己入山去寻一品新茶回来孝敬父亲，少则三五日，多则十日就可以归来，请父亲不要担心。

然后，谛听阁里就多了个黑乎乎的昆仑奴。从头到脚，无处不黑的昆仑奴。

没有人发现，这个昆仑奴就是名噪长安的楼东来。

"你说，你是做了一个梦，梦醒之后就变成了这样？"送走了最后一位客人，陈游介终于有空向楼东来细细盘问。

"嗯嗯……我觉得……似乎有人在睡梦中问了我一句什么……

"然后我就回答了他……"楼东来竭力思索。

陈游介沉吟："这梦中的对话，说不定就是这咒的缘由，你快想想，到底那时候你说了什么？"

已经过去了好几天的梦，楼东来哪里还想得起来，搜肠刮肚了好一阵，依然是半点痕迹也捞不起来。直到明胤端上一碗为陈游介准备好的浇了蔗浆的"酪樱桃"时，陈游介无意间的一句评论："今天的这个酪樱桃怎么颜色有些发黑？是樱桃熟得太过了吗？"

楼东来只觉得头脑中骤然划过一道闪电，那一夜的对话，顿时想了起来！

"你觉得……我长得怎么样？"

"你？黑乎乎的……"

"我们当时就说了这两句话。"楼东来肯定地说。

"你是说对方长得黑乎乎？"陈游介追问。

楼东来急忙摇头："梦里的一切都是混沌不清，我是想说黑乎乎的什么都看不清，结果貌似对方就一下子气呼呼地走了……我这话也就没能说完。"

"这样啊……"陈游介"啪"的一声，敲了一下扇柄，"现在我大致明白了，许是有什么妖物精灵，在你梦中询问你它的容色如何，你这一句'黑乎乎'就将对方得罪了，所以它才施下这个咒，来给你一个教训。"

楼东来的下巴都要掉下来了，这几天害得他浑身发黑，还有家不能回的理由居然是这样？真的是……让人想喊冤都没处喊啊！

眼见他这么憋屈，陈游介还不忘语重心长地敲打他："要知道，无论是女人还是女妖，对自己的外表都是十分在意的，一句话就会足足怨恨你一辈子的哦。"

楼东来面色已经是黑得不能再黑："可是那天晚上，我在睡梦中听到的声音，明明是男人的声音啊！"

"呃？"这下，连陈游介都是一脸的难以置信，这……又是怎么回事呢？

"要说黑……我记得……那个陶枕上描画的龙纹，好像就是黑色的，虽然颜色剥落了大半，可是那真的是黑龙，我肯定不会认错的！"小八抖起了龙须，小心翼翼地说出了自己的发现。

"黑龙纹的陶枕吗？"陈游介陷入了沉吟，"今天晚上我们就潜入楼府，把它偷出来查看一番吧。"

楼东来不解地嘀咕："为什么我要去偷我自己家的东西？"

入夜，楼府。

楼东来七弯八拐的，带着陈游介和明胤绕进了自己的院子。

显然，因为他的"留书外出"，他院中的小厮和丫鬟们顿时都松懈下来，明明时辰还尚早，却四下里寂静无声，也不知道是悄悄凑到哪里去喝酒取乐了。

一个闪身躲入自己房中，楼东来也不敢点灯，只借着薄薄的月色，招呼陈游介他们坐下歇息片刻。

自己径自去床榻上取了那个陶枕过来，交到陈游介手中。

陈游介接过陶枕，眸光在那一瞬间微妙地一转："果然是这陶枕的古怪。"

楼东来的怒气噌地上来了！

"你知道陶枕有古怪还卖给我？你真是毫无节操的奸商！"

难得地，陈游介居然没有反驳，反而还笑眯眯地："对于本店售出的货物给你带来了如此大的困扰，本店主实在是于心不安。不如我照价将这陶枕收回，你看如何？"

"呃？"楼东来实在吃不准陈游介的葫芦里卖的是什么药。

正当他茫然的当儿，那刚才还暗色沉沉的陶枕上却骤然划过了一道光芒！

陈游介永远是所有人中反应最为迅速的，他的指尖如利剑般挥过，一道结界已经瞬间升起！

明胤和楼东来也都被他护在了身后。

而那个仓促间本该跌落地面的陶枕，却悠悠然地悬在了半空中。此情此景，原该是有几分诡谲恐怖的，不知道为何，楼东来心中的激动却远远大过了恐惧。

一道黑色的烟雾一点点地从陶枕的缝隙中不紧不慢地钻了出来。

陈游介并没有急于将它打散，而是不紧不慢地等着它慢慢地将烟雾状的身体渐渐凝实。

最终，一条鳞片黝黑的龙出现在了众人的眼前。

这条龙虽然身形稍显微型，可那满身的鳞片在陈游介结界幽光的映照下，倒也别有一番光彩熠熠。

"我……梦到的那个黑乎乎，就是你！"楼东来惊喜地说。

"你居然敢说我黑乎乎！我现在就撕碎了你！"这条黑龙顿时怒了，张开大嘴露出龙牙就朝着楼东来扑了过去！

楼东来急忙将求救的目光望向了陈游介。

谁知道，对方居然——一动不动？！

楼东来的视线，瞬间就被一片黑暗吞没了！

可是，预想中的痛楚居然一点也没有出现？！

楼东来试探着抖了抖睫毛，小心翼翼地睁开了眼睛。

然后，他看到自己的脑门正包裹在一团因为膨胀而变得稀薄了的烟雾中。

"你居然没有惨叫出声，不愧是京城第一风华公子！"陈游介一脸的钦佩神情。

"哼，我本来就是这么镇定风流的人物，你是永远也比不上的！"楼东来志得意满地点头，肯定陈游介这难得的好眼光。

可是，下一秒他就暴怒起来！

"所以你就这么眼睁睁地看小爷我的笑话，都不知会我一声？！"

"你们……是在看大爷我的笑话吗？！"

长短不同，音色不同，内容也截然不同的两声怒吼同时在陈游介的耳边震响。

陈游介皱皱眉，掏了掏耳朵："我看你们一个咬人，一个被咬，都很开心嘛。"

"哪里开心了？！"

"哪里开心了？！"

这次一人一龙是彻底地同仇敌忾异口同声了。

"相逢即是有缘，不如我们大家自我介绍？"

在波光粼粼的曲江池边，点起幽暗的灯火，品起一盅好茶，再供上一炉好香。

座下是绒绒的茵毯，举头是若隐若现的明月，实在是良辰美景赏心乐事。

小八小声问明胤："为什么我们突然要从楼府跑到这里来……喝茶？"

明胤也在思考这个问题："我觉得最大的可能性是……老板觉得维持结界，太费力了。"

不得不说，明胤的话，就是正解！只不过，陈游介是绝不会承认的。

楼东来和那条从陶枕里钻出来的烟雾龙都还气呼呼的，显然没有进入状态。

明胤不得已，只得在陈游介的示意下开始了自我介绍。

"我叫明胤，目前在谛听阁做小厮。"

烟雾龙抬了抬眼皮："你的血统，很不一般啊……"

小八也接话道："我叫小八，据说是东海一脉的龙族，其实我也不太明白。"

烟雾龙连个斜睨都懒得给它："后生小辈，一边去。"

不待楼东来开口，烟雾龙就已经主动发难："姓楼的小子，这几天可是吃够了肤色黝黑的苦头了吧？"

楼东来气呼呼地盯住它："哼，小爷我见识过的妖怪也有不少，还是头一次看到你这么没品的，居然咒我变得黑乎乎。"

看到他这么气急败坏的神情，烟雾龙似乎得到了极大的满足，昂首徐徐道："我叫擎雷。"

原本擎雷说完了自己的名字，还刻意停顿了一会儿，准备接受这些后生小辈的敬意的，却没料到这伙人居然都毫无见识，只知道大眼瞪小眼地等着他后面的话，完全没有一个人想到要表现出一点敬意。

在他等了半晌后，才听到那条小得不能再小的小八开口："这个名字好有气势，比我的强多了。"

擎雷轻哼一声，心想你这种跟序号一样的名字哪能跟我比。

擎雷还没有得意完，就只听得楼东来不耐烦地道："擎雷大人，你到底为什么要给我下这个什么咒，就算我那时候不小心说了你一句黑乎乎，折腾了我这么多天你也该消气了吧？能不能把这咒法收了？我请你喝顿好酒，这个事情就算是了了。"

明胤敢肯定，虽然这话听起来也并没有那么好听，可是真真的已经是楼东来能说出来的最服软的句子了！

只不过，这种程度的服软，在擎雷的耳中，显然是远远不够的！

"哼，你一介凡夫，居然擅自羞辱我这等九天神龙，不要说如此咒你几日，就算是结结实实地咒你一辈子，也不过是动个念头而已。"擎雷不光不接受楼东来的建议，相反，他还继续……非常嚣张！

"看来，擎雷大人你是不打算解开下在楼东来身上的咒术了？"陈游介一锤定音。

"当然不打算！"擎雷点头，明明它的身躯都只是烟雾凝成，可是那份趾高气扬的气势居然半分不减。

"既然如此……那……"

楼东来一咬牙，双手恭敬地送上一个一看就装得满满当当的荷包："快灭了这个妖孽，解开我的咒术！这是礼金！"

陈游介爱钱，很爱钱。

可是这一次，他居然毫不迟疑地把这个荷包干脆利落地推开了："抱歉，这件事情我现在实在是做不到。"

"啊？！"楼东来的整张脸都垮了下来，无精打采地耷拉着脑袋。

"明胤，把陶枕抱好，带楼东来和擎雷一起回谛听阁去吧。"陈游介的声音分外轻快。

"那个……到底为什么不能帮楼东来？擎雷那种烟雾的模样，对老板你来说应该没什么困难吧？"明胤压低了声音悄悄问。

陈游介昂头望天："因为……将他们连接在一起的，并不是灾厄的丝线啊。"

楼东来很喜欢小八，也很羡慕能有小八那么一条活泼可爱的龙依偎在身边的明胤。必须承认，他不是没想过，如果有一天，我身边也能有一条龙陪伴在身边就好了……

可是现在……

"黑乎乎，离我远一点！"楼东来瞪着面前的黑色烟雾。

"大爷叫擎雷！"烟雾龙哼哼……

"哗啦！"

"你居然敢把我绊倒！"楼东来大喊。

"谁叫你居然敢对我不敬？！"擎雷得意扬扬。

"噼里啪啦！"

"……"

听着后院不知道是第几次传来的打斗声，明胤忧心忡忡地望着陈游介。陈游介面色如常，继续喝茶："打坏了东西，让他们赔就好了。"

如今已经是秋风乍起的日子，可是今年的夏日，却仿佛是徘徊得特别久，始终不肯离去。不光如此，明胤简直觉得，天气似乎一天比一天的，更加炎热了起来。

而此时，总是会时不时地引领起长安风潮的玉仙公主最近再一次地成为众人眼中的焦点人物。据说，她的玉仙观里近日来了一位神秘术者，世外高人，那个术者有着一头火焰般的长发，姿容极为俊美夺目。他为公主献上了可以令人容光焕发的灵石，公主佩戴在身上，果然是夜晚都熠熠生辉如同世外仙子。

一时间，长安的名门淑女人人都在各处打听那熠熠生辉的灵石究竟是什么，只是玉仙公主既然是公主，那么她要享有的，自然是这长安城里独一份的荣光，对于那一拨拨或是直接或是委婉地来求灵石的姐妹们，她都只是蹙眉表示："宁先生的灵石据说炼制起来非常不易，不知道何时才能再得一颗呢……"

而后，便是有人谣传说此种灵石自家古董店有收藏，一时间长安贵女们趋之若鹜。可是终究鱼目不可能真正混珠，风潮过后，人们才真正确信，这种灵石真的是世上绝无仅有的奇珍。而那位俊美非凡的红发术者的名字——宁烈，也就在长安城里的传奇上，落下了属于他的一笔。

谛听阁里。

"这里……真的没有那种能让人容光焕发的灵石吗？"一位衣着光鲜的贵女急不可耐地追问。

陈游介挥舞着折扇，微笑颔首："小姐你已然是熠熠生辉的美人，那灵石又怎么及得上小姐你的万千风情？"

听到陈游介的这一番情真意切的恭维，那贵女面色一红，却到底叮嘱道："若是有了那灵石的消息，陈老板你可要第一个通知我哦。"

说着，她这才远去。

望着她远去的身影，楼东来咂舌地喃喃："这些女人真可怕，为了找那个什么灵石，几乎要把长安翻过个儿来了。"

陈游介却是凝神沉思："不知道那灵石究竟是何种模样，居然能叫她们如此痴狂、趋之若鹜。"

明胤难得看到自家老板对赚钱之外的事情如此有兴趣，忍不住抬眸看他，却只听他接着道："若是知道模样，好歹仿制一些出来卖，也比这么整天看着大好的生意白白溜走好啊！"

话音未落，就有侍从模样的人过来通传："玉仙公主到！"

不知道是不是错觉，自从玉仙公主迈入谛听阁的那一刹开始，原本清凉的谛听阁中，突然漫卷起一股灼热的气息。

随即，熠熠生辉的玉仙公主就已经走入了谛听阁，而在她的身后，却是一个松松束着红色鬓发的男子。看着那男子窄袖胡服的装扮，不用多介绍，陈游介已经明白，这就是那位早已经盛名在外的神秘术者——宁烈。

宁烈虽然是跟在玉仙公主身后进入，可他的存在，却是让任何人都无法忽略。

高鼻深目，明明带着如此明显的异域风情的外表，再加上那一头火焰般的红发，真的是无论是谁见到都会明白此人非我族类。可是，那一份肆意嚣张的气息，那一抹飞扬的笑容，却又让你不由得觉得，这个人就该是这样的，这样的容貌搭配着这样的气质，真真，是再好也没有了……

玉仙公主今天的来意却是有些特别，她想将那块灵石镶嵌起来，作为装饰。

"因为不知道到底什么样的东西才能与这灵石匹配，于是我就想到，不如来问问长安城内于古董上最有见识的陈老板了。"

玉仙公主微笑着，带着骄傲的神情，将袖中的一个荷包打开，然后，被她托在手心里的，便是一块散发着荧荧光芒的灵石。

从看到它的第一眼，明胤就觉得，这看起来似乎是什么东西的碎片。

"可以容我细细端详吗？"陈游介说着，接过了公主手中的灵石。

那触手的一瞬间，几乎穿透皮肉的灼热感让陈游介差点没把这东西脱手而出！

可是在一息之后，那种滚烫的感觉又瞬间消失了，仿佛刚才他的感觉只不过是一种错觉。

陈游介将这灵石翻来覆去地端详着，没有刻花，没有符文，没有任何人工雕琢过的痕迹，只有一股若有若无的灵力在这灵石上兀自流转，让这原本安静的一块石头，更像是一颗亟待发芽的种子。更令人称奇的是，那种灵力流动的方式不似火焰肆意向外，而是如同水波般循环流转生生不息。将这样的东西佩戴在身上，确实可以让人于呼吸间汲取到灵气，容光焕发，神采奕奕。

"不知道陈老板看出来了吗？这块灵石，到底要如何镶嵌才好呢？那些王公贵女们总说我不肯将灵石给她们看，若是让她们看到这灵石的真相如此其貌不扬，可就不好了……"玉仙公主说着，显然是希望将这灵石精心雕琢一番，再大张旗鼓地示人，好再博一个风光无限。

"公主如此想自然是很好，只是……这是灵石，是天地至宝，若是要镶嵌，总免不了要钻孔包金，若是那样反而伤了灵石就不美了。"诚然，这是一笔好生意，可是难得的，陈游介婉言劝说那位总想着赫赫扬扬风光无限的公主打消了这个念头。那灵石又装入了袖中的荷包里。

从玉仙公主走入谛听阁，到她被陈游介劝服离去，宁烈始终跟在她身后，不发一言。直到公主登上车驾，宁烈这才好似无意地回头轻轻一笑："想不到，你倒还有些见识。"

陈游介面不改色地拱手："彼此彼此。"

待到玉仙公主的车驾远去，消失在长街尽头，楼东来这才从后堂小心翼翼地探出头来。

"终于走了，要是被她看出来就糟了！"玉仙公主不比其他人，她与楼东来一样经常出入皇宫，与楼东来也算是十分熟稔。若是被玉仙公主发现他现在变成了这副德行，楼东来简直不敢往下想了。

擎雷不屑地冷哼："放心吧，别说是她，就算是你娘也认不出来你现在的样子！"

楼东来想要揪住擎雷的脖子给他一点教训，可是触手握住的，却只是毫无实质的一团黑乎乎的烟雾，反而激怒得对方一大口就啊呜咬了过来。

当然，擎雷的那种攻击对楼东来也是毫无作用。

陈游介眼见这两个家伙闹得鸡飞狗跳的，没好气地揉一揉额角："都给我住手！"

楼东来听到这种声音就知道陈游介的怒气几乎就要满点了，急忙定住了身形。擎雷还不知死活地不依不饶。在他飞过陈游介身边的时候，突然停住！

"你的手刚才摸过什么？！"

陈游介被他冷不防这样一问，好一会儿才回过神来："玉仙公主带来的灵石。"

说着又补了一句："据说是那个西域术者宁烈炼制的。"

擎雷肯定地摇了摇头："不对！留在你掌心的气息，只会属于一个人。"

"是谁？"陈游介抬眸追问。

擎雷的眼眸沉了下去，吐出了三个字——宁封子。

宁封子，传说中的黄帝陶正。他的五色焰火能烧造出前所未见的生灵。千年前就已经在五色烟火中飞升而去，只留下一段传奇。

宁封子和这擎雷，想必是有一段渊源。

而将他封印的陶枕，也正是宁封子的杰作。若说他们之间什么也没有，是断断没有人信的。

听到擎雷这样说，陈游介心念急转，面上却只微笑望着它，淡淡道："那又如何？"

擎雷眨了眨眼睛，它虽然通身黑色，那眸子却是依然晶亮，只听它喃喃："宁封子早已经飞升不知所踪，可是这分明是宁封子的杰作……怎么回事呢？"

陈游介轻轻接口："适才来访的玉仙公主身后，那位号称来自西域的术者，名叫宁烈。"

"宁烈？"擎雷抬起爪子挠下巴，"姓宁吗？难道是宁封子的弟子？"

对于擎雷这个问题，陈游介无法给它答案。

几天后，让整个京城贵女都趋之若鹜的灵石却是听说终于在万众瞩目中，又炼制出来一批。这次玉仙公主却不打算独享，放出话来，说要听从宁烈的建议，赠予有缘之人。

一时间，玉仙公主的玉仙观的门槛都要被踏破。

人人都想来试试，自己是不是那位有缘人。

消息传到谛听阁的时候，擎雷却是甩着龙须不以为然："那灵石分明就是宁封子当年从窑火中烧制出来的东西，说什么自己炼制？这人就算是宁封子的弟子，只怕也是未得真传的欺世盗名之辈。"

消息一拨拨地传来，据说那灵石先是赠予了宰相千金一枚，后来又赠予了翰林院的御史大人的小妹一枚。正当人们以为只有高官贵戚之女才能得此灵石的时候，他又赠予了一个小小书吏家的闺秀一枚。而那万众瞩目的最后一枚，居然是在酒肆饮宴的时候，赠予了那位琵琶清音动四方的乐姬。

一时间，这四枚灵石，加上原本玉仙公主所拥有的那一枚，成为长安街头巷尾议论不绝的又一段传说。

曾有人以为玉仙公主会因为自己拥有的灵石居然乐姬也能拥有而心生不悦，谁知道这位生性活泼的美人却满不在乎。

入夜，楼东来正睡得香，却突然被狠狠地敲了一记脑门，霎时就疼醒了。

一睁眼，昏暗的斗室内，擎雷正卷着尾巴目光炯炯地盯着他。不待他发火，擎雷就已经开口："我总觉得那个灵石还有那个什么宁烈肯定有什么古怪，今天晚上，你跟我一起去探一探？"

楼东来揉揉额头："为什么要找我？我可不记得，跟你的关系有这么好了。"

擎雷傲然昂首："你忘了陈游介说的吗？要想让这咒术早点失效最好的办法就是消除我对你的怨念。你若是肯跟我跑这一趟，说不定我心情一好……"

楼东来瞪着它，脑门上顿时一股无名怒火。

谁都知道，楼东来少爷是出了名的吃软不吃硬。

可是……都这么多天了，他一直没有回家。家里人也许已经开始着急起来了……虽然他总是骄傲又强势，可是，他真的有点想家了。

在长久的沉默后，擎雷等到的，是楼东来昂起头，骄傲地一笑："不知道玉仙观在哪里就直说，我不介意给笨蛋带路的。"

擎雷霎时被他气得差点又"啊呜"一口咬过去。

要不是怕动静太大惊动了陈游介，它是绝不肯作罢的！擎雷磨着牙暗自道。

楼东来和擎雷麻利地钻出了谛听阁的角门，迅速地消失在了长安的茫茫夜色中。

从进入玉仙观的那一刻开始，擎雷就觉得仿佛是被一只看不见的手在指引着方向。虽然它早已经没有属于自己的真正实体，可是身为水系的龙族，对于那种火焰般灼热的气息，还是远远比常人来得敏感。

当他们踏入玉仙观那开阔的后花园的时候，看到的是飘舞着如同火焰般红发的男子，在注视着面前的丹炉。炉中火焰影影绰绰地映照在他的脸庞上，他玉色的面庞因此被点染上了一层跃动的嫣红。他的目光似乎是在一分也不松懈地注视着炉火，又似乎在透过那炉火，注视着极为遥远的时间的彼岸。红色与火光，原本都是最热闹活泼的东西，可是正披散着红色长发，沐浴在火光之中的他，却犹如一尊冰天雪地中的玉像，没有丝毫的温度。

火焰再明亮，也不能让他的目光中，增添一分暖意。

擎雷注视着他，突然如有所觉："你……你是……"

擎雷的声音霎时就惊醒了宁烈。他抬眸，那些属于回忆的柔软被瞬间收起，如同面具般的笑容瞬间就覆盖在了面庞上："在下宁烈，不知道二位深夜来访，所为何事？"

楼东来自然不会应他，只等擎雷开口："我只是想来拜会一位故人。"

"故人？"

擎雷点点头："宁封子。"

宁烈的眸光顿时一亮："我以为早已经没人再记得这个名字。"

擎雷上下打量着宁烈："你是……当初侍奉宁封子的火精！"

千年以后，居然会被人一语道破本相，宁烈心中一惊。

宁烈的眸光微闪："是又如何？"

"是的话，宁封子就算是你的师傅了。他以五色焰火烧制生灵的本领不知道你有没有学得一二？"擎雷试图气势汹汹地逼近宁烈眼前，只可惜它现在的身形实在太小，就算是凑得再近，也谈不上半分威慑。

"这个啊……我自然是得到了师傅的真传……只是……"宁烈的声音越来越低，楼东来竖起耳朵也听不清了。正当他奇怪的时候，只见宁烈的长袍一甩，他就昏沉沉地睡了过去……

不知道过了多久。

等到楼东来再度醒来的时候，他已经躺在了谛听阁那间熟悉的斗室里，仿佛昨晚发生的一切，都不过是他的一个梦。因为，无论他如何向擎雷询问那一晚发生的事情，擎雷都只是装聋作哑，口口声声地说：你睡糊涂了吧？可是楼东来知道，那真的不是梦！

当楼东来想再多询问两句的时候，却发现擎雷对他的态度，有了巨大的转变！

擎雷不再与楼东来交流。

两人的关系，从从早到晚的吵闹不休，骤然变成了完全彻底的沉默！

这到底是怎么了啊？！

正当楼东来百思不得其解的时候，他全身上下蔓延的黑斑居然在一夜之间消失得无影无踪了！

他，又是那个众人眼中俊美无俦的长安第一风流公子了。他可以脱下那身昆仑奴的布衣，回到自家府邸，回到属于自己繁华富裕的生活当中去了。可是不知道怎么搞的，楼东来却觉得，这是擎雷拒绝他、疏远他的另一种方式。它仿佛是在用行动将楼东来这个人，从此隔绝在它的世界之外。

如果是在十天前，他会为这种变化欣喜若狂，现在的他，却觉得怎么都高兴不起来了。

陈游介见他恢复了，忙不迭地下了逐客令。

楼东来却在留在这里被陈奸商驱使和回家享受呼奴唤婢的人生中，选择了前者。

在又一次被擎雷冷冷地用尾巴扫过额头的时候，楼东来自己也有点不明白了：这到底是为什么呢？

数日后。

"太热了！这都什么时节了，怎么还这么热？"

街头巷尾的人们都在抹着头顶的汗珠议论着。

而在他们的头顶，阳光看起来却并不炽热。可是已经没有人在这种灼热中有心情再去分析这热气的由来了，他们只知道，如果长安再这样子热下去，不要说是深宫里用来降温的冰要消耗殆尽，就连曲江池的水只怕也要干涸了！

谛听阁前，卖茶的摊子早就不做生意了。原本，炎热的时节正是他做生意的大好时节，可是在高兴没几天后，他就沮丧地发现水正变得越来越珍贵！好几口井都打不出水来了！

没有水还怎么卖茶？

而街市上的行人，仿佛被这灼热的阳光炙烤得再也不愿意出门了。

楼东来打着哈欠，无精打采地伸了个懒腰。

"太热了，完全不想动啊……"

让他意外的是，接上他话音的，居然是陈游介："你不觉得这热气很奇怪吗？"

楼东来点点头："嗯，我怎么总觉得，这热气不是从天上袭下来的，倒好像是从地底下冒上来的呢？"

陈游介眸光一闪，不得不说，这位楼公子虽然总是大大咧咧的，但是他的感觉总是异乎寻常的准确。

"没错，这几天的长安城，真的是……热得跟制陶的窑一样！"

在听到"制陶的窑"那几个字的时候，擎雷的身躯，不自然地僵了僵。

陈游介望着它，没有再继续说下去，目光中，却是若有所思。

次日晨。

明胤沮丧的声音从井台边传来："糟糕！我们的水井，已经要打不出水来了！"

一时间，众人皆惊。

陈游介面不改色地丢给楼东来和明胤两个大陶罐："那你们就去城外打水吧。"

"什么？！你居然要小爷我干这种苦力的工作？！"楼东来怪叫一声。

小八却是欢喜地飞出来："我陪明胤去！"这几天街上行人稀少，它早想上街去看看了！

楼东来咬了咬牙，让明胤一个人去背水，他可做不到。

原本他想就这样将系着陶罐的带子背在身后，可是他很快就发现，自己那宽袍大袖的衣服在做这种事情的时候实在是太不方便了。不等陈游介开口，他已经自顾自地换上了早先扮作昆仑奴时候的棉布短打衣衫。

在整理好了衣服，正要出门的一刹那，他也不知道自己是怎么了，突然回首问："擎雷，你要跟我一起去背水吗？"

擎雷的双眸瞪得大大的，简直不敢相信自己的耳朵！

"我……"它发现自己居然有点结巴。

楼东来已经大跨步走出了谛听阁的大门："擎雷，快跟上！"

在他身后，擎雷僵住的身形终于恢复了活力，它几乎是欣喜若狂地冲了出去！

"我到底是怎么了？我怎么都不明白了……"在那所有的混乱心绪中，只有自己纵身飞去的行动，如此真实。

原本熙熙攘攘的长街上，行人寥寥。

地面上灼烤的气息却是如此强烈，擎雷即使是飞在半空中也感觉到自己的片片鳞片都仿佛被火焰灼烧着！

虽然，这样的灼热对他来说根本不会造成任何伤害，可是他看到，楼东来早已经汗如雨下！

"那个……"擎雷觉得自己是不是应该说点什么。

抬眸却看到楼东来指了指自己的肩膀："你要是觉得太热或者飞得累了，就趴在这里吧。"

"啊？！"擎雷这次是一点也没能掩饰住自己的惊讶声。

对于它这种态度，楼东来却是满不在乎："你那样对我，开始我是有点生气。可是归根到底你也没对我做什么特别不能原谅的事情。现在你又解除了对我的咒术，我有什么理由再跟你置气呢？"

"你……真的这样想的？"擎雷听到自己说，声音中带着自己也没有觉察到的期待。

楼东来没有直接回答它，他扭过头，望向正在明胤脖颈间舒展着鳞片，散发出丝丝凉意给明胤降温的小八，脸上露出一个有点不好意思的笑容："其实我有时候，挺羡慕明胤的。他的身边，总是有小八陪着。"

"这个意思……是你希望我也能陪在你身边吗？"擎雷的心，跳得前所未有地快起来！

"小八是真正的龙，我现在这样……其实不能算是真正的龙。"擎雷艰难地继续说，"而且我……很黑……龙什么的，白龙、银龙、青龙比较漂亮吧？"

"扑哧！"楼东来笑出声来。

他的指尖一下点到了擎雷的脑门上："你怎么会这么在意自己的外表啊！如果我希望你陪在我身边，就是说我认为你是特别的那个！无论你是不是龙，是什么颜色的，有什么重要？"

"我要的，就只是你而已啊！"楼东来的眼眸，突然被汗水滴入。他皱着眉，使劲地抹了一把汗。

当他的视线再度清晰的时候，他看到了眼前那条黑乎乎的烟雾龙，原本一直跟着他前进的擎雷，突然拦住了他的脚步。

它仿佛在这一瞬间，就已经决定了什么事情。楼东来能感觉到，这是一件大事！

"你不用去背什么水了，这个事情，我去解决！"说着，擎雷如同一道黑色的闪电一般，疾驰而去！

"你说什么？"楼东来彻底愣住！

耳畔回荡的，是擎雷义无反顾的声音："等我回来，我就跟你践行这个约定！"

"啊？！"

楼东来目瞪口呆。

此时，明胤的反应却比他更快！

"小八，快带我们追上它！"

此时的长安城，到处都是空荡荡，小八第一次在白天如此明目张胆地在长安的天空上飞行。

不过，此时已经容不得它为此情此景激动。它本能地知道，有什么重要的事情，正在发生！

虽然要照顾到楼东来和明胤的行动，不能如同擎雷那样在天空中直线飞行，可小八还是凭借着自己身为龙族的追踪本能，寻找到了擎雷的气息最终消失的方向。

楼东来和明胤气喘吁吁地站定，望着那高大巍峨的门楣，一切的谜底，真的就在这扇门后面吗？

门上悬挂着醒目的匾额——玉仙观。

还没有叩门，他们就感觉得到玉仙观要比起长安城里其他任何一处都炎热得多！他们仿佛是在正面被火焰舔舐着一般难受！

即使长安城早已经是个灼热的火炉，这种热度也还是太不寻常了！

楼东来和明胤彼此对望了一眼，他们不知道，在这扇门的后面，正等待着他们的，会是什么。

可是，他们不想退缩！

门被静悄悄地打开，令人吃惊的是，这个本该是奴婢成群的玉仙观里，居然静悄悄的，没有半分人声。

小八远比他们都更加敏锐："最热的，是那个方向！"

穿过屋舍和回廊，一片极为开阔的空地出现在他们的眼前。如果不是曾经拜访过玉仙观，楼东来几乎会无法相信，他辨认出这块空地，本来是一个巨大的湖泊。而现在，那个曾经波光粼粼的湖泊消失得无影无踪，在他们眼前，只有一片干涸开裂的土地。

而宁烈，正气定神闲地安坐在原本应该是湖中假山的巨石上，似笑非笑地望着他们这几个不速之客。

而在他身畔的，是擎雷。

只是此时的擎雷，如同被看不见的丝缕束缚住了一般，动弹不得！

"有客人来了，真是有失远迎。"宁烈火红的长发在灼热的空气中，如同火焰在肆意飘舞。他原本就俊美无双的面庞，此时更加散发出一股肆意嚣张的气息，让人只觉得再多靠近一寸，都会被那股气息灼伤！

"放开擎雷！"楼东来大喝。

宁烈的眉微微一皱，目光却是朝向擎雷："不错，他居然来救你了。你猜他要是知道你跟我做了什么交易，他还会这么急切地想要救你吗？"

擎雷竭力扭动身躯："我不想要改变外表了！之前跟你订下的约定，我要撕毁！"

宁烈的眸光一闪，狠狠开口："你觉得，事到如今，我会任由你反悔吗？"

"你！"擎雷更怒了，可是它的力量，却怎么也无法挣脱宁烈的束缚。

"宁烈，你到底要干什么？"

"我要把长安，变成一片火海。"宁烈慢悠悠地说着，仿佛他此时吐出的，并不是如此残忍的句子，而是人世间最美的诗篇。

"你疯了！"楼东来的双眸，倏地紧缩。在推开玉仙观大门的那一刹，他就已经想过很多种可能性，可是他没有想到，宁烈的目的，居然如此丧心病狂。

"如果……如果宁封子前辈看到他座下的火精如此为祸人间，一定会非常痛心的吧。"明胤的声音，徐徐地响起，带着一股清润宁静的气息。

"宁封子前辈？！你们这些后生鼠辈有什么资格提起他的名字？"宁烈那从开始就一直镇定自若的面庞上，终于露出了一丝怒意。

"宁封子前辈传下制陶之术，惠及千秋万代，令世人敬仰。"明胤一点也没有被宁烈陡然盛大的声威所吓，依旧昂首。

"那又如何……现在还有几个人记得他的名字？就连陶器也早就被瓷器所取代……你们所有人都已经不记得他了！"

"你是追随宁封子的火精，所以你要……"楼东来觉得似乎有个极为可怕的答案，就在自己的唇边。

"我要将长安化为火海，重新唤回宁封子师傅。"宁烈的声音，落在最后两个音节的时候，带上了自己也不曾觉察的温柔。

"什么？！"楼东来、明胤和小八目瞪口呆！

他们从来没有想过，宁烈的目的居然是，唤回早已经飞升千年的神仙！这是怎样一个疯狂的计划！

"这怎么可能？！"楼东来脱口而出。

　　"怎么不可能？长安原本就是天下间气运最盛的地方。我以灵石为基，安放在长安四方，就已经铸成了当年仙窟的镇石。接下来就是收拢长安气运，待时辰一到，再施展法术，也就大功告成了！"

　　"灵石……长安四方……你是说你故意赠予贵女们的灵石？原来如此，她们的居所刚好就在长安四方！"楼东来心念急转，霎时就已经想了个明白。

　　明胤却沉沉地接道："那些所谓的灵石，到底是什么？！"

　　宁烈弯起唇角："是我搜集的，当年宁封子师傅烧制灵物的碎片，上面有着师傅的灵力，千年间都不曾褪散，正好助我成就大计！

　　"至于擎雷，哈哈……还多亏了它，一直待在谛听阁里，吸引了陈游介的视线，让那个自以为算无遗漏的家伙放松了警惕。我才能从从容容地进行我的计划。"

　　在最初的震惊过后，楼东来望向了擎雷，他所知道的擎雷，虽然看起来有点小心眼又爱闹别扭，却绝不是这么居心叵测的存在！

　　"擎雷一定是被你胁迫来帮你的吧？"楼东来急切地想要证明自己的推测。

　　宁烈玩味地一笑，居然抬手解开了擎雷的部分束缚，让它可以自如地开口。

　　"你说吧，是不是我胁迫你的。"

　　从楼东来他们踏入这里的第一刻开始，擎雷就一直在努力地挣扎着，可是到了此刻，它反而停下了动作。它……真的不知道该如何开口。

　　"你若是难以启齿，我不介意帮你向他们说明一切。"宁烈似笑非笑。

　　"我……一直被人认为是丑陋的黑龙。当年我听说人皇颛顼大帝祭天求龙族助他禁绝巫教，我便起了好奇心，也想过去帮助。谁知道颛顼居然认为我是不吉的黑龙，将我拒绝。"

　　擎雷的声音又快又急，可是显然，此刻它的心情有着怎样的挣扎与痛楚。它此刻正在回忆的，是它记忆中最为惨烈的一幕，说出来的每个字、每个音节，都似乎是让它重新经历一次那种痛楚。可是，擎雷又想要把这些说出来，说给那个微笑着望着自己，与自己定下约定的少年听。这伤口已经捂了千万年，只有彻底地敞开，才能真正地结痂、康复，它才可以重新面对自己！

　　此刻，它已经不想退缩！

　　"当年，我勃然大怒于是肆意作乱，扰得民不聊生。就是我帮助共工氏，撞向不周山，让天地陷入前所未有的浩劫之中。而我自己也随着不周山的崩塌而分崩离析。"

擎雷望着楼东来，它不想错过此刻他脸上任何一丝变化。

"我原以为这样就是一切的结束，但是我的龙魄碎片被宁封子收起。黑暗中，我听到他在问我：为什么你要这样做？我回答，我想要改变模样，不再是被颛顼所唾弃的黑龙。可是这种愿望，除了死去重新投入轮回，没有人可以为我实现……既然如此，我不如就肆意妄为吧！"擎雷的声音突然变得很轻很轻，曾经那是它最渴望也最难以企及的心愿，而此刻，它终于可以坦然地说出。

"那时候，我听到宁封子对我说：'我来帮你实现吧，我会将你投入炉火之中，用五色火煅烧，重新给你新的形态。你一定会变成你所期望的最美的姿态！'

"于是我陷入了沉睡中，我等待着煅烧时刻的来临，等待着用全新的姿态重新飞翔在蓝天之下。可是……直到我再度醒来……我依然还是，现在这副模样。

"宁烈告诉我，如果我帮他唤回宁封子，我千万年来唯一的梦想，就可以实现。"

宁烈的话语冷冽地响起："可是事到临头你却背叛了我！你居然想来阻止我的计划！

"你不想变成梦想中的模样了吗？"

擎雷的嘴角，却是一抹宁静的微笑："那件事情，对我来说已经不再重要了。"

宁烈的眸光，骤然冷肃！

"只可惜，现在你就算想反悔，也已经于事无补了！"他说着，状似无意地将手指一扬！

五色火焰如同肆意绽开的花朵般蓬勃而起！

紧接着，火焰就朝四周汹涌地奔袭开去！

"啊！"擎雷一惊，急忙吐出一股水流！

可是，让人惊讶的是，那水流遇上了那五色火焰居然没有一点消弭！

"你们就不要白费力气了，这些不是寻常火焰，又怎么能这么轻易地被你们扑灭？！"宁烈说着，在他修长的指尖，还有一朵五色火焰在冉冉摇曳，映衬着他白皙的脸颊，如同盛开在鬓边的花朵，如此夺目！

"五色火焰！真是难得的好东西！若是能好好收藏起来，应该可以用来炼制上好的丹药吧？"陈游介的人还未到，声音就已经先一步传来。

听到他的声音，宁烈的眉微微一皱："果然，还是没能逃过你的耳目。"

陈游介飘飘然掠入阵中，那从容不迫的姿态，不像是在火焰中走过，而是犹如在春日的湖岸边分花拂柳一般自然。

"你若现在收手，我可以放你一条生路。"陈游介挥舞着手中的折扇，口气中却带上了不容置疑的威压！

宁烈放肆地一笑："如果我说，你根本无法阻止我呢？"

陈游介的回答，是干脆利落地一掠而起，手中的折扇已经飞快地袭出一片片细细的光刃，朝着宁烈的面门直扑而去！

宁烈指尖的火焰转眼就化作了一片火墙，陈游介的光刃纷纷击在了火墙之上，转眼就消融得无影无踪！

水火无情，火焰的力量从来都是最原始也是最强大的力量之一！

眼见陈游介的攻击似乎并没有起效，明胤禁不住紧张地东张西望，想寻觅到其他克敌制胜的契机。却只见，刚才还如同春天的野草般四下蔓延的火焰，此时却已经放缓了流动的速度！

不！陈游介的攻击并非是没有效果，起码，他极大地分散了宁烈的力量，让他的火焰之力无法肆意扩张！

"唔……"明胤的耳边，传来小八吃力的呼吸声。从他们踏入这个灼热的庭院开始，小八就一直不动声色地释放着自己身上的水汽来给他们抵御灼气。可是现在……它那微弱的法力显然已经难以维持了……

看到小八这样，楼东来想到了擎雷。连拥有实体的小八都这么痛苦，那么原本就十分虚弱的擎雷……它还能坚持吗？

透过那火焰的壁垒，他看到了擎雷还在无力地挣扎着。

仿佛，是感应到了他的注视，擎雷抬起了眼皮，在这一瞬间，他们的眸光在层层火焰间交汇了！

这目光如同一道闪着华光的利箭，瞬间就照亮了楼东来的头脑！

擎雷为什么会去背叛宁烈？为什么？它与长安根本毫无渊源……它与谛听阁……它与……

"你怎么会这么在意自己的外表啊！如果我希望你陪在我身边，就是说我认为你是特别的那个！无论你是不是龙，是什么颜色的，有什么重要？"

"我要的，就只是你而已啊！"

自己曾说过的话，瞬间就在脑海中回想！

擎雷，擎雷是为了他才想要反悔，才会背叛宁烈，才会把自己弄到如此凄惨的境地的！

答案，如此简单而又如此直接！

必须去救擎雷！

它恐怕坚持不了多久了！

半空中，陈游介与宁烈数个错身而过！光刃和火焰在半空中华美地交错而过，如果不是知道此时正在进行的是一场惊心动魄的决斗，那华美灿烂的光影，几乎要令人惊艳！

可是楼东来压根顾不上去看这头顶上的交锋，他此时所心心念念的只有一件事，就是把擎雷救出来！

火墙隔断了他和擎雷，可是永远也不会轻易放弃的楼东来不顾一切地冲向火墙！

火焰在全身上下席卷而来的感觉让他一瞬间几乎窒息！

擎雷目瞪口呆地看着他，看着那个曾经被它捉弄得全身上下黑乎乎却不曾气馁过的少年，此时扑打着满身上下焦黑的烟尘，瞬间就露出了一个自信的笑容！

"我来帮你解开束缚！"说着他已经伸手探向了擎雷。

"别！"

擎雷的话音还未落，另一个声音冷冷地响起。

"差点就中了你们的调虎离山之计！"

宁烈的手掌，一把遏住了擎雷。

"你放开它！"楼东来大怒！

"这个事情可不能听你的，这条龙是我这个法阵最重要的祭物。"

"你……"楼东来牢牢盯着在宁烈的手掌中使劲挣扎却依然无济于事的擎雷，心中从未如此懊恼自己的无力！

"又或者……你愿意自己代替它？"

"哦？"楼东来一愣。

"虽然你只得到了颛顼大帝部分的灵魂碎片，可是作为祭物也足够了……"宁烈嘴角微弯，眼眸中却没有一丝笑意。

"你怎么……"这是楼东来的秘密，只是，宁烈从何得知？

宁烈牢牢盯着楼东来，徐徐道："能让擎雷打开心结的，天上地下只有颛顼一人。所以我想，你必然与颛顼有着不可分割的联系！"

"本来我只是猜测，不过，看来我的猜测是对的！"说着，宁烈扬声大笑，"本来一条早已经丧失法力的龙作为祭品实在是寒碜，可是如果颛顼大帝愿意献祭，就再好没有了！"

"宁烈，我劝你不要逆天而行！"陈游介望着身处险境的楼东来，沉声喝道。

"逆天而行吗？我喜欢这四个字！"宁烈说着，指尖一弹，擎雷已经被他甩了出去！

明胤急忙手忙脚乱地接住了它。此时，它虽然已经解开了束缚，可是依然全身无力，几乎动弹不得！

唯有它的双眸，紧紧地盯着楼东来的方向！

在宁烈掳住楼东来的那一刹，原本就肆意张扬的火焰更加蓬勃而起！

陈游介被这骤然旺盛的火焰逼得足足后退了数丈之远！

与此同时，在那火焰法阵的最中央，一个旋转的火焰旋涡出现了，那正是阵眼！用来献祭的阵眼！

擎雷不顾一切地跃起，它必须阻止宁烈！

可是……现在……还有谁可以阻止他！

一件东西，出现在陈游介的手中，擎雷昂头看到，顿时大吃一惊。

是那个陶枕！

"这个封印了擎雷的龙纹陶枕，是宁封子留下的最后一件完整的器物，我能感应到，在这里面，有一段讯息。"

擎雷心念急转："你是说这会是宁封子留下的讯息吗？"

陈游介点头："也许是，也许不是……可是现在能阻止宁烈的，只有宁封子。"

擎雷着急地道："那就快试试啊！"

陈游介望着它："可是你现在全部的精魄都依托在这陶枕之上，如果这个陶枕损毁……"

"不要管那么多了！快去救他！"擎雷用力地摇着头！

此时的楼东来，在火焰的中央，他俊美的面庞在火焰的映照之下焕发着绝美的光华，可是擎雷知道，五色火焰正在疯狂地吞噬着这个少年！也许，就在几息之后，他就会灰飞烟灭，再也寻不到他半点踪迹！一想到这一点，擎雷觉得自己的心简直是被撕裂一般痛楚！那种，活生生被抛弃的感觉，它真的再也不想体会了……

"快！"擎雷听到自己在嘶吼！

陈游介终于，下定决心大喝一声——"住手！"

宁烈抬眸，事到如今，他已经胜券在握。他漫不经心地抬起头。

让他没有想到的是，一个黑乎乎的物什居然穿过火焰的壁垒，直冲而来！

在宁烈的记忆中，只有宁封子的造物才能如此自如地穿越五色烟火不受半分伤害！

到底，是打碎，还是将它接住？！

在那一息的犹豫间，宁烈的手背在那物什上格挡了一下，那原本朝着他飞来的东西，居然正正地，落入了阵眼之中！

而此时，他终于将那物什看了个清楚——一个陶枕，一个黑乎乎的陶枕！这是当年宁封子用来封印擎雷的东西，也是他留下的最后的造物。只是当年的他沉浸在失去了师傅的巨大痛苦中，压根就无心去管这些东西，更不知道它流落何方。

从陶枕落入阵眼的那一刻开始，整个五色烟火大阵就仿佛是一头肆虐的野兽，突然被温柔地抚摸过一般，渐渐地安静下来。而在阵眼摇曳明灭的火光中，一个白衣飘飘的身影骤然出现！那是一个清俊的青年，他清浅的面庞上带着一丝羞涩的笑容。

"宁封子师傅！"宁烈瞪大了双眸，他的声音不由自主地颤抖着。这是真的吗？他终于再次看到了，那个千年前就已经消失无踪的身影！就算此刻只是幻梦，他也希望，这幻梦能存在哪怕多一秒！

"我就要飞升而去了。抱歉，宁烈。我一直把你封印在我的窑中，为我烧制陶器。可是我记得，你原本最爱的便是自由。现在，我放你自由，我只希望你不要怨恨我……从此刻开始，你就可以自由地做你自己想做的事情了。"宁封子微笑着，如同他们第一次见面的时候那样，虽然他最擅长的是控火，他的微笑，却如同春风，那么温柔。

宁烈想要回应，他想要说点什么。可是那些堆积了千年的情绪一瞬间全部噎在了喉间，他发现自己居然什么都说不出来！

直到……那个身影再次变得模糊。宁烈才猛然醒悟！

"不！师傅！我不想要什么自由！我只想跟你在一起！"宁烈伸出双手，仿佛变成了千年前那个懵懂的出生不久的火精，他全心全意地追随着宁封子。他的世界里，除了他，再没有其他的任何东西。

在宁烈伸展的手臂间，宁封子的身影已经稀薄得几乎再也难以觉察。

可他最后的句子，如此清晰——"跟你在一起的日子，很开心。"

很开心……很开心……

很开心……

就因为那段时间是那么开心那么满足，才映衬得失去了你的时间是那么荒芜，找不到一点生存下去的理由。

自由，其实，我想要的自由就是在你身边，跟你一起烧制新的生灵的自由。

陶枕，一点点地粉碎了。一阵风吹过，它化作了齑粉，消失得无影无踪……

火焰，不知道什么时候渐渐熄灭了。

那如同夏夜里最瑰丽梦幻的五色火焰，在一瞬间就消失得无影无踪。

"我想其实，从一开始宁烈就知道，无论用任何方法，他也无法召回宁封子……他只是……必须要做点什么而已……"

如果什么也不做，这一望无涯反反复复也找不到那个人的荒芜，会让他彻底疯掉的！所以，即使是梦，即使是疯狂，他也必须做点什么……

开口的，居然是擎雷。

此时他的身躯正一点点地消散开来。

刚才，陶枕在阵眼中所承受的巨大压力，此时都投射在了它的身上，陶枕灰飞烟灭。它的时间，也终于走到了尽头！

"擎雷！你怎么了！"楼东来刚一睁开双眼，就看到擎雷的身体在消散！他手忙脚乱地想要收拢住那些正在四散的飞灰。可是，无论他怎么努力，那个曾经张开大嘴冲他气呼呼咬过来的黑色的烟雾龙，正在消失！

"没关系，我心里已经没有怨恨了，我想我会变成一颗龙蛋，再次诞生吧……"擎雷仿佛一点也没有发现，自己的身躯已经稀薄得几乎再也看不见。

楼东来停下了所有的动作，只用自己的双眸牢牢地盯着擎雷，他要记住它，记住它所有的动作，记住它此刻最后的笑容。

"我们……还能相遇吗？"

"会！因为我们，约好了……"

你，就是我的梦。

第
十
六
章

幻
无
依

淫雨霏霏，谛听阁的生意已经清淡到不能再清淡。

连日来的豪雨将长安城里最热爱逛街的小姐们的热情都浇熄得干干净净。在这样的时节，明胤很清楚，自家老板的心情很不好。

所以，他一丝不苟地反复擦拭着早已经锃亮的多宝格架，竭力地降低着自己的存在感。

只是……他能觉察到老板的情绪，他能降低自己的存在感，可是楼东来，有这位长安第一繁华富丽的贵公子的地方，是永远无法保持平静的。

"反正下雨也没有生意，我们出去玩吧？"无视陈游介锅底一般的脸色，楼东来大剌剌地说。

明胤还没有应声，小八已经激动地从他的衣襟间探出头："去哪里啊？"

"城外的杏花开了，今年的新酒也出来了，别管什么雨不雨的，我们出去玩吧！"楼东来一甩袖子，眼神亮晶晶地提议。

杏花、新酒。

顿时在明胤的脑海中交织出一幅美丽的画卷。可是……比起脑海中的美丽画卷，眼前陈游介那阴沉的脸色才是更加真实不容置疑的存在。

"这……"明胤苦恼地瞄一眼陈游介，示意楼东来：玩儿什么的，你还是自己去吧。

楼东来接收到了他的示意，可若是这样就闭嘴，他就不是楼东来了。

"明明就没有生意，苦守着店子干什么啊？还不如出去散心呢。"说罢，他还不忘气势十足地瞪了陈游介一眼。

面对楼东来近乎挑衅的举动，陈游介却是悠悠然地一挥折扇："今天这种日子，我奉劝你们，还是不要出门的好。"

"啊？"明胤好奇地望向他。

"今天，今天是什么日子？"楼东来也是满脸疑惑不解。

陈游介不紧不慢地说："因为今天是……惊蛰。"

"哼。"楼东来不屑地扭过头，"陈老板麻烦你下次骗人的时候也换个有意思的理由……这么个小节气就不能出门什么的……"

"闭嘴！"

"啪"一声，楼东来的头顶就被陈游介硬邦邦的扇柄狠狠敲了一记。

"你打我……"他正要理论，却见陈游介的身形如同一道闪电般，跃上了谛听阁最高的檐角！

他这是在干什么？明胤和楼东来不禁面面相觑。

"有什么声音……从……很远的……西南方向传来……"小八眯起眼睛，身为正宗的东海龙族，它有着远比普通人类高得多的感应之力。

"很远的……西南方向？"明胤却是环顾四周，"我怎么觉得，那声音近在咫尺？"

听他这样说，楼东来也瞬间有所感应："对，声音就在屋子里！"

二人在屋子里环视着，寻找着发出声音的方位。终于，他们将目光落在了多宝格最上面的一口匣子上。

楼东来身量稍高些，他伸臂将那匣子取了下来。

只一触手，他就能肯定自己与明胤的判断，因为，这匣子里的东西依然在剧烈地震颤着！而他们所听到的这个近在咫尺的声音，正是由它发出！

楼东来解开扣锁，正要将匣子打开，只听陈游介的声音带着不容置疑的震慑骤然响起："你们在干什么？！这匣子里的东西，可不是你们能轻易触碰的！"

啊？！两个少年顿时身形都是一僵。明胤倒也罢了，楼东来却是万分不解。要知道他成日里在谛听阁里东摸西翻也不是一两天，还是头一次见识到陈游介发这样的脾气！

"今日是惊蛰，正是天地气息最为不稳定的时候，而且我刚才又感应到了西南方向似乎有异象发生！不知道究竟预兆着什么……"陈游介的语调沉重，一看到那个直到此时还被楼东来紧紧抱在怀中舍不得撒手的匣子就又一股无名火冒了上来。生意已经这么清淡了，怎么这个家伙就是死皮赖脸地要过来呢？难道是我对他太温和了？等明天他要是再敢过来，我就一滴水也不给他喝！

陈游介的腹诽还没有结束，楼东来的反驳声居然还敢响起："我才不是喜欢翻你的这些不入流的破烂！我只是发现这个盒子里的东西在震动，才想看个究竟的。"

陈游介的眉峰瞬间一挑："你是说，刚才西南方向发生异动的时候，这个匣子里的东西也在发出震动遥相应和？！"

楼东来和明胤彼此对望了一眼："是不是遥相应和我们不知道，反正确实是清楚地发出了震动。"

陈游介的目光骤然严肃："惊蛰之日，西南方向发生异动，而这匣中之物遥相应和……"

陈游介的声音渐渐地低了下去。一抹不期而至的阴云笼罩在了他俊美无俦的眉眼间。

当陈游介终于从忧虑中抬起头来的时候，对上的就是楼东来那简直堪称激动万分、期待好戏开场的灿烂眼神。

"这些到底意味着什么？！"

陈游介在心中狠狠地给了楼东来一个大耳光子："真是不知道天高地厚的浑小子！"

"你知道这个匣子里装的是什么吗？"陈游介鼻子里哼一声，斜睨着楼东来。

对于这个问题，楼东来早已经在心中思索过，所以此时陈游介提出问题的时候，他毫不迟疑地给出了答案："剑！这是一个剑匣！"

对于楼东来居然有这等见识，陈游介微微讶异，不过他没有给楼东来继续得意的机会，他接着问："那你知道在这匣中的宝剑，叫什么名字吗？"

这个问题，就近乎刁难了。要知道天下间的名剑何其多，要想判断出到底被封在这匣中的是哪一柄名剑，就实在是强人所难了。

"你这分明就是为难我，这怎么可能猜得出！"楼东来不满地嘀咕。

陈游介终于不再卖关子，他从楼东来的手中取过剑匣，"咔嗒"一声打开了。

楼东来的眼眸因为激动微微地收缩了一瞬，他以为自己看到的会是一柄瑞气千条的名剑。可是，此时在匣中静静沉睡着的，只是一把造型古拙的宝剑。除了剑鞘上那些古老的篆字纹样，他几乎无法判断它究竟只是坊间仿制的一柄西贝货色，还是一把真正的名剑。

"这把就是传说中的上古名剑——龙剑。"陈游介的口气平淡。

楼东来却一下就激动起来："这就是那把'翠帷双卷出倾城，龙剑破匣霜月明'的绝世宝剑龙剑？"

陈游介点点头："正是。"

即使得到了陈游介如此肯定的回答，楼东来还是有点难以置信，在他的心目中，所谓的名剑就该是光芒万丈瑞气千条的模样，怎么会如此平静，如此安详，就这样静静地躺在剑鞘之中，仿佛从未经历过人间的血雨腥风，甚至就连刚才的震颤，也仿佛与它没有丝毫的关系。

陈游介似乎瞬间就看透了楼东来眼底所有未曾出口的疑问："你是不是觉得这把剑与你想象中的神兵利刃太不一样了？"

楼东来点头："所谓名剑，难道不应该是有一股血雨腥风的狂暴肆虐之气吗？怎么会如此平静？"

回答他的，是陈游介干脆利落的一记扇柄，以及两个字——"蠢货！"

"嗷！"

"你能不能在敲我之前先说明一下啊，你今天一早上都敲我两回了！"楼东来捧住额头刚出炉的大包子，怨念地小声哼唧。

"那种会让你感觉到血雨腥风的杀伐之气的，不是名剑，而是邪剑。真正的名剑就如同你此刻所看到的龙剑一般，冲淡平和，宁静坦荡。"

"宁静？平和？那它刚才还在匣中震颤呢！"即使头顶的包还热气腾腾，可是楼东来永远不会放弃跟陈游介对着干的任何一个机会。

只是，让他没有想到的是，原本因为狠狠又敲了他一记而显得心情大畅的陈游介，在这一瞬间，眼眸却是骤然深邃："那是因为……有一把剑，在此时，诞生了！当世间有奇剑诞生时，其他拥有灵性的名剑则都会有所感应……而这把剑，在惊蛰之日在西南豪雨中诞生……到底，会意味着什么呢……对大唐天下的气运，又会产生什么样的影响呢？"

陈游介的声音越来越低，却没有人可以回答他的问题。

在数日的豪雨过后，阳光终于又重新笼罩在这个模糊了现实和虚无之境的伟大城池。而谛听阁也打开大门，迎接着又一拨客人的光临。

谛听阁的客人，素来各式各样。明胤从在这里帮工的第一天开始就不知道见识过多少的达官显贵。他们或是高傲，或是平和，每一个都有着令人敬仰的翩翩风度。

可是今天，当那些人出现在谛听阁大门前的那一刻开始，明胤就知道，他们将会是谛听阁的历史上所接待的客人中，最与众不同的一批！

因为，他看到了一驾步辇！而那四个抬着步辇的人，居然每个人都蒙着双眼！步辇中端坐的是一个神情淡漠的少年。这一行人，在一个自行推着轮椅的中年人的引导下，正缓缓朝谛听阁而来。

那些人是盲人吗？步辇是只有皇帝才可以享用的仪仗，这个少年怎么可以？还有那个推着轮椅的中年男人……一切都是如此令人惊讶错愕！

即使，心中已经如此讶异，可明胤还是谨慎地弯下腰，从容地招呼引导："欢迎各位，光临谛听阁。"

轮椅中年男人的目光在明胤的身上重重地扫过，最后终于落在了他身后不远处正浅笑着的陈游介身上。

"这位想必就是陈仙长了？"中年男人的口气似乎是探询，其实却带着满满的笃定。

"陈仙长……"

陈游介已经很多年没有听人这样称呼过他。他的唇畔浮起一个浅淡至极的微笑："在下一介长生观弃徒，早已经不敢以道门中人自居。"

中年人的面色变了变，却还是继续笑道："即使陈老板自言已经不是道门中人，可是陈老板你也还是修道之人。这道门中的规矩，也还是要守的。"

"哦？不知道是什么规矩？"陈游介转身抬手示意明胤去斟茶，面色却是静悄悄地沉了下去。

"我等，乃是当今圣上御笔钦点的鞘师一族。"中年男人满意地注视着陈游介脸上的惊讶之色，又徐徐地说了下去，"在下北炎，不才忝居族长之位，而这位是我族的祭司犀风。"北炎在说到祭司犀风的时候，那个倨傲的少年只是微微颔首，却是依然一个字也不说。从外面的大街到进入谛听阁内，他始终端坐在步辇之上，冷冷地俯视着众人，面色中没有丝毫的变化。

鞘师一族？！

陈游介记得过去曾经听到过关于这一族的传闻。

鞘师一族，传说中龙脉的镇守一族。相比能割裂天地的神兵利刃"破"的力量，他们所拥有的则是"封"的力量。历朝历代的天子，都会刻意笼络鞘师一族，赐予他们种种的荣耀。

陈游介郑重地起身："恭迎犀风大人和北炎大人光临谛听阁。"

犀风只微微颔首，表示听到了。

北炎到底还是躬身回了一礼。

"不知道今天族长光临寒舍所为何事？"寒暄过后，陈游介终于拉开了正题。

"我们只是想请陈老板赠予我们鞘师一族几片龙鳞。"北炎的声音极其轻描淡写，仿佛他此时说的不过是"再添一杯水"这样无足轻重的句子。

陈游介将心中全部的诧异都掩在了一声轻笑之后："龙鳞吗？在我这里的确有一条不成气候的小龙……只是，它并非为我所有，我实在是无法擅自决定它的鳞片归属。"

鞘师一族的族长北炎也是一笑："谁不知道那条小龙乃是你的弟子明胤的爱宠。你身为师父，要徒弟这么点东西又有何难？更何况，守护小龙悠游度日的人，不正是你陈老板吗？"

匹夫无罪，怀璧其罪。

小八是正宗的东海龙族，虽然它并未修炼也没有什么像样的法力，可是要知道龙族的龙角、龙鳞、龙牙，每一样都是让无数人觊觎的天材地宝！小八在有心人眼中简直就是个活生生的会走路的宝库！以往就曾有小妖想打小八的主意，只是让人没有想到的是，现在居然连从不轻易现世的鞘师一族都找上了门来。

可是，小八是一条完整的活生生的龙！它并没有变成一堆龙牙龙骨龙血龙须。而陈游介也绝不容许任何人觊觎它！

"不知道，我若交出龙鳞有什么好处呢？你们也看到了，我是个商人，在商言商，若是没有好处……固然鞘师一族人才济济，我陈游介也自有我安身立命的一套本事。"陈游介笑意盈盈，仿佛已经在认真地考虑着对方的提议。

北炎似乎早就料到陈游介会有所要求，顿时轻松一笑："当年陈老板承受污名被赶出长生观，想必一直耿耿于怀吧？"

陈游介"哼"了一声，不置可否。

北炎继续："若是陈老板肯让我等达成心愿，我们定可以让陈老板洗刷污名，重回长生观白祇仙长门下。"

当年被同门陷害，甚至不得不拜别最疼爱自己的恩师，这是陈游介心中无论过去多少年也无法磨灭的伤痛。而这些人居然可以承诺为他洗刷污名重回师门？

不得不说，他们真的是知道如何揣度人心。这，正是陈游介无法拒绝的最好的条件！

心念急转直下，陈游介微微笑道："不知道可否请族长告知，各位为何需要龙鳞？"

北炎和犀风交换了一个心照不宣的眼神，北炎徐徐开口："日前在惊蛰之日，西南豪雨之中，有一把邪剑已经出世！国师夜观星象，知道这把剑会引起天下浩劫，于是命我等打造一把封印之鞘，来镇压邪剑。所以，我们才会找上阁主大人您。

"天下苍生万民和区区一条爱宠，孰重孰轻，想必阁主你心中自有权衡。"

北炎展露的微笑非常从容，他吐出的句子也温文舒缓，陈游介却知道，如果他选择拒绝，那么就意味着他同时选择了与隐藏在山林之远的道门各家族和庙堂之高的皇权为敌。

"只要得到龙鳞，你们就一定能制作出合适的'鞘'，解救天下苍生于浩劫？"陈游介的话语，在氤氲的茶香后幽幽渗透而出，带着一股若无其事的犀利。

北炎却是倨傲地轻叹一声："我族族人从出生开始就承担着成为'鞘'的天命，而成为祭司的人，更是天上地下绝无仅有的天才。我们来求取龙鳞，不过是为此事多加一分把握罢了。"

真的吗？

鞘师一族真的是每一代都聚集了那么多天赋异禀的人吗？陈游介的目光从北炎的脸上徐徐扫到犀风脸上，一个接着一个，甚至那些蒙着双眸的抬步辇的人们他也没有放过。对于他如此的审视，北炎却是没有丝毫动容。他相信，自己拿出的筹码足够有诱惑力，自己的威慑足够有震慑力，接下来，他所要做的，不过是陈游介或是俯首帖耳，或是不情不愿地同意自己提出的条件罢了。

"明胤，送客吧。"陈游介转身，望着正在后堂使劲把好奇的小八塞到衣襟里去的明胤说。

明胤在怔愣一瞬后，立刻躬身示意："请……"

北炎没有料到陈游介居然做出如此的决定！

他那刚才还志得意满的脸色此时如同被狠狠地打了一个耳光一般，涨成了猪肝色！

"你……"北炎觉得有千言万语憋在喉间居然一句话也说不出。

开口的，是犀风，他冰冷的语调没有丝毫的起伏波动："我们走。"

北炎忍了又忍，终于脱口而出："希望……陈老板你已经想清楚了！"

陈游介微微一笑："其实你们很清楚，就算是使用龙鳞，也是无法封住那把邪剑的戾气的。"陈游介朗声道，"在惊蛰之日现世，能将剑风从西南一直席卷到帝都长安的邪剑，绝不是小八这种从未修炼的小龙的区区几片龙鳞就能镇压的。要想清楚的那个人，不是我，而是你们！"

犀风一直端坐在步辇之上的身躯，似乎有了一瞬间的动摇。转瞬他就已经抬手示意："走！"不过转瞬之间，鞘师一族的步辇就已经不徐不疾地消失在了长街尽头。

陈游介回首望着此时正不屈不挠地从明胤的衣襟间探出头来的小八，后者此时还在嘀咕："我都没有看清楚那些人！"

陈游介的嘴角控制不住地一抽："你真是……不知死活！"

明胤却是有几分困扰："如果是为了让天下太平……只是鳞片的话……"

陈游介的声音骤然严厉："这种想法你最好一丝一毫也不要有！如果鳞片不能解决问题呢？那么小八会变成什么，你想过吗？！它把它全部的生命给了你，你就要好好全心全意地珍惜！"

明胤急忙点头，可是那时候，他并没有真正意识到，陈游介的话，究竟意味着什么！

三天后，他明白了陈游介话中的含义。

因为，小八失踪了！

"我也要跟你们一起去找小八！"楼东来的声音坚定不移掷地有声。

"这不是你能插手的事情！"陈游介的眉毛拧得非常紧，已经很多年没有人能让他如此动怒了。

几乎用不着推测，他就知道这是日前来访的鞘师一族所为。

还好，这谛听阁中还有他们残存的灵力气息，他打算用飞行卷轴追过去。要知道剥取龙鳞并不容易，必须有专门的仪式，所以他相信只要自己的行动足够快，应该可以争取到足够的时间救回小八。

这样的事情，明胤作为小八的契约者当然必须前往，可是楼东来这个家伙为什么非要插进来捣什么乱？！

"明胤是我的朋友，小八也是我的朋友！"楼东来抓着陈游介的衣襟一字一句道。

明胤什么也没有说，只是默默地站在了楼东来的身畔。

"我知道了！"陈游介一抖卷轴，原本不过数尺的卷轴在空中迅速地膨胀起来，如同一块飘摇的飞毯。陈游介与明胤、楼东来依次跃上了卷轴。

随着陈游介的一声敕令，卷轴朝着天空的彼方，疾驰而去！

"西南方向？"楼东来在卷轴上不光是迅速地稳住了身，还辨清了方向。

"一百多斤。"回答他的是陈游介带着低气压的声音。

楼东来不明所以，将迷惑的视线求助地望向了明胤。

明胤回报以同样茫然的目光。

而此时，陈游介的声音已经响起："我是说，你足有一百多斤！这卷轴的飞行速度都被你拖慢了！"

楼东来从来就不是一个会按捺脾气的人，若不是此时正在半空中飞行，只怕他已经一蹦三尺高："你说什么？！我身上可没有半分赘肉！"

陈游介被迫带上楼东来的那一口恶气显然还没有发泄个畅快，继续道："你说你没有赘肉，身高不足八尺的楼东来少爷？"

楼东来并不是个矮个子，相反他比明胤还要略高一些，可是比起身材颀长的陈游介却始终是矮了那么一些些。此时他一口气憋在嗓子眼里，上不去下不来，哽了好一会儿才道："我还会长高的！"

陈游介徐徐吐出一口浊气，觉得被迫带着这个累赘的恶气总算是发泄了一些，微微一笑："拭目以待！"

三个时辰后。

"为什么我们非要走这种山路？用卷轴飞进去不可以吗？"楼东来拍死一只不知道从哪里钻出来的大蚊子，没好气地说。

明胤看着满头都是包的楼东来也忍不住觉得奇怪："为什么蚊子只叮你？"

陈游介此时一马当先早已经走在了最前面："如果你不是老问这些傻问题，光看外表你也算得上是一位风度翩翩的长安贵公子了。"

楼东来正要反驳，明胤却已经在一旁为他解释："鞘师一族的居所必然是有结界，我们若是用飞行卷轴从上空进入，恐怕第一时间就会被对方发现。"

"原来是这样……"楼东来点点头，此时又一只蚊子不屈不挠地朝他扑了过来。

"可是这个蚊子……明明我身上也挂了让这些蛇虫鼠蚁退散的香囊了啊！"楼东来依然为另一个问题纠结不已。

　　这个问题，明胤也无法回答他。明明三人挂的香囊都是一模一样的，不知道为什么，他的这个就好像完全不起作用一样。

　　陈游介的声音从远处不紧不慢地传来："也许是因为……它们感觉到了同类的气息？"

　　"你说什么呢？！"楼东来暴跳！

　　明胤急忙扯住他："小声！万一被鞘师一族的人发现就糟了！"

　　陈游介悄无声息地打开了一个结界的缺口，隐蔽在结界之后不为人知的鞘师一族的栖息地就已经悄然出现在了他们的眼前。

　　并没有预想中美轮美奂如同桃源乡一般的风景，普通的木屋瓦舍，寻常的流泉蜿蜒，如果不是在这村中的正中央有一个带着高耸拱顶的庞大建筑物，几乎无法想象这就是传说中鞘师一族的所在地。

　　"为什么他们非要住在这种人迹罕至的地方？"楼东来小声问道。

　　"这里是龙脉所在，鞘师一族也有守护龙脉的使命。"难得，陈游介没有揶揄他，而是直接回答了。

　　听到"龙"字，明胤不自觉地摸了摸衣襟，那空空落落的触感猛然提醒他，小八不在这里了，小八被人抓走了，而他此时的目的，正是要救小八。

　　从小到大，他和小八从来没有分开这么久。在他能回忆到的所有的时光里，他都与小八在一起。可现在小八……他的龙鳞……他的龙角……甚至也许它的那条小命……明胤简直无法再想下去，那些一路过来都没有翻腾起来的不安，此时如同潮汐般喷薄而出！

　　"我要去那个祭坛里看看！"明胤说着就要钻出去。

　　"不行！"陈游介断然阻止！

　　"可是小八！"明胤真的无法就这样眼睁睁地看着一切发生，却什么也不做！

　　"如果真的有剥取龙鳞这样大型的仪式，会有鼓乐钟磬之声，而现在，祭坛里很安静。"陈游介死死盯着明胤，不放过他面上任何一丝情绪变化。

　　"可是说不定他们就悄悄地处置了小八呢？它那么弱！不行我……"明胤说着已经不顾一切地往外冲。

　　他的胳膊被狠狠地拉住了，他扭过头，惊讶地发现，拉住自己的人不是陈游介，居然是……楼东来？！那个一路行来似乎没有一秒进入过焦急状态的友人，此时却是凝住了全部的神情。

"小八跟你是有契约感应的，如果你并没有感觉到什么不妥，就表示此刻的它还是安全的！

"你以为我为什么一定要跟过来，我就是担心你会这样！"

楼东来急促地说着，眼眸一瞬不瞬地盯着明胤。

仿佛有一股清泉兜头浇过来，让刚才还烦躁欲裂的头脑瞬间被涤荡得清净澄明。

明胤突然明白了，为什么自己一路行来都没有烦躁不安。因为，楼东来。

楼东来一直在跟陈游介拌嘴、吵架、找碴，其实他从来就不是一个会去斤斤计较赘肉、身高、蚊子的娇滴滴的贵公子。他既然执意要跟过来，所有的这些艰难原本就不是他会在乎的事情。他却故意要那样抱怨、闹腾，其实他是在用自己的方式让他的心绪不要那么纠结紧张。

"没错，我和小八是有契约的，它有什么我立刻会有所感应，它现在应该还是安全的。"明胤喃喃着，长长地吐出一口浊气，心情终于徐徐地舒缓开来。

他抬眸，将目光投向那树木掩映间的祭坛。此时，日暮西斜。瑰丽的晚霞在整个鞘师一族的栖息地里柔和地笼罩着。

祭坛里突然传来一阵悠扬的乐曲声。明胤的脊背，骤然一紧！是祭祀开始了吗？！

随着曲声的响起，他看到了，原本在田间劳作的鞘师一族的人们停下了原本的动作，女人们也从屋里走了出来，他们都朝着一个方向而去——那正是祭坛的方向！

明胤的身躯按捺不住地颤抖起来，可是，他没有动作，他在等待，等待陈游介那个出发的指令！

然而，陈游介没有开口。他审视的目光只是从那些鞘师族人的身上一个个地扫过。

从他沉静的目光中，明胤似乎感觉到了一股冷静森寒的气息不徐不疾地蔓延过来，让他在瞬息之间就心神一凛，让他的整个心都如同浸入冰泉之中冷静了下来！

抬起头，放开心怀的明胤也将自己的目光投向了那些鞘师一族的人们。他知道，陈游介是在观察，在分析，在判断。

鞘师族所有人的行进速度都并不快，显然这响起的乐曲声对于他们来说并非什么突发事件，而是每天都会进行的日常活动。瞬间就想通原因的明胤稍稍放下些心来。很快，他就发现了端倪！

人群中那几个走得分外艰难的，是跛足。而另外一些双眸上蒙着黑布的则是目盲，另外一些则是或左手或右手的袖管里空荡荡的。人群中只有极少数人看起来是双目明亮四肢俱全的人，而那些人周围的人们却是用手势在与他们交谈——他们听不见。

"这些鞘师族人……"明胤简直有点无法相信自己此时的判断。

陈游介冷冷地下着结论，声音里没有一丝感喟："都是残疾。"

明胤猛然想起来了，那天来到谛听阁的那些人，轮椅上的族长北炎，蒙眼抬着步辇的轿夫，还有一直端坐在步辇之上的犀风。他们其实也都是……

仿佛是看透了他脑海中的所思所想，陈游介摇头："犀风不是，他是身体完全健全的。"陈游介的声音在沉吟中有了一瞬的停顿，"只是我直到现在才真正意识到，他可能是这鞘师一族里，唯一健全的那个人！"

这鞘师一族即使只是这样一眼望去也足有几百人之数，在这么多人里，居然只有一个人是健全的？这也……太不可思议了吧。

鞘师一族既然是承接天命的一族，理应受上天眷顾，不说每个人都飘逸出尘美艳不俗，起码也该是仙风道骨卓尔不群吧？怎么会……个个都是残废之身？这种情况，简直不像是受上天眷顾，而是遭受天谴的结果啊！

"我已经有个计划了。"望着有条不紊徐徐进入祭坛的人们，陈游介微微地笑了起来。

"没有看到犀风进入祭坛。"明胤连一句多余的话都没有问，就已经彻底了然。

楼东来在瞬息消化完他们的对话后心中不觉对他们如此的默契感觉到了一丝嫉妒，却还是不忘赶忙问："那我们现在就是去绑架犀风？"

"与其一个个对付这么多的鞘师一族的人们，而且说不定还会让他们趁乱把小八不知道藏到什么地方去，最好的办法自然是捏住他们的软肋，让他们乖乖就范。而身为鞘师一族唯一健全的存在，他自然是族中上下最为珍视的珍宝。为了救回他，鞘师一族想不交出小八也是不可能的。"陈游介说着，已经长身而起。

"你来过这里？你知道犀风住在哪里？"楼东来东张西望，只觉得这里的每栋建筑都平平无奇，无论是建筑面积还是风格都极为接近。

陈游介懒得搭理他，明胤却还好心给他解释："虽然屋子看起来差不多，可是犀风既然是祭司，他应该住在距离祭坛最近的屋子里。我们去那附近应该就可以顺利地把他拦截。"

陈游介的脚步很轻，而跟在他身后的明胤和楼东来虽然从未接受过术法的学习，可是两个少年都是平日里身手矫健的少年，跟在他后面也丝毫不显得吃力。陈游介一边向前飞掠，一边注意着身后两位少年的动作，不禁心中一叹。原本他并不想带着他们去做这件事情，可是他知道，自己是无法说服这两个执拗的少年的。尤其是明胤，他完全无法想象，如果小八有什么意外……明胤会变成什么样子？！

犀风在简朴的书案前默默地抄写着典籍。晚祷的乐曲声已经回荡在窗外好一阵了，身为祭司，每次的晚祷都会在他的主持下进行，绝对不会有因为他的迟到而导致错过这一顾虑。所以他打算写完了手底这一篇再去不迟。从小到大就是族中天之骄子的他，有着各种各样骄傲的特权。在众人崇敬敬仰的目光中徐徐进入祭坛，也是他所习惯的特权之一。对于他来说，今天的晚祷与平时不会有任何不同。

突然，他的笔尖一滴墨汁骤然滴落，原本正要抄录完成的那篇典籍瞬间就被污了一片。而这，并不是因为犀风在这一息间手突然抖了，而是因为，他感觉到了一丝气息。一丝与平时截然不同的气息！

那是一丝几乎幽微不可闻的气息。

可是犀风，准确地捕捉到了它！

"既然来了，怎么不进来坐一坐呢？"犀风那少年清润的声音响起，只是这声音当中却没有丝毫待客本该有的热情。

从门口不紧不慢迈步而来的，是陈游介。只见他轻轻拨掉肩头的草叶，笑容轻松得宛如不经意间闯入了少女正在嬉戏的春日花园："在下谛听阁陈游介，特来拜访犀风大祭司。"

犀风有一瞬间的愣怔，很快他就将这情绪彻底地收起，抬手做请的姿势："不知道陈老板突然拜访我鞘师一族，有何贵干？！"

陈游介眉间微微一皱："难道，这个问题不应该是我问你吗？你们将小八强行掠走，意欲何为？！"

"小八？"犀风不明所以地重复了一下。

明胤却已经按捺不住地从陈游介的身后转出来："那条小青龙的名字，叫小八。"

犀风的眸色在一瞬间似乎发生了某种难以捉摸的变化："看起来，对你来说，他真的是非常重要的契约神兽啊。"

明胤听了犀风的话，却摇了摇头："小八不仅是我的契约神兽。"

犀风明明白白地露出了感兴趣的神情："不仅是契约神兽，那又是什么？"

明胤并不是第一次面对这样的问题，这一次他却比任何一次都回答得更加铿锵有力毫不迟疑："朋友！小八是我的朋友！"

"朋友？需要用契约束缚起来的朋友吗？"犀风高傲的面庞上浮现出了一丝讥诮的笑容，"很多年前我也曾有过一个朋友，他却窃走了鞘师一族的秘术孤本后逃之夭夭……朋友，哼！"

"不！"明胤急忙反驳，"小八不是这样的！"

"朋友也罢，契约神兽也罢。"犀风浑不在意地摇摇头，"你们所说的小八被我鞘师一族掠来的事情，我并不知情。"

"就算你真的不知情，我们现在已经将此事告诉你了，你又打算怎么做？"陈游介的手中，那柄他几乎从不离身的折扇徐徐展开，明明只是最寻常不过的故作风雅的姿态，此时看在犀风眼中，却犹如宣战前擂响战鼓的姿态，带着不容置疑的杀伐之气！

"想必这是父……不，族长的主意。其实我从来就不认为凭我的力量会无法封住那把骤然现世的邪剑。只是族长也许是太过担心我了，所以才会出此下策。不过你们放心，待晚祷结束，如果小八真的就在族中，我会将它带回交还给你们。"此时，从祭坛方向传来的乐曲声已经袅袅地结束，犀风作为祭司，必须去主持晚祷了。

说着，犀风走出了大门，他的身影只一瞬间就消失在了门外。

"真的，可以相信他吗？"从刚才开始就非常难得地保持了沉默的楼东来终于开口。

回答他的是明胤："我觉得，他虽然骄傲，却是可以信任的人。"

所有的人一时间都陷入了沉默。毕竟，比起与全体鞘师族人为敌，眼下的选择才是最好的。接下来就看犀风到底会作何抉择了。

祭坛里，晚祷的乐声已经结束，所有人都敛声静气地等待着犀风的到来。

所有这些人当中，也包括族长北炎。他有一个消息正急着等晚祷结束后告诉自己的儿子。

在祭坛的正中央，是一个巨大的塑像。这个塑像是一个少女，在她的脚下是一条匍匐的巨龙。龙在所有人的心目中都是俯仰于天地之间骄傲不可一世的神兽，而那条巨龙却如同温驯的猫咪一般盘曲在少女的脚下。

　　这是个对鞘师一族的每个人来说都耳熟能详的故事，鞘师一族的开山祖师就是这位名为清灵的少女。传说中，是她以一己之力，开启了鞘师一族绵延千百年的荣光之旅。她能封住龙魂中的狂暴之力，守护龙脉，让天地宁静。

　　而晚涛每日的功课就是众人诵念清灵当初留下的清心咒。因为鞘师一族相信，那远古的龙魂只是陷入了沉睡，并未长眠，而鞘师一族传承自清灵血脉的力量，会如同当年清灵的吟唱一般，让那龙魂继续安详地沉睡。

　　以往，北炎从来不会觉得这清心咒太过冗长，可是此时此刻，他满心思索的都是让犀风能尽可能快地得到小八的龙鳞之力，不觉心中烦躁焦急万分。不知道过了多久，当清心咒的吟唱终于结束，所有的人都离开祭坛之后，他几乎是迫不及待地推动了轮椅："犀风，有件事情我要跟你说。"

　　早已经有心腹将祭坛的大门小心地关闭起来，空荡荡的祭坛里，北炎的声音即使压得再低也是分外清晰。

　　"那个龙鳞，我已经帮你拿到了。尽快举行仪式吧。明天就是个黄道吉日。"北炎的语速透露了他心中的焦急。其实他甚至恨不得此时此刻就将仪式完成，只是此时即将入夜，已经不适合举行任何仪式，他这才说的是明天。

　　犀风的眼眸骤然一缩，虽然他在进入祭坛之前就已经猜测到了事情也许会是这样，可是此时此刻听到自己的父亲如此坦然自若地说出要举行仪式这样的句子，他一时间还是难以接受。

　　"父亲，请问你是如何得到龙鳞的？"犀风尽可能平静地说。

　　北炎微一错愕就竭力扯开了嘴角："你说什么呢？自然是那谛听阁主陈游介送上的啊。要知道我们鞘师一族可是身负荣光的一族，他怎敢真的不给？那时候惺惺作态，不过是想多捞取些好处罢了。"

　　犀风盯着父亲那苍老的面颊，他比任何人都知道自己的父亲是有多么在乎鞘师一族的荣光，在乎自己能否得到巨大的力量。可是无论他心中对父亲的崇敬和亲情有多深，也还不足以让他模糊了判断真理的双眸。

　　"不是陈游介阁主主动将龙鳞送上，而是你，强行将小八掠取来的吧？"

　　北炎的脸色骤然一变，他太了解自己的儿子了。犀风有着无与伦比的骄傲，在他俊美无俦的皮相下面，是一颗执拗到他这个父亲都无法说服的内心。犀风的确渴望着更高的力量，可是他绝不会使用那种他所不屑的方式来得到力量。甚至，这次前往长安求取龙鳞这件事他本身也是不愿意的。只不过迫于自己这个父亲的要求，才不得不同行。因为在犀风的心目中，从来不认为没有得到龙鳞之力加持的自己就是无能为力的。身为鞘师一族这一代绝无仅有的天才，犀风有着不容被任何人质疑的骄傲。

要说谎吗？

北炎迅速打消了这个念头。

他迅速敛去了面上那不自然的笑容，沉声道："如今邪剑现世，陛下心中焦急，正是要我们鞘师一族大显神威的时刻。这是你的第一次实战，身为父亲我心中有多担心难道你不明白吗？我只是想尽可能地帮助我的独子，为什么你就是不肯理解父亲我的苦衷呢？"

犀风的心中微叹一声，他知道父亲是深爱着自己的。可是他已经是个成年人，早已经决定要承担起自己的使命，要贯彻自己的思想，他并不愿意还像小时候那样，被父亲的想法左右。

"我什么都知道了，把那条龙还给他们吧。"犀风在瞬间的踌躇后，清晰地陈述着自己的决定。

"他们？！你是说陈游介已经潜入了这里？！不可能啊，我们的结界没有一点反应！"北炎瞬间就惊慌起来，四下不安地张望着。

"如果陈游介想要强行夺走那条龙，我想我们的族人只怕没有人能阻挡他作为长安第一天才术者的战斗力。父亲你还是……"犀风徐徐地说。

"不！"北炎的目光在一瞬间就已经变得赤红，"我绝不会把那条龙交给任何人！"

"可那明明就是……"

"你知道什么？！你什么都不知道！你……"北炎在狂怒中的句子骤然停滞，就在刚才，他几乎就要说出那个深藏在心中的秘密！

还好，他在最后一瞬间保持住了最后的冷静："这次的邪剑是在惊蛰之日骤然现世的，而它现世的地点不在别处，就在我们西南之境！能够铸造出那把邪剑来的人，是不可能不知道我们鞘师一族的存在的。也许他已经在赶往我们鞘师一族的路上！"

犀风一怔："父亲你是说，他会带着这把邪剑来挑战我们鞘师一族的封印神力？"

北炎点头："与其留下鞘师一族这个对他来说潜在的隐患，不如趁着他此时就在附近的时候将我们一举铲除。毕竟，能打造出一把震撼天地的邪剑的人，绝不会是一个畏缩的存在！"

"原来是这样，我们鞘师一族即将面临极大的挑战……"犀风的目光中，与其说是担忧，不如说是雏鹰在期待着初次搏击长空的激动与振奋！

"我就是为了能让你在这次挑战中绝对地立于不败之地，才不惜一切代价也要拿到龙鳞，为你的力量再加一层护持！我的苦心，风儿你可明白？！"北炎说着，布满了皱皱的手紧紧地握住了犀风白皙的双手。

北炎相信，他摆出了鞘师一族此时正在面临的巨大危险，摆出了自己作为父亲的亲情和慈爱，总归可以说服这个骨子里执拗倔强到了难以置信的儿子了吧？

不知道过了多久，犀风摇了摇头。

"即使有这么多非如此不可的理由，我还是不能这样做。"

"什么，你不想守护鞘师一族了吗？你不想封印邪剑证明你作为鞘师的力量了吗？难道你就忍心眼睁睁地看着我为你担心忐忑吗？"北炎急了。

"守护鞘师一族是我的责任，封印邪剑是我的期望，你是我最重要的父亲，让你不为我焦心忧虑也是我作为儿子应该的本分。可是……我不能这样做，就算是有一万条看起来正确的理由，也不能掩饰我们现在就是在做错事的事实！"犀风的声音中染上了激动的尾音，可他的神情，如此坚定，不容置疑。

"可是……可是……"北炎简直不知道该对这个儿子说什么好了！

"为什么父亲你就是不肯相信我的力量已经足以应付封印邪剑呢？难道我不是本族不世出的天才吗？难道我不是日日在勤修封印之术从不懈怠吗？既然清灵祖师能够做到的事情，为什么父亲你不相信我也可以做到呢？从小到大，一直让我相信我就是足以重振鞘师一族荣光的那个人，不正是你吗？"犀风已经不记得上次跟父亲如此深入地长谈是什么时候的事情了。他只知道，此时他必须将埋藏在心里的这些问题一股脑地和盘托出！

北炎望着他，却是什么也说不出。

沉默，死一般的沉默就此盘桓在空荡荡的祭坛里。

一个意想不到的声音，悠悠然地突兀地响起："那是因为，鞘师一族，其实早就不具备真正的……所谓力量了吧？！"

北炎勃然大怒："你说什么？！"

在角落里缓缓现出身形来的，是陈游介，他的唇畔带着轻松自如的笑意，只是，他的眸中却带着某种不曾丝毫掩饰的讥诮之意。

"陈游介!"北炎的身躯控制不住地一震,下意识地捂紧了日前在掠取小八时,被谛听阁结界所伤的肩头。这个男人有多强大,他早已经有了切身体会。

"我这就将那条龙还给你,你马上走!"北炎几乎是迫不及待地说着,然后推着轮椅直冲到了陈游介面前。显然,他一点也不希望陈游介再多说一个字。

"很好。"陈游介微微一笑,转身。

而犀风,却在这瞬息之间已经骤然明白:"陈老板请留步!"

北炎却是在忙不迭地大叫:"你快走,这里不欢迎你!"

陈游介似笑非笑:"怎么办呢?你们一个要我走,一个要我留下来,我应该听谁的好呢?"

犀风望着自己的父亲:"到底发生了什么?!为什么陈游介这个外人都知道了,我却不知道?"

北炎扭过头去强行避开他的视线:"什么什么啊!我只是不希望这个人玷污了祭坛的清净地而已。他不是鞘师一族的人,根本就没有资格进入祭坛瞻仰清灵祖师的风采!"

北炎的话音刚落,就只见陈游介一副如梦初醒的样子:"哦,对啊,这里是鞘师一族从不对外示人的祭坛,既然我都进来了,是得好好看看。明胤、楼东来你们也快多看两眼吧。"

北炎这一瞬间简直要被他气得说不出话来。

楼东来却是暗暗撇嘴:"你居然敢说陈财迷到此是玷污祭坛,就等着被他十倍百倍地收拾回去吧!"

犀风凝望着自己的父亲,虽然后者一直在强行避开他的视线,他还是徐徐开口:"如果是与鞘师一族相关的事情,我作为祭司,必须知道。"

此时他的话自然是尽入陈游介的耳中,他兴味盎然地微微一笑。

北炎望着陈游介的笑容,低声恐吓:"你……最好不要胡言乱语。"

陈游介却是将北炎此时的恐吓视作轻风一般毫不在乎,他此时丢开了犀风,也无视了北炎恐吓的视线,突然化身为带着年轻子侄参观古迹的长辈,开始侃侃而谈:"这个祭坛的历史可是很古老了,到处都弥漫着当年清灵祖师留下来的念力波动的痕迹……一般人若是随便闯入马上就会感觉到那股威压之力，会非常不适应的哦……"

明胤和楼东来虽然不明白为什么陈游介会突然化身"和蔼可亲"的长辈，可是他们第一次进入这神奇的祭坛之中，难免好奇地东张西望。虽然小八的事情尚无着落，可这里别具一格的景色还是暂时吸引住了他们的视线。

北炎再也无法继续维持表面的平静了："我这就把那条龙还给你们！"说着，他已经从袖中掏出了一个密封的盒子，上面重重叠叠的封条，显然是不知道布下了多少重的封印。北炎没有一丝犹豫和迟疑，疯狂地撕着盒子上的封印。

陈游介注视着他的动作，虽然面上笑容不变，心中却是早已经翻起了难以遏制的惊讶的波澜。要知道，如果北炎执意不肯送还小八，或者是绝不肯解开封印，那么即使是他也不知道要耗费多少工夫才能保证在不伤害小八的前提下解开那些烦琐的封印。可是此时，北炎居然如此急切地送还小八解开封印，目的只是要让他们走人？！

也许，那个鞘师一族隐藏的秘密，比自己所推想的还要大……还要幽暗……

"咔嗒"！

随着最后一声盒盖开启的声音最终响起，沉睡的小小青龙出现在了众人的眼前。

"小八！"明胤激动地一把将小八捧在了怀里。

小八扭了扭脖子，终于醒过来："唔……我又睡懒觉了吗？"

显然，小八完全没弄明白自己之前到底遭遇了什么。

小八重回明胤的怀抱，上演的正是一幅温情画卷。只不过，此时此刻的北炎却是一秒也难以忍耐："你们可以走了吗？"

陈游介的指尖轻轻抚过小八的头顶，感应到它全身上下的灵气流转自然，确实是如从前一般健康，这才彻底地放下心来。

他抬头朝着北炎微微一笑："既然小八已经回到我们身边，我的确是可以走了……"陈游介的声音，意味深长地拖着难以捉摸的尾音，"你真的要让我就这样走了吗？"

北炎一愣，急忙道："当……"

北炎的第二个字，没来得及说出口。因为，鞘师一族传承了千百年的祭坛，在崩塌！一股极大的外力正凶残地席卷而来！这古老的祭坛在这股力量的碾压之下，瞬间土崩瓦解，化作了一片飞扬的齑粉！

在那电光火石的一瞬间，陈游介护住了明胤和楼东来。而北炎则被犀风护在了身后。

"这是剑风！属于邪剑的剑风！"犀风的双眸中，闪烁着难以按捺的光芒！

一阵闷笑声，混合在祭坛崩塌的轰鸣声中，却清晰到让人无法忽略："犀风，你的听力还真是相当不错啊。跟你那些不是聋子就是哑巴的族人真是截然不同。"

此时，月亮的清辉已经向大地洒满，在那一片烟尘中，一个挺拔却略显单薄的身影，出现在了众人的面前。

"小久……你是小久！"犀风瞪大了双眼，注视着面前的少年。那是一个浑身上下都染着污渍和伤痕的少年。如果说犀风是被精心呵护的美玉，这少年就是在山中千锤百炼的顽石。即使满身的污垢，伤痕遍体，他的神情依然如此轻松，仿佛那个刚才挥剑让祭坛崩塌的人不是他，此时正肆无忌惮地释放出杀气的人，也不是他。此时，他的唇角边，甚至还带着一丝坦然的笑容，声音却是高亢清晰："你还记得我的名字啊，小风。"

"小久，那时候你为什么会突然离开村子，还……偷走了鞘师一族的秘籍？"犀风似乎很想朝小久迎过去，却最终控制住了自己激动的步伐。

小久歪着头，听着犀风的话，他的眼珠灵活地转动着，目光在祭坛里的人们身上一个个地扫过。最后，他皱着眉头，仿佛十分苦恼的样子："为了什么？当然是想要出人头地啊。你不会真的以为我想一辈子做你的跟班，一辈子仰仗你犀风少爷的垂怜过日子吧？"

犀风难以置信地摇着头："你在说什么？！从我在路边把你救回来的那一天开始，我就从来没想过把你当作我的跟班。在我心中你是我最重要的朋友！甚至你偷走秘籍的事情我都没有公之于众，你住的屋子我都时常去打扫，我一直等着你回到鞘师一族的这一天！"

小久的眉毛皱得更紧了："哎呀哎呀……原来你是这么重视我的啊？真的是太抱歉了，你这样做，真的会让我很困扰的啊……"

犀风不解地望着小久："你到底在说什么？"

北炎再也按捺不住："犀风，难道你没看出来吗？他当年偷走了秘籍，现在又贪心不足回到鞘师一族摧毁了祭坛。他的狼子野心你到现在还看不出来吗？还跟他废话什么？！"

北炎说着，手中已经化指为刃，一道雪亮的光华朝着小久的面门直冲而去！北炎身为鞘师一族的族长，他的术法幻生之快，威力之大自是非同小可！

而小久，他的身躯却是连动也没动一下，仿佛彻底对这一攻击失去了闪避的力量！

"好！"北炎的心中暗喜！

而转瞬之间，他来不及浮现的笑容就彻底僵硬。因为，那道他自以为足以分金断玉的一道光华，如同虚无的烟雾一般，在不到小久身前三尺处的地方就已消弭得无影无踪！

"族长你是觉得这祭坛里太暗，所以给我照个亮吗？"小久歪着头，言笑晏晏，仿佛一点也不曾觉察到刚才北炎的那一击，正是雷霆万钧的杀招！

北炎的额头上，瞬间就满是汗珠。他这才发现，眼前的这个少年早已经不是他所认为的那个孱弱的孩子了！

此时，陈游介的声音却是毫无紧张感，悠闲地响起："真是无趣啊，我明明在欣赏古迹的，居然一下就没得看了。算了，我们回去吧。"

明胤和楼东来都没想到陈游介居然会在此时走人，纷纷向他投去不解的目光。

陈游介的声音悠闲得简直与此时剑拔弩张的气氛格外格格不入："邪剑现世，真的是太不吉利了，我还是快回长安吧。"

"邪剑？你在说什么？！"小久听到了陈游介的话，他的手，缓缓地伸向身后，一个长长的被重重黑布所裹起的东西出现在了众人的眼前。那种长度，那种形状几乎用不着猜测，答案就已经呼之欲出——这是一柄剑！

"小久……原来就是你在惊蛰之日铸造出了这把剑？！"犀风望着少年手中正徐徐散落的布条下，现出了原本暗光蕴藉的寒芒的长剑。

"邪……剑……"北炎的声音抑制不住地一阵颤抖，突然他从轮椅上回身"嘭"的一声跪倒在了陈游介的身前，"陈仙长请留步！我们鞘师一族……只怕是要遭逢大劫！请陈仙长出手相救！"

陈游介状似为难："我可是记得，就在刚才，你还急不可耐地要赶我走人的啊。"

比他的声音更加响亮的却是犀风的声音："父亲你在做什么？！"

北炎一面扭头望着那个在多年以前从不曾被自己放入眼中的小久，一面心虚地避开了犀风的目光。

"扑哧"一声，小久的轻笑声在那依然纷纷扬扬不住散落的烟尘中，显得是如此清晰。

他的手腕灵活地甩动着手中的那柄黑色的长剑，那一份从容潇洒简直好像此时执在他手中的，并不是什么神兵利刃，而不过是一枝春日的弱柳，任凭他把玩。

犀风望着越来越走近的小久，眼中有掩饰不住的激动："小久，为什么你当初会不告而别？父亲一直说是你偷走了我们鞘师一族的秘籍才溜走的，可是我……真的不愿意相信。"

小久望着犀风，他的肤色黝黑，可是当他咧开嘴笑的时候，那雪白的牙齿却是分外鲜明："犀风，你今年几岁了？"

犀风没有想到小久会在此时此刻问自己这样的问题，愣怔了一会儿后急忙回答："十六岁，我们已经分开了整整十年了！"

小久的笑容越发柔和了，简直就真的是在跟多年未见的玩伴说话一般："都十年了啊……时间过得好快……"

北炎此时早已经又坐回了轮椅上，他的双眸瞪得大大的，仿佛随时准备推车冲到犀风身前去保护他。可是刚才祭坛的崩塌却又同时在无言地提醒着他——不可以轻举妄动！

"十年……十年！"小久仿佛是在反反复复地咀嚼着这两个字一般，带着一股茫然无措的伤感与寂寥，就连刚才还挂在他唇畔的笑容也仿佛彻底凝固了一般。犀风望着他，觉得这一瞬间，自己看到的就是十年前那个昏倒在路边的小小的身影。

"小……"犀风的话，没有来得及说完，因为小久的剑已经明明白白地架在了他的脖子上。就在电光石火的一瞬间，小久就已经完成了他全部的动作。

"十年了，你怎么还跟当初一样那么笨？笨得简直叫人……看不下去！"小久讽刺地笑着。他的目光却并非投向犀风，而是北炎。

"北炎族长，我想你是知道我来干什么的吧？"小久的脸庞上，又浮现起了宛如面具一般的笑容。

北炎整张松弛的面皮都在抖动着："我……我不知道你在说什么！这位陈仙长是长安第一术士！你向犀风拔剑，可要想清楚！"

小久不屑地皱起了眉："十年前鞘师一族就已经在苟延残喘，现在居然从外面找了个什么陈仙长来代打？你们也真是气数已尽了啊。"

犀风终于从童年好友对自己骤然的一击中回过神来："小久，你到底在说什么？虽然你就那样离开了，可是我从来没有恨过你。为了找到你，我跑到山里好多次……几乎要死在猛兽的爪下。我是真的……"

"闭嘴！"小久恶狠狠地喝止他，"你再废话我这就杀了你！"

犀风还想开口，却终于在北炎近乎哀求的目光中，闭上了唇。

陈游介默默地审视着面前的少年，每一分每一寸，他都没有放过。比起犀风那养尊处优的白皙精致不同，他的每一寸肌肤上都堆积着累累的伤痕。他身上的衣服只能算是五色难分的布料重重叠叠地包裹在身上，完全无法分辨本来的样式。他的整个人，就跟他手中所持的那把黑色长剑一般，带着某种逼人而来的锋锐，没有鞘，没有一点节制，就是这么肆无忌惮张狂恣意。

而刚才，那瞬息之间就让祭坛崩塌了大半的攻击，就是从那邪剑之上挥洒而出的吧？从少年的气势上来看，刚才的那一剑根本不曾耗费掉他半分力气。如果，仅仅只是那样的一击就足以造成如此令人胆寒的效果，如果他全力施为，将会造成什么样的后果，陈游介在这一瞬间突然有点无法想象。

可是……有一个问题，跃入了陈游介的脑海。那就是，他为什么要到这里来？一个铸造出了足以震动天下的邪剑的铸剑师，为什么会到鞘师一族的所在？要知道，传说中拥有着"封"的力量的鞘师一族，原本正该是邪剑的克星啊！到底是他对自己的力量太过自信，还是，这里对于他来说有着某种独一无二的特殊意义？

"他们两个……好相似……"小八的声音突然在耳畔细细地响起。

小八并不是一条不分场合会聒噪的龙。陈游介扭身，看到小八此时已经彻底地清醒过来，不禁微微一笑："你刚才在说什么？"

小八原本只是自顾自地嘀咕了一声，却没想到陈游介不光是听到了，还这么认真地询问它，立刻昂起头来道："我是说那两个少年，一个黑的，一个白的，很相似。"

相似？只怕在场的任何一个人类都不会得出这样的结论。可是，小八是龙，它所拥有的龙瞳，有时候能看到人类所无法洞悉的秘密。

"十年前……看来是真的发生了某种故事啊。"陈游介轻叹一声，目光却仿佛不经意地投向了双手紧紧握着轮椅的北炎。

北炎的身躯一抖："我不知道你在说什么。"

陈游介似笑非笑："真的吗？"

小久却是皱皱眉："原本我以为，过了十年你们又从我那里夺走了那么重要的东西，总归是多少要变得比较不一样了吧。怎么……还是如此无趣呢？"

北炎眼见陈游介依然按兵不动，而小久的手腕却已经轻轻一动，一道细细的血丝从犀风的脖颈上流畅地瞬间滑落！

"放了犀风！"北炎的身躯突然暴起，一个不知道积蓄了多久的巨大光球从他的掌心如同月华坠地一般朝着小久铺天盖地地罩去！从刚才开始，他就一直瑟瑟缩缩地躲在陈游介的身畔，佝偻着身躯，简直连多看小久一眼都不敢。谁知道他貌似唯唯诺诺却原来在积蓄着石破天惊的一击！

这一击极快又极准！

原本陈游介还忍不住担心会不会误伤到距离小久只有咫尺之遥的犀风，却发现这一击虽然迅猛无比，却是整个轨迹都经过了极其精准的计算，堪堪将小久彻底罩住，却不会波及犀风分毫！

北炎身为鞘师一族的族长，从来就不是浪得虚名之辈！他从刚才的唯唯诺诺，到朝陈游介软语低求，不过都是为了让小久放松警惕，只会注意到陈游介是否出手，而彻底忽略掉自己的存在。然后再来这势在必得的一击！

这个老匹夫，居然将我也一并算计在内！陈游介心中冷哼，却也明白，犀风是北炎唯一的儿子也是他毕生心血。他无论如何也要救下儿子，至于其他，早已经不是他此时需要顾及的部分了！

也罢……原本我也不过是个外人。鞘师一族的事情，还是让他们自己解决吧。

陈游介一挥衣袖就准备转身。无论是谁，中了那石破天惊的一击，都不可能生还。就算小久是能铸造出震撼天下的邪剑的铸剑师，也是无法与鞘师一族千百年来的底蕴相提并论的！

此时的北炎，因为刚才倾尽全力的一击，从轮椅上跃起后正重重地跌落在尘埃之间。

"嗯？你这是觉得祭坛里确实太暗了，所以给我再来点光亮吗？"小久依然身姿挺拔地站立着，他的笑声轻松得与片刻之前没有两样。

"怎么……会……"北炎在尘埃之间费力地支撑起身体，他的声音控制不住地颤抖着。只是，此时的他，是真的在颤抖，比之片刻前他做戏的模样，真实百倍！怎么可能？！刚才那一击是他汇集了毕生精力的一击，他绝不相信会失手！就算铸造出了邪剑又如何？能摧毁一座年久失修的祭坛又如何？在犀风毫无防备之下偷袭了他又如何？在刚才这一击之前，北炎从不认为小久会真正成为足以与自己抗衡的对手。

他会采用如此迂回曲折的办法来救犀风，不过是担心犀风会被小久误伤罢了。他自信若非如此，要想碾死小久就如同碾死一只蚂蚁一般，毫不费力。

可是，小久没有受伤，一点都没有。他的全身上下，甚至那身污脏得看不出半分颜色的袍子都是完整无缺，依然在肆意地招展着丝丝缕缕不安分的线头。

"老匹夫，当年你就是这样骗了我的。你觉得我这十年来会真的一点长进也没有，任由你再次欺骗吗？！"小久声音中，寒气陡升！

"原本我只是想取回属于我的东西，现在看来，还是好好地跟你把账算一算吧！"

小久的剑，从犀风的脖子上挪开，然后就这样轻飘飘地，挥向了北炎。

小久的剑势看起来毫无威慑力，他甚至不过是动了动手腕，连胳膊的力量也不曾动用。那把乌黑的剑也不曾闪烁出任何逼人而来的光华。一切都宛如小孩子在故作姿态地随意一挥，然而……北炎瞬间仿佛是被空气中某种看不见的东西彻底威压！随即，他就如同失去了所有支撑的木偶，重重地跌落在了尘埃之中！不是刚才他一击失败后滚落尘埃的狼狈，而是彻彻底底地沉重坠落！祭坛原本平整的地面上，甚至因为这个跌落砸出一片以他为圆心的支离破碎凹陷的裂痕。

只有微弱的呼吸还在昭示着——他还活着。

犀风简直无法相信自己眼前的一幕，他记忆中从来都是战无不胜的父亲，就这样，仿佛是被一只透明的手掌一点点地碾压下去，血液从他的全身上下以一种极其缓慢而又从容的方式渗了出来。这过程是如此缓慢，仿佛是有人正在恶意地延长着北炎的痛苦，来发泄心中郁结已久的怒气！

犀风终于再也按捺不住了："小久！你住手！"

他朝着曾经的朋友，现在的仇敌，猛地冲了过去！

小久望着他朝自己冲过来的身影，眼眸中浮现的……竟然是一抹笑意！

犀风的动作，被一个身影牢牢地阻截了。

是陈游介。

"你要干什么？！"犀风昂头怒吼，此时的他不再是那高高在上冷静自持的模样，反而更像是一只咆哮的幼狮。

"你要干什么？"陈游介仿佛只是在简单地重复着犀风的问话。只是，他的目光是朝向着……小久。

小久冷哼一声："你在说什么？"

"其实你的心中，并不曾真正做出决定，所以，你才要逼着犀风替你做出一个决定。如果，是犀风主动向你出手，你就可以毫无顾忌地进行你接下来的计划了。而我只是想知道……当年，究竟发生了什么？！"

小久的身躯，骤然一震。这个男人为什么会知道？不对，十年前的事情他绝不可能知道！

小久的唇畔浮起了一抹笑意："要阻止我吗？那就先让我看看，你有没有这份实力！那些没有实力就强出头的人，可是会……死得很惨的哦……"

听到小久如此挑衅的句子，陈游介却是浑不在意地微微一笑。不光没有剑拔弩张，反而是轻轻展开了折扇，徐徐而来的风吹拂过他的面庞，真正是一派云淡风轻，仿佛是彻底将眼前的危机视若无物。

犀风却是昂起了头，竭力想要穿过陈游介的遮挡冲到前方去。

明胤急忙拦住他："你别乱来！"

楼东来也皱着眉头阻止："陈游介那家伙虽然死要钱，可还是一等一的高手，交给他，你应该放心。"

犀风却是瞪着他们："我是鞘师一族未来的族长，在鞘师一族代代相传的领地上，我居然要一个外人来保护？！我有什么面目去面见清灵祖师！"

"清灵祖师若是看到你们鞘师一族衰弱至此，只怕在天上也会不得安心啊……"小久朗声长笑，显然是对犀风的注意力远远超过了此时正在与他形成对战之势的陈游介。

"族长！我们听到祭坛这边……"

"有人在攻击祭坛！我们快上！"

"居然敢攻击我们鞘师一族最神圣的祭坛！"陆陆续续地，有鞘师一族的人们跑了过来，他们看到眼前的景象，顿时义愤填膺！

他们纷纷施展起力量，一道又一道的光华朝着小久的身上疾射而去！

"不！"陈游介的眉峰一拧，不禁沉声一喝。

小八瞬间就如同箭一般冲了过去，在它飞转的身躯间，那些鞘师族人所释放出来的力量瞬间都消弭无形。只是，即使它已经如此努力，却依然有一簇火球未能被它彻底拦截，"噗"的一声，击中了小久的肩头。

小久缓慢地扭过头，盯着那个刚才发出火球攻击他的人。那个鞘师族人顿时感觉到了如同灭顶而来的威压感，不自觉地后退了好几步。小久的唇边再度泛起冷漠的笑容，他把那一团火焰犹如接引宠物般引到了自己的手心里，原本无知无觉的火团此时仿佛变成了在他掌心里呢喃婉转的小小宠物。

"火控之术，对于能铸造出那样一柄名剑的人来说，火，早已经不会形成任何伤害。这样的攻击只会有一个效果……那就是——激怒他。"陈游介望着那些此时已经面如土色的鞘师族人，只觉得额角有一点微微地痛起来，为什么他还要留在这里管这种完全捞不着好处的闲事？

"你居然……先伤了我的父亲还不够，现在又伤害鞘师一族的人们！为什么你要这么做？！"犀风的眼眸中，已经隐隐有了杀意。

接下来，就会是一场你死我活的决战，几乎在场的所有人都是这样认为的。

"楼东来，你有没有发现一个很有趣的事实？"陈游介突然开口，他仿佛突然又变成了那个带着子侄来游山玩水的温和长辈，居然就这样指点着场内的局势，朝楼东来提出了问题。

"发现什么？"楼东来在短暂的错愕之后迅速回答。

"鞘师一族的人……"

"鞘师一族的人都是残疾，各种各样的残疾，除了……犀风。"明胤抚摸着此时已经飞回自己身边的小八那清凉的鳞片，清晰地说。

刚才还双眸赤红的犀风听到这句话，骤然一怔，他并非没有发现过这一事实，只不过，从他诞生的时候，这里就已经是这样的。他从来不觉得这种情况有何不妥。直到日前他随父亲前往长安，这才发现街市上熙熙攘攘来来往往的所有人都是健康的，有手有脚，耳能听，口能言，目能视。

"难道这是某种诅咒吗？"陈游介的目光扫过那些此时早已经被小久的可怕力量所震慑，几乎完全动弹不得的鞘师一族的族人们。

"怎么可能？！我们鞘师一族是顺应天命而生的天眷之族，怎么可能有什么诅咒会降临在我们族中！"犀风白皙的面色上顿时满是激愤。

犀风的话语如此响亮而笃定，可是他的声音落入在场的鞘师一族的族人们眼中，却如同抛入了平静湖面的石子，每个人的脸上都泛起了各自不同的微妙神色。陈游介一点也不曾忽略掉这些微妙的变化。

残疾的鞘师一族的族人们，代代相传的力量，唯一健全的犀风，还有……被小八的龙瞳确认为，与犀风非常相似的……小久。

答案，已经呼之欲出了！

"怎么突然……变热了？"小八是龙族，它对于周围气温的变化，比人类来得更加敏感。

明胤和楼东来望过去，即使是以他们未经修炼过的双眸，也清楚地看到了一股股漫卷翻腾的黑色火焰，正熊熊地在那把黑色的长剑上以噬天灭地的姿态翻涌而出！

"犀风，我要……取回属于我的东西！"小久的眼眸中仿佛充盈着血光，一瞬不瞬地盯着犀风。

"你究竟在说什么？我没有计较你当初带走了鞘师一族的秘籍，你却口口声声说我们拿走了本来属于你的东西？"犀风再不顾及陈游介的阻拦，执拗地走了出来。此时此刻，父亲生死未卜，族人危在旦夕，他绝不能容忍自己居然就这样如同妇孺一般躲藏在他人的身后！

"我要……"小久的话，突然间戛然而止！

紧接着，他不再吐出任何一个句子，而是狠狠地挥舞起长剑，朝着犀风就挥舞过去！那喷卷着黑色火焰与罡风的剑锋势不可当！陈游介匆忙之间张起了结界，却眼睁睁地看着结界上瞬间迸出了一道道裂痕！这邪剑的威力居然如此之大，就算是以陈游介全力施为所布下的结界，只怕能支撑的时间也不过是一炷香而已！

只是为什么，刚才还从容不迫的小久，会突然这样狂性大发？！

"啊啊啊！"鞘师族人在这巨大的威压中，都纷纷吟唱起了咒文或者是结起了法印，打算张开各自的结界来抵抗此时铺天盖地的威压。

一个个小小的结界被张起了，却又瞬间破灭了。鞘师一族的人们法力如此低微吗？陈游介不禁心中疑惑。

"我的法力……我的法力没有了！"

"啊！我也是……法力……全都消失了！"

"啊啊……没有了法力我们怎么办……"

"快逃啊……"

鞘师一族人们惊慌失措的纷沓叫嚷声穿过了结界，传入了犀风的耳中。

"怎么回事？就算是小久的威力再慑人，他们也不会这么一点自保之力也没有的啊！到底发生了什么？！"犀风的额头上冒出丝丝冷汗，不解地呢喃。

"难道你从来就没有发现吗？鞘师一族，早就没有什么力量了。"陈游介一面勉力支撑着结界，一面语调冰冷地说。

"怎么可能？明明我的族人们……"犀风反驳。

"从来没有任何一个人通过自身刻苦修炼而来的力量会这样不明不白地消失。"陈游介的声音已经开始隐隐有几分吃力，"这样力量骤然崩溃消失的情况，只有一种，就是献祭而来的力量！一旦契约崩溃，那献祭而来的力量也就随之灰飞烟灭了。

"你看看这四周，小久的剑，仅仅只是毁掉了祭坛吗？我建议你还是认真地看看清楚，他所要破坏的东西，究竟是什么？"此时，在祭坛宽阔的地面上一个原本完美无缺的巨大花纹已经分崩离析。这个花纹之前犀风曾经看到过无数次，他一直都认为这不过是祭坛地面上为了美观而进行的繁复装饰。而今天他才第一次意识到这个他熟视无睹的花纹，也许并不是什么花纹，而是……法阵！

而小久的那一剑毁掉的，并不是古老祭坛那被岁月摧残的外墙，而是地上这个法阵！

"如果我没有猜错的话，多年以来鞘师一族的力量已经日渐衰微，恐怕只有族长一支还勉强能凭借着稍微浓厚的血缘维持着。不知道从什么时候开始，他们终于意识到他们稀薄的血缘无法承载力量了。而鞘师一族早已经是名动天下的守护一族。无论如何也不肯舍弃鞘师一族荣光的族人们，开始使用献祭之术让自己获得力量，他们应该是通过献祭自己身体的一部分来换取力量。所以，你的族中才会有这么多的残疾……"陈游介冷冷地注视着那些奔逃而去的男男女女们，目光中除了讥诮并没有半分怜悯。

陈游介的声音很慢很慢，几乎不带半分感喟。而他的每个字落入到犀风的耳朵里，却是石破天惊！犀风那即使是在罡风的威压下都不曾颤抖过的身躯，此时却是不可遏止地震颤起来。

"你……说什么？"犀风发现自己的声音控制不住的干哑枯涩。

"要你现在接受事实可能很困难，可是……结界……要破了！"陈游介笃定的音节终于在最后一瞬彻底断裂！

小久没有给他们任何逃离的机会，他几乎是瞬间就已经御风而来："去死吧！"

闪烁着黑光的名剑已经现世，而现在，它期待的，是一次血的飨宴！

陈游介没想到对方的势头居然会如此之快，而他在此时要顾及的却实在太多！犀风、明胤、楼东来、小八！这倏忽间的迟疑就已经让他错过了最好的时机！对战中原本最忌讳的便是心有旁骛，而此时的陈游介已经避无可避！

预想中的重击并没有出现！

一声沉重的痛呼声响起——是北炎！就在所有人都以为他已经伤势沉重动弹不得的时候，他竟然不知道是如何凭借着意志清醒过来，还挡住了小久的这一剑！

他略显肥胖的身躯瞬间就已经被血一层接一层地包裹了起来。

"父亲！"犀风颤抖着冲向父亲。可是，此时的北炎，并没有看向他，北炎的目光紧紧地盯着小久。血从他的口鼻间急促地涌出，他的声音却在这吐着血沫的呜咽中艰难地继续着："对……不起，当初要献祭你的天眼，为犀风换取力量是我的主意。犀风他什么都不知道，他从来……没想过要伤害你！"

北炎的身躯上，还插着那把强势而来的邪剑，可是他仿佛完全感觉不到疼痛一般的，竭力吐出这样的句子。

"这些，是真的吗？不对，明明刚才法阵崩溃的时候，我的力量并未崩溃消失啊！"犀风觉得从小到大所笃信的一切骄傲的源头都在崩塌，他不自觉地想要抓住那哪怕最后一丝真实的凭依。

北炎的眸光暗淡，"那只是因为，为你施术所使用的法阵并不是这个，而且……你在那之后也的确觉醒了属于你自己的真正力量。可是……若没有那次献祭，你的力量根本就……不可能觉醒。"

犀风的身躯顿时一僵："想起来了……我一直没有展现出鞘师一族的力量，直到……十年前的一场大病后才突然觉醒。原来，那并不是什么病症，而是自身觉醒的力量与献祭得来的力量冲击融合才……让身体超出了负荷……"

"哈哈哈……"从许久之前开始就一直沉默不语的小久终于发出了清晰的嗤笑声，"老匹夫，你终于肯说实话了吗？"

"你可以不原谅……我，我只求你……放过犀风！"北炎说着，居然不管不顾地握住了邪剑的剑锋。

"你是想说，犀风是无辜的吗？哈哈哈……"小久肆意狂笑，"纯洁的犀风，无辜的犀风，他就这样心安理得地享用着本属于我的力量，在鞘师一族里养尊处优，接受着众人的敬仰与荣耀！而我呢？被夺走了一切的我，却只能龟缩在黑暗中，苟延残喘……半死不活！"

"不！我本来想补偿你的！"北炎急忙说着，他急促的话语让血液奔涌的速度更快了！犀风一面抱紧了父亲的身躯，一面彻底地陷入了无措，他完全不知道，该用什么样的表情去面对这个十年未见的故友。十年前发生的一切终于真相大白，却是用如此惨烈和血腥的方式！

而此时此刻比起眼前的真相更让他难以置信的是，一切真的如同陈游介之前所推测的那样，鞘师一族早就不再拥有真正的力量了。就连他自以为拥有的力量，也不过是比其他人更加无耻的献祭的成果！

"补偿？很好……那就用你们的性命来补偿吧！"小久不带任何情绪的，弯起了唇角。随即他眼眸中的最后一丝清明骤然消失！他将邪剑从北炎的身躯上粗暴地抽回，那染着无数鲜血的邪剑，犹如黝黑的枝头突然绽放出了大篷的火色的花朵，在半空中肆意流泻，飞舞，最后划出一道矫天的弧度，跌落而下！一切都带着一种说不出的诡异的美感，伴随着祭坛里明灭暗淡的光华，一瞬间，如同邪神降临在人世间一般，整个祭坛里的空气都仿佛骤然被他彻底吸收殆尽！

"这是丹药，快给他包扎一下！"陈游介将药交给楼东来，而明胤已经扶住了北炎的身躯开始了敏捷的包扎。

处置了这边，陈游介这才回头去看犀风。陈游介记忆中的犀风，是那个端坐在步辇之上骄傲的少年。他所有的笃定和骄傲都来自他对于自己身为鞘师一族荣耀的肯定和自信。可是，此时此刻，他所一直相信的、一直凭依的一切，都在他眼前如同这个祭坛般，分崩离析化为齑粉。鞘师一族其实从来就不曾真正拥有过力量！所有人的力量都是献祭自己身体的一部分而来。而他，这个自以为得天独厚的鞘师一族最年轻的祭司，则是更加无耻，依靠着父亲献祭了他人的天眼，才得到了傲视群伦的力量。

而现在，一切污秽的轮回终于走向了尽头。被夺走了天眼的小久回来了，他要向鞘师一族报复、他要向北炎报复，他要向自己报复。而自己应该反抗吗？自己，真的有立场去反抗吗？易地而处，他只怕会做出比小久更加残忍和难以控制的事情！

无数纷扰的思绪在奔涌着，纠结成找不到线头的乱麻！

犀风只知道牢牢地盯着那一柄沾满了父亲鲜血的长剑，看着那些血迹一滴滴地溅落下来。那是父亲的血！可是……他的全身上下都仿佛被某种看不见的符咒固定住了一般，动弹不得！

父亲的血，小久的恨……鞘师一族的荣耀……

犀风觉得那些血都化作了一簇簇的血红的箭雨，朝着自己的双眸直射而来！

"啊！"犀风发出了短促的惊叫声！

因为，有一只温暖的手，遮住了他的视线。

"那些，的确是你的罪，可是那又怎么样？即使你是有错的，现在要做的事情也绝不是站在这里引颈就戮。这里，是你的家园。就算你的父亲对小久犯下了不可饶恕的罪行，他现在讨要的利息，也实在是……太多了！"

陈游介的声音并不十分响亮，却带着温柔的笃定。

"更何况，现在的小久，也许并不能算是真正的小久，他的神志……被邪剑控制住了！"

"你说什么？"犀风骤然抬头。

"小久……他的整个身体都被那股黑色的烟雾包裹着！那些东西……那些东西在吞噬他的神志！"小八的龙瞳，一向都比任何人都看得更加清晰明白。

仿佛是在回应小八的判断，那些之前还无形无质的烟雾，不知不觉间影影绰绰地现出了丝丝缕缕的痕迹，那些东西，正从上至下地包裹着小久，将他笼罩其中。

陈游介望着对面被黑色雾霾所笼罩的小久，徐徐道："你应该比任何人都相信他。因为你身上的力量是他的天眼献祭而来。我有一种感觉，他完成了邪剑之后并没有去肆虐四方，而是特地来到了鞘师一族。也许……并不是为了完成心中复仇的念头，而是……希望你能阻止他。"

他知道自己铸造出了一把会动摇天地的邪剑，所以他来寻找，可以给它鞘的人！

他需要你，小久，需要犀风！

只可惜，他并没能长久地维持住自己的神志，就被邪剑的意志控制了心神。

现在，能救他的人，只有你。

犀风觉得，那些失去的力量正在一点点地回到自己的身上。他的手指能动了，他的身体也渐渐恢复了原本的灵活！

此时，楼东来与明胤已经将北炎扶走。将这一处已经成为战场的祭坛留给了他们三人。

"你我联手，应该可以唤回小久的神志吧。"陈游介盯着面前的犀风，他知道，自己是在逼迫这个少年做出决定，逼迫他在这片刻之间就完成撕裂般的残酷成长。可是，此时此刻，他别无选择。

"小久会失去他的神志，一切的缘起都是因为我。当年，他作为我的祭品，献祭了本属于他的天眼……"犀风原本低垂的眉眼缓缓抬起，他的眼眸中却是纠结与茫然。曾几何时，犀风无数次地幻想过自己为了守护鞘师一族出战的情形，只是在他所设想的所有的情景当中，都没有眼下这种情况。

他可以面对千军万马毫不畏惧，为什么命运给他的战场却是如此复杂？！

他，竟然必须与长安第一术者一起，与从小分别的挚友小久作战！可是，那嵌入骨血的每一分力量都在清清楚楚地告诉他，它，本该属于小久！而自己，居然要在此时此刻用这份力量去对抗小久？！他真的可以吗？！

"我们现在所做的事情，并不是在与小久作战。恰恰相反，我们在做的事情正是要帮助他，恢复原本的神志！"陈游介冷冷地注视着面前犹豫的犀风，"无论你们之间有多复杂的纠结，你首先要唤回的，是那个与你有着共同记忆的小久，而不是……眼前这个！"

犀风的身躯骤然一震，那些所有的犹豫和迷乱仿佛都被陈游介如同冰风般的话语吹散，他猛地点头："我知道了！"

"呵呵……"对面的小久发出了含义不明的冷笑声。显然他一点也不曾质疑过自己的力量，他连剑锋都不曾抬起来，随随便便地拖着那把长剑就走了过来。姿态从容到近乎无聊，显然这一场战斗在他的眼中其实早已经结束，没有任何悬念。

"废物的话，来一百只也是废物，对我来说，没有任何区别。"小久的唇边，带着犀风熟悉的那种满不在乎的笑容。这笑容，在犀风把他从山林间救回的时候，从他清醒的第一刻开始，就浮现在他嘴角。

那时候的他，望着对他的伤势忧心得满脸泪水的犀风就是这样微笑着："你干什么啊？明明没有什么的，你在哭，我觉得我都被你哭疼了呢！"

而犀风，在听到他这样的句子后，原本打算反驳的他，在对上他的笑容的时候，却不自觉地也露出了笑容。那是属于小久的笑容，绝不会错！在犀风难过的时候，烦恼的时候，小久就是用这样的笑容，一次次地将他从苦恼的泥沼中拉出来。

虽然，人人都说是犀风救了小久。可是只有犀风自己知道，真正救了人的那个人，是小久。他把那个苍白脆弱自尊心却太强，总是一次次陷入沮丧的自己救了出来，用他满不在乎的笑容告诉他：这些都不重要，你的身边，不是还有我吗？

所以，在失去了小久的踪迹后，自己才会那样失控，那样疯狂地一次次地寻找。

因为，他失去的，不是一个朋友，而是自己，灵魂的另一半。从此以后，他是骄傲又强大的犀风，可是在最深最深的梦的深处，他一次次地回味着，那个当自己还如此虚弱，如此脆弱的时候，依然在自己身边不离不弃，微笑着说没什么……的孩子。

因为，所有的人，即使是父亲，他们所期盼所重视的，都是那个天纵英才的犀风。而只有你，小久会说：没关系……

在这电光石火之间，陈游介已经"嗖嗖嗖"地激射出数张符咒，那些闪烁着雷火光芒的符咒，正狠狠地截断着小久逼近而来的脚步。

"快！"陈游介急促地催促着犀风。

按照陈游介的计划，是由他来打出雷符，有效地阻断小久的来势，而犀风则是以鞘师一族的光轮锋刃，给予小久重创！陈游介相信，即使小久手持邪剑，要想同时抵抗这两重的攻击，也绝非易事！

犀风的手掌在迅速地结出手印，光轮的旋涡在他掌心瞬息间成形，倏忽间就如同迎风而起的鹏鸟，扶摇而去！

雷符的爆裂迸射出夺目的光华，小久的身形果然一滞，紧接着，犀风的光轮铺天盖地地笼罩而下！

小久那黑色的身躯瞬间就被铺天盖地的白色光华彻底吞噬！

耳畔那些雷符的爆裂声还在继续，犀风听到自己近乎脱力的声音："中了吗？"

"打中了。"陈游介看得很清楚，犀风的光轮毫无偏差地全部正中了小久！属于鞘师一族最富天才的术者的力量，果然是不容小觑！

犀风突然觉得，自己简直无法注视那白色的光华哪怕多一秒，他甚至忍不住想侧开头，因为他知道，当那光华散去后，自己看到的，将是小久无比凄惨的状况！

长久的爆裂声终于结束，白色的光华也消散开去。

在那片空地上，只有一个身影，依然屹立不倒。

在那突然变得无比寂静的空间里，小久的声音带着一股戏谑的夸张和嘲讽："你们……就只是这样而已吗？"

犀风的身躯骤然一抖，不自觉地对上了小久的双眸。

小久盯着他，唇边的笑容还是那么熟悉，只是他此时吐出的句子却是如此锋利："我只是奇怪一件事情……"

"什么事情？"犀风听到自己艰难地说。

"你这么一个靠着献祭了我的天眼才得到了力量的无赖，是怎么好意思把用这样龌龊的方式得到的力量，用来攻击我呢？！"

"我……"犀风想要解释，却发现自己什么话都说不出。

"呵呵……看来，那个被迷失了心智的人不是我，而是你啊，犀风！"

小久咬着牙，仿佛是在将犀风这个名字的每个字、每个音节都在细细地咀嚼、咬碎一般，狠狠地吐出！

然后，他挥起了手中的剑！

这是他第一次，如此郑重其事地挥剑！

从那剑锋扬起的第一秒开始，陈游介就知道，它势不可当！

没有人可以这样与一柄被愤怒和戾气所笼罩的邪剑正面对抗！尤其是犀风的心中从不曾燃起真正的战意！软弱和迷茫的双手，是无法成为真正的鞘师的！自古以来，身为封印的鞘，就必须比锐不可当的剑，拥有着更加强大的力量！

而现在……

笼罩着黑色烟雾的剑光直直地朝着犀风劈来！

剑锋，几乎是擦着他面庞划过！祭坛的地面上瞬间就露出一道深深的沟壑。

"居然，没有被击中？！"陈游介的心中一阵惊疑。

犀风也是难以置信地瞪大了双眸，是小久在手下留情吗？！

"没中吗？那就再来一次好了！"小久挠挠头，仿佛是对眼前的局面十分苦恼的模样。随即，在他的笑颜中，第二剑、第三剑又一波波地落下！

很快，陈游介就发现，这，并不是真正的战斗！

在那铺天盖地的剑锋之间，他们根本就无从闪避！而小久，如同是那在云端俯视着狼奔豕突的神祇一般，丝毫不带感情色彩的，一次次地挥动着剑锋。

"他在耍弄我们吗？"犀风喃喃道。

仿佛是在回应着他的提问，小久的剑锋之势，却在这看似玩耍的一次次攻势中变得越来越猛烈！

每当犀风以为这一击已经是他在全力施为的时候，小久就会用下一击来告诉他，这还远远不是他真正的实力！

在一次次的躲避中，犀风原本光洁的面庞上染上了纵横交错的血痕，而他的肩上、胳膊上、腿上也已经到处都是正在渗出鲜血的伤口。用不了多久，犀风就会行动困难，丧失掉抵抗力。到那时候，又该怎么办呢？陈游介扶住犀风摇摇欲坠的身躯，心中瞬息间不知道转过了多少个念头。他平素自负智计无双，可是此时此刻他才如此清晰地意识到，在真正的强大面前，他所有的智计都没有任何施展的机会。

在这电光石火的敌对之时，实力早已经代表了一切！

"你们，就只是这样了吗？真是太没有意思了……"小久貌似苦恼地挠挠头，"原本以为你们能陪我多玩一会儿的，既然这样的话……"小久再次扬起了剑锋，比之前任何一次都更加夺目的炎雷在剑锋上如同烟火般肆意绽放。

这是令人绝望的炎雷，可是在这电光石火之间，陈游介看到了比那炎雷更加绝望的，是犀风的双眸！这到底是因为自身力量的巨大差异的绝望，还是骄傲如他，根本就无法直视自己力量真正的来源？

这一瞬间，陈游介明白了，让犀风虚弱的，不是彼此力量的绝对差异。而是犀风的心，早已经在迷惑和彷徨中，失去了昂扬一战的力量！

犀风，早已经绝望！

就在此时，原本烛火都被罡风席卷得没剩下几根的祭坛里，骤然升腾起了柔和的光芒！这是法阵开启的光芒！可是，那祭坛地面上的法阵，不是早已经被小久的剑锋破坏了吗？

犀风低下头，他看到了，那些从小久的剑锋上滴下的鲜血，此时如同一双手，正在织补着原本已经残破不堪的法阵！法阵在那些血液的侵染下，迅速地弥合着！

"不对，这个法阵……这并不是之前的法阵。难道是一直隐藏在祭坛里的法阵吗？！"犀风睁大了双眸，简直有点难以置信！

被这一幕震惊了的，并不只有犀风，还有被黑色雾霭笼罩的小久。他也同时顿住了脚步。显然，他也在判断，此时此刻，究竟发生了什么？

"糟糕！如果他强行阻止法阵完成的话……"陈游介的心中一惊。可是，让他意外的是，小久居然什么都没有做，只是静默地注视着那在血光中流转着光华的法阵，最终冉冉成型。

在法阵最终完成的一刹那，一种轻微的崩裂声，在耳畔响起。

"清灵祖师的石像……"犀风喃喃着。顺着他的视线，陈游介看到了那原本在邪剑的罡风之中都不曾有过残损的塑像，此时居然崩裂出了一条条的裂痕！仿佛有什么东西，正要从那塑像中破壳而出！

“嘭”的一声，刚才还完整无缺的石像彻底粉碎，化作了一堆齑粉。

取而代之的，是一个光华荏苒的纤细身影。任谁都看得出来，她不过是一抹残魂。可是她的模样落在犀风眼中，却是激荡起了前所未有的巨大波澜！

“清灵……祖师！”

那个有着二八少女容颜的清灵，却并没有望向他，而是将目光投向了面前的小久。她虚无的目光此时却如有实质，直直地盯着面前黑衣黑发的桀骜少年。

小久虽然还是如同之前一样，保持着一无二致的姿态。陈游介却能清晰地洞悉，这少年已经彻底卸下了全身所有的警戒！此时的他与犀风一样，在为清灵祖师的出现而震惊！

“清……灵……”这个声音虽然是从小久的口中吐出，却与瞬息之前他的声音截然不同！仿佛只是拥有着同样躯壳的另外一个人，此时正依附在这个躯壳中，发出了属于自己的声音。

“九……燮？”清灵的双眸骤然激荡起了激动的波澜！

“哈哈哈……”面前的“小久”瞬间就陷入了长久的狂笑中，他仿佛觉得这一声呼唤简直是可笑至极。好一阵后，他才再度开口：“清灵，你只以为九燮会记得你的名字，你就没想过，我也会记得你的名字吗？”

“雷湛，战龙雷湛！你居然……还在这人世间盘桓不去！”清灵目光中刚才的柔情与激动瞬间消失得无影无踪。

“清灵你硬生生要留下这一抹残念不去，我作为拥有着毁天灭地之能的战龙之魂，又怎么肯无声无息地消失湮灭呢？！”雷湛顶着小久的少年面庞，不紧不慢地吐出恶毒的句子。

“只是很可惜，我不是你心心念念的九燮，我是雷湛。”

“当年我以为已经将你彻底封印，谁知道你居然凭依在邪剑上再度现世，还占据了这个少年的身躯。你真的是丧心病狂。难道你忘了吗？普通人类的身躯是无法长期承载你的龙魂的。而邪剑，我鞘师一族从来就不缺少封印邪剑的方法。我们是鞘，我们生来就是克制剑的！”清灵的声音并不十分高亢，却带着不容置疑的笃定。

虽然耳畔听着如此肯定的句子，可是陈游介比其他任何人都更冷静。鞘师一族早已经不再拥有力量，而此时的清灵不过是一抹残魂，她到底能做什么实在是不好说！

雷湛轻笑：“很好，那就让我看看你这个鞘师一族的祖师，究竟能做到什么程度吧。"

清灵微微颔首一笑，顾盼之间，她的眸光流转，在场的所有人都只觉得心头一荡！

而犀风，却在这一眼中，骤然听到一个声音在自己的脑海中直接响起——不要再犯下跟我当年一样的错误！

光芒，在一瞬间彻底笼罩了所有人的视线！

当明胤睁开双眸的时候，他看到的是湛蓝的天空、浓绿的树影，似乎此时的他不过是在一次午后的小憩中醒来，小八亲昵地在他的衣襟中探出头来，仿佛什么都不曾发生过。

"太好了！你出现了！"犀风毫无征兆地骤然在明胤的身畔出现。明胤完全不记得前一息曾见过他的身影，犀风仿佛是骤然撕裂了虚无的空气，赫然现身！

"你怎么……"明胤盯着他，觉得似乎有什么重要的事情被自己遗忘了。

"这里并不是真实的世界，我在清醒过来之后就发现了，这里是某个人的记忆。我不知道你们怎么了，就想呼唤你们的名字。可是……我并不知道陈仙长的名字叫什么。我唯一还有印象的，是你的名字。然后，你就……好像是莲花突然浮现在水面那样，回应着我的呼唤，出现了。"犀风环顾着四周，显然他也在一点点理清着自己纷沓的思路。

"你的父亲……"明胤还记得，在自己出现在犀风所判断的这个并非真实的世界之前，自己正在照顾重伤的鞘师一族的族长北炎。

"我们现在很有可能是灵体的状态，父亲身受重伤，他的灵体只怕已经脆弱得无法回应我的呼唤。我……不敢贸然呼唤他。"犀风垂下眼帘，明胤想起北炎生死未卜的样子，正想要如何安慰他才好，却见犀风开口，"陈仙长和你的朋友叫什么名字？"

明胤忙回答："陈仙长的本名叫陈游介，我的朋友叫楼东来。"

"陈游介……"犀风喃喃地念着这几个简单的字。不知道为什么，原本最熟悉不过的音节似乎渐渐在空气中撞击出了某种让人心旌摇荡的力量。

"总算是清醒过来了。"陈游介的身影与他的声音一起飘然而现。望着宛如撕裂虚空骤然出现在面前的陈老板，明胤还真的有几分愣怔。

"这就是鞘师一族的力量吗？居然可以瞬间就涤荡开混沌，为我回复了清明。收回前言，鞘师一族并非浪得虚名，就只看你，就知道鞘师一族若要继续长存，也并非是完全没有希望。"陈游介意态从容，明明不过是灵体，那份闲庭信步的姿态却是一点也没打折扣。

犀风却没有与他搭话，继续呼唤："楼东来……"那属于少年的清冽而又明澈的声音如同一柄凝聚了霜雪的长剑般，徐徐挥下。然后就是楼东来近乎兴高采烈的声音："哇！这里是哪里？明胤，我们是不是已经脱险了？"

"唤醒这种没用的聒噪家伙的灵体有什么用？犀风你浪费什么力气？"陈游介毫不掩饰地皱起了眉头。

楼东来可是半点也不会低头："你说什么呢？我哪里聒噪了？！"

陈游介的笑容瞬间带上了一股森冷的气息："那就让我把你敲昏，送回昏迷里去吧！"说着他已经作势抬手要施展法术。

明胤急忙拦住他："别！老板！"

"哼，我才不怕他！"

转瞬间，刚才还静谧无声的不知名空间里，就充满了几人的喧闹。虽然犀风的心头还沉沉地压着父亲的伤势，压着鞘师一族不知道会走向何处的未来，甚至不知道此时此刻自己身处何处的茫然，看到眼前这几个人的时候，他的心情不知不觉地舒缓下来。他已经不记得有多少年不曾有过这样放松的心情了。他作为鞘师一族最有天赋的存在，总是被父亲鞭策着要努力、要学习、要做出表率。不知不觉他被那日复一日的刻板生活压得喘不过气来。而他记忆中的唯一的朋友，小久，却在十年前离他而去，只剩下他独自面对那穷无尽的严苛考验，甚至连最小的喘息的时间都没有。因为，所有那些残损的族人们，都会用羡慕和嫉妒的眼神死死地盯着他健全的身躯，他……一刻也不敢放松，一刻也不敢停下来为了自己的心情哪怕开怀大笑一瞬间。他是鞘师一族的祭司，是最有前途的族长继承人，唯一不是他自己——犀风。

不知道何时，那几人的喧闹已经告一段落。陈游介的声音缓缓响起："这里，应该是什么人的记忆。这记忆是如此强烈而鲜明，才会将我们这么多人的灵体都一并卷入其中。"

"卷入？"明胤不自觉地重复了一遍。

犀风却在这一瞬间仿佛是福至心灵："说不定，并不是卷入……"

就如同这个世界在精准地回答着犀风的话语，一个单薄瘦削的小小身影出现在了视线中。

随着那个人的靠近，人们看清楚了，那是个小小的少女。她身着单薄的衣裙，即使已经是春光烂漫，她那薄如纸片的衣服也无法抵挡哪怕最小的一丝丝寒风。

一阵轰鸣声传来，刚才还明媚的晴空突然变成了墨云翻天的黑夜。随着电闪雷鸣，一大堆山石翻滚而下，少女惊叫着飞跑躲闪。众人觉得眼前的世界如同巨石投入水底般，翻腾起了滔天蔽目的浊浪。当视线再度渐渐回复清晰的时候，少女在满身泥污中睁开双眼。此时，一个细细的声音在众人的耳畔响起，仿佛是什么幼兽正被压在山石之下，哀哀欲绝找不到生路。

少女在片刻的迟疑之后，开始费力地搬运起一块块石头。而这个声音，听在在场的众人耳中却是再熟悉没有。这个声音并非来自什么幼兽，而是年幼的龙发出的鸣叫声！

当少女费力地掀开一块几乎比她的身体还要高大的巨石的时候，一条浑身上下布满了泥污的又粗又长的东西出现在了少女的面前。

"啊！蛇！"少女惊声尖叫！

"我是龙！我是龙！"那个被她定义成蛇的家伙甩着满头的泥污，一边"呸呸呸"地吐着嘴里的湿泥，一边忙不迭地给自己正名。

在扎进一条小溪里洗干净了之后，这条黑不溜秋的龙总算是让少女安下心来。

"谢谢你救了我，我叫九燮，黑龙！"九燮竭力摆出了龙族的架势，高昂起了头。

"没什么……我叫清灵。"少女带着羞涩的笑容，开口。

"清灵？！"所有人的视线顿时都集中在了犀风身上，而犀风却是比其他任何人都更加震惊得不能自已。

"难道我们现在进入的……是清灵祖师的记忆？！"犀风竭力平复着自己激动不已的心情。

陈游介点点头："你们族中不是有清灵祖师降服巨龙的传说吗？现在看来，我们此时看到的就是清灵的记忆。我们的确不是被简单地卷入这个记忆的，而是，清灵正在把她的记忆，给我们看。至于她到底要传达给我们什么，就看……我们自己的领悟了。"

犀风的神情陡然一肃："我知道了！"

接下来的记忆，如同走马灯一般，清灵与九燮成为彼此相依相伴的好友。

"我能够化成人形了！"九燮在欢喜地惊呼。那顶着一团乱发的小小少年，身量居然比清灵还矮了半个头，那股龙族的气势却是丝毫不减。

"太好了！"清灵拉起他的手，并肩在山林之间奔跑。

春去秋来，他们在山林间一起捕猎，一起唱歌，一起分享彼此的快乐时光。犀风注视着那个笑得天真烂漫的少女，完全无法将这个肆意活泼的少女，与他记忆中那个端庄浅笑的石像联系起来。

清灵在一天天地长大，而九燮也在一点点地成长起来。他可以在人形和龙形之间自由地转换。原本龙形不过是长尺余的他，渐渐变成了能飞腾在半空之中的长达丈余的庞然巨物。而清灵望着他的眼神，也渐渐地变得添上了某种不知名的东西。

虽然早已经可以化作人形，九燮在睡觉的时候还是习惯恢复成龙形沉睡。也许对于他来说，与其要费心维持人形，还不如龙形的本来面目更让他彻底放松。入夜，整片山林彻底陷入了沉睡之中，月光透过丝丝缕缕的树枝轻柔地洒下，映照着这美丽的黑龙。而他的额头上，与其他鳞片截然不同的，是一片金色的鳞片，这鳞片犹如属于王者的冠冕一般，熠熠生辉。

随着一阵微不可闻的窸窣声，清灵站在了九燮的龙头边。月光中，犀风看不清她脸上的表情，她手中绽放着寒光的利刃在月光中却是如此清晰！

"她要干什么？！"明胤控制不住地问。

他的话音还未落，只见清灵手起刀落！她居然在剜取九燮的那块金色鳞片！

"嗷！"九燮在痛苦中骤然惊醒！他难以置信地盯着面前的少女，他简直无法相信，当初冒着生命危险把他从巨石下救出来的少女，此时此刻居然在用同一双手，要剜取他用力量所凝结的金色龙鳞？！

九燮恢复成人的模样，他捂住还在渗出鲜血的额头，难以置信地喃喃道："为什么……为……？"

"为什么？当然是为了得到力量啊！我受够了现在这种毫无力量的日子了！"清灵冷冷地笑着，目光中没有半分躲闪和愧疚。

"我说过，我可以一直在你身边保护你。"九燮睁大了双眸，他甚至还想走过来拉住清灵的手。

"脏东西！离我远一点！要不是为了得到你的力量，我才不会跟你这么丑陋龌龊的东西待在一起这么久！"清灵狠狠地将九燮的手甩开，原本总是荡漾着笑容的脸庞此时却扭曲得近乎狰狞。

九燮直愣愣地望着这个突然变得陌生了的伙伴："清灵……"

"你给我滚远一点！"清灵胡乱地挥舞着手中的利刃，神色间却有隐藏不住的惊慌。她一面厉声呵斥着，一面跌跌撞撞地往后退去。显然，刚才未能一击得手的她，此时这番作态不过是色厉内荏罢了。毕竟，身为一个普通人类的她，是无论如何也不能与拥有着排山倒海之力的龙族对抗的。

"清灵祖师在干什么？"犀风喃喃着，简直无法相信自己眼前的这一幕。

"啊……"清灵一路倒退着，居然脚底一滑就要重重地跌倒！

九燮一个箭步就冲了过来，像以往不知道多少次一样，牢牢地挽住了她的肩膀！

"唔……"一声低低的闷哼声响起。九燮的动作在瞬间僵住！

"吧嗒。"浓稠的龙血重重地跌落在草丛和苔藓上。

众人这才看清了——清灵的那把利刃，居然刺入了九燮的胸膛！而此时，血正一滴滴地，从九燮的胸口涌出、滑落！

此时此刻，清灵的笑容却是如此鲜明，简直有一种夺目的刺眼！

原来，没有什么惊慌失措，没有什么色厉内荏，没有什么行差踏错的失足，有的只有一件事情，那就是——清灵的阴谋！她算到了所有的事情，她算到了自己很难一击刎取金鳞，她算到了九燮的激动和难以置信，她算到了当自己重重跌落时，九燮，会怎么做！

而在九燮全心全意只想着要救她的那一瞬间，她只要轻轻地，刺出去就好！

"清……灵？"九燮的身体，瞬间就僵硬得不受控制！

清灵的唇畔升起得意的笑容："这把刀上我一层层地淬入了蛇毒，就是那种你曾经说过的就算是你碰上了也会身体麻痹好一阵的蛇毒。原本我还应该再等一段时间，等那金鳞更加闪亮的时候再下手，可若是那样，说不定那时候蛇毒对你就起不了什么作用了。于是我就想，好事不宜迟，还是现在就下手吧！"

九燮完全无法相信自己此时耳畔听到的句子，他只是任由蛇毒在自己身上奔走蔓延，然后重重地倒下！几乎是一瞬间，他就再也无法维持人形的模样，恢复成了巨大的龙形。他的额头上，那一片金色的鳞片此时染上了血色的光泽，那是一种让人难以捉摸的瑰丽又绝望的美。

"清……"九燮的声音因为恢复了龙形而变得有几分含混不清。只有他巨大的双眸还在牢牢地盯着清灵，眼睛里满是震惊和被背叛的难以置信。

"不要这么不甘心，本来你的命就是我救的，现在我不过是……找你讨还而已！"清灵浑不在意，她手中的利刃已经朝着九燮的额头剜去！

"你……真的从头到尾都是在骗我吗？！"九燮嘶吼着，那声音中夹杂着重重的喘息和不甘。

听了他的话，清灵笑了起来。九燮从未见识过清灵如此美丽的笑容，那笑容仿佛是用天边最美的云霞凝结而成。而她此时吐出的句子，却是比她手中的利刃更加让他剜心刺骨！

"当然！从认识你的第一天第一眼开始，我想的就是，得到属于龙的力量！"

九燮的眼眸中，仿佛有什么闪闪发光的金色的东西骤然湮灭消失了，他重重地闭起了双眸。而当他再度睁开双眸的时候，沉重的龙息如同海啸一般在山林间疯狂地激荡起来！

清灵难以置信地睁大了双眸！

她娇小的身躯转眼就被龙息席卷得站立不稳！

转眼间，刚才还匍匐在地面上几乎动弹不得的九燮，骤然发出了一声惊天动地的怒吼！这声音响彻云霄，随着他的这一声怒吼，原本染血的前额和胸前居然瞬间就彻底恢复！随后，众人看到的就是一条朝着九天扶摇而上的巨大黑龙！而清灵在他的这一声怒吼中，颤抖着身躯畏惧地蜷缩着，彻底露出了蝼蚁草芥的姿态！

九燮仿佛再也懒得多看她一眼，腾云而去！

只留下清灵瑟缩在原地不住地颤抖着，仿佛在恐惧又仿佛在忏悔。只是所有人都不怀疑，从此以后，九燮与她已经不会再有任何关系。翱翔九天的龙，和心怀鬼胎的少女，他们命运的丝线在短暂的交错之后，终于又回归到了彼此原本的轨迹。

"九燮在龙怒之力中觉醒了他作为龙族的全部力量。"陈游介不带半分感情色彩，近乎冷漠地陈述着。

接下来，他们所看到的画面仿佛是由许多碎片拼接而成。九燮这条原本游离于龙族之外的龙，被龙族郑重其事地迎回了东海。他成为守护东海的战龙。天上地下，人们说起战龙九燮的名声都赞一声那可是赫赫声威的猛将。他有了属于自己的宫阙、自己的奴婢、自己的财富与荣耀。人们再也不会将他与多年前那条差点被泥石流砸死的小龙联系在一起。那段过去，早已经腐烂破坏得不成样子，即使在心灵的最深处，他也不想忆起。

　　这些片段里，只有九燮。几乎有一瞬间会让人以为，这是九燮的记忆。可是，这些记忆，属于清灵。

　　"战龙九燮无法控制自己体内的力量，陷入了疯狂！"

　　多年以后，这个消息在三界疯狂地传播着。

　　"原本就不过是生在荒郊野地的野龙，不过是东海看他还有些利用价值才迎了回去。现在……呵呵……"

　　"原本那种样子、那种做派，就没有一点真正东海龙族的气度。果然如此……这种只有力量的蠢物，被无法自控的力量吞噬，也就只是早晚的事情了……"

　　那些龟缩在九燮的保护之下的水族们，此时却都志得意满地窃窃私语着。多年来仰仗着九燮的功劳他们才能维持太平的生活，可是人心都是如此，他们不光不知道感恩却反而因为九燮所得到的崇高地位和荣耀暗暗地蔓延着嫉妒。

　　"就等着看他彻底地把自己毁掉吧！"这几乎是所有人共同的心声。

　　没有了九燮，东海可以再找到新的战龙。

　　九燮？不过是用完即弃的棋子罢了。他的死活，没有人会去关心！

　　清灵的记忆仿佛也被这些污秽的思想裹挟着、激荡着，找不到任何一丝宁静与平和。当众人面前的记忆终于平静下来的时候，出现在众人面前的，是黑龙九燮在荒山间疯狂地撞击着高大的岩壁，即使额头已经满是鲜血他也依然不肯停止。

　　"你真的是……疯了吗？"一个身影出现了。这个身影早已经不是少女的纤细，而是带有着成熟挺拔的风姿。是清灵！

　　清灵站在高高的山巅之上，注视着正在荒山间挣扎翻腾的龙。

　　"啊……你走，你给我走！"九燮在咆哮着。

　　清灵顿时一怔："九燮……你……"

　　"要走的那个人是你吧！"明明是从九燮的龙身里发出来的，却是另一种完全陌生的声音。

　　"唔……啊！"九燮痛苦地挣扎着，又一次将身躯撞向山壁，无数的岩石翻滚飞落，激荡起巨大的轰鸣声。

　　"你这样做也是无济于事，我就在你的身体里，你无论如何挣扎，也是无法真正赶走我的！"一个恶意的声音响起。

　　"我……居然被你蒙蔽了这么久。不！我再也不能这样了！无论如何，我也要将你从我的身体里赶走！"九燮气喘吁吁地抬起头，竭力维持着头脑的清明。

"呵呵，你真的是痴心妄想。原本是我心慈手软，才想不要让你太过于痛苦地一下就彻底被我吞噬掉全部的龙魂。我打算徐徐图之，让你也享受一番人世荣华再湮灭。谁知道你居然想将我赶走？！你也不想一想，你这种山间野龙，哪里来的排山倒海的战力？！你靠着我的力量享受了这么多年战无不胜的荣光，如今我不过是要将你的身躯全面接手，你怎么就如此不甘心？！"那个声音虽然是从九燮的身躯中发出，却真的如同是另一个人一般，有着截然不同的音色。

"这就是……九燮发疯的真相吗？"清灵喃喃自语。岁月将九燮变成了赫赫声威的战龙，却也将清灵从一个柔弱纤细的少女变成了有着坚定目光的女子。

"哈哈哈……"清灵突兀地发出高亢的笑声。这声音在寂静的山野之间瞬间就引起了九燮和他身躯里另一灵魂的注意。

"你是谁？！"

"我是清灵啊。你忘了吗？我听说你似乎为宿疾困扰，所以特来看望。怎么，不欢迎我吗？"清灵昂首对上巨大的龙瞳，气势却是丝毫不落。

"清灵？！我想起来了，你就是当年那个想取走九燮额头上的鳞片，得到力量的野丫头。"明明是熟悉的九燮的身躯，可是从那身躯里发出的声音却有着截然不同的音色。

"正是。"清灵顿时满脸都是笑容，还不忘身姿轻盈地福了一福。

"你区区一个人类，跑到这里来，难道是想找他叙旧？"一阵烟云过后，再度站在清灵面前的已经是个有着挺拔身形的少年。不过，依然是清灵曾经熟悉的眉眼。

清灵继续微笑："怎么可能，我不过是听说他疯了，所以又想来趁机捞点好处罢了。却没想到遇到的是阁下，不知道，前辈您如何称呼？"

面前的少年细细地将她从上扫到下，似乎是想从她的笑容之后挖出她全部的秘密。不过，他很快就放弃了这种探究。龙和人类的力量相差实在太过悬殊，他实在用不着也懒得费什么力气去关注这么一个蝼蚁。

不过，清灵这毕恭毕敬的态度到底让他颇为受用，他颔首一笑，"你想知道本座的名号？虽然你这种无名小卒根本不配知道，本座也还是勉为其难地告诉你一声吧，本座是雷湛！天上地下独一无二的战龙雷湛！"

清灵顿时瞪大了双眼，激动万分："在下拜见雷湛大人！"

雷湛却是冷哼一声："说吧，你跑过来到底想要干什么？"

"刚才我听到雷湛大人你，似乎在与那九燮……争执？"清灵保持着最温柔贴心不过的笑容，声音也是说不出的绵软低回。

"九燮那一股意念始终不肯老老实实地湮没、屈从于本座的意志，总是时不时地就要出来作乱一番。这次居然闹出这么大的乱子，真的是丢尽了本座的颜面！"雷湛冷哼着，似是已经不屑至极。

"明明不过是毫无力量的山野之龙，凭着成为本座的凭依才有了力量，却总不肯乖乖地让出身躯。以为本座真的奈何不了他吗？！"雷湛拧眉，居然将自己占据了九燮身躯的事情说得毫不忌讳。言下之意竟是他纡尊降贵地看中了九燮的身躯，而九燮居然不肯乖乖放弃自己的意志，竟敢反抗他，就是天大的忤逆！

清灵点点头："正是呢。九燮实在是太不通世故了。其实如今他与雷湛大人你已经是一体，何必还纠结这么多呢？"

"不过他也挣扎不了多久了，我的意志迟早会将他彻底吞噬。只是他如今总是时不时地出来闹上一场，实在是辱没了我东海不败战龙的赫赫威名！"雷湛拧眉，显然是对于自己成为东海笑柄的事实极为不满。

清灵盈盈一拜，她的容貌原本不过是清秀，此时笑容染上面颊，居然如同万千繁花在瞬息之间一同绽放一般，只看得雷湛的心跳骤然一急。雷湛自问生平不知道见识过多少绝色无双的佳人，实在不明白自己为何居然会对眼前这个平平无奇的女子骤然生出了此等情愫。不过此情此景之下，他也不禁露出笑容，温言道："你……要做什么？"

清灵颔首依然是谦恭的模样："我只愿能为雷湛殿下你，驱除烦忧。"

"你可以将九燮……"雷湛不禁双眸一凝，顿时难以掩饰眼中的喜色。

"正是！不才小女子也修习了一些术法。其中一个，正是可以将那些不安分的灵魂，送入寂静的永眠之中。"清灵说着，居然从袖中掏出了一柄如同重叠的紫藤花蕾一般的铃铛。

明明从上到下都缀满了晶亮的圆铃，在她的动作之间，却不曾发出丝毫的声音。

"这是什么？居然没有声音？"雷湛不禁有了几分兴致，盯着这如同累累花实的铃铛。

"这铃铛发出的声音，能让鸾凤听了都瞬间沉睡从高空坠落。用它来彻底封住九燮的神志，是再好也没有了。不知道，雷湛大人你觉得我可还有些用处？"

雷湛轻笑一声，他的视线中却是没有半分笑意，他的眸光如同一柄细细的小剑正从眼眸中激射而出，直直地插到清灵的心脏里去！

"你若是想玩什么花样……我会让你知道，真正的龙怒之力，是什么样子。"雷湛的声音，每个音节都带着沉重的威压。清灵的身躯颤抖着，竭力咬紧牙关这才堪堪稳住了身形！

瞬息之后，雷湛的声音却是骤然一变："清灵！你又想干什么？！当年你害得我还不够吗？！"这是九燮，九燮居然夺取了这个身躯的控制权吗？

清灵瞪大了双眸，简直不知道该如何回答。

可是，在下一秒响起的，却是雷湛气急败坏的声音："你有什么伎俩就都快点使出来吧！我真的是受够了这个蠢货了！"

清灵颔首："是！"

清灵的手腕一翻，铃声骤然响起！随着铃声的流转，原本透明的空气中突然奔涌流动起了一道道光的轨迹。这些轨迹如同阳春三月和风吹拂下的柳枝，纷纷扬扬地漫卷在空中，而随着这光的轨迹的飘舞，清灵的歌声也柔和地响起。

"成礼兮会鼓，传芭兮代舞……"清灵不光是在唱歌，她还在跳舞。她的舞姿其实并没有十分出色，比起雷湛所见识过的人鱼的曼妙身姿，清灵的舞姿简直是不值得一提。可是不知道为什么，雷湛在这一瞬间，居然真的被她的声音、被她的动作、被她眼角眉梢那种难以捉摸的动人神情彻底吸引住了。

"姱女倡兮容与……"清灵的声音与那银铃的声音和谐地交错在一起，空中如同光的流萤般飞舞的丝缕越来越多，都密密匝匝地围绕在了他们的身畔。雷湛是龙，他平时最讨厌的就是被这些东西所包围，所有让他觉得有束缚感的东西都会在一瞬之间被他彻底撕裂。可是此时此刻，此歌此舞，却让他觉得，与眼前这个女子一起被光华簇拥的感觉，竟是说不出的怡然自得，甚至让他有一种昏昏欲睡的微醺与酩酊。

"春兰兮秋菊……"许是这首歌终于到了高潮处，清灵的声音也陡然如同白鹤猛地蹬开树枝一般骤然拔高。而此时，雷湛突然感觉有了一点说不出的异样！

"你到底在干什么？！"雷湛骤然暴喝！

清灵却是没有回答他，她的歌声依然在袅袅飞舞："长无绝兮……"

而此时，从银铃里飞舞而出的那些光的丝线已经牢牢地捆缚住了雷湛的灵魂！他惊讶地发现，自己居然不知道什么时候已经被这些从银铃里飞曳而出的光的丝线从九燮的龙身里攫出，而失去了龙身凭依的它，能施展出来的力量顿时就不到平时的万分之一！

雷湛的心中顿时抑制不住地震惊！他从未想过自己多年来如此完美的附身居然会被清灵这么简单就破解了！如果不是刚才他的最后一丝警惕之心尚存，只怕此时他早已经彻底地动弹不得！

"别以为你能把我降服！我雷湛是天上地下唯一不灭的战龙之魂！"雷湛咆哮着，朝着清灵的咽喉扼去！

虽然是势在必得的一击，他却没有想到，清灵居然就这样生生地站立在了原地，没有半分的动摇！

只有她喉间吐出的音节，还在继续："终……"随着这个音节的继续，雷湛感觉到自己的力量和神志都在瞬间崩溃消失！

必须要让她停下来！这个什么鬼歌，一定有什么端倪！

雷湛扼住了清灵的咽喉，却终究没有能阻止那最后的音节从清灵的口中仿佛叹息般地吐出："古……"

"你！"雷湛在怒吼着，可是雷湛很快发现，自己的手在迅速地风化着，那不死不灭的龙魂正在无可逆转地崩溃着。他甚至来不及吐出他所能做出的最恶毒的诅咒，就发现自己的意识彻底沉入了混沌的黑暗之中……

"呼……"清灵长长地嘘出一口气，手中的银铃瞬间滑落。银铃朝着地面跌落而去，却没有发出任何声息。因为，它还不曾真正跌落地面，就已经在空中化作了纷纷扬扬的星屑。

"本命法器崩溃的话，清灵祖师她……"犀风望着那刚才还施展了无上妙法的神器，望着那曾经无限敬慕的祖师，完全无法遏制心中的焦急和悲哀。

而此时，九燮的灵魂从雷湛长期的压制中终于渐渐苏醒。刚才的一战，他虽然依然被雷湛压制着，可是随着雷湛的力量渐渐薄弱，他终究是弄明白了，是清灵镇压了雷湛，让他的神志回归。

"为什么？当年你……"九燮望着面前陌生又熟悉的女子，千言万语居然不知道从何说起。

"龙族的人找到我，他们说如果你一直跟我在一起，只会是一条普通的龙，甚至会失去龙本身的高洁变成一个玩物。只有我离开你，你才会变成绝无仅有的战龙，从此站在荣耀之巅。"清灵回忆着过往的一幕幕，口气平淡。

九燮冷笑："那些人是这样对你游说的吗？龙族并非是要让我变成战龙，而是上古战龙之魂雷湛要寻找新的龙身作为凭依。虽然此举可以得到巨大的力量，可是谁又愿意放弃本身的神志而将自己的身躯拱手送人？于是龙族的人们想出了一条毒计，让我这个游离于龙族之外的野龙来做龙魂的附身。

"如果成功，龙族将得到前所未有的强大战龙，如果失败，也不过是一个无足轻重的小龙的死活，不需要在意。"九燮的面庞上，退去了那些少年的青涩，即使是在说自己的遭遇，他的口气依然平淡，似乎所有那些恨意都已经离他远去。

清灵的眉目间是抹不去的苍凉之色："我不知道……我那时候只知道如果能让你变成举世无双的战龙，也许才是你身为龙最好的宿命。所以我做了我以为对你正确的决定。"

"其实那个时候你并没有真的想要伤害我，得到什么龙的力量，对吗？！"九燮已经不记得自己有多少年不曾这样着急知道一件事的答案了。自从成为战龙，就没有他做不到的事情，也没有敢于忤逆他的人。可是，此时此刻的他，仿佛变成了多年前的那个少年，急切地望着那个拨响了自己心弦的少女，如此急切，如此不安！

清灵望着他，眼眸中仿佛有隐隐的泪光："我从来就没有想过要伤害你！那时候的一刺，我只是想，能让你从此忘记我，飞到属于你的独一无二的荣光里去。"

"真的？！"九燮只觉得此刻的幸福来得如此突然，又是如此地让他难以置信。他一把抓住了清灵的手。

"你知道为什么，那时候我会笑得那么美吗？因为我知道，我以后将再也没有机会，这样对着你微笑了。即使你会痛恨我，我也希望你记得，那时候我留给你的，我最美的笑容！"清灵的声音中，带上了属于少女难以描摹的羞涩。

"我一直以为我做的是对的，我做了对你来说最好的选择，即使我自己要生生地忍受失去你的痛苦，可是为了你能得到幸福，我愿意忍耐。"

对于清灵来说，爱，从来就不是将所爱之人束缚在自己身边，而是，让他变得更好。没有人知道，那时候稚龄的清灵经历了怎样的挣扎和痛楚，依然还是露出了那样美好的笑容的。

可是，一切的真相却与她期许的，完全不同！

"直到最近我才知道事情的真相。我听说你陷于疯症中，所以才过来找你。"清灵低垂下眼帘，掩去了自己所有的牵挂与焦急。是我自己愿意为你做的这些，与你毫无关系。我不希望，你为我揪心难过。

"这些都不重要了，现在我又回到你的身边了。我们……"九燮的话，没有来得及说完，他只觉得眼前一黑，整个身躯就不受控制地倒了下去！

"九燮！"清灵睁大了双眸，她不知道，在经历了那么多的波澜之后，翻云覆雨的命运之手依然不肯放过他们！

九燮陷入了沉睡，雷湛的声音仿佛是从地狱的最深处幽幽地响起："小丫头，你居然用'礼魂'这样的大咒来对付我。只是很可惜，我能盘桓人世间这么多年，岂是你这么一个道行浅薄的小丫头可以轻易制服的？！就算让你一时得逞，我也要带着他，一起陷入沉睡！"

"什么？！"清灵大惊失色，一跃而起！她没有想到自己竭思尽虑这么久，想要唤回九燮的神志，却没有想到最终面对的，却是这样一个让她无语的结局！

"你以为你能赢了我？！哈哈哈……千年之后待你的'礼魂'封印解除，我就会再度醒来。那时候就算九燮的灵魂依然在，可是他最心爱的你已经不在了。真不知道，那时候痛彻心扉的他，到底是会如何颓败地交出自己身体的控制权，任由我为所欲为！只可惜，你这等寿命短如蝼蚁的人类是无法见识到那一幕了……哈哈哈……"

雷湛的声音终于渐渐消失湮灭，而九燮的龙身也渐渐隐没于龙脉之中沉睡。清灵的心中在这短短的瞬息之间却是经历了大起大落。当年她得知自己所犯下的错误后，不顾一切地学习法术想要唤回九燮的神志，正当她以为一切都回到正轨，她终于能救赎自己解救九燮的时候，却没有防备到雷湛这老谋深算的最后一手。

上古龙神不死不灭，九燮可以等，可是清灵，作为人类的时间，却那么少。

属于龙和少女命运的齿轮，一经错过，就再也无法重新回到正确的轨道。

有时候，我们以为错过的不过是一瞬间，其实已经是我们在人世间所遭遇的全部的春天。那个能让你展开全部笑颜的人，没有了……

空荡荡的山谷间，清灵没有哭泣。可是那些贯穿过她身体的风，瞬间被涂满了全部的悲伤。

"所谓传说的真相，原来是这样的吗？"许久之后，犀风喃喃地说。

眼前的画面仿佛是被他的这句话瞬间打碎一般，突然就变得混沌起来。陈游介急忙伸臂，将犀风、明胤和楼东来牢牢地圈在自己的身边。他不知道，这记忆的幻境中，一旦灵魂迷失了方向，到底会漂流到什么未知的领域里去。

而在瞬息之后，眼前的画面却又恢复了清晰。

没有了荒芜的山林，也没有了那个悲哀的背影。只有那个如同他们在石像上见识过的那个清灵，就那样婷婷地端立着，望着众人。

"清灵祖师！"犀风一个箭步冲过去，失声叩拜。

清灵含着微笑，望着他："你叫犀风对吧。刚才的一切，你们都看到了吧？"她的声音平和冲淡，仿佛片刻之前她刻意重现在众人面前的，不是自己最为惨烈的回忆。当时间的烽烟过后，清灵的面庞上萦绕的，是沉静如水的笑容。

"原来一切都是龙族捣的鬼！"从被卷入这个回忆幻境后一直沉默的楼东来，此时倒是第一个不满地出声。

清灵垂下眼睛："当年为了封印雷湛，用尽了我全部的法力。我没能想到龙族居然还不肯善罢甘休。在我逝去之后，他们居然从我镇压龙魂的行为中觉察到了让雷湛从我的封印中解脱的方法。"

"方法……"犀风觉得，自己似乎在一瞬间想通了什么。

"于是他们降下天诏，称清灵为鞘师，昭告我们一族，说我们一族拥有着封印龙，并且守护龙脉的力量。"这是犀风无数次在古书典籍中阅读过的荣光往事，此时听到清灵再度重复，心中却觉得充满了讽刺和讥诮。

"但是，鞘师一族并不真的拥有力量，他们所做的，不过是在所谓天兆，实则是在龙族的操控下，通过献祭自己身体的一部分来换取力量。而他们所献祭的那些，只怕都已成为龙族用来让雷湛再度积蓄力量重现人世的养分。"陈游介淡淡地接话，不带任何感情色彩地娓娓道来。

清灵那原本静默的眸光中顿时升腾起了怒意："龙族不光害了九燮，为了报复我对他们的反抗，将被诅咒的命运一代代地加诸我的族人身上。什么鞘师一族！不过是一代代地被他们骗来给雷湛的苏醒提供养分的祭品而已！那些所谓被换取而来的力量，也只是微不足道的幻术而已！为的只是欺骗着鞘师一族的人们一代代地继续心甘情愿地在得到力量的欲望的驱使下，送上自己的血肉而已！"

清灵的声音激动，好一阵才恢复了平静。

犀风望着眼前这个熟悉又陌生的清灵祖师，终于踌躇着开口："我现在能做什么呢？请清灵祖师明示。"

清灵抬眸，就那样直直地盯住犀风。在这一眼之中，犀风觉得自己的浑身上下几乎都要动弹不得了！

"你知道我为什么要让你看到这些吗？"清灵的声音中，有了某种分金断玉的力量。

犀风不自觉地挺直了脊背："应该是告诉我，此时的破局之法吧。"

"因为现在能够唤回小久神志的，只有你一个人。我不希望你再犯下跟我当年一样的错误！"清灵昂起头，目光遥远地扫向天空遥不可及的深处，"九燮的神志早已经不知所终，可是我还残留着这一抹残念，一定是上天觉得我还有必须要完成的任务吧……"

"小久？我可以唤回他的神志？现在他的神志被凭依在邪剑上的雷湛所控制。"

"一定有办法的，你没有想过吗？雷湛是龙，他明明占据了九燮的龙身，这次苏醒他为什么没有使用九燮的龙身？"

犀风的眸光顿时一亮："难道是……他控制不了？！"

陈游介摇摇头："既然清灵祖师能留下这一抹残念传达给我们这么多信息，那么雷湛因为九燮最后的一点执念而始终无法重新驱动九燮的龙身，也就不是不能理解了。而他作为龙魂，无法进入最适合他行动的龙躯里，只能凭依在一柄邪剑之上，就足以说明，他的力量绝不完整，我们要打败他，绝不是一点机会也没有！"

犀风听着陈游介丝丝入扣的分析，望着清灵祖师平和中带着期许的目光，觉得自己心中有某种力量在缓缓积蓄。

"我真的可以做到吗？"犀风虽然说着不安的话，可是他的眸光中已经激荡起了勇气的光芒。

"一定可以！"陈游介的声音如此肯定，没有半分的迟疑。

"你没有想过吗？小久他来到这里，其实也许根本就不是为了向你寻仇，而是想找到一个能压制龙魂邪剑的方法！因为他已经知道，如果就这样放任下去，这把邪剑会吞噬掉他所有的灵智和清醒！"

"不是来寻仇，而是来……求助？"

"对，求助，向他最好的朋友，你，求助！"陈游介一字一顿，声音清晰而铿锵。

"如果你想，就一定可以唤回他！鞘师一族真正的力量从来就不是战力，而是声音，让人回归本心的呼唤之声！”清灵望着犀风，“你还记得吗，刚才你看到的，我是如何封印龙魂的。”

“龙魂邪剑此时确实看似占尽上风，可是小久依然来到了这里，找到了你。也就是说，小久的神志并未全部被吞噬。难道你不觉得，比起心中只有战斗欲望的龙魂，渴望着你和友情支持的小久才是更有力量的吗？”明胤迟疑着，却最终还是清晰地说出了自己的判断。

楼东来却是比他要肆意许多：“你就不能更有自信一些吗？明明我第一次看到你的时候，你那么骄傲自负的！没有人期待龙魂再度降临。可是，难道你不是一直在期待着小久能再度归来吗？既然你都这么期待了，就让他知道，你一直在这里等着他、盼着他啊！”

犀风望着四周，有温和从容的清灵，有看似置身事外的陈游介，有一脸急切的明胤，还有大大咧咧的楼东来，甚至还有圆睁着大眼睛注视着他的小八。所有人都在期待地望着他。

“要怎么样，才能回到真实的世界呢？”犀风听到自己在问清灵祖师。

“当你下定决心，回去面对所有的困难和挑战的时候，这个属于回忆的世界，就会自动崩塌！”清灵微微一笑。

“小久！我回来了！”犀风高呼一声！

随着他的这一声高呼，刚才还完整无缺的世界骤然崩塌，所有的一切都如同被狂风吹拂过的沙砾的城堡，在半空中化作无可捉摸的齑粉。而真实的世界，正突兀地逼入了他的眼眸！

烟火弥漫的鞘师一族的故乡，被邪剑附身的故友，犀风，终于决定面对这一切，不再逃避！

小久，我来了！

“你在做什么？！以为释放这种光就能伤了我吗？”雷湛的怒吼声让众人在一瞬间就觉悟到此时他们已经回到了真实的世界。显然，刚才发生的一切对于雷湛来说不过是一抹光华在他眼前笼罩过的瞬间，而对于犀风等人来说，却是经历了一段长长的往事。

而此时此刻，真实则意味着——迫在眉睫的危机！

清灵点头："当然是伤不了你……多年前我倾尽全力用我的法器都没能彻底消灭你，何况是如今不过剩下一抹残魂的我。"

雷湛盯着她，这个给了他人生中最大重创的女人，他每次看到她的时候，心中都会有一种遏制不住的情绪。可是，若要说这种情绪纯粹的只是愤怒，似乎又不是那么简单。原本以为自己在见到她残魂的一瞬间就会将她撕得四分五裂，可是此时此刻，他居然能心平气和地就这样看着她透明的身躯，心中却不知道为何，有一种说不清的情绪。

雷湛冷笑："多年前你就只会做徒劳的事情，今天难道又要重复过去的蠢事？我劝你还是省一省力气吧。若是肯好好休养生息，你这抹残魂也能多存在一段时间，岂不是更好？"

清灵正要开口反驳，另一个声音却是骤然响起。

陈游介微微皱着眉头，似乎有一点苦恼的模样："雷湛大人当真如此自信吗？"

雷湛倨傲地昂首："你又是哪里冒出来的杂碎，居然敢在这里大放厥词？！"

陈游介微微一笑："在下长安术士陈游介……"陈游介的声音拖着让人不舒服的尾音，而在那尾音之中，突然，响起了一阵铃声！这铃声与雷湛记忆中清灵的铃声如出一辙！

那一瞬间，雷湛觉得自己的头，剧烈地痛了起来！

那千年前被这铃声彻底束缚、被迫陷入沉睡的痛楚，仿佛随着这铃声在一瞬间彻底复活！

雷湛下意识地捂住了耳朵，额角的青筋控制不住地跳个不停："唔……"

陈游介的掌心间，闪出的是一张正被术法驱动发出了声音的符咒。

"你居然将我那时候的铃声用符咒复制下来了……"清灵错愕。

陈游介微笑："一朝被蛇咬，十年怕井绳。我想雷湛对这个声音，一定会有一种本能的恐惧！"

"现在，就是我们的机会！犀风！"陈游介将目光望向那个此时几乎要被眼前的变化彻底弄得愣怔了的少年。

犀风从未亲身经历过战斗，面对此时陈游介为他制造的绝好时机，居然一时间不知道如何是好！

"我该怎么做？"犀风有点焦急，他将求助的目光投向了清灵。

"我说过。鞘师一族真正的力量，来自声。"清灵的声音简洁有力，带着一股说不出的力量。

"我知道了！"犀风的目光，从迷茫渐渐回归清明。他第一次如此清晰地感受到了鞘师一族的力量，那些从未被正视，却是真实存在的力量！

小久不知道此时的自己究竟是在哪里。

眼前的世界混沌不明。他走在泥泞的山野小径上，他不知道自己究竟是在往何处去。他只知道自己在寻找一个地方，寻找一个能让他安心的地方，寻找……那一双能让他感觉到温暖的双手。

"我叫犀风，你叫什么？"圆圆脸的孩子睁着圆溜溜的大眼睛就这样直直地盯着他，毫不在意地朝他乌黑的手掌间伸出了自己白嫩的小手。

"我叫……小久……"那是断断续续的，带着胆怯的声音，他终究还是开了口。

面前白嫩可爱的孩童的脸庞一瞬间就变成了中年男人的猥琐面庞："这个可是个上好的祭品……把他的力量献祭上去，我的犀风就可以拥有力量了！"

"原本以为不过是个没用的吃白食的野狗，也算是给犀风派了点用场……"

祭坛里，被硬生生夺走天赋力量的小久觉得整个身体都被撕裂了一次。

"犀风，犀风……原来你带我回到鞘师一族的领地，给我吃，给我穿，温柔地对待我，其实都只是因为我可以成为你换取力量的祭品？"僵硬地倒在祭坛中央的少年在心中一次次地质问着，却没有任何人来回答他。

"死了吗？死了就扔掉，省得犀风看到了还为这个没用的家伙伤心。本来就不过是野狗，能派上这么点用处算是他的福气了……"

自己像一条野狗一样被随意地抛掷在山林之间。原本以为会静悄悄地迎接死亡的自己，却并没有死去，而是活了下来。带着对鞘师一族最深的恨意，活了下来。

犀风，我不应该相信你，就是你夺走了我的一切！

你对我所有的好，都是假的！

这个世界上再没有任何值得我相信的东西！

可是，这胸中翻滚奔涌的情绪，真的只有恨意吗？

"小久……小久……"这个声音，这个声音是犀风！是他在呼唤我吗？！

小久想要凝神细听，而另外一个声音，却是清晰无比地，仿佛是在脑海中直接响起一般，刺入了他的感知。

"只要你肯跟我在一起，你会得到天上地下绝无仅有的伟大力量！"那个帮助他铸造邪剑，帮助他来到鞘师一族复仇的声音，如此清晰地在脑海深处响起。

上古战龙之魂雷湛！小久记得，这是这个龙魂对自己自报家门时的名号。

"我想拥有力量。我再也不要跟从前一样那么虚弱，任由他人摆布！"小久听到自己在说这样的句子。

"我给你力量！我教给你铸造邪剑的神技，让你拥有撼动天地的力量！看今天在这里，还有谁敢轻视你！他们只会匍匐在你脚下瑟瑟发抖！现在，你要做的事情只有一件！"

"哪一件？"

"杀了犀风，斩断你心中最后的软弱和彷徨，从此以后，你就是天下无敌的邪剑之主！"雷湛的声音仿佛带着某种难以抗拒的蛊惑的力量。幽幽的，让人不自觉地回应着他，回应着心中最隐秘的希望！

杀了犀风！

就可以斩断过去，从此让那个软弱的自己灰飞烟灭。从犀风死亡的那一刻开始，你就将是天上地下为所欲为的邪剑之主，再也没有人可以抵抗你的力量！

雷湛的声音宛若恶魔的低语般在耳畔幽幽地萦绕着。

小久抬起了手。那些包裹着黑色长剑的布条此时已经尽数散落开去，黑色的剑芒映照着他略显苍白的面庞，有一种说不出的诡异之色。

"小久！"犀风呼唤着，不顾一切地想要朝小久跑过去。

明胤急忙阻拦他："你靠得太近会有危险的！"

犀风目光中却满是坚定："如果我靠得不够近，那么我的声音将无法传达到他的脑海里！现在的小久，他的神志已经要被雷湛彻底吞噬了！我不能为了自己的安全，眼睁睁地把他丢在危险的地方！"

眼看明胤和楼东来的胳膊都要阻拦不了犀风了，陈游介沉声开口："你想好了吗？靠得足够近也许确如你所说能将声音传进他的心里，可是……如果那样的话，就算是我，也无法及时对你施以援手！"

清灵也出声道："刚才你已经竭尽全力呼唤他的神志了，可是他并没有回应你。你已经尽力了。你所拥有的鞘师一族的力量已经尽数施展了出来，这个结果……不是应该你来独自承担的。"

"不！我一定要去，如果这世上还有什么人能唤醒小久的神志，那这个人就一定是我！"犀风年轻的面庞上，骤然现出了不容置疑的坚定。那是少年在一瞬间变成青年的神情！

"我相信，他来到鞘师一族的领地，绝不是像他号称的那样，为了复仇，而是想找回他失去的东西。他想要找回真正的自己的神志！"

陈游介望着这个在瞬息之间就成长起来的少年，禁不住问："为什么你会如此笃信？"

"因为这把邪剑，没有鞘。我相信他来到鞘师一族，目标就是为了寻找，他的鞘！"

鞘，可以让一把利刃收起它全部杀气与锋锐的存在；可以让肆虐的剑锋安静下来的存在；让小久，重新找回自己的……存在。

此时，小久似乎早已经被自己头脑中那不断响起的两股纷杳的声音吵得失去了自己的主张。他似乎是在本能地挥舞着手中的邪剑，想要借此扫荡开自己心中所有的迷茫。可就算是有举世无双的邪剑在手，他也依然无法挥开自己心中的迷雾与彷徨！

任谁得看得出来，此时此刻，他的心中是一片混沌。而他手中的剑，也没有目标！

即使手握无上力量又如何，即使执掌着无上神兵又如何，没有任何东西可以斩断心中的迷茫！

"不要再吵了！假的，都是假的！"小久呼喝出声！手中的邪剑在毫无目标地肆意挥舞着！

而此时，犀风的身躯如同闪电般，朝着他直冲了过去！

小久此时正在无意识地挥舞着手中黑芒闪烁的长剑，面对他如此迅猛的来势，犀风根本无从躲闪。

"不！"陈游介在看清这一幕的瞬间，一向淡定自持的他居然不可遏止地惊呼出声！

因为犀风并非是无从躲闪，而是迎着剑锋直直地扑了过去！

黑色的剑锋毫不费力地穿透了少年单薄的身躯。甚至连一点多余的声息都不曾发出，没有惨呼，没有惊叫，没有怒吼。一切都是如此自然，如此缓慢，如此静默无声地在陈游介的面前上演。

　　他看到那个曾经青涩骄傲的少年，就这样用一瞬不瞬的目光注视着那个早已经迷失了神志的朋友，用自己的心脏，中止了那把剑全部的动势。

　　而他的唇角，甚至还带着一抹期待的笑意。仿佛他迎上去的，不是一把剑，而是一个期待已久的拥抱！

　　小久的剑僵住了，他的手僵住了，他的剑自从降生的那一刻开始，就一直是肆意挥洒，从无牵绊。那个声音告诉他，这样就很好，没有任何人可以束缚你，没有任何人可以阻挡你，没有任何东西可以让你停滞。

　　可是，心里有另外一个微弱又真实的声音在幽幽浮现——一把剑，真的可以没有鞘吗？

　　而此时此刻，那个一直微弱的声音仿佛在这瞬息之间被放大了千百倍，如此真实，刺入心扉！

　　"这就是我的鞘吗？终于……可以休息了吗？"

　　这个声音……这个声音……小久拼命地思索着，这个声音到底从何而来？！

　　"你是谁？！你是谁？！"

　　小久觉得自己仿佛是长久沉睡的人，在一点点地找回自己的神志，一点点地在回复清明。

　　"我是……你的剑啊！"

　　这把被雷湛所凭依的剑，其实从诞生之初开始就拥有自己的意志。只是这如同初生婴儿一般虚弱的意志从来就不曾被小久注意到。它并不想作为邪剑纵横于世，他并不想杀戮！它想，找到属于自己的鞘！

　　而今天，当剑锋刺入犀风胸膛的时候，那些所有被掩埋、被压制、被蒙蔽的意志却在这属于鞘师一族的鲜血之中彻底勃发苏醒！

　　"不要听这无知小儿胡说！"雷湛的声音在小久的脑海里强硬地响起。

　　小久竭力睁大着双眼，他想要找回属于自己的神志！可是，那些属于上古龙魂的力量是如此强硬。他的眸光在清澈和混沌之间反复流转，却始终握不住真正的真实！

　　而此时，他突然觉得自己的肩头，被人抱住了！

　　这个熟悉的温暖……是……谁？我怎么会想不起来了？！

　　"他这样会……"楼东来按捺不住地焦急。因为，随着犀风的这个动作，剑锋彻底地穿透了他单薄的身躯，血正在疯狂地从他的身体里喷涌而出！可是他的双臂紧紧地抱住了小久。那动作，就如同是鞘，紧紧地环绕住了它所守护的剑！

"犀风……"清灵望着眼前的这一幕，即使是身为鞘师一族的祖师，她也没有想到犀风会如此决绝，如此不顾一切！

"烟月满庭，流水今朝……"犀风的声音柔和地响起。没人想到，他会在此时此刻唱起这样的句子。

"弄歌采莲，落花归棹……"身躯被利剑刺透的他，其实已经不适合发出任何声音，他却还在执拗地继续着。

小久茫茫然地听着这首歌，不对，这是一首童谣。

想起来了……这是他来到鞘师一族的栖息地，那个人教给他唱的第一首童谣。

后面是怎么唱的呢？

"游子远行，递递迢迢……"仿佛是身体的记忆彻底穿透了灵魂中所有的壁垒与阻隔，小久发现自己居然如此自然地唱起了这样的句子。

"春色入关……"犀风的声音在继续着，可是此时鲜血已经不断地从他的喉间涌出，哽咽难言的嗓音，已经几乎无法唱出最后的句子……

"燕子归……巢……"小久喃喃地吟唱着，接续着犀风的音调，如此自然地完成了最后的句子。当那属于"巢"的最后一个音节最终落下的时候，小久发现自己已经完全恢复了清明！

"犀风！犀风你怎么了？！"小久瞪大了双眼，他没有想到，自己恢复清醒后看到的第一幕居然会是犀风浑身是血地被自己手中所执掌的剑刺穿了胸膛！

犀风！

为什么，到现在才突然明白，最重要的从来就不是龙魂所允诺的力量，而是那在饥寒交迫时，你伸展而来，温暖的掌心。

为了阻止我的迷乱和狂暴，你化身为了我的鞘吗？！

"小久，欢迎你，回来。"犀风的面色苍白得可怕，此刻他的笑容却是如此熠熠生辉。跟许多年前一样，那么温暖，让人看到世上所有的光！

鞘，从来就不是为了束缚剑而存在，它是……让剑可以安心栖息的……归巢啊。

"出来了！"陈游介冷静的声音，打破了此时温馨的宁静。

此时，一团浓黑的烟雾，仿佛是盘旋于邪剑之上的毒蛇，正气势汹汹地漫卷。这，正是雷湛的千年龙魂！

原本他借着邪剑的凭依成功地侵入了小久的神志，可是此时，他已经彻底地被排挤出来，再也无法影响小久的意志！

"怎么会这样！不光是你的身体，怎么连这把破剑都开始不听使唤了呢？！"雷湛怒吼着，显然，骄傲如他，是绝不肯承认自己的失败的！

小久昂起头："你忘了吗？我才是这把剑的铸剑师。它是属于我的剑，既然我已经取回了我的神志，我和我的剑就都不会受你操控！"

雷湛的咆哮声却是越来越响亮，直冲云霄！

"你们以为你们是什么？！当年清灵都没能做到的事情，你们两个黄口小儿以为可以做到吗？！就让你们好好领教一下，我雷湛的愤怒吧！"

小久本能地想拔剑，可是此时犀风的性命危在旦夕，如果那把剑拔出来，那么犀风会变成什么样……他简直无法想象！

"不要管我，消灭这老不死的龙魂才是最重要的！"犀风咬着牙，显然他此时所承受的痛楚已经几乎要将他的清醒彻底夺去。可是，他只字不提。他要将这邪恶龙魂的传说在此刻，彻底终结！

"可是……"小久简直一个字都快说不出来了。

而此时，犀风代替他，做出了决定。他的身躯重重地向后倒去。小久想要扶住他，却发现自己手中执着的剑在提醒自己，此时自己要面对的，并不是这件事情！

陈游介一个箭步，扶住了犀风已经浑身染血的身躯。

"我就知道，出来就是一笔亏本的买卖！"陈游介下手快如闪电，止血、送丹药入犀风口中，以符咒护住他全身上下的筋络血脉，一气呵成没有半分凝滞。

"你……"小久张口结舌，简直不知道该说什么好。

"且慢谢我，他能不能活下来还未可知。而你眼下要做的，难道不是彻底消灭龙魂吗？！犀风为了你，牺牲了这么多，你若还不能消灭龙魂，就真的是将他所有的牺牲，都付诸东流了！"陈游介从来就不是一个多愁善感的人，而此时，他要的是分秒必争、杀伐决断！

"我该……怎么做？"小久握紧了手中的剑，他从这个男人的眼眸中了解，他有办法！

陈游介的话还未开口，雷湛的报复却已经在他们的头顶疯狂地开始了！

化身成巨大龙形的雷湛在朝着鞘师一族的领地喷吐着一团团火焰。那属于上古战龙之魂排山倒海的力量是如此疯狂，没有半点节制地倾泻而下！

绝不甘心失败的雷湛，正在用行动毫不掩饰地发泄着自己的怒气！

"只有一个办法。"陈游介沉声说。

"什么办法？"

"虽然雷湛此时看起来如此强大，其实不过是一簇虚影罢了。他所凭依的其实还是你手中这把剑。他此时所施展的依然是来自你手中邪剑的力量。"

"那……你的意思是……"小久的声音中有着瞬间的了悟和一丝控制不住的颤抖。

清灵望着小久，突然开口："如果，这把剑真的是你铸造而成，那么，即使剑中的剑魂再微弱，也会回应作为主人的你的呼唤！"显然，她对陈游介的计划已经了然于胸。

"我，知道了！"小久闭上双眸，一股烟色的气流在他的身躯之上慢慢集聚流转，随后，冲入了他手中黑色的长剑之上！

刚才还静默的长剑顿时剧烈地震颤起来！

雷湛感觉到了这股异样的力量："你在做什么？！你以为这样就能撼动本座分毫？！"

黑色的长剑仿佛在经历着某种破茧而出的挣扎！小久觉得自己似乎看到了，一个小小的皮肤黑黝黝的孩子，正在拼命地伸展着自己的胳膊，想要探求一片属于自己的天空！

小久想要鼓励他，这就是自己所铸造出的剑的真正的剑魂啊！即使被雷湛的龙魂长久地压制住了，可是，它依然存在。此时，他正竭尽全力地回应着主人的呼唤！

"你在干什么？！"雷湛在空中咆哮着，他的声音中，却有了一丝他自己都控制不住的恐慌！

"嘭"！

仿佛有什么东西正彻底地挣脱了束缚，破茧而出！

原本完整的长剑，此时居然化作了一片片黑色的碎片！

而让人难以置信的是，那些碎片居然并没有飞散在地，而是在空中化作了一只只黑色的乌鸦，朝着半空中的雷湛的龙魂飞扑而去！

"啊！"雷湛猝不及防，龙魂上已经被重重地撕裂了一块！

还没有等他反应过来，第二击、第三击又已经接踵而来！

明胤和楼东来甚至小八都睁大了双眸，不敢相信自己的眼睛。此时的半空中，那个肆意纵横的龙魂，正被九只扑扇着黑色羽翼的乌鸦一次次地撕裂、啄咬！刚才还纵横天地间不可一世的龙魂此时居然一片片碎裂开来，那绵延千年不死不灭的战龙之魂，此时居然正一点点地灰飞烟灭！

而那些乌鸦，也在一次次的撞击撕裂中，变得越来越小，越来越难以寻找它们的踪迹！

"让小久激发出邪剑之剑魂的魂相，然后撕裂龙魂，让邪剑之魂相与龙魂同灭。这就是你的方法？"

"名剑之魂会完成主人最大的心愿。就算是从此分崩离析，灰飞烟灭。"陈游介注视着那半空中早已经分出了胜负的一战，心中不禁有一种说不出的唏嘘。其实，这并不是一把邪剑，而是一把真正的名剑啊！可是直到此刻，他才有机会证明自己，一切，都已经太迟！

"消失了……雷湛……这个该死的龙魂，真的要消失了……"清灵原以为自己已经不会再为此事激动。可是她颤抖的声音泄露了她心中全部的激荡。

"九燮……我们终于赢了……"清灵喃喃。

此时，雷湛被那些乌鸦蚕食得几乎再也无法聚拢最后一丝灵魂。

他却突然不顾一切地飞到了清灵的身前。

清灵一惊，正要出手，却见面前早已经连龙魂之相都再也无法凝聚的雷湛的唇边似乎露了一个难以捉摸的诡异笑容："其实当年，你和九燮曾经有过一次机会可以将我消灭。可惜那时候的你和九燮并不曾真正信任对方，所以才会错过。

"曾经的上古时代，我不顾一切地想要留住自己的龙魂不肯投入转生之中，可是即便如此，我依然要遵循法则，为这种长生设下禁忌。那时候我得到的禁忌预言是，只有身为鞘的那个人和身为剑的那个人齐心协力，才可以将我的龙魂彻底粉碎，我才会彻底地湮灭……

"我本以为绝不会有人能做到，因为人心是那么复杂，没有人可以彻底地信任另外一个人。什么剑和鞘，没有人可以做到。"雷湛肆意地轻笑，明明是即将灰飞烟灭的时刻，他的笑声中却有一种说不出的解脱与洒脱。

"我本以为人心都是虚幻的，这虚幻之中，从来没有可以依靠的真实。"

清灵微笑："虽然我和当初的九燮错过了，如今还是有人做到了，寻找到了那虚幻中唯一的真实。"

雷湛的神情，有一瞬间的落寞，这神情如此真实，简直让人觉得，下一秒他会不会落下泪来："其实……我很羡慕那个曾经被你深爱的九燮。因为，虽然他不曾真的得到，起码他曾拥有过刹那的真实。"

虽然，口口声声说着绝不相信人心，可是雷湛心里的期盼，其实也不过就是那一颗小小的人心……

随着那一声几乎让人错认为叹息的风声，雷湛的龙魂终于彻底散去……

一阵风吹过，仿佛什么都不曾发生过，只有眼前满目疮痍的鞘师一族的领地，还在提醒着他们，刚才究竟发生了什么。

"从此以后，将不会有鞘师一族了。"清灵轻声叹息着，眸光中却是平静如水。她的指尖拂过犀风的眉间。一切发生在瞬息之间！清灵的身躯瞬间就消失得无影无踪，而犀风伤痕累累的身躯却在一瞬间恢复了从前的完整。

"不要告诉他发生了什么，我只想给鞘师一族，一个可以期待的未来……"清灵的声音，宛如清晨的露水，一瞬间就消失在空中。

几天后。

犀风望着小久："以后，将没有鞘师一族了，鞘师一族虚伪的荣光终于彻底地散去。"

小久却是浑不在意："我的剑也已经没有了……"

两个突然变得一无所有的少年彼此对望着，不知道怎么却有一种久违的豁然开朗。

陈游介拍了拍荷包里刚才狠狠敲到手的报酬，微笑着款步而来："你们说什么呢？没有了那把剑，你们还会有新的剑。小久一定会成为名垂千古的铸剑师，我已经可以看到，那把名为'鸦九'的剑，会成为与龙剑齐名的名剑，被世人所传诵！"

"真的吗？"少年人的心绪总是这么快就被激励起来，再望过去的时候，陈游介看到的，已经是两张一起微笑的年轻面庞。

陈游介却是在心中默默感叹：世界也许真的如同幻想中的浮萍，找不到真正的依靠。

可是，这幻想之中必定有真实！那彼此绝不放弃、绝不背弃的心，便是在虚幻之中唯一的真实。

有爱，有心，则，幻有依。

虚 境 志

明明已经是入秋的天气，夏末的暑气却并未如期退去，即使是犹如蝴蝶般最爱穿行在长安东西两市的少女们，此时也都消失了踪影。

陈游介坐在谛听阁古董店后堂，透过那隔断的菱纱屏风，懒懒地任由明胤照应着店面里的生意。

"要不要干脆把店门关了，在蕉叶下睡个觉呢？"伸了个懒腰，他睡眼蒙眬地想。

不远处，铃虫声正一声接着一声地，从庭院池塘边荡漾过来，织成了长安初秋里无处不在的酩酊音节。

陈游介打了个懒洋洋的哈欠，正准备找个舒适的角度斜倚下来，却突然听到内室传来一种难以名状的声音。

"那个屋子……火齐镜！"陈游介的眼神，在瞬间就已经彻底变幻了温度。

在幽暗的内室中，一面巨大的铜镜在昏暗中兀自流转着难以捉摸的光华。陈游介站在镜前，明明是咫尺的距离，镜中却是好一会儿才映照出他的身影。

这面原本应该静悄悄的古镜，此时居然在震荡着，发出低沉却又不容错认的"嗡嗡嗡"的声音。

没有地震，没有人进过这个房间，甚至连一只蛇虫鼠蚁也没有。这个震动，来自火齐镜自身！

脑海中瞬间得出如此结论后，陈游介将目光，投向了镜子。

这本该是一面明如秋水的镜子。此时，当陈游介望过去的时候，这面镜子上，却仿佛被看不见的阴霾笼罩住了一般，镜面变得晦暗不明，就连带他自己在镜中的身影，也是混沌模糊，看不分明。

陈游介不由自主地伸出手指，想要擦拭掉镜面上那些晦暗的东西。

在他的手指即将接触到镜面的时候，他的动作，突然硬生生地顿住。

因为他看到了镜面上的那些东西，在动！那些丝丝缕缕如同春风中挥之不去的柳絮的霾影，在镜面上柔软地漫卷着、飘舞着。冥冥之中似乎有一双看不见的手在抚弄着它。然而，不过是瞬息，刚才还细弱如同柳絮的霾影就已纠集成了乌云般的一团，继续在镜面上旋转飘舞着。

只是，比起片刻前它柔细无力的姿态，它仿佛在这纠集中迅速地汲取了某种力量般，旋转的轨迹瞬间变得强横起来，仿佛在虚空中吞吐着某种力量，在不动声色地生长，壮大！

这不是普通的污迹，而是有着生命的"霾影"！

火齐镜被污秽之物侵入了，才会呈现出这样的情形！

仿佛是被这强横的霾影剧烈地冲击着，原本平静的镜面上居然散开了一圈圈如同水面般激荡的涟漪！

火齐镜，从来就不是一面普通的镜子。镜中的虚境是与现世交相辉映的世界。如果镜中的世界遭遇阴霾，那么长安，也会有未知的灾厄降临！

陈游介望向窗外，此时的长安，依然在酷暑的濡湿空气中酩酊沉睡，浑然不知危险的种子已经悄无声息地埋下。

必须做点什么了。否则，无论是镜中的虚境还是现世的长安，都将遭到无法想象的巨大危机。

陈游介的手掌轻轻翻转，一个精致的小木匣转眼就出现在了他的掌心间。

在陈游介的谛听阁内，有着无数的奇珍异宝，陈游介从来都只是淡然处之。此时此刻，他望着手中的木匣，却有了一种前所未有的珍而重之的神情。

木匣被慢慢地启开，一块几乎无法分辨颜色的"泥土"赫然出现在眼前。

一股蓬勃的香气，如同在静默中被骤然敲响的钟磬一般，瞬间就激荡在了这幽暗的内室中。而从这个木匣打开的那一瞬间开始，火齐镜的震荡声，在一瞬间结束了。

镜面上原本肆虐翻卷的霾影也似乎失去了原本的活力。

从镜内到镜外，一切都安静了下来。

只有那蓬勃得近乎野性的香气，在激荡、在欢呼、在跳跃！

一簇不知道是从何处而来的火苗将那散发着香气的"泥土"点燃，随即，那原本就蓬勃曼舞的香气，仿佛彻底从沉睡中唤醒，朝着镜面急涌而入！

那袅袅的烟雾，仿佛是在瞬息之间就架起了现世与虚境之间单薄又迷离的虹桥，绵延、飘舞、消散、聚合……

最终，这些香气在镜中的一个角落里冉冉地聚集。

随即，仿佛是一直在欢唱的乐章，在迂回迤逦之后，最终攀爬到了最高、最激动人心的高潮处一般，原本模糊的形状在一瞬间迅速地聚拢成形！

"不知道，幻生香在这镜中的虚境中，究竟能幻生出什么来呢？"陈游介注视着依然在变幻着形状的香气，目光不曾稍离分毫。

因为，幻生香极其珍贵，而它的特征在于，就算是使用者，也无法控制，最终在幻生香下被幻生出来的，究竟会是什么。

突然，一道光在原本暗淡的镜面上掠过，随即，陈游介看到枝叶在伸展，叶芽在喧嚣，花苞在绽放！一棵巨大无朋的树，居然在那镜中的虚境里，遮天蔽日，摇曳生姿！

这就是……在幻生香下，所诞生的巨树？

"只希望，这棵树能够慢慢吸收掉这虚境中的阴霾，还给长安，一片清明太平。"陈游介喃喃，镜中的巨树仿佛听到了他的祈祷，无数的枝叶纷纷扬扬地摇曳着，仿佛是在应和。

陈游介长长地叹出一口气，巨树有灵，他是应该高兴。可是，更让他无法忽略的是那片霾影，不过是慢慢地缩到了镜面的角落处，不曾消失分毫。

"难道，还是迟了吗？"陈游介的目光，猛地一沉。

仿佛是在回应他此时的担心一般。那团刚才还瑟缩成为一团的霾影，此时居然再度发生了变化！

那团混沌的霾影，仿佛是在试探着一般，伸展出细长的一缕，随即，又伸展出另一缕。这一缕一缕地舒展开来，仿佛是一朵菊花正在悠悠然地开放。可那昏暗污浊的色彩，却又让这花朵散发着让人不舒服的诡异气息。

难道，它是打算分散开来，包围这棵幻生香所生出的巨树？

镜中的变化，在一瞬间就给了陈游介答案！

不！那正慢慢舒展开来的，并不是一朵花，而是……一个人形的姿态！这霾影居然在这瞬息之间就已经积蓄了足够的力量，蜕变成了人形。此时的霾影，不，已经不该再叫它霾影了，此时的他，已经是个开启了灵智的霾魅。

显然，幻生香所幻生出的巨树没能遏制住他的壮大。他，依然汲取了足够的力量成长了起来！

万事万物都需要平衡，而这个突然诞生蜕变的霾魅，正在打破这虚境中的平衡！

陈游介却无法进入这虚境之中，将他扼杀！

所以他才会动用珍藏的幻生香，希望借助幻生香的力量，将一切的危机消弭于无形。可是，事情的发展，开始超出他原本的控制！

得到了人形的餍魅在虚境中肆意地飞舞着，他居然掠过巨树那硕大无朋的树冠，试图吞噬巨树的生命和活力！

糟糕！如果这样的话……虚境中的平衡将岌岌可危！

透窗而来的风，在幽暗的室内从容地掠过。一股属于夏日的暑气在明明白白地告诉陈游介——幻生香即将燃尽，要再试着催生一些别的什么来消灭餍魅将无法做到。

该如何是好？

陈游介的头脑，在急速地思考着。

此时，属于幻生香的那最后一抹烟雾正飘飘摇摇地渗入镜面之中，那连接了现世和虚境的虹桥，将湮灭！

突然，一抹流光居然乘着那一道轻烟冉冉滑入了镜面之中。

也许这就是所谓的转机？

陈游介想着，没有阻止。

是什么声音呢？风的呼吸……海浪的波澜……还有……鸟儿的歌唱……

睡梦中的少女抖动着睫毛，慢慢地，慢慢地睁大了双眼。

遮天蔽日的巨大树木在她的头顶笼罩着，仿佛是温柔地为她遮挡了所有风雨的羽翼。这里就是我所生活的，熟悉的世界吗？怎么我，一点都想不起来了呢？

少女有点困惑地歪着头，海风掠过她青色的发丝，带着潮湿的海的气息将她温柔地包裹。眺望着眼前一望无涯的大海，少女突然觉得，似乎眼前的烦恼，也没有那么要紧了。

这是南国的岛屿吗？碧水长天，色彩斑斓的鸟羽在湛蓝的晴空中不遗余力地点缀出斑斓的翠色。

而比起海浪与晴空更让她震撼的，却是面前那一株堪称独木成林的巨树。高耸的树冠，摇曳的枝叶，那仿佛能遮蔽了日月的婆娑风姿，是犹如王者般傲然独立的存在。这棵巨树的巍然气势，几乎让人无法靠近，只能退开来，远远地瞻仰它那绝世的风华。

我不是应该在长安东市的一家古董店里吗？这里是哪里？

眼前的一切都是如此真切，反倒映衬得片刻之前的情景骤然恍惚起来。到底，哪里才是真实的彼岸？

"你是谁……"一个清越的呼唤声，跃入他的耳中。

她转头，定睛望着面前的少年。

他身着单薄的衣衫，正一脸好奇地望着她。明明是少年的修长身材，可他的眉眼间，却生生地透露出那种初生的幼兽才有的懵懂与好奇。那湿润的瞳孔深处，荡漾着，犹如阳光般珍贵的明亮光华。他这样的模样应该是很好看的，她依稀记得曾在长安的街头看到过这样的少年，那时候是有无数的少女都朝那少年投掷着爱慕的手帕的。眼前的少年却比清吟记忆中的少年还要好看。如果这种好看就叫英俊，那么少年无疑是他见过的最英俊的少年了。

她试探着开口："我……我叫清吟？"为什么会如此自然地说出自己的名字呢？面对这样剔透的眼眸，这样风华无双的少年，是任谁也无法拒绝的吧？

"清吟……清吟……清吟……"少年将她的名字翻来覆去地念着，仿佛这两个字是流转光华的珠玉，在轻轻敲击间就会发出让人心荡的音节。

清吟的脸，不自觉地有一瞬间的发红，低声喃喃："你叫什么呢？"

"我……的名字？"少年怔了怔，"我没有名字。"在清吟惊讶的眸光中，他又继续，"这个岛上总是只有我一个人，所以……我不需要名字。"

因为就算是有名字，也没有人来呼唤那个名字。

清吟的心中看，答案犹如深邃的湖底悠悠然萦绕而上的水泡，冉冉升起。

"那……我给你取个名字吧！"清吟突然说。

少年的眸光，在一瞬间如同清晨的阳光在一瞬间跃出了海面般，跃动起来！

"真的吗？如果你给我取名字的话，你会……呼唤我的名字吗？"

名字的意义，从来就不是那或多或少的几个字，而是，将你与其他人区别开来，可以只用来呼唤你。

清吟点点头："我想……叫你'光'。可以吗？"

"光？"少年喃喃重复。

清吟的手，那么自然地就伸向他。她拉着他的手，在树荫之下散步，在岩石之间徜徉，她指着那在一瞬间就点亮了全部世界的明亮说："你看，这就是光！你就是光！"

少年似乎无法完全弄明白她话语中的意义，可是他依然扬起了唇，欢畅地笑起来！

"我是光！"

少年明亮的双眸，带着浅金色的发梢，那么清澈又喜悦，仿佛是用最通透干净的阳光凝结而成的一样。他整个人，都在闪闪发亮。清吟甚至相信，如果光会变作人形，那就应该是他的模样。

"对……你就是光。"清吟喃喃地重复着。

与此同时，一个幽暗的声音骤然在心灵深处冉冉地回荡而起："跟你……完全不同。"

"这里是哪里？我怎么会到这里来了？不行，我得回去。"没来由的心虚让她急忙转身。

他是这样的阳光灿烂，无论走到哪里，都会是众星拱月的天之骄子。也许他的视线很快就会被别的更加美好的东西所占据。更娇美的花朵，更明媚的眼波，那些世间种种的繁华锦绣都会一一地铺陈在他的面前。而像自己这样的，只会躲在暗处怯怯地躲藏的，很快，就会被遗忘在他的身后了吧？

所以，必须赶快离开，在一切的伤害，都还来不及开始的时候。

衣袖被拉住了。

"清吟，陪我玩一下再回去吧。"光比她高大，那央求的眼神，却真的如同小狗一般，带着仰望的祈求。

心，一下就融化了。

"那……一会儿，就一会儿哦。"

"好！"

你不可以这样……

你根本没有这样肆意放纵的资本……

头脑里有纷乱的声音在提醒着她。她却浑然不在乎。也许，因为这里不是长安，不是那个幽暗的带着晦暗不明雾沼的长安，这里只有宽阔的海、俊朗的山、丰硕的树，以及无限广阔的天空。到了这里，似乎所有的一切，都可以跟平时不同了。

"这里是银山，我生下来就住在这里。"光带着她，在岛上四处奔跑玩耍。

不去想过去，不去想将来，就让我做一个夏末最后的绮梦吧。

丢开了记忆中的长安，她不知不觉完全地沉浸在了这个全新的世界里。

海浪、绿树、云海、沙滩……所谓海上仙山，也许就是这样的吧。

不对，让这里变成海上仙山的，不是海浪、不是绿树、不是云海，而是他。

她从来不知道，一个人的手，可以这样温暖，而一个人的目光，可以这样明亮。

日子，就这样一天天地过去。两天，三天。她不知道他到底是在什么地方居住，只知道他是个爱睡懒觉的少年。因为，他每天都是快近午才出现，而到了刚日暮西斜的时分，他就变得无精打采的，踏上了归途。

她只能，独自面对黑暗。

不过，没有猛兽，而且又月光皎洁的晚上，并不可怕。

甚至，她觉得这种黑暗的程度，简直不值得一提。因为这样的黑暗中，她能闻到花香，能感受到树叶的声声摇曳，还有头顶那缓缓流动的银河，一切都在呼吸着，陪伴在她的身边。这样的黑暗，一点也不可怕。

因为，她曾经历过，真正的黑暗。

什么也没有的黑暗，只有她。在那深不见底的黑暗中，默默地蛰伏沉睡。那种凝滞与冻结，才是真正的……黑暗。

所以，眼前这样的黑暗，根本算不上什么。

虽然他总是带着抱歉的神色，在夕阳中离去，她却依然挥舞着手臂，用飘摇的裙摆直抒着自己的坦然。

可是，为什么呢？人为什么会渐渐开始贪心呢？

"能不能，陪我度过夜晚呢？"清吟不知道自己为什么会突然这样说。

也许，是眼前的幸福太完美，她忍不住地，想多要一些，再多要一些。

"这个……我……"光迟疑了。

这是她在他的脸上，第一次看到阴霾的痕迹。

说了不该说的话吗？提出了禁忌的要求吗？清吟用她的视线，在一点点地质问他："你不想陪我看夜晚的星星吗？"

"夜晚的星星？什么是……星星？"他茫然地望着她。

你是在故意装傻吧？

清吟暗忖着，咬住了唇。不再说话。

第一次，不是她挥舞着衣袖目送他离去，而是她转身就走。

光望着她远去的背影，目光中是彻底的茫然无措。

光独自一人走在悠长宽阔的沙滩上，属于他一个人的脚印，一个个地在沙砾上落下深深浅浅的痕迹，随即又被潮水瞬间吞没。

如果他肯回头看一下，就会发现在他的脚印之间，有一团黑色烟雾聚拢而来的人形正尾随着他，在沙砾上轻飘飘地点过，落下一圈圈不动声色的涟漪。

十步、五步、三步、咫尺！蜃魅微笑着，张开了漫卷着黑雾的大口。只一瞬间，他就能将这个少年的生命力全部吞噬！

下一秒，蜃魅震惊地发现，他的牙齿，仿佛彻底变成了无法聚拢的虚无雾气，他居然完全无法接触到少年分毫？！怎么可能？！少年不一直是灵智未开的混沌之人吗？在蜃魅眼中，他不过是徒具人形的存在！所以，他的生命力才一直是蜃魅眼中可以轻易吞噬的饵食！

因此，蜃魅在虚境聚集了足够的力量之后，才会迫不及待地过来享用这一顿他眼中早已经不容错失的飨宴。

可是，少年的身躯居然变得无法靠近？！

怎么会这样？少年原本混沌脆弱的灵魂为什么会在这么短的时间内变得凝实起来？

仿佛是在回答蜃魅此时的疑惑，少年喃喃的声音传来："清吟……清吟……"

他居然已经开了灵智？！而且他还喜欢上了一个叫清吟的人？！蜃魅简直不敢相信。可是，答案如此毋庸置疑，对那个叫清吟的人的执念，使得原本与草木无异的少年有了一份特别的执念和牵挂，而这份执念，成了他的力量。他的灵魂不再是混沌空虚，他开始变得，无法被轻易吞噬！

可恨我为了积蓄足够的力量必须时不时长时间陷入沉睡，又只能在太阳力量最弱的傍晚时分出现。想不到一觉醒来居然变成了现在这种情形！蜃魅心中暗恨着，心里却明白，无论未来他能不能想出吞噬少年生命的办法，今天，在此时此刻，他只能放弃他原本的计划了。

可是，这么好的饵食，就这么眼睁睁地白白放弃吗？

绝不可以！蜃魅在心中回答自己。

也罢，现在无法触碰到他又如何？凝实了灵魂又如何？餍魅的唇畔，掠过一丝狡黠的笑容。这种弱小的存在，就算是此刻无法吞噬，他又能变得多强大？！而我的力量，每天都在生生不息地持续增长！我不介意，稍微多等两天，等到我的力量足够强大的时候，再来吞噬他！

甚至，也许并不需要等多久。少年的力量完全来自那棵巨树，一旦那棵巨树遭到重大冲击的时候，他就会变得非常弱……到了那个时候……

餍魅的舌头带着几分渴望在唇畔掠过。从一股微不足道的霾影生长蜕变到如今，拥有了力量，拥有了灵智，他相信，这个少年，也总有一天会成为自己的食物！

轻笑一声，餍魅卷起一阵黑雾，飘然消失。

少年觉察到耳畔掠过的风声，回过头去，却只看到一团朦胧的雾霭，消失在海天交界处。

光怎么还没有来呢？

清吟有几分百无聊赖地独自在沙滩上走着。突然，她觉察到一阵风从脑后袭来！

她敏捷地跳跃转身，躲开了那形同鬼魅的攻击！

"你的身手，还真不错啊，清吟。"一缕烟雾悠悠然地，在她的眼前聚集起来，最终，凝成了一个通体浊黑的少年人形。不过显然，他的化形并没有十分完美，他的全身上下都依然在飘舞着丝丝缕缕的黑色浊气，让人一眼就明白，他不过是个化形不久的妖怪。

"你是……霾……妖？"

少年微笑着点点头，与光那总是让人心旷神怡的笑容不同，这弥漫着黑色烟雾的笑容让清吟几乎是在一瞬间就不寒而栗。

"我是餍魅，由霾影聚拢蜕变而来。只可惜我法力低微，到现在也只能是这副样子。"餍魅唉声叹气的，仿佛是在跟朋友说话般坦率地抱怨着。

"我没有兴趣管你是什么。识相的话，就快滚！"清吟冷冽地注视着他嬉笑的脸庞，全身都进入了戒备的状态！

"你怎么这么生气呢？难道，是因为我识破了你的秘密？"餍魅意味深长地笑着，那诡异的笑容裹挟着他依然飘散着黑色浊雾的唇角，看起来让人简直是不舒服到了极点！

清吟拧起了眉头："你在胡说什么？我有什么秘密？"

蜃魅轻轻地跃起，他的整个身体仿佛一丝重量也没有一样，悠悠然地飘浮在清吟身侧："难道你不想活下去吗？长长久久地活下去，享受无尽的时间，看遍这世间的繁华……你经历了那么长时间黑暗中的等待、忍耐和煎熬，只是现在这样，你就满足了吗？"

清吟顿时愣住，她没有想到，蜃魅居然已经在一瞬之间看清了她的本质！

清吟眸光中那瞬息的动摇，没有逃过蜃魅的眼睛，他的气息缓慢而又悠长地在她的耳畔低语："只要……只要你肯帮我，相信我，我们可以得到很多……很多……"

"浑……浑蛋！我才不会听你的蛊惑！"清吟高声叫道，衣袖猛然一挥，就朝着蜃魅急袭而去！蜃魅原本完整的身形，硬生生被她的衣袖割裂成了两半！

清吟长长地吐出一口气。可是，她的这口气还没有吐完，就见刚才还各自飞散的蜃影又瞬间聚拢到了一起。

"我……等你的回答……"蜃魅说着，唇畔流转过一个意味深长的笑容，就瞬间消失在了空气中，再也找不到半分他曾经存在于此的痕迹。

"我才不会……"渐渐地，清吟的声音从一开始的高亢和肯定，变得虚弱和低暗。她看到了，潮水在一瞬之间就将她刚才踩踏出的足印吞噬得干干净净，转瞬，沙滩上就只剩下了一片明镜般的薄薄水面。用不了多久，她存在过的痕迹也将会如同那被潮水吞噬的脚印般，消失得无影无踪……

真的，就这样什么也不做，接受命运如此残酷的安排吗？

那么久的黑暗中的痛苦等待，真的就只有这么微薄这么短暂的回报吗？

其实……我还是……不甘心的！

清吟的手指，一点点的，慢慢地攒紧了原本飘然舒展的裙摆。

而她的心，也纠结了起来……

"清吟，我找了你好久，原来你在这里！"光跳跃着，从树丛后跃出了身形。他的容貌总是那么神采奕奕皎洁无双，他的精力也总是这么充沛，仿佛身体里永远有用不完的力量。

一瞬间，一股清吟压根不愿意承认的情绪笼罩在了她的心头："她在嫉妒……她在嫉妒光拥有着如此美好、如此明媚悠长的青春！"

又一个清晨来临了。

从睁开双眼的那一刻开始，清吟就感觉到了一丝丝异样的气息。原本一直宁静和煦的南国之海，今天却是阴沉沉的，仿佛有某种不安的东西正在无声地孕育着。

几乎是在一瞬之间，海发出了巨大的呼啸声！

海浪朝着这座小岛一波波地奔涌而来！

耳畔瞬间就被许多的声音灌满，是海鸟们惊惶的尖厉叫声。不光是海岛上原本的海鸟们，甚至还有许多海鸟从四面八方涌来。它们这是要将这座岛作为它们的庇护所吗？

清吟本能地感觉到了危险带来的巨大威压，可是下一秒她就想到——光！光在哪里？！

"清吟，你快躲起来。海啸要来了！"光朝着她挥着手跑过来。

"那你呢？"清吟问他。

光听到她关切的话语，眉眼间瞬间就跃上了毫不掩饰的欢欣："放心吧！我会保护好你，保护好这个岛和大家的。"

风在疾速地吹袭着，光拉着她的手："我们去树下。"

巨树垂下的巨大枝叶将风速阻缓了许多。清吟能看到，那些翅膀上仿佛点缀着各种不同色泽宝石的美丽海鸟，此时正蜷缩着身躯，在枝叶间瑟瑟发抖。

"它们在害怕……"清吟喃喃。

"有我在你身边，你不用害怕！"光的声音，爽朗得没有一丝一毫的阴霾，仿佛这千尺巨浪和滂沱海风都与他一点关系也没有。

"你……"

清吟的话没来得及说出口，因为，她看到了，一种嫩绿的光芒正从光的心脏处蔓生出来，随即以他为中心，覆盖了整棵巨大的树木。在那一层薄薄的光的屏障之外，无论海浪如何肆虐喧嚣，屏障之中的世界却宁静平和。

"结界……"清吟瞬间明白。她谨慎地不敢出声，生怕打扰了此时正全力以赴维持结界的光。

在海浪巨大的冲击中，这个嫩绿色的结界犹如一颗随时会碎裂的琉璃珠一般，让人禁不住地将心高高悬起。

清吟看到了，汗珠在光的额头上一点点地渗出。

他很辛苦！我该怎么帮助他呢？

"轰隆"！

闪电裹挟着雷鸣声狠狠地撞击在了结界上！

必须有个什么声音，来压倒雷鸣声！

清吟觉得自己的喉间有什么正在喷薄而出！

随即，那些蜷缩着翅膀的海鸟们听到了，一种难以名状的歌声。没有歌词，仿佛是母亲在拍着孩子入睡时无意识地哼唱的童谣。可是，这个细小的声音并不微弱。在破空而来的雷鸣中，它依然如此清晰而执拗地蔓延着。

鸟儿们轻轻地将翅膀舒展开来，那种羽毛轻轻展开的温暖的悸动，还有树叶，那些树叶在幽微地摇曳着，在这个脆弱的结界中，混合着光的呼吸，彼此融汇……

清吟闭着双眸，幽幽地唱着仿佛是从灵魂深处刻印而下的歌声。

海啸和雷鸣仿佛都在这一刻悄悄退去，又仿佛，只是在蛰伏，等待着下一次出击！

终于，好久好久，都没有再一波的海浪袭来。清吟禁不住长长地吐出一口气，睁开了双眼。

变故就在那一息之间！

一个如同白昼般的巨大光球朝着结界直冲而来！

刚才还光洁如镜的结界上霎时就现出了一道巨大的裂痕！

清吟的歌声，也在这一瞬间散落破碎！

一股鲜血，从她的喉间喷出，飞溅在光原本洁白的衣襟上、脸庞上。光明媚的笑容顿时就染上了血色的痕迹。

"清吟……清吟！"少年焦急地呼唤着她的名字，完全不知所措。他只是笨拙地试图擦干她嘴角的血痕，却无奈地发现这都只是徒劳。

陷入了前所未有的焦急的他，完全没有注意到，蜃魅早已经轻飘飘地来到了他的身后。

此时的蜃魅已经变得越来越接近真实的人形了，他狭长的眼眸中流转着贪婪的光芒。

"悲伤和担忧会令灵魂变得脆弱，不过……这样就更容易吞噬了……"说着，他的舌尖在唇畔卷过一个饥渴的弧度。

光完全没有意识到有什么事情正在发生，他正要回头，却突然被猛地一把推开！

餍魅势在必得的一口，居然再度落空了！

他愤怒地盯着清吟，就是这个女人，在最紧要的关头把那个少年推开，避开了他那贪婪的一口！

"你是要与我为敌吗？"餍魅灰色的眼眸冰冷又倨傲。从打破结界的那一刻开始，他就已经完完全全地确认了自己在这一局中的优势。此刻，少年的灵魂在刚才维持结界的过程中受到了暗伤，至于那少女……那嘴角喷涌的鲜血已经如此鲜明，早已经没有了与他对抗的实力。他，已经胜券在握！

餍魅抬起手指，一阵强风霎时就席卷而来，将清吟的身躯远远地掀开！

清吟的身躯在控制不住的翻滚中，好一阵才恢复了平衡。

随即，她看到了，餍魅正在朝着光，张开了血盆大口！

他要吞噬掉他！

"我必须救他！"

清吟摇摇晃晃地，想要站起来。一个奇异的感应在她的心灵深处席卷，回荡！

时间到了。

时间到了！

时间到了！！

到底是什么？是谁在呼唤？

清吟，飞了起来！

我……是会飞的吗？清吟从不记得，自己曾经用人形的姿态飞舞过。一种前所未有的磅礴的力量，在她的身体里奔涌着，她觉得自己前所未有的强大！

她骤然的改变，不光震慑住了此时餍魅的动作，就连光也目瞪口呆地望着她。

在他剔透的眼眸中，清吟看到了，此时此刻的自己，是那么美丽！

绝美的青丝在风中飘扬飞舞，裙摆摇曳出令人心醉的弧度，狂风过后，天幕中变幻莫测迷离的光华，笼罩在她的面庞上，让她美得令人窒息！

原来，这就是强大的力量吗？

清吟突然明白了。

她朝着餍魅飞了过去。她只是手掌微微一闪，餍魅就已经在她的掌控之中！

餍魅难以置信地看着这个刚才还喷着鲜血、虚弱不堪的少女。等到他回过神来的时候，却发现自己的身体仿佛是被密密匝匝看不见的茧裹得密不透风，他居然彻底动弹不得！

"你居然敢伤害他……就要想好，如何承担我的愤怒！"清吟一个字一个字地吐出自己的宣言。

蜃魅在拼命地挣扎扭动着，却怎么也无法挣脱清吟的束缚。

"肮脏的东西，还是消失掉吧！"清吟的指尖轻轻一弹。

半空中突然燃烧起了透明的火焰！

"啊啊啊！"蜃魅在火焰中惨叫着……

"你是罪有应得。"清吟冷冽地说。

蜃魅的神志在这灼烧中渐渐溃散，原本刚刚凝实的身躯一点点地消散开来，变成了不可捉摸的丝丝缕缕，随即，那些丝缕又在瞬息之间，被火焰焚烧殆尽！

可是，他留下的最后的句子，依然执拗地钻入了清吟的耳中："我只是……想要活下去……"

"啪"的一声，属于蜃魅的最后一点痕迹也消失殆尽。

天空几乎是在一瞬间就重新变得碧蓝如洗，这个世界又恢复了往日的平静。太好了，光，没事儿了，清吟想要微笑，想要对光这样说。

"咔嗒"一声，一个极轻微却又极清晰的声音在她的耳畔响起。

这声音是从她的衣摆上传来的，清吟低下头，她看到原本飘摇飞舞的衣摆，正在碎裂！

仿佛是有人在冥冥中敲响了钟磬，不光是衣摆，身体里的力量正飞快地流逝着！

"噗"的一声，她沉重地跌到了地上。

"清吟！"光急忙朝她跑过去，将她紧紧地抱在怀中。

光的怀抱是那么温暖，他的气息是那么有力。这就是那让蜃魅都垂涎不已甚至为之丢了性命的……生命力吧……

而我的生命，即将崩溃！

为什么，这样的生命的光，不能属于我呢？

蜃魅最后的句子，如同咒语般在她的耳畔回响着：我也只是想……要活下去……

我也只是想要，活下去……

清吟伸出胳膊，将光紧紧地拥在了怀中，她低下头，少年纤细的脖颈就在她的唇下。

"我只是……想要活下去……"清吟在光的耳畔，幽幽地说。随即，她张开了嘴！

这就是……生命的滋味吗……

黑暗，仿佛在一瞬间就将这个世界彻底淹没……

"小姐，你请站好。"那个懒洋洋的声音，在耳畔骤然响起！

清吟睁开双眼，没有那阳光中少年的誓言，没有南国蝉鸣骤歇的岛屿，没有两肋生双翅的飞翔。只有最后的溽暑之中，幽暗的殿阁。

以及凝结在面前铜镜上，尚未干透的一滴泪痕。

"光……光他在哪里？！"

"为什么，我在这里？"

"为什么，明明夏天已经要结束了。"

面对她一迭声的问题，面前的店主只是镇定地回答："你想起来了？"

"我是……蝉，蛰伏在黑暗的地底十七年的……蝉。可是即使蛰伏再久，属于我的光，依然只有七天。"清吟捻着薄翼般的裙摆，声音中却带着破碎的动摇。

"在七天中，你一直在长大，变得越来越韶华美丽，你要光记住你美丽的样子。可是你自己呢？却没有去好好地看清楚光的样子。"

"我……"清吟讷讷。

"你真的什么都没有看到？还是……你看到了，却依然骗自己，当作什么也没有看到？"

那在晨光中宛如孩童的身影，那在夕阳中迟缓的动作……难道，不是恍惚间的一个错觉吗？

"你在岛上，看到了那棵巨树吗？"

没有人会忽略那棵巨树，那么大，那么雄伟，将整片的天空都遮挽在了自己的树冠之下……

"光，就是那棵树所孕育的孩子。"

"什……么？"

"此树名为女树，生长在海中的银山之上。天明时诞生出婴儿，到了正午就变成了少年的模样。而到了日落之时，就逝去。"

所以……他不知道夜晚，他没有看到过星星。他的整个世界里，就只有白天！

而自己，却任性地向他要求，要他陪着她看星星。

"原本，不断重生的婴儿是不会有着同样的意志的。可是……你给了他一个名字，这个名字将他从懵懂中抽离出来，使他对你有了记忆，并且在一次次的重生中，将这个记忆保存了下来。他每一次重生后，睁开眼睛，唯一做的一件事情就是，寻找清吟。

"你觉得他不够喜欢你，却不知道，他已经在用自己全部的生命、所有的时间，生生世世地，来爱着你。

"他全部的世界里，只有你。

"今天，是第几天呢？"陈游介望着她，声音如同香炉里缭绕而出的烟云般缥缈。

"第……八天。"清吟仿佛不敢相信地望着那依然分明的手掌，"到了第七天，我们一族就会飞到空中，接受那阳光中璀璨的破灭……为什么……"

为什么我还在这里？

最不愿意被想起的记忆如同潮水般地涌了上来！

"我吞噬了光的生命……"

"我居然为了活下来……吞噬了他的生命！"

为了能活下去，她……不顾一切地触犯了禁忌。

"不！不是这样的。"陈游介的声音清冷又明澈。

"你是说我没有吞噬他？光他还好好地活着？"清吟仿佛是溺水的人，想要拼命地抓住那最后一块浮木。

"光是诞生在那棵名为女树的巨树上的少年，只要他愿意，可以随时回到树中，你根本无法捕捉到他。"

清吟竭力回忆着那时候的情形，她摇了摇头："不对，那时候他根本就没有逃走！他一下子就昏过去了，连一点反抗都没有。"

陈游介的目光，望向清吟的注视中，有了一丝怜悯："你不知道吗？如果他本人不是心甘情愿，你是无法真正吞噬掉他的生命的……"

清吟瞪大了双眸，她仿佛看到了，那个少年在望着她，微笑着说出温柔的句子。

"如果这就是你想要的长长久久的生命的话，那么……我给你。

"如果，这就是你的希望。

"我心甘情愿，被你……吞噬……"

陈游介的声音中，带着一丝淡淡的感喟："因为爱你，所以把自己的一切都给你。

他给了你生生不息绵延不绝的无穷生命，使得你变成了全新的生命，不再受到第七日的束缚。"

"为什么……为什么他要这么做？"清吟喃喃，此刻她的目光，早已经没有了焦点。她只是茫然无措地盯着虚空中那不存在的一个点，仿佛是在质问，又仿佛是在问自己。

清吟的身体骤然被一团白色的光的丝线重重包裹着，随即，那些丝线又如同夏日的烟火般"嘭"地飞散开来！重新出现在陈游介面前的，不再是那个娇弱胆怯的少女，而是真正芳华无双的绝代佳人了！她整个人的气质，迥然不同！

"我……"清吟低头审视着发生在自己身上的变化，她有点不明白在那瞬息之间究竟发生了什么。

"你不再是蝉清吟，也不再是女树所孕育的精灵光，你是一个全新的生命，同时打破了蝉第七日的禁忌，和女树之子朝生暮死禁忌的生命。"陈游介的话语声，带着一丝不忍，"这就是光送给你的礼物和他全部的承诺。"

陈游介默默地望着烟云袅袅中迤逦盛放的绝美身形。另一些话，他并未说出口：在挣脱禁忌之后你却一直浑浑噩噩地行走在人世间，忘记了对你来说最重要的过往。不过还好，上天依然给你留下了这一份机缘：让你走进了我的店里，让你能完成你几十年来都没能完成的成长和羽化，成为全新的生命，拿回属于自己全部的记忆。

"为什么，你会知道这些？"清吟的声音里，散尽了全部的活力。

陈游介望向镜面："当我把你的泪，点在这镜面上的时候，镜子会告诉我一切的真相。"

"为什么，你要把这一切告诉我？"清吟长久的哭泣声，回荡在幽暗的店铺之中。那是属于第八日的蝉，无人能体会的，深重悲哀。

"因为，能涤荡火齐镜上尘埃的，只有痛彻心扉的……泪水。"陈游介缓缓地微笑起来，"我想要的，只有这些而已。"

"那么，光……再也回不来了吗？"清吟望着陈游介。

"如果这镜中的女树能再度复苏，那么它应该会再度诞生出少年，只是那少年到底还算不算是当初那个属于你的光，我就实在无法回答了……"陈游介望着光洁如新的火齐镜，声音也如同被涤荡过一般，清澈又清晰，还隐隐带着一丝让人清醒的清冷。

　　清吟的眸光，却因为他的这句话，而再度燃起了光彩："那要如何才能让女树复苏呢？"

　　陈游介摇摇头："我不知道让女树复苏的方法，而寻常树木复苏的方法……不用我说你也知道。"

　　清吟还在错愕，却只听陈游介突然道："当你的泪水在镜面上彻底干透的时候，此世与镜中世界的通路，就彻底关闭了。"

　　"啊！"清吟猛然跃起。

　　在她翩飞的姿态中，仿佛一瞬间就变成了一朵闪烁着流光的花朵，朝着镜面飘摇而去！只一瞬间，镜面上就荡漾开一圈圈冉冉的波纹，而她飘舞的裙裾，也瞬间就隐没在了镜面深处。

　　陈游介望着那骤然隐没的绝美身形，轻叹一声："这样的执念，究竟会结出什么样的果实呢……"

　　风，在一瞬间就猛烈地裹挟着海水的潮湿气息扑面而来！

　　清吟睁开双眼，发现眼前的世界中依然是蓝天碧海，不同的是……之前那棵耸立在山石之上遮天蔽日的巨树不见了。

　　女树……到哪里去了呢？如果那棵树已经消失无踪，那么谈何复苏？她所有的期望，都会在瞬息之间彻底化作泡影！

　　清吟急不可耐地在山坡上奔跑起来，她要寻找到那棵树！她还记得，那茂密的树枝，那翠绿的树叶，还有属于那棵树独有的清香……以及，那个少年"光"的气息……

　　清吟找遍了整个银山，却一无所获。

　　心急如焚的她，不小心从山崖上跌落。她的身躯，不受控制地翻滚而下！

　　"糟糕！"

　　匆忙间她来不及飞起，眼看就要受伤！

　　"刺啦！"

　　她的裙摆，被一根斜逸的枝干钩住，硬生生顿住了身形！

　　太好了！清吟顿时松了一口气。正当她准备解开裙摆，再度开始自己的寻找时，那一股熟悉的馨香气息，骤然萦绕在了她的鼻端！

　　她简直不敢相信地睁大了眼睛！眼前这株细瘦伶仃、完全不会引起任何注意的小树苗，居然就是那棵曾经遮天蔽日的女树？！

它的整个枝干都在发黑，显然，随着光的生命力被吞噬，女树的力量也遭到了重创，才会骤然退化到了如此弱小的姿态！

女树，就好像是"光"的母亲一般。而我吞噬了他的力量。虽然我已经犯下了不可饶恕的错误，可是，请让我至少……帮你重新恢复生机吧。

清吟喃喃着，开始刈除女树边蔓生的杂草，寻找能让树木长得更好的肥料，浇水、除虫……

望着女树一点点地恢复生机，清吟觉得，自己的心也在一点点地恢复着原本的活力。

时间的流逝，悄无声息。

女树终于再度变成了当初那遮天蔽日的模样。

只是……它只是外表恢复了而已，并没有真的恢复。因为，它并没有再度孕育出新的生命，孕育出跟"光"一样的生命。

有些错误，不是弥补就可以让一切恢复原样的……

光，不会回来了。

"光！你真的，不要我了吗？"清吟闭上了眼睛，觉得所有的等待都在此刻彻底变作绝望……

"你是在……叫我吗？"一个怯生生的声音在清吟的耳畔响起。

清吟骤然睁开了双眼！

光，再度出现在了她的眼前！

落下的花朵重新回到了枝头，所有的后悔都还可以回头，生生世世，你是我唯一的光！是我唯一回首的理由。这是虚境之中，不灭的奇迹。

"火齐镜在发光！"明胤震惊地说。

陈游介微微一笑："那不是光，那是重逢的人，幸福的泪水。"

名词解释：

女树：

海中有银山，生树，名女树。天明时皆生婴儿，日出能行，至食时皆成少年，日中壮盛，日昃衰老，日没死。日出复然。

《旧小说·戊集二·笔尘》"海中银山"条。

火齐镜：

传说火齐镜高约三尺，古铜为框，框镶宝石，镜框上嵌有大篆古字，字体古拙。古镜在黑暗中光辉流动，发出青荧色的光芒来，照亮了整个房间。镜中倒映的幻象沐及真实自然，仿佛真人非真，幻象非幻，真幻相融，亦真亦幻，蜡烛燃起，镜面光华顿时隐去，青蒙蒙的如同一块平常镜子。异志野史曾有记载说周灵王起昆阳台，渠国进献，暗中视物如白昼，向镜说话则影子应声。

幽篁里

谛听阁的结界迸射出了一道雪亮的白色光华!

要知道,陈游介这谛听阁看似平常,其实这方小小的天地无一不是在他的结界之中,连一只蚊子都别想轻易飞进来。

不知道今天来冒犯的又是哪里来的不知深浅的宵小之徒?

陈游介凝神望去,只见结界外一只浅黄色符纸折的纸鹤正在扑扇着翅膀徒劳地一次次撞击着结界。数次之后,结界上的流光已经将纸鹤的翅膀灼上了一抹抹火烧的痕迹,那纸鹤却依然执拗地一次次撞击着。

原本,这种东西陈游介是懒得理会的。可是今天,当他发现那翅尖上一抹朱砂色的印痕时,立刻扬手将那纸鹤引到了掌心中。

没错,那朱砂的印痕,正是当年他特地为师父调制的印泥,名叫"凝火"。

"师父!"陈游介心中一凛。

当年他离开长生观,曾放言从此与长生观恩断义绝。可是,他可以将师门抛在脑后,却怎么也无法忘记师父曾经对自己的诸多照拂。

压抑着心中的不安,陈游介将手中的纸鹤一点点拆开。这是一封书信,并不是师父的笔迹,可是信纸上师父的印章,还有印泥的色泽,以及信中的内容,都成功地将他最后一丝疑惑也扫去了。

信中的内容很简单,就是说白衹仙师五十大寿,邀请他回去祝寿。白衹,正是陈游介师父的大名。

数日后。

陈游介望着那掩映在青山翠岭之间的山门,只觉得往事历历在目。

曾经以为,再也不会回到这里……可是现在……他轻笑一声,纵身朝那浓密的绿意之间掠去。

那视线尽头遥遥可见的山门,却怎么也无法到达。等陈游介觉察到自己已经深陷迷阵之中的时候,他已经在这苍莽竹林间迷失了方向。而他的耳畔,一种若远若近的声音侧耳倾听着，陈游介原本严肃的神色，却在这声音中渐渐地泛起了笑意。

"你知道我回来了，就这样欢迎我的吗？"

陈游介清朗的话音还未落下，就见青翠碧绿的竹叶间跃下一个修长的身影，"小游，你回来了！"

出现在陈游介眼前的，是一个挺拔的少年。如墨般的长发松松地束起，身上的服饰虽然也是简单的道门服饰，可是那朴素的浅碧色衣衫，穿在他身上，不知道怎么的就多了几分桀骜风流的气质。

"晴聆！"陈游介惊喜地呼唤。

眼前的少年，正是陈游介当年在长生观修业的时候一直与他玩耍的伙伴。当年的他被师兄弟们排挤，没有人愿意跟他玩耍。那时候，来到寂寞的他身边的，就是眼前的晴聆，还有……敦越。

虽然当初的他并不知道，晴聆和敦越并不是人类，可是这并没有影响他们之间的友情如同青竹般迅速地成长起来。

"晴聆，你好吗？看你这个样子，也是修炼有成啊。对了，敦越呢？你们不是一直在一起的吗？"记忆中的晴聆是一副瘦弱又怯生生的模样，只有跟在那个胖乎乎的敦越身边，才敢出声说话。可是怎么特地过来见他的，只有晴聆，不见敦越？

在听到他问及敦越，晴聆刚才还笑逐颜开的面庞顿时笼罩上了一层忧色，虽然他很快就再度扬起了笑脸。

"他在水府里，我带你去看他。"

跟随着晴聆的脚步，那一汪掩映在翠竹之间的碧水一如往昔。

晴聆分开水波，一道通往水底的道路豁然出现在了陈游介的面前。这是一段曾经洒满了三个人美好回忆的路途。那时候的他们，犹如三道高低不同的音节，在这水波的映衬下，敲击出了各自欢畅的乐章。

"敦越，你看是谁来了？"晴聆的呼唤声，很久以后才得到了一声低沉的回应。

"是谁啊？"这声音与陈游介记忆中的敦越完全不同，不是因为成长而变得低沉浑厚，而是……混浊而虚弱。

陈游介心中一紧，立刻朝那帷幕之后冲去。

出现在他面前的敦越与他记忆中那个总是乐呵呵的小胖子完全不同。虽然，他的身形已经变得非常高大，可是单薄的肩膀，细瘦的胳膊加上沉重的喘息声，以及萦绕在整个房间内挥之不去的药味，都告诉了陈游介一个毋庸置疑的事实——敦越生病了。

要知道，敦越是妖修，妖怪们天生都是身体强壮，不要说是生病，就算是受伤了，痊愈恢复的速度也远远快于寻常人类。能让天生身体强壮的妖修敦越变成这副样子，他到底是……怎么了？

早已经从陈游介的神色中看出了他的疑惑，晴聆却视若无睹地只拉着他与敦越一起回忆三人当年的童年往事，不是挖竹笋被笋尖戳破了手，就是掏蜂蜜被马蜂蜇了个半死。说到后来，敦越原本苍白的脸色泛起了红润，精神也好了许多，与他们一起热热闹闹地说笑了好一阵，这才安然睡去。

等到敦越睡得沉了，晴聆这才带着陈游介走出了那个药气弥漫的房间。

"敦越并不太清楚自己是怎么回事。我只说他是修炼太心急，所以进境凝滞产生的体虚，稍微调养一阵就无事了。"

敦越向来憨厚，头脑简单，这种说辞要想糊弄别人是不行，是想要蒙过他，却是足够了。怪不得刚才晴聆特意都不提敦越的病情，还暗示自己也不要询问，原来是这样。

"可是我看敦越的情形……真的……"陈游介斟酌着词句。

晴聆的神色更加黯淡："敦越他……他的鳞片都已经大半脱落了……"

陈游介心中巨震，他知道晴聆和敦越都是水妖，对他们水妖来说，鳞片就如同肌肤一般，鳞片脱落就如同被扒皮般的痛入骨髓！这样的痛苦……敦越，却不知道忍受了多久？

"有什么我能帮忙的吗？"陈游介简直要懊恼得说不出话来，如果他肯早点回师门看看朋友，也许敦越就不会变成如此凄惨的情景。

听到他的问话，晴聆目光中顿时划过一道光芒，可那光芒瞬间就黯淡了，他摇摇头，"此事……你也帮不上忙。"

"你说什么呢，虽然你看我总是当年的小道士，其实我也是名震长安的天才术者了，无论什么事情，我总能有办法的！"

"真的？"晴聆的眼眸中终于再度燃起了光华。

"其实……事情是这样的……"

在晴聆断断续续的叙述中，陈游介明白了，原来，竟然是长生观这几年广收门徒，原本占据的灵脉就不够供给这么多人修炼了。于是他们布下聚锁灵脉的大阵，将山上的灵脉都占据了，不给他们这些妖修留活路。所以敦越才会如此凄惨……

"敦越本来就十分笨拙，修炼什么的进益迟缓，在这灵气充裕之地修炼都无甚成效，如今……"晴聆的眉头越锁越紧，"这后山其他的妖修都已经早早散去，寻找其他灵气充裕的宝地了。我原本也可以离开，可是敦越现在的情景，实在是不能随意移动。可是这样一直耽在这里，他的情景……"晴聆说着，双眸中已经隐隐有泪光。

"你是要我去为你毁掉那聚锁灵脉的法阵吗？"陈游介一下就抓住重点。

晴聆肩头一震，骤然抬头："你肯帮我？"

陈游介点点头："独占灵脉这种事情本来就有违天道，长生观做事实在是太过欠妥。我一定会帮你的。"

晴聆面上的灰暗之色顿时一扫而空，陈游介熟悉的那带着一抹狡黠的笑容又回到了他的脸上。他摇摇头："如果你毁了那法阵，势必立刻被那些老牛鼻子发现。你倒可以一走了之，我带着敦越可不好跑路。我要拜托你的事情是……"

望着与记忆中一样慈爱的师父，陈游介只觉得心中一片暖意，他恭恭敬敬地行礼，正要叩拜之时，却被师父牢牢地拉住了胳膊，不让他拜下身去。

"我只有你这一个弟子，不求你闻达于天下，只要你能多回来看看，为师就心满意足了。"

陈游介听到师父这番话，觉得心中一阵暖意翻滚，几乎就要落泪。当年他一个小小弃儿，几乎要生生饿死。是师父救了自己，带自己回长生观，并且从此不再收徒，将所有术法倾囊相授。长生观上上下下，若说起白祇教养陈游介，没有一个不赞一句呕心沥血的。

只可惜……我终究还是离开了，没能侍奉在师父膝下。

想到这里，陈游介神色间不禁一片黯然。

白祇却仿佛看透了他眉宇间所有的惭愧，只微微一笑："好男儿当志在天下，你若真的被小小的长生观困住了眼界，才真正是让师父失望了。"

陈游介喉头一阵哽咽，仿佛自己又变成了当年那个依偎在师父怀中的小小孩童。在那里，是他能想到的最安全、最幸福的所在。

即使，长生观早已经不是当初的乐土，可是，还好，岁月的风烟过后，师父，还是当年的师父。

"弟子以后，必年年回长生观给师父祝寿。"陈游介急忙许诺。

却见师父微微一笑，竟露出几分狡黠之色，只听他低声道："其实你师父我，压根就不知道自己几岁，生日嘛，更加是闹不清楚了。"

"呃？"这回轮到陈游介惊讶了。

"我当年也是如你一般，被你太师父从外面捡回来的，前尘往事早已经不记得了。"

"那……"

师父刚才的轻松狡黠之色顿时消散："我是算到，长生观近日必有大劫数！我知道你不喜长生观那些墨守成规的老夫子们，可是，这里毕竟是养你教你助你成人的地方。长生观的这场劫数，我希望你能襄助一臂之力。而这次我要观主以为我祝寿为名，遍邀道友，齐聚长生观，就是希望能聚众道友之力，帮助长生观化去这场劫数。"

长生观有大劫数？！

这大劫数与那聚锁灵脉的法阵可有关联？他已经答应了晴聆……

如果不趁着长生观里人多事杂的时候帮晴聆达成心愿，只怕日后要行动起来，就更加麻烦了。陈游介心中思绪顿时纷乱，他急忙收敛精神，在师父白祇的注视下，点了点头。

初九，白祇师父做寿的那一日，长生观果然是客似云来人声鼎沸。原本清净幽深的长生观也如同长安坊市一般了。

陈游介惦记着晴聆的嘱托，悄然潜入了那聚锁灵脉的大阵所在的静室，悄悄将其中一处枢纽稍作调整，使其聚锁灵气的力量稍解，如此便能为晴聆和敦越留下一线生机。

"虽然如此做法并不能长期蒙蔽长生观众人，但是起码能让敦越渡过眼前的难关。只要敦越情况稍好，我们自会离开。"当时的晴聆，就是这样拜托陈游介的。虽然师父说长生观必有大劫，可是陈游介认为，这小小的一支灵脉的变动，对于全局，应该是无碍的。

这边长生观众多弟子正在有条不紊地迎来送往，却听头顶突然传来一阵暗沉的轰鸣之声。听着倒像是山雨欲来的样子，可是这幅景象细看之下又并不像是要下雨。只看那乌黑的浓云之间，似乎隐隐有妖怪们嘈杂的叫嚣之声。

怎么会有这么多妖怪来袭击长生观？

要知道，长生观盛名不衰已经百余年，其间从不曾遭遇过如此规模的妖怪袭击。虽然此时全观上下皆聚集着修士术者们，依然被这百妖云集压顶而来的气势震得心神一乱。其中有那刚入长生观的小弟子们，已经吓得失声尖叫起来，全然失去了平时镇定自若的飘然风度。

"长生观结界已破，我们此番就将这宝地一举夺下！"妖怪嚣张的狂笑声从云端传来，竟然毫不掩饰。

长生观观主听得这话，顿时双眉一凛："众位道友莫慌，我们长生观的结界十分牢固……"他的话音未落，只见看守山门的小弟子跟跟跄跄地冲了过来："师父……师父……结界……"他跑得太猛，此时呼吸急促，几个字竟然怎么也没能说清楚。

"到底怎么了？！"观主又急又气。

"山上的竹子开花了。结界……已经开始……"不需要等小弟子说完，观主的脸色已经骤然晦暗！

长生观在这山上已经百余年，结界一直坚如磐石，从未有失。外人往往会认为这是长生观诸位仙长法力高强、护持不辍的功劳。身为观主，他却很清楚，这是因为长生观在这漫山遍野的灵竹保护之下。

长生观所做的，只是将灵竹的灵气缀入护持的结界法阵之中而已。此时灵竹开花，灵力散尽，那长生观的结界法阵自然是徒剩其表，形同虚设。寻常竹子是六十年一开花，这灵竹却是从长生观在这里开山立派开始就不曾开花。久而久之，长生观诸人也就放松了警惕，以为这灵竹永不会开花，自然也就可以永远护得长生观高枕无忧了。

谁知道，过于粗心大意的结果是……一朝灵竹开花，结界崩坏，他们便当场束手无策！

那些修士都是来长生观参加白衹的寿典的。此时骤然逢此变，倒也十分镇定，只道："我等素与长生观交好，既然山门有难，我等义不容辞！"

观主听他们如此说，顿时神色稍缓。来的这些修士都是各个道观的精英翘楚，那些妖怪虽然来势汹汹可说不定不过是乌合之众，长生观结界虽然破了，却也是百年名观，不会就这样被妖怪几声叫嚣就吓破了胆的。

当下便点齐了弟子，齐齐摆开法阵，要与那些来犯的妖怪们决一死战。

陈游介混在众人当中，却是神色凝重。说起来，他虽然是白祇唯一的弟子，却早已经与长生观断绝关系。刚才众人觥筹交错把酒言欢之时倒也罢了，此时长生观危机重重，他身处其中，却多少有几分尴尬了。

他还未开口，就只见观主冷哼一声，"长生观遭逢大难，那不相干的人等，就恕本观不再招呼了。"他说这话的时候，目光直指陈游介，显然这关门送客的话，正是说给陈游介一个人听的。

陈游介这些年来纵横长安，已经赢得天才术者之名，却不料回到山门被观主如此羞辱。当下一口恶气直冲上来。正要出言反驳，却正对上白祇师父担忧的目光。于是他低头，将那一腔怒气生生压抑下去，只道："陈游介与长生观虽然已经没了师门之义，与白祇师父却还有师徒之情。长生观遭逢此劫，我亦愿尽绵薄之力。"

观主却只冷哼一声，不再搭理他了。

说话间，外面众多妖怪们呼啸之声越发高亢嘈杂起来，众修士们神情一凛，都拿出了自家法宝，严阵以待。

那些妖怪们虽然吵吵嚷嚷的，却并没有一窝蜂地乱冲上来。

见此情景，那些长生观弟子中有不少人不觉心中一宽，喃喃道："这些妖孽见了众多仙师们法力慑人，只怕是一时三刻就已经吓破了胆，压根不敢过来挑衅了。"

这话一说，修士们有火气比较旺的，说话间就抬手激射出一道雷符。这雷符虽然比不上天雷压顶的威势，可见一道雷光劈过，那一群纠集在云层中的妖怪们顿时一层混乱的哀鸣。甚至有妖怪吓得生生跌落云端。转瞬间，原本遮天蔽日，将长生观这一方晴空遮挡得严严实实的霾云消散得干干净净。刚才还甚嚣尘上的妖怪叫嚷的声音，也一下就消失得干干净净。

眼见头顶重见青天白日，众多修士们还未开口，那些长生观的弟子们早已经按捺不住欣喜，大声欢呼起来。

见到弟子们如此欣喜，刚才还严阵以待汗湿重衣的长生观主终于也放宽了心，急忙向那刚才施放雷符的修士致谢。众人见危机解除，弟子欢欣，气氛一时充满了劫后余生的喜悦之情。

说话间，早已经备好的素斋果酒纷纷上桌，白祇的寿宴在一片祥和中重开起来。

只是，陈游介总觉得，眼前的一切分外不真实。

刚才的这一场攻击，来得突然，去得更突然。以他多年对敌降妖的经验，他可不认为这么一张雷符就足以震慑群妖，让它们如此乖觉地全数退去。

可是……它们真的就这样退去了。

无论怎么看，这里头都……有问题。

看着眼前已经开始觥筹交错的众多修士们，陈游介知道，就算此时自己说什么，也不过被人当作杞人忧天，甚至会被对他早有芥蒂的观主认为他是故意在众人面前给师门抹黑。

为今之计还是自行查探一番吧。反正现在长生观上下都忙着张罗寿宴接待客人，倒也没什么人会再阻止他在观内行走。

宴席渐渐用毕，长生观的弟子们自然不会让客人们干聊。早有弟子们送上了一壶壶芬芳四溢的清茶和细点。

用过素斋后，再来这么一壶清茶润喉，倒也算是相得益彰。修士们谈天说地喝茶品茗，一场危机过后能如此轻松地一番享用，众人不觉都多喝了几壶。

正当观主吩咐着僮儿们再献茶上来的时候，一个身影不顾阻拦，径自冲入了内殿。

"师父！别喝茶！"陈游介一个闪身就冲到了白祇师父身边，将他此刻正擎在手中的那杯茶急忙摔到了地上。

只见那杯刚才还氤氲着芬芳的茶，此时溅落在地上后，却渐渐升腾起一团若隐若现的黑气。

"有瘴毒！"修士中有人失声。

"逆徒，你怎么知道茶水中有毒的？"不待别人话音落下，观主的矛头就直指陈游介。显然，在他眼中，陈游介就算过来示警也肯定是没安好心。

陈游介知道这位观主与自己结怨已深，此时就算是细细解释对方也未必肯听，只简单道："灵竹开花，结界破损，众妖来犯，想来是见强攻不成，便以瘴气沁入地下泉水中。我长生观烹茶向来习惯现取活泉水，一时不察竟就着了他们的道。"

陈游介说出的只有这寥寥数句，他不曾说出口的却是：妖怪心机深沉，先是伪作强攻，后又佯装退去，其实这种种作态都只为让观中众人放松警惕。实际它们真正的出击，就是在这不起眼的茶水上。

不得不说这群妖怪果然是思虑周全，眼见面前那些修士纷纷跌坐运功，就知道这些修士都已经大半着了它们的道儿了。

顾不上那些来祝寿的修士，陈游介握紧师父的手，急忙细细察看他的情景。他知道师父素来最爱喝茶，只怕……

面前的白祇师父面色苍白，印堂之间隐隐笼罩着一团挥之不去的黑气。这正是瘴气中毒的症状。此时的他，却微微摆摆手，嘴角慢慢现出一抹笑意："师父不碍事，师父我早已经算出长生观必有一劫。而能破解此劫的人，非你莫属。"

陈游介咬牙，摇摇头，"长生观早就与弟子无关。师父你的毒，我这就帮……"

"啪"的一声，一个巴掌重重地打在了陈游介的脸上。陈游介觉得自己的耳朵一阵轰鸣，他难以置信地盯着师父，那个从来不曾发怒，总是微笑着的师父。

"长生观若毁，师父我必以身殉之！"一字一句间，是重逾千斤的嘱托。

陈游介抬头，他看到了观主眼眸中从未消散过的质疑，众多修士们晦暗不明的眼神更让他觉得心绪难平。

他还未开口，就只听白祇师父那慈和的声音带着从未有过的铿锵坚毅在他身后响起："诸位是来长生观参加我白祇的寿礼才遭逢此劫，陈游介是我唯一的徒弟。请诸位看在我白祇的面上，相信他这一回。他定会力挽狂澜，为长生观赢得一线生机。"白祇这话，是说给众多修士道友们听，更加是给长生观主听的。

白祇一生道心坚定，慈悲为怀，他说的话，自然是分量十足。陈游介顿觉身上的压力为之一轻。

只有观主那执拗的声音还在继续："这次就看你的手段……如若不中用，就不要再说我老儿看轻了你这后辈。"

陈游介不再说什么，长身而起，他能听到，那刚才偃旗息鼓的妖怪们叫嚣的声音，此时，已经再度响起。

他从未想过，在多年以后，他还会有为了长生观，拼死一战的时刻。

可是……长生观对他来说早就不是寥寥爱恨两个字说得清楚的。

迎着那扑面而来的妖怪瘴气，他飞掠而出。

射人先射马，擒贼先擒王。

这群妖怪能有这么一番周密的算计，就足以说明，这些妖怪不是临时纠集起来的乌合之众，而是有首脑、有组织的行动。而那位心思细密的首脑，就是陈游介要对付的家伙。只是，不知道那个始终躲在幕后部署周密的对手，究竟是何种人物呢？

捏破一个白茧香的香丸，陈游介的周身立刻笼罩起一圈香雾。那雾气犹如茧丝般，将他的周身密密匝匝地包裹起来，那些无处不在的瘴气竟无法近他的身体半分。

然后，陈游介走入了那苍莽的丛林之间。

没走出多远，一个若隐若现的身影就出现在了他的视线中。陈游介严阵以待，手中早已经扣住了满把的符咒似乎瞬间就要射出。

"小游，是你吗？"一个熟悉的声音响起。

陈游介紧绷的脊背顿时放松下来。这个声音，是敦越。

与记忆中截然不同的敦越穿着陈游介熟悉的宽大衣裳。只不过，曾经把这衣裳撑得满满当当的他，此时已经瘦得如同风中的修竹。只有他那浑厚的声音，依然与记忆中一模一样。

"敦越，这山上不太平，你怎么出来了？"陈游介见到敦越竟然在这危机四伏的时候独自出来，一下就没忍住地埋怨起来。

敦越憨厚地笑笑："我担心你，也担心长生观里的白祇师父。要不……你们出去避一避？"

敦越总是这么温和，似乎在他的世界里，是没有血腥和争斗的。就算这面前眼睁睁地外敌入侵，他也只知道要陈游介出去避祸，而不会说：我与你并肩对敌。

陈游介暗想着，摇摇头。

"长生观已经到了生死存亡的时候，我不能就这样丢下一切，只带着师父走。"

敦越有点不解地皱皱眉："你不是已经离开长生观好多年了吗？而且……你不是早就说过……你与长生观……恩断义绝？"

陈游介回想着自己当初昂头迈出山门的那一股傲气，此时却忍不住微微一笑："就算如此，我也不想眼睁睁看着长生观在这一场灾厄中灰飞烟灭。"

敦越听到他的话，目光中隐隐有了几分焦急："可是……以你一人之力……这样太危险了。"

"而且……这长生观里厉害的修士多着呢，原本也不缺你一个。"敦越还在劝。

陈游介沉吟不语，敦越的话语还在身畔絮絮地继续。

"而且……白祇师父不会有事的……他的法术本就很高明……而且……"

"而且你认识那些去攻打长生观的妖精！"陈游介的声音，并没有特地扬起，却让原本正兀自絮絮的敦越，顿时就急忙忙紧闭起了双唇。

好一会儿后，敦越的声音才低低地再度响起："我……"

"是晴聆对吧？"

敦越的面庞，在瞬息间就变了好几个颜色。

"那些妖精中，是不是有晴聆？"陈游介继续追问。

敦越那一直澄澈宁静的双眸，此时却控制不住地躲闪着："我……晴聆没有……你要相信我……"

敦越说着，竟着急起来，原本平静的呼吸顿时也变得急促起来。陈游介见他面色越来越苍白，急忙将他摇摇晃晃的身躯扶住。

"怎么回事……晴聆不是说只要有了灵脉滋润，你的病情就能自然好转吗？"

敦越抓住他的手，想要说点什么，可是，他还没来得及开口，陈游介突然觉得一股劲风从身后袭来，原本身手矫健的他是绝不会陷入如此困局中，只可惜，此时他的身边，还有一个摇摇欲坠的敦越！

他所有的反应都因为怀中的敦越而延迟，白茧香的结界被撕裂了。陈游介只觉得神思一恍，他的身躯就软软地倒了下去……

原本在他的怀中被他搀扶的那双胳膊，却在此时，给了他最后的倚靠……

陈游介醒过来的时候，正对上的，是敦越关切的双眸。可是，他的身躯竟然动弹不得！一个牢牢的禁闭法阵，将他禁锁其中，动弹不得！

陈游介从未想过，他会遭遇这样的危机！更加没有想到的是，让他陷入这样的困局的人，是自己曾经最要好的朋友。

能让敦越在那样的时候刻意牵制住自己动作的人，只有一个，那就是晴聆。

"你到底想要做什么？"陈游介盯着晴聆质问。

晴聆的双眸躲闪了一瞬，很快就恢复了坚定的神色。

"也许你觉得我现在是在犯错，可是如果我告诉你，这个山原本就属于我族，你还会为了长生观那些你自己都看不顺眼的老道士与我为敌吗？"晴聆深呼吸，语速却不自觉地快了起来。

陈游介愣了愣，从他记事起，这片山林就属于长生观。他从来听说的都是当初祖师爷是如何在这片风水宝地建起了长生观的往事。今天晴聆却告诉他……

"我知道，你是觉得我让你无意中破坏了聚灵大阵，又引来那么多妖怪攻打长生观的行为卑鄙。可是你知道吗？当初这里不过是片无主的山林，那时候，我的父母就生活在这片山林当中，与世无争，修炼度日。可是，这片灵气充沛的山林被长生观的那个什么开山祖师发现了，于是他建起了长生观，将原本居住在这里的妖族们全部驱逐。我的父母就这样在那次所谓'除魔卫道'的驱逐中丧生。"晴聆说着说着，原本剔透的双眸渐渐染上了火焰的色泽。陈游介从来没有见过这样的晴聆。

"我那时候因为年幼，妖气淡薄才侥幸逃过一劫。我本想隐忍求存，于是就在这后山竹海湖泊中隐居，谁知道，长生观的那些道士们，抢占了山林还不够，还要将此间的灵脉全部攫取，要活生生地逼死我们妖族！"

陈游介所知道的晴聆，总是笑眯眯的，可是此时他才突然发现，他只是习惯用嬉笑来掩饰他的悲哀。妖族的生存，从来就不易。即使像晴聆这种从未作恶的妖族，也成天生活在术士们刀剑的阴影之中。可是……要他就这样承认晴聆做的是正确的，他也还是……做不到。

晴聆注视着面色犹疑的陈游介，脸上的神色却愈见坚定。

"我决定了，要夺回这片原本就属于妖族的山林！我已经……忍够了！"说着，他已经化作一道水波，朝外疾驰而去！

陈游介想要追过去，敦越却再一次地拦住了他。

敦越还是跟小时候一样的憨厚又执拗："晴聆不会伤害无辜的人的，他只是想要回他的家园。"

陈游介正想说什么，一种奇特的波动却让他的神经猛地警觉！

透过荡漾的水波，他看到原本绿茵茵的草地，突然变成了火焰席卷过的灰白色泽？！而那奔涌而来的瘴气，似乎变得更加浓烈和凶残了！这绝不是晴聆所纠集的那一帮小妖怪能做得到的程度！

难道，在那群妖怪当中，有什么了不得的家伙？！陈游介心中更加着急，正要往外冲，可是敦越睁大了双眸，死死地拦住了他，"晴聆说了，不让你出去是怕你受伤，等一切都结束了，我就放你走。"

等一切都结束了……果然晴聆并没有真的想害他。可是……等一切都结束的时候，只怕这片山林也就……都被毁掉了！

陈游介指着那已经变成了一片灰白色的草地，指着那在瘴气中一个个倒下的小动物们："你看看，你看清楚了吗？在晴聆纠集起来的那些妖怪里肯定有个大妖怪！如果不阻止他的话，晴聆夺回的家园，将会是一片死地！"

“你说什么？那些都只是附近的小妖怪……怎么会？”敦越简单的头脑显然是想不通这复杂的问题，可是顺着陈游介的指尖看过去，那一片死地的草地，却比千言万语都让他顿时一个激灵，他的手，终于不再拦着陈游介。

可是陈游介拉住了他的手：“那片瘴气马上就要席卷到这湖泊里来了，这里不能待了。你也得出去暂避！”说着，陈游介往他的手心里塞了几个香丸，“捏碎香丸，香丸的香障可以帮你不受这瘴气侵扰，尽量躲远一些。我去劝晴聆！”

说着，陈游介朝着那瘴气最浓烈的地方飞掠而去。

一路上，所有的草地都已经化作了灰白的色泽。渐渐地，地面上的尸体中，除了奄奄一息的小动物，竟然也出现了挣扎呼号的小妖怪。

所有的推测中，最不愿意接受的那种……发生了。

陈游介的心在无止境地下沉。在那瘴气最为浓烈、几乎看不清面前景物的地方，他看到了晴聆。此时的晴聆正瞪大了双眸，拦在一个蛇妖的身前。

那蛇妖与众不同，居然生有八个蛇头。各自蜿蜒转动，分外诡异。

“我们已经将长生观那些道士困住，也夺回了山林灵脉。你可以收手了。”

八头蛇妖冷笑一声：“收手？我相大爷做事，什么时候轮得到你小小鱼妖指手画脚了？”

晴聆显然还没有从眼前突然变化的形势中回过神来，依然劝阻着：“这山林是我们妖族的家园，我们既然已经拿回来，又何必再造杀孽？毕竟所谓留得青山在，才是正路啊。”

八头蛇妖听他这话，笑得更加不可遏止了：“你说什么？留得青山？你不知道吗？我们相氏一族向来就是所到之处从无半点生灵吗？”

“你？！”晴聆急了，手中水波化作光刃袭向蛇妖。

陈游介急忙冲了过去，因为在那电光火石之间，蛇妖不过轻轻抬手，晴聆就被他袭来的那股强大气势弹开。虽然陈游介的举动已经为晴聆卸去了大部分的攻击，可是倒在陈游介怀中的晴聆，依然满面苍白，咳出一大口鲜血来。

“小游……我……”晴聆想说什么，却被陈游介一个手势阻止了。

“他不是寻常蛇妖。”陈游介盯着那在瘴气中得意狂笑的身影，笃定断言。

八头蛇妖抬眸，金色的双眸流转过一丝异样的光华：“想不到你倒有些见识。”

“就让你死得明白，我是相繇！”蛇妖傲然发话。

相繇，传说中有九个人头的巨蛇。他能将所到之处全化为有毒的沼泽，变成一片彻底的死地！

晴聆显然也听说过相繇的传说，顿时面色一片苍白。

可是，他看到陈游介的唇角微微地弯了起来。

"我听说过有人冒充神龙，却不知道如今也有人冒充相繇。"陈游介的声音高了起来，"凭你这小小蛇妖，也想糊弄我？！"

从刚才开始就一直狂妄得不可一世的八头蛇妖顿时身躯一震，它咬了咬牙，金色的双眸中流过血色："我得到了当初相繇留下的繇珠，自寻常蛇妖修成相繇，又有何不可？只要我将这片山林的灵气全部吸尽，我便能生出最后一个头，那时候我就是能翻天覆地的相繇！"

想不到，当初相繇被大禹消灭后，竟还留下了那颗繇珠。也不知道这蛇妖是如何有了这一番奇遇，又竟然要吞噬掉长生观这一片山林的灵气，妄想翻天覆地！

陈游介喂晴聆吃下数颗丹药，护住他的命脉，又布下香障使他免受这所谓相繇传人的侵袭后，这才拔剑而起。为了长生观，为了保住晴聆记忆中的家园，他必须拼死一搏！

即使……这一战，比他所经历过的所有战斗，都会更加凶险。可是，他不能退后。在他的身后，有晴聆，有敦越，还有……白祇师父……

面前那自称是相繇传人的八头蛇妖昂首挺立，在他的身边，以他的身躯为中心，逐渐蔓延开来的，是龟裂的大地和灰白的死气。陈游介几乎能清楚地看见从他的身躯上蔓延的死气是怎么一点点地侵染到泥土之中，将那些青翠的枝叶全部剥离成了惨白的色泽。

那正在开着花的灵竹，首当其冲地被这毒瘴祸及。只是这依存灵脉而生的竹子，到底与那些寻常草木不同，虽然叶脉上已经隐隐现出了枯涩的痕迹，可是依然保持着原本的姿态。陈游介却从那灵竹的叶脉间，看出了原本不曾被察觉的端倪！

这八头蛇妖竟然在与灵竹争夺灵脉！

从刚才开始，陈游介就一直在奇怪为何这八头蛇妖竟然按兵不动。而现在，灵竹上呈现的异象让他明白了。蛇妖待在这里并非是不动，而是选中了一个掠夺此山灵脉最为上佳的地点！此时，他的长尾正不知不觉地扎入泥土之中，肆无忌惮地吸取灵脉的灵气！

一旦灵气被掠夺殆尽，那么被毁灭的将不仅仅是这座山！

望着那已经开始一片片纷飞凋零的竹叶，陈游介袖中的折扇飞掠而出，在半空中化作了一柄精光四射的宝剑！

宝剑出鞘，空中立刻传来激越的龙吟之声。

陈游介的眉峰紧皱，从此剑铸成之日开始，他就一直将他幻作折扇的模样，不曾让他露出真形。而今天……他终于要全力以战了！

就在他执剑而起的一刹那，蛇妖窥见了他的动作，只见瘴气翻滚浓烟弥漫，他转瞬竟然就已经化作了八头蛇的凶悍模样！

想不到，这八头蛇妖竟然所言不虚，真的吞噬了相繇留下的鳞珠，一旦它幻化出第九个头，那九个头就会如数化作人头模样，真正的相繇，就会重新临世，给这个世界，带来不可想象的巨大灾难！

陈游介抬手，剑锋掠出，不是对着八头蛇，而是对着自己的胳膊。瞬息间，剑锋已经染上了艳丽的血色。晴聆目瞪口呆，他知道，陈游介这是在以自己的血，激发出剑的煞气！他，决心以命相搏！

八头蛇妖见状，嘶声长笑："不要命的蠢货，尽管过来送死！"

陈游介的剑锋朝八头蛇激掠而去，转眼间一片金石撞击之声不绝于耳！

八头蛇妖的鳞片转眼就被陈游介的剑锋挑伤了许多，原本黑色的鳞片上霎时就染上了一片血痕。

"哼哼哼……你果然……有道行……"八头蛇妖说着，张开血盆大口，猛喷出一口浓黑的毒瘴！陈游介周身的香障在这猛烈的冲击下，霎时就被撕裂！来不及屏息的他，转瞬就已经吞下了一口毒瘴！

陈游介急忙后退，匆匆护住灵台清明。那八头蛇妖一击得手，自然不肯放过他，纵身就猛冲过来！

糟糕！陈游介心中巨震。

眼看那八头蛇的身躯已经在咫尺之遥！

正当陈游介准备迎接那避无可避的攻击的时候，却发现那条刚才还耀武扬威的八头蛇妖，此时竟然……僵住了身形？！

再放眼看去，只见八头蛇妖的蛇尾，竟然被那蔓延纠结的竹根牢牢缠住了，同时也将他的身躯彻底牵制。

　　灵竹有灵，知道与这掠取灵气的妖魔对抗，真是天助我也！

　　陈游介心中大喜，扬手就将锋刃朝那八头蛇妖的七寸处猛刺而去！

　　就在他的剑锋距离八头蛇妖的命门处不到寸许的时候，八头蛇的身躯，竟然再度恢复了动作！

　　只见它把那刚才还被灵竹根系牢牢束缚的尾巴朝天高高扬起！那无可回避的嘶吼声在陈游介的耳边久久回荡！而更让他难以置信的是……刚才还只有八头的蛇，此时……竟然正在幻生出那第九个头，而且，所有的头，都在渐渐地……化作人头！

　　曾经让这片大地陷入无处不在的流毒中的凶兽，相繇，现世了！

　　陈游介的意识已经开始控制不住地恍惚着。相繇的毒气比之刚才的八头蛇妖，强悍了何止百倍！

　　陈游介觉得，自己正在迅速地失去对身体的控制。在他逐渐混沌的视野中出现的，是晴聆的身影。晴聆护在了他的身前，向那个气势汹汹的相繇说着什么。

　　在他回首的目光中，陈游介看到了满面的愧疚。

　　陈游介想要拍拍他的肩膀，告诉他自己根本就不会怨恨他。可是，他看到的，是晴聆被相繇掀起的劲气远远掀飞的惨烈景象！

　　"晴聆！"陈游介只觉得自己的心在猛烈地疼痛着！

　　血色迅速地在他的视线里蔓延……陈游介竭力想要撑起身躯，可是那些无处不在的毒瘴已经让他根本什么也……做不了。

　　"愚蠢的家伙……本来我还想留他一条性命的，可是他自己非要寻死……"九个头上，是一模一样的冷漠与不可一世。

　　陈游介想要去看看晴聆的情景，可是，几乎一步路也无法迈动的他，仅仅只是维持住此时站立的姿态，就几乎用尽了他全部的力量。能让传世英雄大禹为之纠结的毒兽，以他的能力想要对抗，还是太难了一些！

　　可是，他不能就这样放弃！师父……师父的嘱托……

　　陈游介还记得那个禁忌的法术，如果能阻拦住相繇的步伐，解救这天地。他的牺牲，将无怨无悔！

　　他的手刚刚抬起来，就被另一双手牢牢钳制。高度紧张的神经突然被打扰，陈游介差点没叫出声来。出现在他面前的，是敦越。那个从来都是木讷又寡言，几乎要让人忽略他的存在的敦越。

　　而此时的他，几乎要让陈游介认不出来。因为那个瘦弱单薄的敦越，竟然拦在了他的身前，用自己的肩膀为陈游介守住了一片小小的安全之地。

　　"晴聆说过，不能让小游受伤！"嗫嗫的声音传过来，陈游介胸中一阵激动，那个印象中永远傻乎乎的敦越，却是心底最澄澈善良的。

　　"不……"陈游介的话还没说完，就被敦越一口截断，陈游介突然发现，他的眼眸中满是泪水："都是因为我才会变成这样！要不是我一直掉鳞片，晴聆就不会想要去打什么灵脉的主意。要不是那样，坏妖怪们也就不会都跑过来，晴聆和小游也都不会受伤！"

　　呜呜呜……敦越哭泣的声音在这毒瘴之中竟然分外清晰。

　　让陈游介没有想到的是，站在他的身后，陈游介发现自己本已经混沌的头脑，竟然渐渐清晰起来！而那一股足以涤荡开相鬶无往不胜的毒瘴的气息，竟然是从敦越的身躯上传来的！

　　"其实……其实我一直都没有告诉过晴聆和小游，我那个样子压根就不是生病，我只是很老很老了，老得太厉害了才会掉鳞片的。可是……我一直不敢说……才会……"

　　"敦越快逃！"陈游介截断敦越此时依然不改的啰唆句子，猛地推他。

　　却没有想到看似单薄瘦弱的敦越，并没有被自己推开。他依然执拗地护在了陈游介的身前。

　　相鬶俯视那拦在自己身前的小小身躯，显然已经丧失了纠缠下去的兴趣。

　　它的毒瘴比之前更加猛烈地冲击而来！

　　这猛烈的冲击让陈游介与敦越如同两枚贝壳，被巨浪抛上了高高的天空，然后，就是无法自控的坠落！

　　陈游介竭力睁大着双眼，他看到单薄的敦越比他受到的冲击更大，被抛到了更高的地方！等待他的，会是更加惨烈残酷的坠落！

　　而随着那毒瘴拍击而起的巨大气浪，那些原本在枝头摇曳的竹花纷纷从枝头坠落。不知道是不是错觉，那些竹花仿佛都在绽放着某种依稀的光华。陈游介想要仔细辨认的时候，却又消失无踪了。

他只看到，敦越被一波波竹花簇拥着，跌了下来！

这景象如此惨烈，敦越苍白的面庞，映衬着白色的竹花，陈游介不顾一切地朝他跌落的方向奔去。

只可惜，被毒瘴侵染的身躯根本就不听使唤，他才刚迈了一步，就重重地跌落在那灰白的土地上。鼻端萦绕的是那彻彻底底的、吞噬了一切生命的让人窒息的死气。

而敦越，跌入了那堆叠的竹花之间，看不清模样……

陈游介撑起身躯，想再度靠近敦越，却骤然发现他的血，溅落在这土地上，那鲜红的色泽竟然瞬间就被吞噬，没有留下半点痕迹！

陈游介原本想用自己的鲜血来完成禁忌的法阵，眼前的事实却无情地告诉他——此路不通！

陈游介的心，没有止境地下沉。晴聆已经受伤昏迷，敦越也生死未卜……还有师父，如果他不能拦住相鎵，师父也岌岌可危。他想要守护的这一切，都即将在相鎵的践踏之下分崩离析……

还有什么，是自己现在能做的呢？坐以待毙，从来就不是陈游介的个性。

相鎵轻蔑地注视着面前这身受瘴毒却依然勉力支持的身影。他确信，只需要再一股瘴气，就能将这家伙彻底收拾得干干净净！

他，张开了血盆大口。正当他准备射出那又一股滔天的瘴气时，他的脖颈，突然划过了一丝痛楚！

原本以为这只是一瞬间的疼痛，可是，这疼痛犹如被龙牙狠狠咬住般，疼得它顿时就僵住了身形！

那些纷纷扬扬跌落在地面的竹花，此时如同被一双温柔的手鼓动起来一般，朝着天空飘舞起来。在那竹花飘扬而到的地方，瘴气的浓度在无可逆转地变得稀薄！

仿佛有什么人，正在那竹花的深处翻卷起了巨大的衣摆，将这遮天蔽日的瘴气一扫而空！

"什么人？！跟我相鎵作对，就不怕被毒死吗？！"相鎵昂起了它九个巨头，彻底放开的声音如同洪钟般让人胆寒。

"毒死我？那就试试看啊。"一道似曾相识的声音在耳畔回荡着。陈游介睁大了双眸。他看到在那焕发着点点星光的竹花之间，有一只巨大的鸟，正舒展着硕大无朋的羽翼飞腾而起！

在它的羽翼舒展处，所有的毒瘴纷纷退去，而那灰白的土地竟然也恢复了原本青润的色泽！刚才还不可一世的相繇，此时在这遮天蔽日的大鸟面前，简直微小得如同跳梁小丑一般，几乎不值得一提！

"哪里来的怪鸟，不要以为我就怕了你！"相繇昂首，那九个头中竟然分别喷出一个毒气弥漫的光珠，朝着巨鸟就激射而去。巨鸟鼓动翅膀，想要将这些毒珠挥开，却没想到这些毒珠竟然在半空中四溅开来，变作一条条翻腾着黑色光泽的丝线，转眼间那丝线交错编织，竟化作了一张巨网，将巨鸟牢牢困住！

刚才还振翅翱翔的巨鸟，此时竟然被这毒网束缚着，朝地上跌来！

趁着巨鸟涤荡开毒瘴的这几息，陈游介几张符咒疾射而出，朝着那黑色的丝网灼烧而去！让他没有想到的是，那黑色的毒网竟然不仅仅是束缚住巨鸟，它竟然在渐渐缩小着，显然是要活生生将那巨鸟困死！

陈游介的符咒，还没来得及靠近毒网就被瘴气掀翻。

而那正捆缚着巨鸟的毒网，却在无可逆转地收紧！

看着手中的剑，陈游介咬了咬牙，将自己全部的灵力都注入剑身中，然后朝着那此时正在狂妄叫嚣的巨蛇七寸处激射而去！如果，此举不能成功……陈游介已经决定破釜沉舟！

那寄托了陈游介全部希望的剑锋，朝着相繇飞驰而去！

就在即将刺中目标时，突然，生生地凝滞在了半空中！

功亏一篑！陈游介从未如此懊恼！

而此时，剑身上依然在漫卷的灵气还在激烈地澎湃着。相繇那巨大的九个头颅露出了一模一样的诡异笑容："你是以心头血来催动这柄利刃吗？好……我就让你……剑毁人亡！"

陈游介知道，此时自己的性命就捏在面前这个妖怪的手里，可是他的心情，是前所未有的平静。因为他知道，他已经为了自己的坚持和守护，做了自己能做到的全部。

那柄此时依然灵光迸射的剑身，就如同他依然不曾退缩半分的意志。他是陈游介，他，不会退缩！

"小……游！"一个熟悉的声音，从那正在不断缩小的毒网中发出。

陈游介简直不敢相信，这个声音是……这个巨鸟难道是……敦越？！

那个疑似敦越的巨鸟鼓动着翅膀，竟然挣破了毒网，撕裂而出！原本就巨大的羽翼仿佛在这挣扎的过程中汲取了无穷的力量，变得越来越明亮，每一片羽毛上都闪烁着耀眼的金色光华！在那光华中，隐隐有清澈的芬芳！

刚才那些一瞬间被毒瘴所淹没的气息，仿佛在此刻又重新回来了！

竹子在飘舞，竹花在开放！原本早已经暗淡的天宇被这骤然出现的巨鸟点亮了璀璨的耀目光华。

陈游介几乎没能看清，刚才还不可一世的相蠡是如何在这金色翅膀所鼓荡而起的巨大朔风中哀号着跌落尘埃，瞬间就化作了一片焦黑的灰烬，随即就在这光芒的笼罩中消失得无影无踪。

这景象来得太突然，陈游介简直无法相信自己的眼睛。

而眼前的巨鸟却在一点点地收拢起巨大的翅膀，那夺目的金色也渐渐地收敛起来。当陈游介终于能再度清晰地看清面前的山林的时候，他发现，出现在自己面前的，竟然真的是那个……敦越？

这真的是他熟悉的敦越吗？原本面色苍白、灵力极端不稳的敦越，竟然会是这样强大的存在？

"敦越？"晴聆不知道什么时候也醒了过来。他的面色比陈游介更加震惊。这震惊甚至远远超过了相蠡终于被消灭、曾经的家园被保住、大家终于平安无事的事实。

被朋友们用如此震惊的目光注视着，敦越那熟悉的羞涩又回来了，他的脸庞一片绯红。

"长生观修士，拜见鲲鹏神鸟！"一众修士们不知道从什么地方钻了出来，对着敦越叩拜。

鲲鹏？陈游介的心中顿时雪亮！原来敦越从来就不是什么鱼妖，而是千年脱鳞化羽变身大鹏鸟一次的鲲鹏。鲲鹏每千年脱鳞化鸟，再千年又褪羽化鱼，如此循环往复。

"我……不知道怎么受了伤，就忘记了……以为自己真的就是鱼妖。晴聆对不起，我给你添麻烦了。你看我褪鳞还以为是我衰弱的结果，我害你为我这么担心，差点闯下大祸……"敦越咬咬唇，对着那些叩拜在地的修士，"总之，都是我的错。一切与晴聆无关！"

此时哪里还有人会再去追究他的什么所谓的错，人们在鲲鹏鸟的光辉中，彻底地忘却了其他。晴聆看着那个变得光华灿烂的朋友，骤然胆怯起来，他不自觉地躲在了陈游介的身后，他不敢想象也无法相信，那个跟自己朝夕相处几十载的胆小又怯懦的敦越，会是那传说中可以通天彻地、涤荡玉宇的鲲鹏。

他……既然恢复了记忆，又重新变化出了翅膀，这一段绵延百年的缘分，终究是走到了尽头吗？

晴聆想着自己几个时辰前还为了救助看起来越来越虚弱的敦越不惜与长生观众人为敌，觉得这个事情如此可笑。

此时，敦越被那些修士们团团围住。鲲鹏是传说中的瑞兽，每个修士都不会放过这与瑞兽交好的大好机缘。晴聆慢慢地转过身去，他不再是与你一样的鱼妖，他即将回到属于他的天空中去，在那光华灿烂的世界里，没有属于你晴聆，一个小小鱼妖的位置。

还未走出三步，晴聆就发现自己的衣摆被扯住了。

是敦越，那个现在已经变得光华灿烂的少年，依然如同百年前受伤失忆的时候一样，怯生生地抓住了他的衣摆。

"我要和晴聆在一起。"敦越的声音，清清楚楚，不容错认。

望着那竹花盛开的梢头下，两个紧紧拥抱的身影，陈游介的笑容，比刚才消灭了相繇的时候更加畅快。

相繇的遗毒还未全部扫净，修士和妖精的共处还需要细细商讨。可是，只要看着这瑞兽与妖怪毫无芥蒂地拥抱，陈游介就愿意相信，一切，都可以期待。

就好像这枝头盛开的竹花，是结束，也是另一个开始。